Nora Roberts est le plus grand auteur de littérature féminine contemporaine. Ses romans ont reçu de nombreuses récompenses et sont régulièrement classés parmi les meilleures ventes du *New York Times*. Des personnages forts, des intrigues originales, une plume vive et légère... Nora Roberts explore à merveille le champ des passions humaines et ravit le cœur de plus de quatre cents millions de lectrices à travers le monde. Du thriller psychologique à la romance, en passant par le roman fantastique, ses livres renouvellent chaque fois des histoires où, toujours, se mêlent suspense et émotions.

Confusion du crime

NORA ROBERTS

Lieutenant Eve Dallas – 42

Confusion du crime

Traduit de l'anglais (États-Unis)
par Guillaume Le Pennec

J'AI LU

Titre original
BROTHERHOOD IN DEATH

Éditeur original
Berkley Publishing Group, an imprint of Penguin Random House LLC, New York

Le présent est la somme vivante
du passé tout entier.

Thomas CARLYLE

La justice est toujours violente
pour le parti incriminé,
car chaque homme est innocent
à ses propres yeux.

Daniel DEFOE

Prologue

Par loyauté envers le défunt, il se rendit jusqu'à SoHo sous la pluie glacée plutôt que de rentrer chez lui. À la maison, il aurait pu mettre les pieds – déjà bien fatigués, il l'admettait – sous la table. Il aurait profité d'un feu de cheminée accueillant, d'un bon livre et d'un petit verre de whisky en attendant le retour de sa femme.

Au lieu de quoi il se retrouvait assis à l'arrière d'un taxi où flottaient des effluves de poivrons trop mûrs et d'eau de toilette musquée, filant le long de l'avenue mal famée vers une confrontation qui s'annonçait houleuse.

Il détestait ce type de situation et s'interrogeait parfois sur ceux qui semblaient y prendre plaisir. Quiconque le connaissait aurait témoigné qu'il avait un certain talent pour les éviter ou les désamorcer.

Mais cette fois, il s'attendait à un conflit direct avec son cousin Edward.

« Quel dommage », songea-t-il en regardant les gouttes de pluie glacée s'écraser sur les vitres du taxi.

Le bruit de l'averse lui faisait penser au sifflement de serpents courroucés.

Autrefois, Edward et lui avaient été comme des frères. Ils avaient partagé des aventures, des secrets, des ambitions. De grandes ambitions, même. Mais le temps et leurs chemins divergents les avaient éloignés depuis longtemps déjà.

Il connaissait à peine l'homme qu'Edward était devenu et ne le comprenait absolument pas. Et, c'était triste à dire, il ne l'aimait plus du tout.

Quoi qu'il en soit, ils avaient eu les mêmes grands-parents paternels, leurs pères étaient frères. Ils étaient de la même famille. Il espérait faire appel à ce lien du sang, à ces expériences autrefois partagées, pour trouver un terrain d'entente raisonnable.

D'un autre côté, l'homme qu'était devenu Edward n'était pas du genre à faire des compromis. Non, Edward se campait fermement sur la position qu'il s'était choisie et refusait d'en bouger d'un millimètre. Sans quoi il n'aurait pas engagé un agent immobilier pour vendre la charmante maison de ville de leurs grands-parents.

Pour tout dire, il n'aurait même pas été informé de la visite prévue pour une estimation de la maison si l'assistante de l'assistant d'Edward – ou quel que soit son titre officiel – n'avait pas fait l'erreur d'en parler lorsqu'il avait voulu contacter Edward pour organiser un rendez-vous.

Il avait beau ne pas être prompt à la colère – il en fallait même beaucoup pour le sortir de ses gonds – il était à présent énervé. Suffisamment pour se sentir capable de faire un scandale devant l'agent immobilier.

Il possédait la moitié de la propriété (comme Edward s'entêtait désormais à l'appeler) et celle-ci ne pouvait être vendue sans son accord écrit.

Un accord qu'il ne donnerait pas. Il refusait d'aller à l'encontre de la volonté expresse de son grand-père.

L'espace d'un instant, il oublia l'arrière du taxi et se retrouva dans le bureau de son grand-père, chaleureux et riche en couleurs, avec ses étagères pleines de livres aux reliures sentant le cuir, de vieilles photos magnifiques et de souvenirs fascinants.

Il ressentait la fragilité de la main de son grand-père, autrefois si massive et si forte, au creux de la sienne. Il percevait les vacillements d'une voix qui tonnait autrefois comme une décharge de canon.

C'est plus qu'une maison, plus qu'un foyer. Même si c'est déjà précieux. Cet endroit a une histoire, il a gagné sa place dans le monde. Il constitue à présent un héritage. Je vous fais confiance, à Edward et à toi, pour honorer cette histoire et faire perdurer cet héritage.

Et il le ferait, se promit-il, tandis que le taxi parvenait enfin à destination. Au mieux, il rappellerait à Edward les vœux de leur aïeul, la responsabilité qui leur incombait. Au pire, il trouverait le moyen de racheter la part de son cousin.

Si ce n'était plus qu'une propriété, qu'un moyen de gagner de l'argent, alors Edward aurait son argent.

Il laissa un gros pourboire au chauffeur car la météo était vraiment atroce.

Ce fut peut-être cette générosité qui poussa ledit chauffeur à abaisser sa vitre pour le héler et lui signaler qu'il avait oublié sa mallette sur le siège arrière.

Il revint en hâte pour la récupérer.

— Merci ! J'ai tellement de choses en tête.

Sa mallette à la main, il s'avança prudemment sur le trottoir transformé en patinoire, franchit le portail en fer forgé et remonta la petite allée, laquelle avait été déblayée et traitée au sel par un jeune du quartier qu'il payait pour ça.

Il grimpa les quelques marches du perron comme il l'avait fait bébé, puis enfant, jeune homme et à présent homme d'âge mûr.

Il oubliait parfois des choses – comme sa mallette – mais il se souvint du code d'accès à la porte d'entrée. Il posa sa paume sur le capteur, puis se servit de son passe électronique.

À peine avait-il ouvert la porte que le changement le frappa comme un coup de poignard dans le cœur.

Fini le parfum des fleurs fraîchement coupées que sa grand-mère arrangeait elle-même sur la table dans l'entrée. Fini le vieux chien qui s'avançait dans le hall pour le saluer. Certains des meubles se trouvaient à présent dans d'autres demeures – des legs voulus par ses grands-parents –, de même que certaines toiles décoraient d'autres murs.

Il s'en réjouissait, car eux aussi constituaient un héritage.

Il avait beau payer une femme de ménage – la fille de l'employée de longue date de ses grands-parents, Frankie – pour entretenir les lieux une fois par semaine, l'odeur d'abandon était aussi perceptible pour lui que celle d'huile essentielle de citron qui flottait dans l'air.

— Ça a assez duré, maugréa-t-il en posant sa mallette. La maison est vide depuis suffisamment longtemps comme ça.

Il entendit des voix et se demanda, l'espace d'un instant, s'il s'agissait aussi de souvenirs. Puis il se remémora la raison de sa visite : Edward et l'agent immobilier. Sans doute étaient-ils en train de parler surface habitable, emplacement et valeur marchande.

Contrairement à lui, ils ne pensaient ni aux repas de famille autour de la grande table, ni aux tartes aux mûres chipées en douce dans la cuisine, ni au moment où il avait fièrement présenté la femme qu'il aimait à ses grands-parents dans le salon, lors d'un beau dimanche ensoleillé.

Il parvint à s'extirper des brumes du temps et se dirigea vers l'origine des voix. Edward ne se laisserait pas influencer par la nostalgie, il le savait. Si le rappel d'une promesse faite à un homme qu'ils aimaient tous les deux n'y changeait rien, peut-être qu'un rappel des réalités de la loi fonctionnerait.

Au pire, il y aurait toujours l'argent.

Ceci dit, il n'avait pas envie de surgir par surprise, tel un intrus. Il appela d'une voix forte, en prononçant le nom de son cousin.

Les voix se turent, ce qui l'agaça. Ils pensaient vraiment pouvoir faire comme s'ils n'étaient pas là ?

Il accéléra le pas, décidé à exploiter cet agacement pour renforcer sa détermination. En franchissant le seuil de la pièce à laquelle il avait pensé dans le taxi, il découvrit Edward assis dans le fauteuil de bureau de son grand-père.

Son cousin écarquillait les yeux... dont un en train de gonfler sous l'effet d'un hématome allant s'assombrissant. Un filet de sang s'écoulait du coin de sa bouche, du sang également visible sur ses dents lorsqu'il fit mine de parler.

L'agacement disparut, remplacé par la stupeur et l'inquiétude.

— Edward ! lança-t-il en se précipitant.

Il ressentit une soudaine explosion de douleur à l'arrière du crâne. Incapable de retenir sa chute, il s'effondra en avant. Une seconde avant que sa tempe heurte le parquet en chêne, il entendit Edward hurler. Puis tout devint noir.

1

Au terme d'une journée longue et fastidieuse – la première moitié passée au tribunal, la seconde à gérer de la paperasserie – le lieutenant Eve Dallas se préparait à rentrer chez elle.

À cet instant précis, elle n'aspirait qu'à une seule chose : une soirée tranquille en compagnie de son mari, de son chat et d'un verre de vin. Voire deux.

« Et peut-être un film », songea-t-elle en récupérant son manteau.

Si Connors n'avait pas rapporté trop de travail avec lui. Ce soir – joie et bonheur – elle-même rentrait à la maison libérée de toute obligation.

C'était peut-être l'occasion d'en profiter un peu plus, estima-t-elle en sortant l'écharpe que sa coéquipière lui avait offerte pour Noël. Pourquoi pas un peu de nage et de sexe dans la piscine ? Quel que soit le nombre de dossiers sur lequel Connors devait plancher, il ne résisterait pas à l'idée de faire l'amour dans l'eau.

Elle retrouva le bonnet décoré d'un flocon un peu ridicule dans une autre poche de son long manteau de cuir. Autant l'enfiler, puisque les cieux crachaient de la glace. Elle avait renvoyé son équipière chez elle. Deux de ses inspecteurs étaient sortis affronter le froid pour s'occuper d'une toute nouvelle affaire. Ils la contacteraient s'ils avaient besoin d'elle.

Elle se rappela qu'elle disposait à présent d'un autre inspecteur, frais émoulu, dont la cérémonie d'intégration était prévue pour le lendemain matin.

Mais pour l'heure, en cette soirée de janvier particulièrement moche, elle n'avait plus de pain sur la planche.

« Des spaghettis aux boulettes de viande », se dit-elle.

Bien plus délicieux que n'importe quel pain sur n'importe quelle planche. Peut-être pourrait-elle, si elle rentrait avant Connors, en préparer pour tous les deux. Avec du vin et deux jolies bougies. Directement dans le coin détente de la piscine...

Non, se corrigea-t-elle en se dirigeant vers la sortie. Plutôt à la table de la salle à manger, comme de vrais adultes, avec un bon feu de cheminée.

Elle pourrait leur programmer deux salades et sortir l'un des innombrables services de table classieux de Connors. Et tandis que neige et glace continueraient à s'accumuler au-dehors, ils...

— Eve !

Elle se retourna et aperçut Mira – la psychologue et profileuse experte du service – qui bondissait presque au bas du tapis roulant pour se précipiter vers elle, son manteau bleu pâle grand ouvert par-dessus son tailleur rose foncé.

— Dieu merci, vous êtes encore là.

— Je partais, répondit Eve. Que se passe-t-il ? Un problème ?

— Je ne sais pas vraiment. Je... Dennis...

Eve porta instinctivement la main au bonnet au flocon, celui-là même que Dennis Mira lui avait enfilé sur la tête, avec sa gentillesse coutumière, lors d'une journée neigeuse dans les dernières semaines de 2060.

— Il lui est arrivé quelque chose ?

— Je ne crois pas.

Mira, habituellement imperturbable, joignit les mains devant elle pour les empêcher de trembler.

— Ce qu'il m'a dit n'était pas très clair. Il était perturbé. Son cousin... Il m'a dit que son cousin était blessé et à présent porté disparu. Il a demandé que je m'adresse à vous personnellement. Je suis navrée de vous cueillir de cette façon mais...

— Pas de souci. Il est rentré ? Il est chez vous ? dit Eve.

Elle s'était déjà retournée pour appeler l'ascenseur.

— Non, il est chez ses grands-parents. Ou plutôt leur ancien domicile, à SoHo.

— Venez avec moi.

Elle guida Mira vers l'ascenseur déjà occupé par des flics qui terminaient leur journée.

— Je vais veiller à ce que vous rentriez tous les deux chez vous en sécurité. Qui est son cousin ?

— Euh, Edward. Edward Mira. L'ancien sénateur.

— Je n'ai pas voté pour lui.

— Moi non plus. Il faut que je rassemble mes esprits et que je le prévienne de notre arrivée.

Tandis que Mira dégainait son communicateur, Eve fouilla dans ses souvenirs. Elle ne s'intéressait pas beaucoup à la politique mais elle avait une vague image du sénateur Edward Mira. Jamais elle n'aurait imaginé que ce sénateur intransigeant et grandiloquent - avec ses sourcils noirs et ses cheveux très bruns coupés très court au-dessus d'un visage à la fois beau et dur - puisse appartenir au même arbre généalogique que l'adorable Dennis Mira avec son air d'être toujours un peu ailleurs.

Mais la famille était parfois le théâtre d'étranges alliances.

Ou était-ce la politique ?

Peu importait.

Lorsqu'ils arrivèrent à son étage de parking, elle désigna du doigt son emplacement et fila vers la DLE d'apparence volontairement banale que son mari avait conçue pour elle. Mira se hâta pour la suivre, handicapée par ses hauts talons et ses jambes plus courtes.

Avec ses bottes solides et ses longues jambes, Eve se déplaçait rapidement. Elle se glissa derrière le volant, femme grande et svelte aux cheveux bruns négligemment coiffés sous le bonnet décoré d'un flocon scintillant. Un bonnet qu'elle, flic jusqu'au bout des ongles, portait parce qu'il s'agissait d'un cadeau spontané de la part d'un homme pour laquelle elle avait toujours eu un petit béguin aussi involontaire qu'inoffensif.

— L'adresse ? demanda-t-elle quand Mira s'installa auprès d'elle dans son élégant manteau d'hiver et ses bottes à la mode.

Eve communiqua les coordonnées à l'ordinateur de bord et quitta sa place de parking. La voiture se propulsa hors du parking, gyrophare allumé et sirène hurlante.

— Oh, ce n'est pas nécessaire… Merci, dit Mira quand Eve lui lança un coup d'œil. Merci beaucoup. Il dit qu'il va bien, qu'il n'y a pas lieu de m'inquiéter pour lui, mais…

— Vous êtes tout de même inquiète.

La DLE ressemblait à la voiture bon marché d'un oncle désargenté… mais elle filait comme une fusée. Eve faisait des embardées pour esquiver les véhicules dont les conducteurs considéraient ses sirènes comme de simples suggestions à s'écarter. Elle enclencha plusieurs fois la propulsion verticale pour sauter au-dessus de quelques autres, jusqu'à ce que Mira finisse par fermer les yeux en s'accrochant à la poignée côté passager.

— Expliquez-moi un peu le contexte, dit Eve. Savez-vous pourquoi ils se trouvaient dans la maison de leurs grands-parents ? Et qui d'autre aurait pu être présent ?

— Leur grand-mère est morte il y a environ quatre ans. Et Bradley – le grand-père de Dennis – a commencé à décliner juste après. Il a survécu à peu près un an, le temps de mettre ses affaires en ordre. Même si, le connaissant, la plupart d'entre elles l'étaient sans doute déjà. Il a légué la maison, à parts égales, à ses deux petits-fils les plus âgés, Dennis et Edward. Ce maxibus... !

Eve tira le volant à elle pour faire décoller la DLE. Puis elle négocia un virage sans ralentir, comme si elle poursuivait un meurtrier de masse.

— ... est derrière nous, acheva-t-elle à sa place. Continuez.

— Je peux vous dire que Dennis et Edward se sont disputés au sujet de la maison. Dennis voudrait qu'elle reste au sein de la famille, conformément aux souhaits de Bradley. Edward veut vendre.

— J'imagine qu'il ne peut pas sans l'accord écrit de M. Mira.

— C'est ce que j'ai compris. Je ne sais pas pourquoi Dennis s'est rendu sur place aujourd'hui. Il avait une journée bien remplie à l'université, notamment parce que l'un de ses collègues est malade et qu'il le remplace. J'aurais dû lui poser la question.

— Ce n'est rien.

Eve se gara en double file, transformant la rue tranquille et bordée d'arbres en champ de bataille traversé de hurlements d'avertisseurs. Elle alluma son panneau EN SERVICE sans leur prêter plus d'attention.

— Nous allons lui demander maintenant, dit-elle.

Mais Mira était déjà sortie de la voiture pour s'élancer, malgré ses talons instables, sur le trottoir verglacé. Avec un juron, Eve la rattrapa au pas de course et la saisit par le bras.

— Si vous vous obstinez à courir avec ces bottes, je vais finir par devoir vous emmener aux urgences... Jolie maison, commenta-t-elle.

Arrivées au portail, elle lâcha Mira pour franchir le seuil et progresser sur l'allée déblayée.

— Dans ce quartier, elle doit bien valoir cinq ou six millions, non ? demanda-t-elle.

— Sans doute. Dennis doit le savoir.

— Ah bon ?

Mira parvint à sourire en grimpant rapidement les marches.

— C'est important. Dennis retient ce qui est important. Je ne me souviens pas du code…

Elle appuya sur la sonnette puis actionna le heurtoir.

Quand Dennis ouvrit la porte, avec son ample cardigan vert sapin et ses cheveux gris en bataille, Mira lui prit les mains.

— Dennis ! Mais si, tu es blessé ! Pourquoi tu ne m'as rien dit ?

Elle l'attrapa par le menton pour lui faire pivoter la tête afin d'examiner sa tempe contusionnée.

— Tu t'es tourné de façon à ce que je ne le voie pas sur la vidéo du communicateur, comprit-elle.

— Ça va, Charlie. Je vais bien. Je ne voulais pas te faire peur. Entrez, entrez toutes les deux. Il fait froid dehors. Eve, merci d'être venue. Je m'inquiète pour Edward. J'ai fouillé toute la maison, il n'est pas là.

— Mais il était présent ? demanda Eve.

— Oui. Dans le bureau. Il était blessé. Un œil au beurre noir et la bouche en sang. Je vais vous montrer le bureau.

Lorsqu'il se retourna, Mira laissa échapper un hoquet qui exprimait à la fois la frustration et la détresse.

— Dennis, tu saignes à la tête !

Il émit un sifflement quand elle porta la main à la bosse sur son crâne.

— Viens tout de suite t'asseoir dans le salon, ordonna-t-elle.

— Charlie, Edward est…

— Laisse Eve s'occuper d'Edward, répondit-elle en le tirant vers une vaste pièce dépouillée.

Soit la décoration était minimaliste à l'extrême, soit on avait vidé l'endroit d'une grande partie de ses meubles. Ceux qui restaient revêtaient l'aspect accueillant d'un mobilier ayant rempli son office pendant de nombreuses années.

Mira retira son manteau et l'abandonna sans cérémonie dans un coin, puis fouilla dans son immense sac à main.

Eve trouva enfin une explication rationnelle au choix de tant de femmes de transporter un sac de la taille d'un bœuf en voyant Mira sortir du sien un kit de premiers soins.

— Je vais nettoyer ces entailles et puis je demanderai à Eve de nous déposer aux urgences les plus proches pour qu'on fasse des radios.

— Allons, chérie...

Il émit un nouveau sifflement quand Mira tapota la plaie à l'aide d'un coton imbibé d'alcool mais parvint néanmoins à tendre la main derrière lui pour lui toucher gentiment la jambe.

— Je n'ai pas besoin de radios ou d'autres médecins alors que tu es là. C'est une bosse, rien de plus. Je suis aussi lucide qu'il m'est possible de l'être.

Mira se mit à rire et Eve remarqua le sourire de Dennis, à la fois espiègle et tendre.

— Je ne vois pas double, je n'ai ni la tête qui tourne ni la nausée, assura Dennis à sa femme. Un petit mal de crâne, peut-être.

— Si tu as toujours mal après qu'on sera rentrés et que je t'aurai examiné en détail, on...

Cette fois, il tourna vraiment la tête pour agiter les sourcils et adresser un sourire malicieux à sa femme qui força Eve à ravaler un rire embarrassé.

— Dennis...

Mira soupira et lui prit le visage entre ses mains pour l'embrasser si doucement, si tendrement, qu'Eve dut détourner le regard.

— Euh, vous pourriez peut-être m'indiquer où se trouve le bureau ? Là où vous avez vu votre cousin pour la dernière fois.

— Je vous y emmène.

— Non, tu vas rester sagement ici jusqu'à ce que j'aie terminé, lui dit Mira. C'est au fond, tout droit, Eve. Puis sur la gauche. Beaucoup de meubles en bois, un grand bureau et un grand fauteuil, des livres à reliures de cuir sur les étagères.

— Je trouverai, dit Eve.

Elle constata que d'autres meubles et œuvres d'art avaient été retirés. Elle passa même devant une pièce entièrement vide à l'exception d'une pile de cartons de déménagement. Pourtant, elle ne vit pas un brin de poussière et capta plusieurs fois de légers effluves citronnés, comme si quelqu'un avait pressé des agrumes dans l'air.

Elle trouva le bureau et estima, au premier coup d'œil, que rien – ou pas grand-chose – n'avait été retiré de cet espace.

L'endroit était organisé et agréable, avec ses lourdes plinthes en bois, ses meubles solides et masculins et ses couleurs profondes.

« Bordeaux et vert émeraude », songea-t-elle en observant longuement la pièce depuis le seuil.

Des photos de famille mises en valeur par des cadres noirs ou argentés, des plaques commémoratives remises par diverses œuvres de bienfaisance.

Le bureau proprement dit accueillait toujours un sous-main couleur café, des accessoires coordonnés et une élégante petite console de communication.

À côté de l'épais manteau de cheminée se trouvait un bar : petit, antique et sans doute doté d'une certaine valeur. Deux carafes en cristal y étaient posées, à moitié remplies d'un liquide ambré et décorées d'étiquettes en argent. Whiskey. Brandy.

Eve foula le tapis qui recouvrait le parquet. Les motifs légèrement passés lui laissèrent penser qu'il s'agissait sans doute d'un objet de valeur et ancien comme le bar, comme les carafes, comme la montre à gousset exposée sous un dôme en verre.

Elle ne vit aucun signe de lutte, aucune indication d'un vol quelconque. Mais lorsqu'elle s'accroupit pour examiner l'espace où la frange du tapis caressait le bois, elle repéra quelques gouttes de sang.

Elle fit lentement le tour de la pièce, sans rien toucher. Mais elle commençait à voir la scène... Peut-être.

Elle revint sur ses pas, s'arrêta sur le seuil du séjour en voyant Mira appliquer une pommade sur la tempe de son mari d'une main experte.

— N'allez pas encore dans le bureau, dit Eve. Je sors simplement récupérer mon kit de terrain.

— Oh, la météo est affreuse. Je vais aller vous la chercher, proposa Dennis en faisant mine de se lever.

— Je m'en occupe ! lui répondit-elle immédiatement. Donnez-moi juste une minute.

Elle retourna sous la pluie glacée pour sortir son kit de terrain du coffre. En repartant, elle balaya du regard les maisons alentour puis sortit son propre communicateur pour envoyer un texto rapide à Connors.

Retardée. Je t'expliquerai en rentrant.

Elle estima que c'était suffisant pour respecter les règles du mariage.

De retour à l'intérieur, elle posa son kit pour retirer son manteau, son écharpe et son bonnet.

— Bon, faisons les choses dans l'ordre. Avez-vous tenté de contacter votre cousin ?

— Oui. C'est ce que j'ai fait tout de suite. Il n'a pas répondu sur son communicateur. J'ai aussi appelé chez lui et je suis tombé sur sa femme. Je n'ai pas voulu l'alarmer, ajouta Dennis, donc je n'ai rien mentionné de tout ça. Elle m'a dit qu'il n'était pas à la maison et qu'il rentrerait sans doute tard. Elle n'était peut-être pas au courant de son rendez-vous ici. En tout cas, elle ne m'en a pas parlé.

— Son rendez-vous ?

— Oh, pardon, je ne vous ai rien expliqué.

Il gratifia Mira de l'un de ses sourires absents avant de reprendre :

— J'avais essayé de le joindre plus tôt dans la journée, pour lui demander si nous pourrions... simplement nous asseoir tous les deux et aborder la question de notre désaccord à propos de la maison. Je suis tombé sur une assistante qui m'a paru un peu stressée. Sans quoi elle n'aurait sans doute pas mentionné qu'il avait rendez-vous avec un agent immobilier pour évaluer la maison. Ça m'a... Eh bien, disons que ça m'a mis en colère. Il n'aurait pas dû organiser ça dans mon dos.

Eve hocha la tête et ouvrit son kit pour en sortir une bombe de Seal-It.

— Ça vous a mis en rogne, dit-elle.

— Eve... commença à dire Mira.

Mais Dennis lui tapota la main.

— Autant dire la vérité, Charlie. J'étais très contrarié. Il ne répondait pas sur son communicateur personnel, donc une fois mon dernier cours bouclé, je suis passé directement ici. La circulation était infernale, d'ailleurs. Il faudrait faire quelque chose pour ça.

— Oui, je me fais souvent la même réflexion, dit Eve. Quand êtes-vous arrivé sur place, monsieur Mira ?

— Oh, je n'en suis pas très sûr. Voyons. J'avais donné mon dernier cours... Il devait être environ 16 h 30. Mon assistante pédagogique et quelques étudiants avaient des questions, donc ça a pris un petit moment. Puis j'ai dû rassembler tous mes documents de travail et il devait bien être 17 heures quand je suis parti. Le temps d'arriver ici...

Il afficha de nouveau son sourire vague et doux, mais l'inquiétude se lisait dans ses yeux d'un beau vert.

— Je ne pourrais pas vous dire exactement.

— Ça me suffira, lui dit Eve en constatant que cette question sur les horaires lui causait du désarroi. Cette maison dispose de mesures de sécurité. Étaient-elles activées ?

— Oui. J'ai le code d'entrée et un passe. Mon empreinte palmaire est enregistrée.

— Il y a une caméra.

— Mais oui ! s'exclama-t-il avec un enthousiasme soudain. Bien sûr ! Elle nous montrera quand je suis arrivé. Et Edward aussi. Je n'y avais pas pensé.

— Pourquoi ne pas commencer par y jeter un coup d'œil ? Savez-vous où se trouve la console de sécurité ?

— Oui, bien sûr. Je vais vous montrer. Je n'y avais pas pensé, répéta-t-il en secouant la tête. Si j'avais regardé par moi-même, j'aurais pu voir les allées et venues d'Edward. Là, vous me soulagez, Eve.

— Vous avez été agressé, monsieur Mira.

Il s'immobilisa et cligna les yeux.

— C'est vrai, oui. C'est très perturbant. Qui a pu faire une chose pareille ?

— Voyons si nous pouvons le découvrir.

Il la conduisit vers l'arrière de la maison, tourna au coin d'un couloir puis la fit entrer dans une grande cuisine moderne quoique parsemée de touches surannées en accord avec le reste de la maison.

Tout dans cet endroit était… accueillant, et lui rappelait d'une certaine façon la demeure des Mira dans les quartiers résidentiels.

— Il y a des postes vidéo dans plusieurs pièces, expliqua Dennis en ouvrant la porte de la cuisine. Pour que mes grands-parents ou les employés puissent voir qui se présente à la porte. Mais la console principale est ici.

Il balaya l'installation d'un regard un peu vague.

— J'ai bien peur de ne pas être très doué avec les appareils électroniques compliqués.

— Moi non plus.

Eve s'avança néanmoins jusqu'à l'emplacement où – elle en était certaine – un périphérique essentiel aurait dû se trouver.

— Mais je peux vous dire que quelqu'un a tout pris, le lecteur – ou peu importe comment on appelle ça – et tous les disques qui vont avec.

— Oh non !

— Comme vous dites. Qui d'autre avait accès à la maison ?

— En dehors d'Edward et moi ? La femme de ménage. Sa mère a travaillé pendant des décennies pour mes grands-parents et elle nous aide depuis plusieurs années. Elle ne ferait jamais…

— Je comprends, mais j'aurai quand même besoin d'avoir son nom pour pouvoir lui parler.

— Ça vous dérange si je fais du thé ? demanda le Dr Mira.

— Pas du tout, allez-y. Monsieur Mira, je voudrais que vous me racontiez précisément ce qui s'est passé. Le taxi vous a laissé devant la maison ?

— Oui. Juste devant. J'ai failli oublier ma mallette sur le siège arrière – je suis tellement tête en l'air – mais le chauffeur m'a rappelé. J'étais perturbé, en colère. Je suis entré par moi-même dans la maison. Venir ici a toujours quelque chose de doux-amer pour moi. C'est plein de souvenirs marquants, de bons souvenirs, mais c'est douloureux de savoir que ce n'est plus pareil, que ça ne le sera plus jamais. J'ai posé ma mallette et j'ai entendu des voix.

— Plus d'une personne ? l'interrogea Eve.

— Eh bien… Oui, je crois. Je m'attendais à tomber sur Edward et l'agent immobilier qu'il a engagé et j'ai pensé qu'ils étaient en train de discuter. J'ai appelé

Edward. Je ne voulais pas les prendre par surprise. Je me suis avancé et en arrivant au bureau, je l'ai vu assis sur le fauteuil de notre grand-père. Un œil au beurre noir, la bouche en sang. Il était terrifié. En voyant sa peur, je me suis avancé pour l'aider. On a dû me frapper par-derrière. Ça ne m'était jamais arrivé auparavant mais je pense que c'est ce qui s'est passé.

— Vous avez perdu connaissance.

— La blessure est cohérente avec l'impact d'un objet lourd à l'arrière du crâne, confirma Mira.

Elle tendit un mug de thé à Dennis et lui fit refermer les mains autour.

— De même que l'hématome à sa tempe correspond à un choc contre le sol à la suite d'une chute.

— Je ne remets pas cela en question, docteur Mira, dit Eve.

Celle-ci s'appuya contre Dennis pour déposer un petit baiser sur sa tempe endolorie.

— Je sais bien, répondit-elle avec un soupir. Je sais bien.

— Qu'avez-vous fait en reprenant vos esprits, monsieur Mira ?

— Au départ, j'étais désorienté, dans la confusion totale. Edward n'était pas là et, même si ça fait longtemps que nous ne sommes plus en très bons termes, il ne m'aurait jamais laissé à terre comme ça. Je crois me souvenir que j'ai crié son nom et je l'ai cherché. Je crains d'avoir erré dans la maison pendant un petit moment, l'esprit toujours embrouillé, jusqu'à ce que je comprenne que quelque chose de grave était arrivé à Edward. J'ai contacté Charlotte pour qu'elle ne s'inquiète pas et je lui ai demandé si vous pouviez venir pour voir ce qui s'était passé.

Il gratifia Eve d'un regard plein de douceur qui lui donna envie de l'embrasser à son tour sur la tempe. Un élan qui l'embarrassait elle-même.

— Je comprends maintenant que j'aurais simplement dû appeler police secours plutôt que de vous déranger, dit-il.

— Ça ne me dérange pas. Vous sentiriez-vous prêt à aller voir dans le bureau ? Pour nous dire s'il manque quelque chose ou si des objets ont été déplacés ?

— Tout ce que vous voudrez.

Avant d'entrer dans la pièce, elle passa ses mains et ses pieds à la bombe Seal-It.

— Il serait préférable que vous ne touchiez à rien, dit-elle. Vous êtes déjà entré dans la pièce, et vous avez marché à travers la maison, donc le Seal-It ne s'impose pas pour vous. Mais limitons les contacts au strict minimum.

Elle s'arrêta sur le seuil.

— Votre cousin était donc assis sur le fauteuil. Derrière le bureau.

— Oui, il était… Oh, non, pas derrière. Le fauteuil était placé devant le bureau.

Il fronça les sourcils.

— Comment cela se fait-il ? s'interrogea-t-il. Mais, oui, il était assis sur le fauteuil, devant le bureau. Sur le tapis.

Cela concordait avec les observations d'Eve.

— D'accord, dit-elle. Attendez une minute.

Elle sortit le nécessaire de son kit, s'accroupit pour prélever un échantillon du sang sur le parquet puis scella le prélèvement. Elle en effectua ensuite plusieurs autres sur une zone délimitée du tapis puis ajouta quelques gouttes d'un petit flacon à son échantillon et hocha la tête.

— Du sang a été répandu ici. Quelqu'un l'a nettoyé mais on n'enlève pas toutes les traces d'un seul passage de nettoyant ménager.

Elle se pencha pour renifler.

— On le sent encore, dit-elle.

Elle enfila ses microlunettes pour examiner l'emplacement de plus près.

— Et en regardant bien, on le voit, ainsi que les légères traces de déplacement du fauteuil, posé ici avec un poids dessus.

— Le poids d'Edward.

— On dirait bien, opina Eve. Accordez-moi encore une minute...

Elle passa derrière le bureau afin de scruter chaque centimètre carré du fauteuil.

— Ils en ont loupé un peu. Une petite goutte, ici.

Elle préleva un peu du liquide, en prenant soin d'en laisser assez pour que la police scientifique puisse collecter son propre échantillon.

— Votre cousin était-il ligoté, monsieur Mira ?

— Je...

Il ferma les yeux.

— Je ne crois pas. Non, je ne pense pas. Je suis désolé, je n'en suis pas certain. J'étais tellement surpris.

— D'accord. Un coquard et la bouche ensanglantée. Donc quelqu'un l'a agressé et l'a fait s'asseoir sur le fauteuil, là, au centre de la pièce. En lui faisant suffisamment peur pour qu'il y reste. Un pistolet paralysant, peut-être, ou un couteau. Une arme, en tout cas, ou au moins la menace de violences physiques.

Elle fit de nouveau le tour de la pièce.

— Vous avez entendu des voix. Donc ils parlaient. Le ou les agresseurs voulaient quelque chose de lui. Mais avant qu'ils puissent l'obtenir, ou finir ce qu'ils avaient commencé, vous faites votre apparition. Vous appelez votre cousin, donc ils ont le temps de le menacer pour le forcer à se taire, puis de se poster hors de vue. S'ils avaient un pistolet paralysant, ils ne s'en sont pas servis sur vous. Une décharge prend quelques secondes et vous auriez pu les voir avant de vous effondrer. Donc ils vous frappent par-derrière.

Mais ils ne vous achèvent pas ni ne vous emmènent avec eux. Vous n'êtes pas impliqué dans cette histoire, seulement un gêneur. Pourtant, ils ont pris soin de nettoyer et de remettre le fauteuil à sa place derrière le bureau. Pourquoi ?

— C'est fascinant, toute cette science dans ce que vous faites. C'est même un art.

— Quoi ?

— Ce que vous faites, répondit Dennis. C'est à la fois une science et un art. Vos dons d'observation sont tellement affinés et – à mon avis – innés. Pardon, je m'égare... ajouta-t-il avec un sourire. Vous demandiez pourquoi. J'ai peut-être une explication : s'ils connaissaient Edward, ils me connaissent peut-être également. Étant donné la propension qu'a mon esprit à s'égarer, certaines personnes pourraient penser que j'ai simplement fait une mauvaise chute, que je me suis cogné, et que j'ai imaginé tout le reste.

— Ces personnes seraient des imbéciles, répondit Eve, ce qui le fit sourire. Manque-t-il quelque chose dans la pièce, monsieur Mira ? Des éléments ont-ils été déplacés ?

— Nous avons conservé l'endroit pratiquement tel qu'il l'avait laissé. Mon grand-père, je veux dire. Certains objets doivent me revenir, ou à mes enfants, ou à d'autres. Mais tout le monde était d'accord pour les laisser ici pour le moment. Tout est bien là. Je ne crois pas qu'on ait pris ou déplacé quoi que ce soit.

— D'accord. Vous arrivez sur le seuil et voyez votre cousin. Vous vous figez l'espace d'une seconde ; une réaction normale. Toute votre attention concentrée sur lui, vous vous avancez pour l'aider.

Elle alla se poster à l'entrée, s'arrêta, fit un pas en avant. Puis elle balaya les étagères du regard.

Elle se saisit d'un bol en pierre polie, fronça les sourcils, le reposa. Elle soupesa une plaque commémorative, puis l'écarta. Elle referma ensuite ses doigts autour de la trompe levée d'un grand éléphant de verre tout en camaïeu de verts et de bleus magnifiques. Il pesait son poids, estima-t-elle, et la trompe offrait une prise bien pratique.

— Docteur Mira ?

Mira s'approcha pour examiner à son tour l'éléphant.

— Oui, oui. Les pattes. Cela correspond à la blessure.

Tandis qu'Eve faisait un nouveau prélèvement, Mira se tourna vers Dennis.

— Plus jamais je ne me plaindrai que tu as la tête dure, lui dit-elle. Je te le promets.

— Il a été nettoyé mais il reste un peu de sang. L'agresseur se recule et se dissimule derrière la porte. La statuette est à portée de main, elle est lourde. Vous entrez et, *bim*, vous vous retrouvez par terre. Il, elle, ou ils. Je dirais « ils », un pour se charger d'Edward, un autre pour s'occuper de vous et tout ranger. Donc l'un d'eux va chercher de quoi nettoyer tout ça, s'empare du lecteur et des disques. Et puis ils emmènent Edward et vous laissent sur place. Je vais fouiller la maison, m'assurer qu'ils n'ont pas fourré son cadavre je ne sais... Pardon ! se reprit-elle immédiatement.

— Ce n'est rien.

— Je vais faire venir la police scientifique pour examiner les lieux, reprit Eve. Je peux contacter le service des disparitions, accélérer la procédure.

— Vous pourriez... ?

Sachant où son mari voulait en venir, Mira prit la main de Dennis.

— Vous accepteriez de vous charger de l'affaire ? demanda-t-elle. Nous serions tous les deux rassurés de savoir que vous êtes dessus.

— Bien sûr. Je ferai en sorte qu'on m'attribue l'enquête. Allez donc vous asseoir un peu, le temps que je fasse les démarches nécessaires.

Eve plaça l'éléphant dans un sac en plastique pour pièce à conviction puis contacta la police scientifique et demanda à ce qu'on lui envoie des agents en uniforme pour interroger le voisinage. Quelqu'un était entré dans la maison, probablement avec l'accord d'Edward Mira. Elle allait tâcher d'identifier ce fameux agent immobilier. Et quelqu'un était ressorti de la maison, soit avec la dépouille d'Edward dans les bras, soit en le forçant à le suivre.

Ils avaient eu besoin d'un moyen de transport.

Il ne s'agissait pas d'un cambriolage, estimait Eve, ni d'un kidnapping pur et dur. Car quel aurait été l'intérêt de le malmener avant ? La présence du fauteuil au milieu de la pièce évoquait un interrogatoire.

Les ravisseurs voulaient arracher des informations à Edward Mira. Il y avait de bonnes chances pour qu'il reste en vie jusqu'à ce qu'ils y parviennent.

Elle retourna dans le séjour. Les Mira avaient allumé le feu et s'étaient installés côte à côte sur le sofa pour boire du thé. Eve s'assit sur la table basse en face d'eux afin de maintenir le lien de proximité.

— Je vais avoir besoin de certaines informations, dit-elle. Cet agent immobilier, vous connaissez son nom ? Ses coordonnées ?

— Je n'en ai aucune idée, désolé. L'assistante n'en a pas parlé et j'étais trop remonté pour penser à le lui demander.

— D'accord. Je contacterai son bureau pour obtenir l'info. Où se trouve-t-il ?

— Edward a quitté le Congrès pour créer et prendre la tête d'un *think tank*[1] politique, lui dit Mira. Il dispose d'un bureau dans leur quartier général, au sein du Chrysler Building.

---

1. Cercle de réflexion émanant généralement d'institutions privées, et apte à soumettre des propositions aux pouvoirs publics. *(N.d.T.)*

— Un lieu de choix.

— Le standing a toujours été très important pour Edward, dit Dennis. Son organisation, l'institut Mira, occupe deux étages et possède un pied-à-terre dans East Washington pour l'usage d'Edward ou lorsqu'un autre de leurs dirigeants doit s'y rendre.

— Il me faudra également cette adresse, et celle de son domicile. J'irai directement parler à sa femme en sortant d'ici. À quoi ressemblait leur relation ?

Dennis échangea un coup d'œil avec sa femme puis soupira.

— Je vais répondre, dit-elle. Mandy est une pragmatique qui apprécie la vie qu'elle mène. Elle excellait lors des campagnes de son mari et continue à briller au sein de divers comités et organismes de collecte de fonds. Edward l'a souvent trompée, mais elle considère que cela fait partie du jeu et que ce n'est pas particulièrement important parce qu'il sait se montrer discret. Elle l'est également lorsqu'elle fait appel aux services d'un compagnon licencié. Leurs deux enfants sont grands aujourd'hui, et même s'ils se prêtent au jeu en public, ni l'un ni l'autre n'ont beaucoup d'affection pour leurs parents ou de respect pour les choix que ceux-ci ont faits.

— Il faut de tout pour faire un monde, Charlie, murmura Dennis.

— J'en ai bien conscience. Mon opinion professionnelle est que Mandy ne ferait rien pour déséquilibrer son univers personnel. Elle ne ferait pas de mal à Edward et, à sa manière, elle l'apprécie. Lui, à sa façon, se montre reconnaissant envers les contributions de Mandy à sa carrière et fier du statut social qu'elle a acquis.

— Il a forcément des ennemis.

— Oh, en grand nombre. Des ennemis politiques, comme on peut s'y attendre.

— Et à titre personnel ?

— Il sait se montrer charmant ; cela fait aussi partie du jeu politique. Il est également persuadé qu'il a toujours raison, sur le plan politique comme dans sa vie personnelle, ce qui peut causer des frictions. Cette maison en est un exemple, poursuivit Mira. Edward a décidé qu'il convenait de la vendre donc, à ses yeux, elle sera vendue.

— Il a tort, dit Dennis d'une voix douce. Et elle ne sera pas vendue. Mais ce n'est pas ce qui compte à ce moment précis. Quelqu'un lui a fait du mal et il n'y a eu aucune mention de rançon.

Il se tourna vers Eve.

— Vous n'avez pas parlé de rançon.

— Je vais en discuter avec sa femme. Monsieur Mira, je veux que vous sachiez que je crois tout ce que vous m'avez dit. Et je n'imagine pas ne serait-ce qu'une seconde que vous puissiez faire du mal à votre cousin. Ou à qui que ce soit.

— Merci.

— Mais je vais devoir vous poser la question qui suit, sans quoi je ne ferais pas mon travail. Et si je ne fais pas mon travail, je ne pourrai pas vous aider.

— Je comprends. Vous devez me demander quand j'ai vu Edward pour la dernière fois et comment cela s'est passé entre nous. Et si l'idée de conserver cette maison au sein de la famille est suffisamment importante à mes yeux pour que j'engage quelqu'un afin de lui faire peur.

Il hocha la tête et mit sa tasse de côté.

— On s'est vus durant les fêtes de fin d'année. Pour la forme, je dois bien le dire. Charlotte et moi sommes allés à un cocktail qu'il organisait chez lui. C'était quand, Charlie ?

— Le 22 décembre. Nous ne sommes restés qu'une petite heure parce qu'Edward a tenté de coincer Dennis pour lui parler de la vente de la maison.

— Je ne voulais pas de dispute, alors nous nous sommes éclipsés. Il m'a envoyé un e-mail peu après le Nouvel An pour m'exposer de nouveau ses raisons et ses projets.

— Tu ne me l'avais pas dit, Dennis.

— Il te met tellement en colère, répondit Dennis en lui reprenant la main. Et son message n'apportait rien de nouveau. Je n'aime pas importer la discorde chez nous. Je lui ai succinctement répondu que je n'étais pas d'accord et que j'avais l'intention d'honorer ma promesse à notre grand-père. En voyant qu'il me répondait immédiatement, j'ai su qu'il était très en colère. En général, il attend pour laisser penser qu'il est trop occupé pour s'embarrasser avec ce genre de choses. Mais il a répondu de suite en me disant qu'il me laisserait le temps de me montrer raisonnable mais qu'il serait obligé de lancer une action en justice si je restais campé sur mes positions sentimentalistes. Et… Il a prétendu que cette promesse n'avait jamais existé. Que, fidèle à mes habitudes, je m'étais emmêlé les pinceaux.

— Qu'il aille au diable !

— Charlie…

— Qu'il aille au diable, ce salaud au cœur de pierre. Je suis sérieuse, Dennis !

Un courroux indigné se lisait dans les yeux de Mira dont le teint s'était soudain empourpré.

— Si vous cherchez quelqu'un qui aurait voulu lui faire du tort, ne cherchez pas plus loin, ajouta-t-elle.

— Arrêtez ça, docteur Mira, répondit froidement Eve. Je vais demander à la DDE d'accéder à ces e-mails. Il s'agissait de vos derniers échanges ?

— Oui. Je n'ai pas répondu. Ce qu'il a dit était cruel, en plus d'être un mensonge. Nous avons bel et bien fait une promesse.

Eve discernait sa tristesse stupéfaite aussi clairement que la colère outragée de Mira.

— Je n'ai repris contact avec lui qu'aujourd'hui, mais il n'a pas répondu.

— Très bien, dit Eve.

Elle ne put s'empêcher de lui poser une main sur le genou.

— Vous ne vous emmêlez jamais les pinceaux sur les choses qui comptent, dit-elle. Je trouverai des réponses à toutes ces questions. Promis.

Elle se leva, soulagée d'entendre sonner à la porte.

— C'est pour moi, dit-elle. Je vais envoyer les techniciens dans le bureau pendant que je parcourrai personnellement la maison. J'ai aussi demandé que des agents frappent aux portes du voisinage, au cas où quelqu'un aurait vu quelque chose. L'un d'entre eux vous ramènera chez vous.

Elle sortit son communicateur.

— Vous voulez bien me noter tous les noms et les coordonnées que je vous ai demandés ?

— Je préfère que Charlie le fasse. Je suis vraiment nul avec la high-tech.

— Moi aussi, dit Eve.

Elle tendit le communicateur à Mira.

— Tout va bien se passer, affirma-t-elle.

Dennis se leva.

— Vous êtes une femme remarquablement intelligente. Et une chic fille, ajouta-il, ce qui prit Eve totalement de court.

Il l'embrassa sur la joue, un gentil petit baiser qui chatouilla légèrement la peau d'Eve. Sans doute avait-il oublié quelques poils en se rasant.

— Merci, dit-il.

Tout en allant ouvrir la porte, Eve sentit le chatouillis se frayer un chemin jusqu'à son cœur.

2

Eve veilla à ce qu'ils repartent sous escorte, puis alla parler aux agents et aux techniciens de la police scientifique avant de décider d'explorer la maison de haut en bas. Mais au moment de gravir l'escalier, elle s'arrêta et s'assit sur une marche. Pour appeler Connors.

— Je suis désolée, dit-elle en guise de préambule.

— Ne le sois pas.

Son visage emplit l'écran et, bon sang, quel visage. Elle était toujours frappée à l'idée que les dieux, les anges, les poètes et les artistes se soient un jour réunis pour créer quelque chose de parfait. Une bouche magnifiquement sculptée, des yeux d'un bleu impossible et sauvage et de hautes pommettes encadrées par d'épaisses mèches de soie noire.

— On t'a assigné un nouveau meurtre, poursuivit-il d'une voix dont les accents de brumes irlandaises apportaient la touche finale à sa perfection.

— En quelque sorte. Il n'y a pas de corps, ça fait une différence. Pas encore, en tout cas. Dennis Mira a été agressé.

— Quoi ?

Le sourire qu'elle seule savait lire dans le regard de Connors disparut.

— Il est blessé ? Dans quel hôpital est-il ? Je vous y retrouve.

— Il va bien. Je viens de les renvoyer chez eux. Il a pris un coup à l'arrière de la tête et s'est cogné à la tempe en tombant. Il a sans doute une légère commotion mais Mira s'en occupe.

— Où es-tu ?

— Dans la demeure de son grand-père. Celui de M. Mira. Ou plutôt ce qui était autrefois son domicile. Elle appartient désormais pour moitié à M. Mira et pour moitié à son cousin, l'ancien sénateur Edward Mira. Lui aussi s'est fait agresser et il est porté disparu. Je dois passer la maison au peigne fin pour m'assurer qu'il n'est pas mort et caché dans un placard. Puis il faudra que j'aille interroger quelques personnes sur le chemin du retour. Je ne sais pas combien de temps ça...

— Donne-moi l'adresse.

— Connors, c'est dans SoHo. Tu n'as pas à faire tout ce chemin par une nuit pareille.

— Tu peux me donner l'adresse ou je peux la trouver tout seul. Dans les deux cas, je suis en route.

Elle lui donna les coordonnées.

Elle eut le temps d'examiner les deux ailes de l'étage supérieur avant son arrivée. Et elle dut admettre que sa présence – ainsi que le café à emporter qu'il tenait à la main – améliora son humeur.

— J'avais prévu de nous faire à dîner, dit-elle.

Les lèvres magnifiques de Connors s'incurvèrent avant d'effleurer les siennes.

— Ah oui, vraiment ?

— Promis juré. On n'avait plus rien sur le feu dans le service, alors je me suis préparée à partir en me disant que j'arriverais peut-être à la maison avant toi. Que j'aurais le temps de disposer le vin, les bougies et les spaghettis dans la salle à manger.

— Rien que l'idée m'enchante.

— Mira m'a interceptée. Elle apparaît rarement secouée, mais là, c'était le cas. M. Mira venait de l'appeler après avoir repris connaissance – il s'est pris un coup dans le bureau du rez-de-chaussée – pour lui demander de venir. Avec moi.

— Évidemment. C'est un homme intelligent.

— Je t'expliquerai les tenants et les aboutissants tout en cherchant la potentielle dépouille d'Edward mais dis-moi d'abord une chose, monsieur J'achète-le-monde-entier-et-tous-ses-satellites : si tu devais acheter cette maison, combien mettrais-tu sur la table ?

— Je ne l'ai pas visitée en entier mais d'après ce que j'ai vu, elle a été très bien préservée et entretenue. Sans doute construite dans les années 1930. Avec environ cinq cent cinquante mètres carrés dans ce quartier ? Je dirais environ dix. Et si c'était moi qui vendais, j'en demanderais quinze.

— Tu parles en millions ?

— C'est ça.

— Ça fait un gros paquet de fric.

— La maison te plaît ? Dennis veut la vendre ?

— Non… Je veux dire, oui, c'est une belle maison, mais on en a déjà une. Ça me suffit. Et non, il ne veut pas la vendre, ce qui constitue en l'occurrence une partie du problème.

Elle lui raconta ce qu'elle savait tout en continuant ses recherches, certaine qu'il prenait note de chaque détail même lorsqu'il s'arrêtait pour admirer un meuble, des boiseries ou une rosace au plafond.

— Je pourrais en obtenir vingt, avec le bon acheteur et une visite soigneusement préparée, dit-il en réfléchissant à voix haute. Mais revenons à ton affaire. Tu sais que le sénateur est un crétin fini… en tout cas selon moi.

— Selon moi également, si j'en crois le témoignage de Mira… et tout ce que M. Mira n'a pas dit. Mais ce serait bien de le retrouver en vie.

— Certes.

Elle retourna jusqu'au bureau, accompagnée de Connors. L'odeur de la poudre et des produits chimiques qu'employaient les techniciens de la police scientifique flottait à présent dans la pièce.

— Je connaissais un peu Bradley Mira.

— C'est vrai ?

— Un peu seulement, précisa Connors. Et surtout de réputation. Il était respecté et admiré. Tu as enquêté sur ses antécédents ?

— Non, ce n'était pas immédiatement utile.

— Il a occupé le poste de procureur de New York, avant ton époque ou la mienne. Je crois qu'il disposait déjà d'une fortune familiale qu'il a fait fructifier. Il est ensuite devenu le juge Mira, et il a pris sa retraite il y a plus de dix ans. Peut-être même presque vingt, si ma mémoire est bonne. Il a consacré la dernière partie de sa vie à des œuvres de bienfaisance, comme en témoignent toutes les plaques commémoratives exposées ici. Un homme admirable qui, aux dires de tous, a mené une vie productive et réussie.

— M. Mira l'adorait, ça se voit. Vingt millions ?

Connors contempla le décor de son regard bleu sauvage.

— Auprès du bon acheteur, oui.

— La moitié de cette somme constitue une bonne motivation pour dénicher le bon acheteur. Il faudra que je m'entretienne avec l'agent immobilier, ce qui implique de trouver qui a pris le rendez-vous pour Edward Mira. Mais pour l'heure, je veux surtout rencontrer la femme de ménage et l'épouse de Mira. Le domicile de la première est sur le chemin de celui de la seconde.

— Et si je conduisais, pour que tu puisses jeter un œil à leurs antécédents ?

— Bonne idée. Laisse-moi d'abord voir si le porte-à-porte chez les voisins a donné quelque chose.

Mariés depuis vingt-sept ans, Sila Robarts et son mari vivaient à quelques rues de là, dans un appartement au premier étage d'un ancien hôtel particulier. Elle dirigeait une entreprise de nettoyage, *Ménage à froid*, tandis que son mari était le fondateur et le gérant de *Bricolo Bill,* un prestataire de petits travaux à domicile.

Ils avaient élevé deux enfants, qui travaillaient tous deux au sein de leurs entreprises, et avaient trois petits-enfants.

— Ils sont propriétaires des lieux, indiqua Eve en désignant du menton l'immeuble de briques blanches après que Connors se fut garé. Leurs bureaux se trouvent au rez-de-chaussée et eux habitent à l'étage.

Elle se dirigea vers l'entrée principale et actionna la sonnette de l'appartement.

— Oui ? répondit une voix féminine sèche et teintée d'impatience.

— Police de New York, madame Robarts. Nous souhaitons vous parler.

— Pourquoi ça ? Montrez-moi votre insigne. Levez-le devant la caméra.

Eve obtempéra.

— Qu'est-ce qui s'est passé ? demanda la femme. Il est arrivé quelque chose à mes enfants ?

— Non, madame. Nous avons simplement à vous parler. C'est Dennis Mira qui m'a transmis votre nom et votre adresse.

— M. Dennis ? Il va bien ? Qu'est-ce que… Mon Dieu !

Elle s'interrompit pour actionner l'ouverture de la porte.

Un couloir séparait le rez-de-chaussée en deux, avec une porte de chaque côté, l'une donnant sur l'entreprise de nettoyage et l'autre celle des travaux à domicile. Au fond se trouvait une troisième porte marquée de la mention « Privé ».

Celle-ci s'ouvrit à son tour dans un bourdonnement électrique.

Eve et Connors empruntèrent l'escalier jusqu'à l'étage et se présentèrent devant une double porte.

L'un des panneaux s'ouvrit vers l'intérieur.

— Vous êtes sûrs que M. Dennis va bien ? Qui êtes-vous ?

— Lieutenant Dallas du NYPSD, annonça Eve en présentant de nouveau son insigne.

— Dallas ? Dallas ?

Sila Robarts avaient de grands yeux couleur de chocolat noir et des cheveux pratiquement de la même teinte rassemblés en chignon au sommet de son crâne. En entendant le nom d'Eve, elle ouvrit des yeux de la taille de la planète.

— Connors ? Dallas ? J'ai vu le film, j'ai écouté le livre. Oh, doux Jésus. Mel ! Mel ! Viens voir. Quelque chose d'affreux est arrivé aux Mira.

— Calmez-vous, madame Robarts. Les Mira vont bien.

— Vous êtes de la Criminelle, répliqua Sila en tirant sur l'encolure de son sweat-shirt décoré du logo de son entreprise. Vous croyez que je ne le sais pas ? s'exclama-t-elle tandis que des bruits de pas précipités résonnaient depuis l'appartement. Vous travaillez avec Mme Charlotte.

— Qu'est-ce qui leur est arrivé ? Ils ont eu un accident ?

L'homme qui venait d'arriver se déplaçait rapidement pour quelqu'un de son gabarit. Il devait bien faire cent quinze kilos pour presque un mètre quatre-vingt-dix. Une carrure digne d'un joueur d'Arena Ball.

— Je crois qu'ils ont été assassinés !

— Quoi ? Quoi ?

Le grand costaud agrippa le bras de sa femme au bord de l'hystérie. Il semblait lui-même sur le point de craquer.

— Oh, mon Dieu. C'est pas possible ! Comment… ?

— Silence ! tonna Eve par-dessus leurs gémissements. Les Mira vont bien. Ils sont sans doute en train de dîner ou peut-être de boire un grand verre de vin. Alors maintenant tout le monde se calme et s'assoit !

Des larmes s'échappèrent des grands yeux couleur chocolat de Sila.

— Ils vont bien ? Vous pouvez nous le jurer ?

— Je vous le jurerai sur ma propre tête si ça peut mettre fin au délire.

— D'accord, pardon.

Elle chassa les larmes sur ses joues.

— Excuse-moi, Mel.

— Qu'est-ce qui t'a pris, Sila ?

— C'est Dallas et Connors.

— Dallas et... Quelqu'un est mort !

— Beaucoup de gens meurent tous les jours, répliqua Eve. Mais Charlotte et Dennis Mira n'en font pas partie.

— J'ai eu peur, c'est tout, dit Sila en reniflant. J'ai eu très peur. Ils sont quasiment de la famille.

— Alors comprenez bien que c'est aussi le cas pour moi.

— Oh, M. Dennis dit toujours beaucoup de bien de vous. Il est passé pendant que je faisais le ménage dans la grande maison en écoutant le livre. Le livre sur l'affaire Icove. Je lui ai demandé s'il vous connaissait, vu que vous travaillez avec Mme Charlotte, et il a dit que oui, que vous étiez quelqu'un de bien, qui prend soin des autres. Et courageuse. J'adore cet homme.

Eve la comprenait sans mal.

— Oui, dit-elle. Il va bien.

— Je vais te chercher un verre de vin, dit Mel à sa femme. Je peux aussi vous en offrir, proposa-t-il à Eve et Connors.

— Merci, mais nous sommes en service.

— Pas moi, répondit joyeusement Connors. Et un verre de vin me ferait plaisir.

— Je peux vous offrir autre chose, madame Dallas ? Du café ou du thé ? J'ai du Pepsi.

— Du Pepsi ? s'étonna Sila en plissant ses yeux encore humides. Melville Robarts, tu avais promis de freiner sur le soda !

Le grand costaud rentra la tête dans les épaules comme un petit garçon surpris en train de voler des cookies.

— Il doit rester un ou deux tubes qui traînent, dit-il.

— Alors apportez-m'en, dit Eve pour régler la question. Et appelez-moi lieutenant. Vous travaillez pour Dennis Mira et vous vous occupez de la maison de son grand-père.

— Oui, c'est ça. Venez, asseyons-nous, comme vous disiez.

Sila les escorta jusqu'à la salle de séjour, un espace confortable et propre au point de paraître presque immaculé. Elle s'assit sur une chaise à haut dossier bleu vif.

— Ma mère a travaillé pour le juge Mira et Mme Gwen pendant presque aussi longtemps que je peux m'en souvenir. En grandissant, il m'arrivait de l'aider. Et puis Mme Gwen est morte. C'est arrivé d'un coup et le juge, ça lui a brisé le cœur. Il est parti à son tour quelques mois après. Ils manquent toujours à ma mère. Et à moi aussi.

— À moi également.

Mel revenait avec un plateau sur lequel étaient disposés trois verres de vin rouge et un Pepsi avec des glaçons.

— J'ai fait des travaux dans leur maison quand ils en avaient besoin, dit-il. C'est comme ça que j'ai rencontré Sila. On avait seize ans. Il y a un problème, madame… lieutenant Dallas ?

— En effet. M. Mira va bien, répéta-t-elle, mais il a été agressé un peu plus tôt dans la soirée. Au domicile de son grand-père.

— Agressé ? Dans la maison ?

Sila plissa de nouveau les yeux.

— C'est le sénateur qui s'en est pris à lui, c'est ça ? Il n'a pas réussi à le faire changer d'avis, alors il lui a sauté dessus. Le sénateur Edward Mira. C'est le cousin de M. Dennis, mais difficile de croire qu'ils sont du même sang. Y a pas plus différents que ces deux-là !

— Qu'est-ce qui vous fait penser qu'Edward Mira pourrait s'en prendre à M. Mira ?

— Parce que c'est quelqu'un qui veut tout faire à sa façon, dans tous les domaines. Un tyran qui piétine les autres. Et c'est comme ça depuis toujours, si vous voulez savoir le fond de ma pensée. Je n'ai pas grande opinion de lui ou de sa snob de femme. Ils ont de gentils enfants, ceci dit. Des gens bien, et leurs gamins sont adorables. Vous l'avez arrêté ?

— Non. Il n'a pas agressé M. Mira. En réalité, il a lui-même été agressé. Et il a disparu.

— Je ne comprends pas.

— M. Mira est arrivé pendant l'agression et a été assommé. Lorsqu'il a repris connaissance, Edward Mira avait disparu, de même que ses agresseurs.

Sila but une gorgée de vin puis laissa échapper un soupir.

— Je suis désolée d'avoir dit tout ça à son sujet. C'est la vérité mais je suis désolée. Quelqu'un a voulu les dévaliser ? La maison est protégée par de bonnes mesures de sécurité. Je ne me suis jamais inquiétée quand j'étais là-bas, que ce soit seule, avec ma mère ou avec ma fille.

— Quand y êtes-vous passée pour la dernière fois ?

— Aujourd'hui, entre 7 h 30 et 14 h 30, à peu près. On a fait le ménage, ma fille et moi, et ma mère est passée aussi. Elle ne peut plus travailler autant qu'avant mais elle adore cette maison. On y est allées tôt le matin pour faire l'entretien de la cave au grenier. On fait ça une fois par mois. Je vous promets qu'on a bien remis l'alarme et fermé les verrous en repartant.

— Quelqu'un s'est présenté à la porte ?

— Non, lieutenant.

— Avez-vous remarqué quelqu'un, aujourd'hui ou à un autre moment, qui n'aurait pas dû se trouver dans le voisinage ? Vous voyez ce que je veux dire.

— Oui, je vois. Mais non, j'ai rien remarqué de ce genre. C'est un quartier agréable. Quelques retraités comme le juge et beaucoup de professions libérales. Docteurs, avocats, ce genre de choses. M. Dennis passait de temps en temps, juste pour dire bonjour et profiter un peu de la maison.

— Et le sénateur ?

Elle plissa le nez.

— Il revenait plus souvent ces derniers temps. Avec pleins de dollars dans le regard.

— Sila…

— Que veux-tu que je dise d'autre ? Il a emporté des meubles. Ou plutôt les a fait enlever, se reprit-elle. Mais M. Dennis m'a dit que c'était bon, qu'ils lui avaient été légués. Je n'ai pas raconté à M. Dennis que j'avais entendu le sénateur parler dans son communicateur d'estimations de prix pour tout ce qu'il avait emporté. Ça lui aurait fait trop de peine de savoir que des biens que ses grands-parents adoraient allaient être revendus à des inconnus.

Eve posa plus de questions pour creuser un peu ce qu'elle devinait pourtant être un terreau peu fertile. Lorsqu'ils se levèrent pour partir, Sila lui toucha le bras.

— Je voudrais appeler M. Dennis. Histoire d'entendre sa voix, rien de plus. Je crois pas réussir à me calmer sans ça. Je peux ?

— Bien sûr, répondit Eve.

Elle hésita brièvement avant d'ajouter :

— Attendez une petite semaine mais, si vous en avez l'occasion, vous pourriez peut-être retourner là-bas pour nettoyer le bureau. Le travail de la police scientifique laisse toujours quelques traces.

— Comptez sur moi.

Sur le chemin des quartiers chics, Eve demeura quelques instants plongée dans ses pensées avant de se tourner vers Connors.

— Il revend des meubles, souhaite vendre la maison. Le sénateur est peut-être tout simplement cupide mais j'aimerais bien que tu jettes un œil à ses finances. Il pourrait s'agir de dettes de jeu ou de chantage à propos d'une liaison. Et si cette vente n'était pas un choix mais une obligation pour lui ?

— Avoir la permission de farfouiller dans les comptes de quelqu'un d'autre est toujours un plaisir. Et, dans le cas présent, un vrai bonheur.

— Tu ne l'apprécies vraiment pas, hein ?

— Pas le moins du monde.

— Il pourrait forcer M. Mira à vendre ?

Connors zigzagua souplement pour dépasser une monoplace sur la chaussée glissante.

— Je ne connais pas les détails mais s'ils ont hérité à parts égales, la bataille juridique serait compliquée. Dennis pourrait aussi racheter la part d'Edward.

— Bien sûr, en admettant qu'il ait dix millions qui prennent la poussière quelque part.

— Dix millions de dollars ne prennent pas la poussière : ils génèrent d'autres millions. Du moins si l'on s'en sert correctement. On pourrait facilement lui prêter ce dont il a besoin. Ils sont de la famille, rappela-t-il à Eve comme elle le regardait d'un air interloqué.

Elle lui prit la main.

— J'avais vraiment prévu de préparer le dîner, dit-elle. Et je pensais aussi aller nager et fricoter dans la piscine. Et puis peut-être un film ensuite.

Un sourire complice se peignit lentement sur le visage de Connors.

— Tout ça ?

— Je m'organisais dans ma tête quand Mira m'a interceptée. Je suis vraiment désolée qu'on n'ait pas pu en profiter.

— Ne perds pas espoir, la soirée est encore longue.

Connors gara la DLE en face d'un immeuble dont la façade argentée miroitait dans l'air du soir. Eve eut un sourire narquois quand le portier, qui faisait penser à un ours polaire en tenue de gala avec son uniforme blanc à tresses dorées, se précipita sous la pluie glacée pour les menacer du regard.

— C'est une de tes propriétés ? demanda-t-elle.

— Non. Mais allons voir, peut-être que j'aurai envie de l'acquérir.

— Je vais pouvoir intimider le portier, se réjouit-elle avant de sortir. Surtout ne lui graisse pas la patte.

— Au risque de te gâcher le plaisir ? Pour qui me prends-tu ?

Elle sortit et se planta sur le trottoir pour faire face au portier qui retroussait déjà les babines.

— Vous ne pouvez pas garer ce tas de boue ici ! dit-il.

— Je viens pourtant de le faire.

— Et maintenant vous allez le sortir de là. Cet espace est réservé aux taxis et aux limousines qui viennent chercher ou déposer des passagers. Pas aux véhicules qui font honte à l'industrie automobile.

— Il s'agit d'un véhicule officiel du NYPSD, rétorqua Eve en lui brandissant son insigne sous le nez. Et il me convient très bien. Il restera donc où je l'ai garé.

— Attendez, attendez… Je soutiens le travail des policiers… et des policières. Mais je ne peux pas avoir ce genre d'épave stationnée devant l'entrée.

— On ne juge pas un livre à son titre.

— Quoi ?

— À sa couverture, intervint Connors. À sa couverture, chérie.

— Bref, ma voiture reste ici... Eugene, ajouta-t-elle en lançant un coup d'œil au badge épinglé sur la poitrine du portier. Avez-vous vu le sénateur Mira ce soir ?

— Non, je ne l'ai pas vu, et je suis en poste depuis 16 heures. Écoutez, vous n'avez qu'à faire le tour au coin de la rue pour la mettre au parking. Je les préviendrai et vous n'aurez rien à payer.

— Certains pourraient considérer cela comme une tentative de corruption d'officier de police. Je vais fermer les yeux pour cette fois. Et Mme Mira, vous l'avez vue ?

— Sa secrétaire personnelle est sortie il y a une vingtaine de minutes, donc pour ce que j'en sais, Mme Mira est là-haut. Quel est le problème ?

— C'est vous qui allez avoir un problème si vous ne nous donnez pas immédiatement accès à l'appartement des Mira. La journée a été longue, mon gars, et je suis à la fois trempée et frigorifiée. Je me sens capable de faire de votre vie un enfer si nécessaire.

— Les flics... maugréa-t-il avant de repartir vers la porte.

Il traversa le hall d'un pas pesant jusqu'à sa console informatique.

— Mme Mira ou l'un de ses employés devra donner son accord. Ils ont payé pour un ascenseur privé et si j'essaie de vous faire monter sans autorisation, ça déclenchera une alarme. Et je perdrai mon boulot. Vous pourriez peut-être faire de ma vie un enfer, sœurette, mais ma femme n'a rien à vous envier en la matière. Si je perds mon job, elle me fera regretter de ne pas être allé directement en enfer.

— C'est *lieutenant* sœurette. Et dites-leur que le NYPSD a besoin de s'entretenir avec Mme Mira.

Il tapota sur l'écran puis enfila une oreillette pour pouvoir parler sans qu'ils entendent ce que dirait son interlocuteur.

— Salut, Hank, c'est Eugene, en bas à la porte. Le NYPSD est ici et voudrait parler à ta patronne... Humm. Ouais, c'est l'étape d'après. Compris.

Il se tourna vers Eve.

— Je vais devoir scanner votre insigne pour vérification. L'équipe de sécurité de Mme Mira la prévient que vous souhaitez monter.

— Scannez donc.

Une fois l'identité d'Eve vérifiée, il retourna à son écran et au dénommé Hank.

— Dallas, lieutenant Eve, confirmée. D'accord. La sécurité veut savoir de quoi vous souhaitez parler avec Mme Mira.

— Dans le but de respecter sa vie privée, j'en discuterai directement avec elle.

— Elle a dit... D'accord, t'as entendu. Compris.

Il se tourna de l'écran pour leur désigner le dernier ascenseur sur une rangée de trois.

— C'est l'accès privé. Je vous envoie directement à l'étage. La sécurité vous y accueillera.

— Super.

Eve et Connors s'approchèrent tranquillement de l'ascenseur et attendirent que la porte s'ouvre.

Celle-ci coulissa dans un murmure à peine audible. La cabine aux parois dorées était équipée d'un petit banc rembourré au tissu bleu roi et, contre le mur du fond, d'une petite table sur laquelle trônait un vase garni de roses blanches.

— Qui fait des trucs pareils ? s'étonna Eve. Qui met des fleurs dans un ascenseur ?

Connors continua à pianoter sur son mini-ordinateur.

— Ils ont acheté tout l'étage supérieur – soit quatre appartements avec terrasse – il y a huit ans.

— L'étage entier.

— C'est ça, pour la modique somme d'environ douze millions trois. C'est toi qui m'as dit de jeter un œil à leurs finances.

— Je pensais que tu ferais ça une fois rentré à la maison.

— L'impatience a eu raison de ma fragile volonté. Au fait, la cabine est aussi équipée de micros et de caméras, mais je me suis permis de les brouiller quand nous sommes montés.

— Tu trouves toujours de quoi t'occuper.

— L'oisiveté est mère de tous les vices.

— Pourquoi ça ? Et quand on dort, c'est de l'oisiveté ? Est-ce que ceux qui dorment beaucoup succombent aux vices ? On serait tous censés rester éveillés et s'occuper sans cesse pour ne surtout pas succomber au vice ? Et les gens qui se détendent à la plage, ce sont tous des vicieux ? Et les moines qui passent leur journée en méditation ?

Connors contemplait l'or pâle du plafond.

— Une phrase si simple et si moralisatrice... La voilà désormais complètement démontée.

— Moi aussi, je trouve à m'occuper.

Contente d'elle, elle sortit d'un pas allègre dès l'ouverture des portes.

Un grand Noir athlétique au physique digne d'une couverture de magazine de mode s'avança dans le grand hall d'entrée. Bouquets de roses blanches, petits bancs supplémentaires et éclairages tamisés. Ainsi qu'une double porte, maintenue soigneusement fermée.

— Lieutenant, monsieur, les salua-t-il avec un léger accent britannique. Avant de vous laisser voir Mme Mira, je vais vous demander de me remettre vos armes et appareils électroniques.

— Il n'en est absolument pas question.

— Alors j'ai bien peur que sans mandat de perquisition vous ne puissiez aller plus loin.

— Très bien. Je vais considérer que Mme Mira ne s'inquiète pas de savoir que son mari a été agressé et peut-être kidnappé ce soir. Mais si cela doit changer, elle pourra me contacter demain au Central. Pour l'heure, j'ai fini ma journée. Allons manger des spaghettis, dit-elle à Connors avant de se retourner vers l'ascenseur.

— Une minute. Vous dites que M. Mira a été victime d'une agression ?

— Avec des boulettes de viande, ajouta Eve. Et un bon verre de vin.

— Ça me paraît parfait. Devant la cheminée ? demanda Connors. C'est la soirée idéale pour un feu de cheminée.

— Lieutenant Dallas !

Elle lança un coup d'œil par-dessus son épaule.

— C'est à moi que vous parlez ?

— Le sénateur Mira a-t-il été blessé ?

— Écoutez-moi bien, *Hank*. Je suis venue parler à Mandy Mira dans le cadre d'une affaire policière on ne peut plus sérieuse. Soit elle accepte de me rencontrer, soit elle refuse. Cessez de me faire perdre mon temps.

— Attendez ici, s'il vous plaît. Je n'en ai que pour une minute.

— Une minute. Soixante seconde. Le décompte a déjà commencé.

Elle leva le bras pour consulter sa montre dans un geste volontairement exagéré tandis qu'Hank ouvrait la double porte et se glissait à l'intérieur.

Puis elle prit une profonde inspiration.

— Pourquoi les gens sont-ils aussi désagréables avec les flics ?

— Aucune idée. Mais tu m'as donné très envie de spaghettis.

— Ça viendra, dit-elle.

Elle se tourna quand les portes s'ouvrirent de nouveau alors que sa montre affichait trente secondes.

— Si vous voulez bien entrer, Mme Mira va vous recevoir.

— Très bien. Il lui reste environ vingt-cinq secondes.

— Lieutenant… commença à dire le garde du corps.

Une expression de soulagement passa sur ses traits en entendant le staccato rapide de talons claquant sur le sol.

Mandy Mira était une grande femme à l'allure impressionnante, avec une silhouette sculpturale et une longue chevelure dorée. Eve contempla, fascinée, la façon dont les mèches d'un côté s'arrêtaient à l'oreille tandis que de l'autre elles s'incurvaient jusqu'au menton.

Sous ses sourcils brun foncé, des yeux d'un bleu glacial réussissaient l'exploit de marier l'agacement à l'ennui.

— Qu'est-ce que c'est que ces inepties ? Je n'ai pas l'habitude que la police vienne frapper à ma porte et je n'apprécie pas votre façon d'inventer une ridicule histoire d'agression pour vous introduire chez moi !

— Avez-vous parlé à votre mari au cours des deux dernières heures, madame Mira ?

— Cela ne vous regarde pas.

— Très bien. Désolée pour cette intrusion, répondit Eve en se tournant pour repartir.

— J'exige de savoir au nom de quoi vous êtes ici !

— Au nom d'une enquête sur une agression signalée contre Edward Mira et sur sa possible disparition.

— C'est ridicule.

— Dans ce cas, vous devriez le contacter immédiatement pour le prouver. Nous nous éclipserons alors dans la foulée, avec nos plus sincères excuses pour avoir interrompu votre soirée.

— Hank ! ordonna Mandy Mira avec un claquement de doigts. Contactez le sénateur Mira.

— Madame, j'ai déjà tenté de le faire, sur ses différents numéros. Je n'arrive pas à le joindre.

— Donnez-moi ça !

Elle prit le communicateur des mains de Hank et s'éloigna sur ses immenses talons bleu ciel.

— Eh bien, ça doit être un bonheur de travailler pour elle, commenta Eve.

Les mains dans les poches, elle prit la mesure de la salle de séjour.

Beaucoup de bleu pâle, constata-t-elle, sans doute choisi parce que la couleur se mariait avec les yeux de Mandy Mira. Et rien que du beau, de l'élégant, du brillant.

Une chance qu'on ne leur ait pas proposé de s'asseoir : tous les sièges semblaient conçus pour vous donner mal aux fesses.

Elle repéra un nouveau gigantesque bouquet de roses blanches posé sur le bois blanc vernis d'un piano. Des rideaux, blancs également, encadraient une baie vitrée donnant sur une terrasse. Alors que le regard d'Eve se posait sur le portrait du couple sénatorial accroché au-dessus de la cheminée éteinte, la voix indignée de Mandy résonna dans son dos.

— Comment ça, vous ne savez pas ? Vous êtes pourtant payée pour le savoir. Et si vous voulez continuer à l'être, vous allez immédiatement contacter le sénateur Mira ! C'est bien compris ?

Elle réapparut en trombe et lança le communicateur à Hank.

— Le sénateur n'est pas joignable actuellement, mais cela ne devrait pas vous concerner. Cependant, je veux des explications. Pourquoi êtes-vous ici à suggérer qu'il lui est arrivé quelque chose ?

— Saviez-vous que votre mari avait un rendez-vous aujourd'hui avec un agent immobilier au sujet de la demeure de son grand-père ?

— En effet.

— Avez-vous le nom et les coordonnées de l'agent immobilier en question ?

— Je ne porte absolument aucun intérêt à cette propriété ou à ce qu'il en sera fait.

— Je vais prendre ça pour un non. Le cousin de votre mari, Dennis Mira…

— Oh, c'est pas vrai...

Mandy agita la main comme pour chasser une odeur vaguement déplaisante.

— Si c'est Dennis qui vous a contactée, il vous a fait perdre votre temps, ainsi que le mien. C'est un pauvre garçon stupide à l'esprit embrumé, étrangement attaché à cette propriété. Je serais tentée de dire qu'il a organisé tout ceci pour compliquer la vente si ce n'était pas un plan bien trop compliqué pour lui.

Connors posa une main sur le bras d'Eve et serra les doigts dans un geste d'apaisement. Il prit la parole avant qu'elle le fasse, si bien qu'elle se contenta d'imaginer – en détail – flanquer son poing dans la figure de Mandy Mira.

— Dennis Mira a été agressé alors qu'il se précipitait pour porter secours à votre mari blessé. Si vous arrêtiez de l'interrompre, poursuivit-il sur un ton assez glacial pour transformer n'importe qui en statue de givre, le lieutenant pourrait vous exposer les détails.

— Et qui êtes-vous ?

— Connors, et en cet instant précis le consultant du lieutenant Dallas.

Elle étrécit ses yeux bleus et froids.

— Bien sûr. Oui, c'est évident. Je sais qui vous êtes, tous les deux. De la vermine. Et venus ici, sans aucun doute, à la demande de Dennis et Charlotte Mira. Vous pouvez repartir et leur dire que je me moque de leurs petits stratagèmes pitoyables et que mon mari fera exactement ce qu'il voudra de cette vieille bicoque ridicule et de tout ce qu'elle contient. Si vous revenez ici pour essayer de semer la zizanie, j'aurai deux mots à dire au gouverneur. Et nous verrons combien de temps Charlotte poursuivra son embarrassante collaboration avec la police. Hank, mettez-moi ces gens dehors ! Tout de suite !

Eve se pencha très légèrement en avant.

— Allez vous faire voir, dit-elle.

Le visage de Mandy s'empourpra.

— Comment osez-vous ? Vous pouvez être certaine que je vais contacter votre supérieur pour dénoncer votre comportement.

— Demandez le commandant Jack Whitney, répondit Eve en sortant son insigne. Notez bien le nom et le numéro. J'ai nettoyé des traces du sang de votre mari dans cette vieille bicoque ridicule tout à l'heure. Réfléchissez-y. Ainsi qu'au fait que vous n'arrivez pas à le joindre. Souvenez-vous également que Dennis Mira s'est retrouvé à terre et sans connaissance, en versant aussi de son sang parce qu'il avait tenté d'aider votre mari. Et vous…

— Eve… murmura Connors.

— Non, non, je n'ai pas fini. Et souvenez-vous aussi que, quand la police s'est présentée pour vous informer et recueillir des informations afin d'alimenter l'enquête pour localiser votre mari, vous avez fait obstruction. En tant que flic, je vous considère désormais – et je vous le dis droit dans les yeux – comme ma principale suspecte. T'as des cadavres dans tes placards, sœurette ? Parce que je te garantis que je les trouverai.

Mandy Mira était à présent blême de stupeur et d'indignation.

— Faites-les sortir. Je ne veux pas de ces gens chez moi, ordonna-t-elle.

Elle s'éloigna à grands pas tandis qu'Eve repartait vers le hall d'entrée.

Hank referma les portes derrière eux.

— Lieutenant ? Monsieur ? Je voudrais vous présenter des excuses pour…

— Vous avez votre boulot, j'ai le mien.

— Êtes-vous certaine que le sénateur Mira a été blessé, et qu'il est porté disparu ?

— Oui.

Le changement de ton de l'agent de sécurité poussa Eve à regarder par-dessus son épaule.

— Savez-vous qui il devait rencontrer dans la maison de son aïeul aujourd'hui ?

— Non, mais je vais essayer de le découvrir. Ce que je sais, c'est qu'il aurait dû être rentré chez lui depuis une heure. J'aurais dû rentrer, moi aussi, mais Mme Mira a insisté pour que je reste jusqu'à ce qu'il revienne.

— C'est une habitude ?

— Disons que cela arrive. Si je découvre des informations utiles, je vous contacterai au Central. Pour votre information : elle va réellement appeler le gouverneur et votre supérieur.

— Elle peut même appeler Dieu si ça lui chante.

Une fois les portes de l'ascenseur refermées, Connors fit glisser ses doigts le long du bras d'Eve pour lui prendre la main. Il n'avait aucun mal à capter le bouillonnement de fureur qui l'habitait.

— Je serai Ver, dit-il.

— Quoi ?

— Je serai « Ver », ce qui veut dire que toi, tu es « Mine ».

Il lut la confusion sur les traits d'Eve puis une lueur amusée s'alluma – presque à contrecœur – dans ses yeux.

— Pourquoi ce serait toi Ver ? À cause du vert irlandais ?

— Parce que ça sonne bien. Je trouve que ça me correspond. Toi tu fais plus Mine. Tu es ma Mine.

— C'est *lieutenant* Mine.

— Comme tu voudras.

— Tu essaies de m'apaiser pour que je ne saccage pas cet ascenseur.

— J'essaie surtout de garder mon calme, dit-il. Ça ne m'arrive pas souvent de songer à frapper une femme. C'est contraire à ma nature. Mais là, j'en ai eu violemment envie.

— Quand je lui ai balancé mentalement mon poing dans la figure, elle s'est retrouvée avec le nez en sang.

— Bon, on va tous les deux devoir se contenter de cette image. Et pourtant...

Il porta les doigts d'Eve à ses lèvres.

— On va rentrer à la maison et travailler jusqu'à tard dans la nuit pour essayer de retrouver le mari de cette garce incroyablement grossière.

— C'est forcément un con. Seul un con resterait marié à quelqu'un comme elle. Mais tu as raison, on va travailler dessus.

Il garda la main d'Eve dans la sienne pour traverser le hall de l'immeuble.

— Peut-être qu'il a simulé un enlèvement pour lui échapper.

— On ne pourrait pas l'en blâmer, sauf que c'est un con.

Sur le chemin du retour, elle contacta Mira pendant que Connors conduisait. Eve avertit la psychologue qu'elle avait informé Mandy Mira.

— Comment l'a-t-elle pris ?

— Elle prétend que c'est un stratagème de votre part. Elle m'a insultée, ainsi que Connors et vous deux, et elle a l'intention de contacter le gouverneur et Whitney pour me dénoncer. Je lui ai dit d'aller se faire voir.

— Je m'en occupe.

— Hé, non. Je ne veux pas que vous...

— Je m'en occupe, Eve. J'insiste. Vous aurez droit à des excuses.

— Je n'ai pas besoin qu'elle...

— Inutile de discuter sur ce point.

Eve s'apprêtait pourtant à le faire, mais elle lut la fatigue et la tension sur les traits de Mira.

— D'accord, comme vous voudrez. Comment va M. Mira ?

— Ça va. Pas de symptômes physiques préoccupants. Je vais garder un œil sur lui pendant la nuit mais je pense vraiment qu'il va bien. Il s'inquiète pour Edward, évidemment.

— Dites-lui bien que nous sommes sur l'affaire et que je vous tiendrai informés en priorité.

Elle raccrocha avant que Mira puisse la remercier de nouveau et commença à réfléchir aux méthodes les plus adaptées pour mener l'enquête pendant que la voiture franchissait le portail et remontait l'allée vers la maison.

Des lumières accueillantes brillaient derrière les dizaines de fenêtres, illuminant les belles pierres et même les très chics tourelles. Pour Eve, pouvoir rentrer chez elle dans une telle demeure au terme d'une longue journée représentait un petit miracle quotidien.

Ils sortirent chacun de leur côté de la voiture et firent le tour.

— Combien de temps il t'a fallu pour concevoir la maison, cette espèce d'élégante forteresse avec une petite touche de château ?

— Oh, j'ai passé des années à la construire dans ma tête quand j'étais gamin. Chaque fois que j'allais me coucher couvert de bleus ou sans avoir mangé, elle devenait un peu plus grande.

Dans la mesure où il avait connu une enfance aussi cauchemardesque que la sienne, elle était étonnée qu'il soit resté si mesuré dans la démesure.

J'ai un peu restreint mes délires, dit-il en lui reprenant la main pour s'approcher de la porte d'entrée. J'ai éliminé les tours de garde, les douves et admis que les catapultes sur lesquelles je fantasmais n'avaient pas d'usage pratique.

— Ça, je ne sais pas. Des catapultes, ce serait quand même très cool.

Au moment de franchir le seuil, elle se retrouva nez à nez avec le projectile idéal pour une catapulte : le majordome de Connors.

Summerset se tenait là, dans son habituel costume noir, tel un mort-vivant hantant la maison. Galahad, leur gros chat, se frotta contre l'une des jambes osseuses de Summerset avant de s'approcher à pas vifs pour serpenter entre celles d'Eve et de Connors dans une sorte de ballet félin maladroit.

Eve attendit une seconde l'inévitable remarque narquoise sur leur arrivée tardive ou autre insulte. Mais il se contenta de demander :

— M. Mira ?

— Il n'a rien de grave, répondit Connors en retirant son manteau. Eve vient de parler au Dr Mira.

— Ravi de l'apprendre. S'il y a quoi que ce soit que je puisse faire, vous n'avez qu'à demander.

Il s'éloigna de sa démarche quasi silencieuse, laissant Eve perplexe.

— Après une telle journée, je n'ai même pas l'occasion de me plaindre de Summerset ?

— Tu as dit à l'épouse d'un ancien sénateur d'aller se faire voir, répondit Connors en lui prenant son manteau. Il faudra t'en satisfaire.

— C'était dans un cadre professionnel.

Connors caressa la tête de Galahad avant de monter les marches.

— Tu auras peut-être ta chance demain, qui sait, dit-il.

Eve allait devoir s'en contenter. Elle lui emboîta le pas, suivie par le chat.

— On dîne d'abord, la prévint-il. On mangera dans la chambre, avec un bon feu et du vin.

Eve avait connu pire. Après le repas, elle installerait son tableau dans son bureau, explorerait quelques pistes, rappellerait l'inspecteur du service des disparitions qu'elle avait alerté. Connors pourrait s'occuper des investigations financières, ce qui le divertirait. Elle pouvait…

— Je m'occupe du feu et du vin, dit Connors. Tu te charges des pâtes.

— D'accord. Oui. Je vais contacter ses deux enfants, pour voir s'ils ont des informations. Et si on ne trouve rien, je m'adresserai à son groupe d'experts demain matin si rien n'a refait surface.

— Quand tu dis « rien », c'est d'un corps que tu parles ? Tu penses toujours en digne flic de la Criminelle, hein ?

— Je suis de la Criminelle. Et je pense à un corps parce que si c'était un enlèvement classique, il y aurait eu une demande de rançon. Si les agresseurs l'ont emmené ailleurs pour obtenir quelque chose de lui, il y a peu de chances qu'ils le laissent repartir ensuite.

— Mais pourquoi ?

Elle programma les spaghettis puis ajouta les petits pains aux herbes qu'ils aimaient tous les deux.

— Oui, pourquoi. À moins qu'il ne s'agisse du genre d'histoire où il est obligé de se taire pour éviter que ça empire. Je n'en sais pas encore assez à son sujet pour déchiffrer la situation. Mon intuition me souffle qu'on va le retrouver mort, mais c'est peut-être une réaction instinctive.

— Sa femme ne l'aime pas.

L'enquêtrice qu'elle était autrefois en serait arrivée à la même conclusion mais l'enquêtrice qu'elle était devenue, celle qui connaissait l'amour, en était certaine.

— On n'est même plus dans la sphère affective. Mais elle défend son territoire, elle protège leur statut social. Je ne l'imagine pas organiser une telle attaque. Ceci dit, je trouverai peut-être des indices allant dans ce sens. Mira a dit qu'il courait les jupons mais que sa femme s'en moquait. Peut-être qu'elle a arrêté de s'en moquer, pour une raison qui reste à déterminer. La menace d'un divorce et d'une perte de statut social…

Elle apporta deux assiettes garnies de généreuses portions jusqu'à la table du coin détente de leur chambre. Le feu crépitait déjà dans la cheminée et Connors leur servit un verre de vin rouge à chacun.

Le chat les observait avec envie.

— Summerset a dû le nourrir, non ? demanda Eve.

— Oui, bien sûr.

— Oh, et puis zut.

Elle retourna à l'autochef pour programmer un petit plat de saumon.

— Sinon il nous regardera fixement pendant tout le repas, dit-elle en voyant Connors hausser le sourcil.

Pendant que Galahad se ruait sur le poisson comme une bête affamée, Eve revint s'asseoir et prit son verre de vin.

— On était censés profiter de ce moment il y a plusieurs heures, dit-elle avant de boire une longue gorgée.

— Mais ça y est, nous y sommes. Si tardif soit-il, c'est agréable de partager un repas devant la cheminée par une nuit d'hiver bien rude.

Eve enroula un spaghetti autour de sa fourchette pour goûter le plat.

— C'est franchement pas mauvais... L'agent immobilier, reprit-elle en préparant une deuxième bouchée. Il faut que je retrouve cet agent immobilier. Soit il – ou elle – est dans le coup, soit le rendez-vous a été annulé. La première option me semble la plus probable.

Elle planta sa fourchette dans une boulette de viande.

— Ce n'est pas lié à la vente de la maison, dit-elle en secouant la tête. La présence de M. Mira est le grain de sable dans les rouages. Il s'agirait plutôt d'une histoire politique, ou personnelle. Il doit peut-être de l'argent à quelqu'un. Mais ils se sont débrouillés pour le coincer dans cette maison – ce qui veut dire qu'ils connaissaient son existence – où ils pensaient disposer du temps et de la tranquillité nécessaires. L'arrivée de M. Mira leur a gâché la fête.

— Donc, pendant que Dennis était inconscient, ils escamotent Edward Mira. Ce qui nécessite un véhicule.

— Oui. Le plus probable, puisqu'ils avaient le véhicule sous la main, est qu'ils avaient prévu dès le départ de l'emmener. Après l'avoir travaillé un peu au corps. Ce qui me conforte dans l'idée d'une affaire personnelle. Ou c'est une histoire d'argent, un sujet considéré comme personnel par beaucoup de gens. Ceci dit...

— S'il s'agit d'argent, il insiste pour vendre un bien immobilier dont la valeur couvrirait à peu près n'importe quelle dette qui ne soit pas totalement délirante.

— Exactement. Là encore, si c'est une question d'argent, le plus intelligent serait de s'en prendre à celui qui fait obstacle, à savoir M. Mira. Mais ce n'est pas ce qu'ils ont fait. Ce qui renforce la thèse de l'affaire personnelle.

— Quelqu'un qu'il aurait jugé et fait condamner, suggéra Connors. Ou un proche d'une personne condamnée par lui. Quelqu'un à qui il aurait causé du tort pendant son passage au Congrès, ou une personne qu'il aurait doublée sur un poste important. Un homme qui mène ce genre de carrières se fait forcément des ennemis, conclut Connors en haussant une épaule.

— Même chose pour les coureurs de jupons. Une femme qu'il aurait larguée, le mari ou le compagnon de quelqu'un avec qui il aurait eu une liaison. Les possibilités sont nombreuses pour la piste personnelle.

Connors opina du chef en enroulant des pâtes autour de sa fourchette.

— Pourquoi ne pas l'avoir achevé pendant qu'il était encore sur le fauteuil ?

— Oui. Je me suis demandé la même chose.

Elle continua à manger pendant que les questions bouillonnaient dans son cerveau.

— C'est pourquoi j'ai d'abord pensé à un kidnapping. Mais ça fait des heures et il n'y a toujours pas de demande de rançon. Donc... Ils voulaient plus de temps pour s'amuser avec lui. Ce qui nous ramène à l'idée qu'ils cherchent à lui arracher des informations, ou simplement à le faire souffrir plus longtemps.

— Dennis a été attaqué par-derrière.

Eve hocha la tête et reprit un peu de vin.

— Ils ont veillé à ce qu'il ne puisse pas voir son agresseur, dit-elle. Mais si on avait affaire à des tueurs de sang-froid, pourquoi ne pas le frapper encore une fois à terre ? Une manière d'éliminer le témoin et d'exploiter cette violence pour terrifier un peu plus Edward. Mais non. M. Mira ne faisait pas partie de leur plan.

— Ce qui confirme qu'ils ont un plan.

— Imagine la scène, dit Eve en se recalant sur sa chaise. L'agresseur entre dans la maison avec Edward. Ce qui me laisse penser qu'il ne connaît pas cette personne, qu'il ne la voit pas comme une menace. Ou qu'il la connaît mais la considère inoffensive. Le stratagème de l'agent immobilier. À moins que l'agresseur soit effectivement agent immobilier, et que cela ait facilité la mise en place du piège. Sans la victime pour nous le dire, ou son corps pour nous livrer des informations, on ne sait pas si l'agresseur l'a paralysé ou l'a attiré par la ruse ou la force jusqu'au bureau. Et on ne sait pas pourquoi cette pièce a été choisie – en admettant que cela ait un sens particulier – pour le passer à tabac. M. Mira ne croit pas que son cousin ait été ligoté sur le siège et je n'ai rien vu en ce sens sur le lieu du crime. Donc je pense qu'ils étaient au moins deux. Un pour braquer une arme sur la victime, l'autre pour lui taper dessus...

— S'il leur devait de l'argent – ce que je compte bien découvrir – il pouvait s'agir de deux hommes de main. Mais le subterfuge consistant à l'attirer dans cette maison me semble un peu alambiqué.

— Exactement, dit Eve. Et dans ce cas, pourquoi l'emmener là au lieu de simplement lui casser les jambes ? Ils réclameront peut-être une rançon mais, sans ça, je ne crois pas qu'ils agissent pour de l'argent. Pas au sens habituel. Il faudra qu'on écarte totalement la possibilité, mais je ne le sens pas.

— L'hypothèse suivante, c'est le sexe.

— Oui. Le sexe rend les gens fous. Méchants, vindicatifs, violents.

— C'est une promesse ? demanda Connors.

Eve s'étrangla sur sa gorgée de vin.

— Espèce de pervers.

— J'ai même ma carte de membre. Mais la folie violente dont tu parles n'a rien à voir avec les petits jeux entre adultes consentants. Et je suis d'accord. Ceci dit, ajouta-t-il en rompant un petit pain en deux avant de lui en proposer la moitié, s'il s'agissait de le tabasser à mort à cause d'une liaison, ou de son échec, pourquoi emporter son corps ensuite ?

— À cause de M. Mira.

Connors hocha la tête.

— Un imprévu qui les a peut-être fait paniquer. Mais pas assez pour écourter le passage à tabac. Ils l'ont emmené ailleurs.

— Ça me paraît la théorie la plus crédible : « merde, qu'est-ce qu'on fait maintenant ? On se tire et on l'emmène avec nous ».

Eve agita son petit pain avant de mordre dedans.

— Deux contre un qu'on retrouve le corps dans les vingt-quatre heures, dit-elle.

— Il me semble que, même pour nous, prendre un tel pari serait de mauvais goût.

— C'est vrai.

Tout en mangeant, elle se demanda qui avait inventé l'idée de la boulette de viande et si cette personne avait reçu les honneurs qu'elle méritait.

— Quoi qu'il en soit, je vais traiter cette affaire comme un meurtre. Laissons le service des disparitions faire son boulot de son côté. Mais si on découvre la dépouille d'Edward, je serai prête à l'action. Ce sera dur pour M. Mira, même si son cousin et lui n'étaient pas en très bons termes.

— Les relations familiales, c'est souvent toute une histoire, non ?

— Comme tu dis. D'autant qu'on n'a pas forcément grand-chose en commun avec ses cousins et cousines. D'un autre côté, quand on entend McNab ou Peabody évoquer les leurs – sans parler de toute ta smala irlandaise – il y a beaucoup de liens, beaucoup... d'affection. Mais en ce qui concerne Edward et sa garce de femme, on est au-delà de l'absence d'affection et de respect familial, on tombe dans...

— ... le mépris, termina Connors à sa place.

Elle tendit sa fourchette vers lui pour marquer son accord.

— C'est exactement ça. Et quiconque a du mépris pour un homme tel que M. Mira est forcément un sale type.

— Tu t'attends donc à ce qu'on retrouve le corps d'un sale type dans les vingt-quatre heures.

Elle opina du chef et avala une dernière bouchée.

— Oui. Ça ne veut pas dire qu'on ne va pas faire notre travail. On devrait d'ailleurs ajouter un addenda à la bannière que l'équipe a fabriquée. Tu sais, celle qui dit : « Peu importe votre couleur de peau, votre foi, votre sexualité ou vos convictions politiques, nous protégeons et servons car tout le monde peut se faire tuer ». On devrait mettre un...

Elle traça une forme dans l'air du bout du doigt, ce qui fit sourire Connors. Il la comprenait si facilement.

— Astérisque, dit-il.

— Voilà. Pour ajouter : « même si vous êtes un sale type ».

— Le passé serait sans doute plus approprié, puisqu'on parle de meurtre. « Même si vous *étiez* un sale type ».

— Hum. Bien vu. Et je ferais bien de m'y mettre. Tu t'occupes de la partie financière ?

— Avec le plus grand plaisir.

Ils sortirent ensemble de la chambre.

— Je vais envoyer un rapport à Peabody pour la mettre au courant. Je transmettrai aussi une copie à Mira. Ça l'a secouée. On la voit rarement réagir ainsi, mais ça l'a vraiment affectée de le voir blessé.

— L'amour nous rend vulnérables.

— Il l'a apaisée. Il sait y faire. J'ai bien vu qu'il était perturbé. Et il a pris un sacré coup sur la tête, donc il n'était effectivement pas bien. Mais il l'a apaisée.

— L'amour nous rend aussi plus forts. Ça fait partie de son mystère.

— Je ne sais pas si beaucoup de gens naissent naturellement gentils. Si ça fait simplement partie de leur ADN. Mais je pense que c'est le cas de M. Mira. Alors je regrette presque de ne pas avoir mis mon poing dans la figure de cette garce.

— Rappelle-toi ta vision de son nez en sang, lui répondit Connors avec une petite tape sur l'épaule. Faisons en sorte de nous en contenter.

— Il faudra bien.

Ils se rendirent chacun dans leur bureau personnel. Le chat décida de rester auprès d'Eve. Il fila droit vers son fauteuil de détente, sauta dessus, tourna plusieurs fois sur lui-même et s'effondra comme s'il avait couru un marathon.

Elle se rendit d'abord à son poste de travail et s'assit. Sa boîte de réception montrait que les techniciens de la police scientifique avaient pris sa demande de résultats urgents au sérieux.

Le sang trouvé sur le fauteuil était bien celui d'Edward Mira. Sur le parquet, Dennis Mira. Les seules empreintes retrouvées dans le bureau, dans le hall et sur les portes appartenaient à : Dennis et Edward Mira ; Sila Robarts ; Frankie Trente, la mère de Sila ; et Dara Robarts, sa fille. Les femmes de ménage.

Les suspects avaient donc pris leurs précautions. L'agression était planifiée.

Elle entama la rédaction d'un rapport, en y ajoutant ces premières analyses de la police scientifique. Puis, estimant qu'il était souhaitable de l'envoyer également à son supérieur, elle révisa un peu son contenu. Même si elle devait recevoir une sanction, elle considérait que son « allez vous faire voir » en valait la peine.

La constitution du dossier ayant déjà commencé par le biais des rapports et de ses notes, elle mit en place son tableau.

« C'est un peu léger pour l'instant », songea-t-elle en tournant autour du tableau, les yeux rivés sur la photo d'identité d'Edward Mira.

Mais c'était un moyen de prendre de l'avance pour le moment où l'on retrouverait le corps.

Elle retourna s'asseoir avec l'intention d'enquêter plus en profondeur sur chacune des personnes impliquées. Au même moment, Connors apparut sur le seuil.

— Déjà ? commenta-t-elle.

— Première passe, répondit-il. Je peux te dire que le sénateur aurait l'usage d'une grosse rentrée d'argent.

— Dettes de jeu ?

— Pas spécialement, non. Plutôt une question de train de vie. Et l'institut Mira n'est pas encore à l'équilibre. Il y a investi de grosses sommes et ça continue à pomper ses ressources. Pour faire simple, ils dépensent beaucoup. Sécurité, réceptions, voyages. Ils possèdent l'appartement que nous avons vu, une autre maison à East Hampton, un pied-à-terre à Washington. Et des cartes de membres dans les country clubs les plus sélects de chaque endroit. L'institut loue également une suite dans mon *Connors Palace*, en plus d'avoir de nombreux employés et des coûts de fonctionnement élevés.

Il s'approcha et but un peu du café qu'elle avait posé sur son bureau.

— Il s'est lancé dans plusieurs investissements malavisés ces deux ou trois dernières années, ce qui a grevé une partie de ses revenus. En quelques occasions, il a encaissé des sommes issues de la vente d'antiquités et d'objets de collection.

— En provenance de chez le grand-père.

— Tout à fait. Mais à moins d'obtenir une sérieuse augmentation de leur trésorerie, ils vont devoir rogner sur les dépenses ou se séparer de l'une de leurs propriétés. J'y inclus les deux comptes cachés qu'il possède, ainsi que celui de sa femme.

— Tu as déjà trouvé trois comptes secrets ?

Comme il se contentait de siroter son café en l'observant par-dessus le rebord de la tasse, elle secoua la tête.

— OK, question idiote. Ce sont des comptes illégaux ?

— Douteux, disons. Et contraire à l'éthique pour un homme politique tel que lui. Il est certain que la vente de la maison lui donnerait la marge de manœuvre dont il a besoin.

— Quoi que ce soit suggérant qu'il devait de l'argent à quelqu'un susceptible d'envoyer des hommes de main ?

— Je vais creuser, mais ce que j'ai pu trouver à ce stade nous donne déjà une vision claire des choses. Nous avons affaire à des gens habitués à un certain style de vie – et au statut social associé – qui refusent de réduire la voilure pour maintenir leurs finances à flot. Par exemple, elle dépense entre dix et douze mille dollars par mois dans les salons de beauté et les centres de remise en forme. Sans compter les soins chirurgicaux du corps et du visage deux fois par an, qui font tripler cette somme. Et il n'est pas loin derrière elle en la matière.

— Eh ben ! Ça fait, quoi, presque un quart de million par an pour soigner leur apparence ?

— En gros. Et ça n'est qu'une goutte d'eau, vraiment, par rapport à ce qu'il a investi et continue à investir dans l'institut. Il a dépensé vingt millions de sa fortune personnelle pour le lancer, et même si la structure lui rapporte à peu près un million par an depuis, il réinvestit cette somme – et même plus – dedans pour en maintenir le fonctionnement. Je peux te dire que durant les dix-huit à vingt-quatre derniers mois, l'argent est devenu un problème pressant pour lui.

— D'accord, il a besoin de vendre la maison. C'est son mobile. À nous de trouver qui récupérerait sa part de ladite vente potentielle en cas de décès. Sa femme et/ou ses enfants, probablement.

Elle fit de nouveau le tour du tableau.

— Son épouse ne veut pas renoncer à son train de vie. Est-ce qu'elle le ferait tuer pour ça ?

Eve s'interrompit pour dévisager le portrait photo.

— Ça ne me surprendrait pas, reprit-elle. Elle en a l'air capable. Il a sans doute une assurance vie. En cas de décès, elle deviendrait une veuve non seulement éplorée mais aussi très fortunée.

Les mains dans les poches, elle oscilla d'avant en arrière sur ses talons. Puis elle secoua la tête.

— Mais la méthode ne correspond pas du tout. Même si elle avait engagé quelqu'un : « Voilà un paquet de fric pour tabasser mon mari à mort. Et faites ça dans cette maison. » En se disant que Dennis acccepterait forcément de vendre dans ces conditions : « C'est l'épouse éplorée de mon cousin qui a été tué ici. Vendre nous aidera tous sur le chemin de la guérison. D'accord. »

Songeur, Connors lui tendit le reste du café.

— Ça paraît crédible, même si c'est alambiqué.

— Trop alambiqué. Et des types engagés pour le tuer en auraient terminé rapidement. Ils ne l'auraient pas emmené ailleurs.

— Tu en reviens donc à l'idée d'un mobile personnel.

— Oui. Il n'a de dettes envers personne ? Rien n'indique qu'il serait victime de chantage, ou maître chanteur lui-même ?

— Je n'ai rien trouvé de ce genre, non.

— Donc c'est une histoire d'argent pour lui mais pas pour la personne qui le tient. Du sexe.

Connors enroula ses mains autour de la taille d'Eve.

— Avec plaisir, dit-il.

— Pas nous, idiot. L'argent, la politique, les femmes. Son univers semblait tourner autour de ces trois pôles. L'argent ne tient pas vraiment la route dans notre affaire. La politique… Il n'est plus sénateur, mais il reste son groupe d'experts. J'enquêterai dessus mais s'il est obligé de payer pour le maintenir à flot, quelle influence ce groupe, et lui-même, peuvent-ils bien avoir… politiquement parlant ? Donc on arrive au sexe. La suite dans ton hôtel. Je parie que ça constitue un joli petit nid d'amour.

— Nos literies sont garnies à l'aide des meilleures plumes.

— Ha, ha. Je parie que tu n'aurais qu'un appel à passer pour me dégoter des noms de poulettes avec lesquelles le sénateur Grand Méchant Loup aurait pu partager un perchoir. Euh, non, ça ne colle pas, constata-t-elle avec un froncement de sourcils. J'ai perdu la métaphore en route.

— Mais j'ai compris le principe. Je peux me renseigner, bien sûr. Et s'il s'est servi de cette suite pour recevoir, j'aurai des noms ou au moins des visages à te fournir. Donne-moi cinq minutes.

Elle retourna se chercher du café puis se rassit pour mener son enquête. Elle ne fut pas surprise quand Connors termina avant elle.

— Il a reçu cinq femmes durant l'année écoulée. Je t'ai envoyé leurs noms. Toutes lui ont rendu plusieurs visites, à un rythme hebdomadaire. Sur six à huit semaines, pour la plupart. Il me faut un petit verre de brandy.

— Cinq en un an. Et il a presque soixante-dix ans.

— Les avancées de la médecine – saluons-les – font que l'âge n'est plus un problème.

Il ouvrit l'alcôve dans le mur et en sortit une carafe.

— Je te les ai envoyées par ordre d'apparition. Je peux également te dire ceci : le sénateur se sert de la suite à des fins personnelles à peu près une fois par semaine. Il reste le plus souvent dormir mais c'est rarement le cas de la femme qui l'accompagne.

Eve imprima les portraits des femmes et les ajouta au tableau.

— Toutes sauf deux sont légalement mariées. Et la dernière a vingt-cinq ans. Bon sang, il a une quarantaine d'années de plus qu'elle. C'est n'importe quoi !

Voyant que Connors s'était contenté de pivoter sur lui-même pour siroter son brandy sans rien dire, elle plissa les yeux.

— Il pourrait être son grand-père, ajouta-t-elle.

— Je n'aime pas cet homme – encore moins maintenant – mais je ne peux m'empêcher d'admirer son… endurance.

— Là, tu penses avec ton entrejambe.

Connors baissa les yeux sur la partie incriminée.

— Eh bien… Il a ses opinions, dit-il.

Eve maugréa quelque chose d'inintelligible en se levant pour faire le tour du tableau.

— Ce sont toutes de belles femmes, je veux bien l'admettre. Et elles ont toutes au minimum quinze ans de moins que lui. À quarante-deux ans, cette Lauren Canford est la plus âgée. Mariée, deux enfants, lobbyiste. Un truc politique. Et la cadette du groupe, Charity Downing, vingt-cinq ans, célibataire, est une artiste qui travaille chez Eclectia, une galerie de SoHo. Asha Coppola, remariée, travaille dans une association à but non lucratif. Elle a trente et un ans. Allyson Byson, elle, en est à son troisième mariage. C'est de l'optimisme ou de la folie ? En tout cas, mariée trois fois à trente-quatre ans, pas de profession connue. On a ensuite Carlee MacKensie, vingt-huit ans, célibataire, rédactrice indépendante. Je vais m'intéresser à elles et à leurs conjoints.

— J'ai du travail à faire de mon côté, à moins que tu n'aies besoin d'autre chose.

— Non, vas-y. Et merci.

Il lui laissa jusqu'à minuit et, comme il s'y était attendu, la retrouva en train de piquer du nez devant son écran.

— Ça te fait déjà une belle avance sur la suite en une soirée, dit-il.

Eve ne le contredit pas. Elle savait qu'elle devrait laisser les choses mijoter en arrière-plan dans son esprit. Et si elle se trompait, Edward Mira serait peut-être rentré chez lui en boitant d'ici au matin.

Mais elle ne se trompait pas.

— Tu savais que M. Mira et son cousin avaient tous les deux étudié à Yale ? Le sénateur le devançait d'un an. Ça aurait dû être deux mais M. Mira a eu son diplôme avec un an d'avance. Et il est sorti de Yale avec cette récompense en latin. Le truc avec « magnum ».

— *Magna cum laude*[1].

— Oui, voilà. Et aussi le truc de confrérie d'entraide, *Phi Beta*. Il était troisième de sa promotion. Le sénateur était soixante-dixième et quelques. M. Mira a plein d'acronymes derrière son nom et j'avoue que j'ignore le sens de la moitié d'entre eux. Il a été président de sa classe durant sa dernière année et major de promotion. Le sénateur s'en est très bien sorti mais d'un point de vue académique, M. Mira le surpassait carrément.

— J'imagine que le futur sénateur n'a pas apprécié.

— Ça m'étonnerait. Bref, les Guerres Urbaines commençaient à peine et M. Mira a endossé le rôle de capitaine de la patrouille de maintien de l'ordre sur le campus. Celui-ci était assez éloigné de la ville, donc raisonnablement sûr, mais il a connu son lot de problèmes, de manifestations et d'alertes à la bombe régulières.

Une fois dans la chambre, elle s'assit pour retirer ses bottes.

— Son diplôme de droit en poche, le sénateur a rejoint un cabinet d'avocats de Sunnyside, loin des conflits. M. Mira est revenu à New York où il a obtenu son master à Columbia. Il a également décroché son doctorat là-bas, ce qui veut dire que sa femme et lui sont tous les deux « docteur Mira ». Ils ont cohabité ensemble pendant à peu près un an.

Elle secoua la tête en se déshabillant.

— Je n'aurais pas imaginé ça d'eux, en fait. Et ça m'a fait bizarre de me pencher sur leur vie privée. Un petit côté voyeur. Bref, ils ont entamé leurs carrières et leur vie commune dans une ville secouée par les Urbaines. Ils se sont mariés dans la fameuse maison des grands-

1. Titre honorifique que l'on pourrait traduire par « avec grande louange », similaire à la mention « très honorable » des universités françaises. *(N.d.T.)*

parents. J'ai retrouvé toute l'histoire. Je n'aurais pas dû prendre le temps de creuser le sujet, mais…

— C'est charmant.

— Oui. Et ça renforce l'importance de cette maison pour lui.

Eve enfila une chemise de nuit et se glissa sous les draps.

— Le sénateur et Mandy, eux, ont convolé au *Palace* – avant que tu le rachètes – lors d'une grande réception ostentatoire.

Elle se tourna vers Connors qui s'était allongé auprès d'elle.

— Tu aurais pu organiser le même genre d'événement spectaculaire quand on s'est mariés. Pourquoi tu ne l'as pas fait ?

— Ça ne t'aurait pas plu.

Il s'enroula autour d'elle, l'attira au creux de ses bras, là où il adorait qu'elle soit.

— Et quant à moi, poursuivit-il, je voulais que nos vies commencent là où c'était le plus important. Chez nous. Je voulais que ce souvenir se trouve ici, comme le tableau que tu as fait faire pour moi. Nous deux, réunis sous la tonnelle le jour de nos noces.

Elle laissa échapper un soupir.

— Peut-être qu'on arrivera jusque-là.

— Arriver jusqu'où ?

Mais elle s'était déjà abandonnée au sommeil et ne répondit pas.

4

Elle flottait juste sous la surface du sommeil, l'esprit traversé par d'étranges petits songes qui filaient, s'enchevêtraient puis se dissipaient comme autant de volutes de fumée.

Malgré cette parade de rêves brumeux, plus étrange que dérangeante, elle se sentait au chaud, en sécurité et satisfaite.

Alors quand Connors se décala dans le lit, elle suivit le mouvement pour s'accrocher encore un peu à ce sentiment de chaleur, de sécurité, de contentement.

Il lui effleura le front du bout des lèvres tout en se détachant d'elle.

— Non, souffla-t-elle.

— Dors, murmura-t-il.

Il fit mine de lui soulever le bras mais elle raffermit sa prise.

— Trop tôt. Fait encore noir. Reste.

— J'ai une holoconférence dans…

Parce qu'elle s'en fichait, elle leva la tête et trouva ses lèvres dans l'obscurité.

Elle n'avait pas seulement envie de l'excitation mais également de l'intimité de ce moment de calme, de la splendeur soyeuse de l'unité qu'offrait cette étreinte avant que le monde se réveille et les catapulte tous les deux sous la dure lumière du réel.

Rien que lui, elle ne voulait que lui, dans le grand lit sous le vasistas avant l'arrivée de l'aube froide.

Alors elle l'attira avec elle au cœur de la tendresse et de la douceur.

Il l'entendit soupirer avec ce baiser qui bâtit un pont chatoyant entre la nuit et le jour, un baiser qui le remplit d'amour comme autant d'or liquide. Puis Eve passa au-dessus de lui, cœur contre cœur, bouche contre bouche, corps contre corps.

Les lignes déliées du corps d'Eve étaient un enchantement pour lui. Peau souple, muscles fermes. Il fit courir ses mains sous la chemise de nuit dans laquelle elle dormait. Parcourant sa silhouette de ses doigts, il songea qu'il serait tout à fait heureux, son monde entièrement rempli, si un moment comme celui-ci devait durer pour l'éternité.

Puis elle se redressa, passa sa chemise de nuit par-dessus sa tête, et le prit en elle.

Le plaisir bondit, une décharge rude et brûlante, avant de se mettre à pulser, tel un battement cœur, un témoignage de vie. Il y avait des ombres dans l'obscurité, blotties dans ses secrets, baignées dans ses silences, envoûtées les unes par les autres.

Eve le propulsa, et se propulsa elle-même, vers la félicité par une suite de longs mouvements ondulatoires qui saisirent le cœur de Connors et prirent le contrôle de son corps.

Il se redressa vers elle, ses mains perdues dans ses cheveux, ses lèvres comme soudées aux siennes, et son cœur – chaque recoin de son cœur – submergé d'amour. Ils s'accompagnèrent mutuellement au sein du feu montant des sensations alimentées par cette flamme d'amour constante, pulsation par pulsation, jusqu'à ce qu'il n'y ait plus rien d'autre.

Ainsi joints, ils s'élevèrent vers les sommets et redescendirent ensemble.

Eve soupira de nouveau, toujours accrochée à lui, sa joue appuyée contre la sienne.

— D'accord... souffla-t-elle dans un autre soupir. D'accord.

Lorsqu'il se laissa retomber avec elle, le corps d'Eve lui parut aussi malléable que de la cire fondue, et aussi chaud. Il caressa ses cheveux et sa joue, la fit sourire.

— Je crois qu'on y arrivera.

— Au septième ciel ? On en vient.

Toujours souriante, elle lui planta son index entre les côtes.

— Non, pas ça... même si c'était vraiment bon. En fait, mon cerveau revient sans cesse aux Mira. Tu n'étais pas là avec eux sur la scène de crime. C'était... C'est la manière dont ils se regardent, dont ils se touchent. J'ai détourné les yeux une ou deux fois, parce que j'avais l'impression de m'immiscer dans leur intimité. Ils sont mariés depuis plusieurs décennies, mais quand on les voit comme ça... comme la nuit dernière ? On comprend pourquoi.

Elle ferma les yeux.

— J'ai envie de la même chose. Je n'avais jamais pensé vouloir le vivre, ni même que j'en étais capable ou que ça m'arriverait. Mais j'en ai envie à présent. J'ai envie d'être avec toi pendant plusieurs dizaines d'années et que tu me regardes toujours comme lui la regarde.

— Tu es l'amour de ma vie. Et tu le seras toujours.

— Peut-être que tu pourras me répéter ça dans, disons, trente ans.

— Je te le promets. Et maintenant rendors-toi, amour de ma vie.

Elle fronça les sourcils quand Connors roula hors du lit.

— On est au milieu de la nuit, dit-elle.

— Il est presque 5 h 30.

— Certaines personnes – mais visiblement pas toi – considéreraient que c'est le milieu de la nuit.

— C'est le milieu de la journée en Europe et j'ai une holoconférence qui démarre sous peu.

Eve s'assoupit pendant qu'il partait se doucher, mais elle constata que son esprit refusait de se rendormir. Elle entendit à peine Connors ressortir et s'habiller ; il se déplaçait aussi silencieusement qu'une ombre.

Ce qui avait sans doute contribué au succès de son ancienne carrière de cambrioleur.

Une fois seule, elle demeura allongée quelques minutes de plus avant d'abandonner.

— Lumière à vingt-cinq pour cent.

Elle faillit sursauter quand l'éclairage s'alluma : le chat était étalé au pied du lit et l'observait de ses yeux de prédateur.

— Bon sang, tu es pire que Connors à rôder comme ça !

Elle songea que, si elle avait sans doute agacé le chat, leur étreinte très matinale lui avait fait beaucoup de bien. Elle se programma un café pour commencer à alimenter son cerveau avant de passer sous la douche.

Arrivée à l'autochef avant Connors, elle leur programma un petit-déjeuner pour deux – rien de mieux à ses yeux que des gaufres bien chaudes par une froide matinée de janvier – et les plaça sous cloches chauffantes pendant qu'elle s'habillait.

Elle s'assit avec son café dans une main et son mini-ordinateur dans l'autre et entama sa journée de travail.

— Agréable spectacle pour démarrer cette journée d'hiver glaciale, lança-t-il derrière elle.

Elle lui décocha un coup d'œil et songea que lui-même n'était pas mal dans son costume de maître du monde des affaires.

— T'as déjà terminé d'acheter l'Europe ?

— Pas d'achat aujourd'hui, en tout cas pas maintenant. Rien que des histoires de recherches et de développement technologiques. Qui se développent bien, d'ailleurs.

Il s'assit, remplit sa tasse de café puis dévoila les assiettes du petit-déjeuner.

— Des gaufres, hein ?

— C'est ce qu'on devrait manger presque tous les jours. J'ai demandé à Peabody de me rejoindre à 8 heures précises à l'institut Mira. Je veux me faire une idée de cet endroit, mieux comprendre les activités d'Edward Mira. On devrait avoir le temps d'interroger une ou deux de ses maîtresses avant de devoir repartir. Trueheart reçoit son insigne à 10 heures.

— Je regrette de rater ça, surtout que tu seras en uniforme.

Il la regarda dévorer ses gaufres accompagnées de beurre et de sirop.

Galahad, les yeux fixés sur l'assiette, se rapprocha lentement, centimètre par centimètre, jusqu'à ce que Connors darde son regard sur lui, sourcil dressé. Le chat roula alors sur le dos, soudain très occupé à fendre l'air du bout des pattes contre un ennemi invisible.

— Je retirerai l'uniforme à la seconde où la cérémonie sera terminée.

— Là, je regrette *vraiment* de rater ça.

— Ha, ha. On ira voir les autres maîtresses avant de s'entretenir avec les enfants d'Edward Mira. Ils auront peut-être plus de choses à dire que sa femme.

— J'imagine que tu as déjà vérifié et qu'il n'a pas été retrouvé, que ce soit mort ou vif.

— Pas jusqu'à maintenant. Je rappellerai le service des disparitions et demanderai à Peabody de faire le suivi auprès des hôpitaux. On lancera un avis de recherche, et une alerte à toutes les patrouilles.

Elle engouffra un gros morceau de gaufre en se disant que si chaque journée pouvait démarrer en faisant l'amour et en mangeant des gaufres, les gens seraient peut-être moins enclins à s'entretuer.

Ou peut-être pas.

— Si son corps est retrouvé, je serai prévenue, ajouta-t-elle. En attendant, j'ai demandé aux flics locaux d'aller jeter un œil sur ses autres résidences, au cas où. Je prévois que le labo confirmera l'éléphant ce matin.

— Voilà une phrase qu'on n'entend pas tous les quatre matins.

— L'objet contondant utilisé pour frapper M. Mira. Une statuette en forme d'éléphant. J'ai rêvé qu'elle avait pris vie et galopé à travers toute la maison. Elle est à peu près grande comme ça, précisa-t-elle en s'arrêtant de manger le temps de former un volume à l'aide de ses mains. Mais ça reste un éléphant.

— Il y a des fois où j'envie la créativité de tes rêves.

— Il me semble que je l'ai arrêté d'un coup de pistolet paralysant avant qu'il s'échappe pour mettre le voisinage sens dessus dessous, mais mes souvenirs sont vagues. Et puis il s'est changé en autre chose.

— L'éléphant s'est transformé en autre chose ?

— Non, le rêve... Enfin, un peu l'éléphant aussi. Je lui faisais passer un interrogatoire. Tu vois le genre : « Vous risquez l'inculpation pour tentative de meurtre, monsieur Phant, mais si vous coopérez je pourrais voir à reclasser ça en simple agression. »

Le grand éclat de rire de Connors incita Galahad à faire une nouvelle tentative pour voler une gaufre. Connors se contenta de le chasser d'un geste de la main.

— « Monsieur Phant » ? Et après on s'étonne que je t'adore !

— Oui, ça paraît marrant maintenant mais sur le coup j'étais très sérieuse. Comme si mon esprit s'était emparé de ce fichu éléphant parce que c'est le seul élément tangible dont je dispose à ce stade. Alors qu'il n'est pas vraiment important.

— Cette statuette a été utilisée pour faire du mal à quelqu'un qui compte beaucoup pour toi.

— Oui, c'est vrai. J'essaierai de passer chez eux aujourd'hui, en fonction du déroulement du reste de la journée.

Puisque le petit bol de fruits rouges était à portée de main, elle y préleva une mûre. Puis elle plissa le front.

— Je suis censée apporter quelque chose ? Des fleurs ou autre ?

— Je ne crois pas que ce soit nécessaire mais des fleurs ou une petite attention ne sont jamais malvenues.

— D'accord. Bon, on verra comment ça se passe.

Elle termina ses gaufres avant de reprendre :

— Je vais relire quelques notes, appeler Mira et me mettre en route.

— Avertis-moi si le sénateur refait surface d'une manière ou d'une autre, tu veux ?

— Bien sûr.

— Je verrai Nadine plus tard dans la journée, annonça-t-il pendant qu'Eve se levait pour sangler son holster et enfiler une veste par-dessus. Elle n'a plus que deux endroits en vue pour son déménagement : un ancien entrepôt idéal pour être reconverti en habitation ou un triplex dans l'Upper West Side.

— Le triplex, c'est le genre appartement tout en haut d'un immeuble chic, avec mesures de sécurité et toutes les commodités attendues ?

— Tout à fait.

— Dis-lui de prendre le triplex. Elle s'imagine peut-être que l'entrepôt serait très cool, qu'elle pourrait le rénover pour en faire un endroit classe et confortable, mais les travaux la rendraient folle. Et puis, quand aurait-elle le temps ? Elle a ses émissions sur la chaîne 75, le livre et tout le reste.

Elle coula un nouveau regard vers lui.

— Les deux t'appartiennent ?

— Oui. Après avoir écarté plusieurs autres maisons et propriétés, elle m'a demandé de lui en suggérer deux des miennes. Et si je voulais bien les lui faire visiter aujourd'hui. Elle est assaillie de cauchemars et veut vraiment quitter son appartement.

— Je lui avais pourtant dit de ne pas ouvrir la porte, grommela Eve. Vends-lui le triplex et qu'on n'en parle plus.

Elle revint vers lui et se pencha pour l'embrasser.

— À tout à l'heure.

Il la retint par le bras pour un second baiser.

— Prends bien soin de mon flic préféré, dit-il.

— Il faudra bien si je veux entendre ce truc que tu auras à me dire dans trente ans. Le triplex, répéta-t-elle en sortant. Dis-lui d'arrêter de se prendre la tête et de passer à l'acte.

Elle avait cru partir largement dans les temps – et même en avance – mais la circulation lui mit des bâtons dans les roues sur tout le trajet. Arrivée au Chrysler Building, elle se demanda pourquoi plus de gens ne travaillaient pas depuis chez eux, histoire de laisser les rues à ceux qui en avaient réellement besoin. Elle s'arrêta sur le premier emplacement libre pour se garer puis remonta deux pâtés de maisons à pied.

Connors avait vu juste en parlant de froid glacial. Le ciel ressemblait à une coupe d'un bleu dur et froid et l'air l'était tout autant. Elle plongea les mains dans les poches de son manteau à la recherche d'un peu de chaleur… et trouva des gants.

Une nouvelle paire, avec le genre de doublure qui donnait l'impression de plonger les mains dans des nuages chauds. Il ne lui faudrait pas longtemps pour les perdre, elle le savait, mais pour l'heure ils étaient plus que bienvenus.

Elle s'apprêtait à appeler Peabody pour lui demander où elle en était lorsqu'elle avisa sa coéquipière sur le passage piéton.

Impossible de ne pas remarquer ce manteau rose au milieu d'une mer de noirs, de gris et de bleu foncé. Si l'on y ajoutait le bonnet multicolore surmontant de courtes mèches de cheveux bruns et le kilomètre d'écharpe – tout en camaïeu de bleu ce jour-là – qu'elle portait autour du cou, Eve aurait pu repérer Peabody à six rues de là.

Elle patienta tandis que son équipière se joignait au flot de piétons traversant la rue.

— Comment va M. Mira ? demanda immédiatement Peabody. Vous l'avez appelé ce matin ?

— Pas encore. Je ne voulais pas les déranger pendant qu'ils dormaient.

— Ouais, mais s'il a une commotion cérébrale…

— Mira le conduira à l'hôpital si besoin est. Il avait l'air d'aller bien hier quand je les ai fait ramener chez eux.

— Je déteste l'idée qu'on lui ait fait du mal.

— Ils auraient pu faire pire. Mais je suis heureuse que ce ne soit pas le cas.

Elle pivota vers l'entrée du grand immeuble Art déco.

— Je n'avais jamais fait le rapprochement entre le sénateur Mira et lui, poursuivit Peabody. Franchement, peut-on imaginer deux hommes plus différents ?

Eve fronça les sourcils en poussant le battant de la porte d'entrée.

— Vous connaissez Edward Mira ?

— Oui. Pas personnellement, bien sûr. Politiquement. Je suis une adepte du Free Age, lui rappela Peabody. Je suis opposé à quasiment tout ce qu'il défend, mais...

Peabody ne termina pas sa phrase. Bouche bée, elle contemplait les lieux en se tordant le cou comme une touriste.

— Je n'étais jamais venue ici. C'est carrément top !

— Arrêtez avec cet air éberlué, lança Eve. Comportez-vous comme une vraie flic, ajouta-t-elle avec un petit coup de coude.

L'endroit était indubitablement impressionnant, avec son hall d'entrée haut de trois étages, ses murs en marbre rouge veiné d'or, l'éclat de son sol doré et ses colonnes grandioses.

Mais un bon flic ne prenait jamais l'air éberlué.

Eve passa devant une Peabody aux yeux sans doute encore écarquillés pour s'approcher d'une borne interactive.

— *Bienvenue. Merci d'indiquer où vous souhaitez vous rendre.*

— L'institut Mira.

À l'écran, l'image du célèbre immeuble new-yorkais laissa la place au logo de l'institut.

— *L'institut Mira occupe les étages trente et trente et un. La réception se trouve au trentième étage. Merci d'indiquer la personne ou le service auquel vous souhaitez rendre visite et nous vous indiquerons le chemin.*

— La réception, ça me va.

— *Merci de vous adresser au garde du poste de sécurité pour les vérifications d'usage avant d'entrer. Nous vous souhaitons une visite agréable et une bonne journée.*

Alors qu'Eve se retournait, deux gardes en uniforme vinrent se poster devant elle.

— Gardez bien vos mains en vue. Nous allons vous demander de nous suivre.

Elles avaient déjà été passées au scanner, en déduisit Eve, et leurs armes avaient alerté la sécurité.

— Nous sommes du NYPSD. Je vais baisser la main pour vous montrer mon insigne. D'accord ?

Avec des gestes volontairement lents, au cas où l'un d'eux serait un stressé de la gâchette, elle sortit son insigne. L'homme à qui elle le présenta s'en saisit et le passa sous un scanner de poche.

— Lieutenant, dit-il en le lui rendant. Il nous faut aussi le vôtre, dit-il à Peabody qui obtempéra.

Ceci fait, il hocha la tête et son compagnon s'éloigna en murmurant quelque chose dans un micro au revers de sa veste.

— Vous pouvez entrer, dit-il. Prenez les ascenseurs côté est jusqu'au trentième étage. Je vais les prévenir de votre arrivée, sans quoi vous seriez bloquées en sortant de la cabine. Ils ont des mesures de sécurité secondaire à cet étage.

— Merci.

Elles traversèrent le hall et rejoignirent un petit groupe bavard qui s'engouffra dans l'ascenseur. Eve capta les arômes de café d'un gobelet à emporter, tellement sucré qu'elle en eut presque mal aux dents, et les notes exagérément florales du parfum de l'une des passagères. Deux femmes gazouillaient comme des pies à propos des soldes pré-inventaires qu'elles allaient faire durant leur pause déjeuner tandis qu'un type vêtu d'un manteau de cosaque blablatait dans son communicateur à propos d'une réunion d'équipe prévue pour 9 heures.

Eve songea immédiatement que si elle se retrouvait un jour obligée de passer tout son temps à travailler dans un bureau, elle se jetterait par la fenêtre la plus proche pour en finir.

Les mainates sortirent au vingtième étage. Monsieur café trop sucré au vingt-troisième. La femme qui s'était roulée dans les fleurs les quitta au vingt-septième dans un cliquetis de talons hauts métallique accompagné du bruissement de son manteau noir.

Eve et Peabody descendirent au trentième en même temps que le cosaque au téléphone.

La réception était bâtie autour d'un comptoir en forme de S face à un immense logo en lettres majuscules noires d'allure sobre et sérieuse. Les sièges destinés aux visiteurs étaient disposés face à la vitre au verre teinté pour éviter l'éblouissement. Des sofas à mémoire de forme noirs flanquaient un trio de fauteuils dorés et arrondis aux larges dossiers équipés de commandes pour jouer de la musique, commander des rafraîchissements, s'isoler ou passer un appel. Depuis le mur opposé, un portrait grandeur nature d'Edward Mira les couvait d'un regard suffisant.

Une femme était installée derrière la première incurvation du comptoir. Elle portait un tailleur noir rehaussé de finitions argentées et d'épaulettes triangulaires qui semblaient aussi tranchantes que des rasoirs. Elle pianotait d'un air concentré sur un ordinateur de grande taille mais s'interrompit pour leur adresser un sourire accueillant.

— Lieutenant Dallas, inspecteur Peabody. La sécurité m'a informée de votre arrivée. Que puis-je faire pour vous aujourd'hui ?

— Nous voudrions nous entretenir avec un responsable.

— Responsable de quoi ?

— De ça, répondit Eve en désignant du doigt l'énorme logo.

— J'ai bien peur que le sénateur Mira ne soit pas présent. Si vous pouvez m'indiquer la nature de votre visite, je devrais pouvoir vous orienter vers la personne appropriée.

— Le responsable adjoint, alors.

Un soupçon d'agacement troubla brièvement le masque de politesse de l'hôtesse.

— Mme MacDonald ou M. Book seront peut-être en mesure de vous assister. Si vous voulez bien vous asseoir, je vais voir si l'un ou l'autre est disponible.

— C'est dans leur intérêt.

Plutôt que de se déplacer vers la salle d'attente, Eve resta debout face au bureau.

— Un instant.

La femme actionna une commande sur son siège, qui glissa le long du S et s'arrêta à l'extrémité opposée. Elle effleura son oreillette et détourna ses épaules redoutablement acérées.

— On dirait que personne ici n'est au courant de la disparition du fondateur.

Eve lança un coup d'œil au portrait.

— L'inspecteur du service des disparitions est censé avoir mis la machine en marche. Visiblement, la machine n'a pas marché jusqu'ici.

— Mais sa femme n'aurait-elle pas... ?

— Quand vous la verrez, vous comprendrez, répondit Eve tandis que la réceptionniste revenait vers elles en glissant.

— Mme MacDonald va vous recevoir. Si vous voulez bien prendre l'ascenseur jusqu'au trente et unième étage, quelqu'un vous escortera jusqu'à son bureau.

Eve entra dans la cabine et demanda l'étage voulu. Puis elle secoua la tête en voyant Peabody dégainer son mini-ordinateur.

— Je me suis déjà penchée sur tous les gros bonnets hier soir, dit-elle. Tressa MacDonald, quarante-trois ans. Divorcée deux fois. Un fils. Diplômée en droit à Harvard, avec un peu de sciences politiques en prime. Elle a été l'assistante de Mira à l'époque où il était juge puis sa directrice de cabinet durant ses années en tant que sénateur.

— Vous avez retenu tout ça sans prendre de notes ?

— Je pense que le sénateur a dû coucher avec elle à un moment ou un autre et qu'elle mérite qu'on s'y intéresse de près.

Si le hall d'entrée du trentième étage était d'une élégance toute professionnelle, celui du trente et unième donnait carrément dans le grandiose.

« Oui, on est bien chez les gros bonnets », songea Eve en contemplant les épais tapis rouges disposés sur le sol en marbre blanc.

Trois personnes travaillaient derrière un comptoir rouge incurvé et de luxuriantes plantes en pot encadraient la paroi vitrée. Des sièges en cuir gris ardoise étaient disposés en petits groupes pour faciliter les conversations. À cet instant précis, le gigantesque écran mural diffusait six flux d'information continue.

Il ne faudrait pas longtemps, se dit Eve, pour que ces flashs d'information comprennent des récits à propos de l'ancien sénateur Mira, qu'il soit vivant ou mort.

Comme elles s'avançaient vers l'accueil, un individu musculeux au cou de taureau ouvrit une double porte en verre dépoli pour les accoster.

Il ressemblait à un lutteur vêtu d'un costume à dix mille dollars.

— Lieutenant Dallas, inspecteur Peabody, je suis Aiden Bannion, l'assistant administratif de Mme MacDonald. Je vais vous escorter jusqu'à son bureau.

Eve n'avait jamais vu quelqu'un qui ressemble aussi peu à un assistant administratif. Elle le suivit néanmoins de l'autre côté des portes, dans un espace ouvert dont les stations de travail étaient séparées par la force de la volonté des employés plutôt que par de quelconques structures.

Elle capta des odeurs de café et de petit-déjeuner à emporter, au milieu d'un brouhaha de voix, de sonneries de communicateur et de cliquetis de claviers.

Si l'on oubliait le revêtement de sol et les couleurs chics, les tenues et chaussures à la dernière mode, l'endroit n'était pas très différent de la salle commune de sa propre brigade.

Ils traversèrent les lieux, dépassèrent plusieurs bureaux aux portes soigneusement fermées, jusqu'à arriver devant un bureau au coin du bâtiment dont la double porte soulignait l'importance hiérarchique.

Les battants étaient ouverts ; leur accompagnateur franchit directement le seuil.

— Le lieutenant Dallas et l'inspecteur Peabody, annonça-t-il.

— Merci, Aiden… Deux secondes.

Elle tapota son oreillette.

— Je suis de retour. Si vous remplissez votre part de l'accord, je m'occuperai de la mienne. D'ici ce soir. Super. On se reparle tout à l'heure. Au revoir.

Elle coupa la communication et se leva, petite femme mince en tailleur gris clair laissant deviner des jabots blancs au niveau de son décolleté. Les boucles de sa chevelure d'un roux incendiaire retombaient jusque sur ses épaules.

Elle fit le tour de son bureau et tourna vers Eve le regard évaluateur de ses yeux vert foncé.

— Tressa MacDonald, dit-elle en tendant le bras.

Elle serra la main d'Eve, puis celle de Peabody, d'une poigne vive et ferme.

— Quelqu'un a été blessé, voire pire. Je sais qui vous êtes, expliqua-t-elle d'une voix aussi vive et ferme que sa poignée de main. Je connais votre réputation. Vous êtes de la Criminelle. Pouvez-vous me le dire de suite s'il y a eu un mort ?

— À ce stade, je n'ai connaissance d'aucun décès ou homicide.

Tressa laissa échapper un bref soupir.

— Vous me rassurez. Asseyez-vous, je vous en prie. Puis-je vous proposer du café ? L'assistante d'Aiden fait un *latte* à tomber.

— Avec grand plaisir, répondit Peabody avant qu'Eve puisse refuser pour elles deux.

— Ça nous fait deux *latte*. Lieutenant ?

— Juste un café. Noir. Sans sucre.

— Merci, Aiden.

D'un geste, Tressa désigna le coin détente de son bureau. Elle s'assit sur un sofa pratiquement de la même couleur que ses yeux tandis qu'Eve et Peabody prenaient place sur des fauteuils d'un bleu profond.

— De quoi s'agit-il ?

— Hier, à approximativement 17 heures, Edward Mira a été agressé...

Tressa se redressa brusquement.

— Quoi ? Où est-il ? A-t-il été blessé ?

— Je ne peux pas vous répondre car il a disparu.

— Que voulez-vous dire par « disparu » ? Je ne...

Elle s'interrompit et secoua la tête.

— Pardonnez-moi. Je me maîtrise habituellement mieux que ça... Une seconde.

Elle détourna les yeux, prit une profonde inspiration, puis une seconde, plus lente.

— Je vous en prie, dites-moi ce que vous savez.

— Saviez-vous que le sénateur Mira avait un rendez-vous hier avec un agent immobilier au sujet de la vente d'une propriété dont lui et son cousin Dennis Mira sont copropriétaires ?

— Non.

Du bout des doigts, elle massa l'espace entre ses deux yeux.

— Non, je ne le savais pas, reprit-elle.

— Connaissez-vous le nom de l'agent immobilier avec lequel il travaillait ?

— Jusqu'à récemment, il travaillait avec Silas Greenbaum, de Greenbaum Immobilier.

— Jusqu'à récemment ?

— Oui.

Elle leva les yeux vers Aiden qui revenait avec les cafés et une assiette de petits biscuits fins. Il disposa le tout devant elles et fit mine de repartir.

— Savez-vous avec quel agent immobilier collaborait le sénateur ? lui demanda-t-elle.

— Non, pas depuis qu'il avait rompu les liens avec Greenbaum.

— Vérifiez avec Liddy, vous voulez bien ? Voyez avec qui il avait rendez-vous à propos de la propriété de Spring Street hier.

— Tout de suite.

— Et fermez la porte, Aiden. Merci. Vous pensez que la personne avec qui il avait rendez-vous l'a agressé ?

— L'attaque a eu lieu dans la maison. Arrivé sur place, son cousin Dennis Mira s'est dirigé vers le bureau d'où provenaient des voix. Il a vu Edward Mira, visiblement mal en point, s'est avancé pour l'aider et a lui-même été frappé par-derrière.

Tressa porta la main aux volants de son décolleté.

— Dennis ? Il va bien ?

— Vous connaissez Dennis Mira ?

— Oui, très bien. Vous n'imaginez pas qu'il puisse avoir un lien avec... Non, bien sûr que non.

Elle recoiffa ses cheveux en arrière.

— Vous travaillez avec sa femme, vous le connaissez, dit-elle. Et d'après tout ce que je sais sur vous, sur vous deux, vous êtes loin d'être idiotes et vous savez donc que Dennis ne ferait pas de mal à une mouche. Excusez-moi de vous interrompre comme ça. Je n'arrive pas à rester assise.

Elle se leva et se mit à faire les cent pas.

— Je me maîtriserai mieux en restant debout, affirma-t-elle.

Parce qu'elle ressentait généralement la même chose, Eve hocha la tête.

— Quand Dennis Mira a repris connaissance, le sénateur n'était plus là. À moins qu'il ne soit réapparu après notre arrivée dans vos locaux, personne ne l'a vu depuis.

— Ce serait un kidnapping ? Mais sans demande de rançon ? Vous avez certainement parlé à Mandy. S'il y avait une demande de rançon, elle passerait par elle, ou peut-être par nous, ici.

— Oui, je me suis entretenue avec elle. Elle n'a pas pu nous fournir d'informations.

— Il possède une maison dans les Hamptons et un appartement à East Washington. Mais vous devez déjà le savoir.

— En effet.

Aiden frappa brièvement avant d'ouvrir la porte.

— Le sénateur n'a fourni aucun nom à Liddy, il a seulement indiqué qu'il avait un rendez-vous à l'extérieur. À 16 h 30 avec un nouvel agent immobilier. Il est parti peu après 16 heures. Vinnie l'a conduit jusqu'à la maison sur Spring Street. Le sénateur lui a dit de ne pas l'attendre, qu'il prendrait un autre moyen de transport. Liddy n'a aucune information à propos d'un nouvel agent immobilier.

— Merci Aiden. Vous voulez bien dire à Wyatt de mettre de côté ses tâches du moment pour nous rejoindre ?

— Tout de suite.

Une fois son assistant reparti, Tressa redressa les épaules, revint s'asseoir et reprit son *latte*.

— Vous voudrez sans doute savoir où j'étais hier. Vers 16 h 30 ?

— Couvrons la période entre 16 heures et 18 heures.

— J'étais en réunion ici jusqu'à environ 16 h 45. Wyatt, Aiden et plusieurs autres personnes pourront en attester. J'avais rendez-vous à 17 heures pour prendre un verre avec Marcella Candine au *Bistro* sur Lexington Avenue. Nous y sommes restées jusqu'à peu après 18 heures. De là, j'ai pris un taxi pour aller chez ma mère. C'était l'anniversaire de ma sœur et nous avions prévu un petit dîner de fête. En famille.

Wyatt Book entra sans frapper. C'était un homme imposant, de vingt ans de plus que Tressa, avec une crinière de cheveux d'un improbable noir de jais. Il portait un costume impeccable de la même couleur et ses yeux affichaient la même teinte profonde. Ils passèrent rapidement sur Tressa pour se braquer sur Eve.

— Que se passe-t-il ?

— Edward a disparu.

— Disparu ? Ne dites pas de bêtises.

— L'avez-vous vu ou lui avez-vous parlé depuis hier après-midi ? demanda Eve.

— Non, mais cela ne signifie pas qu'il ait disparu. Et il n'appréciera certainement pas que la police le traque et raconte n'importe quoi aux médias.

Eve fit mine de se lever mais Tressa la prit de vitesse.

— Wyatt, asseyez-vous et écoutez-moi un instant. Edward a été agressé dans la maison de son grand-père et il a désormais disparu.

— Agressé ? C'est absurde. Où était Vinnie ?

— Edward l'avait renvoyé. Il s'est rendu sur place pour rencontrer quelqu'un, supposément un nouvel agent immobilier. Dennis Mira a été attaqué, lui aussi.

— Oh !

Le début d'inquiétude qui se lisait sur le visage de Wyatt se changea en léger amusement.

— Ces deux-là ont sans doute fini par en arriver aux mains.

— Là, c'est vous qui êtes ridicule et absurde.

Une expression irritée passa sur les traits de Wyatt qui sortit son communicateur.

— Mais enfin ! Je vais envoyer un message d'urgence à son numéro personnel. Il n'appréciera pas non plus mais ça devrait mettre fin à toutes ces âneries.

Il se renfrogna :

— Ça n'a pas l'air de passer, dit-il. Même pas sur son répondeur.

— Ce qui m'indique que ceux qui le détiennent ont été assez intelligents pour détruire son communicateur, répondit Eve. Qui est ce nouvel agent immobilier ?

— Je n'en ai aucune idée mais ça aussi, ce sont des foutaises. Il reprendra sa collaboration avec Silas dès qu'ils se seront un peu calmés tous les deux.

— Ils ont eu une altercation ?

— Edward a viré Silas il y a deux semaines parce qu'il refusait d'ajouter la maison à sa liste de biens disponibles ou de la faire visiter.

— Ce que Silas ne pouvait pas faire, ajouta Tressa, car Edward n'en est pas pleinement propriétaire.

— Je sais. Le sénateur Mira a-t-il des ennemis ?

Wyatt laissa échapper un reniflement railleur et se laissa tomber sur le canapé.

— À qui est ce café ? demanda-t-il.

— Servez-vous, lui répondit Eve. Je n'y ai pas touché.

— C'était un avocat qui est devenu juge puis sénateur, lança Wyatt avant de vider la tasse d'un trait. Il se faisait des ennemis chaque matin au petit-déjeuner.

— Il recevait des menaces, admit plus franchement Tressa. Depuis aussi longtemps que je le connais. Les plus sérieuses donnaient lieu à une enquête. Mais cela s'est nettement calmé depuis qu'il a quitté le Congrès.

— Des suspects qui vous viendraient en tête ? demanda Eve.

Elle attendit une longue seconde avant d'ajouter :

— Parmi les femmes avec lesquelles ils avaient une liaison ? Quelqu'un avec qui il aurait coupé brusquement les ponts, ou un conjoint qui n'aurait pas apprécié une telle relation ?

— Je ne me mêle pas de la vie personnelle d'Edward, répondit fraîchement Tressa.

Wyatt, par contre, se pencha vers Eve.

— Nous ne pouvons pas prendre le risque que des histoires de badinage ou de relation extra-conjugales fuitent dans la presse.

— Je ne suis pas en quête de ragots, monsieur Book. Je cherche à retrouver le sénateur Mira. Enquêter sur sa vie personnelle fait partie de mon travail. Rien de plus, rien de moins.

— Je vous mets en garde…

— Soyez prudent lorsqu'il s'agit de me mettre en garde quant à la façon de faire mon travail. Qui fréquente-t-il en ce moment ?

— C'est une artiste.

Tressa fit taire le début de protestation de Wyatt avec un regard sans équivoque.

— Retrouver Edward est plus important que ces faux-semblants. Elle est jeune. Je ne connais pas son nom. J'essaie réellement de ne pas m'en mêler. Aiden pourra sans doute trouver plus d'informations.

— Inutile. J'en sais déjà assez. Et, surprise, aucun média n'en a parlé. L'inspecteur Hanson repassera vous voir, indiqua Eve en se levant. C'est lui qui mène l'enquête pour le service des disparitions. Si vous obtenez de nouvelles informations, vous pouvez vous adresser à lui comme à moi.

— Y a-t-il quelque chose que l'on puisse faire d'ici là ?

— Trouvez le nom de cet agent immobilier, suggéra Eve. Merci dc nous avoir reçues.

5

Elles retrouvèrent le chemin de la sortie.

— Vous ne voulez pas consulter son agenda, son calendrier ? s'étonna Peabody.

— Cet endroit est plein d'avocats. Nous ne pourrons rien consulter du tout sans mandat. J'en obtiendrai un dès que l'affaire sera qualifiée en meurtre. C'est à Hanson de mener le travail pour le moment. Envoyez-lui donc le nom du chauffeur et de l'ancien agent immobilier. Nous irons parler aux femmes sur la liste, puis à son fils et à sa fille, dit-elle en consultant sa montre. Mais pas tout de suite. Ça a pris plus longtemps que je ne l'imaginais.

— On rentre au Central ? On ne va pas rater Trueheart ?

— On rentre.

— Cool !

— On se calme sur la coolitude. Impressions, observations et conclusions, ordonna Eve tandis qu'elles descendaient par l'ascenseur.

— L'organisation entière met l'accent sur le statut social, et c'est le genre de chose qui vient forcément du sommet. J'imaginais que ce genre d'endroits – les *think tanks* politiques, les activistes et autres trucs du genre – seraient plus sobres, peut-être même un peu dépouillés. Je n'ai rien capté de louche chez l'un ou l'autre, ni chez Aiden, en tout cas pas cette fois. MacDonald semblait sincèrement inquiète. Book, par contre, pas tellement.

— Pourquoi, à votre avis ?

— Je dirais que Book ne se soucie pas autant du sénateur, pas personnellement. Quoi ? Vous ne pensez pas que ce soit ça ?

— C'est possible, au moins en partie. Je pense que Book s'imagine que le sénateur est parti cocooner avec la jeune artiste, ou une autre de ses maîtresses. Ça lui semble beaucoup plus crédible qu'un enlèvement.

Autant pour ce qu'il représentait que pour se protéger du froid, Eve sortit son bonnet au flocon tandis qu'elles traversaient le hall d'entrée.

— Ce que dit MacDonald est très juste : à l'époque où il était juge, puis sénateur, il s'est sans doute constitué une sérieuse liste d'ennemis. Il appliquait une ligne dure au tribunal comme au Congrès et la poursuite de ses objectifs lui a valu beaucoup d'attention. Il se rend encore dans des émissions politiques où il tempête plus ou moins contre tout ce qui lui déplaît, les dépenses du gouvernement en tête de liste. Il s'en prend à de nombreux programmes sociaux. Durant son dernier mandat, il a violemment attaqué la reconnaissance du métier de parent. Il débitait une avalanche de chiffres pour montrer ce que le gouvernement économiserait en abrogeant cette loi et répétait à qui voulait l'entendre que son épouse avait été honorée d'être une femme au foyer à la naissance de leurs enfants et qu'elle n'avait jamais demandé un centime du gouvernement en échange.

— Quelqu'un lui a répondu que sa femme était pleine aux as et – j'y mettrais ma main et la vôtre à couper – disposait d'une armée de domestiques ?

— Oui, ça et le fait que cette loi sur la professionnalisation des parents fait partie des plus populaires seraient derrière la chute de sa cote de popularité. Les commentateurs ont estimé qu'il avait choisi de ne pas se représenter parce qu'il ne pouvait pas gagner.

— Les commentateurs...

Peabody haussa les épaules puis enfonça son menton dans les plis de son écharpe.

— Il m'arrive de regarder les infos tout en tricotant. McNab ne se plaint pas parce que s'ils ont quelqu'un comme le sénateur Pipeau ou la députée Vidali... Vous voyez qui c'est ?

— Non, et je n'y tiens pas vraiment.

— Eh bien, c'est une énorme menteuse, et une hypocrite. Je déteste quand ce genre de personnes commencent à raconter que Dieu veut qu'elles fassent ceci ou cela, comme si elles partageaient avec Dieu une poignée de main secrète dont nous, la plèbe, ne savons rien. Bref, ça m'échauffe franchement les sangs... et on finit au lit, en sueur.

Eve sentit l'une de ses paupières qui menaçait de se mettre à cligner frénétiquement. Elle fit un effort de volonté pour se maîtriser.

— Vous et Vidali.

— Oh oui, on craque complètement l'une pour l'autre, répondit en pouffant Peabody. Mais sérieusement, elle me donne le plus souvent des envies de violence. Je me dis, « bon sang que j'aimerais lui gifler sa sale face de menteuse ». Et puis je saute sur McNab à la place. Ça finit bien pour tous les deux.

Songeant à l'écharpe qu'elle portait, Eve se demanda combien de fois Peabody avait sauté sur McNab pendant sa fabrication. Elle décida rapidement de ne plus jamais se poser la question. Plus jamais.

Elle monta dans la voiture et profita du premier interstice dans le flot des véhicules pour se joindre à la circulation, sans prêter attention aux avertisseurs qui retentissaient sur son sillage.

— On se réserve dix minutes après la cérémonie, puis on reprendra nos habits civils. Je veux parler à l'artiste en premier.

— Elle a la vingtaine, non ? C'est un peu dégueu. Et pourtant je ne suis pas très à cheval sur la question de l'âge.

— Qu'en disent les commentateurs ?

— Pas grand-chose à l'écran. C'est peut-être une règle implicite ou je ne sais quoi. Mais quand on va sur les blogs ou les sites politiques, ça parle beaucoup de ses petites affaires. Il n'y a pas que lui, mais puisque c'est de lui qu'on parle... Je n'ai rien lu à propos d'une jeune artiste. Pas encore.

— Allez donc fouiller un peu de ce côté-là. Ses « petites affaires ». Peut-être que les rumeurs évoquent quelqu'un qui n'est pas sur ma liste, ou des indices de ruptures difficiles. Si vous trouvez quelque chose, envoyez-moi l'info, ainsi qu'à Hanson.

— C'est comme si c'était fait. D'ailleurs...

Peabody dégaina son mini-ordinateur.

— Je vais m'y mettre tout de suite, termina-t-elle.

Eve effectua le reste du trajet dans un silence uniquement rompu par les grommellements occasionnels de son équipière.

Arrivée à la Criminelle, elle balaya rapidement les lieux du regard. Carmichael apparut sur le seuil des vestiaires dans sa tenue bleu marine. Trueheart et son formateur – et désormais équipier – étaient soit encore en train de se préparer, soit déjà en route pour la cérémonie. Santiago et Jenkinson étaient tous les deux encore à leur bureau : l'un sur son communicateur, l'autre sur un terminal.

Santiago n'était de toute évidence pas encore libéré du pari qu'il avait perdu contre Carmichael, car il portait toujours un chapeau de cow-boy sur le sommet du crâne. Et Jenkinson avait mis la main sur une nouvelle cravate à vous brûler la rétine : rayures d'un jaune pisseux sur fond vert vomi.

Sans rien dire, Eve fit tourner un index dans les airs pour leur indiquer que l'heure tournait puis s'offrit cinq minutes dans son bureau pour prendre un café et coucher quelques notes par écrit.

En entrant dans les vestiaires après Peabody, elle trouva son équipière en sous-vêtements, son pantalon d'uniforme laissant deviner le sommet de sa culotte. Elle était en larmes.

— Quoi ? Qu'est-ce qui se passe ? Arrêtez de pleurer.

— Mon pantalon est trop ample.

— Eh bien vous n'aurez qu'à resserrer votre ceinture.

L'ordre teinté d'impatience d'Eve fut accueilli par des larmes supplémentaires.

— Il est lâche au niveau de la taille et même un peu flottant sur les fesses. J'ai perdu du poids. J'ai réellement perdu du poids. Je me souviens très bien de la façon dont ce pantalon m'allait la dernière fois que je l'ai porté. Et maintenant il est un peu trop large.

— D'accord, super, waouh ! Mais il faut vous reprendre maintenant.

— J'ai vraiment fait beaucoup d'efforts, surtout ces derniers temps. Je suis allée à la salle de sport trois fois par semaine. J'avais arrêté de me peser, avoua-t-elle à Eve qui enfilait son propre uniforme. Parce que le chiffre sur la balance ne bougeait pas et que c'est hyper décourageant. Vous n'imaginez pas à quel point.

Bien que se déshabiller devant qui que ce soit d'autre que Connors la mette mal à l'aise, Eve commença à se dévêtir.

— Je n'imagine peut-être pas, en effet. Pas exactement. Mais j'étais maigre. Et je ne veux pas dire mince ou svelte. Maigre. Et faible. J'ai dû travailler pour prendre de la masse, pour me muscler et devenir forte. Donc je sais ce que ça fait de regarder dans le miroir et de ne pas aimer ce qu'il vous renvoie.

— Je n'y avais jamais pensé sous cet angle.

— On perd du gras, on prend du muscle. On fait ça pour être forte et en forme, pas pour atteindre un chiffre précis. Quiconque a un peu de jugeote le sait.

— Je le sais. J'ai quand même un certain chiffre en tête, mais je me suis aussi entraînée sur mes techniques de corps-à-corps.

— Bien.

Eve enfila son pantalon d'uniforme et constata qu'il lui allait comme d'habitude.

— Mais… est-ce que mes fesses vous paraissent moins grosses ?

— Bon Dieu, Peabody !

— Allez, soyez sympa. Elles sont mieux ?

Eve passa sa veste d'uniforme puis étrécit les yeux pour jauger attentivement son équipière.

— Je les vois à peine, dit-elle.

Peabody laissa échapper un rire un peu chevrotant avant d'effectuer une petite danse de la victoire.

— Merci. Ça vous fait une occasion de porter vos médailles.

— Oui, oui.

— Vous voulez que je vous aide à les accrocher ? Tout ce poids, ça doit tirer sur vos épaules.

— Allez vous faire voir, Peabody. La prochaine fois, je m'habillerai dans mon bureau.

Peabody boutonna sa veste, le sourire aux lèvres.

— Je suis fière de porter l'uniforme aujourd'hui. J'en suis toujours fière, bien sûr, mais encore plus aujourd'hui.

— Parce que votre pantalon est trop large.

— Eh bien, je ne prétendrai pas le contraire. Mais surtout pour Trueheart. Je suis fière de le porter pour honorer Trueheart.

Eve sortit la boîte qui contenait ses médailles.
« Oui. Pour Trueheart », songea-t-elle.

Elle avisa Baxter – qui avait échangé son habituel costume bien coupé pour le bleu de l'uniforme – déjà assis au premier rang.

— Vous avez failli être en retard, lieutenant.

— J'ai encore le temps. Il faudrait qu'on échange nos places, que vous soyez sur scène avec Trueheart.

Baxter se leva.

— J'apprécie votre offre, vraiment. Mais il mérite la présence de son lieutenant. Je vais m'asseoir là, juste en face et au premier rang – je vous ai gardé une place, Peabody – et profiter du spectacle. Sa mère est là-bas, ainsi que sa copine. Vous devriez aller lui dire un petit mot. Aux deux, même.

— Je ferai ça après.

Elle se fraya un chemin au milieu d'une invasion d'uniformes bleus et repéra le commandant Whitney en pleine conversation avec son supérieur, Tibble.

Elle se dirigea vers Trueheart, jeune et frais comme un gardon, quoique un peu pâle, mais Whitney lui fit signe de les rejoindre.

— Commandant. Chef Tibble, dit Eve en guise de salut. Belle journée.

— C'est vrai.

Large d'épaules mais plus petit que Tibble, Whitney balaya la foule du regard.

— Une bonne chose que vous ayez pu venir, chef Tibble. C'est important pour ceux et celles qui reçoivent leur promotion.

— Pour moi aussi. Avant de monter en scène, ceci dit, j'aimerais savoir où nous en sommes avec le sénateur Mira.

— L'inspecteur Peabody et moi revenons tout juste d'une entrevue au sein de son institut. Pour autant que nous puissions en juger, personne sur place ne savait qu'il avait disparu. Il n'a pas donné à son assistante le nom de l'individu avec lequel il avait rendez-vous dans la propriété de SoHo. Et il a renvoyé son chauffeur une fois arrivé sur place. Je me suis adressée à l'inspecteur Hanson du service des disparitions, qui devrait reprendre la main à l'institut. Peabody et moi allons questionner certaines femmes avec lesquelles le sénateur a entretenu des relations durant l'année écoulée. J'ai reçu des informations indiquant qu'il les emmenait régulièrement dans la suite que loue l'institut à l'hôtel *Connors Palace*.

Tibble crispa les mâchoires en secouant la tête.

— Les médias vont se jeter là-dessus comme des lions sur une antilope. Mais ce n'est pas notre problème. Aucune demande de rançon à ce stade ?

— Pas que je sache.

— Je n'ai pas besoin de vous dire de faire les choses dans les règles. Les journalistes ne tarderont pas à avoir vent de l'affaire, d'une manière ou d'une autre. Ils ne se contenteront pas de le mettre en pièces, ils braqueront aussi les projecteurs sur nos équipes et notre enquête.

— Bien compris, chef.

— Pour l'heure, allons honorer nos agents. J'ai entendu de bonnes choses à propos de votre garçon, lieutenant.

— Mon garçon, chef ?

Le sourire de Tibble accentua les pattes d'oie aux coins de ses yeux.

— Trueheart. Vous avez bien travaillé avec lui.

— C'est l'inspecteur Baxter qui l'a formé. Il a fait du bon boulot.

— Je m'assurerai de lui en toucher un mot. Si vous voulez bien m'excuser.

Unc fois Tibble parti, Whitney se tourna vers Eve, un air sérieux sur son large visage à la peau sombre.

— Il n'est ni prudent ni professionnel de dire à la femme d'un ancien sénateur d'aller se faire voir.

— Non, commandant. Je vous présente mes excuses pour les difficultés que mon erreur de jugement aurait pu vous causer, à vous ou au service.

— Ma femme, elle, lui avait dit de se mettre son opinion où je pense.

— Pardon... Quoi ?

Il s'exprimait toujours avec le plus grand sérieux mais une lueur amusée dansait dans ses yeux.

— Anna était membre de quelques organisations de bienfaisance avec Mandy Mira. En général, la colère de ma femme se manifeste sous la forme d'un dédain glacial.

— Je m'en souviens, répondit Eve sans réfléchir.

Whitney se contenta d'un petit gloussement.

— Néanmoins, Mandy Mira a réussi à la faire sortir de ses gonds et, entre autres choses, Anna lui a dit de se mettre son opinion où je pense. Elle refuse de participer à un quelconque comité ou événement en présence de la femme du sénateur. Elle était ravie d'entendre ma conversation avec Mandy Mira hier soir et n'a pas manqué d'en parler ensuite avec notre propre Mira quand Charlotte m'a contacté à ce sujet. Officiellement, je ne peux néanmoins pas approuver votre comportement.

— Je sais, commandant.

— Considérez-vous comme réprimandée.

Son visage reprit son expression autoritaire.

— Et maintenant, offrons à ces bons flics les honneurs qu'ils méritent avant de nous remettre au travail.

Eve se posta sur l'estrade avec les autres officiers supérieurs et les policiers qui recevaient leur promotion. Elle demeura dans une posture de repos militaire pendant l'intégralité des discours – heureusement concis – de Tibble puis de Whitney. Elle eut le temps de constater que tous les membres de sa division étaient présents et, même si elle se demanda brièvement qui tenait la barre pendant ce temps-là, elle se sentit fière de voir que chacun d'eux, inspecteurs comme policiers en uniformes, avait pris le temps d'être présent pour Trueheart.

Son regard s'arrêta sur Feeney, McNab, Mira – qui, comme Trueheart, paraissait un peu pâle – et, plus étonnant, Morris. Lorsqu'on appelait leur nom, les agents récompensés s'avançaient jusqu'à Whitney pour la présentation de leurs galons, quelques mots de la part du commandant et une photo de commémoration.

On reconnaissait alors les membres de la famille concernée à leurs yeux humides durant les applaudissements.

— Troy Trueheart, inspecteur, troisième classe.

Une salve d'applaudissements retentit et Eve parvint à maintenir une expression à peu près impassible, malgré les sifflets et les martèlements du pied de son équipe. Elle le regarda traverser la scène, le visage plus rouge que pâle à présent, et accepter son insigne doré.

— Le lieutenant Dallas a vu votre potentiel, lui dit à voix basse Whitney. L'inspecteur Baxter l'a développé. Mais c'est ce que vous êtes qui vous vaut cet insigne. Félicitations, inspecteur.

— Merci, monsieur. Merci, commandant. Je ne les décevrai pas, ni vous non plus.

Il brandit son insigne en l'air pour la photo puis fit ce qui, selon Eve, était le plus juste en plongeant d'abord son regard dans celui de Baxter avant de le tourner vers sa mère et sa petite amie.

Puis il pivota sur lui-même pour prendre sa place à l'arrière de la scène et décocha à Eve un sourire qui évoquait tout à la fois le matin de Noël, le jour de la fête nationale et le Nouvel An.

À la fin de la cérémonie, les policiers nouvellement promus quittèrent l'estrade sous un nouveau tonnerre d'applaudissements et Eve se demanda si ce souvenir les aiderait à compenser tous les obstacles qu'ils auraient à affronter quotidiennement dans leur travail.

Elle descendit à son tour, avec l'idée d'éviter les mondanités. Elle prendrait cinq ou dix minutes pour échanger quelques mots avec les uns ou les autres puis s'esquiverait, se changerait et retournerait dans la rue.

Mais Trueheart l'attendait.

— Lieutenant.

— Montrez voir.

Elle tendit la main et agita les doigts pour qu'il lui donne son insigne.

— Joli. Prenez-en bien soin, inspecteur Trueheart, dit-elle avant de le lui rendre.

— Oui, lieutenant, comptez sur moi. Je voulais simplement vous remercier. Sans vous, je ne serais pas ici et je n'aurais pas cet insigne.

— C'est grâce à vous si vous en êtes là, avec l'aide formatrice de Baxter.

— Je m'en voudrais de démarrer ma première journée d'inspecteur en reprenant mon lieutenant, mais je serais peut-être toujours en train de patrouiller dans les rues si vous n'aviez pas pris le risque de me prendre sous votre aile. Et si vous ne m'aviez pas associé à Baxter. Si vous n'aviez pas vu que j'en étais capable… C'est sûrement pour ça que c'est vous le lieutenant.

— C'est juste. Félicitations, inspecteur, dit-elle en lui tendant la main.

Il la lui serra et déglutit visiblement.

— Je sais que vous n'aimez pas beaucoup ça mais…

Il l'attira à lui et referma les bras autour d'elle dans une étreinte intense.

— Hé... D'accord.

Elle lui donna une petite tape dans le dos, au nom de l'importance du moment, puis le repoussa gentiment de son autre main, au nom d'une certaine dignité à préserver.

— Je préférais faire ça ici, avant qu'on se retrouve au milieu de tous les autres. Là, ça ne vous aurait vraiment pas plu.

— Bien vu. Allez rejoindre votre mère.

— Oui, lieutenant.

Lorsque Eve émergea de la salle, Trueheart tenait sa mère contre lui, sous le regard radieux de sa petite amie – comment s'appelait-elle, déjà ? – et le gros de l'équipe de la Criminelle autour d'eux.

Elle prit la tangente pour s'entretenir une minute avec Mira.

— Comment va M. Mira ?

— Il a insisté pour que je vienne et notre fille est avec lui, donc... Il va bien, vraiment. Il avait même prévu de se rendre à l'université aujourd'hui, mais je me suis montrée très ferme. Il a besoin d'une journée de repos supplémentaire.

— Vous n'avez pas beaucoup dormi.

— Non, en effet. Beaucoup des gens à qui je tiens risquent quotidiennement leur vie. C'est inévitable quand on travaille avec la police. J'en ai perdu certains, j'en ai vu d'autres être blessés. On vit avec, on trouve le moyen de faire face. Mais Dennis... Il mène une vie paisible et je n'étais pas préparée à le voir traverser une telle épreuve.

Elle s'arrêta et inspira profondément.

— Bon, j'ai parlé au gouverneur.

— Vraiment ?

— Mandy n'est pas la seule à connaître des gens haut placés, répondit Mira d'une voix soudain tranchante.

Il comprend la situation et les circonstances qui l'entourent. Et comme il la connaît… Contentons-nous de dire qu'il n'y aura pas de retour de flammes de son côté.

— D'accord.

— Je me suis aussi entretenue avec Mandy.

— Vous ne chômez pas.

— Nous nous détestons cordialement mais je sais la déchiffrer et obtenir d'elle ce que je cherche. Elle n'a pas eu de nouvelles de lui, il n'y a eu aucun contact de la part des ravisseurs, quels qu'ils soient. Elle est plus en colère que réellement inquiète. Si ce n'était pour Dennis, je vous recommanderais de laisser tomber cette affaire, mais…

— Écoutez, je vais continuer à travailler dessus mais c'est Hanson qui est en position d'obtenir des mandats, donc il creusera sans doute plus loin que moi. Quoi qu'il en soit, nous suivons le dossier et je vous tiendrai informée. Je dois aller dire un mot à la mère de Trueheart, puis Peabody et moi irons parler à la maîtresse actuelle d'Edward.

Mira posa une main sur le bras d'Eve.

— Il ne vous remerciera pas pour ça, même si les informations que vous récoltez permettent de lui sauver la vie.

— Une bonne chose que je n'agisse pas dans l'espoir qu'on me remercie.

Eve s'approcha de la mère de Trueheart et dut se résigner à une deuxième étreinte, plus larmoyante celle-là.

— Merci, lieutenant ! Troy en rêve depuis l'enfance et vous l'avez aidé à réaliser son rêve. Hier soir, je lui ai demandé ce qu'il voulait maintenant qu'il est devenu inspecteur. Il m'a répondu qu'il voulait devenir aussi bon flic que vous.

— Madame Trueheart…

— Pauline, je vous en prie, appelez-moi Pauline. Je suis heureuse que vous placiez la barre haut. Je ne voudrais pas qu'il fasse de compromis. Et je veux que vous sachiez qu'il sera fier, chaque jour, de porter cet insigne. Et que je serai fière de lui.

Eve avait envie de s'échapper, de retourner travailler, mais elle se surprit à répondre :

— Il est intelligent et observateur, et il est doué pour résoudre pas à pas les problèmes. Son apparence est un plus : il apparaît à la fois simple et charmant, expliqua-t-elle. Certaines personnes s'imaginent à tort qu'il est trop gentil, facile à duper. Ce n'est pas le cas. Et il s'appuie sur un code d'honneur impeccable dont vous devriez être fière car j'imagine que c'est vous qui le lui avez inculqué.

— Merci de me dire tout ça. Merci beaucoup.

La voix de Pauline se brisa et les larmes lui montèrent aux yeux.

— Excusez-moi, dit-elle. C'est beaucoup d'émotions.

Elle serra brièvement les doigts d'Eve entre les siens puis s'éloigna en hâte.

— C'est très beau ce que vous lui avez dit, commenta Peabody dans le dos d'Eve.

— Elle s'est pourtant remise à pleurer.

— C'est un truc maternel.

— Tirons-nous d'ici et allons faire notre métier.

— Il y a du gâteau.

— Vous flottez dans votre pantalon, Peabody.

— Bon sang…

Tout en emboîtant le pas d'Eve, Peabody lança un regard plein d'envie vers le buffet.

— Vu que je flotte dans mon pantalon, je pourrais manger un petit morceau de gâteau.

— Ça veut surtout dire que vous pourrez le retirer plus vite pour retourner au plus tôt sur le terrain.

— Quelqu'un a dit qu'il y avait un glaçage à la crème au beurre, soupira Peabody.

Mais elle suivit Eve dans l'ascenseur.

De retour dans sa tenue de civile, Eve passa à son bureau le temps de contacter Hanson. Toujours aucune nouvelle de la part du sénateur Mira ou de ses probables ravisseurs. Hanson et son équipier allaient interroger Vinnie, le chauffeur, après s'être déjà entretenus avec Silas Greenbaum. Ils poursuivraient leur enquête au sein de l'institut Mira pendant qu'Eve et Peabody s'attaqueraient à la liste des maîtresses.

Lorsqu'elle ressortit, Jenkinson et sa cravate étaient de retour à leur poste de travail. Santiago était à son bureau et plusieurs agents en uniforme reprenaient petit à petit leur place.

— Est-ce que quelqu'un travaille encore aujourd'hui ?

— On s'y remet, Dallas.

Connaissant l'œil acéré d'Eve, Jenkinson s'empressa de chasser des miettes de gâteaux sur sa chemise.

— C'était bien, dit-il en référence à la cérémonie.

— Oui. Et il y a un autre truc qui est vraiment bien : arrêter des meurtriers, répliqua-t-elle.

— C'est encore meilleur que le glaçage à la crème au beurre, commenta Santiago, ce qui lui valut un regard noir de la part de Peabody.

— Vous êtes trop méchants, grogna-t-elle.

— Alors allez m'arrêter quelques meurtriers, conseilla Eve. Peabody, on y va.

— Vous êtes sur une affaire juteuse, Dallas ?

Déjà en route vers la sortie, Eve lança un regard à Jenkinson par-dessus son épaule.

— Je vous le dirai quand je le saurai. Quant à vous, je ne veux pas vous entendre geindre à propos de la crème au beurre, lança-t-elle à Peabody sur un ton d'avertissement.

La mine boudeuse, celle-ci s'engouffra en silence dans l'ascenseur.

— On va retrouver notre petite jeunette dans la galerie où elle travaille. Nous passerons d'abord par le lieu du crime. Je veux y jeter un nouveau coup d'œil et vous ne l'avez pas encore vu de vos propres yeux.

— Le Dr Mira a dit que M. Mira allait bien mais elle paraissait vraiment stressée. Ça ne lui arrive quasiment jamais.

— Elle saura gérer.

Eve s'estima chanceuse que l'ascenseur ne s'arrête que cinq fois durant la descente, et qu'une dizaine de personnes seulement y entrent ou en ressortent.

— Nous ferons ensuite le tour des maîtresses identifiées, dit-elle à Peabody en montant dans la voiture. Admettons qu'il voie toujours l'artiste mais qu'elle commence à se lasser de n'être que son vilain petit secret. « Oh, mon papy sénateur, et si… »

— Beurk !

— Certes. Mais la voilà qui lui joue l'air de « si tu divorçais, on pourrait être tout le temps ensemble ». Et lui qui répond : « Allons, allons, ma petite maîtresse chérie… »

— Beurk, beurk, méga beurk !

— « Je ne peux pas abandonner mon mariage. Il faut préserver les apparences, ça pèserait sur mes finances, bla-bla-bla. Tu ne veux pas une petite glace plutôt ? »

— Ça me retourne l'estomac, au point que je n'ai plus envie de crème au beurre. Merci.

— De rien. Oh, il s'avère qu'elle a un ancien petit ami, d'un âge bien plus adapté au sien mais pauvre. Ou peut-être qu'elle le voit encore. Et ils se disent qu'avec un peu d'intimidation et quelques droites bien senties ils peuvent lui extorquer une belle somme.

Le chantage commence peut-être par un œil au beurre noir. Mais à ce moment-là M. Mira débarque et, pris de panique, ils doivent changer leur plan.

— Ça se tient.

— Ou bien la maîtresse précédente bout de rage et s'emporte en songeant à la façon dont il a délaissé ses fesses d'âge mûr pour cette petite nymphette. Et elle décide de le lui faire payer. Ce qui nécessite également un complice.

— Qui se fait passer pour un agent immobilier afin d'attirer le sénateur dans la maison.

— Et là, c'est « surprise, espèce de salaud libidineux, on va te faire ta fête ! »

Eve s'arrêta au feu rouge.

— Je vois des défauts à chacun de ces scénarios mais ils constituent une base de réflexion.

Elle réfléchit à différentes variantes tout en conduisant, puis proposa une autre hypothèse :

— L'alibi de MacDonald est solide. Hanson ira vérifier mais son alibi tiendra. Cependant, il est possible, si elle a autrefois été sa maîtresse ou s'il existe un autre problème entre eux, qu'elle ait engagé quelqu'un pour s'en prendre à lui. Nous examinerons ses finances, mais il ne s'agit pas du travail d'un pro. Quoi qu'il en soit, une avocate connaît forcément des gens louches, surtout une avocate politique.

Elle prit le temps d'observer les alentours en s'approchant de la maison.

— Quartier tranquille, prospère. L'interrogatoire des voisins n'a rien donné, mais la plupart des gens devaient être au travail ou occupés. Qui passerait son temps à observer la rue ou le voisinage derrière sa fenêtre durant une journée aussi grise ? C'est un coup de chance, et ça me gêne. Ce coup de chance qui consiste à sortir un homme blessé de la maison et de le charger de force dans un véhicule sans que personne voie rien.

— Coup de chance qu'il ait fait si moche, que la luminosité ait été si mauvaise.

— Oui. Personne n'aurait pu planifier une telle chose.

Eve sortit de la voiture et prit une minute supplémentaire pour contempler la bâtisse, sa position.

— Très belle maison, commenta Peabody. Ancienne mais pleine de dignité, presque sans âge. Je comprends pourquoi M. Mira veut la garder.

— C'est surtout ce qui se trouve à l'intérieur qui lui tient à cœur. Je ne parle pas des biens matériels mais des souvenirs qui le lient à ces murs. Et il a fait une promesse, ça compte beaucoup. Si Edward Mira le connaissait ne serait-ce qu'un peu, il saurait que M. Mira n'irait pas rompre une promesse.

— Attendez ! Et si tout ceci n'était qu'un stratagème pour l'y pousser ?

Dénouant son écharpe, Peabody franchit le petit portail avec Eve et développa son idée :

— Il met tout ça en scène, puis c'est M. Mira qui reçoit une demande, alors qu'il est à demi mort d'inquiétude.

— « Donnez votre accord pour la vente de la maison ou bien on tue votre cousin » ? Qui pourrait croire un truc pareil ?

— Vous disiez que le sénateur avait besoin d'argent, n'est-ce pas ? Donc le faux kidnappeur prétend qu'il a une grosse dette envers lui. « Maintenant, vendez la maison pour que je récupère mon fric, sans quoi je le tue jusqu'à ce qu'il en meure. »

Eve fronça les sourcils en réfléchissant à l'idée.

— C'est effectivement une possibilité, quoique moins solide que... Les scellés ont été rompus.

Elle leva une main pour stopper la progression de Peabody puis scruta les scellés qu'elle avait posés elle-même.

— Quelqu'un les a franchis et est entré dans la maison. On enregistre tout.

Sans un mot de plus, elles dégainèrent toutes deux leurs armes.

Eve s'approcha de la porte, lança un coup d'œil à Peabody et hocha la tête.

Elles franchirent le seuil, le dos courbé et les armes à la main.

Eve se redressa, son pistolet toujours braqué devant elle comme elle levait les yeux vers le plafond.

Edward Mira était pendu au chandelier de cristal. Il avait le visage couvert d'hématomes sombres, la gorge déchiquetée et maculée de sang séché. Et il était nu, à l'exception de la pancarte imprimée qui lui couvrait le torse.

Justice est faite

— Merde.

— On va oublier l'idée du stratagème.

— Si c'était le cas, il a vraiment mal tourné. On fouille la maison, Peabody, et on prévient le Central.

6

Elles parcoururent soigneusement toute la maison, pièce par pièce, tout en enregistrant leur progression. Pendant que Peabody prévenait le commissariat, Eve localisa le mécanisme permettant d'abaisser le chandelier. Un système qu'elle avait découvert en le voyant à l'œuvre dans sa propre entrée.

— Ça permet de le nettoyer sans devoir sortir une échelle, expliqua-t-elle à Peabody.

— Pratique. Eh ben, on peut dire qu'ils l'ont bien amoché avant de le pendre.

— À mon avis, il était en vie quand ils l'ont hissé là-haut. Il s'est sans doute infligé lui-même ces griffures à la gorge. La peau et le sang sous ses ongles sont probablement les siens. Le légiste pourra s'en assurer, en plus de nous indiquer la cause du décès.

Peabody avait rapporté leurs kits de terrain. Eve ouvrit le sien et étudia le corps tout en s'aspergeant de Seal-It.

— On l'a frappé au visage, à l'entrejambe. On l'a déshabillé. Ça me paraît très personnel, avec beaucoup de colère et sans doute une dimension sexuelle.

— Ça n'a vraiment pas l'air lié à une extorsion. Peut-être l'une des femmes avec qui il a eu une liaison ? Mais comme vous le disiez, comment le faire sortir et le ramener ici ? Elle aura eu besoin d'un complice.

Eve sortit ses outils et ses appareils de mesure. Elle vérifia en premier lieu l'identité du mort à l'aide de sa tablette d'identification.

— La victime est Mira, Edward James, soixante-huit ans. Contusions multiples et lacérations sévères au visage. Les deux pommettes semblent fracturées, ainsi que plusieurs dents.

Elle enfila ses microlunettes.

— Vérifiez l'heure du décès, Peabody. Je ne crois pas qu'il s'agisse de coups de poing, poursuivit-elle en se penchant au plus près. Peut-être une matraque souple, sans doute plombée. Même chose pour les organes génitaux, mais il y a des… presque comme des perforations au niveau de l'aine.

— Heure du décès, 3 h 36.

— Donc il a été travaillé au corps pendant un moment. Regardez l'aspect des contusions au niveau des poignets.

La rigidité cadavérique s'étant installée, elle se servit de ses propres poignets pour faire une démonstration en les joignant devant elle, paumes face à face.

— On dirait qu'il a été ligoté puis pendu. Vous voyez les marques ? Retenu par les poignets puis hissé vers le haut. Pas de contusions sur les chevilles. On lui a décoché des coups de pied dans les testicules, à de nombreuses reprises. Ces petites perforations ? Je vous parie qu'il s'agit de ces chaussures ridicules à bout pointu.

— Ce qui laisserait entendre que notre tueur est une femme.

— J'ai vu pas mal d'hommes porter des chaussures pointues mais, oui, je penche plutôt pour une femme. Avec un mobile sexuel. « Je vais te taper dans le service trois-pièces jusqu'à ce qu'il en tombe ». Voilà l'intention que j'y lis… Et on l'a sodomisé, ajouta Eve.

— Quoi ? demanda Peabody en rentrant instinctivement la tête dans les épaules.

— Vous n'avez pas vu la victime de dos. Elle a l'anus déchiré, ensanglanté. On s'est servi de quelque chose pour le sodomiser. Le mobile est éminemment sexuel. C'est personnel et planifié. Ils l'ont ramené ici parce qu'ils avaient sans doute l'intention d'en finir ici au départ.

— Jusqu'à l'arrivée inopinée de M. Mira.

— Ils avaient un endroit où l'emmener, et un véhicule. Peut-être s'agissait-il d'un plan de secours. À moins qu'ils aient depuis le départ prévu de l'emmener ailleurs puis de le ramener et de le pendre.

Eve s'accroupit face au corps.

— Je parie qu'ils ont attendu avant de le hisser vers le plafond. Attendu qu'il reprenne ses esprits, pour qu'il soit conscient de ce qui se passait. Qu'il comprenne et ressente qu'il allait mourir. Puis ils ont appuyé sur le bouton et l'ont laissé se débattre en quittant le sol, l'ont regardé s'étrangler et se griffer désespérément la gorge. Quand on agresse quelqu'un de façon aussi violente et personnelle, on veut qu'il se sente mourir. Et le regarder agoniser.

— Une telle violence à cause de la fin d'une liaison ? Vous croyez qu'on peut ressentir une fureur pareille parce qu'on s'est fait larguer ?

— Bien sûr. Évidemment, cela signifie que notre coupable est folle à lier, mais ce ne sont pas les fous qui manquent dans ce monde. On peut également en déduire que la personne qui l'a aidée est tout aussi détraquée.

Eve se releva et ferma les yeux quelques instants pour mieux visualiser la scène.

— D'accord. Hier, ils manipulent la victime pour l'inciter à venir jusqu'ici, en lui parlant de vendre la maison qu'il ne pouvait pourtant pas vendre sans l'accord de M. Mira, qu'il ne risquait pas d'obtenir.

Il les laisse entrer. Peut-être que l'ex folle à lier – si c'est bien le cas – a dissimulé sa folie et lui présente le soi-disant agent immobilier. Ou peut-être qu'elle se présente par surprise à la porte. Dans un cas comme dans l'autre, ils le conduisent jusqu'au bureau.

Elle contourna le corps et s'avança de quelques pas dans l'entrée.

— Il n'était pas ligoté, en tout cas pas selon M. Mira. Le légiste nous le confirmera. Ils le maintenaient donc sous la menace d'une arme. L'un d'eux le tient en joue, l'autre distribue les coups. M. Mira arrive, appelle son cousin, puis s'avance vers le bureau. Ils n'utilisent pas leur arme contre lui et s'assurent de rester hors de vue jusqu'au moment où ils pourront l'assommer.

Eve se mit à faire les cent pas tout en visualisant la scène. Il y avait de nombreuses variables et l'image évoluait en fonction de la manière dont elle jonglait avec les possibilités.

Insatisfaite, elle reprit depuis le début.

— Revenons en arrière en tenant compte du minutage. L'arrivée de la victime par rapport à celle de M. Mira. Un bon moment s'est écoulé entre les deux.

— Vous disiez qu'ils avaient déjà commencé à frapper la victime. Que M. Mira a pu voir qu'il était blessé.

— C'est vrai, mais... Ils se sont d'abord baladés avec la victime. Un œil au beurre noir et une bouche ensanglantée alors qu'ils prévoyaient de le pendre ici ? Ils avaient à peine commencé. Donc ils ont dû se déplacer à travers la maison. Ils ne l'ont pas forcé à entrer dans le bureau, celui-ci faisait simplement partie du tour du propriétaire. C'est l'endroit où ils lui sont tombés dessus.

Pour mieux comprendre, Peabody repartit vers le bureau en jetant un coup d'œil aux autres pièces. Elle s'arrêta sur le seuil. Oui, la théorie lui semblait crédible.

— Donc s'il connaissait l'un d'entre eux – et c'est le cas car le crime est vraiment personnel – cela ne l'inquiétait pas.

— Exactement. Elle ne représentait pas une menace pour lui. Avance rapide jusqu'à M. Mira allongé par terre, inconscient. Quelqu'un de complètement taré l'aurait achevé, donc elle n'est pas folle à lier. Ils décident de faire sortir la victime, de l'emmener quelque part où ils pourront se défouler sur elle. L'un des agresseurs est suffisamment avisé pour emporter le disque dur des vidéos de sécurité.

Peabody revint vers Eve.

— Elle n'est donc ni folle à lier ni sous le coup de la panique.

— Exact. Ils ont un objectif, un plan, et ils gardent leur sang-froid pour pouvoir aller au bout.

— Comment l'ont-ils sorti d'ici ? Ils comptent sur le mauvais temps pour dissimuler le kidnapping, d'accord, poursuivit Peabody, mais comment l'ont-ils forcé à les suivre ?

— Peut-être une décharge paralysante. Légère, juste de quoi le sonner. Ou alors ils l'ont drogué. Morris fera l'analyse toxicologique. Ils le font monter dans un véhicule. Puis il faut tout recommencer une fois arrivés à destination. Le sortir du véhicule et le faire entrer à l'endroit où ils vont le torturer. Le corps va nous révéler une part de ce qui s'est passé. On saura s'il a été paralysé, drogué ou simplement intimidé pour sortir et monter en voiture, puis descendre et rentrer dans un autre endroit. Morris nous fournira des éléments de réponse.

Elle regarda autour d'elle.

— Je ne crois pas que ça ait un rapport avec cette maison. La maison faisait simplement partie du stratagème dont vous parliez tout à l'heure, ce n'était qu'un moyen de lui tendre un piège. En le pendant ici, ils veulent qu'il soit retrouvé, mais aussi créer une image choc.

— « Justice est faite », lut Peabody. Ça pourrait être quelqu'un qu'il a fait emprisonner, ou à propos de quelqu'un qu'il n'a pas condamné. Et la femme l'aurait séduit, disons, pour nouer un lien avec lui et l'approcher, obtenir des informations et gagner sa confiance.

— C'est possible, ce sera une piste à creuser. Qu'il s'agisse ou non de quelqu'un qu'il a fait enfermer, ou libérer, il y a forcément un rapport avec une histoire de viol.

— Parce qu'ils l'ont violé.

— Faire subir de tels sévices à un être humain et qualifier ça de justice ? Il s'agit d'une vengeance, et une vengeance avec une dimension sexuelle aussi prononcée est forcément liée au sexe. Donc cette affaire concerne une histoire de viol. C'est du moins comme ça que je le comprends.

Elle tourna la tête vers la porte en entendant quelqu'un frapper.

— Sans doute la police scientifique, ou l'ambulance. Allez-y, faites-les entrer. Et envoyons des agents interroger les voisins. Quiconque aura vu un véhicule près de la maison ou remarqué des lumières allumées hier soir. En reposant la question pour hier entre 16 heures et 18 heures, au cas où.

Elle baissa les yeux vers Edward Mira. Elle ne l'aurait certainement pas apprécié de son vivant. Mais dans la mort, elle le défendrait.

Elle sortit son communicateur et se dirigea vers le bureau pendant que l'équipe de la morgue pénétrait en file indienne dans la maison. Après avoir gonflé puis vidé ses poumons, elle contacta Mira.

— Eve…

Une lueur de compréhension s'alluma dans le regard de Mira, qui ne laissa pas à Eve le temps de dire quoi que ce soit.

— Edward est mort, devina-t-elle.

— Je suis désolée.

— Non, non, vous n'y êtes pour rien. Dites-moi où vous êtes, ce qui s'est passé.

— Dans la maison de Spring Street, et j'en suis également désolée. Je ne suis pas en mesure d'établir la cause officielle du décès. Morris s'occupera…

— Eve.

« Au diable la prudence », songea Eve.

— Son visage et ses organes génitaux ont été roués de coups. Il a été sodomisé.

— Oh, mon Dieu…

— À première vue, les marques de ligature sur ses poignets correspondent à une position avec les bras attachés au-dessus de la tête. Je pense qu'il était sans doute encore vivant lorsqu'on l'a pendu au plafonnier dans le hall d'entrée. Il avait autour du cou une pancarte imprimée par ordinateur indiquant JUSTICE EST FAITE.

Les yeux fermés, Mira se massa le milieu du front du bout des doigts.

— D'accord… C'est éminemment personnel, sexuel…

— Je ne vous demande pas d'établir le profil du tueur, docteur Mira. Pas maintenant. Prenez une minute. Je ne sais pas ce que vous voudrez dire à M. Mira.

Mira ouvrit les yeux.

— Je lui rapporterai ce que vous m'avez dit. Évidemment.

— D'accord. J'aurai besoin de lui parler de nouveau. Désolée.

— Ne vous excusez pas, répondit Mira d'un ton presque sec.

Elle leva une main, fit un effort visible pour se reprendre.

— Ne vous excusez pas, répéta-t-elle d'une voix plus calme. Dennis comme moi souhaitons vous voir faire tout ce qui est nécessaire et tout ce que vous pouvez pour découvrir qui a fait ça. Voulez-vous qu'il se rende au Central ?

— Non, ne faites pas ça. Je viendrai le voir. Je dois d'abord informer la famille puis je passerai chez vous pour lui parler avant de retourner au commissariat. Je ne pourrai pas officiellement faire appel à vos services dans cette affaire.

— Bien sûr. Conflit d'intérêts. J'ai l'esprit encore un peu embrouillé.

— Mais officieusement, j'aurai besoin de votre aide pour établir le profil. Plus tard, précisa Eve. Rentrez chez vous. Vous aurez sûrement envie d'être présente lorsque je l'interrogerai. Je vais contacter Whitney, puis passer au domicile de la victime pour m'entretenir avec sa femme. Ça vous donnera le temps de rentrer et d'informer M. Mira avant mon arrivée.

— Oui, vous avez raison. Je partirai dans quelques minutes.

— Une dernière chose : je vais faire fuiter l'information auprès de Nadine Furst.

— Oh... répondit Mira dans une sorte de soupir.

— Les médias ne tarderont pas à être au courant. Je préfère faire fuiter l'info auprès d'elle pour qu'elle prenne les devants et fasse ça bien. Je vous recommande de filtrer vos appels entrants car une fois l'affaire révélée les médias voudront vous parler, ainsi qu'à M. Mira. Vous aurez besoin de préparer une déclaration.

— Je sais quoi faire. Je m'en charge. Faites ce que vous estimez nécessaire.

— Je vous recontacte dans l'heure et demie qui vient.

En se retournant, Eve trouva Peabody debout sur le seuil.

— Les techniciens de la police scientifique sont là et nos agents sont partis interroger les voisins.

L'ambulance est en route. J'ai demandé à ce que ce soit Morris qui s'occupe de lui.

— Alors on a fait tout ce qu'il y avait à faire. La police scientifique passera la maison au crible mais ils ne trouveront rien d'utile ailleurs que dans l'entrée. On en a terminé ici pour le moment. Allons annoncer la mauvaise nouvelle à la femme de la victime.

— Je déteste cette partie-là.

— Comme nous tous. Et vous risquez de trouver ça encore plus détestable que d'habitude.

Elle appela Whitney avant de quitter la scène de crime.

— Tibble avait raison à propos des médias, lui dit-il. Surtout avec la dimension sexuelle du meurtre.

— Oui, commandant. Je vais parler à Nadine Furst. J'aime autant qu'une personne de confiance, une personne qui connaît Mira, soit la première à en parler dans les médias. Quoi qu'il arrive ensuite, les premiers bulletins d'informations seront justes.

— Faites-le. Je préviendrai Tibble et notre chargé de liaison avec les médias. Et continuez à agir strictement dans les règles, Dallas, jusqu'au bout.

— En route, lança-t-elle à Peabody après que Whitney eut raccroché. Je joindrai Nadine pendant le trajet.

À peine installée derrière le volant, Eve se servit de la console de bord pour appeler Nadine.

La reporter, qui comme à son habitude semblait prête à passer devant les caméras, la salua d'un grand sourire.

— Dallas ! Vous tombez bien, je suis avec votre délicieux mari dans ce qui pourrait bien devenir mon nouveau triplex. Je lui disais justement que s'il était livré avec, l'affaire serait déjà entendue.

— Trouvez-vous votre propre exemplaire. Et passez en mode journaliste.

L'éclat humoristique s'éteignit dans les beaux yeux verts de Nadine, remplacé par une intelligence acérée.

— Qu'est-ce que vous avez pour moi ?

— Peabody et moi avons découvert il y a moins d'une heure le corps de l'ex-sénateur Edward Mira à l'ancien domicile de ses grands-parents.

— Merde. Waouh… Merde. Attendez, j'attrape mon enregistreur.

— Contentez-vous de m'écouter. La victime a été violemment tabassée puis pendue. Le sénateur a également été sodomisé.

— Bon sang, cette histoire va faire sensation !

— Hier, à approximativement 17 h 25 si l'on en croit le journal de bord du Rapid Taxi utilisé pour faire le trajet, le cousin du sénateur, Dennis Mira – non, disons plutôt le professeur Mira, puisqu'il a ce titre – est entré dans la résidence. Il y a été agressé et assommé après avoir découvert le sénateur blessé et avoir tenté de le secourir. Le professeur Mira a contacté le NYPSD. Depuis ce moment, les enquêteurs ont cherché à localiser le sénateur, qu'ils pensaient retenu dans un autre endroit. On a retrouvé son corps dans la résidence, où quelqu'un l'avait ramené. Le médecin légiste en chef travaille à déterminer l'heure et la cause du décès. Le lieutenant chargé de l'enquête n'a pas fait de commentaires pour le moment, mais le NYPSD a prévu une déclaration officielle une fois que certains détails auront été confirmés.

— En bien, on peut dire que quand vous avez un scoop à me donner, vous ne faites pas les choses à moitié.

— Je suis en chemin pour avertir la famille du défunt. Ne diffusez pas l'information avant que Peabody vous donne le feu vert.

— Compris. Comment va Dennis ? Il a été blessé ?

Eve laissa échapper un soupir. Nouer des amitiés n'avait rien de facile pour elle, mais les rares liens qu'elle tissait étaient solides.

— Je vous livre tout ça pour deux raisons, dit-elle. Parce que vous attendrez notre feu vert et parce que vous vous souciez de M. Mira. Il va bien. Il a quelques contusions mais ça va.

— Et maintenant mon boulot veut que je vous demande si vous avez des pistes, des suspects.

— Non, parce que je suis toujours en plein travail. Puisque vous êtes avec Connors, dites-lui que j'ai donné mon accord pour qu'il vous parle de la propriété du grand-père, de la maison. Ça va se savoir de toute façon, j'aime autant que cela vienne de vous dès le départ. Ce que je ne veux pas, par contre, c'est entendre dire que M. Mira est un suspect, ou même que l'enquête se penche sur lui. C'est un témoin et une victime, lui aussi. Point final.

— Vous savez bien que je ne ferais jamais ça.

— C'est le cas, raison pour laquelle je vous contacte avant même d'avertir les proches. Peabody vous donnera le feu vert dès que nous l'aurons fait. Je dois vous laisser.

— Et moi aussi à présent.

Elles raccrochèrent toutes les deux, puis Eve porta son attention sur la circulation, sourcils froncés.

— Comment allez-vous vous y prendre avec M. Mira ?

Eve fronça un peu plus les sourcils.

— Que voulez-vous dire par « comment m'y prendre » ?

— D'abord, je tiens à dire que je sais qu'il n'a rien à voir avec tout ça. Mais il n'en reste pas moins qu'on doit tout faire dans les règles. Il est le dernier à avoir vu la victime en vie, et lui et la victime avaient une relation tendue, en partie à cause de la maison dans laquelle le corps a été pendu. Donc je sais comment on s'y prendrait si on ne connaissait pas et n'appréciait pas à ce point M. Mira. Mais…

— Nous ferons les choses dans les règles, Peabody.

— Je ne voudrais pas commettre d'impair.

— Vous n'en commettrez pas.

Le temps de se garer devant le grand immeuble scintillant sous le soleil, Eve était prête à faire face. Un nouveau portier arborant le costume d'ours polaire s'approcha immédiatement à petites foulées. Eve sortit de la voiture en claquant la portière puis brandit son insigne.

— Nous sommes de la police, ici dans le cadre d'une affaire policière. Ceci est un véhicule de police et il restera où il est. Un seul mot de protestation de votre part et ma collègue vous arrêtera pour entrave à la justice et ingérence dans une enquête policière avant de vous faire transférer au Central.

La peau très mate du visage de l'homme contrastait avec le blanc immaculé de son uniforme. Une expression soigneusement neutre se peignit sur ses traits.

— Je n'ai pas dit un mot.

— Bien vu. Maintenant donnez-nous accès à l'appartement d'Edward et Mandy Mira.

Cette fois il fit la grimace.

— J'aurais dû m'en douter… Écoutez, je dois suivre la procédure. Vous faites votre boulot, n'est-ce pas ? Je dois aussi faire le mien. Il me faut l'accord de l'équipe de sécurité personnelle des Mira.

— Alors allez leur demander.

Il repartit vers l'immeuble et eut l'élégance – ou le réflexe issu de sa formation – de leur tenir la porte.

— Si vous voulez bien m'accorder une minute.

Il se dirigea vers l'appareil que son collègue avait employé la veille et composa le code.

— Hank, ici Jonah à l'entrée. Il y a ici deux policières qui…

Eve poussa Jonah sur le côté.

— Hank, ici le lieutenant Dallas. Ne perdez pas de temps. Autorisez-moi à monter avec ma coéquipière, tout de suite.

— Je pourrais y perdre mon poste, répondit-il. Elle vous a placée sur la liste noire.

— Il faut qu'elle me reçoive. Si elle refuse, elle finira par entendre ce que j'ai à lui dire aux informations télévisées. Laissez-moi monter et expliquez-lui ce que je viens de dire.

— Bon. C'est un boulot pourri de toute façon. Vous pouvez monter. Jonah, elles peuvent monter.

— Bien reçu.

— Je connais le chemin, dit Eve au portier en se dirigeant vers l'ascenseur qu'elle avait utilisé la fois précédente.

— Très chic, commenta Peabody en entrant dans la cabine.

— Micros et caméras, l'avertit Eve.

— Vraiment ?

Tout en chantonnant pour elle-même, Peabody explora l'ascenseur du regard, se pencha pour humer les roses.

— Vous profitez bien de votre nouveau dojo ?

— J'ai réussi à y descendre deux ou trois fois par semaine. J'apprends à être un ours, un coq, une grue, un tigre, un dragon. Une vraie ménagerie. Et pourtant je suis toujours ravie à la fin de chaque séance.

— Ça me plairait bien d'être un dragon, songea Peabody à voix haute.

Les portes s'ouvrirent.

Hank les accueillit avec une expression peinée.

— Elle m'a promis que ça chaufferait pour mon matricule au retour du sénateur. Vous avez trois minutes, après quoi elle contactera de nouveau le gouverneur.

— Je doute qu'elle mette l'une ou l'autre de ces menaces à exécution. Ouvrez-nous, Hank.

Il secoua la tête mais leur ouvrit la porte.

Mandy les attendait, les bras croisés, le menton saillant et du mépris plein les yeux.

— C'est du harcèlement ! Dans précisément trois minutes et trente secondes, je contacterai le gouverneur et nos avocats.

— Madame Mira, j'ai le regret de vous informer que votre mari est mort. Toutes nos condoléances.

Le rouge monta aux joues de Mandy Mira.

— Qu'est-ce que vous racontez ? Comment osez-vous venir ici me débiter de telles horreurs ?

— Sa dépouille a été retrouvée suspendue au chandelier de l'entrée de la maison sur Spring Street. Son corps comportait des traces évidentes de violence physique. Il a été confié au médecin légiste en chef qui déterminera la cause du décès.

Le rouge déserta le visage de Mandy, de même que toute autre couleur. Mais sa voix était toujours pleine de vigueur et de colère.

— Vous êtes une menteuse !

— Je suis chargée de l'enquête sur la mort de votre mari, raison pour laquelle je suis venue vous en informer. Nous comprenons qu'il s'agit d'un moment difficile pour vous, mais nous devons vous poser quelques questions. Les réponses pourraient nous aider à retrouver la ou les personnes responsables de l'assassinat de votre mari.

— Sortez d'ici ! Sortez de ma maison ! Vous mentez. Vous mentez pour essayer de m'affecter.

— Vous savez que ce n'est pas le cas.

Voyant sa patronne vaciller, Hank se précipita pour la prendre par le bras.

— Asseyez-vous, madame Mira. Asseyez-vous ici, je vais vous chercher un verre d'eau.

— Vous mentez, répéta Mandy.

Mais cette fois, sa voix tremblait.

Eve ne s'assit pas et s'approcha d'elle. Mandy Mira ne pleurait pas mais elle était livide, comme figée. La stupeur dans son regard semblait bien réelle.

— Il y a environ soixante minutes, ma coéquipière et moi-même sommes entrées dans la maison de Spring Street et y avons découvert le corps de votre mari. Je suis lieutenant au sein de la Criminelle, madame Mira. Je ne mens pas sur ce genre de sujet. Pouvez-vous me dire si vous connaissez qui que ce soit qui aurait pu vouloir le tuer ?

— Personne ne ferait ça. Personne n'oserait.

— Quelqu'un l'a pourtant fait, madame Mira. Quelqu'un a osé. On lui a fait du mal. Vous comprenez ce que je vous dis ? On a tenu à ce qu'il souffre avant d'en finir. Qui aurait voulu le faire souffrir ainsi ?

— Je ne sais pas. Laissez-moi tranquille !

Peabody fit une tentative d'une voix douce et pleine de compassion.

— Y a-t-il quelqu'un que l'on puisse contacter pour vous, madame Mira ? De la famille, des amis ?

— Je ne veux pas de votre aide. Sortez d'ici. Sortez ou je vous fais jeter dehors !

Hank revint précipitamment, un verre d'eau à la main. Elle s'en saisit et le lança à l'autre bout de la pièce.

— Sortez d'ici, tous autant que vous êtes !

— Vous pourrez me joindre au Central si vous avez des questions ou souhaitez faire une déclaration.

Eve fit demi-tour et repartit vers la sortie. En lançant un dernier coup d'œil par-dessus son épaule, elle vit que Mandy demeurait assise, les mains jointes, une expression choquée dans ses yeux qui ne pleuraient pas.

— Vous partez ? demanda Eve à Hank en le voyant sortir derrière elles et refermer la porte.

— Je vais rester à côté, au cas où. Je ne sais pas quoi dire. Puis-je contacter son fils, sa fille ?

— Allez-y. Assurez-vous bien de leur donner mon nom.

Elle retourna jusqu'à l'ascenseur, suivie de Peabody.

— Bonne chance, Hank.

— Elle est flippante, laissa échapper Peabody malgré les micros. Je sais que les gens réagissent de manières très variables à l'annonce d'un décès mais elle est flippante.

— Elle est comme elle est, et nous avons fait ce que nous étions venues faire.

Sur le chemin de chez Mira, Eve sentit s'installer un mal de tête sourd mais insistant. Elle allait de nouveau faire ce qu'exigeait la situation, même si cette fois elle ne s'attendait pas à ce qu'on la traite de menteuse ou qu'on lance un verre à travers la pièce. C'était peut-être ce qui rendait la chose plus difficile.

Elle trouva une place pour se garer à une rue à peine de la jolie maison de ville des Mira. En émergeant de la voiture, elle plongea les mains dans ses poches et y trouva les gants qu'elle avait complètement oubliés.

Au moins ne les avait-elle pas encore perdus.

— Donnez le feu vert à Nadine.

La tête dans les épaules, elle grimpa les petites marches devant la porte d'entrée.

Elle sonna et se concentra sur la bonne approche, la procédure de base. La femme qui lui ouvrit avait le teint de Charlotte Mira et la silhouette plus dégingandée de M. Mira. Gillian, se souvint Eve, leur fille wiccan[1] qui habitait à… La Nouvelle-Orléans, c'était ça.

— Bonjour, Dallas. Salut, Peabody.

— Bonjour, Gillian. J'ignorais que vous étiez en ville.

— Je suis arrivée hier soir. J'ai senti que quelque chose clochait, alors j'ai appelé ma mère. Et me voilà.

— Contente de vous revoir, même dans ces circonstances.

Gillian sourit à Peabody puis recula pour les laisser entrer.

— Moi aussi. Papa et maman sont dans le séjour. C'est dur pour lui, alors n'y allez pas trop fort.

---

1. Adepte de la Wicca, une forme de religion païenne liée à la vénération de la nature et à la pratique de la magie. *(N.d.T.)*

— On avait prévu de le menotter et de l'emmener jusqu'au Central où l'on garde nos matraques et nos tuyaux d'arrosage.

Gillian gratifia Eve d'un regard légèrement désapprobateur. Elle avait les yeux de sa mère.

— Laissez-moi prendre vos manteaux.

Une fois son devoir d'hôtesse accompli, elle les fit entrer.

On avait allumé un feu de cheminée. Les Mira étaient installés côte à côte sur le sofa de leur jolie salle de séjour, de la même façon qu'ils s'étaient rapprochés sur les lieux du crime. Dennis Mira parut fatiguée à Eve, qui ressentit une pointe de culpabilité en sachant qu'elle allait ajouter à son stress.

— Les flics sont là, annonça Gillian mais sans hausser la voix.

Elle s'avança et s'assit sur l'accoudoir du sofa, à côté de son père.

Un front uni.

— Toutes nos condoléances, monsieur Mira, dit d'abord Eve.

— Merci. Edward et moi... Notre relation n'était plus ce qu'elle était autrefois, mais je me souviens du jeune garçon qu'il était. Des garçons que nous étions tous les deux. Sa mort a été violente ?

Il leva vers elle ses yeux verts pleins de bonté. Elle aurait voulu lui mentir, lui offrir au moins ce soulagement. Mais elle ne pouvait pas faire ça.

— Oui, dit-elle.

— C'est étrange, malgré le métier qu'exerce Charlotte et même en sachant ce que les êtres humains sont capables de s'infliger entre eux, on ne s'attend pas à ce que cela arrive à un proche. Malgré nos désaccords, Edward faisait partie de ma famille. Vous avez parlé à Mandy ?

— Nous arrivons de chez elle.

— Dennis s'inquiète pour elle, expliqua Mira. Elle ne répond pas sur son communicateur.

— Elle...

« Comment formuler ça ? » se demanda Eve.

— Son équipe de sécurité s'apprêtait à contacter ses enfants, intervint Peabody.

— C'est bien, dit Dennis en tapotant le genou de Gillian. Ils la réconforteront. Je sais que c'est une femme difficile. Vous êtes trop polies pour le dire.

— Je ne suis pas si polie que ça, répondit Eve, lui soutirant un petit rire.

— Je parie que vous n'avez pas déjeuné.

Le changement de sujet déstabilisa Eve.

— Nous ne sommes pas vraiment...

— Il faut que vous mangiez. Je vais préparer des sandwichs.

— Monsieur Mira, je suis navrée mais nous devons vous poser des questions. Je dois vous interroger et enregistrer vos réponses dans le cadre de l'enquête. En commençant par vous lire vos droits.

Gillian se releva d'un bond et tira une flèche de son carquois.

— Vous n'allez tout de même pas le traiter comme un suspect !

— Je te l'ai déjà expliqué, Gillian, dit Mira.

Elle passa une main apaisante sur la cuisse de Dennis puis se leva.

— C'est la procédure, il faut en passer par là.

— Je me fiche de la procédure !

— Je dois la respecter, dit Eve.

Elle tourna son regard vers Dennis.

— Je suis désolée, dit-elle. Je dois agir dans les règles.

— Bien sûr, je comprends. Mais vous devez également vous sustenter. Nous pourrons faire ça dans la cuisine pendant que je préparerai les sandwichs.

— Papa, j'ai déjà fait une soupe. Tu te souviens ?

— C'est vrai, oui, bien sûr.

Il se redressa, avec son cardigan vert trop large et ses cheveux en bataille.

— Gilly fait d'excellentes soupes. Poireaux et pommes de terre, c'est ça ?

— Au poulet et au riz.

— C'est ça. Les poireaux, c'était la dernière fois. Ça réconforte, une bonne soupe, dit-il à Eve. Ça nous ferait du bien à tous.

Eve ne pouvait pas dire non ; elle se sentait incapable de se montrer sévère avec lui. Elle se retrouva donc dans la grande cuisine où flottait l'odeur réconfortante de la soupe, assise face à lui dans le coin aménagé pour le petit-déjeuner sous le pâle soleil hivernal qui filtrait par la fenêtre.

— Mangez-en d'abord un peu, toutes les deux, dit-il après que Gilly eut disposé les bols. Charlie m'a dit qu'un jeune et talentueux policier avait été promu aujourd'hui.

— Trueheart. Il a obtenu son insigne d'inspecteur.

— Tant mieux pour lui. Un brave jeune homme. Intelligent, j'imagine ?

— Tout à fait. C'est un bon flic.

Puisque la soupe était devant elle, elle y plongea sa cuillère.

— C'est très bon, commenta-t-elle.

— Oui, vraiment, renchérit Peabody en levant les yeux vers Gillian. C'est la sauge qui fait la différence. Ma grand-mère en met toujours dans la sienne, dit-elle.

— Vous aimez cuisiner ?

— Des gâteaux, surtout, quand j'ai le temps. Ça me détend.

Eve laissa l'échange de banalités faire le tour de la table. Elle aurait dû y mettre fin. Elle n'était pas censée se retrouver là, dans la cuisine, à partager un bol de soupe et parler de tout et de rien. Elle devait…

Dennis tendit le bras pour lui tapoter la main.

— Ne vous inquiétez pas, dit-il. Faites votre travail comme il faut. Je veux vous aider à retrouver ceux qui ont fait ça à Edward.

— Monsieur Mira, vous n'êtes pas un suspect. Personne n'imagine que vous avez quoi que ce soit à voir avec cette histoire. Mais nous devons en passer par là, et certaines des questions que je dois vous poser sont inquisitrices. Elles pourront sembler dures et intimidantes. J'en suis désolée.

— Ne soyez pas désolée. Allez-y, posez vos questions. Mais terminez d'abord votre soupe.

Il se tourna vers Peabody.

— Et comment va votre jeune ami ? Je l'apprécie beaucoup. Il est tellement pittoresque.

— Ouais, c'est vrai. Il va très bien.

En terminant sa soupe, Eve croisa le regard de Mira et y lut toute sa gratitude. Donc peut-être avait-elle bien agi en laissant à M. Mira le temps de se poser.

— Je vais préparer du chocolat chaud, annonça Dennis. Je sais que vous l'aimez, ajouta-t-il pour Eve.

— Qui ne l'aimerait pas, mais…

— Vous et… Delia, vous aimez le chocolat chaud ?

— C'est un de mes péchés mignons. Et maintenant je sais pourquoi je n'ai pas mangé de gâteau tout à l'heure.

— C'est encore meilleur qu'un gâteau.

Il lui fit un clin d'œil, et Eve sentit son cœur se serrer.

— Delia et vous n'avez qu'à venir vous installer près de moi pendant que je le prépare. Ça m'occupera les mains tandis que vous m'interrogerez. Et, Charlie, restez assises là, Gillian et toi. Ne fais pas d'histoires, Gilly.

— Je ne promets rien.

Il se leva en laissant échapper un petit rire.

Ils feraient les choses à sa manière, décida Eve.

Elle quitta son siège pour s'installer sur l'un des tabourets devant le grand plan de travail tandis que Dennis farfouillait dans les placards.

— Vous préparez tout vous-même ? s'étonna Peabody.

Son regard s'alluma en le voyant sortir une grosse barre de chocolat noire et une boîte de sucre.

— C'est un vrai bonheur de regarder quelqu'un préparer un chocolat chaud de cette façon, ajouta-t-elle.

Eve lui lança un coup d'œil perçant pour lui rappeler que leur enquête ne tournait pas autour du bonheur. Mais au moment où Dennis posa une authentique casserole sur une authentique plaque de cuisson, elle dut se rappeler elle-même à l'ordre.

— Enregistrement, ordonna-t-elle.

7

Eve enregistra leurs noms, le numéro de l'affaire. Puis elle récita le code Miranda révisé.

— Comprenez-vous vos droits et obligations, professeur Mira ?

Il sourit vaguement à l'emploi de son titre universitaire, puis posa un couvercle sur la casserole – pourquoi faisait-il ça ? – avant de commencer à incorporer le chocolat.

— Oui, je comprends, merci.

— Edward Mira était votre cousin.

— Oui, du côté de mon père.

Il sélectionna un petit bol métallique qu'il plaça dans le freezer.

Eve se demanda si elle devait lui signaler son erreur mais préféra poursuivre l'interrogatoire.

— À des fins de témoignage officiel, voudriez-vous nous relater ce qui s'est passé hier, à partir de votre arrivée dans la propriété située au 2314 Spring Street ?

Il leur narra les événements dans l'ordre : le mauvais temps, la course en taxi. Eve regretta de ne pas lui avoir demandé de rester factuel lorsqu'il affirma avoir été en colère contre son cousin. Lorsqu'il indiqua avoir entendu des voix, elle l'interrompit.

— Pouvez-vous me dire combien de voix différentes ?

— Oh...

Il fronça les sourcils et prit un air adorablement perplexe.

— Je ne sais pas, j'en doute. Mais il y en avait au moins deux, car il s'agissait d'une sorte de conversation. Je devrais plutôt dire que j'ai eu *l'impression* d'entendre une conversation. Je n'ai pas capté les paroles prononcées et mon attention était ailleurs, j'en ai peur. Mais ils ont cessé de parler dès que j'ai appelé Edward. Ça, j'en suis certain. J'ai appelé parce que je ne voulais pas que mon arrivée les surprenne.

— Au moins deux voix. Vous n'avez pas pu distinguer leurs propos mais pouvez-vous me dire s'il s'agissait de voix d'hommes ou de femmes ?

— C'est une excellente question.

Une question qui semblait également le prendre un peu de court.

— J'ai pensé que l'une d'elles était celle d'Edward, mais je n'étais pas très attentif. Je le suis rarement. J'ai un petit truc que m'a enseigné Charlie qui m'aide à me souvenir quand j'ai manqué d'attention. J'ai trop souvent tendance à penser à autre chose.

Il ferma les yeux et prit plusieurs inspirations.

— J'entre dans la maison. Il fait chaud par contraste avec le vent glacé du dehors. Je sens une odeur d'huile essentielle de citron, donc je sais que Sila est passée faire le ménage récemment. Je me sens triste car je revois la maison comme elle était avant, avec mes grands-parents. Certains meubles ont été déménagés après avoir été légués. Il y avait toujours un bouquet de fleurs fraîchement coupées sur la table de l'entrée. Je suis triste qu'il n'y en ait plus, triste qu'il fasse si sombre. Le temps est si gris, si couvert, et j'aimerais qu'il y ait plus de lumière. J'entends des voix. Je suis agacé et triste, et j'entends des voix plus loin dans le couloir. Depuis le bureau, sans doute, mais je n'en suis pas sûr. Elles sont… en colère ou en tout cas agitées. Je n'avais pas compris sur le moment mais, oui, ces gens parlaient en haussant le ton. Mon cousin, je crois, et quelqu'un d'autre. Une femme. Je pense que c'était une femme.

Il rouvrit les yeux.

— Je pense qu'il y avait une femme avec lui. Est-ce que ça vous est utile ?

— Oui. Qu'avez-vous fait à partir de là ?

— Je me suis avancé. Je n'avais pas envie de me montrer grossier mais j'avais l'intention de dire à l'agent immobilier que sa présence était inutile car je n'avais aucune intention de vendre. Je savais qu'Edward et moi allions nous disputer, mais je ne pouvais pas rester sans rien faire. Je suis arrivé sur le seuil du bureau et je l'ai vu. J'ai été… dérouté, pourrait-on dire. Prêt à la dispute, mes arguments en tête, et voilà que je le trouve assis sur le fauteuil. Mais celui-ci est placé devant le bureau et non derrière. Et Edward a le visage en sang, du sang lui coule de la bouche. Et son œil…

Il ferma de nouveau les paupières et balaya l'air de ses mains.

— Son œil droit était gonflé et noirci. Il avait l'air terrifié. Je me suis précipité pour l'aider, et là…

Il porta une main à l'arrière de son crâne.

— J'ai senti un choc et mon premier souvenir clair ensuite est le moment où je me suis réveillé sur le sol du bureau, la tête en vrac. Edward n'était plus là et le siège était de retour derrière le bureau. J'aurais pu penser avoir imaginé toute la scène, sauf que ma tête saignait et que je gisais au sol.

— Qu'avez-vous fait ensuite ?

— J'ai cherché Edward à travers la maison en l'appelant par son nom. Au départ, j'étais un peu sonné, je n'avais pas l'esprit très clair. Je suis retourné dans la cuisine puis à l'étage, à sa recherche. Comme il n'était pas là, j'ai compris qu'il s'était passé quelque chose. J'ai contacté Charlie. Charlotte. Le Dr Mira. Je lui ai dit qu'il était arrivé quelque chose et lui ai demandé si elle pouvait venir, idéalement avec vous, jusqu'à la maison de mon grand-père. J'ai continué mes recherches, puis vous êtes arrivées.

— Pourquoi n'avoir pas appelé police secours ? Votre cousin était blessé et il avait disparu, vous-même aviez été agressé. Mais vous avez appelé votre femme plutôt que la police.

— Je n'y ai pas réfléchi, pas sur le moment. Elle travaille pour la police. Ma Charlotte, je veux dire. Elle travaille avec vous. J'aurais sans doute dû appeler police secours, comme vous dites, mais je voulais que ce soit vous. Quelque chose de grave était arrivé à mon cousin.

— J'enquête sur des meurtres, professeur Mira. Vous pensiez que votre cousin avait été assassiné ?

— Non. Non, je n'aurais jamais cru… Je n'arrive pas encore à… Mais c'est le flic qui compte avant tout, non ? Et vous êtes la meilleure que je connaisse. Je savais que vous découvririez ce qui est arrivé à Edward.

— Vous avez contacté votre femme, reprit-elle en prenant le risque de le pousser un peu dans ses retranchements, et vous avez demandé la présence d'un officier de police avec lequel vous entretenez… une relation amicale.

— Oui, c'est vrai.

Il mesura un volume de lait puis le versa dans le chocolat. Après quoi il broya une sorte de fève dans un petit bol en marbre à l'aide d'un pilon de la même matière.

— D'un autre côté, ma femme est une profileuse renommée et respectée, de même que vous êtes un lieutenant de police renommé et respecté. Avec de tels talents à disposition, j'aurais été bien bête de me contenter de moins.

Il ajouta la fève broyée et le sucre, puis mélangea méthodiquement.

Il avait donné de bonnes réponses, estima Eve. Des réponses simples et logiques. Mais elle n'en avait pas terminé.

— Vous disputiez-vous souvent avec votre cousin, professeur Mira ?

— Oh que oui.

Il avait répondu très naturellement, sans la moindre malice.

— Au fil des années, nous nous sommes souvent affrontés ; verbalement, je veux dire. Nos visions du monde étaient de plus en plus éloignées. Nous étions sur des orbites différentes, pourrait-on dire, et nous n'avions plus grand-chose en commun. Pas comme quand nous étions enfants.

— Vous étiez en désaccord quant au sort de la propriété sur Spring Street, laquelle vous a été léguée à parts égales.

— En effet.

Ni hésitation ni animosité.

— Nous avions promis à notre grand-père de conserver la demeure dans la famille. Edward estimait qu'il y avait une date d'expiration pour cette promesse. Pas moi.

— Vous êtes-vous disputés hier, dans la maison ?

— Non. Nous n'avons même pas eu l'occasion d'échanger un mot. J'ai prononcé son nom mais c'est là que quelqu'un m'a frappé par-derrière. Je n'ai pas pu lui parler ni lui non plus. Je pense que nous nous serions disputés si...

Même s'il n'avait pas cessé de mélanger, il baissa les yeux sur la casserole comme s'il se demandait ce qu'elle faisait là.

— À son décès, qu'advient-il de sa part de la propriété en question ?

— Pardon ? Ah, oui. À moins qu'il n'ait modifié son testament – je ne peux pas vraiment le savoir – elle reviendra en parts égales à ses deux enfants.

Il sortit le bol du freezer, en même temps qu'un objet qui devait être une sorte de batteur. Il y versa… du lait, de la crème, en tout cas un liquide contenu dans un petit pot, auquel il ajouta du sucre. Il enficha ensuite le batteur sur une petite poignée électrique.

L'ustensile tourbillonna au creux du bol avec un ronronnement mécanique.

— De quelle nature est votre relation avec les enfants en question ?

— Ce sont des jeunes gens remarquables. Nous nous entendons très bien. Il faudrait qu'on aille les voir, d'ailleurs. J'espère qu'ils sont avec leur mère en ce moment, mais on leur rendra visite. Ils ont perdu leur père et ils auront besoin du soutien de leur famille.

— Seront-ils plus enclins à garder la propriété au sein de ladite famille, professeur Mira ?

— Oui, absolument.

Eve vit qu'il avait fait une crème fouettée. Les gens fouettaient réellement la crème pour faire de la crème fouettée ? Qui l'eût cru ?

Il mit le bol de côté, se servit d'un autre ustensile pour faire des copeaux du morceau de chocolat restant.

— Eve… Pardon, lieutenant Dallas, se reprit-il. Edward, si déterminé soit-il, n'aurait pas pu vendre la maison de notre grand-père. Rien de ce qu'il aurait pu dire ou faire ne m'aurait convaincu de rompre ma promesse. Je pense que nous serions demeurés en désaccord mais, comme je vous le disais, nous n'étions plus très proches depuis l'époque de l'université.

Nous étions à Yale ensemble, quoi qu'il ait eu un an d'avance sur moi. S'il n'était pas mort, nous serions sans doute restés en froid, mais jamais je n'aurais voulu qu'il lui arrive quoi que ce soit. Et il n'aurait jamais essayé de m'obliger à vendre par la force.

— Parfois les gens ripostent quand on tente de les forcer.

— C'est vrai. C'est d'ailleurs ce que je conseille à mes propres enfants. Et j'ai fait de même avec Edward pendant plus de quarante ans.

Il se détourna pour récupérer des mugs dans un placard.

— Certains prennent un caractère paisible pour de la faiblesse. Est-ce votre cas ?

— Non, professeur, certainement pas.

— Je peux me montrer extrêmement têtu quand quelque chose me tient à cœur, dit-il. Ma famille en attestera.

De l'autre côté de la pièce, Gillian émit un petit reniflement qui fit naître un début de sourire sur les lèvres de son père.

— Une promesse faite à un homme que j'aimais profondément est importante pour moi, sacrée même. Je n'avais pas besoin de faire de mal à Edward pour la tenir. Il me suffisait de rester ferme. Je ne suis pas un homme violent.

Il remplit les mugs d'un chocolat chaud onctueux.

— Et même si je n'appréciais pas l'homme qu'était devenu Edward, je l'aimais.

— Professeur Mira, pouvez-vous me dire où vous étiez hier soir entre 23 heures et 3 heures du matin ?

— Ici même. Enfin, pas dans cette cuisine précisément. Mais à la maison. Charlie, ma femme, a insisté pour que je me couche tôt. En général, je suis plutôt un oiseau de nuit. Mais elle avait raison ; j'étais très fatigué. Je pense être allé me coucher vers 22 heures.

Elle croit que je ne sais pas qu'elle est repassée ensuite toutes les deux heures pour voir comment j'allais.

Il lança un sourire plein de tendresse vers le coin petit-déjeuner.

— Et notre fille Gillian s'est glissée deux fois dans la chambre pour s'assurer que je n'étais pas tombé dans le coma. C'est ce qu'elle a dit à sa mère aux alentours de minuit. Je n'ai pas très bien dormi. Je me suis reposé, s'empressa-t-il d'ajouter avec un nouveau coup d'œil vers le coin petit-déjeuner, tout en ajoutant un chapeau de crème fouettée sur le chocolat chaud. Mais je m'inquiétais pour Edward et je n'ai pas bien dormi.

— D'accord. Très bien. Merci pour votre temps et votre coopération. Fin de l'enregistrement.

Dennis saupoudra la crème de copeaux de chocolat, puis plaça les mugs devant Peabody et Eve.

— Levez-vous, dit-il à celle-ci.

Elle se leva, vaguement tendue.

— Vous avez besoin d'un câlin, lui dit-il.

Lorsqu'il referma les bras autour d'elle, elle se sentit fondre à l'intérieur.

— Voilà, c'est fait, souffla-t-il. Ce n'était pas si terrible, n'est-ce pas ?

— C'était horrible.

— Bon, tout va bien. C'est terminé.

— Je suis vraiment...

— Chut. Asseyez-vous et buvez votre chocolat.

— Moi aussi, un câlin me ferait du bien, dit Peabody.

Avec un grand sourire, Dennis se fit un plaisir de le lui offrir.

— Vous êtes une chic fille, lui dit-il. Gilly, Charlie, venez, j'en ai fait assez pour tout le monde.

Mira s'approcha et lui prit le visage entre ses mains.

— Je t'aime, Dennis.

— Tant mieux, que ferais-je sans toi ?

— Assieds-toi. Je vais préparer les autres tasses.

Tout en ajoutant une bonne cuillère de crème fouettée dans chaque mug, Mira tourna son regard vers Eve.

— Vous avez fait exactement ce qu'il fallait, dit-elle. C'était dur pour vous, et dur à entendre pour moi. Mais vous avez fait ce qu'il fallait.

— Pardon de vous le demander mais... Pourriez-vous confirmer officiellement que vous savez qu'il était ici dans la plage horaire que j'ai mentionnée ?

— Absolument. Je confirme. Il dit vrai : je suis allée voir comment il allait toutes les deux heures environ, et Gilly est passée dans sa chambre juste avant minuit, puis aux alentours de 3 heures. Nous pensions qu'il dormait.

— Tu aurais recommencé à me tâter le crâne si tu avais su que j'étais réveillé.

— Sur ce point aussi, il a raison. Vous pensez qu'une femme est impliquée ? demanda Mira.

— Il devait y avoir au moins deux personnes impliquées, dont une femme. J'en ai la certitude et M. Mira vient de la conforter.

— Il n'a jamais été considéré comme un suspect, commenta Gillian.

— Non. Il n'y a ni mobile ni opportunité. J'avais seulement besoin que cela soit clairement exposé dans un enregistrement officiel. Les médias vont s'en donner à cœur joie. Avec cet enregistrement, M. Mira apparaît indubitablement comme un témoin.

— Je voudrais juste dire un truc...

Peabody, les yeux fermés, but une gorgée supplémentaire de son mug.

— C'est carrément le saint graal du chocolat que vous avez là. M. Mira est un génie, mais j'ai peur de ne plus jamais pouvoir boire le cacao bourbeux qu'ils servent au Central après ça.

— Finissez votre tasse, Peabody. Il est temps de se remettre au travail.

Cela prit un peu de temps – Peabody tenait à savourer sa boisson – mais malgré ces quelques minutes gaspillées, Eve se sentait plus légère quand Gillian les escorta jusqu'à la sortie et leur tendit leurs manteaux.

— Je tiens à m'excuser d'avoir eu envie de vous tordre le cou alors que je voyais bien que c'était difficile pour vous de lui faire subir cet interrogatoire.

— J'ai régulièrement envie de tordre le cou aux gens. Et c'est votre père.

— J'adore mon mari, et l'une des nombreuses raisons à cela, c'est qu'il est d'accord avec moi quand je dis que mon père est l'homme le plus formidable que je connaisse. Vous n'auriez pas un soupçon de béguin pour lui, d'ailleurs ?

— Sans doute même un peu plus que ça.

— Et vous allez le protéger.

— Je vous le promets.

— Très bien. Que les bénédictions vous accompagnent et bonne route à vous, où qu'elle puisse vous mener.

En repartant à pied vers la voiture, Eve remit les mains dans ses poches. Elle retrouva les gants et les enfila.

— Organisez-nous un trajet logique pour rendre visite aux différentes maîtresses.

— C'est déjà fait. Et vous pouvez rayer le nom d'Allyson Byson, au moins dans l'immédiat. Elle a passé toute la semaine dernière à Sainte-Lucie avec son mari et plusieurs amis. C'est un truc annuel : ils y passent six semaines chaque hiver.

— L'alibi est très propre. On s'intéressera à elle au cas où.

— On devrait commencer par Carlee MacKensie. Il s'amusait avec elle juste avant de rencontrer Downing. C'est la rédactrice indépendante.

Une fois dans la voiture, Peabody entra l'adresse dans l'ordinateur de bord.

— On pourra ensuite aller voir Asha Coppola puis Lauren Canford et terminer avec Charity Downing, sa dernière conquête.

— Je tiens à m'entretenir avec les enfants de la victime avant la fin de la journée, dit Eve.

Elle réfléchit à la tactique à adopter tout en négociant sa trajectoire au cœur de la circulation.

— On va faire les choses simplement : établir quand et comment ils se sont rencontrés, combien de temps a duré la relation, qui y a mis fin. Ce genre de questions. Pour le moment, on part à la pêche aux infos.

— Comment faisait-il pour ne pas s'y perdre ? se demanda Peabody. Nous avons cinq noms, et ça ne couvre qu'environ une année. Logiquement, il y en a donc eu beaucoup plus auparavant. Comment gérait-il tout ça ?

— À mon avis, elles étaient toutes les mêmes à ses yeux. Une encoche de plus sur son tableau de chasse. C'était un prédateur. On repère la proie, on la traque, on la chope, on joue avec pendant quelque temps. Puis, une fois que l'on s'ennuie ou que la proie ne satisfait plus les besoins, on s'en débarrasse et on repart en quête de chair fraîche.

Eve repéra une place de parking disponible en hauteur et se faufila parmi les autres véhicules pour s'y glisser.

— On aurait peut-être pu se garer plus près.

— Ou peut-être pas.

— « Pantalon flottant, pantalon trop grand », psalmodia Peabody tandis qu'elles descendaient les marches métalliques menant jusqu'à la rue.

— Il va flotter encore plus si vous m'obligez à vous botter les fesses, l'avertit Eve.

— Je fais appel à la pensée positive. Mais pour éviter d'avoir mal aux fesses, si vous me disiez plutôt ce que vous avez prévu d'offrir à Bella pour son anniversaire ?

— Aucune idée.

Eve se sentit brusquement prise de panique.

— Comment saurais-je quoi acheter à une gamine de un an ? Qui en a la moindre idée ? La petite ne peut pas vous le dire et personne ne se souvient de ce que ça fait d'avoir un an. Donc on choisit au pif.

— La fête est dans moins de deux semaines.

— Taisez-vous, Peabody.

— D'accord, mais si je me tais je ne pourrai pas vous dire que je sais ce qui lui plairait… ni que McNab et moi ne pouvons pas vraiment lui en payer une bien.

— Quoi ?

Peabody resta silencieuse avec un petit sourire en coin.

— Je jure que si vous ne parlez pas je vous envoie valser au-dessus des toits pour atterrir trois rues plus loin, au milieu de la Cinquième Avenue.

— Une maison de poupée. Elle est jeune pour ça mais on l'a eue chez nous pendant deux ou trois heures il y a quelques jours et j'avais sorti la mienne. C'est juste une petite maison que mon père m'avait fabriquée mais elle a adoré. Elle a passé tout son temps à jouer avec, mais vraiment jouer, à replacer les petits meubles et à faire semblant de cuisiner.

Eve ne concevait pas pourquoi on pouvait bien vouloir faire semblant de cuisiner.

— Les poupées ne sont pas en vie, pourquoi auraient-elles besoin d'une maison ?

— C'est là que l'idée de « faire comme si » entre en jeu.

— Vraiment ? Vous êtes sûre ? Et si elles attendaient que vous dormiez ou soyez sortie pour y faire la fête, boire des bières, manger des trucs et regarder la télé ?

— Vous me faites flipper.

— Et à raison. Qu'est-ce qui les empêchera d'organiser des orgies de poupées dans cette fameuse maison ? Vous y avez déjà pensé ?

— Pas avant que vous en parliez.

— Prochaine étape : des armes et des véhicules pour poupées.

— Ça existe déjà.

— Vous voyez.

Pour Eve, tout était dit. Elle se tourna vers l'immeuble trapu où se trouvait l'appartement de Carlee MacKensie. Elle décida d'utiliser son passe-partout – aucun intérêt de donner à cette femme le temps de se préparer – et s'avança avec Peabody dans l'étroit hall d'entrée.

— Il faut que j'aille faire pipi. Vous m'avez fait peur avec vos histoires et maintenant je dois aller aux toilettes. Ne m'obligez pas à grimper quatre étages.

— Vous êtes sérieuse ?

— On ne peut plus sérieuse.

Pour régler le problème, Peabody appuya sur le bouton de l'ascenseur.

— Impossible de chasser cette image de poupées complètement soûles en train de forniquer à travers toute la maison miniature. Poupées homos, poupées hétéros, plans à trois… C'est mon nouveau cauchemar.

— J'imagine qu'on trouve des godemichés-ceinture pour poupée.

— Oh, je vous en prie, arrêtez !

Peabody bondit quasiment à l'intérieur de la cabine quand l'ascenseur arriva.

— « Pantalon flottant, pantalon trop grand. » Ne me bottez pas les fesses, j'essaie de penser à autre chose qu'à ma vessie. Et aux poupées obsédées sexuelles. J'ai des visions de Gracie Magill avec un gode-ceinture.

— Qui ?

— Ma poupée préférée quand j'étais petite. « Pantalon flottant, pantalon trop grand. »

Arrivée à l'appartement de MacKensie, Eve actionna la sonnette.

— L'une de vos poupées avait un nom de famille ? s'étonna-t-elle. Quel besoin ont les poupées d'avoir un nom de famille ?

— Pour leur carte d'identité, afin de pouvoir s'acheter de l'alcool et des godes-ceinture.

— J'avais dans l'idée qu'elles se contentaient de les voler en s'introduisant la nuit dans les maisons, par les fenêtres, pour les cambrioler.

— Là, vous devenez volontairement méchante.

— J'ai assez d'idées pour vous faire cauchemarder toute la journée.

L'interphone bourdonna.

— Oui ?

— Merci petit Jésus, lâcha Peabody à mi-voix.

— NYPSD, annonça Eve en présentant son insigne. Nous aimerions vous parler, madame MacKensie.

— À quel sujet ?

— Au sujet d'Edward Mira.

Après quelques instants, on entendit le cliquetis des verrous puis la porte s'ouvrit prudemment de quelques centimètres. Eve aperçut des cheveux d'un roux clair rapidement rassemblés en chignon et une paire d'yeux bleus suspicieux.

— Comment ça, Edward Mira ?

— Vous souhaitez vraiment discuter de votre relation avec lui dans le couloir, madame MacKensie ?

Eve la vit pincer les lèvres puis scruter les alentours.

— Je n'ai pas de relation avec lui, dit-elle.

Elle ouvrit néanmoins la porte.

Elle portait un pantalon de survêtement et un sweat à capuche, ainsi qu'une paire d'épaisses chaussettes. Sa peau était si pâle qu'elle en devenait presque lumineuse sous les taches de rousseur de son visage.

— Vous en aviez une, répondit Eve en entrant.

— Cela fait des semaines que je n'ai ni vu ni parlé à Edward. Depuis la fin novembre.

— Excusez-moi... intervint Peabody. Je suis désolée mais... pourrais-je utiliser vos toilettes ?

Carlee se mordilla la lèvre inférieure avant de hocher la tête.

— Euh, oui, d'accord. C'est...

Elle fit un geste vers l'intérieur de l'appartement mais Peabody était déjà en route.

— Merci !

— J'imagine que vous voulez vous asseoir.

— Je peux rester debout si vous préférez, assura Eve.

— Non, non, on va s'asseoir.

Un canapé et deux fauteuils étaient disposés en face d'un grand écran... et tournaient le dos à un poste de travail installé sous la fenêtre.

Carlee opta pour un fauteuil et s'assit en gardant les genoux serrés, les mains jointes posées sur ses cuisses.

— Je ne comprends pas pourquoi vous souhaitez me parler d'Edward.

— Il est mort, madame MacKensie.

Les lèvres pincées de Carlee s'entrouvrirent de stupeur.

— Quoi ? Comment ? Quand ?

— Il a été assassiné hier soir.

— A... Assassiné ?

— Vous dites ne pas l'avoir vu depuis novembre.

— C'est ça. Vous parlez bien du sénateur Mira ?

— Oui. Comment l'avez-vous rencontré ?

— C'était... C'était durant une collecte de fonds politique. Je disposais d'un passe média car je faisais des recherches sur un article et...

Elle s'interrompit au retour de Peabody.

— Merci, répéta celle-ci avant de s'asseoir à côté d'Eve.

— Aucun souci. Je… Euh… D'habitude, je préfère observer plutôt que poser beaucoup de questions. J'imagine que j'étais la seule détentrice d'un passe média dans la salle à ne pas poser de questions. Il est venu vers moi alors que j'étais assise et en train de prendre des notes. Il m'a offert un verre de vin. Il m'a dit que, si je n'avais pas de questions pour lui, lui en avait pour moi. J'étais un peu troublée mais il s'est montré tellement charmant.

— Avez-vous rapidement entamé une relation charnelle ?

Carlee rougit intensément et détourna les yeux.

— Je sais que ce n'était pas bien. Il était marié ; je savais qu'il était marié. Il m'a dit que sa femme et lui toléraient ce genre d'écarts, mais ça ne rend pas cela moral pour autant.

— Nous ne sommes pas ici pour vous juger, madame MacKensie, lui dit Peabody. Nous cherchons à rassembler des informations.

— Je savais que ce n'était pas bien, répéta-t-elle. Il m'a proposé d'aller prendre un verre et je me suis dit que je pourrais en tirer un article plus complet, voire peut-être de quoi en écrire deux. Alors nous sommes sortis pour prendre un verre. Puis deux. Il a demandé à son chauffeur de me raccompagner. Personne n'avait jamais fait ça pour moi avant. Et il se montrait tellement attentif. Je ne sais pas comment l'expliquer, mais avec lui, j'avais l'impression d'être jolie et sexy.

Elle baissa les yeux vers ses mains.

— Donc lorsqu'il m'a contactée le lendemain en disant qu'il m'invitait à dîner, j'y suis allée. Je savais ce vers quoi nous allions. Il était marié et, oui, bien plus âgé que moi, mais je savais ce qui allait suivre. J'y suis allée quand même. Et je l'ai accompagné à l'hôtel. Le *Connors Palace*. Il y avait une suite, un endroit superbe, comme dans un film. Et le dîner nous attendait, avec une bouteille de champagne. J'ai couché avec lui. On ne s'est vus que comme ça, pendant environ cinq semaines, puis il m'a envoyé des fleurs – des roses blanches – avec une carte. Elle disait que toutes les bonnes choses devaient un jour prendre fin et que ça avait été délicieux.

— Ça a dû vous mettre en colère.

— Un peu, mais c'était surtout douloureux. Il aurait pu me le dire en personne. Je ne suis pas idiote, je savais que ça ne durerait pas. Mais il aurait dû me l'annoncer en face. J'ai songé à l'appeler mais je me suis abstenue. Et il ne m'a plus jamais contactée.

Elle laissa échapper un soupir.

— C'est comme si ce n'était jamais arrivé.

— Vous étiez amoureuse de lui ? demanda Peabody d'un ton qui se voulait compatissant.

MacKensie écarquilla ses yeux bleus pleins de sincérité.

— Oh, non. Non, mais c'était excitant, l'espace de ces quelques semaines. Peut-être en partie parce que je savais que ce n'était pas bien. Je me sentais un peu...

Elle ne termina pas sa phrase mais laissa échapper un petit hoquet d'inquiétude.

— Vous me considérez comme une suspecte ? Vous pensez que j'ai tué Edward ?

— Vous l'avez fait ? demanda Eve d'une voix neutre.

— Oh, mon Dieu, mon Dieu !

Elle trembla de tout son corps, rentra la tête dans les épaules, les mains serrées sous son menton.

— Non. Non, je ne l'ai pas tué. Je n'ai tué personne. Hier soir, vous disiez ?

— C'est ça, dit Eve sans donner d'autres précisions.

— Je... Je... J'étais ici, je travaillais, dit MacKensie en désignant son poste de travail d'une main tremblante. Je ne suis pas sortie de chez moi.

— Avez-vous vu ou parlé à quelqu'un ?

— Non. Non, je travaillais sur un article et j'ai voulu aller au bout. J'avais des restes de nourriture chinoise et je suis allée me coucher tôt. Aux alentours de 22 heures, je pense, parce que mon cerveau fatiguait. Je vais devoir contacter un avocat ?

— C'est à vous de voir. Êtes-vous déjà allée dans sa propriété sur Spring Street ?

— Spring Street ? Non, je ne savais pas qu'il avait une maison là-bas. On se retrouvait toujours à l'hôtel. Écoutez, agent...

— Lieutenant.

— Lieutenant. Je mène une vie tranquille, par choix, par goût. Cette aventure m'a fait vivre quelques semaines pleines d'excitation et, et... de sexe, termina-t-elle en s'empourprant de nouveau.

— Auxquelles il a mis fin avec des fleurs et une carte.

— On ne tue pas quelqu'un pour avoir mis fin à une liaison.

— Vous seriez surprise, répliqua Eve, sourcils levés.

Elles quittèrent MacKensie toujours tremblante de nervosité et reprirent l'ascenseur jusqu'au hall d'entrée de l'immeuble.

— Vos impressions ?

— Je dirais qu'elle n'a pas l'habitude qu'on la remarque ou qu'on s'intéresse en particulier à elle, répondit Peabody. Un peu obsessionnelle-compulsive. La salle de bains était aussi propre qu'une salle d'opération, et même mieux organisée. Le moindre accessoire était assorti. Même chose dans la chambre ; j'ai jeté un coup d'œil. Lit parfaitement fait, ni vêtements ni chaussures qui traînent. Elle est le genre à deviner qu'elle va se faire larguer et n'est donc pas surprise quand ça se produit. Rien chez elle qui laisse penser qu'elle puisse être coupable.

— Elle n'a pas d'alibi.

— Si j'avais prévu d'assassiner un ancien sénateur des États-Unis, je m'en serais trouvé un en béton.

— N'en avoir absolument aucun n'est pas une mauvaise stratégie, rétorqua Eve. Elle m'a demandé peu après notre arrivée comment il avait été tué. Je n'ai jamais répondu et elle n'a pas reposé la question. Comment peut-on écrire des articles sur quoi que ce soit sans jamais poser de questions, sans rebondir sur les déclarations des gens ?

— Elle m'a paru réellement perturbée et embarrassée.

— Oui. Possible. Pour le moment, elle reste sur la liste. Allons parler à la suivante.

8

Le groupe Brighton s'avéra à la fois effacé et efficace. Ses bureaux se trouvaient au-dessus d'une brasserie très fréquentée dans un immeuble cubique érigé après les Urbaines. Les employés en tenue décontractée travaillaient dans une ambiance à la fois cacophonique et joyeuse. Des parois de verre séparaient les cadres du reste de l'équipe.

Photos personnelles, plantes, dossiers, documents s'empilaient sur les bureaux. Une odeur sucrée flottait dans l'air. Eve comprit rapidement pourquoi lorsqu'on leur proposa une part de gâteau d'anniversaire quelques minutes après leur arrivée.

— Asha est là-bas, leur indiqua la femme au gâteau en désignant l'un des bureaux aux murs transparents. On se remet tout juste au boulot après avoir fêté l'anniversaire de Sandy au déjeuner.

— Pas de gâteau pour nous, mais merci.

— Si vous changez d'avis, servez-vous. Vous pouvez y aller directement. La porte du bureau d'Asha est toujours ouverte.

— Du gâteau... soupira Peabody dans le sillage d'Eve. Pourquoi fallait-il que ce soit du gâteau ?

— Haut les cœurs, Peabody.

Eve examina Asha à travers la vitre. La jeune femme arborait un pull rouge cerise qui allait bien avec sa peau couleur caramel. Son pantalon noir moulant était rentré dans de hautes bottes à talons épais qui lui remontaient aux genoux. Tirée en arrière, sa chevelure de boucles brunes aux extrémités teintes en rouge encadrait ses grands yeux et les traits anguleux de son visage.

Elle pivota depuis le mini-réfrigérateur où elle avait pioché une bouteille d'eau et afficha un grand sourire professionnel en découvrant Eve sur le seuil.

— Bonjour. Que puis-je faire pour vous ?

— NYPSD, dit Eve en présentant son insigne. Lieutenant Dallas et inspecteur Peabody. Nous aurions besoin de quelques minutes de votre temps.

Le sourire disparut.

— Bien sûr. C'est sûrement au sujet d'Edward. Je viens de l'apprendre, expliqua-t-elle. Le flash d'informations s'est affiché sur mon ordinateur. Asseyez-vous, je vous en prie. Vous voulez du café ? Il n'est pas très bon, mais…

Elle s'arrêta, secoua la tête et s'assit sur l'un des sièges destinés aux visiteurs plutôt que derrière son bureau.

— Il a été assassiné. C'est ce que disaient les infos. Ça m'a fait un choc.

Elle baissa les yeux vers la bouteille au bouchon encore scellé qu'elle tenait à la main.

— J'ai eu besoin de faire une pause avant d'apprendre tous les détails. Vous allez me les donner ?

— L'enquête est en cours. Vous avez eu une relation avec Edward Mira.

— Oui. Brièvement, et bêtement. Au printemps dernier. Je suis mariée… mais vous devez déjà le savoir. Mon mari et moi avions des problèmes et j'ai entamé une liaison.

Elle marqua une nouvelle pause, les doigts pressés sur ses paupières.

— Je connaissais le sénateur par le biais de mon travail et... Je n'ai aucune excuse.

— Qui y a mis fin ?

— Moi, quand j'ai repris mes esprits. Mener une double vie, c'est horrible, et une fois que l'excitation du départ se dissipe – ce qui arrive tôt ou tard – la culpabilité et le stress sont énormes. Ça ne pouvait plus durer.

— Vous avez rompu ? Quelle a été la réaction du sénateur ?

— Il était... Énervé serait un grand mot, disons plutôt irrité. Edward est un homme puissant et autoritaire – c'est en partie ce qui m'a attiré chez lui – et sans doute habitué à mettre fin à ses histoires quand ça *lui* convient. Mais ça ne s'est pas mal passé pour autant.

Elle prit une profonde inspiration.

— Je tiens à préciser que je l'appréciais, en tant que personne. Je déteste ses vues politiques. Cela aussi faisait partie de l'attirance qu'il y avait entre nous : tous ces débats passionnés que l'on a pu avoir. Je n'arrive pas à croire qu'il soit mort de cette façon. Assassiné. Le flash info a dit qu'il avait été pendu. C'est vrai ?

— Oui.

— Oh, mon Dieu ! souffla Asha en fermant les yeux. Je ne comprends pas comment quelqu'un a pu... Je ne comprends pas.

— Quand vous avez mis fin à la liaison, était-il suffisamment irrité pour vous mettre la pression, vous menacer ?

— Oh non.

Lorsqu'elle rouvrit les paupières, elle avait les yeux humides de larmes.

— À vrai dire, lieutenant, cette histoire n'avait pas tant d'importance que ça, ni pour lui ni pour moi.

C'est le plus triste dans tout ça. Je cherchais à faire souffrir mon mari et Edward profitait simplement de l'occasion offerte. J'ai fait du mal à Jack et presque détruit mon mariage parce que je me sentais en colère et mal-aimée.

— Vous avez donc parlé de cette liaison à votre mari.

— Je n'arrivais pas à vivre dans le mensonge. Comment aurions-nous pu redonner vie à notre couple si j'avais tenté de le lui cacher ? J'ai eu beaucoup de chance que Jack accepte une thérapie de couple plutôt que de simplement partir en claquant la porte. J'avais oublié – et vu que c'est ma deuxième fois, je n'aurais pas dû – que le mariage demande du travail, qu'il comprend des hauts et des bas. Je ne l'oublierai plus.

— Pourriez-vous me dire où vous étiez hier après-midi, entre 16 heures et 18 heures ?

— Je peux vous dire que j'étais ici même jusqu'à quasiment 18 heures.

— Vous en avez la preuve ?

— Nous étions au moins six au bureau et je ne suis pas partie en dernier. Demandez à qui vous voudrez. C'est à ce moment-là qu'on l'a tué ?

— J'ai également besoin de savoir où vous étiez la nuit dernière et tôt ce matin. Entre minuit et 4 heures du matin, disons.

— Attendez…

Elle but une gorgée d'eau et cligna les yeux pour chasser les larmes.

— Euh… J'ai retrouvé Jack et des amis pour dîner vers 19 heures, puis on est allés voir un film et on a pris un verre ensuite. Il me semble que Jack et moi sommes rentrés vers minuit et demi. J'étais fatiguée. C'est Jack qui aime sortir, et les soirées trop tardives m'épuisent. Je suis allée me coucher.

— La soirée était-elle prévue de longue date ?

— Le dîner, oui. Le reste s'est organisé spontanément. Comme je vous le disais, Jack est très sociable. Je pensais qu'on irait dîner puis que je pourrais rentrer et me mettre en pyjama. Le mariage demande du travail, répéta-t-elle avec un sourire hésitant. J'imagine que tout le monde dit ça, mais je ne l'ai pas tué. Pourquoi aurais-je fait une chose pareille ? Edward représentait une erreur, mais c'était mon erreur.

Peabody nota les noms et les coordonnées utiles pour confirmer l'alibi. Elles repartirent, laissant Asha assise sur son siège pour visiteur.

— L'alibi qu'elle nous a donné vaut aussi pour son mari, commenta Peabody avant qu'Eve puisse lui poser la question.

— En effet. On va vérifier tout ça, puis on se renseignera sur le mari. Mais tout son récit sonnait vrai. À moins que l'enquête sur le mari nous fasse changer d'avis, j'ai le sentiment que s'il avait voulu se venger il aurait tué ou tenté de tuer le sénateur bien plus tôt.

Elles revinrent à la voiture.

— Attaquons-nous à la suivante.

— Lauren Canford.

— Voilà. Creusez un peu du côté du mari pendant le trajet.

Après qu'Eve eut râlé un moment contre l'enfer de se garer en centre-ville, pour finalement se résigner à payer le tarif délirant d'un parking souterrain, Peabody lui fit son rapport.

— Avocat en droit de la famille, propose gracieusement ses services chaque vendredi dans un établissement d'aide juridictionnelle. C'est son premier mariage et il n'a pas de casier.

— Je les garde sur la liste, dit Eve en se dirigeant vers l'ascenseur crasseux. Mais ils sont actuellement en dernière position. À quel étage habite Canford ?

— Dix-huitième.

Eve hésita très brièvement puis se servit de son passe pour éviter l'arrêt au rez-de-chaussée.

— Waouh !

— Marre de perdre du temps.

Le dix-huitième étage était beaucoup plus accueillant que le parking. Elles remontèrent le corridor jusqu'aux bureaux de Lauren Canford.

« Pas de tenues décontractées ici, constata Eve, ni de joyeux brouhaha dans la petite réception. »

Eve s'avança jusqu'au comptoir de l'accueil occupé par un vingtenaire affublé d'une cravate d'un bleu audacieux nouée avec précision à la base d'un très long cou.

— Laurent Canford, dit-elle.

Il continua à travailler sur son écran sans se donner la peine de lever les yeux vers elle.

— Votre nom ?

Eve posa son insigne sur le comptoir. Il n'y accorda qu'un bref coup d'œil.

— J'aurai aussi besoin de votre nom.

— Il est inscrit sur l'insigne, juste là, à côté de NYPSD. Ma coéquipière et moi devons parler à Lauren Canford.

— Mme Canford enchaîne les réunions toute la journée.

— Hé, junior ?

Cette fois, il leva les yeux vers elle, avec une expression où se mêlaient l'ennui et l'agacement.

— L'une de ces réunions se fera avec moi, à moins que tu veuilles être celui qui annoncera à Mme Canford qu'elle est attendue au Central pour une réunion impromptue à la fin de sa journée de travail. Je peux faire en sorte que ça se déroule dans l'une de nos salles d'interrogatoire.

— Je ne crois pas que vous ayez autorité pour…

— Tu sors de la fac de droit, c'est ça ? Tu veux mettre mon autorité à l'épreuve, gamin ? Vas-y, essaie, dit-elle en se penchant tout près de son visage.

L'expression d'agacement laissa place à un air boudeur. Il porta la main à son oreillette et pivota sur son siège pour tourner le dos à Eve. Il s'exprima à voix basse mais elle entendit quelques mots : « police... menacé... garce... »

Trois mots qu'elle trouva très satisfaisants.

— Passez ces portes puis tout droit jusqu'au bout du couloir. Mme Canford peut vous accorder dix minutes.

— Tu as fait le bon choix.

— Et je ne m'appelle ni « gamin » ni « junior », lui lança-t-il alors qu'elle s'éloignait déjà. Mon nom, c'est Mylo !

— J'en prends bonne note.

La plupart des portes qui s'alignaient dans le couloir étaient fermées. Elle aperçut cependant un homme – veste retirée et cravate desserrée – en train de passer un appel tendu sur son communicateur.

— Il faudrait vous montrer raisonnable, Barry !

À voir l'éclat de son regard, il y avait pourtant peu de chances que Barry se montre raisonnable.

La porte du bureau de Lauren Canford était ouverte. Eve marqua un temps d'arrêt sur le seuil pour examiner la femme : tailleur noir impeccable et chevelure d'obsidienne tout aussi irréprochable pour mettre en valeur un visage séduisant dans sa sévérité.

Un homme en costume rayé et cravate à motif cachemire se tenait debout à côté de son bureau.

— Vos pièces d'identité, je vous prie, dit-il.

— Qui êtes-vous ?

— Je suis Curtis Flack, le responsable de cette organisation. Je suis également avocat et je représenterai ici les intérêts de Mme Canford. Vos pièces d'identité.

Eve sortit son insigne.

— Lieutenant Dallas.

— Inspecteur Peabody.

— Et la nature de votre visite ?

— Vous connaissez tous les deux la nature de notre visite, alors arrêtons les balivernes. Puisque vous exercez votre droit à un avocat, je pars du principe qu'il vous en faut un. Nous allons enregistrer votre déposition de manière officielle, et je vais vous lire vos droits, dit Eve avant de s'exécuter. Vous avez eu une liaison avec Edward Mira, dit-elle ensuite.

— Mme Canford a préparé une déclaration à ce sujet.

— Vraiment ? répondit Eve avec un grand sourire. Vous avez tout anticipé, à ce que je vois.

— Je crois aux vertus de l'anticipation, répondit Canford qui prenait la parole pour la première fois. J'ai demandé à Curtis de nous rejoindre et j'ai écrit cette déclaration dès que j'ai appris la nouvelle dans les médias.

Elle tourna légèrement la tête pour lire le texte affiché sur son écran.

— Le sénateur Mira et moi-même nous connaissons, professionnellement, depuis environ dix ans. À l'été 2060, pendant environ cinq à six semaines, nous avons eu une liaison. Quand ladite liaison est arrivée à son terme logique, nous avons convenu d'y mettre fin. Les décisions d'entamer et de mettre un terme à cette partie de notre relation ont été prises en commun. Le sénateur Mira et moi avons continué notre relation professionnelle et amicale car nous partageons les mêmes convictions politiques et une même vision du monde. Je suis profondément attristée d'apprendre son décès et j'espère que les autorités identifieront rapidement la personne responsable.

Lauren joignit les mains devant elle.

— Vous avez autre chose à me demander ?

— Oui, quelques petits trucs. Le sénateur Mira était marié, tout comme vous.

— C'est exact.

— Que pense votre conjoint de cette liaison ?

— Mon mari et moi avons un accord, tout comme le sénateur et sa femme.

— Votre mari est d'accord pour que vous le trompiez ?

Lauren leva la main avant que l'avocat puisse les interrompre.

— Tout va bien, Curtis. Mon mari et moi sommes d'accord pour dire qu'une liaison s'arrête à l'acte charnel. Du sexe, rien de plus. Si vous jugez devoir parler à mon mari, lui aussi aura un avocat présent.

— C'est noté. Donc vous et le sénateur avez un jour roulé chacun de votre côté du lit en lançant « hé, on s'est bien amusés, arrêtons-nous là » ?

— Si vous vous obstinez à vous montrer grossière, intervint Flack, cet entretien est terminé.

— D'accord. Un soir, Ed et vous étiez lancés dans une partie de cartes endiablée et vous êtes tombés d'accord pour vous coucher tous les deux. Je parle des cartes, bien sûr.

Canford inclina la tête sur le côté.

— En gros, oui. Avec l'idée implicite que, si nous souhaitions un jour renouer le lien, la porte restait ouverte.

— Vous l'avez fait ? Renouer ?

— Non. Et à présent c'est devenu impossible. Si vous avez fini…

— J'ai besoin de savoir où vous étiez hier entre 16 heures et 18 heures.

— J'étais ici jusqu'à 17 heures. Mon assistant pourra vous le confirmer, de même que mon chauffeur. Je suis allée retrouver Mme Lowell, membre du Congrès, au *Taj*. Je vous serais reconnaissante de vérifier auprès de l'établissement plutôt que de la déranger. Mon chauffeur est venu me chercher là-bas et m'a ramenée chez moi. J'y étais pour 18 h 15. Les enregistrements du droïde domestique en attesteront si nécessaire.

— Et la nuit dernière, entre minuit et 4 heures ?

— Mon mari et moi étions conviés à un dîner au domicile de Martin et Selina Wendell. Il a commencé à 20 h 30. Nous sommes partis vers 1 heure, je dirais, et sommes rentrés chez nous. De nouveau, le droïde domestique pourra le confirmer. Nous sommes restés chez nous jusqu'au lendemain matin.

— Très bien. Merci de nous avoir reçues.

— Si vous avez d'autres questions pour Mme Canford ou son mari, merci de prendre contact avec moi, dit Flack en leur tendant sa carte de visite.

— Pas de problème. Fin de l'enregistrement.

Peabody se retint jusqu'à leur retour dans l'ascenseur avant de déverser un flot de paroles :

— Elle est carrément détestable. C'est vraiment le mot qui convient pour cette femme. Détestable. Et elle déclenche toutes mes alarmes intérieures. Elle serait capable de tuer, oh que oui. Après quoi elle irait s'offrir une petite manucure.

— Vous avez raison, et c'est pour ça qu'elle se retrouve tout en bas de la liste.

— Vous me faites marcher ! s'exclama Peabody en trépignant sur place.

— Si nous pouvions démonter son alibi de l'après-midi et qu'elle s'était effectivement rendue dans cette maison, M. Mira serait mort. Elle n'est pas du genre à prendre le risque de laisser des témoins.

— Oh mais… Bon sang !

Remontée, Peabody sortit à grands pas de l'ascenseur.

— Et si elle n'était pas sur place à ce moment-là, si elle avait envoyé des sbires ? Je parie qu'elle a des sbires. Et ensuite... grand dîner. Mais elle a pu tricher sur les horaires. Elle en est capable.

— Elle aurait pu. Elle ne l'a pas fait. Je vais vous dire pourquoi je ne crois pas qu'elle soit coupable...

Eve s'installa derrière le volant et inclina la tête en arrière contre le siège pendant quelques instants.

— Elle s'en fout, dit-elle. Alors il s'agit peut-être d'une façade et on pourrait découvrir qu'il l'a larguée et qu'elle ne l'entendait pas de cette oreille. Ce qui fournirait un mobile, mais ça ne tient pas. Elle n'aurait jamais collaboré avec qui que ce soit, et il a fallu au moins deux personnes. Elle n'aurait pas fait appel à un complice, cela constituerait un trop grand risque.

Eve démarra et se dirigea vers la sortie du parking.

— Quand un crime est commis par plus d'une personne, l'autre constitue toujours un risque. Par ailleurs, je la crois. Ses propos sonnaient vrais. Ils ont décidé de tromper leurs conjoints, ils l'ont fait, puis ont décidé qu'ils en avaient marre l'un de l'autre et ont mis fin à leur liaison. Vous savez pourquoi ils s'ennuyaient ensemble, Peabody ? Parce qu'ils se ressemblent trop. Avides de pouvoir, manipulateurs et... le terme que vous aimez employer.

— Sans cœur.

— Oui. C'est exactement ça.

— Bon, au moins j'ai vu juste là-dessus.

— Nous vérifierons ses alibis, mais je pense qu'ils se confirmeront. Pourquoi ces personnes s'embêtent-elles avec le mariage ? Elle ou notre victime ? Ce n'est qu'une question de politique, d'apparence, pour les dîners chics et les opportunités de carrière. Donc une imposture. Coppola disait vrai : ça demande du travail. Et c'est normal.

— Elle aussi a trompé son mari.

— Certes, mais elle l'assume. Elle ne se cherche pas d'excuses.

— Son mari l'a pardonnée… ou en tout cas ils avancent dans ce sens. Vous pourriez ?

— Je pourrais quoi ?

— Pardonner une chose pareille. Évidemment, ça n'arrivera jamais mais hypothétiquement, si, disons, Connors et moi perdions la tête et vivions une folle nuit torride avec orgasmes multiples à la clé avant de reprendre nos esprits et d'implorer votre pardon ? Si on assumait. Vous pourriez nous pardonner ?

Eve conduisit en silence pendant un moment.

— Eh bien, ce serait dur. Ça demanderait un gros travail sur moi, mais c'est ça aussi le mariage. De même que notre relation de coéquipières. Je crois que j'y arriverais. Cela demanderait du temps et beaucoup de travail, mais il me semble que je serais capable de vous pardonner tous les deux. Après vous avoir fait bouillir dans de grandes cuves pour qu'il soit plus facile de vous écorcher vif, très lentement et très précautionneusement, tout en dansant sur la musique de vos hurlements d'agonie. Et après vous avoir forcés à regarder pendant que je fabriquerais des costumes en peau humaine à deux droïdes d'entraînement que je réduirais ensuite en morceaux pour être enterrés à côté de vos dépouilles à vif et frémissantes dans deux tombes anonymes. Après ça, termina-t-elle avec un petit hochement de tête assuré, oui, je pourrais vous pardonner.

— C'est bon à savoir. Et de connaître les conditions associées. Sauf que je doute que vous puissiez façonner des costumes en peau humaine, vu que vous ne savez pas coudre.

— J'apprendrais. Pour quelque chose d'aussi important, je m'y mettrais… Fichu parking, pas de place pour se garer. Oh, attendez !

Peabody inspira vivement quand Eve appuya sur l'accélérateur et passa en mode vertical pour fendre l'air telle une flèche jusqu'à un emplacement qui venait de se libérer le long du trottoir.

— Je l'ai eu

— Je vais peut-être devoir retourner aux toilettes.

— Pas le temps. On s'occupe de notre petite nymphette puis on retourne au Central. Je veux mettre mon tableau à jour, réfléchir… et boire un vrai café.

— Comment saviez-vous que cette voiture allait quitter sa place ?

— Question d'intuition.

Elles empruntèrent un trottoir très fréquenté de SoHo, croisant des passants chargés de sacs de courses ou fuyant le froid pour s'engouffrer dans des restaurants dont les effluves chauds se répandaient, alléchants, dans l'air hivernal.

La vitrine de la galerie d'art laissait voir la sculpture allongée d'une femme au corps renversé en arrière, presque en forme de U, avec sur le visage une expression soit d'immense chagrin, soit d'extase à en perdre la tête.

Dans un cas comme dans l'autre, Eve jugea l'œuvre légèrement dérangeante. Elle préférait largement la peinture d'une scène urbaine qui reflétait bien l'agitation autour de Peabody et elle.

À l'intérieur, la teinte crème pastel des murs et du sol donnait l'impression de visiter l'intérieur d'une élégante boîte à cadeau. Eve aperçut une toile qui ressemblait à une série de gros points bleus connectés par une ligne rouge irrégulière.

« Pourquoi ? » s'interrogea-t-elle silencieusement.

Dans le silence d'église qui régnait sur les lieux, on entendit résonner le claquement d'une paire de talons hauts.

Eve reconnut Charity Downing à partir de sa photo d'identité. Jeune, plusieurs crans au-dessus de simplement « jolie », avec une cascade de cheveux blonds, des yeux d'un bleu profond et des lèvres pleines et généreuses.

Sa robe, courte et ajustée, était d'un bleu presque identique à celui des gros points sur la toile.

— Bonjour. Je m'appelle Charity. Si je peux... Oh, mon Dieu, mais je vous reconnais.

Elle lança un coup d'œil par-dessus son épaule puis s'approcha vivement et reprit à mi-voix :

— C'est à propos d'Edward ? J'ai appris la nouvelle. Je vous en prie, je ne veux pas que mon patron et mes collègues soient au courant. Je peux prendre une pause. Vous voulez bien me retrouver de l'autre côté de la rue ? Il y a un petit café. Je ne peux pas parler de ça ici.

— Vous n'allez pas essayer de vous enfuir, n'est-ce pas, Charity ?

— Pour aller où ? Et pourquoi est-ce que je fuirais ? Je ne veux simplement pas qu'on sache que j'étais... que j'avais ce genre de relation avec Edward. C'est juste en face. Je n'ai qu'à prendre mon manteau et demander à Marilee de me remplacer un petit moment.

— D'accord. Faites vite.

— Vous n'imaginez pas vraiment qu'elle va détaler ?

— Non. Qu'elle l'ait tué ou pas, elle se doutait forcément que la police viendrait lui parler tôt ou tard.

Eve traversa en dehors du passage piéton – ce qui n'était pas bien difficile si l'on était suffisamment rapide et agile – et entra dans le café.

Comme les odeurs de torréfaction étaient moins atroces que dans la plupart des autres établissements – mon Dieu, elle était devenue pourrie gâtée sur le sujet – elle se prit une table pour quatre à l'étage, avec vue sur la galerie d'art.

Peabody étudia le menu du robot-serveur.

— Je pourrais peut-être m'offrir un autre *latte*. Je me suis privé deux fois de gâteau aujourd'hui. Non, un thé sera sans doute préférable, et ils en ont au jasmin. C'est bon, le thé au jasmin. Vous en voulez ?

— Ni dans cette vie ni dans la suivante. La voilà.

Charity ne traversa pas directement. Elle remonta rapidement la rue jusqu'au coin, attendit que le feu passe au vert. Eve la regarda entrer, les joues rosies par le froid et la précipitation, et les repérer.

— Merci. Vraiment, je vous remercie, lança-t-elle dans un halètement. J'ai encore du mal à me faire à l'idée de ce qui est arrivé à Edward. Mort. Assassiné. Je… Je vais prendre un thé, si vous voulez bien. Il faut que je reprenne mes esprits. J'ai appris la nouvelle il y a une heure.

— Je vais prendre le thé au jasmin, annonça Peabody.

— Oui, il est bon. Moi aussi.

— Un café, commanda Eve. Vous aviez une liaison avec le sénateur Mira.

— Oui. Ça a commencé deux semaines avant Noël. Je sais qu'il est marié. Je sais que ce n'est pas bien, même s'il me dit que sa femme s'en moque. Comment peut-elle s'en moquer ? Je ne sais pas.

Charity se massa les paupières du bout des doigts.

— Comment vous êtes-vous rencontrés ?

— À la galerie. J'y faisais une petite exposition, c'était un moment très spécial pour moi. Il s'est présenté avec… ce n'était pas sa femme, elle était trop jeune, mais je ne sais pas qui c'était. Il a dit qu'il aimait mon travail. Il a acheté une toile. Je n'en revenais pas. Une semaine plus tard, il m'a contactée pour me demander de prendre un verre avec lui. J'ai pensé qu'il voulait parler de mes œuvres, mais…

— Il vous a draguée, suggéra Peabody.

— C'était… plus classe que ça, mais oui. Au début, j'étais vraiment surprise. Il pourrait être mon grand-père. Mais il est intéressant et persuasif. J'ai accepté un autre rendez-vous autour d'un verre, puis il m'a invitée à dîner et j'y suis allée. Je savais ce que je faisais, je savais que ce n'était pas bien. Mais je me suis retrouvée là, dans cette suite hôtelière très chic, avec du champagne et...

Elle s'interrompit comme leurs commandes arrivaient par la trappe automatisée de la table.

— Je savais ce que je faisais, répéta-t-elle. Je savais aussi qu'il avait simplement envie d'être avec une jeune femme. Je ne suis pas idiote. Je savais également qu'il pourrait m'aider. Il a poussé ses riches amis et associés à passer à la galerie, il a dit du bien de mon travail. J'ai vendu deux œuvres de plus. Nous nous servions l'un de l'autre, c'est un fait. Je l'ai laissé coucher avec moi et en échange il a aidé ma carrière artistique à décoller.

Elle leva sa tasse et but.

— Je suis parfaitement consciente de ce que cela fait de moi. Je n'en suis pas fière. Mais si c'était à refaire, je recommencerais.

— Des problèmes dans cet arrangement ? demanda Eve.

— Non. En général, nous allions à l'hôtel une fois par semaine. Parfois, il me demandait de passer la nuit, parfois non. Il décidait de tout et je ne m'en plaignais pas.

— S'est-il montré brutal avec vous ?

— Quoi ? Oh non, non.

Charity leva vers Eve un regard posé, presque froid.

— Écoutez, lieutenant, je savais qu'il prenait quelque chose pour rester vigoureux. Et pour un homme de son âge, il était plutôt en forme. Mais je ne ressentais pas d'attirance pour lui. La première fois était liée à la curiosité et aux circonstances. Après cela, c'était simplement... un prêté pour un rendu. Je ne lui ai pas dit ainsi. J'ai fait semblant, c'était plus simple.

— Vous n'avez pas de petit ami ? s'enquit Peabody. Personne dans votre vie ?

— Non, et c'est pour ça que je n'avais pas l'impression de faire du tort à qui que ce soit. Lui paraissait coutumier du fait, ce qui me permettait de ne pas me sentir trop coupable vis-à-vis de sa femme. Je ne la connais pas, donc je pouvais faire comme si ça n'avait pas d'importance. Je ne veux pas que ça se sache à mon travail, c'est tout. Je n'ai aucune envie d'entendre circuler des rumeurs, qu'on me lance des regards. Même si je les mériterais, je ne veux pas de ça.

— Vous semblez beaucoup plus préoccupée par les rumeurs que par le meurtre qui a eu lieu. Votre amant est mort.

Downing redressa le menton d'un air de défi.

— Et j'en suis désolée. Vraiment désolée. Mais j'ai peur. Peur de perdre mon travail. J'ai peur que quelqu'un ait su ce que je faisais... ce que nous faisions. Et que ce quelqu'un l'ait tué.

— Vous sentiez-vous menacée ? Observée ?

— Non. Mais bon, le personnel de l'hôtel devait être au courant. Je ne vois pas pour quelles raisons ils auraient pu s'en soucier, mais... Non.

Elle but de nouveau avant de poursuivre :

— Ce n'est pas ça, ce n'est pas de moi qu'il s'agit. Je n'avais aucune importance. Je me fais peur toute seule.

— Connaissez-vous quelqu'un qui aurait pu lui vouloir du mal ?

— Absolument pas, mais il lui arrivait d'en parler parfois. Il disait qu'un homme dans sa position se fait des ennemis. « Un homme puissant a des ennemis puissants. » Il se lançait dans de grands discours sur ses idées politiques. J'ai vite arrêté de l'écouter. Je faisais simplement semblant.

— Vous êtes douée pour faire semblant.

Cette fois, un début de rougeur monta aux joues de la jeune femme.

— Oui, j'imagine qu'on peut dire ça. J'ai eu une liaison avec un homme âgé parce qu'il pouvait m'aider pour ma carrière. J'ai fait semblant d'aimer coucher avec lui alors qu'en réalité j'espérais surtout qu'il ne me demanderait pas de rester pour la nuit, afin de pouvoir rentrer tranquillement chez moi. Je l'ai écouté parler sans exprimer mon désaccord à voix haute. Si vous voulez dire que je me suis prostituée, je n'essaierai pas de prétendre le contraire. Mais j'ai vendu six toiles sur les dix dernières semaines, et je sais que pour cinq d'entre elles c'est à lui que je le dois. Je lui en étais reconnaissante.

Elle chassa une larme à l'aide de son index replié.

— Et je suis désolée qu'il soit mort.

— Où étiez-vous hier entre 16 heures et 18 heures ?

— Je... Je ne saurais pas vous le dire précisément. C'était ma journée de congé. Je suis allée déjeuner avec une amie et, après s'être fait faire les ongles, on a fait du lèche-vitrines. On a pris un verre quelque part. Puis on a décidé de passer chez moi, j'avais de la pizza dans l'autochef. On est restées toutes les deux à discuter jusqu'à, je dirais, 21 heures, 21 h 30... Oh, mon Dieu. Je suis considérée comme suspecte.

— Il va nous falloir le nom et les coordonnées de votre amie.

— Mon Dieu... Mon Dieu. Lydia. Lydia Su, S-U. Elle est la seule à être au courant pour Edward.

Elle se prit le visage entre ses mains puis les laissa retomber et leur fournit les coordonnées attendues.

— Je n'avais aucune raison de le tuer. Il m'aidait énormément. J'ai vu qu'il commençait un peu à s'ennuyer et qu'il ne me restait qu'à attendre qu'il m'annonce que c'était terminé. Peut-être qu'il m'aiderait encore un peu si je ne faisais pas d'histoire. Pourquoi l'aurais-je tué alors qu'il me soutenait ?

— Et entre minuit et 4 heures du matin, la nuit dernière ?

— J'étais au lit ! Je suis allée me coucher. J'ai fait quelques croquis après le départ de Lydia, mais nous avions bu du vin et je n'arrivais pas à me concentrer. Je me suis mise au lit vers 23 heures, je me suis endormie en regardant la télé. C'est pas possible, c'est un cauchemar !

— Calmez-vous, Charity, dit Peabody. Nous devons poser ces questions et vérifier les informations qui nous sont données. Cela fait partie de la procédure. Quand l'avez-vous vu ou lui avez-vous parlé pour la dernière fois ?

— Euh... Je... Avant-hier. Il laissait généralement passer une semaine entre chaque rendez-vous. Il me contactait et m'invitait à dîner. C'est comme ça que ça fonctionnait. Nous étions censés dîner ensemble ce soir. Puis j'ai appris la nouvelle aux informations. Je ne le voyais qu'une fois par semaine, en règle générale. Je l'avais vu la semaine dernière, jeudi soir. Qu'est-ce que je dois faire maintenant ? Qu'est-ce que je fais ?

— Retournez travailler, répondit Eve.

— Voilà ce que j'en pense. Vous voulez savoir ce que j'en pense, n'est-ce pas ?

— Peabody, ma vie entière consiste à recueillir vos perles de sagesse.

Peabody monta dans la voiture, les yeux étrécis.

— Là, vous devenez méchante.

— Je suis fatiguée d'écouter les pleurnicheries de maîtresses et de femmes adultères. Je préférerais faire parler de vrais meurtriers.

— C'est sûr, mais il faut bien en passer par là. Après, c'est vrai qu'elle pleurnichait mais le tuer reviendrait à tuer la poule aux œufs d'or. Plus d'œufs dorés si on tue la poule.

— Pourquoi voudrait-elle des œufs dorés ? Qui peut bien avoir envie d'œufs dorés ?

— C'est une métaphore, en fait.

— Alors elle est idiote, parce qu'un œuf à la coquille brillante serait sans doute radioactif ou contaminé. Vous en mangez, vous mourez. Et nous n'avons que sa parole à propos des œufs en question, ceci dit.

— Exact. Mais ce sera facile de vérifier.

— Ce que nous allons faire. Tout comme nous vérifierons tous les propos de toutes les personnes sur la liste d'aujourd'hui. Et que pensez-vous de ceci : votre poule, que je vois plutôt comme un vieux coq libidineux, s'apprête à laisser tomber sa jeune poulette du moment, qui n'aura plus droit à ses œufs. Mais celle-ci n'est pas prête à s'en priver et se fait insistante. « Si tu ne me donnes pas tes œufs, je dirai à tout le monde que tu coinçais ton vieux machin entre mes jeunes cuisses de poulette. » Dispute, chantage, meurtre.

— Quand vous présentez les choses comme ça...

— Je vais devoir y réfléchir. Je vais avoir besoin d'un vrai café et de temps pour cogiter parce que la seule dont je suis sûre qu'elle n'est pas coupable est la garce avec son bêcheur d'avocat. Et ça m'énerve.

— Ce serait bien si c'était elle.

— Ce serait bien si les poules pondaient effectivement des œufs d'or. Mais tout ça, c'est des conneries.

9

Eve retrouva la Criminelle pleine de flics et de brouhaha. L'odeur d'un hachis végétarien – avec gros supplément d'oignons – embaumait l'air. Reineke et Jenkinson faisaient des messes basses au bureau de ce dernier, Carmichael était sur son communicateur, Santiago lançait des regards noirs à son écran d'ordinateur et Baxter, pour sa part, émergeait de la salle de pause, une énorme tasse de café à la main.

Trueheart – elle allait devoir s'habituer à le voir sans uniforme – travaillait sur son ordinateur, l'air concentré.

— Il n'y a plus de crimes dans les rues ? s'interrogea-t-elle à voix haute.

Reineke se tourna vers elle.

— Salut, lieutenant. Nous avons un suspect en salle d'interrogatoire A. On le laisse mijoter un peu. Ce salopard a poignardé son patron sur les quais. Il a dit à l'agent qui l'a arrêté que le type était tombé sur son couteau. Trois fois de suite.

— C'est un soulagement. Je craignais que nous ne soyons tous obligés de nous trouver un nouveau métier. Peabody, renseignez-vous sur le mari de la garce odieuse, vérifiez les alibis.

Santiago répondit à son communicateur de bureau et dressa l'index en l'air.

— Ouais, ouais. Compris. On arrive… On a une affaire ! annonça-t-il à Carmichael. Un type a fait un vol plané depuis une fenêtre du quatorzième étage sur la Sixième Avenue. Il s'est écrasé sur une monoplace garée en dessous. Notre emploi est préservé.

— Assurez-vous de mériter votre salaire, lança Eve tout en se dirigeant vers son bureau.

Baxter la rattrapa sur le seuil.

— On n'a rien de neuf, dit-il, donc j'ai ressorti une affaire non résolue et j'en ai confié la responsabilité à Trueheart.

Eve hocha la tête. Elle avait fait la même chose à l'époque où son équipière avait reçu son insigne flambant neuf.

— Une bonne manière de lui faire gagner de l'expérience, et peut-être de résoudre une affaire.

— Il est déjà à fond dessus. Maintenant il va falloir que je lui apprenne à s'habiller comme un inspecteur.

Eve tourna la tête vers Trueheart, qui portait une veste gris sombre et une cravate d'un bleu discret.

— Il ne présente pas mal, dit-elle.

« Un air propre et sérieux, estima-t-elle. Comme s'il était en route pour l'église. »

Hum.

Baxter se contenta de secouer la tête.

— Je vais travailler sur la question. Et je vous préviens si on découvre quoi que ce soit sur notre vieille affaire.

Eve entra dans son bureau, prit un café puis mit son tableau et ses notes à jour. Elle en envoya une copie – officieuse – à Mira.

Après avoir entré les données, elle lança un calcul de probabilités pour chacune des femmes interrogées. Comme elle s'y attendait, l'ordinateur avait une préférence pour celles qui n'avaient pas d'alibi.

— C'est la voie de la facilité, maugréa-t-elle.

Elle se versa une autre tasse de café, posa ses bottes sur le rebord de son bureau et se plongea dans ses réflexions.

Allyson Byson. Partie sous les tropiques. Elle aurait éventuellement pu engager quelqu'un pour s'occuper d'Edward Mira mais ça ne semblait pas très crédible. Le meurtre était violent et éminemment personnel.

Elle nota de vérifier les trajets de Byson et toute éventuelle possibilité de retour à New York pour commettre le crime.

Mais sur ce point, l'ordinateur était d'accord avec elle : les chances étaient faibles.

Carlee MacKensie. Nerveuse, visiblement docile, inoffensive, guère vindicative. Pas d'alibi, raison pour laquelle l'ordinateur retenait son nom. Sur ce point, Eve n'était pas entièrement en désaccord.

— Il y a quelque chose qui sonne faux chez toi, Carlee. Quelque chose qui cloche. Tu as l'air un peu trop crédule. Je ne crois pas que tu nous aies tout raconté. Ton récit manquait d'accents de vérité.

Elle passa à Lauren Canford. Une vraie garce, aucun doute là-dessus. Et Eve n'avait pas de mal à l'imaginer saisie d'une violente colère. Elle la voyait très bien planifier un meurtre, avec beaucoup de précaution et de ruse.

Mais… Eve ne percevait chez elle aucune passion. Rien qui évoque le genre d'attachement ou de colère envers la victime susceptible de la pousser à la torture et au meurtre.

Elle était plutôt du genre à vous rhabiller pour l'hiver ; l'expression collait bien à la période. Le genre à se répandre en rumeurs dans le dos d'un ennemi pour nuire à sa réputation et alimenter les ragots.

Asha Coppola. Elle avait l'air d'une femme honnête… si l'on omettait l'adultère. Mais globalement honnête. Elle avait fait une bêtise, elle l'admettait et travaillait à la réparer. Aux yeux d'Eve, elle était convaincante.

Et puis il y avait Charity Downing. Elle n'était pas tout à fait ce qu'elle semblait être. Quelque chose chez elle réveillait l'instinct d'Eve. Quelque chose…

— D'évasif, énonça Eve à voix haute en scrutant le visage de Downing par-dessus le rebord de sa tasse. Voilà ce que je capte chez toi, Charity. Tu restes méfiante et évasive. Ton alibi sera solide, je n'en doute pas, mais je vais quand même m'intéresser à ta copine de jour de congé. Lydia Su. Les amis mentent pour leurs amis. Nous irons la voir parce qu'il y avait un mensonge dans ce que tu nous as raconté. Certains trucs étaient vrais, mais ils dissimulaient un mensonge.

Elle reposa sa tasse et réorganisa le tableau selon ses nouvelles préférences.

– *Charity Downing*

– *Carlee MacKensie*

– *Asha Coppola (peut-être que son mari ne veut pas vraiment la pardonner)*

– *Lauren Canford*

Elle joindrait Allyson Byson par communicateur mais suspectait déjà que son nom viendrait remplacer celui de Canford en bas de la liste.

Artiste, rédactrice indépendante, responsable marketing, lobbyiste, mondaine.

— Tu n'avais pas de type précis, hein, Edward ? Plutôt une question de physique et de disponibilité. Et d'âge. L'âge moyen du groupe tourne autour de… Bon, disons le début de la trentaine, à défaut de calcul précis. Et il ne s'agit que d'un petit échantillon. Il y a forcément eu d'autres femmes. Et si…

— Excusez-moi, Dallas, lança Peabody en toquant à la porte. Edward Mira – junior, je veux dire – et Gwendolyn Mira Sykes sont là. Ils veulent vous parler. Nous parler.

— Ça nous évitera le trajet jusqu'à chez eux. Réservez-nous une salle d'interrogatoire. On va respecter la procédure.

— Il me semble que la salle B est disponible. Je les y emmène.

Eve hocha la tête puis reporta son attention sur le tableau. Mais sa concentration était perdue. Elle se leva. Autant aller voir ce que les enfants de la victime – sans doute aussi ses principaux bénéficiaires en cas de décès – avaient à dire.

En sortant, elle constata que Baxter avait tiré son siège jusqu'au bureau de Trueheart. Impossible par contre de savoir s'ils discutaient de nouveaux angles d'attaque sur leur affaire non résolue ou de questions de coupe et d'épaisseur de tissu pour un futur costume.

À cet instant précis, elle ne tenait pas à le savoir.

Elle se dirigea vers les salles d'interrogatoires et vit Peabody émerger de la salle B.

— Je vais chercher à boire : eau gazeuse pour elle, Coca pour lui.

Eve piocha dans sa poche de quoi payer les boissons.

— Prenez-moi un tube de Pepsi et ce qui vous plaira pour vous. Procédure officielle… mais à la coule.

— Ils sont un peu mal, Dallas. Ils se forcent à faire bonne figure, mais ça se voit. Et ils sont très unis, très proches.

— Compris.

Elle entra et, même si elle avait déjà vu leurs photos d'identité, elle fut frappée de constater qu'Edward junior possédait les mêmes yeux verts et rêveurs que Dennis Mira.

Il avait les cheveux assez longs pour les rassembler en arrière en une sorte de petit chignon, comme Connors le faisait habituellement lorsqu'il avait besoin de se concentrer sur son travail. Le jeune

Edward avait un visage beau et racé – la ressemblance avec son père était visible – et portait des brodequins éraflés, un jean et une chemise écossaise à carreaux rouges et noirs.

Sa sœur avait hérité du physique de sa mère : sculpturale et éclatante malgré ses yeux rougis. Elle portait un tailleur sombre, des collants qui l'étaient tout autant et de hautes bottes rouges aux immenses talons.

Installés côte à côte derrière la table usée de la salle d'interrogatoire, ils se tenaient la main.

Le frère resserra les doigts autour de ceux de sa sœur puis se leva tandis qu'Eve refermait la porte.

— Monsieur Mira, madame Sykes, je suis le lieutenant Dallas. Je vous présente mes condoléances.

— Appelez-moi Ned. Ned et Gwen, répondit-il d'une voix rauque et tendue. Merci d'avoir pris le temps de nous recevoir si rapidement. Dennis nous a dit que vous travailliez dur pour identifier… Pour découvrir qui a tué notre père. Nous ne voulons pas vous gêner dans votre enquête.

— Vous ne me gênez en rien. J'avais l'intention de vous rendre visite avant la fin de la journée.

— Nous étions auprès de notre mère, dit Gwen après s'être éclairci la voix. Leur chef de la sécurité a contacté Ned qui est venu me chercher. Nous tenions d'abord à nous excuser pour la manière dont elle vous a parlé.

— Vous n'y êtes pour rien et ça n'a pas d'importance.

— Si, ça en a, affirma Ned avec un sourire sombre. Nous savons à quel point elle peut se montrer odieuse. Mais sous ses airs revêches, elle est effondrée. Nous connaissons votre réputation, lieutenant, et votre travail auprès de Charlotte. Donc…

Il caressa gentiment le bras de sa sœur.

— Vous avez forcément compris que nos parents ne vivaient pas ce que la plupart des gens considèrent comme un mariage traditionnel.

— Que vivaient-ils ?

Avant que la question reçoive une réponse, Peabody revint avec les boissons.

— J'espère que des tubes vous conviendront, dit-elle.

— C'est très bien, merci.

Ned reporta son attention sur Eve.

— Ils tenaient l'un à l'autre mais le mariage était plutôt une sorte de partenariat. Politique, social.

— Pas besoin de prendre des pincettes, Ned. Ils entretenaient tous les deux des liaisons extra-conjugales, reprit Gwen. Ils nous ont eus – deux enfants, un garçon et une fille – après quoi ils ont pu poursuivre d'autres envies. Nous l'avons vite compris, en grandissant, tout en sachant qu'il ne fallait pas en parler. Tant que nous présentions l'image d'Épinal attendue, tout se passait bien.

— Mais tu as tout fait foirer, commenta Ned, ce qui la fit rire.

— Toi le premier, répliqua-t-elle.

Puis les larmes lui montèrent brusquement aux yeux.

— Mon Dieu, Ned...

— C'est bon. Ça va aller.

Il rapprocha son siège du sien pour lui passer un bras sur les épaules.

— Je suis le premier à avoir brisé l'illusion, admit-il. Je ne voulais pas aller à Yale. Je n'avais aucune envie d'étudier le droit ou d'entrer en politique. Alors j'ai veillé à ce que ça ne puisse jamais se produire. J'ai fait en sorte que mes notes chutent et séché l'école dès que je pouvais sans risquer de sanctions trop lourdes. J'avais prévu de me tirer dès l'instant où j'aurais dix-huit ans, mais...

— Il ne voulait pas me laisser toute seule. J'ai deux ans de moins que lui, donc il a pris sur lui. Je ne suis pas allée à Yale, mais j'ai opté pour Harvard à la place. J'ai étudié le droit. J'en avais envie. Mais je me suis servie de mon diplôme pour devenir avocate spécialisée dans le droit des enfants.

— Bref, nous avons beaucoup déçu nos parents, conclut Ned. En particulier notre père, avec qui nous étions sans cesse en conflit. Je me suis associé à deux amis – qui n'étaient pas sur la liste parentale des bonnes fréquentations – et nous avons lancé notre propre affaire. Nous fabriquons, retapons, recyclons et réimaginons le mobilier. Je travaille de mes mains et il ne me l'a jamais pardonné. Cela fait vingt-deux ans que notre boîte tourne mais il l'a toujours appelée ma « rébellion ».

— Vous n'êtes tout de même pas… ? *Trois gars pour ton chez-toi*, c'est vous ? demanda Peabody.

Il la gratifia d'un grand sourire.

— Effectivement, c'est nous.

— J'*adore* ce que vous faites. Mon père fabrique des meubles, et mon frère aussi, donc je m'y connais en qualité. Vos créations sont géniales ! Pardon, dit-elle à Eve, mais vous devriez savoir que sa boutique a une réputation exceptionnelle.

— Merci, dit Ned. Gwen aussi a une solide réputation dans son domaine, mais…

— Nous n'avons pas suivi la voie qu'ils avaient tracée pour nous, termina sa sœur. Peu importe que nous soyons tous les deux heureux, tous les deux mariés à des gens merveilleux que nous adorons et que nous ayons des enfants formidables. Ce n'était pas ce qui était prévu.

— Nos parents ne diraient jamais que nous avons coupé les ponts, dit Ned, car ça ne correspondrait pas à la situation. Mais on se parle à peine et on ne se voit que durant les fêtes, quand c'est nécessaire.

— Et quand vous vous voyiez ou vous parliez ? s'enquit Eve.

— Neuf fois sur dix, ça finissait en dispute. Charlie nous a recommandé d'être très francs avec vous, alors voilà la vérité. Je n'appréciais pas beaucoup mon père.

— Oh, Ned…

— À quoi ça servirait de prétendre le contraire, Gwen ? Je n'avais ni affection ni respect pour lui. Mais c'était mon père. Quant à ma mère, c'est une emmerdeuse de première.

— Ça, c'est sûr, soupira Gwen.

Elle laissa sa tête retomber contre l'épaule de son frère.

— Mais ça reste notre mère et elle est en deuil. Notre père a été assassiné et, si tendue que soit notre relation, il ne méritait pas d'être tué ni de subir ce qu'il a subi. Nous vous dirons tout ce que vous voulez savoir, nous répondrons à toutes les questions que vous pourriez avoir pour vous aider à trouver les responsables.

— Et nous enverrons aux médias une déclaration qui reflète l'image d'une famille unie. Nous maintiendrons cette façade, pour lui et pour notre mère.

— Réglons d'emblée les questions obligatoires, dit Eve. Où étiez-vous hier entre 16 heures et 18 heures, puis entre minuit et 4 heures du matin ?

— De 16 à 18 heures, au magasin, à travailler. Enfin, jusqu'à environ 17 h 30, corrigea Ned. Puis je suis resté un peu avec Grant – un de mes associés – pour discuter de la situation de la boutique pendant qu'on fermait. J'ai dû arriver chez moi vers 18 heures, peut-être un peu plus. On a mangé vers 19 heures, ma femme, mes enfants et moi. À minuit ? Je dormais déjà à poings fermés.

— J'étais au tribunal jusqu'à 17 heures, enchaîna Gwen. Une histoire de garde particulièrement moche. Trewald contre Fester, devant le juge Harris. J'ai dû repasser à mon bureau mais j'étais chez moi pour 18 heures. Là, ça a été le chaos. Ma fille de treize ans à la puberté bouillonnante était aux prises avec son frère de onze ans, dont la fonction officielle semble être de la faire tourner en bourrique. Vers minuit, mon mari et moi profitions d'un second verre de vin, au lit et encore tremblants, comme les survivants d'un tremblement de terre. En train de nous demander où était passée l'adorable petite fille d'autrefois.

— Vous y survivrez, affirma son frère.

— Tant qu'on aura du vin à boire après minuit.

— M. Mira, je veux dire Dennis Mira, m'a laissée entendre que vous hériteriez tous les deux des parts de votre père dans la propriété de Spring Street. D'après mes informations, cela représente une somme à huit chiffres.

— C'est exact, répondit Ned avec un hochement de tête. Si les parts nous reviennent, cela aura eu au moins le mérite de simplifier les choses. La maison restera au sein de la famille. Nous n'avons pas besoin de cet argent, lieutenant. Gwen comme moi bénéficions d'une bonne situation et cet endroit est très important aux yeux de Dennis.

— Mettons cela de côté. Connaissez-vous certaines des femmes avec lesquelles votre père avait une liaison ?

— Nous faisions tout pour l'éviter, répondit Gwen. Il y a quelques années, alors que j'affrontais Leanore Bastwick durant un procès, elle m'a volontairement suivie jusqu'aux toilettes durant une pause pour m'annoncer qu'elle couchait avec mon père. Une manière pour elle de me déstabiliser.

— Oui, j'imagine.

— Quand j'ai appris ce qui lui était arrivé il y a quelques semaines, j'ai été choquée. Mais, toujours pour être tout à fait franche, ça ne m'a pas empêché de dormir.

— Du calme, sœurette, dit Ned en lui serrant la main. L'une d'entre elles m'a fait du gringue, annonça-t-il.

Gwen le dévisagea, les yeux ronds.

— Quoi ? Tu ne m'en avais jamais parlé !

— C'était il y a au moins vingt ans. Je ne me souviens plus de son nom mais elle est entrée dans la petite boutique qu'on avait à l'époque et m'a coincé contre un mur. Elle m'a avoué qu'elle se demandait si je ressemblais à mon père à tous les niveaux. Et elle m'a attrapé l'entrejambe… Pas le genre de choses que j'avais envie de raconter à ma petite sœur. Zoe, ma femme, a tout vu. Enfin, ce n'était pas ma femme à l'époque, on ne sortait même pas ensemble. Déjà à l'époque, elle était architecte d'intérieur. On travaillait avec elle sur plusieurs projets. Mais elle a vu toute la scène et, pendant que j'essayais de ne pas pousser des cris de petite fille effarouchée, elle est intervenue, a jeté l'obsédée de l'entrejambe dehors et l'a menacée d'appeler les flics si elle remettait les pieds chez nous.

— J'adore Zoe, déclara Gwen d'une voix chargée d'affection.

— Moi aussi. Il m'a fallu un mois après ça pour trouver le courage de l'inviter à sortir. Mais tout s'est bien terminé. Désolé, ça ne vous est pas très utile.

— Vous seriez surpris… Vous m'avez dit que pendant l'essentiel de votre vie vous avez su que vos parents avaient cet arrangement particulier. Mais chacun de vous ne se rappelle qu'un seul incident où la maîtresse du moment de votre père s'est révélée à vous. Ce qui me laisse penser qu'en général elles étaient plutôt discrètes et ne cherchaient pas à créer des problèmes quand la liaison se terminait. Donc, pour autant que vous le sachiez, aucune de ses amantes ne lui a jamais causé d'ennuis, ne l'a jamais menacé ?

— Il les aurait mises en pièces. Pas physiquement, précisa immédiatement Ned. Mais de toutes les autres manières possibles. Si elles avaient ne serait-ce que suggéré la possibilité de lui causer du tort, il leur aurait fait savoir qu'il n'hésiterait pas à ruiner leur existence. Leur vie, leurs affaires ou leur carrière, leur famille. C'était mon père et je veux que les responsables soient retrouvés et envoyés en prison. Mais c'était aussi un homme vindicatif et impitoyable qui n'oubliait jamais la moindre trahison.

— Est-ce que c'est suffisant ? Est-ce qu'on peut s'arrêter là pour le moment ? Je me sens mal de parler de lui comme ça.

Gwen avait de nouveau les larmes aux yeux.

— Nous voulons vous aider mais est-ce qu'on peut s'en tenir là pour cette fois ? demanda-t-elle encore.

— Bien sûr. Et vous nous avez aidées.

— Dans ce cas, je voudrais rentrer. Être avec ma famille.

— Je te ramène chez toi, dit Ned en se levant.

— Tu n'as pas à faire ça.

— Est-ce que tu voudrais que Zoe amène les enfants et qu'on reste tous ensemble chez toi, un petit moment ?

Gwen ferma les yeux.

— Ce serait super. Ça me ferait du bien. Ma tante – la sœur de notre mère, précisa-t-elle pour Eve – est arrivée. C'est auprès d'elle que ma mère a vraiment envie d'être pour l'instant. Quant à nous, on se rassemblera ailleurs pour s'épauler les uns les autres.

C'était ce qu'ils allaient faire, songea Eve en les regardant partir. Ils s'épauleraient et tiendraient bon, ensemble.

— Ça a dû être difficile de grandir dans cette ambiance, commenta Peabody. Être obligés de suivre des règles strictes, ne jamais être témoin d'un amour sincère et d'une véritable loyauté entre ses parents.

— Ils s'en sont sortis, répondit Eve. Ils ont construit leurs propres vies.

Elle avait fait la même chose.

Elle retourna à son bureau et compléta ses notes. Après un court instant d'hésitation, elle envoya l'ensemble à Mira. Les témoignages de Ned et Gwen seraient peut-être difficiles à lire mais elle supposait que Mira savait déjà tout cela.

Elle aussi avait envie de rentrer. Elle retrouverait plus facilement sa concentration en travaillant chez elle. Elle récupéra les dossiers dont elle avait besoin, saisit son manteau puis commit l'erreur de répondre à son communicateur.

Le chargé de liaisons avec les médias lui annonça qu'il fallait qu'elle fasse une déclaration dans le cadre de l'affaire Mira. Résignée – elle savait que ce moment arriverait – elle traversa la salle commune jusqu'au poste de travail de Peabody.

— Je dois aller faire une déclaration aux médias, après quoi je continuerai à travailler de chez moi. J'attends votre rapport sur les conjoints et la vérification de tous les alibis. Sentez-vous libre de le faire ici ou chez vous, tant que j'ai le tout pour ce soir.

— Je resterai ici jusqu'à ce que McNab ait terminé de son côté.

— Envoyez l'information à Mira, mais pas par les canaux officiels. Bien compris ?

— Bien compris.

Eve avait beau détester cette partie du métier, elle allait faire au mieux. Et elle était reconnaissante au chargé de liaison d'avoir posé un cadre très strict à la presse : dix minutes en tout pour la déclaration et les questions.

Des questions qui déclenchèrent une sorte de réaction en chaîne sous son crâne durant le trajet jusqu'à chez elle.

Est-il vrai que le sénateur Mira a été retrouvé nu ?

Pourquoi son enlèvement n'a-t-il pas été signalé tout de suite ?

Le Dr Charlotte Mira est-elle associée à cette enquête ?

Le professeur Dennis Mira fait-il partie des suspects ?

Pendant combien de temps le sénateur Mira a-t-il été torturé avant de succomber ?

Bon sang, se demanda Eve, à quel public s'adressaient-ils pour estimer qu'il avait le droit et l'envie de savoir tout ça ?

C'était d'ailleurs la réponse qu'elle avait donnée avant de tourner les talons.

Il était temps de rentrer à la maison. Peut-être s'offrirait-elle une séance de sport ou de natation avant de se replonger dans le dossier. Une manière de contrebalancer un peu la laideur de cette journée écoulée.

« Une séance de sport *et* de natation », décida-t-elle en passant le portail.

Une demi-heure de chaque. Elle pouvait se prendre une heure, après quoi elle redémarrerait avec les idées claires.

La simple vision de la maison l'aidait déjà à se sentir mieux. Elle se demanda pourquoi la conversation avec Gwen et Ned l'avait à ce point troublée.

Ils n'avaient pas été battus ni brutalisés. Ils avaient grandi dans un monde de privilèges. Rien à voir avec sa propre expérience. Mais en les écoutant, elle avait senti se réveiller sa vieille angoisse, les miasmes de souvenirs imprégnés de peur et d'impuissance.

Il fallait qu'elle s'en débarrasse.

Elle se prépara tout en garant la voiture. Elle pourrait commencer par échanger quelques piques avec Summerset. Un bon moyen de chasser les échos du passé.

Mais Summerset n'était pas dans l'entrée, ce qui la déstabilisa encore un peu plus. Il était *censé* être là à rôder en ricanant, pour l'accueillir d'un commentaire narquois dès son arrivée.

— « Alors comme ça on rentre tôt », grommela-t-elle pour elle-même en gravissant les marches. « Oui, j'ai eu envie de rentrer tôt pour avoir l'occasion de vous voir émerger de votre cercueil. » Ça l'aurait bien mouché. Mais maintenant c'est perdu.

Elle se dirigea vers la chambre puis changea d'avis et prit la direction de son bureau. Elle y déposerait tous les documents et prendrait le temps de mettre son tableau à jour. Après quoi elle laisserait le tout mijoter dans un coin de son cerveau pendant une bonne course de plusieurs kilomètres et une série de longueurs dans la piscine.

À peine avait-elle fait quelques mètres qu'elle entendit fredonner. Une voix féminine qui fredonnait.

Qu'est-ce que c'était ? L'une de ces droïdes domestiques qu'elle ne croisait que rarement, voire jamais ? Les droïdes fredonnaient des chansons joyeuses maintenant ?

Elle s'avança dans l'embrasure de la porte.

Ce n'était pas un droïde, mais une rousse élégante équipée d'une tablette qui se baladait à travers *son* espace personnel en fredonnant ce fichu petit air enjoué.

Et où était passé son tableau ?

Qui était cette femme en cuissardes à talons qui se trimballait chez Eve… et venait de poser ses fesses sur *son* bureau ?

Eve repoussa le pan de son manteau et posa la main sur la crosse de son arme.

— Qui êtes-vous ?

La rousse laissa échapper un petit cri aigu et se redressa vivement en s'écartant du bureau. Elle plaqua une main entre ses seins galbés et braqua sur Eve de grands yeux écarquillés.

— Oh ! Vous m'avez fait peur.

— Ah oui ?

La main sur son arme, Eve s'avança dans la pièce.

— Vous savez de quoi vous devriez vraiment avoir peur ? De ce qui arrivera si vous ne me dites pas qui vous êtes et comment vous êtes entrée ici dans les dix secondes.

— Je m'appelle Charmaine. Vous devez être le lieutenant Dallas. Ravie de vous rencontrer. Je terminais justement la prise de mesures.

— Quelles mesures ?

— Pour le… Pardon, j'ai perdu mes moyens. Vous m'avez vraiment prise par surprise. Je ne suis pas censée en parler. Connors est simplement…

À cet instant, Connors entra depuis son propre bureau.

— Navré pour cette interruption. Si vous… Eve.

Il avisa sa posture, la position de sa main, l'éclat de son regard. Et soupira.

— Tu es rentrée tôt.

— Oui, comme tu vois. Qui est-ce et que fait-elle dans mon bureau ?

— Charmaine Delacroix, lieutenant Dallas. Charmaine est une architecte d'intérieur avec laquelle j'ai collaboré sur de nombreux projets. Y compris le dojo.

— Merveilleusement minimaliste, commenta Charmaine. Mais très loin d'être sévère ou spartiate.

Connors prit soin de venir se placer entre elle et Eve.

— Vous avez tout ce qu'il vous faut ? demanda-t-il.

— Absolument. J'ai hâte de démarrer. Je vous présenterai plusieurs options d'ici la semaine prochaine. Enchantée de vous avoir rencontrée, dit-elle à Eve. Je connais le chemin, ne vous dérangez pas.

Eve lui laissa cinq secondes pour s'éloigner avant de fondre sur Connors.

— Tu as laissé quelqu'un se balader dans mon bureau !

— J'ai fait venir une architecte d'intérieur pour se faire une idée des lieux, prendre des mesures. Et j'aurais été auprès d'elle pendant toute la durée de l'opération – même si elle est parfaitement fiable – si je n'avais pas reçu un appel qui ne pouvait pas attendre.

— Pourquoi une architecte devrait-elle se faire une idée de mon bureau ? C'est *mon* bureau, non ? Et où est passé mon fichu tableau de meurtre ?

— Je l'ai déplacé car je savais que tu ne voudrais pas que quelqu'un d'extérieur à l'enquête le voie. Et si tu n'étais pas rentrée à la maison à l'improviste, il aurait retrouvé sa place avant ton arrivée.

L'indignation était telle qu'Eve avait l'impression que son crâne allait exploser.

— Donc tout est possible tant que je ne suis pas au courant ? Ça ne pose pas de problème si je vais dans ton bureau, que je prends des trucs pour les mettre ailleurs et que je laisse quelqu'un s'y balader, tant que tu ne le sais pas ?

— Oui, s'il y a une raison derrière. Comme c'est le cas ici.

— Quelle raison peux-tu bien avoir pour déplacer mon tableau et pour laisser une bonne femme chantonnante envahir mon espace perso ?

— Chantonnante ?

— Elle chantonnait ! Bon sang…

— J'imagine qu'elle est d'un tempérament enjoué. La raison, c'est que je voulais te faire une surprise en te proposant des idées pour réaménager ton espace.

Cette fois, l'indignation d'Eve s'embrasa au point que des flammes auraient pu lui sortir par les oreilles.

— Pourquoi j'aurais besoin d'idées pour le réaménager ? Il est très bien comme ça ! Et toi aussi, tu le trouvais très bien quand tu as arrangé la pièce pour que je m'y installe. Et quoi, maintenant ça n'irait plus ? Ce n'est pas assez chic ?

Le bleu des yeux de Connors se fit glacial.

— Si tu te montres délibérément ridicule, si tu insistes pour faire un scandale pour quelque chose d'aussi simple, mieux vaut attendre que tu changes de ton pour en parler.

— Moi, je suis ridicule ? Tu viens mettre le bazar dans mon espace personnel et c'est moi qui suis ridicule ?

— Les gens changent, Eve. Ils changent d'avis, ils changent d'attitude, ils changent leur apparence et souvent aussi celle de l'endroit où ils vivent. J'ai pensé qu'après ce temps écoulé tu serais peut-être prête toi aussi à un changement ici, dans cet espace, afin qu'il reflète plus le présent que le passé. Visiblement, ce n'est pas le cas. Mais ce n'est pas pour ça que je te qualifie de ridicule. Ce qui est ridicule, c'est de douter à ce point de nous, de réagir comme si tu nous avais surpris nus et en train de faire des galipettes sur ton bureau adoré... Sur ce, excuse-moi, j'ai encore du travail.

Elle serra les dents tandis qu'il retournait vers son propre bureau.

— Si je vous avais surpris dans cette situation, tu peux être sûr que j'aurais fait usage de mon arme. Sur vous deux !

— Si tu le dis, répondit-il avant de fermer la porte de son bureau.

10

Oh, elle détestait quand il faisait ça. Détestait ces moments où, alors qu'elle était prête pour une bonne dispute bien corsée, lui devenait froid comme la glace et tournait simplement le dos au conflit.

Et il *savait* qu'elle détestait ça.

L'instinct d'Eve la poussait à ouvrir la porte à la volée pour reprendre le combat, mais… Cela ferait sans doute plaisir à Connors, non ? Elle fit nerveusement les cent pas dans son bureau. Cet espace était à *elle* !

Il serait trop content de la voir débarquer chez lui, la bave aux lèvres, tandis qu'il resterait là à l'observer, retranché derrière son calme glacial *made in Connors*.

Elle savait comment faire fondre cette glace, oh que oui. Elle savait où appuyer pour faire jaillir le feu. Mais ce serait encore faire le jeu de Connors. Il adorerait pouvoir penser qu'il s'était montré raisonnable tandis qu'elle s'agitait, s'emportait et vitupérait. Elle refusait de lui donner cette satisfaction.

Tant pis. Elle était rentrée chez elle avec l'idée de se vider la tête pendant une heure, et elle n'allait pas y renoncer.

Elle sortit à grands pas de son bureau et fila, sans cesser de maugréer, jusqu'à la chambre où le gros chat s'étalait de tout son long en travers du lit.

— Ne commence pas ! l'avertit-elle en le voyant ouvrir ses yeux bicolores pour la regarder. Qu'est-ce qu'il dirait, hein, si je faisais venir quelqu'un ici ?

Elle retira son manteau et le lança sur le lit.

— Si je décidais du jour au lendemain : « Tiens, je vais tout changer dans la chambre. Ouais, j'ai attrapé le virus de la décoration, donc je vais balancer le mobilier et tout remplacer par autre chose. » Qu'est-ce que tu dirais de ça, toi ?

Elle défit son harnais réglementaire, sortit son communicateur, sa radio, son insigne et les abandonna sur la commode avec le reste du contenu de ses poches.

Galahad, qui savait quand il fallait se taire, se garda d'émettre le moindre commentaire pendant qu'Eve se déshabillait pour enfiler sa tenue de sport.

— Tu pourrais être le prochain, lui lança-t-elle en chemin vers l'ascenseur. Il pourrait décider d'un coup de te teindre en rose et de te forcer à porter un mini smoking.

Elle enragea ainsi pendant toute la descente vers la salle de sport. Ce n'était clairement pas le bon moment pour une séance en solo avec Maître Wu. Elle envisagea un instant de mettre la pâtée à l'un des droïdes d'entraînement mais songea que ça aussi ferait sans doute trop plaisir à Connors. Elle opta donc pour le tapis de course, qu'elle programma pour une escapade urbaine ardue, avec obstacles.

Un jogging sur la plage lui aurait permis de se détendre, mais elle n'était pas prête pour la détente. Au lieu de quoi elle s'élança dans les rues de la ville, coursa un petit pickpocket, grimpa, bondit, roula par-dessus des barrières, jusqu'à avoir parcouru huit bons kilomètres.

Elle passa ensuite aux poids, souleva de la fonte jusqu'à ce que ses muscles la brûlent, puis termina par une série d'exercices abdominaux impitoyables avant de s'étirer.

En sueur, le souffle court, elle prit la direction de la piscine et de sa merveilleuse ambiance tropicale. Elle se dévêtit et plongea dans l'eau fraîche et bleue.

Cinq doubles longueurs plus tard, son corps la supplia de faire une pause. Et les pensées revinrent tournoyer dans son esprit.

Son espace. À elle. Il n'avait pas le droit de la pousser à transformer son espace ni d'y faire entrer une rouquine super chic sous prétexte que le bureau n'était pas... très chic, justement.

Son bureau était très bien comme ça, se dit-elle en se laissant porter par l'eau. Il était fonctionnel. Il lui convenait. Peut-être qu'il faisait tache par rapport à la splendeur du reste de la maison.

Mais c'était sa tache à elle, quoi !

Elle y faisait du bon travail et Connors ne s'en était jamais plaint jusqu'à présent. C'était lui qui avait aménagé l'endroit au départ, la laissant soufflée par la reconstitution minutieuse de son propre appartement, bureau pourri y compris.

Bon sang. Bon sang. Il lui avait retourné le cœur comme un gant avec ce beau geste, et voilà qu'il voulait à présent tout changer.

Parce qu'elle ne vivait plus dans son vieil appartement au bureau miteux, se dit-elle.

Elle laissa échapper un soupir, marmonna un « merde » et se laissa couler vers le fond de la piscine.

Lorsqu'elle remonta, elle avait retrouvé un certain sang-froid. La colère bouillait toujours sous la surface, mais dissimulée derrière un vernis de calme et de maîtrise.

Elle enfila un pantalon en coton, un sweat-shirt et des baskets, puis s'assit et caressa le chat.

— Jamais il ne te teindrait en rose ni ne te ferait porter un smoking. Il t'aime exactement tel que tu es.

Parfois je m'interroge à ton sujet, mais t'es un gentil chat.

Galahad vint cogner sa tête contre le bras d'Eve, qui se pencha pour le caresser jusqu'à le faire ronronner d'extase. Cela ne prit que quelques minutes, comme une manière de confirmer que les chats étaient bien plus faciles à vivre que les hommes.

Lorsqu'elle sortit, il la suivit jusqu'à son bureau. La porte de celui de Connors était toujours fermée.

Eve montra les dents.

— Il est capable d'y rester pendant des jours, sans dégivrer. Eh bien qu'il y reste ! J'ai du travail. Tu trouves qu'il y a quelque chose qui cloche ici ? demanda-t-elle au chat.

Galahad la regarda puis fit quelques pas pour sauter sur son fauteuil de repos.

— Tu vois ? On a tout ce qu'il nous faut ici. Sauf mon fichu tableau.

Elle le retrouva, soigneusement remisé dans un débarras, et le rapporta à sa place puis le mit à jour. Elle se servit un café, scruta le contenu du tableau, en fit le tour, effectua quelques changements, puis retourna à son bureau - vieux et amoché juste ce qu'il fallait - pour relire ses notes.

Elle releva à peine les yeux quand Connors entra. Il se dirigea vers le panneau mural et sélectionna une bouteille de vin, qu'il déboucha.

— Un verre ? proposa-t-il.

— Non. Et je ne te ferai pas d'excuses.

— Quelle coïncidence. Moi non plus.

— Ce n'est pas moi qui ai fait entrer une rouquine pour chantonner et fureter partout avec ses grandes bottes à la noix.

Il haussa un sourcil.

— Tu as un problème avec les bottes ?

— Oui, quand elles sont dotées de talons de quinze centimètres aussi fins que mon petit doigt, mais là n'est pas la question. Et tu peux te la jouer démon des glaces, ça ne change rien au fait que j'ai un paquet d'objections à l'idée de rentrer à la maison après une sale journée pour découvrir que tu as décidé de faire des changements dans l'endroit où je travaille sans même m'en toucher un mot. Sans te renseigner pour savoir ce que j'en pense.

— Tu te trompes.

— Tu parles !

— Tu te trompes, répéta-t-il, si tu penses que je ne t'aurais pas consultée, que j'aurais pu changer le moindre centimètre carré de ton bureau sans te consulter ou sans me renseigner sur ce que ça t'inspire et ce dont tu as envie. Tu sais que c'est faux, Eve, et je ne mérite pas ça.

— C'est toi qui l'as fait entrer ici. Moi, j'avais dû rater un épisode.

Il baissa les yeux sur son verre et but un peu de vin.

— Je lui ai demandé de passer pour revisiter l'espace, pour disposer d'un regard neuf à partir de quelques idées que je lui avais soumises.

— Que tu lui avais soumises.

— Oui. Parce que je sais très bien où et comment tu travailles.

— C'est ici que je travaille quand je suis ici. Et à ma façon. C'est toi qui as aménagé ce bureau au départ, merde !

Elle se redressa et sortit la larme de diamant qu'elle portait en pendentif sous son sweat-shirt.

— Quand tu m'as offert cet énorme diamant en me disant que tu m'aimais, je me suis simplement dit que tu étais dingue.

— Je m'en souviens.

Il but une autre gorgée de vin en observant Eve par-dessus le rebord de son verre.

— Très clairement, ajouta-t-il.

— Mais quand tu m'as montré tout ça, ce que tu avais fait pour moi, dans ta maison. La façon dont tu avais agencé cet espace pour moi, sur le modèle de mon appartement, parce que tu comprenais que j'avais besoin de mon coin propre, d'un environnement familier... En voyant que tu avais compris ça, j'ai commencé à te croire. À croire que tu m'aimais. Et voilà que maintenant mon bureau n'est plus à la hauteur ?

— Non, il n'est plus à la hauteur, répondit-il, frappant Eve en plein cœur. Il n'est plus à la hauteur de qui tu es, de la personne que tu es et de ce que tu accomplis chaque jour. Mais ça n'est qu'une partie de l'histoire. Il fut un temps où tu avais besoin de cette familiarité, de cette sécurité, pour pouvoir quitter ton appartement et venir t'installer ici. Et moi, j'avais besoin de toi. Alors je t'ai donné ce dont tu avais besoin pour venir ici, pour avoir un lieu à toi ici. J'ai pensé que trois ans auraient suffi pour te permettre de lâcher prise, de laisser réellement ton ancien univers derrière toi et construire quelque chose de neuf, pour toi. Pas chez moi. Chez nous.

Il dardait toujours sur elle son regard de glace, mais Eve crut lire autre chose derrière ce bleu de givre. De la peine.

— C'est... troublant de constater que tu as toujours besoin de t'accrocher au passé. À ce qu'il y avait avant nous, dit-il.

— Ce n'est pas ça, répondit-ellc.

Non, non, elle n'allait pas avaler ça.

— Tu es injuste ! se défendit-elle. C'est complètement faux. Je ne m'accroche à rien du tout. Ou à pas grand-chose, admit-elle. Ce n'est pas une question de doute. Pas vraiment.

Merde, merde, *merde*.

— J'ai l'habitude de cet endroit. Il me convient bien. Comment pourrai-je faire venir d'autres flics pour bosser ici si tu en fais un bureau ultra chic ? C'est un espace de travail pour résoudre des meurtres et élucider des affaires, pas pour frimer.

— Créer et améliorer une zone de travail efficace n'est pas de la frime. Bon sang, pour une femme dotée d'une telle arrogance professionnelle, tu t'inquiètes toujours à l'idée d'en faire trop par ailleurs.

— En matière d'arrogance, tu peux parler.

— Non. C'est de ce bureau que je veux parler.

— Le... Quoi ?

— Tu es attachée à ce bureau ?

Déstabilisée, elle passa une main dans ses cheveux et contempla le bureau, sourcils froncés.

— Je... Il n'y a rien à lui reprocher.

— J'ai perdu le compte de tout ce qu'on peut lui reprocher. Mais si tu y es attachée, il restera. C'est aussi simple que ça. Sinon, tu pourrais envisager l'une des options qui s'offrent à toi, comme le centre de contrôle que j'ai en tête.

— Je ne... « Centre de contrôle » ?

— Un U largement incurvé, avec des commandes et un écran tactile intégrés, la console principale au sommet de la courbe, une auxiliaire d'un côté, puis l'unité de stockage et les contrôles holographiques de l'autre. J'ai prévu de mettre à jour certains des équipements de mon bureau, ainsi que dans la salle de mon matériel non enregistré. La technologie progresse à pas de géant presque tous les jours, et c'est payant de se maintenir à niveau.

— Je ne m'entends pas très bien avec la technologie, donc...

— Ce serait pris en compte, dit-il sans lui laisser le temps de terminer.

Il n'était plus aussi glacial, constata-t-elle. Il s'était échauffé de lui-même. Peut-être parce qu'il était blessé, et sans aucun doute sous l'effet de la frustration. Mais principalement parce qu'il était profondément irrité.

— Tu préfères un support physique, donc il restera là. Tu aurais le choix pour l'écran, et ceux déjà en place seront remis au goût du jour, comme ailleurs. Mais on est loin de parler de refaire les rideaux ou d'installer des divans coordonnés, hein.

— D'accord, mais...

— On dîne très souvent ici, reprit-il en la coupant de nouveau. Il est donc temps de disposer d'un coin plus agréable pour ça, sans doute de ce côté-là. Une table, des chaises, une partie de l'espace, mais dans une zone mieux délimitée. Avec une table dotée de rallonges pour quand tu invites la moitié de ton service. Ce qui nous amène aux postes de travail secondaires et au coin détente.

— Coin détente ?

Il fit un grand geste avec son verre de vin.

— Tu peux continuer à dire que tu n'aimes pas les visiteurs mais le fait est que tu fais souvent venir du monde. Des flics, en tout cas.

— Qui squatteront sans arrêt si tu rends les lieux trop confortables.

Elle se massa la nuque, embarrassée parce qu'elle se représentait sans peine certains de ces aménagements. L'idée du centre de contrôle lui plaisait tout particulièrement.

— J'y suis habituée, c'est tout, et voilà qu'en rentrant je découvre une rousse en cuissardes qui chantonne dans mon bureau. Et toi qui arrives en m'annonçant : « Voilà ce qui va se passer. »

— Je te le répète : rien n'aurait été changé ou même touché sans ton accord. Bon sang, Eve, tu n'es pas seulement dans ton bureau ici, tu es dans ta maison.

— C'est bien pour ça que je m'énerve ! rétorqua-t-elle, en s'agrippant les cheveux de frustration. C'est aussi ma maison et j'ai eu l'impression que tu voulais m'imposer tes idées sans m'en parler.

Il demeura silencieux quelques instants et se resservit du vin.

— Sur ce point, tu as raison, je te l'accorde. Et tu fais bien de me le signaler, je comprends un peu mieux ton coup de sang. Je ne cherchais pas à m'imposer mais à déblayer le terrain pour t'aider à faire de nouveaux choix. Ou pas. Voudrais-tu travailler avec Charmaine ?

— T'as perdu la boule ?

— Non. Je lui ai demandé de venir et je t'aurais présenté ensuite un éventail détaillé d'options qui m'auraient paru adaptées pour toi. Dans le cas contraire, elle pourrait faire de nouvelles propositions. Ou pas, là aussi. Si l'une d'entre elles te plaisait mais que tu désirais des ajustements, les ajustements seraient faits. Comme pour le dojo. Franchement, je suis quasi certain que si je t'avais dit que j'allais faire concevoir un dojo, en particulier pour toi, tu aurais répondu : « Qui peut bien se faire construire un dojo dans sa maison ? » lança-t-il avec un accent américain narquois qui arracha un gloussement à Eve.

— Je ne parle pas comme ça, se défendit-elle.

— Pas loin. Et autant t'avertir qu'elle travaillera également à une nouvelle déco pour notre chambre.

— Quoi ? Quoi ? Mais pourquoi ? C'est joli. C'est...

— Elle a été conçue pour moi, avant que je te rencontre. Bien avant, même. À présent, elle sera réaménagée pour nous.

— Elle me convient très bien.

— Et on veillera à ce que les modifications te conviennent avant de faire quoi que ce soit. Ainsi, si tu rentres à l'improviste pour trouver une rouquine en train de fredonner dans la chambre, tu sauras pourquoi. Et tu ne réagiras pas comme si j'étais sur le point de la prendre comme une bête sur notre lit conjugal.

Insultée, Eve brandit un index accusateur.

— Je n'ai pas réagi comme ça. Si c'était le cas, un droïde porterait déjà ta peau en guise de costume. Demande à Peabody, je lui ai tout expliqué aujourd'hui.

— Et pourquoi avez-vous parlé de ça ?

— Parce que j'ai passé l'essentiel de la journée à interroger des femmes adultères. Et maintenant j'ai envie de vin, lança-t-elle en s'emparant du verre de Connors. Tout ça m'a mise dans une sale humeur, que j'avais l'intention de chasser en rentrant plus tôt pour me relaxer avant de me remettre au travail. Et Summerset n'était même pas là pour que je puisse commencer à me détendre en l'insultant un peu.

— Je suis rentré plus tôt encore et je lui ai dit de sortir avec des amis à lui.

— Les cadavres n'ont pas d'amis, seulement d'autres cadavres.

Il haussa les sourcils et inclina la tête sur le côté.

— Ça soulage ?

— Pas vraiment.

Il alla se chercher un nouveau verre de vin.

— J'avais envie de faire quelque chose pour toi, pour mon flic préféré. Et j'en reviens à ce que je t'ai déjà dit : ceci n'est pas à la hauteur de qui tu es. N'essaie pas de me convaincre du contraire, dit-il avant qu'elle puisse essayer. Tu es un flic unique, la plus brillante que j'aie jamais connue. Et tu es aussi ma femme, et tu mérites mieux que tout ceci.

Eve fut touchée. Elle savait qu'il pensait chacun de ces mots.

— Tu essaies de me séduire pour que j'accepte ton centre de contrôle.

— En effet. Et l'autre partie de ma motivation est purement égoïste : je voudrais que tu lâches prise sur cet endroit. Je veux m'assurer que tu en es capable.

— Ce bureau ? dit-elle en englobant la pièce du geste. Ce n'est pas ça. Vraiment. Mavis, Leonardo et la petite, l'appartement est à eux maintenant. Ils se le sont approprié, il ne reste rien de moi là-bas. Et je n'en ai pas besoin, ni ici ni là-bas. Je te jure que je ne me cramponne pas à ça. Je suis habituée à tous ces trucs, ça compte. Mais ce qui compte surtout, c'est que c'est toi qui me les as donnés. Tu m'avais déjà comprise, même à l'époque, et tu m'as offert tout ça. C'est là-dessus que je n'ai pas envie de lâcher prise.

Elle avala une nouvelle gorgée de vin avant de maugréer :

— Gros nigaud.

Il se rapprocha d'elle et passa le doigt au creux de la petite fossette qu'elle avait au menton.

— Rien ne changera jamais ce que j'ai fait, à une époque où nous en avions tous les deux besoin. Grosse nigaude. Essayons ça, pour nous deux. Et s'il s'avère que tu as besoin de garder ce bureau tel qu'il est, alors ainsi soit-il.

— Si je donne mon accord sur le principe, la rouquine ne devra pas essayer d'en faire un endroit chic.

— On restera à l'écart de tout ce qui est chic, tu as ma parole.

— D'accord. Mais je ne te ferai pas d'excuses.

— Moi non plus.

— J'imagine que le sujet est clos alors.

Il se pencha vers elle et effleura ses lèvres du bout des siennes.

— Tu as massacré un droïde ? demanda-t-il.

— J'en avais envie mais je me suis retenue parce que je savais que tu poserais la question. Et je n'avais pas envie de te faire ce plaisir.

Elle lui décocha un sourire satisfait avant de soupirer :

— Mais j'aurais bien aimé, avoua-t-elle. Ça a vraiment été une sale journée.

— Tu avais raison à propos du sénateur. On l'a bien retrouvé mort.

— Oui. Un point pour moi. Ils lui en ont fait baver. Nous n'avons pas communiqué de détails, mais il y a déjà eu des fuites. J'ai été obligée de terminer ma journée sur une conférence de presse. Et demain commencera par une visite à la morgue. Je n'ai pas eu le temps d'y passer aujourd'hui. Il n'y a pas urgence, ceci dit.

Elle s'approcha du tableau, en fit le tour.

— Ils ont fait l'examen toxicologique en urgence. Il n'avait pas été drogué. Ils voulaient qu'il ressente chaque seconde de son calvaire, jusqu'au bout. On l'a frappé au visage et à l'entrejambe. Un vrai passage à tabac. Il a aussi été sodomisé et à mon avis – à moins que Morris nous apprenne le contraire – il était sans doute encore conscient quand on lui a passé la corde autour du cou avant de l'accrocher au chandelier de l'entrée et d'actionner le mécanisme. Tu vois ce que je veux dire ? Ils l'ont abaissé pour l'y accrocher puis l'ont remonté au plafond. Je te parie qu'ils ont fait ça lentement, pour qu'il ressente chaque centimètre de traction, qu'il s'étrangle et se débatte. Ils lui avaient laissé les mains libres, car il s'est griffé la gorge. Sa mort a été violente. Ils pensaient qu'il le méritait.

« Sale journée, en effet », songea Connors.

Et même s'il s'abstint de le mentionner, cela renforçait sa conviction. En rentrant chez elle, Eve méritait de retrouver un lieu de travail digne d'elle.

— « Ils » au pluriel ?

— Les suspects étaient au moins deux. Dont au moins une femme.

Elle avait besoin d'en discuter, comprit Connors. Il s'inclina en arrière contre le bureau d'Eve.

— Comment le sais-tu ? s'enquit-il.

— Le côté sexuel. La sodomie… sans rien qui indique qu'il se soit intéressé à des hommes ou des garçons. Et puis M. Mira a entendu une voix de femme. Ce que j'ai appris en le soumettant à la question dans sa propre cuisine... Pendant qu'il préparait un chocolat chaud.

Les larmes montèrent aux yeux d'Eve, menaçant de rouler sur ses joues.

— Mince... Mince, souffla-t-elle.

— Allons, qu'est-ce qui se passe ?

Il reposa rapidement son verre pour la rejoindre. Et lui retira le verre des mains afin qu'elle se blottisse contre lui.

— J'ai été obligée de le pousser dans ses retranchements, de faire les choses dans les règles. Il s'en est bien sorti, très bien même, et il a compris. Ils ont tous compris qu'il fallait que je le fasse mais... Si tu avais vu son chagrin. En plein deuil de ce sale type sans cœur, c'est lui qui a essayé de m'apaiser parce qu'il comprenait...

— Que c'était difficile pour toi, mais que tu agissais ainsi pour le protéger.

— J'ai eu envie de mettre mon poing dans la figure du journaliste qui m'a demandé s'il faisait partie des suspects. Si le professeur Dennis Mira était un suspect... Quelle connerie ! Mais je n'ai pas pu faire ça. Je dois veiller sur lui, Connors. Mais ma victime est ce sale type sans cœur et c'est pour lui que je mène l'enquête, quelle que soit mon opinion à son sujet.

— Tu as vraiment passé une sale journée.

— Si tu savais..., dit-elle.

Elle avait remporté son combat contre les larmes et se détendit un peu.

— Voilà ce que je te propose, dit Connors. On va se faire un petit dîner de bonne heure et tu vas tout me raconter. Puis on travaillera dessus. Dennis compte aussi pour moi. Beaucoup.

— Je sais. Mais je ne suis pas sûre de pouvoir avaler quoi que ce soit.

— Ce qui veut dire qu'on va opter pour une pizza. Mais seulement si tu acceptes d'y ajouter une salade en accompagnement.

— D'accord, faisons ça.

Pendant le repas, elle prêta un peu plus d'attention à la table : une réplique de celle à laquelle elle s'attablait pour dîner lorsqu'elle vivait dans son appartement. De temps en temps seulement. Elle avait surtout eu l'habitude de manger directement à son poste de travail... lorsqu'elle pensait à manger.

Ce ne serait sans doute pas la mort d'envisager de s'équiper d'une meilleure table, songea-t-elle en piochant dans sa salade. Mais...

— Raconte-moi tout, lui dit Connors.

Ce qu'elle fit, depuis le premier rendez-vous à l'institut Mira jusqu'à la pause pour la cérémonie de Trueheart, la découverte du corps, la nécessité d'informer la famille, puis la visite au domicile des Mira. Elle passa ensuite en revue ses différents entretiens et son avis sur les femmes qui avaient eu une liaison avec le sénateur.

— Vous avez accompli beaucoup en une seule journée.

— Ça ne s'est pas arrêté là. Et on découvrira d'autres amantes, c'est une évidence. Séduire les femmes était comme un hobby pour lui. Quant à elles... Coupables ou pleines de morgue, froidement calculatrices ou mues par leur instinct de conservation. Elles avaient toutes quelque chose à dire pour justifier l'adultère et aucune ne m'a convaincue.

— Tu penses qu'elles mentent ?

— Non, ou pas exactement. Tu vois les deux en haut de la liste ? demanda-t-elle en désignant le panneau. Il y a quelque chose qu'elles n'ont pas dit, quelque chose qui cloche. Mais ce que je voulais dire, c'est que je ne suis pas convaincue par le concept. On s'implique ou on dégage, mais on ne fait pas de galipettes avec un homme marié, parce que lui aussi, de son côté, doit s'impliquer ou dégager.

— Tu as une vision manichéenne de la chose.

— Absolument.

— Par chance pour ma propre peau, je suis d'accord avec toi. Mais beaucoup de gens voient ça en nuances de gris, en fonction des circonstances.

— Dans ce cas pourquoi se marier ? On s'implique ou on dégage, répéta-t-elle. MacKensie ? Je vais m'y intéresser de plus près. Elle ressemble au genre de fille qui reste chez elle et observe la vie plutôt que d'y participer. Et c'est une fille plutôt... c'est quoi le terme... quiconque ?

— Quelconque.

— Quel con, surtout, quand on parle d'Edward Mira. Je ne dirais pas qu'il avait un genre précis de femme mais toutes les autres sur la liste sont canon et très assurées. Est-ce qu'elle fait vraiment exception, ou bien s'agit-il d'un numéro ? Je vais creuser la question. Même chose avec Downing. Pas le côté quelconque, mais un truc clochait. Qu'elle laisse un homme riche et influent profiter d'elle pour faire avancer sa carrière, d'accord. Mais il y avait un mensonge dans son récit. MacKensie la jouait trop quelconque, trop stressée. Et Downing ? Elle était trop bien préparée.

— Plus que celle qui vous attendait avec un avocat dans son bureau ?

— Oui, celle avec l'avocat est simplement une garce. Downing, par contre, a quelque chose de rusé dans le regard.

Elle saisit une part de pizza. Il était rare qu'une pizza ne lui fasse pas de l'œil mais dans le cas présent, elle ne mangeait que pour éviter que Connors l'y pousse.

— Celle qui te déplaît le plus est celle qui te paraît la moins suspecte.

— Pour le moment, oui. Mais j'ai commencé à me poser d'autres questions. Et si leur relation intime avec la victime n'était pas le seul lien entre elles ? Elles savaient toutes que c'était un queutard mais elles ont couché avec lui malgré tout. Et si elles se connaissaient ? Je ne veux pas simplement dire qu'elles savaient qu'il y avait d'autres femmes, mais qu'elles se seraient connues par ailleurs.

— Le club des maîtresses du sénateur Mira ?

— Je pense que lorsqu'on multiplie les conquêtes, les chances de voir leurs chemins se croiser augmentent. Je me demande quels chemins ont pu se croiser et ce qu'il a pu en ressortir.

Elle haussa les épaules.

— Je n'ai pas eu beaucoup de temps pour creuser cette piste avant que débarquent le fils et la fille de la victime. C'est là qu'a commencé la deuxième partie de ma journée pourrie.

De sa salade, elle n'avait mangé qu'une portion digne d'un bébé lapin, constata Connors. Et elle avait à peine touché à la pizza qui d'habitude réveillait son appétit.

Donc, quoi qu'il ait pu se passer à cette occasion, elle le portait toujours avec elle.

— Pourquoi ça ? demanda-t-il.

— Ils sont très liés. Il a les yeux de M. Mira. Même si ça n'a aucun rapport...

— Pas pour toi.

— Pour l'enquête. Ils sont très liés, répéta-t-elle. Et quand on les écoute, qu'on les observe, il est clair que ça a toujours été le cas et qu'en gros ils ne pouvaient compter que l'un sur l'autre. Leurs parents les ont conçus avant tout - voire uniquement - pour coller à une certaine image. Celle d'une séduisante famille traditionnelle et équilibrée, car cette image serait utile pour la carrière de la victime. D'avocat à juge puis de juge à sénateur. Et sans doute espérait-il plus encore, mais il a préféré se retirer que de perdre une élection.

— Je vois, dit Connors.

— Il est également très clair qu'ils en avaient conscience, de même qu'ils ont compris très jeunes le rôle qui leur était dévolu. Ils comprenaient que le mariage de leurs parents n'était qu'une façade. On attendait d'eux qu'ils se comportent selon un scénario préécrit, qu'ils suivent la trajectoire familiale attendue : étudier à Yale, exercer le droit, faire un bon mariage. Rien que des pions, dès le départ, qui savaient que leurs parents étaient des menteurs et des hypocrites infidèles.

Elle reposa la moitié de sa part de pizza.

— Ce n'est pas pareil. Je sais bien que ce n'est pas la même chose.

— Mais pas si différent non plus, dit-il.

Et parce qu'il comprenait, il posa une main sur celle d'Eve.

— La maltraitance physique est quelque chose de tangible. Une enfant battue et violée comme tu l'as été, c'est visible pour quiconque daigne regarder. La maltraitance psychologique laisse des traces et des cicatrices, mais intérieures. Tout comme eux, tu as su dès un très jeune âge que tu avais été enfantée dans un but précis. Peu importe que le leur ait été de suivre une voie pavée d'or et que le tien ait été sombre et brutal. Vous étiez tous les trois mis en cage et déconsidérés par ceux qui auraient dû au contraire vous chérir et vous protéger.

— Pareil pour toi.

— Pareil pour moi, en effet. Ils pouvaient s'appuyer l'un sur l'autre, ça leur a permis de tenir. Toi et moi nous sommes trouvés et cela a changé notre trajectoire à tous les deux. Ce n'est pas une surprise, Eve chérie, que tu te sois identifiée à eux, que tu aies eu de la peine pour eux… et pour toi.

— Je ne peux pas laisser ce genre de réaction plomber mon travail. Ce qui pourrait arriver si je ne faisais rien. Donc j'ai ressenti le besoin de rentrer à la maison, de laisser la pression retomber et de reprendre l'enquête avec un œil neuf.

— Au lieu de quoi tu es tombée direct sur la rouquine bottée. Mauvais timing. Je peux te faire des excuses pour ce timing malvenu qui a ajouté à la mauvaise humeur générale de cette journée.

— Tu ne pouvais pas le savoir, donc... Ils ne sont pas impliqués.

Elle reporta son attention sur le tableau, sur les photos d'identité.

— Et je ne dis pas ça parce qu'il a les yeux de M. Mira ou parce que je peux m'identifier à eux. Ils ont façonné leurs propres vies, ils n'ont pas suivi le chemin tracé pour eux, ils ont défriché le leur. Et ils sont heureux. J'enquêterai. Je ferai les vérifications d'usage, mais ce n'est pas un crime familial. Tout s'articule autour du sexe.

— Tu n'as peut-être pas fait honneur au repas mais je vais t'aider à faire ces vérifications.

— On peut garder tout ça pour plus tard, dit-elle.

Reconnaissante, elle lui prit la main et lui serra brièvement les doigts.

— Une fois que j'aurai bien avancé, j'aurai peut-être envie d'une part de pizza.

— Parfait. Laisse-moi me charger des enfants du sénateur. Ton instinct te souffle qu'ils n'ont rien à voir avec le meurtre, donc autant que tu ne perdes pas de temps à enquêter sur eux.

— Ou à m'identifier à eux.

— Aussi.

— D'accord. Alors je peux commencer par le sommet de ma liste.

Elle tourna les yeux vers le tableau, et vers Carlee MacKensie.

11

Installée à son bureau, elle afficha sa boîte de réception et y trouva les vérifications de tous les alibis effectuées par Peabody. Après réflexion, elle se ravisa et délaissa MacKensie pour se pencher en premier lieu sur l'alibi de Downing.

Lydia Su.

Ou plus précisément, le Dr Lydia Su, découvrit Eve. Biophysicienne employée à l'institut des sciences et technologies de Lotem à New York. Trente-trois ans, célibataire. D'origine asiatique, coréenne et chinoise pour être précis. Une sœur, linguiste, de quatre ans sa cadette, vivant à Londres. Des parents mariés depuis trente-cinq ans. Une durée des plus respectables aux yeux d'Eve. Le père était neurochirurgien, la mère également scientifique. Dans la nanotechnologie.

Une famille de gens très ambitieux, très intelligents et très instruits. Instruite sur les bancs de Yale, dans le cas de Lydia Su, remarqua Eve.

« Tiens, tiens. Voilà qui est intéressant. »

D'un autre côté, beaucoup d'individus riches, ambitieux et intelligents allaient à Yale.

Quoi qu'il en soit…

Elle remonta la liste des suspectes pour vérifier où Charity Downing avait fait ses études artistiques. L'université de New York. Pas Yale.

Toutefois, la coïncidence avec Yale l'intriguait suffisamment pour qu'elle se penche sur le parcours universitaire de chacune des femmes.

Pas d'autres liens à Yale. Du moins pas avant d'avoir gratté quelques couches supplémentaires.

« Je ne crois pas aux coïncidences », se dit-elle.

Elle quitta son poste pour se diriger vers le bureau de Connors.

— Je pense que ton intuition était juste à propos des enfants de la victime, lui dit-il en l'entendant arriver.

Il leva les yeux et vit son expression.

— Tu as trouvé quelque chose, constata-t-il.

— Yale.

— Une institution aussi honorable que prestigieuse.

— La victime a étudié là-bas.

— Oui, je m'en souviens. Il y a presque un demi-siècle.

— Ça remonte à loin, mais j'ai trouvé deux liens avec Yale dans la liste des maîtresses. L'alibi de Downing y a fait son premier cycle universitaire. Elle est biophysicienne, quoi que ça puisse être. Une jeune Asiatique issue d'une famille de gens intelligents et qui réussissent.

— Je me dois de mentionner qu'un nombre considérable d'étudiants issus de familles intelligentes et qui réussissent sont passés par Yale durant les cinquante dernières années.

— Oui, et parmi eux se trouvait Carlee MacKensie. Elle avait une bourse partielle. Elle y est allée un semestre avant de laisser tomber.

— Ce qui arrive également assez souvent, mais...

Il se radossa sur son siège.

— C'est intéressant, non, qu'avec toutes les universités que compte le pays tu croises trois fois la même dans un groupe aussi restreint ?

— Un dingue des maths comme toi pourrait sans doute calculer les probabilités, mais restons-en à « intéressant » pour le moment. J'ai fouillé un peu plus en profondeur.

Elle appuya sa hanche contre le poste de travail de Connors.

— Visiblement, les gens prennent au sérieux toutes ces histoires de dossiers scolaires. J'ai pu avoir accès à ses notes. Elles flirtaient avec les sommets, dit-elle en levant une main au-dessus de sa tête, paume vers le bas. Elle a réussi à publier deux nouvelles dans des revues littéraires avant ses vingt ans. Et deux mois après son entrée à Yale, qu'est-il arrivé à ses notes ?

Eve baissa la main.

— Effondrement total, dit-elle. Oui, je sais, ça peut arriver. Elle s'est débrouillée, au fil des cinq années suivantes, pour obtenir un diplôme dans une université en ligne et gagner difficilement sa vie en tant que rédactrice indépendante. Mais fini la littérature.

Pensif, Connors saisit la bouteille d'eau sur son bureau et la pointa vers elle.

— En tant qu'avocat du diable, je me dois de dire que c'est quelque chose que l'on voit fréquemment : la réussite précoce, suivie d'une chute. Et son passage à Yale, si bref soit-il, a eu lieu à peu près quarante ans après celui de ta victime.

— Possible, mais je ne crois pas aux coïncidences. Et encore moins quand l'un des noms sur ma liste fait appel à une autre étudiante de Yale pour lui fournir son alibi. Et comment une artiste qui bosse à SoHo devient-elle copine avec une scientifique employée dans un centre de recherches des quartiers chics ? Qu'ont-elles en commun ?

Il lui proposa la bouteille puis, comme elle faisait non de la tête, but au goulot.

— On pourrait poser la même question à propos de Mavis et toi.

— C'était une arnaqueuse des rues. Je l'ai arrêtée. Flic, criminelle, voilà le point commun.

Tout en parlant, elle avait tendu deux doigts qu'elle colla l'un à l'autre en les levant vers lui.

— Tout comme toi et moi, mon pote.

— Je me vois dans l'obligation de te rappeler que tu ne m'as jamais arrêté. Ni toi ni aucun autre flic.

— Le fait d'être rusé comme un singe n'empêche pas le point commun.

Elle pivota pour lui faire directement face.

— La piste est mince, je te l'accorde, reprit-elle. Mais les éléments sont là. Ajoutons-y la manie de la victime d'enchaîner les maîtresses comme Feeney enchaîne les pralines, et les chances pour que leurs chemins se croisent augmentent. Peut-être qu'en montrant la photo de Su au personnel de ton hôtel on apprendra qu'elle comptait aussi parmi ses conquêtes. Si c'était le cas, la piste ne serait plus si mince.

— Je peux leur poser la question.

— Je ne vois pas le mobile, pas encore. Ces femmes ont choisi de coucher avec lui. Il ne les a pas menacées avec un pistolet paralysant. Elles ont toutes déclaré qu'elles étaient consentantes et je parie que toutes les autres que l'on pourrait découvrir diraient la même chose. Aucune d'entre elles n'a affiché ou mentionné de sentiments d'affection sincère à son égard, donc l'idée d'une passion contrariée ne tient pas. Et s'il s'avère que certaines d'entre elles ont travaillé en tandem, et je pense que ça deviendra bien plus clair une fois que j'aurai découvert le mobile, la jalousie ne tient pas non plus la route… « Justice est faite », murmura-t-elle. Justice pour quoi ? Quel crime, quel péché, quelle offense ? Le mobile est là. Et on en revient à la victime.

— Les femmes sur ta liste n'étaient pas nées à l'époque où Edward Mira étudiait à Yale.

— Oui, oui, j'ai bien compris. Mais un homme prestigieux sorti d'une école prestigieuse ? Est-ce qu'ils n'y retournent pas pour certains trucs ? Cérémonies, conférences exclusives, événements importants ? Je pourrai peut-être établir qu'il était là-bas en même temps que Su ou MacKensie. De quoi renforcer le faisceau d'indices. Merci, dit-elle en se levant.

— Je n'ai rien fait.

— Tu t'es fait le porte-parole de Satan.

— L'avocat du diable.

— C'est pareil.

Elle retourna à son travail et retrouva les périodes précises durant lesquelles Su et MacKensie étaient passées par Yale. Puis elle tenta de se frayer un chemin dans la jungle des événements organisés en l'honneur des anciens élèves, à la recherche d'une apparition d'Edward Mira à l'université.

Au bout d'une heure pleine de frustration, elle décida qu'elle ferait mieux de contacter la personne chargée sur place des archives concernées.

Elle s'offrit un nouveau café et une part de pizza qui, cette fois, passa comme une lettre à la poste. Puis elle se rassit pour chercher un lien, de quelque type que ce soit, entre les femmes de la liste.

Salons de beauté, banques, salles de sport, discothèques, comités, cabinets médicaux, églises, loisirs…

Elle fit chou blanc mais découvrit que Carlee MacKensie avait suivi une thérapie auprès du Dr Natalie Paulson entre 2058 et le début de l'année 2060. Su avait fait de même en 2055, auprès du Dr Kim Ping, et cessé quatre ans plus tard. Et Downing avait consulté une certaine Felicia Fairburn pendant six semaines en 2059. Fairburn se décrivait sur ses factures comme thérapeute du corps, de l'esprit et de l'âme.

Le porte-parole de Satan lui rétorquerait, à juste titre, que de nombreuses personnes consultaient un psy.

Elle creuserait malgré tout la question.

Yale. Psychologues. Edward Mira. Trois lignes qui se rejoignaient pour un certain pourcentage des noms.

Au-delà des points communs tangibles, elles partageaient un profil similaire.

Aucun passé criminel chez aucune d'entre elles. Aucun signe d'addiction qui aurait conduit à une incarcération ou à de lourdes pertes financières. En tout cas aucune addiction actuelle. Les gens se rendaient aussi chez le psy pour des problèmes d'alcool, de drogues, d'addiction au jeu, de sexe (trop ou pas assez). En fait, certains allaient même chez le psy pour savoir quoi manger au petit-déjeuner. Ceci dit…

Et si c'était pourtant ça, le lien ?

Elle se mit à fouiller, à éplucher les couches d'informations, à remonter des pistes qui menaient à de nouvelles hypothèses… ou à des impasses.

Puis elle se laissa aller contre le dossier de son siège et pianota du bout des doigts sur sa cuisse.

Intéressant de noter que Carlee MacKensie était retournée chez ses parents après avoir quitté Yale, et qu'elle en était repartie moins de six mois après pour partager un appartement miteux avec une certaine Marlee Davis. Laquelle était l'heureuse titulaire d'un long et pittoresque casier où se mêlait possession de stupéfiants, racolage sans permis, vol à l'étalage et violences volontaires.

Alors, qu'est-ce qui pouvait pousser une jeune femme brillante de New Rochelle à s'acoquiner avec une petite délinquante d'Alphabet City (qui tirait actuellement cinq ans pour coups et blessures) ?

Eve remonta la piste et découvrit un motif récurrent dans le tissu de l'existence de Carlee. Elle rédigea une théorie et plusieurs questions qu'elle envoya à Mira, avec une copie pour Peabody.

Puis elle s'attaqua à Lydia Su.

Quand vint le moment de passer à Charity Downing, elle s'était offert une deuxième part de pizza et avait cédé à son envie de Pepsi.

Elle releva la tête à l'arrivé de Connors.

— Je vois que tu as trouvé de quoi te redonner l'appétit et faire naître un vrai sourire de flic sur ton visage.

— Carlee MacKensie. Intelligente, douée... Si tu fouilles un peu, tu trouveras de petits articles enthousiastes à son sujet dès l'adolescence. Elle a remporté différents concours d'écriture, dont certains avec de l'argent à la clé. Elle était rédactrice du blog de son lycée, a effectué une mission de service civique en tant que professeur particulier pour d'autres élèves et a été bénévole auprès des Jeunes contre l'illettrisme. Une trajectoire quasi parfaite pour être acceptée à Yale, avec une bourse de soutien. Une famille solide de la classe moyenne, avec une jolie petite maison en banlieue. Et regarde un peu ça... Ordinateur, affiche l'image 1-C à l'écran.

— *Affichage.*

L'image apparut, celle d'une jolie blonde dans une robe rouge vif, hanche contre hanche avec un élégant jeune homme en costume noir et cravate du même rouge audacieux.

— Mignons comme tout.

— Oui, elle a de l'allure. Il s'agit de sa photo du bal de fin d'année en terminale. Le type, d'après les archives du vieux compte We Connect de sa mère...

— Attends ! s'exclama Connors, index dressé. Tu es réellement parvenue à accéder aux données archivées d'un réseau social qui n'existe plus ?

— Je sais faire des trucs. Quand il le faut vraiment.

— Je vais peut-être devoir m'asseoir tellement je suis stupéfait.

— Va te faire voir.

— Ma chérie, je n'attends que ça.

— J'ai creusé et retrouvé des témoignages de la fierté d'une mère pour sa fille. Des images comme celle-ci, qui atteste qu'elle était jolie comme un cœur, avec un petit ami tout aussi fringant. Et pas bête, lui non plus : il est allé à Harvard. Pourtant, à peu près sept mois après la prise de cette photo, elle a quasiment été virée de Yale à cause de ses mauvais résultats et est repartie vivre chez ses parents.

— D'accord. Elle est jolie et elle n'a pas su tirer parti de son potentiel.

— C'est plus que ça. Quelques mois après être rentrée, elle déménage de nouveau, cette fois dans un taudis sur l'Avenue A avec une traînée. C'est vraiment le mot qui convient ; un casier judiciaire long comme le bras pour possession de stupéfiants, racolage – sans permis – et revente de Bounce à un agent en civil. Où se sont-elles rencontrées ? Là encore, où sont leurs points communs ?

— La jolie petite nana se droguait.

— J'en mettrais ma main à couper. Il n'y en a aucune trace officielle mais une fille de dix-huit ans ne passe pas du statut de petite fille chérie à New Rochelle à celui de colocataire d'une délinquante d'Alphabet City, sauf si ladite délinquante lui fournit un accès à la drogue. Elle est finalement retournée chez elle au bout de quelques mois.

— C'est sans doute pour ça qu'elle est toujours en vie et qu'elle n'a pas fini en prison.

— Notre traînée purge sa troisième année sur les cinq qu'elle a prises pour violences volontaires. MacKensie a vécu chez ses parents pendant deux ans, période pendant laquelle elle aussi a eu droit à son séjour en institution. Deux cures de trois mois chacune à La Paix Intérieure. J'ai dû creuser, car l'endroit est présenté comme un centre de transformation d'hygiène de vie et pas de désintox. Devine qui est aussi passé par La Paix Intérieure ?

— À l'éclat de ton regard, je parierais sur Su ou Downing.

— Su. Pas au même moment, ce qui est contrariant. Mais elles sont toutes les deux allées à Yale, et ont toutes les deux fait ce truc de « transformation d'hygiène de vie ». Avant cela, j'ai aussi constaté qu'elle avait participé à un programme médical : une étude sur l'insomnie. Et – quelle coïncidence ! – Charity Downing a participé au même programme, même si, là encore, ce n'était pas à la même période.

— Ça fait trop de liens entre elles, même pour l'avocat du diable.

Parce qu'il n'avait rien d'autre sous la main, Connors saisit le tube de Pepsi et but une gorgée.

— Il est tiède.

— Mais la caféine est toujours là. Voilà comme je vois les choses...

Elle se leva en désignant divers endroits du tableau tout en parlant :

— Ces trois femmes avaient déjà eu une relation avec la victime. D'ordre sexuel. Une relation suffisamment dérangeante ou intense pour faire vriller MacKensie. Le plus probable est que chacune d'elle a ensuite cherché de l'aide pour faire face aux... effets secondaires, dirons-nous, de cette rencontre. Et c'est par ce biais que ces trois-là se sont connues.

Eve entrelaça ses doigts.

— Deux des trois renouent ensuite avec la victime. J'imagine que tu n'as pas eu le temps d'interroger la sécurité de l'hôtel à propos de Su ?

— Mais si, figure-toi. Je peux te dire qu'elle n'est apparue sur aucune vidéo de surveillance à l'intérieur de l'hôtel durant les dix-huit derniers mois.

— Ça ne m'étonne pas. Je suis presque certaine qu'elle est gay.

Le voyant hausser un sourcil, Eve haussa les épaules.

— Pas parce qu'elle n'apparaît pas sur tes vidéos. Parce que j'ai aussi trouvé des photos d'elle, à l'occasion d'une prestigieuse remise de prix scientifiques. Accompagnée d'une femme. Puis à un dîner à la Maison-Blanche, également en compagnie d'une femme. Sans compter son interview dans une revue scientifique majeure où elle explique qu'elle est gay. Autant de petits indices qui me poussent dans cette direction…

Elle fit de nouveau le tour du tableau.

— Ces trois femmes se connaissent, elles connaissaient Edward Mira et mon instinct me souffle qu'elles ont monté ensemble un complot pour le tuer. En me basant sur la nature des tortures subies, je dirais qu'elles se vengent de quelque chose de sérieux. Une vengeance en lien avec une agression sexuelle ou un viol, car trois femmes ne s'associeraient pas pour torturer et tuer juste parce qu'elles ont eu une aventure avec un homme marié.

Connors se rapprocha pour examiner les photos d'Edward Mira. Edward Mira, homme d'État à la beauté sobre… et victime de meurtre.

— Tu penses qu'un ancien sénateur des États-Unis a aussi pu être un violeur en série ?

— Oui, souffla Eve. Oui, malheureusement. C'est l'hypothèse la plus sérieuse pour moi. Quant à la prouver, ce sera une autre paire de gants.

— Paire de manches, mais j'ai compris. Eve, en essayant de prouver ce genre de choses tu vas t'aventurer en eaux très dangereuses.

— Je suis bonne nageuse.

— C'est certain, répondit Connors avec un hochement de tête. Mais cela réveillera aussi des souffrances personnelles.

— Je ne peux pas laisser mes histoires personnelles interférer avec une enquête. Tu le sais.

— Je sais.

Il reposa le tube de soda et s'approcha d'elle.

— Je t'aime, ajouta-t-il.

— Idem, répondit-elle en pivotant vers lui.

Il lui prit le visage entre les mains, plongea son regard dans le sien.

— Je t'aime.

Sentant son cœur bégayer, elle lui prit à son tour le visage.

— Je t'aime, et ce que tu essaies de me dire, c'est que nous dépasserons cette épreuve.

— Exactement.

— Même si pour ça tu dois me faire avaler de force une bouteille entière de relaxant.

— T'as tout compris.

Il appuya fermement ses lèvres sur le front d'Eve.

— Tu feras ce que tu estimes devoir faire, et moi aussi.

— Je peux me tromper. On découvrira peut-être que j'ai fait complètement fausse route, mais c'est ma vision des choses à cet instant.

— Et après t'avoir écoutée détailler chaque étape, je partage ta vision. Il doit y en avoir d'autres. Si tu as raison et qu'il a contraint ces femmes, elles ne sont sans doute pas les seules.

— Oui, c'est clair. Des étudiantes de Yale, ou des femmes qu'il a croisées d'une façon ou d'une autre par ce biais quand elles avaient cet âge. Il y a une période de trois ans entre le moment où MacKensie est allée à Yale et celui où Downing fréquentait l'université de New York. Cinq entre MacKensie et Su à Yale. Donc on en trouvera d'autres. Mais elles n'apparaissent pas sur ma liste, en tout cas pas encore. Sa fille…

— J'en doute.

Connors estimait en tout cas pouvoir la rassurer sur ce point.

— Je ne crois pas que tu doives explorer cette voie, dit-il. J'ai enquêté sur elle, et sur son frère. Il n'y a aucun signe de ce genre de choses.

— J'ai atteint le grade de lieutenant du NYPSD sans que personne perçoive aucun signe.

Il passa doucement une main dans ses mèches coupées court.

— Tu penses vraiment que Mira n'a rien vu ? Qu'elle n'a capté aucun signe ?

Eve ressentait le besoin de bouger ; elle fourra les mains au fond de ses poches tout en faisant les cent pas à travers le bureau.

— Non, tu as raison. Elle a sans doute capté beaucoup de choses avant même que j'en arrive au point de pouvoir lui en parler. Ceci dit...

— Tu ne pouvais pas compter sur elle lorsque ça t'est arrivé. Tu n'avais personne. Gwendolyn Sykes, si. Elle avait son frère, ainsi que les Mira. Tout ce que j'ai pu trouver tend à prouver qu'ils ont connu une enfance rigide et dénuée d'affection, mais qu'ils se sont entraidés et ont été accueillis par Charlotte et Dennis dès que c'était possible. Et ils se sont forgé des existences heureuses et fortes. Mira aurait vu les signes, Eve.

— Tu as raison. Oui, tu as raison.

Elle serait néanmoins obligée de poser la question directement, tôt ou tard.

— Une bonne chose, reprit-elle, car ce sera déjà assez dur à entendre comme ça pour les Mira.

— Nous serons là pour les soutenir. Quoi qu'ils puissent nous demander. Maintenant, il est tard et demain tu vas devoir retourner interroger ton monde avec ces nouvelles données en tête. Comme cela risque d'être éprouvant, ce ne serait pas une mauvaise idée d'aller dormir tant qu'on le peut.

— Tu ne dors quasiment pas de toute façon, rétorqua Eve en reprenant ses allées et venues. Je ne veux pas que tu t'inquiètes pour moi avant qu'il y ait vraiment raison de s'inquiéter. Je peux faire face au passé, Connors, tout comme je peux faire face…

Elle s'arrêta devant le bureau et fit courir ses doigts à sa surface.

— … au passé.

Elle avait effectivement affronté ce passé, se rappela-t-elle. Et n'avait pas besoin d'être confrontée à des répliques de son ancien vécu, pas alors qu'elle chérissait la vie qu'elle menait au présent.

Elle tourna vers lui un regard interrogateur.

— Tu veux vraiment te débarrasser de ce bureau ?

— Ce sera à toi d'en décider.

Elle secoua la tête.

— Non, je te pose la question. Est-ce que tu veux t'en débarrasser ?

— Si on parle d'esthétique et d'efficacité, la réponse est « oh que oui ! ». Difficile d'imaginer plus piètre poste de travail.

— Eh ben, tu dois vraiment craquer sur moi pour l'avoir laissé aller à l'encontre de ton sens de l'esthétique et de l'efficacité pendant presque trois ans. Ses jours sont sans doute comptés, donc… on devrait lui faire des adieux dignes de ce nom.

Elle s'assit sur le bureau et lui décocha un lent sourire.

— Approche un peu, l'ami, et aide-moi à garder un souvenir impérissable de ce piètre poste de travail.

Il laissa échapper un petit rire.

— J'ai l'impression que je ne comprendrais jamais vraiment le cheminement de ton esprit. Mais il ne me déçoit jamais.

Il ne s'agissait pas vraiment de ce bureau ridicule, se dit-il, même si, la connaissant, le meuble entrait peut-être en jeu. C'était avant tout pour leur montrer à tous les deux qu'elle était capable d'encaisser toute la laideur que le monde lui jetait au visage. Elle affronterait les cauchemars, les craintes, les souvenirs violents pour mener à bien le travail qu'elle s'était juré de faire.

Alors il s'approcha d'elle. Et même si l'éclat dans les yeux d'Eve le mettait au défi et exigeait plus, il lui prit de nouveau le visage entre ses mains. Et, songeant aux cauchemars, aux craintes, aux souvenirs, il posa doucement ses lèvres sur les siennes.

Un baiser d'amour profond.

En retour, elle referma ses poings sur sa chevelure et l'attira vigoureusement à elle.

— Non, non, dit-elle. Je te parle de me prendre là, sur le bureau. Ce qui veut dire que ça pourrait faire un peu mal, ajouta-t-elle.

Et elle le mordit. Puis elle le repoussa en arrière, avec une brusquerie délibérée, pour pouvoir retirer son sweat-shirt.

— Donne-moi tout ce que tu as ! ordonna-t-elle.

— Tout ce que j'ai ?

— Oui. Et même plus.

— Et quand tu me diras que tu n'en peux plus, souviens-toi que c'est toi qui me l'as demandé.

— Oh, je ne me fais pas de souci. Voyons plutôt si tu...

Il glissa une main entre ses cuisses, ses doigts pressés contre un point précis, et le reste de la phrase d'Eve mourut dans un hoquet. Avant qu'elle puisse reprendre son souffle, il referma sa main libre sur sa nuque pour la maintenir en place tout en écrasant sa bouche contre la sienne.

Lui aussi se servit de ses dents, la laissant haletante et brûlante sur le fil du rasoir entre l'érotisme et la douleur. Elle enroula ses jambes autour de lui et le serra au plus près tout en oscillant et se frottant contre cette main qui la rendait folle.

— En moi… Je veux t'avoir en moi…

— Non, pas encore. J'ai d'autres atouts dans la manche, lui rappela-t-il en lui saisissant le mamelon entre le pouce et l'index.

Une série de pincements légers et une friction constante qui la propulsèrent au bord de la jouissance.

Sous l'effet de l'orgasme, ses cuisses se resserrèrent autour de lui tel un étau mais il n'arrêta pas. Il refusait de s'arrêter. Alors même qu'elle gémissait de jouissance, il reprit ses caresses de plus belle.

Elle eut l'impression que l'air même lui brûlait les poumons, titubant toujours sur l'étroite frontière entre douleur et plaisir. Elle s'agrippa à la veste de costume de Connors, les doigts tremblants d'un désir fou.

— Déshabille-toi, enlève ça.

Elle tira violemment sur le tissu, arrachant les boutons au passage. Enfin, ses mains trouvèrent la peau de Connors. Chaude, ferme… et sienne. Elle referma les bras autour de lui, se cramponna, planta ses ongles et ses dents dans sa chair.

— Maintenant… Je t'en prie… Maintenant.

— Encore plus, répliqua-t-il avant de la propulser vers de nouveaux sommets.

Quelque chose chuta au sol lorsqu'il la poussa un peu plus loin sur le bureau. Le mouvement des bras d'Eve fit tomber des disques de données.

Puis il lui dévora les seins tout en faisant glisser sa culotte de coton le long de ses cuisses. Eve se démena pour atteindre sa ceinture, défaire la boucle et tâtonner à l'intérieur. Pour s'emparer de lui à pleine main.

Il abandonna sa poitrine frémissante pour faire glisser sa langue le long de son corps, entre ses jambes, puis en elle.

Le monde n'était plus que fougue et splendeur, les désirs nouvellement réveillés dès l'instant où ils étaient comblés, l'envie revenant plus aiguisée chaque fois qu'elle était assouvie.

Elle lui agrippa les hanches, répéta son nom, rien que son nom, et plongea son regard dans ses yeux d'un bleu rendu sauvage par le désir et l'amour fou.

Et enfin, enfin, il plongea en elle. Avec une force et une intensité qui leur fit perdre tout contrôle. Elle lui répondit avec la même énergie, la même folie, la même envie, jusqu'à ce que le monde entier s'efface.

Eve se demanda si son cœur n'allait pas s'arracher à sa poitrine. Ses battements affolés résonnaient à ses oreilles et secouaient son corps comme autant de répliques sismiques d'une étreinte digne d'un tremblement de terre sexuel.

Ils se laissèrent retomber sur le bureau tels les survivants à peine conscients d'un cataclysme. Elle accorda une brève pensée au vieux meuble. Était-il si miteux que ça s'il était capable de supporter un tel poids ?

— Si ça se trouve, je suis allongée sur le dossier d'un meurtre. Ce serait moche. Un manque total de respect.

— Ce n'est pas le cas, lui assura-t-il, le visage niché entre ses seins. Ils sont tombés. Certains se sont éparpillés. On rangera... Bon sang, j'arrive pas à retrouver mon souffle...

— Si jamais tu croises le mien par la même occasion, je veux bien le récupérer.

Il parvint à lever la tête pour la couver d'un regard où se mêlaient l'animalité, la malice et un début de somnolence. En retour, elle réussit à lever le bras pour repousser les mèches qui retombaient sur le front de Connors.

— Alors... c'est tout ce que t'avais à offrir ?

La façon dont il s'y prit, dans leur état et dans la position où ils se trouvaient, pour passer la main sous elle et lui pincer les fesses – assez fort pour lui arracher un petit cri – resterait à jamais un mystère.

— C'était juste une question, dit-elle. J'ai peut-être vu Dieu. Et je crois qu'Elle souriait.

— Elle nous a conçus pour qu'on s'emboîte parfaitement, non ?

— Et c'est le cas.

— Absolument.

Il déposa un baiser entre ses seins, puis fit une légère grimace en se redressant lentement.

— On dirait que je me suis fait un peu mal.

Elle se mit à rire puis siffla à son tour en s'asseyant.

— Possible, admit-elle. On a fait tomber les dossiers, constata-t-elle. Et la cafetière. Mais elle était vide. Ou presque. Tu ne pourrais pas porter moins de vêtements ? J'ai déchiré ta chemise, ou en tout cas arraché les boutons. Elle coûte sans doute plus que ce fichu bureau.

— Si mon agenda avait indiqué une séance de sexe sur ton bureau, j'aurais certainement choisi une tenue plus légère.

— Si j'opte pour un centre de contrôle, ce genre d'occasion pourrait bien revenir régulièrement, répondit-elle. Habille-toi en conséquence.

Tout en riant, Connors ramassa sa chemise – taillée dans un beau tissu gris ardoise teinté de bleu – et l'examina.

— Bon, je crois qu'elle est fichue. Mais c'est un petit prix à payer.

Eve la lui prit des mains et l'enfila. Elle huma l'odeur masculine émanant du tissu.

— Il faut qu'on ramasse tout ça. Et je ne peux pas manipuler des dossiers de travail toute nue.

— Alors que moi si, apparemment.

Il l'aida à ranger puis rassembla les vêtements qu'ils avaient laissés choir au sol.

— Tu pourras réorganiser le tout demain matin, proposa-t-il.

— Si tu veux. Peut-être qu'on devrait mettre ce bureau dans une sorte de vitrine. Avec une plaque commémorative.

— « Dallas et Connors ont couché là » ?

— Non... Quoique, on pourrait concevoir une plaque subtile pour ça. Dans le genre : « Il nous a bien servi ».

— Tu es étrangement sentimentale vis-à-vis d'un simple bureau.

— Maintenant oui. Où est mon pantalon ?

— Pas besoin, on va directement dans la chambre.

— Mais Summerset pourrait très bien rôder quelque part entre ici et la chambre.

— Je peux t'assurer qu'il a rejoint la sienne pour la nuit.

— Il est peut-être dans son cercueil, ou peut-être pas, mais je refuse de marcher jusqu'à la chambre seulement vêtue d'une chemise déchirée.

— On va prendre l'ascenseur, répondit Connors en appuyant immédiatement sur le bouton de la cabine. Rappelle-moi ce que tu réclamais, déjà ? Tout ce que j'ai. Et plus encore ?

— Tu as réussi.

— Pas encore. Là, c'était tout ce que j'avais.

Il saisit les vêtements froissés qu'elle tenait à la main et les laissa retomber au sol.

— Passons au plus encore.

— Je ne vois pas comment tu...

Il la repoussa simplement contre la paroi de l'ascenseur et la prit de nouveau, avec férocité.

Une fois qu'il eut terminé, très satisfait de lui-même, Eve se laissa glisser le long du mur, complètement flasque. Il l'aida à se relever et relança l'ascenseur, puis la porta jusqu'au lit lorsque les portes s'ouvrirent.

— Tu sais ce qu'on dit, lui souffla-t-il en enroulant un bras autour d'elle. Attention aux souhaits que tu fais, ils pourraient se réaliser !

— Ça ne m'a pas déplu, répondit Eve.

Elle avait parlé d'une voix pâteuse ; le mélange de plaisir et d'épuisement l'emportait déjà vers un sommeil bienheureux. Mais elle se redressa brusquement dans le lit.

— Nom de... ! Nos habits ! On les a laissés dans l'ascenseur.

— On s'en occupera demain matin.

— Il va les voir ! Tous ces vêtements froissés et puant le sexe. Va les chercher !

— L'ascenseur est toujours là si vraiment ça t'inquiète.

Elle bondit hors du lit et plongea pratiquement dans la cabine pour récupérer leurs habits lorsque les portes s'ouvrirent. Puis, frissonnante de soulagement, elle les abandonna en tas sur une chaise avant de revenir jusqu'au lit, de se glisser sous les couvertures et de s'endormir en quelques secondes.

Apparemment, songea Connors, les vêtements froissés et puant le sexe devenaient acceptables une fois abandonnés sur une chaise dans la chambre.

« Son cerveau ne cessera jamais de m'émerveiller », se dit-il avant de s'abandonner à son tour au sommeil.

Le rêve tenait Eve au creux de ses serres acérées. Même en ayant conscience qu'il s'agissait d'un songe, elle n'arrivait pas à s'en libérer. Il l'agrippait avec force et l'attirait vers les profondeurs de son inconscient...

Elle se trouvait dans le bureau de la maison de Spring Street.

Edward Mira était installé dans le fauteuil, vêtu de l'un de ses costumes sénatoriaux, ses cheveux d'un noir de jais coiffés en arrière au-dessus d'un visage glacial.

— Je suis mort.

— Je sais.

— Et pourtant vous considérez mes meurtrières comme des victimes.

— Si j'en juge par ce que j'ai découvert, c'est le cas. Vous les avez violées, sénateur Mira ?

Il se pencha en avant et abattit son poing sur la table.

— Je suis *mort*. C'est envers moi que votre responsabilité est engagée. Et pourtant vous seriez prête à ruiner ma réputation, à détruire mon héritage ? C'est comme ça que vous défendez la cause des morts ?

— Je ferai mon travail. Je ferai de mon mieux pour identifier et appréhender la ou les personnes qui vous ont assassiné, quitte à nuire à votre réputation au passage.

— De votre mieux ? répéta-t-il d'un ton moqueur. Votre « mieux » consiste à me représenter comme un monstre pour pouvoir choyer et chouchouter les responsables.

— De mon mieux pour découvrir la vérité, quelle qu'elle soit.

— La vérité ?

Il frappa de nouveau le bureau, mais cette fois à l'aide du marteau de juge qu'il tenait à la main.

— Je connais la vérité, poursuivit-il. Je sais ce que vous êtes, ce que vous avez fait. Vous êtes exactement comme elles.

Second coup de marteau. Alors que le son résonnait autour d'eux, ils se retrouvèrent à Dallas, dans cette pièce éclairée par d'horribles néons rouges et clignotants.

— Non. Non...

Eve recula tandis qu'en elle la panique déroulait ses anneaux tel un serpent prêt à frapper.

— J'en ai fini avec ça, dit-elle. Je ne viens plus ici. C'est terminé pour moi.

— Ça n'est jamais terminé, rétorqua le sénateur.

Revêtu de ses robes noires, il s'assit sur la plate-forme surélevée de son siège de juge.

— Meurtrière ! accusa-t-il.

Au coup de marteau suivant, elle se vit elle-même, la petite fille terrifiée qu'elle avait été, implorant et luttant contre Richard Troy. Contre son père tandis qu'il la violait.

Elle entendit son propre cri suraigu, ressentit la douleur de l'os qui se brisa lorsqu'il lui tordit le bras.

Elle sentit de nouveau l'horreur et l'espoir l'étreindre alors que ses petits doigts se refermaient sur le manche du couteau.

— Coupable ! cria le sénateur quand la petite fille désespérée plongea la lame dans la chair. Coupable, coupable, coupable !

Les coups de poignards se succédaient, paraissaient ne jamais devoir s'arrêter, accompagnés de grognements issus de sa gorge et du sang – tout ce sang chaud – qui lui maculait les mains.

— Du sang sur les mains. Coupable. Meurtrière. Tout comme elles.

— Tuez cette salope…

Richard Troy la dévisageait de ses yeux vitreux, des bulles de sang aux coins des lèvres.

— Qu'elle ait ce qu'elle mérite ! ajouta-t-il.

L'impact suivant du marteau la ramena sur les lieux du crime. On lui avait passé un nœud coulant autour du cou. Elle tira sur la corde de ses mains ensanglantées, mais le nœud ne fit que se resserrer tandis que le mécanisme du chandelier la hissait en vrombissant vers le plafond.

— Maintenant, justice est faite, annonça le sénateur.

— Réveille-toi ! Bon sang, Eve, réveille-toi et *respire* !

Les paroles de Connors et l'insistance avec laquelle il la secouait finirent par la ramener à la réalité. Elle emplit ses poumons tout en tirant encore sur la corde imaginaire autour de sa gorge.

— C'est un rêve. Un rêve. Tu m'entends ? Reviens parmi nous.

— Ça va… Tout va bien.

— Non. Mais ça va aller mieux. Regarde-moi.

Incapable de maîtriser ses tremblements, elle se força néanmoins à croiser son regard. De la colère. Oui, elle y lut de la colère et un genre de désespoir qu'elle ne comprenait que trop bien.

— Ça va… Je suis désolée, dit-elle.

— Ne t'excuse pas, tu vas me mettre en rogne.

Il saisit l'édredon au bout du lit et en enveloppa les épaules d'Eve, puis lui frictionna le dos et les bras pendant que le chat, lui, se frottait la tête contre sa hanche.

— Tu es toute froide.

Il la serra dans ses bras en la berçant d'avant en arrière.

— Je te jure, tu t'es arrêtée de respirer pendant un moment. Arrêtée net. Tu vas prendre un relaxant.

— Je…

— Pas de discussion. Et il m'en faut un à moi aussi !

Elle le laissa sortir du lit sans rien dire et resta assise là, tremblante sous la couverture en cachemire, à caresser le chat. Ils avaient essayé de la réveiller, comprit-elle. Son mari et son chat. Mais elle s'était enfoncée trop loin dans les profondeurs.

Connors alluma d'abord la cheminée pour éclairer et réchauffer la chambre, puis il se dirigea jusqu'à l'autochef.

— Tu as vraiment besoin d'un cocktail relaxant, reprit-il sur un ton plus calme. Ça faisait longtemps que tu n'avais pas fait un cauchemar aussi… intense.

— Tournée générale de relaxants, dit Eve.

Elle dut faire un effort pour parler d'une voix normale.

— Peut-être que Galahad en veut un ?

— Il est son propre relaxant, répondit Connors.

Il revint avec deux verres, lui en tendit un puis offrit au chat une caresse en récompense de sa loyauté.

— Il va bien, affirma-t-il, même si je peux te dire qu'il avait l'air presque aussi secoué que moi. Bois-le de suite.

Elle en avala une partie, soupira.

— Parfum chocolat.

— Je connais mon flic préféré.

Cela fit monter les larmes aux yeux de Eve. Elle blottit son visage contre l'épaule de Connors.

— Je n'arrivais pas à en sortir, dit-elle. Je savais que c'était un rêve, mais je ne contrôlais rien.

— Tu es en sécurité maintenant.

Il lui embrassa tendrement le sommet du crâne.

— Bois tout, chérie. Bois tout et puis raconte-moi.

Elle obtempéra et, après qu'elle eut terminé son récit et posé son verre vide, il l'attira tout contre lui.

— Je sais que ce n'est pas vrai. Ce qu'il a dit, ce qui est remonté de mon subconscient. Mais...

— Il n'y a pas de « mais » ici. Tu n'étais qu'une enfant innocente qui a défendu sa vie face à un monstre. Nous parlons ici de femmes adultes qui ont prémédité un meurtre.

Oui, oui, c'était l'interprétation logique, rationnelle. Mais...

— Les mobiles n'en sont pas moins les mêmes. Si j'ai raison, cela entachera effectivement sa réputation.

— Si tu as raison, sa réputation est bâtie sur des mensonges. Or c'est la vérité que tu cherches, n'est-ce pas ?

— Oui. Mais si j'ai raison... tu te rallierais à leur cause à elles.

Il l'embrassa sur une joue, puis l'autre, avant de l'allonger sur le lit pour qu'elle puisse se blottir contre lui et se réchauffer.

— Nos avis diffèrent sur certaines questions mais, comme tu aimes me le rappeler, c'est toi qui portes l'insigne. Tu feras ton travail, lieutenant, tel que tu l'estimes juste. Et je t'aiderai autant que possible pour découvrir la vérité. Après quoi, cela ne dépendra plus ni de toi ni de moi, n'est-ce pas ?

— Non.

Le chat se roula au creux du dos d'Eve, comme pour lui apporter sa part de réconfort. Les larmes montaient de nouveau aux yeux d'Eve ; elle préféra les fermer. Et, sous l'effet du cocktail relaxant, elle s'abandonna au sommeil.

Connors la garda contre lui et demeura éveillé pour l'écouter respirer.

12

Le communicateur d'Eve bourdonna, un son rauque et insistant qui la réveilla au milieu de l'obscurité.

— Bordel de… grommela Connors.

Il ordonna l'allumage des lampes à dix pour cent de leur puissance pendant qu'Eve rampait hors du lit.

— Baxter, siffla-t-elle en examinant l'affichage. Blocage vidéo, ordonna-t-elle. Ici Dallas. J'espère que vous avez une bonne raison de m'appeler.

— Désolé, lieutenant. Trueheart et moi étions de garde et on s'est chopé une nouvelle affaire.

— Je me doutais bien que vous ne m'appeliez pas à 4 h 30 pour parler du dernier match d'Arena Ball.

— Exact. Mais vous avez vu le dernier but des Metros ?

— Baxter, ça vous dirait d'être systématiquement de garde sur les six prochains mois ?

— Pas vraiment. On a chopé une nouvelle affaire, répéta-t-il, mais je suis pratiquement sûr que le macchabée est pour vous.

— Pourquoi ? Qui est-ce ?

— Jonas Bartell Wymann.

— Et pour quelle raison serait-il pour moi alors que j'ignore de qui il s'agit ?

— La victime a soixante-huit ans et était à la tête du Comité des conseillers économiques il y a une dizaine d'années. Il a également été économiste en chef au ministère du Travail. Un spécialiste des grosses fortunes doté de sa propre grosse fortune. Il est allé à Yale, lieutenant. Dans la même promotion que le sénateur Mira.

— Merde. On connaît la cause de sa mort ?

— J'ai demandé que Morris l'examine mais il a été roué de coups, au visage et à l'entrejambe. Sodomisé et pendu, tout nu, de la même manière que votre première victime. Et il avait un message imprimé par ordinateur autour du cou.

— « Justice est faite » ?

— Exactement.

— Donnez-moi l'adresse.

— Vous étiez pratiquement voisins, lui dit Baxter en lui dictant une adresse à deux rues de là.

— Je suis en route. Prévenez Peabody, ça me fera gagner du temps. Vous avez sécurisé les lieux ?

— Absolument. On reste sur place pour vous attendre.

Elle raccrocha et Connors, déjà levé, lui tendit une tasse de café.

— Merci... Bon. Pas le choix. Je me prends une douche et je m'y rends.

— On va la prendre ensemble. J'irai avec toi. Aucun intérêt à retourner me coucher, ajouta-t-il pour couper court à une éventuelle discussion. Et je le connaissais.

Elle but une longue gorgée de café tout en se dirigeant vers la douche.

— À quel point ?

— Assez peu. Nous n'étions pas franchement amis mais je peux te dire que c'était un homme brillant... en matière de problèmes économiques.

Connors ne prit pas la peine de soupirer et se contenta d'une vague grimace lorsque Eve ordonna des jets d'eau de puissance maximale à trente-neuf degrés. C'était lui qui avait voulu prendre sa douche avec elle, après tout.

— Il connaissait le sénateur Mira, c'est une certitude, dit-elle. Ce qui nous fait deux victimes liées. Et si mon angle d'attaque est le bon, ça nous fait deux gros bonnets issus de Yale et sans doute coupables de viols. Ceci dit...

Elle écarta les mèches ruisselantes qui lui retombaient sur les yeux.

— Cette piste n'est peut-être qu'une impasse. On pourrait avoir affaire à deux psychopathes qui torturent et assassinent des grosses légumes.

Elle sortit rapidement de sous la douche, laissant ses pensées tourbillonner comme le maelström d'air chaud de la cabine de séchage. Puis elle les écarta volontairement de son esprit. Mieux valait arriver sur place sans préjugés, arrêter d'essayer de tordre les faits en fonction d'hypothèses préétablies. Voir, observer, rassembler données et indices.

Ils s'habillèrent et, alors qu'Eve s'asseyait pour enfiler ses bottes, Connors lui tendit un sandwich aux œufs sur une petite assiette.

— Mange, dit-il. Le corps n'ira nulle part et nous y serons en quelques minutes.

Pour gagner du temps, elle mordit dedans... et tourna vers lui un regard de reproche.

— Il n'y a pas que des œufs, là-dedans, dit-elle.

— Ah bon ?

Avec un sourire innocent, Connors goûta son propre sandwich.

— Ah oui, t'as raison, dit-il.

Elle mangea malgré tout, et but un peu plus de café.

— J'ai des choses à récupérer dans mon bureau.

Pour aller plus vite, ils empruntèrent l'ascenseur, puis l'escalier. Connors avait déjà fait sortir la voiture d'Eve du garage. Elle les attendait au cœur de la nuit noire, le chauffage allumé.

Eve laissa Connors conduire pour vérifier rapidement les antécédents de cette nouvelle victime.

— Deux mariages. Deux divorces. Actuellement célibataire. Trois enfants et cinq petits-enfants. Beaucoup de titres ronflants. Diplômé avec mention très honorable à Yale, il y a fait des recherches de troisième cycle, puis d'autres à Columbia et ensuite à Oxford. Il a donné des conférences à Yale et Columbia. Auteur de deux ou trois livres d'économie et de beaucoup d'articles. Il a également servi en tant que conseiller auprès de deux administrations présidentielles, ceci à l'époque où le sénateur Mira était au Congrès. Indéniablement, ils se connaissaient.

Elle n'avait pas terminé son enquête que déjà Connors se garait en face d'une belle maison de deux étages. Deux voitures de patrouille se trouvaient devant le portail, ainsi que le véhicule haut de gamme de Baxter.

Deux agents en uniforme se tenaient sur le trottoir, emmitouflés dans leurs épais manteaux d'hiver, leurs mains gantées refermées autour de mugs transportables. Eve leur présenta son insigne.

— Les inspecteurs sont à l'intérieur, lieutenant, dit l'un d'eux. Ils nous ont dit d'attendre votre feu vert pour interroger les voisins.

— Je vais d'abord jeter un coup d'œil à la scène. Qui est arrivé en premier ?

— Nous. Nous étions en patrouille et le Central nous a envoyés ici, à 3 h 42. Nous sommes arrivés sur place moins de deux minutes plus tard. L'appel provenait du petit-fils de la victime.

— Le petit-fils habite ici ?

— Non, lieutenant, mais il possède les codes et un passe électronique. Il a déclaré qu'il dormait sur place de temps en temps.

— D'accord. Attendez que je revienne.

Le flic posté derrière la porte devait guetter leur arrivée car il leur ouvrit avant qu'ils aient monté la courte volée de marches du palier.

— Lieutenant, dit-il avant de s'écarter.

Ils avaient laissé Wymann pendu. Les yeux exorbités, le visage gonflé et contusionné, il oscillait lentement au bout de la corde attachée à une série complexe de torsades métalliques multicolores qui fournissaient l'éclairage de l'entrée. Des coulures de sang séché maculaient sa gorge, son torse et ses jambes.

Comme Eve, Baxter se tenait debout, les yeux levés vers le corps.

— C'est lié à votre affaire.

— Oui.

— Mon jeune compagnon nouvellement promu et moi-même aimerions participer.

— D'accord. Où est le petit-fils ?

— Jonas Wymann Baker. Je l'ai laissé dans la cuisine avec un agent et le droïde domestique. Il a l'air très affecté.

— Vous lui avez parlé ?

— Non. Les agents arrivés en premier sur les lieux lui ont posé les questions de base. Dès le premier coup d'œil, j'ai compris le rapport avec votre affaire. Alors on a sécurisé les lieux, mis le témoin au frais et on vous a appelée.

— Peabody est en route, lieutenant, lui annonça Trueheart.

— D'accord. Passe tes mains et tes pieds au Seal-It, dit-elle à Connors. Et faisons-le descendre. Où est-ce qu'on active ce truc ?

Connors trouva l'interrupteur et, sur un hochement de tête d'Eve, abaissa les torsades lumineuses et leur macabre fardeau.

— Inspecteur Trueheart, confirmez l'identité de la victime.

Elle s'agenouilla à côté de lui et sortit ses instruments pour établir l'heure du décès pendant que Baxter et Connors échangeaient quelques mots.

— La jauge indique un décès à 3 h 11. L'appel à police secours est arrivé environ trente minutes plus tard. Il ne les a pas ratées de beaucoup. Hématomes au visage, la mâchoire paraît fracturée. Marques de ligature autour des poignets, nombreuses contusions sur les parties génitales, des signes de viol anal. Toutes les blessures sont similaires à celles subies par Edward Mira. Prélèvement sur les mains et sous les ongles, ordonna-t-elle. Et envoyons le panneau autour de son cou et la corde au labo en tant que pièces à conviction.

— Identité confirmée, lieutenant. Il s'agit de Jonas Bartell Wymann, domicilié à cette adresse.

Eve enfila ses microlunettes pour y regarder de plus près.

— On lui a aussi cassé le nez. Probablement une matraque plombée. Les caméras de sécurité ?

— Le disque dur et les sauvegardes ont disparu, répondit Baxter. Aucun signe d'effraction. D'après le peu que les agents ont pu tirer du témoin, il n'avait pas réussi à joindre son grand-père de toute la soirée.

— Allons lui parler.

Elle échangea un regard avec Baxter puis se releva.

— Vous et moi, Trueheart. Baxter, occupez-vous d'appeler la police scientifique et la morgue. Voyons ce que Morris pourra nous apprendre. Faites aussi venir la DDE, qu'ils examinent ordinateurs et terminaux.

— Euh… dit Trueheart en emboîtant le pas à Eve.

— Crachez le morceau, inspecteur.

— Baxter et moi avons vérifié la maison. Aucun signe de lutte. Les lits n'ont pas l'air d'avoir servi. Il y a deux droïdes domestiques, lieutenant, mais comme on a vu tout de suite que c'était lié à votre affaire, on ne les a pas sortis de veille.

— On s'occupera d'eux ensuite. Sacrée demeure, commenta-t-elle.

— Oui, lieutenant. Euh… ajouta-t-il en se raclant la gorge. Il y a également ce qui semble être une droïde sexuelle dans le placard de la chambre à coucher principale.

— Ah oui ? Et comment savez-vous que c'est une droïde sexuelle ?

Il rougit adorablement.

— Eh bien, euh… Baxter dit qu'il a déjà vu ce modèle auparavant, et qu'il a été conçu dans ce but.

— Je vois.

Elle traversa une cuisine tellement pleine de chrome luisant et de panneaux noirs vernis que ses paupières avaient envie de se fermer par réflexe. Un homme était assis derrière une table carrée montée sur un pied central argenté. Il se tenait la tête entre les mains, un verre posé devant lui.

Il releva les yeux quand Eve entra, laissant apparaître un beau visage de poète romantique, rendu pâle par le choc et le chagrin. Et très jeune, remarqua-t-elle. Il semblait à peine avoir l'âge légal pour boire.

— C'est vous qui dirigez l'enquête ? demanda-t-il d'une voix claire et profonde comme le son d'une cloche.

— Lieutenant Dallas. Oui, je dirige l'enquête. Voici l'inspecteur Trueheart. Toutes mes condoléances, monsieur Baker.

— Je ne comprends pas. Je ne comprends rien. Papy… Quelqu'un l'a tué. Je ne comprends pas.

Après un regard à la jeune flic en uniforme qui montait la garde près de lui pour lui faire signe qu'elle pouvait partir, Eve s'assit en face de Baker. Un autre coup d'œil, vers Trueheart cette fois, incita le nouvel inspecteur à prendre à son tour un siège.

— C'est une situation difficile, dit-elle. Pourquoi ne pas commencer par nous dire ce que vous faites ici. Ce n'est pas votre domicile.

— Non, je n'habite plus ici. Mon grand-père m'a accueilli pendant un temps, à l'époque où je démarrais. Et parfois je repasse chez lui. Il est généralement tout seul, donc il m'arrive de venir pour quelques jours.

— Quand êtes-vous arrivé ce soir ?

— Il était tard… Tôt, en fait. 3 h 30 à peu près.

— Vous arrivez si tôt habituellement ?

— Non. Non. Il n'est pas venu à la première ce soir, alors qu'il est toujours… J'ai pensé qu'il avait peut-être oublié, ou qu'il était occupé. J'étais même un peu contrarié parce que c'était ma première…

Il marqua un temps d'arrêt et pressa du bout des doigts sur ses yeux d'un brun fauve, rougis par les larmes.

— *Comme ça vous arrange*, dit Trueheart.

Baker baissa les mains.

— On en a beaucoup parlé, reprit Trueheart. Je viens de faire le lien. Jonas W. Baker, vous êtes le premier rôle. J'avais envie d'y emmener ma copine. La première représentation avait lieu hier soir ?

— Ouais, c'était ce soir. Une comédie musicale, précisa-t-il à l'intention d'Eve. J'ai le premier rôle masculin. C'est la première fois pour moi. Ma mère est en Australie, mon père… Disons que, même s'il n'était pas à l'étranger, il ne se déplacerait sans doute pas. Mais mes grands-parents n'ont jamais manqué mes pièces.

— Vos grands-parents ? répéta Eve.

— Oui. Ils ont divorcé il y a des années mais ils font front commun lorsqu'il s'agit de mes pièces. Malheureusement, ma grand-mère est coincée à Chicago. Son vol a été annulé ; ils sont sous la neige là-bas. Ce que je veux dire, c'est que dès que je décrochais un rôle, ils étaient présents pour le premier soir. Au premier rang face à la scène, à chaque fois. Et c'est mon grand-père qui m'a soutenu quand j'ai eu envie de faire du théâtre plutôt que du droit, des études de médecine ou de la politique. Les seules options acceptables pour mes parents. Il a cru en moi et il m'a aidé en me laissant habiter ici à mes débuts.

Il saisit le verre posé devant lui, le reposa puis le mit de côté.

— Il n'avait jamais manqué un spectacle, donc en ne le voyant pas j'ai d'abord cru qu'il avait du retard. J'ai été obligé d'écarter la question de mon esprit pour faire ce que j'avais à faire, pour jouer la pièce. Un succès, d'ailleurs, on a été très applaudis.

— Vous deviez être contrarié qu'il ne soit pas là. C'était un grand événement pour vous, ajouta Trueheart.

— Énorme, même.

— J'imagine que vous n'avez pas eu le temps d'essayer de le joindre. D'appeler son communicateur.

— Si, si. J'ai laissé deux messages vocaux. Le dernier, durant l'entracte, n'était pas très sympa. Mon Dieu... Une fois la pièce terminée, après six rappels et une ovation debout, vous savez ce que j'ai fait ? Je me suis mis à bouder.

— Vous auriez voulu partager ce moment avec lui, explicita Trueheart.

— J'ai une copine, moi aussi. Et elle était là. Mais... c'était lui que j'avais vraiment envie de voir. Je voulais qu'il constate que la foi qu'il avait placée en moi et toute l'aide qu'il m'avait apportée n'avaient pas été vaines.

— Vous vouliez qu'il soit fier de vous.

— Plus que tout. Alors en voyant qu'il n'était pas là, qu'il ne m'avait pas contacté ni même envoyé un message, je me suis dit « d'accord, très bien » et je suis allé à la fête après le spectacle. J'ai bu mille coupes de champagne, j'ai savouré la gloire et les compliments, plus encore quand les premières critiques sont tombées. Super star – moi, donc – dans une super production. Me voilà propulsé au rang de nouvelle idole de la scène. Ouais, j'étais sur mon petit nuage. On était tous à fond, personne n'avait envie de rentrer, vous voyez le genre. On est sortis avec l'idée de manger quelque part, mais je n'arrivais pas à lâcher, je n'arrivais pas à oublier son absence. Alors j'ai dit à tout le monde que je les retrouverais mais que j'avais un truc urgent à régler.

Il prit une profonde inspiration.

— Je sais qu'il était déjà presque 3 heures à ce moment-là. Mais ça commençait à me tracasser. Mon prof de diction était là, mon ex était là, ma petite amie, des acteurs avec qui j'avais bossé sur de petites pièces, des amis de Juilliard. Tout le monde était là. Tout le monde sauf la personne la plus importante. Et ça me tracassait parce que je n'arrivais pas à comprendre son absence. J'ai enfin pris conscience, après avoir ravalé ma fierté mal placée, qu'il avait dû arriver quelque chose. Qu'il avait pu tomber malade, avoir un accident ou je ne sais quoi. Alors je suis venu ici, en m'attendant à moitié à le trouver alité, voire allongé au sol après une mauvaise chute, même s'il est en très bonne santé et en super forme. Et puis j'ai ouvert la porte et... Mon Dieu. Mon Dieu...

Eve resta silencieuse quelques instants tandis qu'il serrait ses bras contre lui et se balançait d'avant en arrière, les joues striées de larmes.

— Monsieur Baker...

— Jonas. Vous pouvez m'appeler Jonas. J'avais hérité de son prénom.

— Jonas, la porte était-elle verrouillée ?

— Verrouillée ? Ah, oui. Oui. J'ai le passe et les codes. Je suis entré, je l'ai vu et je me suis dit « ce n'est pas réel. Ça ne peut pas être réel ». J'ai crié son nom, j'ai carrément crié son nom comme si ça pouvait effacer ce que j'avais sous les yeux.

Sa voix se brisa sur un halètement rauque.

— Ça ira, Jonas, dit Trueheart d'une voix presque maternelle. Respirez. Prenez votre temps.

— C'est juste... Je ne savais pas quoi faire. J'ai l'impression d'être resté là une éternité, les bras ballants. À me répéter que ça n'était pas possible. Sans bouger, sans rien faire. Et puis d'un coup, je ne sais pas, j'ai baissé les yeux et vu le communicateur dans ma main. Je ne me souviens pas de l'avoir sorti de ma poche. Aucun souvenir. J'ai appelé police secours et le gars à l'autre bout du fil m'a répété plusieurs fois de rester calme, de respirer à fond, que les secours arrivaient. Et puis la police a débarqué. Tout s'est passé au ralenti mais en même temps très vite. Comment c'est possible ? Je ne savais pas quoi faire pour lui. Lui qui savait toujours quoi faire pour moi.

— Vous avez fait ce qu'il fallait, lui assura Trueheart. Vous avez fait au mieux pour lui. Vous avez appelé les secours.

— Ils… Quelqu'un lui a ôté la vie. Et ôté aussi sa dignité. Pourquoi ?

— C'est mon travail de le découvrir, répondit Eve.

Si Trueheart la jouait cool, elle parlait d'une voix volontairement sèche.

— Quand lui avez-vous parlé pour la dernière fois ?

— Hier. En début d'après-midi. Je l'ai appelé pour lui rappeler que son billet l'attendait à l'accueil. J'ai bien entendu dans sa voix que quelque chose le perturbait. Son vieil ami Edward Mira était décédé. Assassiné. Papy n'avait pas beaucoup de détails mais…

Son visage déjà pâle devint soudain blanc comme un linge.

— Mon Dieu ! D'abord le sénateur Mira et maintenant papy. C'est le même ? Ils ont été tués par la même personne ?

— Vous connaissiez le sénateur Mira ?

— Oui, bien sûr. Leur amitié remonte à loin, ils étaient ensemble à l'université et ils sont restés amis. Madame…

— C'est lieutenant. Lieutenant Dallas.

— Lieutenant. C'est le même tueur ? Ils ont été tués par le même individu ?

— Nous explorons toutes les pistes et toutes les hypothèses.

Elle hésita un bref instant. Il n'était pas impliqué, estima-t-elle. Et s'il l'était, il était déjà au courant.

— Les similitudes sont suffisantes pour me laisser penser que le ou les responsables sont les mêmes.

— Mais c'est… C'est dingue.

— Quoi qu'il en soit… Lors de votre conversation, votre grand-père vous a-t-il fait part de ses réflexions ou de son avis sur le meurtre du sénateur ?

— Il n'avait pas l'air de connaître les détails de l'affaire. Quant à moi, j'étais resté volontairement à l'écart des médias, afin de me concentrer sur la pièce. Donc je n'avais même pas appris la nouvelle. Il m'a dit que quelqu'un avait semble-t-il kidnappé le sénateur Mira avant de le tuer. Ça m'a secoué. Comme je vous le disais, ils étaient amis depuis un bout de temps. Mais je n'ai pas fait le lien avec son absence à la première. Je n'y ai pas pensé, et je n'ai pas non plus envisagé qu'il puisse être en deuil. Si j'étais sorti de ma bulle pour réfléchir un instant, ça me serait venu. Et je l'aurais laissé en paix. Je n'aurais pas débarqué ici ce matin. Je ne sais pas ce qui est pire…

— Ce qui est fait est fait. Et votre décision de passer dès ce soir nous permettra de rassembler plus vite le maximum d'informations. Connaissez-vous qui que ce soit ayant une dent contre votre grand-père ? Ou contre lui et le sénateur ?

— Pas vraiment.

Jonas se redressa sur son siège et se passa les mains sur le visage, qui reprit quelques couleurs.

— Ils étaient tous les deux impliqués en politique, et les politiciens se font forcément des ennemis. Quoi qu'on fasse, on finit par s'attirer des ennemis, de toute façon. Tout le monde ne partageait pas les convictions économiques de papy, mais on ne tue pas quelqu'un pour ça. Je dirais que tout le monde ne partageait pas non plus les positions du sénateur Mira, et que ce n'était pas l'homme que je préférais au monde, mais tout de même…

— Vous ne l'aimiez pas.

— Je n'avais pas non plus d'antipathie particulière pour lui. Je le trouvais simplement un peu goujat et imbu de lui-même.

Il haussa les épaules.

— C'était le vieil ami de fac de mon grand-père donc, vous voyez, je faisais avec. Je vais devoir prévenir ma mère… Mon Dieu. Et mamy… Je dois l'annoncer à ma grand-mère.

Il se reprit la tête entre les mains.

— Et mon frère. Ma demi-sœur est en Australie avec maman, mais Gavin est étudiant en droit.

— À Yale.

Jonas parvint à esquisser un sourire.

— Oui. Tradition familiale. Je n'étais pas à la hauteur. Mais je suis entré à Juilliard et je ne l'ai jamais regretté. Je vais devoir leur annoncer. Et mon oncle, le frère de ma mère. Qu'est-ce que je vais leur dire ?

— Je peux m'en charger, si vous préférez.

— Je préférerais… Mais c'est à moi de le faire. En personne. Aucune raison qu'ils l'apprennent de la bouche d'une inconnue. Ils ne le verront pas dans cet état, si ? Je ne veux pas qu'ils le voient comme je l'ai vu.

— Non. Le médecin légiste veillera à ce qu'il soit traité avec soin et qu'on lui rende sa dignité. Votre famille et vous pourrez contacter le Dr Morris à la morgue pour voir votre grand-père et déterminer quand vous pourrez organiser les funérailles.

— D'accord. D'accord…

Il planta ses yeux rougis dans ceux d'Eve.

— Je voudrais pouvoir leur dire – et me dire – que vous allez trouver le responsable, découvrir pourquoi il a fait ça et l'envoyer en prison. J'ai raison ?

— Je peux vous dire que découvrir qui a fait ça et pourquoi est ma priorité. C'est mon travail. Et je prends mon travail très au sérieux.

— C'est une bonne réponse.

— J'ai encore quelques questions à vous poser, après quoi vous pourrez appeler vos proches.

Après en avoir terminé avec Jonas, Eve échangea quelques mots à mi-voix avec Trueheart.

— Bon travail, vous avez su l'apaiser, dit-elle. Ce qui demande doigté et perspicacité.

— Je savais qui il était. Je ne me souvenais pas que la première avait lieu hier soir mais cette pièce a beaucoup fait parler d'elle et j'ai vu son visage sur des panneaux publicitaires. Il est sans doute bon acteur, mais...

— Je le mets tout en bas de la liste. Si c'était un numéro d'acteur, il mérite un Oscar.

— Un Tony, plutôt, pour une pièce sur Broadway.

— Comme ça vous arrange, répondit-elle, ce qui fit sourire Trueheart.

Elle retrouva Peabody en compagnie de Baxter. L'équipe de la morgue était en train d'enlever le corps enveloppé dans une housse mortuaire et les techniciens de la police scientifique s'étaient répartis aux quatre coins de la pièce.

— Le petit-fils n'est pas impliqué, annonça-t-elle tout de suite. Mais on vérifie quand même. Trueheart, voyez les noms sur la liste qu'il nous a donnée, les personnes avec qui il se trouvait jusqu'à environ 3 heures ce matin. Voyez aussi avec qui il était quand le sénateur a été enlevé, et au moment du décès d'Edward Mira. Tâchons de rayer son nom de la liste.

— Je suis venue avec McNab, dit Peabody. Connors et lui prennent les appareils électroniques. Connors a déjà examiné la porte d'entrée. Aucun signe d'effraction.

D'après l'expert, ceux qui ont amené la victime se sont servis du bon passe et des bons codes. La totale.

— Les responsables disposaient de ceux de Wymann, qu'il ait été tué ici ou ailleurs.

— On a visité la maison, dit Baxter en balayant les lieux du regard. Rien qui indique que la victime ait pu être ligotée et tabassée sur place.

— Les traces ont pu être nettoyées.

Elle aussi scruta les alentours, les mains au fond des poches.

— Le plus probable est qu'il ait été emmené au même endroit que le sénateur. Quand Wymann a-t-il été kidnappé ? Et où ? C'est ce qu'il faut découvrir. Le pourquoi sera le même que pour le sénateur.

— C'est-à-dire ? demanda Baxter.

— Le sexe. Le mobile est lié au sexe. Nos tueurs sont des tueuses. Au moins l'une d'entre eux, en tout cas. Yale constitue un autre fil rouge. Les deux victimes ont étudié là-bas, à la même époque. Les deux y retournent à l'occasion de cérémonies, de conférences, ce genre de choses. Et les deux faisaient de la politique, ce qui constitue un lien supplémentaire.

— Sexe et politique vont souvent ensemble.

— Et je ne crois pas aux coïncidences.

— Je suis bien d'accord avec vous.

— Deux de mes suspectes et l'alibi de l'une d'elles ont également un lien à Yale ou entre elles.

Une lueur féroce s'alluma dans le regard de Baxter.

— C'est louche.

— Comme vous dites.

Eve se mit à faire les cent pas en réfléchissant à haute voix.

— Deux hommes riches et haut placés. Tous deux anciens élèves de Yale, tous deux visant une carrière politique. Dans des domaines différents, certes, mais en quête de pouvoir tous les deux. La première victime avait une nouvelle amante par mois, à peu de choses près.

— J'aimerais pouvoir dire la même chose à son âge, commenta Baxter.

Ce qui lui valut un regard glacial.

— À nous de voir si cette deuxième victime avait le même genre d'ambitions en la matière.

— Il a une droïde hyper sexy dans sa chambre à coucher.

— C'est ce que j'ai cru comprendre.

Elle leva la tête en entendant Connors arriver dans l'escalier.

— Et cette droïde hyper sexy nous indique qu'elle a été utilisée pour la dernière fois il y a trente-deux heures, annonça-t-il. McNab s'occupe de la high-tech mais la première passe de recherches sur ses ordinateurs et son communicateur n'a rien révélé d'utile. Il y a un communicateur de poche de secours dans le tiroir de son bureau. Mais il n'a pas servi, donc c'est vraiment un appareil de rechange.

— Et celui dont il se servait n'est pas ici. Donc s'il contient des infos utiles, ce sont les tueuses qui l'ont. Baxter, occupez-vous avec Trueheart des contacts professionnels de la victime. Faites-vous une idée et notez leurs alibis. Trouvez-moi ses maîtresses s'il en avait.

— C'est comme si c'était fait.

— Je vous enverrai les noms et les photos des femmes sur la liste de la première victime. Voyons si elles évoquent quelque chose au bureau de la deuxième victime. Peabody, dites à McNab que je veux le moindre octet d'information récupéré sur l'ensemble des appareils, ici et dans le bureau de la victime numéro un. Priorité à tout ce qui pourrait être commun aux deux. Il s'agit d'une vengeance. Qu'ont-ils fait – ensemble – pour s'attirer ce châtiment ? Dites-lui tout de suite. Il faut qu'on aille à la morgue.

— Passer à la morgue avant le petit-déjeuner ? dit Peabody en s'engageant dans l'escalier. Bonne ou mauvaise idée ? Je vous tiens au courant.

— Les contacts professionnels, répéta Eve à l'intention de Baxter. Confirmation de leurs alibis.

— Il est 5 heures du matin, lieutenant, lui rappela Baxter.

— Nous sommes debout. Pourquoi les suspects potentiels d'un meurtre ne le seraient-ils pas ? Au boulot.

— On va se faire plein d'amis aujourd'hui, Trueheart.

— Des ordres à me donner, lieutenant ? demanda Connors tandis que les deux policiers se dirigeaient vers la sortie.

— Tu devrais rentrer à la maison et t'offrir un nouveau morceau du système solaire.

— Une journée banale au bureau, quoi.

Il observa une technicienne de la police scientifique qui mettait le nœud coulant sous scellés.

— Pour nous deux, ajouta-t-il.

Il prit cependant Eve par le bras pour l'éloigner de quelques pas.

— Tu crois que ces deux-là participaient ensemble à je ne sais quel jeu sexuel pervers ? Des partenaires de viol ?

— À ce stade, je ne crois rien de précis. Mais c'est l'angle que je souhaite explorer. Le petit-fils dit qu'on lui a ôté sa dignité en même temps que la vie, et c'est tout à fait vrai. Il y a une raison derrière cette humiliation, autant que pour la torture avant la mise à mort. J'y vois une vengeance. Qui ces deux hommes ont-ils humilié ?

— Et quel péché ou quel crime ont-ils commis pour qu'un tel châtiment puisse être considéré par quiconque comme justice rendue ?

— Voilà. De bons amis, depuis très longtemps. Quels secrets partageaient-ils ? Oui, il y a quelque chose de terrible derrière cette affaire. Et je pense toujours qu'il y a une dimension sexuelle. Je peux te faire ramener à la maison.

— Je vais faire venir une voiture, merci. Prends bien soin de toi, lui murmura-t-il. Pas seulement de mon flic préféré mais aussi de la petite fille que tu portes toujours en toi.

— Ne t'inquiète pas pour moi.

Il lui prit le visage à deux mains et l'embrassa avec fermeté avant qu'elle puisse protester.

— Ne fais pas l'idiote… On reste en contact, ajouta-t-il avant de quitter la pièce.

Elle laissa échapper un soupir et se retourna juste à temps pour voir la technicienne de la police scientifique sourire derrière son masque.

— C'est quoi, cet air béat ? demanda Eve.

— J'imaginais ce que ça me ferait si un homme aussi beau posait les lèvres sur moi. Il y a de quoi sourire.

Elle glissa un échantillon de sang collecté au sol dans un sachet en plastique.

— Il faut savoir saisir les occasions dans ce métier.

« Elle n'a pas forcément tort », se dit Eve.

Elle ne trouverait pas beaucoup d'occasions de sourire à la morgue.

— Peabody, magnez-vous, bon sang ! Et gardez vos mains à l'écart des fesses plates de McNab ou vous irez à la morgue à pied.

Elle avait déjà ouvert la porte d'entrée quand Peabody redescendit précipitamment l'escalier.

— Comment saviez-vous ce que je faisais de mes mains ?

— Je suis lieutenant de police, répondit Eve.

Elle lança un coup d'œil en arrière et vit que la technicienne souriait de nouveau.

— Encore un sourire à saisir ? demanda-t-elle.

— Un vrai bonheur, non ?

13

Peabody se hâta pour essayer de la rattraper tout en enroulant l'écharpe du jour, d'un beau bleu hivernal parcouru de zigzags vert bonbon, autour de sa gorge.

— Si les deux victimes étaient amis et que le mobile est sexuel, peut-être qu'ils ont partagé certaines des femmes de la liste.

Eve se glissa derrière le volant.

— Je vois que votre cerveau s'est remis en route.

— Mon cerveau fonctionne même quand j'ai les mains sur les fesses plates de McNab. Et ce n'était qu'une petite tape affectueuse, assura Peabody.

Elle poussa un soupir satisfait en s'installant sur le siège passager.

— Ah, le siège chauffant est allumé. Là, ce sont mes fesses pas si plates qui sont ravies.

— Je décrète à présent une interdiction totale de discuter de vos fesses ou de celles de McNab.

Eve lança un coup d'œil dans le rétroviseur latéral avant de changer prestement de file.

— Connors va interroger l'équipe de l'hôtel pour savoir si Wymann s'est servi de la suite. Et, le cas échéant, avec qui. Si l'on peut établir un lien avec une ou plusieurs des maîtresses, la discussion changera du tout au tout.

— D'un autre côté, pourquoi avoir une droïde sexuelle – programmée, d'après McNab, pour un très large éventail de pratiques – dans le placard de la chambre si l'on s'amuse régulièrement avec de vraies partenaires ?

— La réponse tient en un mot : pénis.

— Ah ouais, comment ai-je pu oublier ?

Se gardant bien de mentionner ses fesses, Peabody les cala avec bonheur contre le siège chaud.

— Mais vous ne pensez pas que ça doit ralentir un peu une fois que le pénis a sept bonnes décennies à son actif ? Beurk, me voilà avec une vision de vieux pénis actif dans la tête. C'est pas beau à voir.

— Merci de m'épargner ça. Avant la fin de la journée, après que les techniciens de la police scientifique auront fini leur boulot, je vais retourner fouiller la maison de la victime. Et je vous parie que je vais y trouver des pilules pour l'érection et autres... extendeurs sexuels.

— Extendeurs ? Le terme fait peur. Je ne prendrai pas le pari car on a déjà trouvé des médicaments de ce genre chez la victime numéro un. Ou plus exactement chez son grand-père, ce qui est encore plus dégueu. Bref, ce serait logique. Mais j'ai une autre question.

Face à une circulation proprement infernale et aux dirigeables publicitaires qui insistaient pour vanter leur « Promos sur les tenues de croisière ! » – qu'était-ce donc qu'une tenue de croisière ? – Eve se résigna à subir la curiosité sans fin de Peabody.

— C'est la dernière ? demanda-t-elle.

— Sans doute pas, mais c'en est une autre. Pourquoi les mecs tournent toujours autour des jeunettes ? À la cinquantaine, des mecs se cherchent des amantes de vingt ans. À soixante ans, rebelote. Arrivés à soixante-dix ans, ils choperaient bien des vingtenaires, s'ils pouvaient, et se contentent de trentenaires, voire de quarantenaires, quand ça foire avec les plus jeunes.

— Même réponse : pénis.

— En quoi c'est la même réponse ?

En tournant au coin d'une rue, Eve observa un groupe de touristes agglutinés autour d'un glissa-gril, avec leurs sacs et leurs portefeuilles quasiment en train de hurler « vole-moi ! » au pickpocket au regard rusé qui s'approchait tranquillement d'eux.

Elle ne pouvait pas sauver tout le monde. Elle poursuivit sa route.

— Le pénis cherche à se convaincre qu'il a toujours vingt ans et qu'il déclenche donc un désir intense chez les partenaires sexuelles du même âge. Le pénis refuse d'accepter qu'il est raccroché à un vieil homme.

— Alors le pénis se berce d'illusions.

— Une bonne chose que vous l'ayez compris avant vos trente ans. J'ai l'impression que beaucoup de femmes trouvent la leçon plus difficile à avaler une fois passés trente ou quarante ans. Maintenant, vous me mettez le pénis dans la même boîte que les fesses de tout à l'heure et vous fermez le couvercle.

Peabody demeura quelques instants silencieuse.

— Vous savez ce qui se passera si on met un pénis et deux paires de fesses dans la même boîte, n'est-ce pas ?

Eve ne put se retenir de rire.

— Bon sang, Peabody, arrêtez un peu de penser au sexe !

— Pas facile alors qu'on sait que le mobile du crime est sexuel.

— Certes. Le sexe joue un rôle majeur ici. Sans quoi on n'aurait pas sodomisé les victimes ni laminé leurs organes génitaux. Donc le sexe joue bien un rôle. La deuxième victime a deux divorces à son actif, le dernier remontant à moins de six ans. On ira rencontrer ses ex, pour voir s'il y a des liens avec la première victime, mais il semble peu probable que l'une des anciennes femmes de Wymann, ou les deux, ait attendu si longtemps pour se venger. Commencez à creuser pour découvrir si Wymann était impliqué sentimentalement avec quelqu'un.

— Sites de ragots, me voilà ! lança Peabody en dégainant son mini-ordinateur.

Eve pianota sur le volant tandis qu'un nouveau dirigeable publicitaire annonçait : *Dès janvier, sculptez votre corps pour l'été chez Sveltina ! Consultation gratuite !*

Le corps pour l'été allait sans doute de pair avec les tenues de croisière.

— Hypothèse, lança-t-elle en faisant de son mieux pour ne pas prêter attention aux dirigeables. Le sénateur et Wymann se créent un petit club du sexe. Les femmes impliquées en font partie, informées ou pas de l'existence d'autres femmes. Si elles ne savaient pas, il y a de quoi se mettre en colère. Si elles savaient, quelque chose a dérapé et s'est très mal passé. Les femmes forment alors leur propre club. Un club de meurtrières.

— Si elles y sont allées en toute connaissance de cause, il a fallu que les choses dérapent très sérieusement.

— Le viol est quelque chose de terriblement sérieux. Selon moi, cette sodomie brutale de deux hommes est liée à un viol. Sans quoi, oui, on lui aurait peut-être donné deux ou trois coups de pied dans les testicules, mais le reste…

— On dirait que vous parlez d'un club du viol et plus d'un club du sexe. Les femmes sur notre liste n'ont pas été violées.

— Pas si l'on en croit leur témoignage. Mais pourquoi nous en parler, pourquoi nous offrir un mobile gros comme une maison ? C'est une piste à étudier car il y a plus d'une personne derrière ces meurtres. S'associer pour torturer et tuer indique l'existence d'un lien fort, d'un but commun et – dans le cas présent – d'une immense colère partagée.

— Nous savons que le sénateur a laissé entrer ses meurtriers. Il ne se sentait donc pas menacé. Un homme qui considère les femmes comme des objets, des jouets sexuels, ne les voit pas comme des menaces.

— Nous ne connaissons toujours pas l'identité de l'agent immobilier.

Il s'agissait aux yeux d'Eve d'une grosse lacune à combler d'urgence.

— En le retrouvant, nous retrouverons aussi nos tueurs ou tueuses. Ceci dit, il est aussi tout à fait possible qu'il n'y ait jamais eu d'agent immobilier, qu'il s'agisse d'un stratagème. Nous devons découvrir quand Wymann a été enlevé et où. Ce qui nous aidera à découvrir où le sénateur et lui ont été transportés.

— Vous semblez très sûre de vous.

— Garder le secret est très difficile. Ça vous bouffe de l'intérieur. Et il est tout aussi difficile de maintenir une relation qui mène au meurtre. L'un d'eux finira par commettre un faux pas.

En arrivant à la morgue, elle rêvait d'un bon café. Mais elle savait qu'elle ne pourrait jamais avaler l'espèce de boue fumante servie dans la salle de repos plus loin dans le long corridor blanc.

Elle se rappela qu'il était à peine 6 heures. Morris ne serait peut-être pas là. Elle pourrait néanmoins examiner de nouveau les deux dépouilles et demander à l'un des autres légistes de lui détailler les résultats des examens.

Elle s'arrêta devant la courte rangée de distributeurs et les fusilla du regard. Non seulement le café serait infect mais la machine ferait tout pour la contrarier. Comme toujours.

« Une vraie conspiration », songea-t-elle amèrement.

Elle fouilla dans ses poches puis tendit quelques pièces à Peabody.

— Prenez-moi un tube de Pepsi, et ce que vous voudrez pour vous.

— Je ne vais plus jamais pouvoir boire du chocolat pris au distributeur maintenant que j'ai goûté celui de M. Mira. Même celui de l'autochef de votre véhicule n'est pas aussi délicieux. Et le café ici est aussi mauvais qu'au Central. Un thé, éventuellement ?

— Aimeriez-vous voir le menu complet, ou peut-être organiser une dégustation ?

Le ton beaucoup trop aimable d'Eve poussa Peabody à relever les yeux vers elle.

— Ou bien allez-vous mettre les pièces dans cette fichue machine et faire un choix avant que je vous botte les fesses ? poursuivit Eve.

— Mes fesses sont toujours dans la boîte.

Fière de sa repartie, Peabody commanda le Pepsi puis se choisit un soda allégé à la cerise.

La machine cracha les boissons puis émit un commentaire sur leur valeur nutritionnelle nulle. Mais Eve avait déjà tourné les talons.

Elle ouvrit le tube des deux mains tout en poussant de l'épaule les portes menant à la salle d'autopsie.

Elle n'aurait pas dû être étonnée d'y découvrir Morris, d'ores et déjà revêtu d'une cape protectrice par-dessus un costume couleur d'ardoise mouillée. Il avait opté pour une chatoyante cravate lavande et rassemblé ses cheveux noirs en une natte épaisse.

De la musique jouait à faible volume. Un morceau jazzy, d'après ce qu'elle en entendait.

Morris releva la tête vers elles. S'il tenait son scalpel à la main, il n'avait pas encore entamé l'incision en Y sur la poitrine de Wymann.

— Vous avez fait vite, dit-il.

— Ou alors on est très en retard, répondit Eve, puisque nous ne sommes pas passées hier pour le sénateur Mira.

Morris reposa son scalpel et désigna une seconde table métallique.

— J'ai fait sortir notre précédent invité de son tiroir, car je m'attendais à ce que ce double meurtre vous incite à venir dès ce matin.

Il s'avança jusqu'à la table et éclaira le corps du sénateur.

— Sans avoir pu approfondir l'examen de notre visiteur le plus récent, en ne me basant donc que sur un examen visuel, les blessures sont similaires : impacts au visage et sur les parties génitales, marques de ligature aux poignets, sodomie par introduction d'un objet. Dans le cas du sénateur, l'objet en question faisait à peu près cinq centimètres de circonférence, avec une extrémité arrondie. Il avait également été chauffé de manière à causer de graves brûlures autour et à l'intérieur de l'anus.

Peabody blêmit et se détourna.

— Le fameux tisonnier chauffé au rouge qui fait cauchemarder bien des gens, ajouta Morris avec une petite tape de réconfort sur l'épaule de Peabody. L'objet a été utilisé à de multiples reprises et avec une force considérable. La douleur a dû être atroce. Toujours, je le répète, sur la seule base d'un examen visuel, j'estime que le même objet a été utilisé sur Wymann.

— On est au-delà de la colère, affirma Eve. Nous sommes peut-être sur la piste de sadiques sexuels, un duo dans la veine d'Ella-Loo Parsens et Darryl Roy James.

— Je n'aime pas l'idée qu'il y en ait d'autres comme eux, maugréa Peabody, le dos toujours tourné.

— Il y en a toujours d'autres. Mais…

Non, songea Eve. Non, ils n'étaient pas comme ces amants pervers qu'elles avaient récemment appréhendés. C'était différent.

— Ces deux victimes n'ont pas été choisies au hasard. Il s'agissait de cibles précises. Et la torture sexuelle, le sadisme, le message, tout cela va dans le sens d'une vengeance.

— Une vengeance totale et impitoyable, commenta Morris. Je suis d'accord avec votre intuition concernant les contusions. Une matraque souple et plombée. Rien qui trahisse l'usage des poings.

— On risquerait de se casser un ongle ou d'abîmer sa manucure. C'est une femme. Des femmes, corrigea Eve.

— Pas de lésions défensives.

« Parce qu'elles ne lui ont pas laissé la possibilité de se défendre », conclut Eve.

— Des traces de décharge paralysante ? s'enquit-elle.

— Une, à peine visible même avec des microlunettes. Sur l'aine.

— L'aine.

— Concordant avec le reste. Une décharge modérée, assez selon moi pour l'affaiblir… et lui faire très mal, étant donné la sensibilité de cette zone. L'équivalent de piqûres d'un essaim de guêpes en colère. Mais pas assez pour lui faire perdre connaissance. Ce qui correspond à votre hypothèse de tortionnaires féminines.

Eve tâcha d'imaginer la scène.

— À deux, elles ont facilement pu l'asseoir dans le fauteuil. L'une d'entre elles le frappe pendant que l'autre tient le pistolet paralysant. Quand M. Mira débarque, elles sont obligées d'improviser.

— Comment va Dennis ?

— Bien. Il fait face. Que pouvez-vous me dire d'autre ?

— À en juger par les marques aux poignets et les lésions récentes au niveau des coiffes des rotateurs de ses épaules, la victime a été ligotée, les bras au-dessus de la tête, et suspendue de tout son poids.

Les liens ont été retirés une heure – deux au maximum – avant son décès.

— Il était vivant quand elles l'ont pendu.

— Oui, et ses mains laissées libres pour qu'il essaie de défaire le nœud autour de son cou. On a retrouvé des lambeaux de sa propre peau sous ses ongles, ainsi que des fibres arrachées à la corde.

Morris tourna son attention, et celle d'Eve, vers le cou.

— À l'inverse du système de trappe d'une potence ou de la chaise que l'on écarte d'un coup de pied, il n'y a pas eu de chute rapide à même de briser le cou. La strangulation s'est faite graduellement. C'est le propre poids de la victime qui a resserré la corde et augmenté la pression, jusqu'à l'étrangler. La mort a été lente et douloureuse.

— Il ne s'agissait pas que d'une exécution. Celles-ci se font rapidement, efficacement. Elles voulaient qu'il sache, qu'il sente la mort venir, qu'il souffre. De la torture, jusqu'à la fin.

— Oui. Une fin atroce. En dehors de cela, je peux vous dire qu'il n'y avait pas d'autres blessures. Le sénateur avait profité d'opérations régulières du corps et du visage – ce qu'on pourrait qualifier de « visites d'entretien » – et il était en excellente santé. Son dernier repas, avalé à peu près quatorze heures avant sa mort, comprenait de la bisque de homard, une salade verte et du Pouilly-Fuissé. Comme on a retrouvé des traces de vomi dans sa bouche, je ne peux que deviner les quantités ingérées.

— Qu'a-t-il fait – ou qu'ont-ils fait – pour s'attirer une telle vengeance ? Je m'interrogeais sur de possibles actes de viol, mais une telle brutalité ? C'est encore au-delà de ça.

Peabody s'était reprise. Elle avala une gorgée de son soda.

— Des enfants, peut-être, suggéra-t-elle. Ils s'en sont peut-être pris à des enfants.

— La pédophilie… Oui, ça pourrait déclencher ce type de fureur. Mais il n'y a pas la moindre indication de quelque chose de ce genre, et la première victime au moins entretenait des relations sexuelles régulières avec des adultes. Quoi qu'il en soit, nous enquêterons. Car toute personne qui peut considérer que « justice est faite » de cette manière est convaincue de punir un crime terrible.

— Si tel était le cas, commenta Morris, les deux hommes ont bien caché leur secret. Ils menaient une vie publique dont les médias scrutent chaque action au microscope. Dissimuler l'horreur demande beaucoup de travail et d'habileté, en particulier quand plus d'une personne est impliquée. Les secrets le restent rarement longtemps.

— Je suis d'accord. À présent que nous savons être en quête de secrets – potentiellement de terribles secrets – il devrait être plus facile de les trouver, dit Eve.

Elle tourna la tête vers Wymann.

— Ce devrait être à peu près le même topo pour lui. Ses blessures, la cause du décès et tout le reste. Mais si vous tombez sur des surprises, prévenez-moi.

— Je n'y manquerai évidemment pas. Ce qui me rappelle une chose : je ne m'y suis pas arrêté sur le moment mais le sénateur a un petit tatouage.

— Beaucoup de gens en ont.

— Moi compris. Le sien était à peine visible du fait des hématomes. Au niveau du bas-ventre.

— Il a un tatouage à cet endroit ? s'étonna Eve tandis que Peabody laissait échapper un « aïe ».

— Un peu à gauche de ce que nous appellerons la racine du pénis.

Il tendit une paire de microlunettes à Eve avant d'enfiler la sienne.

— Allez voir la deuxième victime, dit-elle à Morris en posant les lunettes sur son nez.

Elle se pencha, scrutant la zone indiquée.

— Oui, oui, je le vois. À peine. Ça semble... celtique, non ? Comme l'un de ces symboles celtiques. Mira n'est pourtant ni irlandais ni écossais. Je me trompe ?

— C'est peut-être d'origine arabe ou amérindienne. Mais... Oui, la victime numéro deux a le même. Même tatouage au même endroit.

— Vous pourriez me situer ça dans le temps ? Me dire depuis quand ils l'ont ?

— J'y travaillerai. Je vais exciser le derme et le tester moi-même, puis je l'enverrai au labo.

— Qu'est-ce que ça peut bien signifier ? Peabody, prenez le tatouage en photo. Puis faites des recherches, qu'on voie s'il a un sens particulier.

— Vous êtes déjà devant avec, euh, les microlunettes et tout.

Eve leva les yeux au ciel et sortit son communicateur. Elle passa en mode photo et prit trois clichés.

— Il faudra nettoyer et améliorer l'image.

— Je peux m'en charger... commença à dire Peabody.

Mais Eve appelait déjà son expert en la matière.

— Salut.

— Et salut à toi, répondit Connors.

— Un truc rapide, au cas où tu saurais. Que symbolise ou signifie ce dessin ? Une seconde...

Elle eut un peu de mal mais parvint à lui faire parvenir l'image.

— Tu distingues le tatouage ? Il y a beaucoup de contusions et la décoloration est prononcée mais...

— Oui, je le vois. Et il se trouve que je connais sa signification car mes potes et moi avons failli nous faire faire le même durant une mémorable soirée de beuverie. Il s'agit d'un symbole celtique de fraternité.

— Fraternité ? Oui, ça correspond. Pourquoi vous ne vous êtes pas fait tatouer si vous étiez assez soûls pour l'envisager ?

Une lueur d'amusement s'alluma dans les yeux de Connors.

— Pas tout à fait assez soûls pour oublier que porter ce genre de signes distinctifs n'est pas recommandé si l'on veut se lancer dans certains domaines des affaires. À moins que tu n'aies besoin d'autre chose, on m'attend en réunion.

— Non, c'est parfait. Merci. Va acheter ton nouveau système solaire.

Elle raccrocha et reporta son attention sur les deux victimes.

— Fraternité, répéta-t-elle.

De retour à sa voiture, elle se remit en route vers le Central.

— Appelez Harvo au labo. Voyons si la reine des cheveux et des fibres a trouvé quelque chose sur les échantillons de corde. Il y a peu de chances, mais on va s'en assurer. Même choses pour tous les poils, cheveux ou fibres que les techniciens de la police scientifique ont pu lui fournir.

Pendant que Peabody contactait le labo, Eve appela Mira sur sa ligne privée.

— Eve ?

— Navrée d'appeler si tôt.

— Pas du tout. Nous sommes levés. J'avais l'intention d'arriver tôt au Central de toute façon.

— J'ai besoin d'un peu de votre temps.

— Autant que vous voudrez et quand vous voudrez. Je peux venir jusqu'à vous.

— Ça m'arrangerait. Je dois vous informer que Jonas B. Wymann a été assassiné.

— Je... Nous le connaissons. C'était un ami très proche d'Edward.

— Il est mort de la même manière.
— Mon Dieu… Vous êtes au Central ?
— En chemin.
— Je pars dans dix minutes.
— Vous pouvez me passer M. Mira ?
— Euh, oui… Un instant.

Eve entendit des murmures et quelques bruissements. Puis le visage doux de Dennis Mira apparut à l'écran.

— C'est terrible, dit-il. Jonas Wymann… C'était un brillant économiste.

— Oui, c'est ce que l'on m'a dit. Monsieur Mira, savez-vous quand votre cousin s'est fait tatouer ?

— Edward ?

Il écarquilla ses beaux yeux verts, comme pris de court.

— Edward avait un tatouage ? Ça ne lui ressemble pas du tout, si ?

— Vous n'étiez pas au courant ?

— Non. Je peux vous assurer qu'il n'était pas tatoué avant de partir à l'université. Nous avons passé le week-end précédant son départ à la plage, et il y a eu un bain de minuit improvisé. S'il avait eu un tatouage, je l'aurais forcément remarqué. J'ai tendance à oublier des choses par-ci par-là, mais ça, je m'en serais souvenu.

— D'accord. Merci pour ce témoignage utile. Une dernière chose : votre nom de famille, il n'a rien de celtique ?

— Celtique ? Non. Il y a peut-être quelques racines celtes du côté de ma mère, si ça peut vous aider.

— C'est tout ce que je voulais vous demander.

Le Dr Mira devait avoir régulièrement traité la tempe de son mari à l'aide d'une baguette de soins car l'hématome était à peine visible.

— Vous vous sentez bien ? demanda-t-elle.

— Parfaitement bien. Et vous-même ?

— Bien. Tout va bien. Si vous voulez bien dire au Dr Mira que je l'attendrai dans mon bureau. Merci.

— Soyez prudente, lui dit-il. Des personnes très, très en colère ne veulent pas que vous les retrouviez.

— Comme vous dites. Je vous tiendrai informé.

— C'est peut-être le mec le plus gentil de la planète, commenta Peabody.

— Et avisé. Il a dit « très en colère ». Ni malade, ni pervers, ni dangereux, ni violent. En colère, répéta-t-elle avec un lent hochement de tête. Et il a raison, car c'est la colère qui mène la danse ici. Qu'avez-vous trouvé ?

— La corde est d'un genre extrêmement répandu, comme on pouvait s'y attendre. Tous les poils et les cheveux retrouvés sur le corps appartiennent à la victime. Aucune autre fibre.

— Elles ont dû le ramener dans la maison. Enveloppé ou enroulé dans du plastique.

Elle hocha de nouveau la tête et se concentra pour visualiser la scène.

— Au moins deux, pour pouvoir le transporter à l'intérieur. Après ce qu'elles lui avaient fait subir, il aurait de toute façon été trop faible pour se débattre, même en admettant qu'il soit encore conscient. On attend le milieu de la nuit, on le porte à l'intérieur, on le déroule et on l'attache.

Elle s'engagea dans le garage du Central et fila droit vers sa place réservée. Puis elle resta assise quelques instants au volant, plongée dans ses réflexions.

— Elles se sont donné beaucoup de mal. Il aurait été plus simple de se débarrasser du corps ailleurs, mais ça ne leur aurait pas suffi. Le fait d'avoir ramené un homme blessé et sans doute inconscient dans son quartier huppé, même au milieu de la nuit, indique que le lieu du meurtre est aussi important que le meurtre lui-même. Sur son territoire à lui.

Dans un endroit théoriquement sûr. Un lieu chic et sûr. Il y a une signification à ça.

— Peut-être que la ou les tueuses connaissent ce lieu chic et sûr. Si on revient au sexe comme mobile, cela a pu se produire sur place. Si on a affaire à une histoire de viol…

— C'est le cas.

— D'accord. Le viol a pu avoir lieu sur place.

— C'est une possibilité. Rappelez la femme de ménage pendant que je serai avec Mira, ordonna Eve sur le chemin de l'ascenseur. En toute logique, la personne qui nettoie votre maison et lave vos draps doit avoir une bonne idée de ce que vous y faites.

Elle eut soudain une vision – traumatisante – de Summerset et s'efforça de la chasser de son esprit. Loin. Très loin.

— À part les cachets pour l'érection, voyez s'il y a eu d'autres signes d'activité sexuelle dans la maison depuis le décès du grand-père. Et demandez à McNab de passer la maison et les droïdes sexuelles de Wymann au microscope dans le même but.

— D'après ce que j'en sais, le viol est plus une question de pouvoir, de violence, de contrôle que de sexe, dit Peabody.

— C'est tout ça ensemble. Tout ça. Si le sexe n'était pas important, il n'y aurait pas de composante sexuelle dans ces meurtres.

— Quoi qu'il en soit, nos deux victimes avaient une vie sexuelle très active. Ils étaient tous les deux puissants dans leur domaine. Des hommes d'âge mûr prospères et séduisants qui auraient pu s'offrir des CL de haut niveau s'ils l'avaient voulu. Pourquoi forcer qui que ce soit ?

Les pensées d'Eve se tournèrent vers Richard Troy. Impossible de l'éviter. Il avait violé sa propre enfant, à d'innombrables reprises, parce qu'il était un prédateur, un homme brutal et déterminé à obtenir ce qu'il voulait. Mais une fois qu'on mettait tout cela de côté, que restait-il ?

— Parce qu'ils le pouvaient, tout simplement. Je veux le rapport de Baxter et Trueheart dès qu'ils reviendront. Deux hommes qui se connaissent et sont restés amis depuis un demi-siècle ne peuvent pas avoir été tués de la même manière sans qu'il y ait un lien. Au moins l'une des femmes figurant sur la liste du sénateur apparaîtra sur celle de Wymann. Découvrons laquelle.

Elle se rendit directement à son bureau et profita du temps dont elle disposait pour mettre à jour son tableau et ses notes. Elle allait devoir interroger les deux ex-femmes de Wymann, sa fille et toutes les personnes qu'il avait côtoyées de près.

Des éléments se recoupaient forcément ; elle en devinait déjà certains. Et elle remonterait jusqu'au recoupement premier, le point d'origine.

Il faudrait convaincre quelqu'un à La Paix Intérieure de lui parler de Su et MacKensie. Tâcher d'obtenir des données sur ces études sur l'insomnie.

Elle entendit un cliquetis de talons et se leva afin que Mira puisse s'installer sur le seul siège à peu près confortable du bureau.

Mira entra précipitamment. Elle portait autour du cou une écharpe d'une blancheur toute hivernale aux reflets argentés. Les cliquetis provenaient des hauts talons métalliques de ses bottes grises. Son manteau était d'un bleu doux et nuageux par-dessus l'éclat plus audacieux de son tailleur bleu.

Eve s'était attendue à la trouver perturbée. Au lieu de quoi Mira semblait en colère.

— Un café me ferait du bien, dit-elle en se débarrassant de son manteau et de son écharpe sur le dossier de fauteuil pour visiteurs.

— Bien sûr.

— Je me dois de vous dire tout de suite que Jonas s'est toujours montré poli et agréable avec moi durant les occasions où nous nous sommes croisés. Nous étions un peu plus proches par le passé car sa première femme et moi étions – et sommes toujours – amies.

— Ah oui ?

— Vanessa est chirurgienne, spécialisée en pédiatrie. Une femme passionnante. Nous sommes suffisamment amies pour nous offrir un déjeuner à l'occasion quand nos agendas le permettent. Ce qui n'arrive pas souvent, car elle vit à Chicago. Même si nous n'avons jamais été suffisamment proches pour échanger des confidences, la cause de son divorce avec Jonas n'était pas un secret : il était infidèle.

— Voilà qui devait la mettre en colère.

— J'imagine, mais elle ne m'en a jamais parlé.

Mira prit le café qu'Eve lui tendait, but une gorgée et se mit à faire les cent pas.

— Elle a géré les choses avec discrétion, s'est construit une vie et une carrière tout en élevant sa fille. Elle s'est remariée il y a environ douze ans – une période relativement longue entre deux mariages – et semble très heureuse. Elle a des petits-enfants que visiblement elle adore et semble en bons termes avec les enfants et petits-enfants de son deuxième mari.

— L'un de ses petits-enfants se trouve être Jonas Baker.

— Oui.

— C'est lui qui a découvert le corps.

— Oh…

Mira se laissa tomber dans le fauteuil d'Eve.

— Désolée pour lui. C'est un jeune homme remarquable, très talentueux. Quelle que soit l'acrimonie que Vanessa ait pu ressentir pour Jonas, ils restaient parfaitement unis dans leur amour et leur soutien envers lui. Leur fille et son mari, eux, avaient une autre attitude à l'égard de ses ambitions.

— Oui, j'avais compris.

— Si vous voulez mon opinion à la fois personnelle et professionnelle, Jonas ne comptait pas assez aux yeux de Vanessa pour qu'elle le tue. Elle a tourné la page depuis plus de vingt ans.

— Elle a un alibi pour au moins une partie du temps où Wymann a été kidnappé. Elle connaissait forcément le sénateur.

— Évidemment.

Un peu calmée, Mira croisa les jambes.

— Nous étions tous de jeunes couples récemment mariés, donc nous nous fréquentions de temps en temps. Vanessa et moi partagions également une aversion profonde pour Mandy. Mais je ne me rappelle pas la dernière fois que nous avons pu les mentionner, Edward et elle, dans nos conversations. Ils ne font plus partie de son cercle d'amis depuis des années.

— Que savez-vous de la deuxième épouse de Wymann ?

— Pas grand-chose. Elle était nettement plus jeune que lui et la rumeur voulait qu'elle ait été l'un de ses flirts. À l'inverse de Vanessa, elle n'est pas partie discrètement. On dit même qu'il l'aurait payée grassement pour qu'elle sorte de sa vie. J'ignore où elle est ou si elle s'est remariée, mais je n'aurais pas de mal à le découvrir.

— Moi non plus. Ne vous embêtez pas avec ça. Diriez-vous que le sénateur et lui partageaient une prédilection pour le sexe sans attaches, les liaisons et les femmes plus jeunes ?

— Absolument.

Eve décida de poser le pied en terrain mouvant.

— Le sénateur Mira a une fille.

— Oui, Gwen. Elle...

Mira comprit brusquement et Eve la vit se redresser comme sous l'effet d'une décharge électrique.

— Oh, non. Je peux vous affirmer d'un point de vue à la fois personnel et professionnel que non. Edward n'aurait jamais posé la main sur Gwen ni n'aurait permis à Jonas de la toucher, en admettant que celui-ci l'ait voulu. Je l'aurais su, Eve. Gwen serait venue m'en parler même si je n'avais pas capté les signes.

— Et vis-à-vis de cibles plus jeunes ? D'enfants ?

— Là encore, je réponds non. Ces deux hommes étaient à la recherche de conquêtes, de preuves de leur virilité. Les enfants ne procurent rien de tel. Ils cherchaient des jeunes femmes séduisantes. Je comprends pourquoi vous posez la question au regard de la violence des meurtres, mais aucun enfant n'est impliqué dans cette affaire.

— D'accord. Je me devais d'écarter cette piste.

— Le fait qu'ils aient tous les deux poursuivi ce genre de conquêtes et qu'ils aient été tués de la même manière ne peut pas être une coïncidence. Il y avait un message ?

— Le même.

Mira sirota son café en rassemblant ses pensées.

— Donc, même si les responsables perçoivent ceci comme un acte de justice, il s'agit de vengeance. Et la méthode indique une vengeance d'ordre sexuel. Un partenariat conclu dans ce but, une opération menée avec efficacité et brutalité. Les tueurs sont axés sur leur objectif et liés par ce but commun. Il peut s'agir de deux amants ou amantes. Mais si les meurtres sont violents, ils sont aussi complexes et soigneusement préparés. Nous ne sommes pas dans la pratique du piquerisme et je doute que nous ayons affaire à des sadiques sexuels.

— Non, il s'agit de faire passer un message, pas de chercher l'excitation. Et ils ou elles font attention à tous les détails. Le deuxième meurtre est une copie quasi conforme du premier.

— Organisés, intelligents. Patients. Il a fallu du temps pour planifier tout cela. Et du self-control, ajouta Mira. Ils ont neutralisé Dennis mais ne l'ont pas tué. Ce n'est pas leur cible et il n'y aurait pas de justice à tuer un homme qui n'est pas impliqué. Pourquoi parliez-vous de tatouage ?

— Les deux hommes se sont fait tatouer un symbole celtique près du pénis. Le symbolisme semble assez clair ; c'est un dessin signifiant la fraternité.

— Fraternité, murmura Mira. Sexe. Virilité. Un symbole de leur lien et de leurs... prédilections.

— Il a dû arriver un moment où ils ont franchi une limite. Entre la séduction ou le plaisir mutuel et le viol.

— C'est la nature des tortures subies qui vous mène à cette conclusion.

— Tout dans ces tortures semble dire : « Tu me l'as fait subir, maintenant c'est ton tour. » Peut-être qu'ils ont fait ça ensemble, peut-être même que c'était un concours entre eux, reprit Eve avant que Mira puisse parler. Mais ils ont franchi cette limite. Mettez de côté vos sentiments personnels envers les deux victimes. Dites-moi, d'après ce que vous savez d'eux et les profils que vous pouvez établir : étaient-ils capables de violer des femmes, mais également de nouer une sorte de partenariat autour de cet acte ?

Mira se radossa sur son siège et se massa les tempes.

— Difficile d'écarter les sentiments personnels pour établir une opinion professionnelle quand on connaît les gens depuis si longtemps.

— Si vous ne pouvez pas...

— Difficile, l'interrompit Mira, mais...

Elle inspira et regarda Eve droit dans les yeux.

— Je pense qu'Edward était un sociopathe. Un sociopathe parfaitement intégré, très intelligent et ayant très bien réussi. Il se croyait au-dessus des règles… dans tous les domaines. Et a fortiori en matière de relations. Alors il a épousé une femme qui ne lui demanderait pas de respecter ces règles. Un jour, il… Comment dire ça dignement ? Il m'a fait des propositions.

— Quoi ? Vous ne m'aviez rien dit.

— C'était il y a plusieurs dizaines d'années, peu après mes fiançailles avec Dennis. Je ne lui en ai jamais parlé car cela lui aurait inutilement fait de la peine. Et même à l'époque, je savais qu'Edward n'avait fait cela que parce qu'à ses yeux j'appartenais à Dennis.

Mira plongea les yeux dans son café, but une gorgée et soupira.

— Le souvenir que Dennis a d'Edward est coloré par l'idéalisme de l'enfance. Mais lorsqu'il raconte une histoire de l'époque où ils étaient petits garçons, il paraît évident qu'Edward était déjà tyrannique et brutal.

— L'expression « faire des propositions » est effectivement assez digne. Mais l'a-t-il été ?

— Nous étions dans la maison de ses grands-parents… J'avais presque oublié. Je venais de passer à la salle d'eau et quand je suis ressortie, Edward se tenait là. Il m'a repoussée à l'intérieur en suggérant que nous devrions apprendre à mieux nous connaître. Il m'a coincée contre le mur et, alors qu'il tentait d'abuser de moi, je lui ai donné un coup de genou dans le bas-ventre. Je lui ai dit que s'il posait de nouveau les mains sur moi, je lui briserais les poignets.

Elle posa sa tasse et joignit les mains sur ses genoux.

— J'ai eu peur, comme vous pouvez l'imaginer.

— Oui. Il s'est montré physiquement agressif ?

— Au départ, oui. Brutal, pourrait-on dire, et convaincu, semble-t-il, que je réagirais favorablement. Puis il a battu en retraite en riant et en disant qu'il me mettait simplement à l'épreuve pour le bien de son cousin. Il ne m'a plus jamais touchée. Mais...

— Dites-moi tout, insista Eve. Vous ne m'aiderez pas en gardant les choses pour vous.

— Ce n'est pas mon intention. Je ne garderai rien pour moi.

Elle reprit sa boisson mais se contenta d'y plonger le regard.

— J'y ai beaucoup réfléchi et j'ai conclu que je suis dans le rationnel plutôt que dans la réaction intuitive. Eve, les femmes comme vous et moi, les femmes qui ont subi des abus sexuels, nous savons reconnaître les prédateurs. Dans notre cas, cela nous aide dans notre travail. Pour d'autres femmes, c'est avant tout un instinct de survie. Ces hommes étaient des prédateurs. Je l'ai vu en eux. J'ai supposé qu'ils chassaient celles qui voulaient bien l'être puis les jetaient pour passer à la suivante. Mais, oui, je pense que ces deux hommes auraient pu former un lien, un pacte, franchissant la ligne rouge du consentement.

Mira reposa de nouveau son café et pressa les doigts sur ses paupières closes.

— Et parce que je n'y ai pas regardé d'assez près, il est tout à fait possible que leurs victimes aient à leur tour franchi la ligne rouge du meurtre.

— Ne dites pas de bêtises ! s'agaça Eve en plantant un doigt dans l'épaule de Mira. Ce genre d'attitude ne m'aidera pas. À moins que vous m'annonciez soudain que vous êtes une clairvoyante qui peut lire dans la tête des gens ou voir le futur et le passé, être psy ne signifie pas que vous pouvez tout savoir de tout le monde. Même si deux victimes ont franchi la limite, c'est leur choix et leur responsabilité.

— C'est à la fois complètement insensible de votre part... et bizarrement rassurant.

Réconfortée, Mira prit la main d'Eve dans la sienne.

— Ma tête sait que vous avez raison, dit-elle. C'est plus dur pour le reste de mon être de s'en convaincre.

— J'ai quelque chose qui pourrait vous aider. Les deux victimes ? demanda Eve en désignant son tableau et les photos de la scène de crime. Connaissaient-elles d'autres « frères », d'autres amis proches aux « prédilections » similaires, pour reprendre votre vocabulaire ?

— Je... Mon Dieu.

— Oui...

Eve scruta le tableau, les pouces coincés dans les poches de son pantalon.

— Elles n'ont peut-être pas fini de rendre justice.

Pendant que Mira absorbait la nouvelle, Eve pointa du doigt MacKensie, Downing et Su.

— Je m'intéresse de près à ces trois-là. Su fournit l'alibi de Downing. Su aussi est allée à Yale et elle est passée par l'un de ces centres de transformation de vie, La Paix Intérieure, tout comme MacKensie. À différentes époques, mais elles s'y sont toutes les deux retrouvées. Et Su comme Downing ont pris part, quoique séparément, à une étude sur l'insomnie.

— Ça fait beaucoup de liens... Vous ne pouvez pas montrer qu'elles se sont croisées, à La Paix Intérieure ou dans le cadre de cette étude, mais...

— Oui. « Mais... »

— Je ne connais pas cette organisation. La Paix Intérieure.

— Peut-être pourriez-vous en apprendre un peu sur eux.

Non seulement cela fournirait à Mira quelque chose de concret à accomplir, mais cela ferait aussi gagner du temps à Eve.

— Les gens à la tête d'un endroit de ce type seront sans doute plus ouverts avec vous qu'envers un flic. Même chose avec l'étude sur l'insomnie. Je peux vous fournir les coordonnées et les dates concernées pour chaque suspecte.

— Oui. Oui, laissez-moi voir ce que je peux faire.

Mira hocha vivement la tête et se leva pour récupérer son manteau et son écharpe. Elle resta debout quelques instants à regarder le tableau.

— Ces trois-là, murmura-t-elle. Qu'ont pu faire Edward et Jonas pour pousser ces femmes – si vous avez vu juste – à les tuer avec autant de férocité ?

14

Après s'être intéressée à la deuxième épouse de Wymann, Eve raya son nom de la liste. La jeune femme s'était remariée, en optant de nouveau pour un homme plus âgé et fortuné. Elle se prélassait désormais au bord de la piscine d'une villa dans le sud de la France.

Eve insista néanmoins un peu, jusqu'à trouver un alibi. Au moment de l'enlèvement du sénateur Mira, l'épouse numéro deux coanimait un gala d'hiver à Cannes. Les pages des magazines en étaient pleines : articles, photos… et critiques vestimentaires.

Leur lecture était une torture pour le cerveau d'Eve.

« On oublie les ex-femmes », se dit-elle en se tournant vers son tableau.

Elles avaient tourné la page. Mais ce n'était pas le cas de quelqu'un d'autre.

Elle revint à Charity Downing. Et Downing la mena de nouveau à Lydia Su, qui était passée par Yale et, commc MacKensie, par La Paix Intérieure. Il était temps d'aller s'entretenir avec l'alibi de Downing.

Avant cela, il y avait toutefois quelque chose qu'elle pouvait faire depuis son bureau. Elle contacta la fille d'Edward Mira. Celle-ci était pâle, avec les traits tirés, mais parfaitement réveillée.

— Lieutenant Dallas.

— Navrée de vous déranger si tôt.

— Aucune importance. Nous ne dormons pas beaucoup en ce moment. Vous avez identifié la personne qui a tué mon père ?

— J'y travaille. Si je vous demandais qui sont ses plus proches amis – en s'en tenant dans un premier temps aux gens de son âge –, qui vous viendrait immédiatement à l'esprit ?

— Oh... Eh bien, je dirais Jonas Wymann. Ils se sont connus étudiants, à Yale.

— D'accord. Quelqu'un d'autre ?

— Euh... Frederick Betz. Mon père, M. Wymann et lui étaient tous à Yale ensemble. Ainsi que Marshall Easterday. Ils logeaient dans le même pavillon. Il y a aussi le sénateur Fordham. Lui et mon père sont devenus bons amis à l'époque où il était sénateur. Ça vous renseigne un peu ?

— Oui, absolument. Madame Sykes, les médias vont bientôt diffuser la nouvelle : Jonas Wymann a été assassiné tôt ce matin, de la même manière que votre père.

— Quoi ?

L'incompréhension se lisait dans le regard de la jeune femme.

— Quoi ? Je ne... Pourquoi ? Qu'est-ce qui se passe ? Pourquoi ?

— Je travaille également à le découvrir. Connaissez-vous quelqu'un susceptible de vouloir du mal à votre père et à Wymann ? Quelqu'un qui fasse le lien avec eux ?

— Je ne comprends rien de ce qui arrive. Je suis désolée, je ne comprends pas. Il... M. Wymann... Il avait l'habitude de nous offrir de petits chocolats à Ned et moi quand nous étions petits. Il est mort ? Il a été tué ? Comme mon père ?

— Je suis désolée. Si votre frère ou vous pensez à quoi que ce soit qui les relie, ou à quelqu'un ayant de la rancune envers eux, prévenez-moi.

— Il faut que j'appelle Ned. Je ne veux pas qu'il apprenne ça à la télé. Les autres ? Les autres amis dont je vous ai parlé... Vous pensez que quelqu'un pourrait leur faire la même chose ?

— C'est une possibilité que nous devons envisager. J'irai leur parler. Contactez-moi si quelqu'un d'autre vous vient à l'esprit. À n'importe quel moment.

— Comptez sur moi. Je vais aussi poser la question à Ned. Merci de m'avoir prévenue. Il faut que... Je dois vous laisser.

Eve récupéra les adresses. Elle s'apprêtait à se lever quand son communicateur bipa. Elle aurait pu ne pas décrocher, mais elle vit le nom de Baxter s'afficher à l'écran.

— Ici Dallas. Qu'est-ce que ça donne ?

— Beaucoup de stupeur de la part des contacts professionnels qu'on a tirés du lit, et une poignée de noms obtenus en les cuisinant un peu. Des femmes avec qui il est sorti durant l'année passée, en gros. Pour un homme d'âge mûr, il avait beaucoup de succès. On a pu joindre deux d'entre elles jusqu'à présent. Stupéfaites, elles aussi. Les alibis concernant l'heure du décès sont généralement assez faiblards, car les gens prétendent tous avoir été au lit, chez eux. Conjoints ou compagnes sont parfois là pour corroborer mais ça reste faiblard selon moi.

— Découvrez si certaines de ses maîtresses sont allées à Yale ou ont des liens avec Yale. Et si elles ont fait un séjour dans un établissement du nom de La Paix Intérieure.

— Je m'en charge. Aucun des noms obtenus n'apparaît sur la liste du sénateur. On dirait qu'ils ne braconnaient pas sur les plates-bandes l'un de l'autre.

Un homme prêt à braconner sur le terrain financier de son cousin n'hésiterait pas à piquer une femme à un ami, songea Eve.

— Ça reste à voir, dit-elle. Si vous trouvez un lien avec Yale, une femme agent immobilier ou quelqu'un en quête de cette fichue paix intérieure, appelez-moi de suite.

— Compris. Une dernière chose. On a sorti son assistante du lit et, après l'avoir calmée, on a appris qu'elle lui avait parlé par communicateur vers 15 heures. Il était très affecté par la mort de son vieil ami et préférait prendre sa journée pour rester chez lui. Et elle a confirmé qu'il avait prévu de se rendre à la première de son petit-fils hier soir. Mais voilà le truc : il avait un rendez-vous à 16 heures. Elle lui a demandé s'il souhaitait annuler, mais il a décidé de maintenir.

— Quel genre de rendez-vous ?

— Quelqu'un qui écrivait une biographie à son sujet. Ou en tout cas qui en avait le projet. Le rendez-vous était prévu chez lui à 16 heures.

— Dites-moi que vous avez un nom.

— Je vous le dis : on a un nom. Cecily Anson, cinquante-huit ans, mariée, une fille. Vit à SoHo. Attendez, je vérifie... Non, elle n'est pas passée par Yale, elle est allée à Brown. Sa femme s'appelle Anne C. Vine, cinquante-neuf ans, études au MIT, conceptrice de logiciel. Et la fille... Lillith, vingt-six ans, passée par Carnegie Mellon, architecte chez Bistrup et Grogan, un cabinet dans Midtown.

— Je m'apprête à sortir, donc je m'en occuperai en chemin. L'assistante de la première victime n'avait pas le nom de son rendez-vous. Ça me paraît trop beau d'obtenir tout ceci pour la deuxième.

— On a parfois de la chance.

— Pas la plupart du temps. Continuez à creuser.

Elle raccrocha et s'empara de son manteau. En traversant la salle commune, elle se contenta d'un « Peabody ! » sonore et poursuivit sa route.

Peabody la rattrapa devant les portes de l'ascenseur, le souffle un peu court.

— Vous avez trouvé quelque chose ?

— Possible. L'assistante de Wymann lui a parlé vers 15 heures, ce qui signifie qu'il était toujours chez lui et libre de ses faits et gestes. Mais il avait un rendez-vous à 16 heures, à son domicile, avec une biographe. Cecily Anson.

— Donc nous avons un nom.

— Nom, adresses, infos générales. Elle a la cinquantaine passée, donc âgée par rapport aux goûts de la victime, et dans la mesure où elle a une femme, elle n'a sans doute pas l'orientation sexuelle requise pour être sa maîtresse. Elle a cependant une fille adulte qui, elle, pourrait l'être, et une maison à SoHo. On y passera avant d'aller voir Lydia Su.

Peabody sortit un bonnet vert bonbon avec un liseré bleu glacier.

— Ça semble peu probable qu'elles nous aient laissé une piste aussi facile à remonter.

— Non, effectivement. Mais la personne qui a pris ce rendez-vous à 16 heures est sans doute celle qui a kidnappé, torturé et tué Wymann. Appelez Morris. Voyons s'il peut nous donner une estimation du moment où Wymann a reçu ses blessures. Puis envoyez des agents en uniforme sur place pour interroger les voisins sur cette plage horaire spécifique. Ça pourrait donner quelque chose.

En moins de deux minutes, l'ascenseur se retrouva plein à craquer de policiers, de civils au regard triste et de deux ou trois individus louches qu'Eve identifia comme des flics infiltrés.

Elle se résigna néanmoins à rester dans la cabine, en se répétant que ce serait plus rapide que les escaliers roulants.

— J'ai obtenu d'autres noms de la part de Gwen Sykes. Ceux d'amis proches. On va aller leur parler, en personne ou par communicateur.

— Vous pensez qu'il pourrait y avoir une troisième victime ?

— On ne va pas prendre le risque. Deux des amis en question étaient à Yale en même temps que les victimes, logés dans le même pavillon. Une info potentiellement intéressante. L'autre s'est lié au sénateur quand ils exerçaient à Washington. Le sénateur Fordham.

Arrivée à son niveau dans le parking, elle se fraya un chemin parmi les passagers de l'ascenseur, puis inspira profondément. Une fois dans la voiture, elle entra l'adresse du couple Anson-Vine. Après quelques instants de réflexion, elle appela Whitney tout en conduisant.

— Commandant, dit-elle, j'ai des informations complémentaires au rapport que j'ai envoyé à propos de Jonas Wymann. Peabody et moi sommes en route pour interroger une personne potentiellement liée à l'affaire. J'ai aussi pu parler à la fille du sénateur Mira qui m'a donné trois noms. Des amis proches de son père. Même si j'ai d'ores et déjà prévu de les contacter, l'un d'entre eux est le sénateur Fordham. Il me semble que son équipe et ses agents de sécurité devraient être informés d'une menace potentielle.

— Je suis d'accord. Je m'en charge.

— Commandant, j'aurai peut-être besoin de questionner Fordham. Et, étant donné les circonstances, je n'aurai pas le temps de faire des ronds de jambe.

— Compris. Un minimum de tact s'impose cependant. Si cette entrevue s'avère nécessaire, le chef Tibble ou moi-même nous chargerons de l'organiser. Je vous tiens informée.

— Bien, commandant.

— Eh ben ! lança Peabody, les yeux écarquillés. Vous croyez vraiment qu'un sénateur en exercice puisse être impliqué dans une sorte de club sexuel ? Si c'est bien ce dont il s'agit avec cette affaire. Je veux dire… Mais qu'est-ce que je raconte ? reprit Peabody en secouant la tête. Sexe et politique vont de pair, hein ?

— Je ne crois pas que le sexe ait quoi que ce soit à voir avec la politique. C'est une histoire de confrérie, de pouvoir. Faites une première passe sur les noms que j'ai récupérés. Frederick Betz et Marshall Easterday. Tous les deux anciens étudiants de Yale à la même époque que les victimes. Les quatre partageaient la même maison durant leurs années universitaires. Voyez aussi si Fordham est allé à Yale.

Eve zigzagua au sein de la circulation pendant que Peabody travaillait. Repérant un emplacement libre, elle s'en empara prestement.

— Betz, lui dit Peabody. Comme dans Betz Chemicals. Ils produisent de tout, des nettoyants ménagers jusqu'au carburant pour fusée. Il est de la troisième génération, actuellement au poste de président. Il en est aussi à sa troisième épouse, qui à vingt-neuf ans est plus jeune que sa plus jeune fille. Leur mariage remonte à trois ans. Betz a quatre enfants, y compris un petit de trois ans né de sa femme actuelle. Qu'est-ce qui peut pousser un type de plus de soixante-dix ans à procréer ?

— Dois-je vraiment me répéter ? demanda Eve. Le pénis.

— D'accord, le pénis n'a honte de rien. Passons à Easterday, Marshall. Avocat, de père en fils lui aussi. Associé principal du cabinet Easterday, Easterday et Louis. Il en est à sa deuxième épouse mais ça tient depuis… quinze ans, et elle en a cinquante-deux. Deux enfants de son premier mariage. Sa fille est la deuxième Easterday dans le nom du cabinet. Le fiston est neurochirurgien à Philadelphie.

— D'accord, on s'occupera d'eux ce matin.

— Et Fordham a étudié à l'université du Mississippi. Aucun lien avec Yale.

Eve sortit de la voiture et leva les yeux vers l'immeuble de cinq étages. La vieille bâtisse cubique post-Urbaines avait eu droit à un ravalement de façade. Les panneaux de la grande porte d'entrée semblaient anciens, telles des antiquités de prix. Mais un examen plus approfondi apprit à Eve qu'ils étaient en acier renforcé recouvert d'une couche de peinture destinée à maintenir l'illusion.

Des mesures de sécurité top niveau.

— Anson occupe le rez-de-chaussée.

Eve réfléchit un instant puis actionna l'interphone de l'appartement en question.

Il s'écoula une minute avant qu'une fois féminine et ensommeillée retentisse par le haut-parleur.

— Je ne sais pas ce que vous vendez, mais il est bien trop tôt pour ça.

Eve présenta son insigne.

— NYPSD, annonça-t-elle.

— Mike ? C'est Mike ? Oh, mon Dieu...

Avant qu'Eve puisse répondre, elle entendit le claquement des verrous qui s'ouvraient. Alors qu'elle poussait la porte, une femme jaillit depuis le côté opposé d'un hall d'entrée décoré avec goût.

Enceinte jusqu'au cou, pieds nus et vêtue d'un pyjama décoré de petits manchots stylisés, elle se déplaçait pourtant à une vitesse étonnante.

— Il est arrivé quelque chose à Mike !

Elle referma ses doigts tel un étau sur l'épaule d'Eve, ses grands yeux marron rendus vitreux par la peur.

— Dites-moi vite !

— Calmez-vous. Nous ne sommes pas ici à cause de Mike.

— Vous êtes sûre ? Ce n'est pas Mike... ?

Elle porta une main à son ventre rond et vacilla légèrement.

Peabody la rattrapa par le bras.

— Allons-nous asseoir, madame. Vous voulez bien ?

— Vous n'êtes pas des psychologues spécialistes du deuil ? Vous n'êtes pas venues m'annoncer un décès ?

— Rien de tout ça, assura Peabody de sa voix la plus apaisante tout en guidant la jeune femme.

— Désolée, dit celle-ci. C'est sûrement les hormones. Les hormones n'arrêtent pas en ce moment. C'est que Mike, mon fiancé, est dans la police. Alors j'ai cru... Waouh... Oui, on va s'asseoir.

— Vous n'êtes pas Cecily Anson, dit Eve tandis que Peabody franchissait avec la future maman le seuil d'un séjour aussi bien décoré que le hall.

— Non, c'est ma mère. Mon Dieu, il est arrivé quelque chose aux mamans ?

— Non, lui répondit fermement Eve avant que les hormones se déchaînent de nouveau. Pour autant que nous le sachions, tout le monde va très bien. Vous êtes Lillith ?

— Oui.

Lillith s'assit lentement dans un grand fauteuil au milieu de l'espace soigneusement agencé et plein de couleurs vives. Elle passa une main dans sa chevelure brune et bouclée.

— La plupart des gens m'appellent Lil. Et excusez-moi d'avoir joué les hystériques. Je devrais être un peu plus maligne. Je porte l'enfant d'un flic, après tout.

Elle sourit – un sourire éclatant – et son visage reprit des couleurs.

— Mike Bennet. L'inspecteur Bennet, au Central. Peut-être que vous le connaissez.

Jugeant que la crise était passée, Peabody s'assit à son tour.

— Je le connais, dit-elle. C'est un type bien.

— Je trouve aussi.

— À quel terme êtes-vous ?

— Je viens d'entrer dans la trente et unième semaine, donc il me reste encore du chemin à faire, répondit Lillith en croisant les mains sur la colline couverte de manchots qui lui tenait lieu de ventre. Je ne sais pas comment je vais faire...

Eve ne voyait pas non plus comment. Cette colline pouvait-elle grossir encore ? Comment était-ce possible ?

— Votre mère est là ? demanda-t-elle.

— Non. Les mamans sont parties pour Adelaide, en Australie. Mike et moi habitons au deuxième mais on fait faire des travaux à cause de... expliqua Lillith en se tapotant le ventre. Donc on séjourne ici pendant leurs vacances. Il travaille de nuit en ce moment. Il ne devrait pas tarder à rentrer. Pardon, je peux vous offrir quelque chose ?

— Ça ira. Depuis combien de temps Mme Anson est-elle partie ?

— Un peu plus de trois semaines. Elles seront de retour la semaine prochaine, ce qui leur laissera largement le temps de me chouchouter avant l'arrivée du bébé. Pour quelle raison êtes-vous là ? C'est ce que j'aurais dû demander dès le départ.

— Savez-vous si Mme Anson travaille ou prévoit de travailler à l'écriture d'une biographie de Jonas Wymann, l'économiste ?

Lillith fronça les sourcils et se frotta distraitement la colline.

— Je ne crois pas. Elle travaille en ce moment sur la bio de Marcus Novack. C'est pour ça qu'elles sont en Australie. Il construit des écoles et des centres de soins dans l'intérieur du pays. Elle lance parfois de nouveaux projets avant d'avoir fini mais je ne l'ai jamais entendue mentionner ce nom.

— Faire un séjour d'un mois en Australie doit demander pas mal de préparatifs, commenta Peabody d'une voix toujours aussi tranquille, accompagnée d'un sourire. Elles ont dû s'y prendre à l'avance.

— Depuis l'été dernier, en fait, même si Mike et moi avons été obligés d'insister pour qu'elles y aillent. Elles m'ont fait promettre de ne pas avoir de contractions avant leur retour... Bon, ça y est, je suis remise. Et comme je vous le disais, je suis fiancée à un flic. Quel rapport entre ce Wymann et ma mère ?

Elle semblait effectivement avoir retrouvé son sang-froid, estima Eve en contemplant sa colline aux manchots. Son regard était clair, son expression paisible.

— M. Wymann a été assassiné. Son agenda mentionnait un rendez-vous hier à 16 heures avec votre mère.

Lillith se contenta de secouer la tête.

— Impossible. Maman ne commet pas ce genre d'erreur de calendrier et, honnêtement, je ne l'ai jamais entendue mentionner ce nom. Elle parle beaucoup de ses projets, pourtant. Je comprends pourquoi vous êtes ici. Elle ferait partie des suspects. Mais elle se trouve à l'autre bout du monde. Vous pouvez la contacter. Je vous donnerai toutes les infos nécessaires pour la joindre.

— Ça nous serait utile. Mais ce n'est pas parce que nous la suspectons. Je vous crois, assura Eve. Il n'en reste pas moins que son nom apparaissait dans l'agenda de la victime, ce qui veut dire que quelqu'un s'en est servi pour la piéger. Vous dites qu'elle parle de ses projets. Je parie qu'elle a souvent parlé de ce voyage.

— À quiconque voulait bien l'écouter ! Les mamans adorent voyager. Et je vois où vous voulez en venir : quelqu'un qui savait qu'elle serait en voyage et injoignable s'est servi de son nom. C'est fou... Ça ne va pas du tout lui plaire, dit Lilith.

Au même moment, la porte d'entrée s'ouvrit et elle se propulsa hors de son siège, le ventre en avant.

La façon dont elle prononça le mot « Mike ! » indiqua à Eve que la graine de l'inquiétude plantée par leur visite matinale avait pris racine.

— Salut, chérie, qu'est-ce qui se passe ?

Il se mit pratiquement au garde-à-vous en reconnaissant Eve.

— Lieutenant !

— Inspecteur. Ne vous alarmez pas. Nous cherchions Mme Anson pour nous assister dans une enquête.

— Cece ? s'étonna-t-il en passant un bras autour des épaules de Lillith, les yeux braqués sur Eve.

— Nous pensons que quelqu'un s'est servi de son nom et s'est peut-être fait passer pour elle afin d'approcher Jonas Wymann.

— Wymann. J'ai appris ce qui lui était arrivé. Salut, Peabody.

— Salut, Mike.

— Viens, Lil, assieds-toi.

Elle lui caressa la joue, déjà ombrée d'un début de barbe après sa nuit de travail.

— Je suis trop contente que tu sois là. Trop contente de voir ton visage. J'ai bien envie de boire la petite tasse de café quotidienne à laquelle j'ai droit. Et si j'en faisais pour tout le monde ?

— Ce serait super.

— Je vais faire ça et le lieutenant te racontera. Je ne vous ai même pas demandé votre nom, constata-t-elle.

Mike retira le bonnet sombre qui recouvrait sa tignasse de cheveux blonds et emmêlés.

— Hé, Lil, c'est le lieutenant Dallas.

— C'est… Oh !

Lillith se mit à rire en se tenant le ventre.

— Les hormones m'ont bouffé le cerveau. Bien sûr. Dallas et Peabody. Nous avons vu le film trois fois. Mike adore. Bon, alors je peux cesser tout de suite de m'inquiéter pour les mamans. Si Mike pense que vous êtes les meilleures, c'est que vous l'êtes. Je m'occupe du café... Il pourrait vous aider, ajouta-t-elle en s'éloignant. C'est un sacré bon flic.

— Elle se sent obligée de dire ça, précisa-t-il. Mais je vous aiderai de toutes les manières possibles.

Il retira son manteau. Il était mince, avec le regard perçant typique des policiers.

— Edward Mira, Jonas Wymann. Des hommes puissants pris pour cibles. Je ne vois pas quel lien Cece ou les mamans en général pourraient avoir avec eux. Je ne connais pas de femmes plus honnêtes.

— Lillith nous a dit qu'elles préparaient ce voyage depuis un bon moment.

— C'est vrai, répondit-il en s'asseyant sur l'accoudoir du siège que Lillith venait de quitter. Il a fallu les pousser un peu à cause du bébé mais Cece voulait vraiment y aller, s'immerger dans l'ambiance, parler aux gens qui ont connu le type sur qui elle écrit. Alors on a fait un compromis. Elles étaient censées partir six semaines mais ont réduit la durée à quatre. Et on se parle tous les jours. Parfois même à deux reprises dans la journée.

— Elles se sont occupées en personne des réservations ou bien ont-elles fait appel à une agence ?

— C'est Annie qui s'occupe de tout ça. Cece et Annie, « les mamans ».

— Pourriez-vous nous fournir une liste des gens avec qui elles ont pu en discuter, ceux qui auraient pu savoir qu'elles étaient parties ?

Il gonfla ses joues couvertes d'un duvet barbu.

— Il serait presque plus simple de vous donner la liste de ceux qui n'étaient pas au courant.

Il releva la tête en voyant Lillith revenir avec un plateau, qu'il lui prit gentiment des mains.

— Appartiennent-elles à des clubs, des associations ? demanda Peabody. Une association féminine, par exemple ?

Eve vit une lueur de compréhension passer dans le regard de Mike. Elles étaient sur la piste de tueuses.

— Oh que oui !

Visiblement amusée, Lillith se rassit tandis que Mike distribuait les cafés.

— Je crois me souvenir de comment vous l'aimez, ajouta-t-elle. Du moins si les films disent vrai. Bref, oui, Pouvoir féminin, un groupe activiste lesbien. Elles en sont membres fondatrices. Elles participent aussi à un cercle de lecture presque entièrement féminin et sont bénévoles pour deux refuges destinés aux femmes battues et aux victimes de viol. Maman-C enseigne l'écriture thérapeutique, une forme d'exutoire pour le moi, et maman-A fait la même chose pour l'art. Les aquarelles qu'elle peint sont moches. Pas horribles, simplement moches. Mais ça la rend heureuse…

» Et là, je devine que vous vous demandez ce que vous pouvez dire devant moi. Je peux aller m'isoler dans la chambre, mais ça ne me fera vraiment pas plaisir.

— Pas la peine, répondit Mike en lui massant l'épaule. Vous pensez que quelqu'un qu'elles connaissent par le biais de leurs hobbies ou de leur travail de bénévoles s'est servi du nom de Cece.

— C'est une possibilité. Si vous pouviez me donner le plus de noms possible associés à ces activités.

— Elles ne trahiront pas les femmes qu'elles ont rencontrées dans les refuges ou durant les séances de thérapie, affirma Lillith dont les épaules se raidirent sous la main de Mike. Vous ne pouvez pas leur demander ça.

— Je cherche des noms qui seraient déjà sur ma liste de suspects, expliqua Eve. Une personne s'est servie de votre mère pour approcher un homme et le tuer. Elle a déjà tué deux fois. Je pense qu'elle tuera de nouveau.

— Laissez-moi plancher là-dessus, lieutenant, dit Mike sans cesser de masser sa fiancée. Je leur en parlerai et j'expliquerai la situation. Je doute qu'elles aient les noms complets, pas pour les femmes des refuges ou des séances de thérapie en tout cas.

— L'équipe également, dit Eve. Il peut s'agir d'autres bénévoles ou de membres d'équipe.

— Elles organisent des réunions dites « forces positives » le mercredi soir à la maison de quartier sur Canal Street, leur dit Mike. L'assistante sociale qui coordonne le tout s'appelle Suzanne Lipski. Vingt-cinq ans de métier, coriace et affûtée. Et réglo. J'ai enquêté.

— Mike ! T'as pas fait ça !

— À partir du moment où on s'est fiancés, elles sont aussi devenues mes mamans. Donc oui, j'ai enquêté. Elle protégera les femmes dont elle s'occupe, lieutenant, mais elle ne protégera pas une tueuse. Elle me connaît, donc je pourrai peut-être vous obtenir une info utile, si toutefois c'est la bonne piste. Ou au moins vous déblayer un peu le terrain.

— Plus nous aurons de noms, mieux ce sera. Et le plus tôt sera le mieux, précisa Eve en se levant. Merci pour votre temps et pour votre aide. Ainsi que pour le café. Comment faites-vous pour survivre avec une seule tasse par jour ?

Lillith prit une minuscule gorgée.

— Je me pose quotidiennement la même question après avoir fini ma tasse. Mais, d'une façon ou d'une autre, j'y arrive.

— Ils vont bien ensemble, commenta Peabody alors qu'elles repartaient vers la voiture. Et ce qu'ils disent se tient. Et puisque Mike a ses entrées, il pourra peut-être nous dégoter des noms.

— Possible. Ça mérite de le laisser tenter le coup. Il est clair qu'une personne en lien avec Anson savait qu'elle s'absenterait assez longtemps pour employer cette ruse et qu'elle ne craignait pas que la police n'enquête là-dessus.

Une fois dans la voiture, Peabody dénoua en partie son écharpe.

— Ces groupes, ceux de soutien aux victimes, ils sont comme des prêtres au confessionnal. Confidentialité absolue. Celle qui s'est servie du nom d'Anson comptait là-dessus. On s'en tient généralement aux prénoms, voire à des noms de code.

— Mais tout le monde a un visage, répondit Eve en déboîtant. Nous leur montrerons des photos, on verra leur réaction. Nous n'obtiendrons peut-être pas de confirmation mais des réactions, forcément.

Et c'était ce qu'elle cherchait vis-à-vis de Lydia Su.

Eve dut se contenter d'un petit parking minable suivi d'une marche sur deux longs pâtés de maisons sous un vent qui confondait les rues de la ville avec le Grand Canyon. Peabody s'emmitoufla de nouveau et Eve ressortit son bonnet à flocon.

Lequel lui fit penser à Dennis Mira.

— Je voudrais savoir ce que les trois noms que j'ai récupérés auprès de la fille du sénateur inspirent à M. Mira. On ira d'abord leur parler, mais j'aimerais avoir son avis.

— Il est généralement assez juste.

— Tout à fait, même si Mira m'a dit qu'il manquait de discernement par rapport à son cousin. D'après elle, Edward Mira était un sociopathe, quoique très bien intégré. Elle dit qu'il a toujours eu tendance à brutaliser les autres et à se comporter en prédateur sexuel.

— Sévère. Mais sans doute juste, si la piste que nous suivons est la bonne.

— C'est la bonne piste.

Eve s'arrêta devant l'immeuble de Su. Une haute tour élégante, sans doute similaire à ce que Nadine recherchait. Pas de portier, constata-t-elle, mais un scanner automatisé qui accepta la présentation de son insigne sans faire d'histoire.

— *Identification confirmée. Dallas, Lieutenant Eve. Merci d'indiquer la nature de votre visite et/ou la personne à qui vous souhaitez rendre visite.*

— Une visite de nature policière, comme l'indique l'insigne que tu viens de scanner. Et nous sommes ici pour parler à Lydia Su, appartement 2204.

— *Merci pour ces informations. Le locataire de l'appartement 2204 va être averti. Vous pouvez entrer et patienter à l'intérieur.*

Eve s'avança dans un grand hall tout de blanc et d'argent, avec des fauteuils d'un bleu éclatant, des arbustes en pot verdoyants et un plan interactif de l'immeuble.

Celui-ci hébergeait son propre marché, une boutique de vêtements pour homme et une autre pour femme, un centre d'affaires et bancaire situé sur la mezzanine (et réservé aux résidents et à leurs invités). Il accueillait également une salle de sport, deux bars et trois restaurants. Les bureaux de l'administration de la tour étaient situés au troisième étage.

Le temps d'examiner le plan et de noter l'emplacement du 2204, situé au coin des façades sud et est, l'ordinateur leur donna accès à l'ascenseur.

— *Bienvenue pour ce trajet vers le vingt-deuxième étage*, annonça l'ascenseur. *En vous souhaitant une agréable visite.*

— Ils ne peuvent pas se taire un peu ? maugréa Eve. Qui a besoin qu'un ordinateur lui souhaite une agréable visite ? Su nous a laissées entrer rapidement.

Elle parcourut du regard les parois argentées de la cabine et repéra les caméras de sécurité.

— Elle s'attendait peut-être à une visite après votre conversation avec elle hier pour vérifier l'alibi de Downing.

— Qui s'est déroulée comme sur des roulettes. Juste la pointe de surprise attendue, puis une attitude de parfaite coopération.

— Je parie que si on vérifiait son communicateur, on verrait qu'elle a prévenu Downing de notre présence.

Eve sortit au vingt-deuxième étage. Elle descendit le grand couloir à l'épaisse moquette gris clair, passant devant plusieurs portes d'un noir brillant avant d'arriver au 2204. Elle appuya sur la sonnette d'une main et brandit son insigne de l'autre.

À l'instant où Lydia Su ouvrit la porte, elle sut :

« Toi, tu es impliquée. »

Ce n'était qu'une brève lueur dans le regard, un flash de lucidité teintée de colère qui brilla dans les yeux marron et effilés de Lydia avant qu'elle leur présente un sourire à la fois poli et perplexe.

— Bonjour. C'est à propos du meurtre du sénateur Mira ? J'ai parlé à un inspecteur hier.

— C'est une visite complémentaire. Voici l'inspecteur Peabody que vous avez eue en ligne, ajouta Eve en désignant son équipière.

— Ah oui. Eh bien, entrez. J'ai l'esprit encore un peu embrouillé. Je dormais. J'ai travaillé tard hier soir.

— Navrées de vous déranger. Nous ne prendrons pas beaucoup de votre temps.

— Voulez-vous un thé ou un café ?

— Pas la peine, merci.

— Asseyez-vous, je vous en prie.

Elle les conduisit dans un séjour aéré doté de deux fauteuils incurvés, d'un sofa large et bas dont le coussin central représentait un paon à la queue déployée. Des fleurs exotiques se dressaient dans un vase carré et transparent au fond garni de galets noirs et brillants. Des stores vaporeux étaient déroulés aux fenêtres.

Haute d'à peine un mètre soixante dans ses petits chaussons, Lydia se dirigea vers le sofa. Elle portait une tenue d'intérieur blanc crème sous un long cardigan noir.

Elle était peut-être en train de dormir après une longue nuit de travail, se dit Eve, mais elle avait tout de même pris le temps de coiffer ses cheveux raides en une longue et impeccable queue-de-cheval.

Elle s'assit avec la grâce d'une danseuse.

— En quoi puis-je vous aider ?

— Vous avez passé votre jour de congé en compagnie de Charity Downing. Avant-hier.

— Exact. Nous avons déjeuné ensemble et fait les magasins, plus une manucure. On était contentes de se retrouver, alors on s'est arrêtées pour boire un verre puis on est rentrées chez Charity pour manger et regarder un film. Je suis partie de chez elle vers 21 heures. Une belle journée entre amies.

— On dirait bien. Comment êtes-vous devenues amies ?

— Pardon ?

— Vous ne semblez pas avoir grand-chose en commun, répondit Eve avec un haussement d'épaules.

Elle fit courir son regard à travers la pièce et s'arrêta sur la barre de blocage sophistiquée montée sur la porte.

Sophistiquée ou non, une barre de blocage tenait de la précaution inutile dans un endroit pareil.

— L'artiste qui tire le diable par la queue, reprit-elle, et la scientifique diplômée de Yale. De plus, vous devez être très intimes car Charity affirme que vous êtes la seule à qui elle a parlé de sa relation avec Edward Mira. D'où ma question sur votre amitié.

— Nous avons découvert que nous avions beaucoup de choses en commun. Un goût pour l'art, pour commencer. À peu de choses près, nous aimons la même musique et regarder des films à la maison, tranquilles. Nous nous apprécions mutuellement. Je crois pouvoir dire que je l'ai soutenue sans la juger dans ses choix vis-à-vis d'Edward Mira. Comme une amie devrait le faire.

— Je vois. Rappelez-moi comment vous vous êtes rencontrées ?

— Un jour, je suis entrée dans la galerie où elle travaillait. Nous nous sommes très bien entendues, comme ça arrive parfois.

— Heureux hasard. Je pensais que vous étiez toutes les deux insomniaques.

— Pardon ?

— Ces études auxquelles vous avez toutes les deux participé.

— Je... Oui. Mais... Nous n'étions pas dans le même groupe et nous ne nous sommes connues qu'après.

— Quelle coïncidence. Alors vous étiez à la recherche d'œuvres d'art ?

De nouveau, ce bref éclat dans le regard. Uniquement de la colère, cette fois.

— Effectivement, répondit froidement Lydia. Je regardais, surtout, et Charity était à la fois très calée et très aimable. Nous avons fini par prendre un café ensemble durant sa pause et sommes devenues amies. Est-ce si inhabituel ?

— Comme je l'ai dit, c'est un heureux hasard. Comme pour l'insomnie. Alors, vous avez acheté quelque chose ?

— Oui. Cette toile.

Elle désigna de la main une grande étude d'un trio de bosquets aux fleurs d'un rose très profond, derrière lesquels se tenait une femme, le dos tourné et la tête penchée.

— Heureux hasard pour elle aussi. Vous êtes donc repartie de chez Charity vers 21 heures. Et ensuite ?

— Je suis rentrée chez moi, j'ai avancé sur mes lectures en cours puis je suis allée me coucher.

— Et la nuit dernière ?

— La nuit dernière ? Pourquoi ?

— Jonas Wymann, un ami proche d'Edward Mira, a été assassiné. Vous et Charity étiez de nouveau de sortie ?

— Non. J'ai travaillé jusqu'à 22 heures environ, puis je suis rentrée chez moi et j'ai passé trois heures de plus sur mon projet. Au moins. Il était 2 heures passées quand je suis allée me coucher.

— Charity avait-elle fait mention de Wymann ?

— Non. Le nom ne me dit rien. Je ne crois pas qu'elle ait rencontré des amis d'Edward Mira, sans quoi elle m'en aurait parlé.

— Même si elle avait aussi couché avec lui ?

L'espace d'un instant, les muscles maxillaires de Lydia se crispèrent, ainsi que les doigts de ses mains calmement posées sur ses genoux.

— Dans la mesure où je ne l'aurais pas jugée pour ça, je pense que oui, elle me l'aurait dit. Et si vous doutez de la vertu de Charity parce qu'elle a été suffisamment faible pour coucher avec un gros bonnet marié qui semble avoir pris l'habitude de profiter des moments de faiblesse de certaines femmes, vous êtes bien trop sévère. Sa mort est sans aucun doute difficile à vivre pour ses proches mais, selon moi, lui-même faisait de Charity et d'autres femmes comme elle ses victimes.

— Voilà qui ressemble fort à un jugement, n'est-ce pas, Peabody ?

— On dirait bien.

— Mais nous avons tous notre échelle de valeur, je suppose. Et Carlee MacKensie ?

Eve avait volontairement enchaîné sur cette question pour obtenir une réaction. Plus qu'une lueur cette fois ; un instant très net de stupeur.

— Pardon ?

— C'est plutôt simple. Carlee MacKensie. Mais je peux vous rafraîchir la mémoire : vous avez toutes les deux séjourné à La Paix Intérieure.

Le feu de la colère couvait toujours dans le regard de Lydia mais sa voix demeura froidement maîtrisée.

— Mon passage à La Paix Intérieure relève de ma vie privée.

— Rien ne reste privé lorsqu'il s'agit de meurtre. Avez-vous fait connaissance de Carlee MacKensie là-bas ?

— Étant donné que la confidentialité fait partie des règles essentielles de La Paix Intérieure, nous n'utilisions que nos prénoms. Je ne me souviens pas d'avoir croisé quelqu'un du nom de Carlee.

— J'ai une photo, proposa gentiment Eve.

Elle sortit le cliché. Lydia y jeta un coup d'œil avant de détourner le regard.

— Je ne la reconnais pas.

— Vous voulez entendre une autre coïncidence ? demanda Eve sans la quitter des yeux. MacKensie aussi est allée à Yale. Comme vous. Comme le sénateur Mira, et comme Jonas Wymann. Université, insomnie et Paix Tranquille. Oui, cela fait beaucoup de… Quel est le mot déjà, Peabody ?

— « Hasard » peut-être ?

— Hum. Ce n'est pas le mot que j'avais en tête mais on fera avec. Hasard.

Lydia se recula sur son siège et posa de nouveau les mains sur ses genoux, paumes jointes.

— J'imagine qu'être suspicieuse fait partie de votre métier. C'est bien dommage pour vous.

— Dommage ? Non. C'est ce qui me motive à me lever le matin.

Eve afficha son plus beau sourire carnassier.

— C'est surtout dommage pour ceux qui pensent pouvoir tuer quelqu'un sans se faire prendre.

— Je peux seulement vous dire que j'ai passé la journée avec Charity comme je vous l'ai raconté. Maintenant, y a-t-il autre chose que je puisse faire pour vous aider ?

— Non, ça nous suffira, répondit Eve en se levant. Merci de nous avoir reçues.

Arrivée à la porte, elle marqua un temps d'arrêt.

— Ah, vous pouvez prévenir votre chère amie que nous lui rendrons une petite visite à elle aussi. Les soupçons ne se contentent pas de me faire lever le matin, ils me motivent tout au long de la journée.

Elles repartirent en direction de l'ascenseur. Eve lança un regard en arrière vers le long couloir élégant.

— Elle ment, d'un bout à l'autre de son récit.

— Je pense exactement la même chose. Vous l'avez fait réagir, et plus d'une fois. Elle a failli se trahir quand vous avez parlé de MacKensie. Elle l'a reconnue, c'est évident, et elle ne s'y attendait pas du tout.

— Aucun doute là-dessus. Et elle a bien précisé qu'Edward Mira s'en prenait à Charity *et* à d'autres femmes comme elles. Intéressant. Sans jugement, tu parles, lança-t-elle en entrant dans la cabine. Cette femme serait volontiers à la fois juge, jury et bourreau. Et elle en est très fière. Nous allons commencer à éplucher les couches de mensonge.

15

Savoir que Su était une menteuse – et par association Downing et MacKensie également – ne prouvait pas qu'elles étaient des tueuses.

Mais Eve avait bien l'intention de l'établir.

L'un des moyens pour ce faire consistait à discuter avec les autres membres potentiels de cette confrérie.

Le chemin le plus court menait à la maison de ville d'Easterday. Des bâtisses constituant autrefois deux immeubles de deux étages avaient été reconverties en une vaste demeure sur Park Avenue.

Une femme dans un costume noir très sobre et au large visage accueillant leur ouvrit la porte.

— Lieutenant Dallas et inspecteur Peabody du NYPSD. Nous aimerions parler à M. Easterday.

— M. Easterday ne reçoit personne aujourd'hui.

— Nous ne sommes pas venus participer à une réception. Dites-lui simplement que la police est là.

— Vous pouvez attendre dans l'entrée pour ne pas rester dans le froid. Je vais demander à M. Easterday s'il souhaite vous recevoir.

Le sol de marbre blanc et de lourdes boiseries sombres conféraient au grand hall d'entrée une dignité presque ostentatoire aux yeux d'Eve. Elle leva les yeux vers le grand chandelier en songeant que les tueuses y pendraient Easterday si elles en avaient l'occasion.

Elle se remémora tardivement le bonnet et le retira prestement pour passer une main dans ses cheveux avant de le fourrer dans sa poche.

Quelques secondes plus tard, une femme apparut au sommet des marches du grand escalier.

Elle portait un tailleur noir, mais celui-ci n'avait rien de sobre. Il épousait son corps svelte en flattant sa ligne et ses courbes et chatoyait légèrement dans l'éclat cristallin du chandelier.

Sa chevelure d'un blond profond avait été nouée deux fois à l'arrière de son long cou, exposant parfaitement son visage. La femme d'Easterday avait peut-être atteint la cinquantaine, se dit Eve, mais elle maîtrisait l'art de remonter le temps.

— Lieutenant, inspecteur, je suis Petra Easterday.

Elle tendit une main fine décorée d'un diamant scintillant, d'abord à Eve puis à Peabody.

— Mon mari est indisposé, dit-elle. Il a appris ce matin le décès d'un ami proche.

— C'est la raison de notre présence. Il s'agit de son deuxième ami proche en deux jours.

— Oui, et Marshall est totalement bouleversé. Pour tout dire, j'étais à l'étage pour essayer de le convaincre de prendre un cocktail relaxant et de s'allonger.

Petra leva les yeux vers l'escalier, les traits marqués par l'inquiétude.

— Je serai heureuse de pouvoir vous aider mais mon mari ne peut tout simplement pas être dérangé pour le moment.

Alors même qu'elle parlait, on entendit des bruits de pas dans l'escalier.

— Oh, Marshall, il faut que tu te reposes, soupira Petra.

— Petra, la police ne fait que son travail.

Il n'avait pas l'air totalement bouleversé, songea Eve, mais il semblait néanmoins affecté. Les cernes sous ses yeux et la crispation de sa bouche trahissaient sa peine.

Quoique grand, il paraissait tassé sur lui-même, comme si ses épaules soutenaient un poids trop lourd pour lui. Il portait aussi un costume noir, avec un brassard noir en signe de deuil et une cravate d'un bleu discret à nœud Windsor.

— Petra, ma chérie, je prendrais bien un café.

La voyant hausser un sourcil, il eut un petit sourire.

— Alors un thé, dit-il. Si tu veux bien.

— Je m'en occupe. Et j'espère que vous respecterez le deuil qui frappe mon mari, ajouta-t-elle avant de partir.

— Elle ressent le besoin de me protéger, comme vous pouvez le comprendre. Lieutenant Dallas, n'est-ce pas ? Et inspecteur... ?

— Peabody.

— Oui, voilà. Je vous en prie, entrons, asseyons-nous.

Le salon qui les accueillit conservait l'aspect formel de l'entrée, quoique légèrement égayé par un petit feu qui crépitait joyeusement dans la cheminée en marbre. Les fleurs étaient cette fois d'un grenat digne de roses rouges et le grand sofa décoré d'un motif floral complexe donnait l'impression, en s'asseyant, d'être accroupie au milieu d'un jardin.

Easterday s'installa sur un large fauteuil et soupira.

— Ça me paraît... J'ai l'impression que c'est impossible. Mon esprit n'arrivait pas à appréhender ce qui est arrivé à Edward... et maintenant Jonas. Vous avez un suspect ?

— Nous ne pouvons pas discuter des détails de l'enquête. Toutes mes condoléances pour la perte de vos amis, reprit Eve. Je comprends que ce soit un moment difficile pour vous.

— Ça fait plus de vingt ans que je n'ai pas pratiqué le droit pénal – je laisse ça à ma fille – mais je sais comment ça se passe. Vous avez des questions à me poser qui pourraient vous aider dans votre enquête ?

— Oui. Vous avez perdu deux amis en deux jours, monsieur Easterday. Assassinés. Des hommes que vous connaissiez depuis l'université – soit une cinquantaine d'années – et dont vous étiez resté proche. Suffisamment proche pour que votre nom apparaisse sur une liste réduite.

Il écarquilla les yeux.

— Une liste de suspects ?

— Non, monsieur. De victimes.

Il lança un coup d'œil rapide vers le hall d'entrée.

— C'est le genre de déclaration qui va mettre ma femme dans tous ses états.

— Elle le sera plus encore si je dois revenir ici lui apprendre que vous avez été tué.

Il se releva d'un bond.

— C'est ridicule. Personne n'a de raison de me tuer !

— Mais quelqu'un en avait pour tuer vos amis ?

Il se rassit et écarta les bras.

— Edward était mon ami, et cela depuis plus de la moitié de ma vie. En tant qu'ami, je peux témoigner qu'il se montrait parfois difficile, voire agressif. Je ne doute pas qu'il se soit fait des ennemis en politique, en tant que sénateur, et à présent à travers son institut.

« Il savait que ça allait arriver, se dit Eve. Il savait qu'il y aurait une liste et qu'il serait dessus. »

Deuil ou pas, il s'était préparé.

— Et Jonas Wymann ? lui demanda-t-elle.

— Question de politique, là aussi. Vous avez certainement déjà fait le lien. Jonas était brillant, mais son point de vue pas toujours très populaire. Et il avait joui d'une influence considérable pendant de très nombreuses années.

— On peut établir d'autres liens, dit Eve.

Petra entra dans le salon, suivie de près par la bonne, qui poussait un grand chariot garni d'un plateau à thé.

— Merci, Marian. Je verserai le thé moi-même.

La bonne n'alla pas jusqu'à faire la révérence avant de se retirer, mais tout dans ses manières le sous-entendait.

— Je peux m'en occuper, Petra.

— Je reste, répondit-elle.

Elle s'était exprimée d'une voix agréable mais l'inflexibilité de son intonation, elle, était plus que sous-entendue.

— Lait ? Sucre ? demanda-t-elle à Eve.

— Non merci.

— Inspecteur ?

— Une touche de lait, deux sucres. Merci.

— Inutile de protester, Marshall, reprit Petra tout en versant le thé. Je reste. Vous évoquiez des liens, lieutenant ?

— Les deux victimes ont plus en commun entre eux et avec vous, monsieur Easterday, que les seules histoires politiques.

Petra émit un son, pas tout à fait un hoquet de surprise, en tendant à Eve une tasse de thé dont elle ne voulait pas.

— Vous pensez que Marshall... ? La personne qui a tué Edward et Jonas, vous pensez qu'elle pourrait s'en prendre à Marshall ?

— Allons, Petra...

— Ne me dis pas de me calmer, Marshall. C'est une possibilité qui m'a prise à la gorge une fois passée la surprise de la nouvelle de la mort de Jonas. J'en avais écarté l'idée, mais...

Elle reporta son attention sur Eve, les yeux dans les yeux.

— C'est ce que vous pensez ?

— C'est quelque chose que nous devons envisager et prendre au sérieux pour nous assurer que votre mari reste en sécurité.

— Oui. Bien. Prenez-le au sérieux. Nous allons tous prendre ça très au sérieux.

— Petra, Edward et Jonas partageaient des réseaux et des opinions politiques différents des miens.

Elle se contenta de secouer la tête.

— Vous êtes amis depuis des lustres. Vous vous voyez régulièrement, vous jouez au golf, vous voyagez ensemble. Vous avez vécu dans la même maison à l'époque de… Mon Dieu ! Fred et Ethan.

— J'imagine que vous parlez de Frederick Betz, dit Eve. Qui est Ethan ?

— Ethan MacNamee, lui répondit Easterday. L'un de nos colocataires à l'université de Yale. Edward et lui ne sont pas restés très proches et il passe l'essentiel de l'année à Glasgow. Moi-même, je ne le vois qu'une fois tous les quelques mois.

— Et quand vous vous retrouvez, c'est comme s'il s'était à peine écoulé quelques jours, rétorqua Petra. Vous êtes comme des frères.

— Une petite confrérie, commenta Eve en observant le visage d'Easterday.

Un visage qui devint de marbre et dont les yeux se détournèrent, l'espace d'un court instant.

— Oui. Nous sommes comme des frères, on peut dire ça, et j'en ai perdu deux.

— Trois, dit Petra à mi-voix.

Elle prit la main de son mari dans la sienne.

— Ils étaient six à partager cette maison à Yale. L'autre s'appelait William Stevenson. Billy. Il a connu une mort tragique juste avant notre mariage.

— Que s'est-il passé ?

— Il a souffert de dépression, expliqua Marshall en se massant la tempe. Il avait misé de très grosses sommes sur une nouvelle affaire qui a échoué et vivait un second divorce particulièrement difficile. Son père était – et est toujours – un homme très dur, qui l'accablait de reproches. Un enchaînement de revers difficiles à encaisser.

— Il a mis fin à ses jours ?

— Oui, sans avoir obtenu l'approbation légale, sans être passé par le suivi psychologique nécessaire. Il est retourné dans sa maison familiale du Connecticut, s'est enfermé dans son ancienne chambre à coucher et s'est pendu.

— Pendu.

— Aucun lien avec les meurtres. Il s'agissait clairement d'un suicide et ça s'est passé il y a plus de quinze ans. Et même si nous sommes restés de bons amis, Edward et Jonas étaient les plus proches d'entre nous. Ils partageaient plus de points communs et, comme je le disais, des points de vue politiques et sociaux.

— Que partageaient-ils d'autre ? s'enquit Eve. Edward Mira entretenait des relations sexuelles régulières avec de nombreuses femmes.

Easterday frappa du poing sur sa cuisse.

— N'espérez pas, alors que mes amis gisent dans votre morgue, m'entendre salir ici leur réputation !

Il affichait un air scandalisé mais Eve perçut un soupçon de peur.

— J'ai une liste de noms, des femmes avec lesquelles Edward Mira a entretenu des relations durant l'année écoulée. L'une d'entre elles pourrait être responsable de ce qui lui est arrivé. J'ai besoin de savoir si Jonas Wymann partageait certaines de ces femmes, ou cette prédilection pour les femmes.

Avant qu'il puisse répondre, avant qu'il donne libre cours à la colère qu'Eve lisait dans ses yeux, Petra prit la main de son mari.

— Marshall, dit-elle. Ils sont morts. Et si c'est pour cette raison, tu leur dois de dire la vérité. Je t'en prie.

— Edward ne faisait pas un secret du plaisir qu'il prenait à courtiser des femmes en dehors de son mariage. Et Mandy était au courant, énonça Easterday d'une voix crispée. Leur façon de vivre leur mariage ne regardait qu'eux. Jonas était plus discret mais... Sa propension à vivre des aventures avec d'autres femmes a certainement mené à la dissolution de ses deux mariages. Cependant, s'ils ont partagé la même maîtresse, je n'en ai rien su.

— Et vous, monsieur Easterday ? Sortez-vous parfois des clous ?

— Cette discussion est terminée.

— Non ! s'exclama Petra en lui agrippant le bras. Marshall et moi avons une relation basée autant sur la confiance que sur l'amour et le respect. Je sais parfaitement qu'il a été infidèle envers sa première femme. Mon premier mari aussi a eu son lot de liaisons. J'ai refusé d'épouser Marshall pendant plus d'un an pour des questions de confiance. Nous nous sommes rencontrés peu après nos divorces respectifs.

— Je n'ai jamais eu d'aventure, pas depuis le début de notre relation.

— Je sais, dit Petra en lui posant une main sur la joue. J'ai vécu avec un infidèle, expliqua-t-elle à Eve. Je connais les signes. Tous les signes. Je me suis promis de ne plus jamais vivre ainsi. Et je tiens mes promesses, lieutenant. Marshall et moi avons bâti un mariage solide et sain. Confiance, fidélité, respect en sont les pierres angulaires.

— Vous savez où regarder, dit Marshall à Eve. Vous pouvez vérifier mes comptes, mes déplacements. Adressez-vous à qui vous voudrez dans l'entreprise. Je n'ai eu aucune relation avec une autre femme depuis ma rencontre avec Petra.

— Et Betz ?

— Lieutenant, j'apprécie que vous vous inquiétiez pour ma sécurité et je respecte votre position mais je ne vais pas cancaner à propos de mes amis. Allez lui parler vous-même.

— J'en ai l'intention. Entretenez-vous des liens amicaux avec le sénateur Fordham ?

— Pas vraiment. C'est l'ami d'Edward. Nous nous sommes déjà rencontrés, bien sûr, mais je le considérerais plutôt comme une simple connaissance.

— Ce n'est pas l'un de vos frères, alors.

— Non, répondit Easterday sur un ton catégorique.

Eve vit frémir la main qui tenait le thé. Il reposa la tasse.

— Je m'en tiendrai là, annonça-t-il. Je ne vois pas en quoi ça peut être utile et vous m'avez mis dans une position qui m'oblige à me montrer déloyal envers des amis morts. Il est temps d'aller me reposer.

— Oui, il faut que tu te reposes. Je te rejoins tout de suite, lui dit Petra. Je raccompagne le lieutenant et l'inspecteur et je monte te voir.

En regardant Marshall s'éloigner, Eve eut l'impression que ses épaules portaient un poids plus lourd qu'à son arrivée.

— Nous disposons de bonnes mesures de sécurité, s'empressa de lui dire Petra. Et je m'assurerai qu'elles sont pleinement opérationnelles. Il n'ira nulle part sans moi. Je peux aussi engager des agents de sécurité pour l'accompagner jusqu'à ce que l'affaire soit résolue, si vous estimez que c'est nécessaire.

— Ça ne pourrait pas faire de mal. Il ne devrait se rendre à aucun rendez-vous seul, dit Eve en se levant. C'est de cette façon que les deux victimes ont été piégées.

— Il n'est pas comme eux, pas de la manière dont vous le suggérez. Il les aimait, profondément même, mais il n'est pas comme eux. Je ne suis pas Mandy Mira, lieutenant. Croyez-moi.

— Je vous crois, répondit Eve en soutenant son regard. Merci de nous avoir reçues et pour votre coopération.

Eve ressortit et prit une profonde inspiration. Puis elle se tourna vers sa coéquipière.

— Vos impressions, Peabody ?

— Il sait des choses, des choses qu'il n'a pas dites à sa femme. Et qu'il ne voudrait pas qu'elle sache. Et il a la trouille. Mais elle saurait s'il l'avait trompée, et il a paru sincère lorsqu'il a dit qu'il lui était fidèle.

— Il n'a pas employé ce mot, fit remarquer Eve. Il a dit qu'il n'avait pas eu de liaisons, pas de relations avec d'autres femmes. Il y a une distinction, à mon avis.

— Je n'ai pas entendu ça comme ça.

— Il ne court pas les jupons comme ses amis. Et, oui, elle le saurait s'il le faisait. Et elle le mettrait dehors. Mais faire des galipettes dans une chambre d'hôtel, prendre un verre, aller dîner, discuter… C'est très différent de choisir une cible, de la violer et de tourner la page.

— Je… Eh ben !

— Oui. Ajoutez-y qu'il sait des choses. Et qu'il a peur. Il a peur et il est en colère, sur la défensive. Il fait partie de cette fameuse confrérie, Peabody. Et sa loyauté envers celle-ci, cette volonté de cacher de quoi il fait partie à sa femme, pourrait au bout du compte causer sa mort ou celle d'un des autres. Voyons si nous pouvons tirer davantage de Betz.

Le domicile de Frederick Betz dans l'Upper East Side avait autrefois été un petit hôtel de luxe réservé aux riches parmi les riches. Des riches qui avaient fait du lieu une cible de choix durant les Urbaines. Il n'avait pas été rasé mais complètement éviscéré : le marbre, la pierre, les boiseries, les dorures, le cristal et les feuilles d'argent avaient été découpés, décollés, arrachés et emportés.

Il était resté ainsi, triste coquille vide couverte de graffitis, pendant presque deux décennies avant que Betz, l'esprit plein d'initiative, le rachète pour une bouchée de pain durant les prémices de la revitalisation du quartier.

Il avait dépensé dix fois le coût de la coquille vide pour en faire son palace personnel. En dépensant ainsi ses millions, Betz avait prouvé – sans l'ombre d'un doute – que le bon goût ne s'achetait pas.

Sur la porte d'entrée recouverte d'une laque rouge brillante, des chérubins potelés vêtus de ce qu'on pouvait qualifier de strings s'ébattaient en compagnie de centaures à l'œil fourbe et de chevaux ailés. Des chiens à trois têtes grondaient ; des dragons au regard féroce crachaient le feu.

Certains des chérubins étaient armés d'arcs et de flèches et semblaient prêts à s'en servir.

Eve n'arrivait pas à décider si c'était saugrenu ou obscène.

— C'est super chelou, commenta Peabody.

— Oui. C'est le bon mot : « chelou ».

Tournant son regard vers le capteur d'empreinte palmaire, elle remarqua qu'il était retenu au mur par plusieurs doigts en or brillants.

« Il faut de tout pour faire un monde », se dit-elle.

Tout quoi, elle ne le saurait jamais. Mais il fallait de tout.

Elle appuya sur la sonnette sertie au cœur d'un enchevêtrement de plantes dorées.

— *Bonjour*, lança l'ordinateur avec un accent britannique distingué. *M. et Mme Betz ne sont actuellement pas disponibles pour recevoir de la visite. Merci de laisser votre nom si vous souhaitez qu'un membre du personnel vous recontacte.*

— Scanne ça, ordonna Eve en brandissant son badge. Lieutenant Dallas, NYPSD. Il est impératif que je parle à M. Betz immédiatement.

— *Un instant.*

Une lumière rouge apparut et courut sur la surface de l'insigne.

— *Votre identité est confirmée, lieutenant Dallas. Je suis au regret de vous dire que M. Betz n'est pas sur place actuellement. Si vous souhaitez contacter son assistante personnelle ou son assistant administratif...*

— J'opte pour Mme Betz, dit Eve en l'interrompant.

— *Je suis au regret de vous dire que Mme Betz n'est pas sur place actuellement. Si vous souhaitez...*

— Laisse tomber. Qui se trouve sur place ? Je parlerai à n'importe quel être humain disponible.

— *Un instant.*

— Contactez son bureau, demanda Eve à Peabody. Voyez si vous pouvez joindre une vraie personne. Je veux savoir où il est !

— « Un instant », ne put s'empêcher de répondre Peabody avant de s'écarter de quelques pas en sortant son communicateur.

Avant qu'Eve ait pu décider si elle devait rire ou rugir, elle entendit les verrous se désenclencher.

— Lieutenant. Inspecteur.

— Sila. Vous travaillez ici ?

— Oui, lieutenant.

La femme de ménage opina du chef puis recula d'un pas pour les faire entrer.

— Ça fait à peu près six mois, expliqua-t-elle. Mme Betz, elle a renvoyé l'autre société de nettoyage et elle a eu notre nom par le sénateur Mira. Il y a un problème ?

— Peut-être. Je dois trouver Frederick Betz.

— Oh, là, là, je sais pas trop où il pourrait être. Je sais que Mme Betz a dit qu'elle allait dans leur résidence à Bimini, si je me souviens bien, avec le bébé et la nounou, et l'auxiliaire de la nounou.

— La nounou a une auxiliaire ?

Sila s'autorisa un petit sourire.

— Oui, bien sûr. Il me semble que Mme Betz a aussi emmené son assistante personnelle. Et peut-être que M. Betz y allait aussi. Elle n'en a pas parlé. Par contre, on a commencé l'étage et la suite parentale est, disons, en bazar. On a l'habitude. Mais j'ai pas eu l'impression qu'il manquait des affaires à lui, genre pour partir en voyage.

— Qui est ce « on » ?

— Oh, ma mère et moi, et Dara, ma fille. À trois, il nous faut deux jours entiers pour faire cette maison. Il y a tellement d'enjolivures et de petits trucs à nettoyer, malgré leur droïde domestique qui fait quotidiennement le ménage. On vient deux fois par mois pour tout laver, de la cave au grenier.

— Rendez-moi service, Sila. Dites aux autres d'arrêter de nettoyer pour le moment.

— Je... D'accord.

Elle sortit un communicateur de sa poche et composa prestement un texto.

— Vous pouvez m'expliquer pourquoi ? demanda-t-elle.

— Il y a eu un autre meurtre. Un ami du sénateur. Je m'assure que tout va bien pour ses autres amis.

— Oh, mon Dieu... Qu'est-ce qu'on doit faire ? On a déjà passé une heure sur le sol de la chambre.

— Ce n'est pas grave. Ne touchez à rien d'autre. Ce serait bien si nous pouvions parler au droïde domestique.

— Euh, il est dans la cuisine. Mais je ne sais pas l'allumer. Mme Betz a dit que M. Betz l'éteindrait pendant leur absence et le programmerait à distance pour se réactiver et faire un peu le ménage juste avant qu'ils reviennent.

— Si on ne peut pas l'allumer, on demandera l'aide de quelqu'un à la DDE. Peabody ?

— Je tente de joindre son assistante personnelle. Les autres ne savent pas ou ne veulent pas me dire où il se trouve.

— Continuez. Vous voulez bien nous montrer le droïde, Sila ?

— Bien sûr.

Elle quitta le hall d'entrée, avec son bassin central plein de carpes koï et son énorme chandelier en or doté de centaines d'…

— « Enjolivures », répéta Eve, ce qui fit sourire Sila.

— Et fantaisies. Et babioles. Je vous jure, ils doivent avoir utilisé deux tonnes de peinture dorée et un hectare entier de tissu de soie et de velours. À chaque endroit où on pouvait poser un gland doré, ils en ont mis six.

Elle secoua la tête tandis qu'au mur défilaient des toiles – nouveaux chérubins cavaleurs, femmes en robes blanches semi-transparentes et hommes armés d'épées et d'arcs –, toutes dotées de cadres dorés richement sculptés.

— Après un petit tour dans cet endroit, j'ai demandé le double de mon prix habituel. Mme Betz n'a même pas cillé, donc tout le monde est content. Devinez quoi, lieutenant : ils ont chacun leur salle de bains dans la suite parentale. Ça se fait souvent, mais lui a carrément un bar complet dans la sienne. Avec des tabourets et tout. Elle, elle s'est choisi un long divan en soie rose, avec une armoire à vin. Dans la salle d'eau. Ce que je veux dire, c'est que je ne connais personne qui reçoit des invités dans ses toilettes, même très classes.

Ils passèrent sous les arches menant à des pièces pleines de meubles, lesquels étaient recouverts de tellement de coussins (et de centaines de glands) qu'il semblait impossible d'arriver à poser les fesses sur un seul.

Elle ne savait pas à quoi s'attendre dans la cuisine. Un rouge vif, presque sanglant, avait été retenu en guise de couleur principale. Ce rouge était partout : sur le demi-kilomètre de placards, l'électroménager, les deux énormes réfrigérateurs, les fours muraux, la cuisinière. Les plans de travail, eux, constituaient une mer de blanc au-dessus d'un sol d'un noir de jais.

— Affreux, non ? Je travaille pour beaucoup de gens et chacun à son style et ses goûts. Mais cette cuisine ? Ma mère aime dire qu'elle remporte la palme et le pompon qui va avec.

Sila contourna l'îlot central et prit à gauche pour emprunter une porte – rouge, évidemment – sur laquelle étaient sculptés des individus plus ou moins déshabillés qui s'empiffraient de bols de fruits, de fruits pendus aux arbres et de baies bien mûres ou de fruits déjà entre les mains d'autres personnages.

— C'est là qu'ils rangent les droïdes, indiqua Sila. Le droïde domestique et le modèle de secours. Le droïde aspirateur, le droïde nettoyeur et tout ça. Mais celui-ci est, disons, le chef des droïdes.

Eve s'approcha de la silhouette en costume noir. Grand, mince, très digne, avec un petit quelque chose de Summerset aux yeux d'Eve. Il avait été conçu avec des tempes grisonnantes, de fines lèvres et des pommettes marquées.

Eve lança un coup d'œil par-dessus son épaule à Peabody, qui hocha la tête, dressa l'index en l'air et poursuivit sa conversation sur son communicateur. Eve s'approcha donc par elle-même, pencha la tête et se mit en quête de l'interrupteur de mise en marche manuelle.

Elle fut contente de le trouver rapidement, au niveau de la tempe gauche.

Le droïde émit un petit bourdonnement puis quelque chose s'alluma dans son regard bleu clair. Il cligna les paupières et tourna son attention vers Eve.

— Bonjour, lança-t-il avec le même accent britannique distingué que l'ordinateur de l'interphone. Je m'appelle Stevens. J'ai bien peur de ne pas être programmé pour vous assister aujourd'hui sans l'autorisation de M. ou Mme Betz.

Eve sortit son insigne.

— Scanne ça pour vérifier mon identité. Je suis ici pour une affaire policière et j'ai besoin d'informations. Tu peux me renseigner directement ou je peux te faire transporter jusqu'au Central pour que la DDE extraie lesdites informations.

— Un instant.

— C'est ça...

— Votre identité est confirmée. Dallas, lieutenant Eve. Y a-t-il une urgence de nature policière ?

— Espérons que non.

— Dallas ?

Eve fit signe au droïde d'attendre puis se tourna vers Peabody.

— Son assistante indique qu'il est attendu ce matin. Il a prévu de rejoindre sa femme mais n'est pas parti avec elle. Elle est partie hier matin alors que, pour l'instant, lui prévoit de s'y rendre demain ou après-demain.

Eve reporta son attention sur le droïde.

— Quand M. Betz a-t-il quitté les lieux ?

— Je ne suis pas en mesure de répondre avec précision. Mme Betz m'a désactivé à 10 h 38 hier, au moment de son départ. M. Betz avait déjà quitté la résidence. Il est parti pour son bureau à approximativement 9 h 15.

— Et son retour ?

— Je ne suis pas en mesure de répondre avec précision car j'étais en mode désactivé depuis hier à 10 h 38.

— Est-ce que Betz te remet généralement en route lorsqu'il revient ?

— La plupart du temps, oui.

— Comment M. Betz se rend-il à son travail ?

— Il fait appel à un chauffeur. La société Royal Limousine. Le chauffeur qui vient le plus souvent s'appelle George. Je regrette de ne pas pouvoir vous fournir de nom de famille.

— Peabody.

— Je m'en occupe.

— Sais-tu si M. Betz avait des rendez-vous prévus hier, ici, à son domicile ?

— Aucun rendez-vous de ce genre n'est programmé dans mon agenda.

Peut-être qu'il n'avait pas rendez-vous, se dit Eve, mais qu'elles l'avaient pris par surprise.

Mais elles le tenaient, c'était une certitude.

— Je vais avoir besoin des moyens de joindre Mme Betz, et je dois aussi savoir où se trouve la console de sécurité de ce domicile. On commence par la console.

— Dallas, il n'a pas fait venir son chauffeur ce matin.

— Oui, je m'en doutais.

Le droïde la conduisit jusqu'à une deuxième porte. Un simple coup d'œil dans la pièce lui apprit tout ce qu'elle avait besoin de savoir.

— Le disque dur et les sauvegardes ont disparu. Tout comme Betz. Elles l'ont enlevé.

En se retournant, elle découvrit Sila debout sur le seuil, les bras crispés contre son ventre.

— Mon Dieu, lieutenant... Mon Dieu. Vous pensez qu'il... On n'a pas encore fait toute la maison. Vous pensez qu'il est... ?

— Pas pour l'instant. Mais nous allons vérifier les lieux. Je voudrais que vous fassiez descendre votre mère et... Dara, c'est ça ? Faites-les descendre dans le hall d'entrée. J'aurai besoin que vous me disiez exactement ce à quoi vous avez touché ce matin. Peabody…

— J'appelle la DDE. Vous voulez aussi Baxter et Trueheart ?

— Envoyez-les parler à l'assistante. Et envoyez la DDE là-bas également. Nous aurons sans doute besoin d'un mandat mais étant donné la situation, j'estime que ça se justifie. Envoyons quelqu'un monter la garde devant chez les Easterday ainsi que chez les autres. Il ne court sans doute aucun danger dans l'immédiat, mais on ne va pas prendre de risques.

Il était peut-être déjà trop tard pour Betz, songea-t-elle.

Les tueuses menaient trois à zéro. Mais il n'était pas question qu'elle les laisse en ajouter un quatrième à leur palmarès.

16

Eve rassembla l'équipe des femmes de ménage et reçut ses premières informations de la part de la « retraitée » Frankie.

— On a commencé la suite parentale. À elle seule, elle fait déjà la taille d'une maison, surtout avec les deux salles de bains et toute la déco. On a commencé par les salles d'eau et les deux antichambres. Et Sila m'a dit « t'as qu'à démarrer la chambre du bébé » et j'étais sur le point de le faire quand elle est descendue pour vous faire entrer, et puis vous nous avez dit d'arrêter.

— D'accord. Avez-vous remarqué quoi que ce soit de particulier ?

— Pas là, non, mais quand vous nous avez appelées, je me suis dit « bon sang, il se passe un truc ». Alors j'ai jeté un coup d'œil dans la suite des invités, la dorée. C'est la plus grande, de l'autre côté de la maison par rapport à la suite parentale. J'ai bien vu qu'on l'avait préparée.

— C'est-à-dire ?

Frankie s'autorisa une petite moue.

— Pour, disons, un rendez-vous. Il y a une bouteille de champagne dans son seau en argent. Plein d'eau, maintenant, vu que la glace a fondu. Deux jolies flûtes et des fraises trempées dans du chocolat. Blanc et noir, même si le blanc n'est pas vraiment du chocolat, si ?

— Ça se laisse manger, répondit Eve en s'étonnant elle-même.

— Il y a une rose sur l'un des oreillers et, vu que je jouais déjà les indiscrètes, je suis allée regarder dans le tiroir de la table de nuit. Il y avait ce qu'on pourrait appeler des jouets pour adultes, ce genre de choses. Je dirais que Monsieur attendait quelqu'un qui n'était pas sa femme, comme il l'a déjà fait avant.

— Avant ?

— J'ai déjà fait deux fois cette pièce depuis qu'on travaille ici. Et les deux fois la chambre a servi à un moment où on savait que Madame était partie. Le lit aussi avait servi, et je fais des lits depuis assez longtemps pour savoir quand des gens ont fait des galipettes dedans. Sans parler du seau, de la bouteille vide, des verres et du reste. Toute la petite mise en scène. La salle de bains aussi avait servi. Personne n'a utilisé le lit ou la salle de bains cette fois, mais c'était préparé pour les galipettes.

— Maman, c'est toi qui remportes la palme et le pompon.

— C'est terrible ce qui est arrivé au sénateur Mira… et maintenant à cet autre homme. Je le sais parce que pendant qu'on attendait en haut j'ai demandé à Dara de regarder sur son communicateur pour voir s'il y avait eu un autre meurtre. Et il y en a eu un. Vraiment terrible, même si j'ai connu des cailloux plus humains que le sénateur Mira. Mais aucun homme ne mérite d'être tué, surtout avec une telle méchanceté, juste parce que c'est un con.

Dara laissa échapper un gloussement avant de se plaquer une main sur la bouche.

— Pardon.

— Pas grave. Madame Trent, ce que vous me dites est très utile. Avez-vous remarqué autre chose ?

Frankie inspira par le nez et fronça les sourcils.

— Bon, je sais pas si ça va trop vous aider mais je crois qu'il a retiré son costume de bureau en arrivant à la maison. Il l'a laissé sur une chaise dans la suite parentale, avec ses chaussures de ville en dessous. Personne dans cette maison range ses affaires comme il faut. Je peux pas vous dire ce qu'il a enfilé à la place, mais je dirais qu'il est rentré, qu'il a pris une douche dans la grande salle de bains et qu'il a mis des vêtements propres. Puis il est allé préparer la suite des invités pour ses galipettes. Apparemment, il pense que ça compte pas s'il les emmène pas dans le lit qu'il partage avec sa femme. Tu peux tout de suite mettre ta main devant ta bouche, Dara, parce que je vais dire qu'un homme infidèle est un con. Mais j'espère qu'il se fera pas tuer pour ça.

Eve ne trouva rien à redire ; elle pensait exactement la même chose.

Elle leur posa quelques questions supplémentaires, au cas où, puis les laissa partir.

Peabody la rejoignit dans le couloir de l'entrée.

— J'ai pu joindre sa femme, dit-elle. J'ai fait ça sur un ton léger, et elle était trop préoccupée par son massage du matin pour piger qu'il se passait un truc. Préoccupée et à peu près aussi maligne qu'une brique. Et encore, ce n'est pas très gentil pour les briques. Elle m'a dit que « Freddy » la rejoindrait demain ou peut-être après-demain. Qu'elle-même avait besoin d'un peu de solitude. C'est-à-dire dans une maison pleine de domestiques, avec son assistante personnelle, deux nounous et son masseur. Qui s'appelle Sven.

— Si son mari est retrouvé mort, elle profitera de toute la solitude du monde. D'après Frankie Trent, il se sert d'une suite à l'étage pour des ébats sexuels quand sa femme n'est pas là. La pièce a été préparée dans ce but. Elle n'a pas servi, mais tout était prêt.

D'un petit mouvement de tête, elle fit signe à Peabody de l'accompagner dans l'escalier.

— Elle affirme que, par deux fois durant les six mois où elles ont travaillé ici, elle a nettoyé cette pièce au moment où lui était censé profiter d'un peu de solitude.

— Eh ben ! Pourquoi ne pas aller à l'hôtel ?

— Si vous voulez mon avis, il s'imagine que c'est plus discret et il est paresseux. La femme vient ici, il lui offre à boire, profite bien d'elle puis la laisse rentrer chez elle. Après quoi il n'a qu'à retourner dans sa propre chambre et dormir dans son lit.

— Comment font-ils pour vivre au milieu de tout ce rouge ? commenta Peabody en faisant la moue face à la moquette rouge. Et tous ces galons dorés ? Au passage, je suis entrée dans ce qui doit être leur grande salle à manger. Tous les murs sont couverts de miroirs, de même que le salon. Comment peut-on manger tout en se regardant manger ? Je ne sais pas c…

— Nom d'un chien enragé !

Au cri d'Eve, qui était montée dans les aigus, Peabody dégaina son arme.

— Quoi ? Quoi ?

— Là ! Oh, par tous les saints, il y en a *partout* !

Avec lenteur, presque à contrecœur, Peabody pivota sur elle-même, s'attendant à moitié à découvrir une pièce remplie d'énormes araignées. Pleines de poils. Avec des yeux rouges.

Elle se retrouva face à une chambre pleine de poupées.

Poupons, poupées glamour, souriantes ou tristes. Des poupées en tutu faisant des pointes, des poupées emmaillotées dans plusieurs épaisseurs de vêtements. Des poupées portant diadèmes, manteaux de fourrure ou costumes indigènes de toutes les terres et toutes les cultures.

Des poupées grandes comme sa main, d'autres de la taille d'un nourrisson bien portant.

Peabody n'avait rien contre les poupées. Elle avait joué avec étant petite et n'avait jamais vraiment compris l'intense phobie de son équipière à leur égard. Mais en les voyant ainsi, amassées par *centaines*, elle ne put s'empêcher de reculer d'un pas.

— Je… pense qu'on devrait fermer la porte, dit-elle.

— Et moi, qu'on devrait la verrouiller, répondit Eve. La barricader. Celle-ci…

Eve leva lentement la main pour pointer du doigt l'une des poupées.

— Celle-ci, là-bas, sur le truc en forme de cheval. Je crois qu'elle a cligné les yeux.

Peabody coula un regard méfiant vers la poupée de cow-girl avec son visage souriant et son chapeau rose.

— Mais non… Arrêtez, vous me mettez mal à l'aise.

— Vous voyez ce que je vois, mais c'est *moi* qui vous mets mal à l'aise ? Qui fait un truc pareil ? Quel genre d'esprit malade et dérangé tapisse une pièce entière de petits humains aux yeux morts ?

— Je ne veux pas le savoir.

Retenant son souffle, Peabody tendit la main… lentement, très lentement… puis referma la porte d'un coup sec.

— Vous avez vu combien elles sont ? reprit Eve. Oh, elles arriveront à sortir si elles le veulent.

— Arrêtez. Sérieux, n'en rajoutez pas !

Peabody avança précipitamment dans le couloir et ne rangea son arme que quelques mètres plus loin.

— Ne me parlez plus d'elles. Pas un mot. Sexe et meurtre. Ne pensons qu'à nos histoires de sexe et de meurtre.

Après un dernier coup d'œil par-dessus son épaule – juste au cas où – Eve entra dans la suite des invités et se mit au travail.

— Frankie ne s'est pas trompée. Betz avait un rendez-vous de nature sexuelle. Champagne encore bouché, deux verres, les fraises, la rose sur le lit.

Elle ouvrit le tiroir de la table de nuit.

— Plusieurs vibromasseurs, des lubrifiants aux parfums variés. Préservatifs, eux aussi parfumés. Et des pinces à tétons… décorées de pierreries.

— Aïe.

— Certains prennent leur pied à dire « aïe ». Menottes en velours. Je vois aussi de l'Erotica et divers stimulants. Y compris certaines substances illégales. Mais ils ne sont pas montés jusqu'ici. Elles ont dû le neutraliser en bas sans perdre de temps. Pas de passage à tabac sur place. Elles ont retenu la leçon de leur première fois. Elles le paralysent et le transportent hors de la maison, jusqu'à leur véhicule. Il les a laissées entrer. Il avait peut-être prévu deux partenaires, ou il s'est dit que c'était son jour de chance. Peut-être l'ont-elles pris par surprise, mais en tout cas il les a fait entrer et elles l'ont neutralisé.

— Si elles l'ont enlevé hier soir, elles l'ont fait alors qu'elles tenaient encore Wymann.

— Oui, ce sont elles qui se sont offert un duo masculin.

Eve se remémora le grand chandelier tape-à-l'œil dans l'entrée.

— Elles vont vouloir le suspendre au plafond ce soir.

— Si elles suivent leur méthode habituelle, elles le ramèneront ici.

— Si elles le font, nous serons là en force pour les accueillir. Silence radio total sur Betz : ni échanges sur les ondes, ni médias, ni avis de recherche. Et voyons si nous pouvons identifier celle qu'il devait retrouver hier soir.

Elles prirent la direction de la suite parentale, en prenant bien soin d'éviter la chambre aux poupées. La sonnerie de l'entrée retentit.

— Je m'en charge, dit Eve. C'est sans doute la DDE.

Peabody se figea.

— Vous allez me laisser ici ? Toute seule ? Avec *elles* ?

— Vous êtes armée. Elles, sans doute pas. Inspectez la table de nuit de la victime, son armoire, sa salle de bains. S'il cache quelque chose à sa femme, c'est sans doute là que ce sera.

L'écran du rez-de-chaussée lui présenta l'image de McNab avec sa longue crinière de cheveux blonds sous un gros bonnet de laine à rabats striés. Elle fut surprise de le voir accompagné de nul autre que son ancien équipier et désormais capitaine de la DDE. Feeney, tête nue et cheveux roux en bataille, gardait les mains au fond des poches du manteau magique qu'Eve lui avait offert.

Elle libéra les verrous et ouvrit la porte.

— Je ne pensais pas mériter la présence d'un haut gradé, dit-elle.

— Il faut bien que je me rende un peu sur le terrain de temps en temps, ma fille. Et avec tes trois victimes en trois jours, tu le mérites. Qu'est-ce que c'est que cette porte ? demanda-t-il.

— Trop délire et même franchement bizarre, commenta McNab.

— Ce n'est que l'entrée du pays du bizarre. Il y a une pièce là-haut qui ferait friser les cheveux de McNab.

— Salon SM ? demanda Feeney.

— Des poupées. Un milliard de poupées flippantes.

Feeney laissa échapper un sifflement entre ses dents.

— Les gens sont tordus.

Les mains toujours dans les poches, Feeney leva ses yeux de basset vers le chandelier en or.

— C'est là qu'elles voudraient le suspendre. Juste au-dessus de ces gros poissons bizarres. Bonnes mesures de sécurité. Il n'y a pas eu effraction chez les deux autres, n'est-ce pas ?

— Non, et sans doute pas davantage ici. Vous pourrez vérifier ça mais voilà comment j'imagine les choses.

Tandis qu'elle leur exposait sa théorie, McNab examina les mesures de sécurité de l'entrée principale.

— Tatouages au bas-ventre et valse des maîtresses, commenta Feeney avec un haussement d'épaules. L'hypothèse du club du sexe reste à prouver, surtout que tu parles quasiment d'un club du viol. Mais vu la façon dont tes deux victimes ont été tuées, on a affaire à quelqu'un de salement en colère.

— Elles commencent par leur balancer des décharges paralysantes dans les testicules, Feeney. Puis elles les sodomisent avec un tisonnier chauffé au rouge. On est au-delà de la colère.

— Je ne peux pas dire le contraire. Le motif est sexuel, ça semble évident, et je ne crois pas une seconde à une simple histoire de femme bafouée. Le gamin et moi allons nous occuper de la high-tech. Si ton club existe, alors il a une liste de membres ou un règlement posé par écrit quelque part.

— Personne n'a passé la porte sans disposer des codes, leur assura McNab. Je vais vérifier les autres portes et les fenêtres. Peabody est en haut ?

— Oui. Mais pas de mains baladeuses ! lui répondit Eve. Comme je te le disais, il attendait de la visite et ce n'était pas la première fois. Il faut s'assurer qu'il n'y a pas eu effraction, mais je pense qu'il a laissé entrer la femme. Ou les femmes. Il connaissait donc au moins celle avec qui il avait l'intention de coucher, et il ne craignait rien d'elle. Il était au courant de la mort d'Edward Mira. Forcément. Mais il ne s'est pas inquiété.

— Si elles le tiennent, tu peux être sûr que maintenant il s'inquiète. Il avait un bureau dans cette maison ? demanda Feeney. Je commencerai par là.

— Deuxième étage, d'après les femmes de ménage. Je n'ai pas encore exploré toute la maison. Laisse-moi y aller avec Peabody, puis on te fera signe. Je veux jeter un œil aux espaces personnels de Betz.

Elle retrouva Peabody dans le dressing du maître des lieux.

— Encore d'autres gadgets sexuels, dans les deux tables de nuit. Celle de monsieur et celle de madame, lui dit Peabody. Ce qui me laisse penser que les trucs dans la chambre des invités sont réservés aux autres femmes.

— Très délicat de sa part.

— Il a un dressing informatisé, avec les vêtements organisés par catégories, et je n'ai pas encore fait le tour mais je ne vois rien qui indique qu'il ait emporté des vêtements pour un déplacement. La mémoire du dressing indique qu'il a sorti un caleçon en soie noire, un pantalon en sergé gris, un pull en cachemire bleu marine ras du cou, des mocassins gris et des chaussettes bleu marine en cachemire. D'après l'ordinateur, ces articles ont été sortis hier à 18 h 16. Il y a aussi un coffre-fort pour bijoux. Fermé.

— On demandera à McNab ou Feeney d'y jeter un coup d'œil.

— Feeney est là ?

— McNab s'occupe des portes et des fenêtres. Feeney va commencer à travailler dans le bureau de Betz. Si vous avez les choses en main ici, je vais me charger du bureau et de tout autre endroit réservé au seul usage de Betz.

— Je me débrouillerai toute seule.

Peabody recula d'un pas, les mains sur les hanches, et pivota sur elle-même.

— Je suis convaincue qu'il y a une cachette quelque part. S'il est impliqué dans un truc louche, il ne va pas laisser de pièces à conviction sur son lieu de travail, n'est-ce pas ? Je veux dire, il ne prendrait pas le risque que quelqu'un de trop curieux découvre le pot aux roses. Et pour ce qui est de la maison, il voudrait être sûr de cacher le truc à sa femme. C'est une de ses anciennes maîtresses, non ?

— Exact.

— Alors c'est « trompe ta femme avec moi, mais ne me trompe pas quand je serai ta femme ». Elle doit penser comme ça. J'imagine qu'elle farfouille un peu dans ses affaires de temps en temps, juste pour être sûre. Et même si elle ne le fait pas, il s'imagine peut-être qu'elle le fait. Alors, où va-t-elle chercher ?

— Dans ses espaces personnels, confirma Eve.

Sourcils froncés, elle scruta le dressing de la taille d'une petite chambre.

— Faux mur, dit-elle. Faux tiroir. Cache dissimulée dans le sol.

— Si c'est le cas, je ne l'ai pas encore trouvé. Mais je vais chercher en gardant ça à l'esprit.

— Je vous fais confiance.

— Mais ne comptez pas sur moi pour fouiller la galerie de poupées flippantes, annonça Peabody avec un geste catégorique de la main. J'ai mes limites.

— Il ne me donne pas l'impression d'être du genre à jouer à la poupée. C'est son espace à elle.

— Je tenais simplement à être claire.

— Je serai au deuxième étage. S'il s'avère qu'on a besoin de renforts, j'appellerai Baxter et Trueheart.

— Vous pourriez peut-être faire appel à Connors… s'il a le temps. S'il y a vraiment une cachette, il la trouvera.

— Je garderai cet atout dans ma manche.

Effectivement, se dit-elle, s'il existait un panneau escamotable, un tiroir caché, un coffre-fort ou un compartiment secret, Connors le trouverait, et plus vite que n'importe quel policier.

Mais elle ne pouvait pas l'appeler et lui demander de laisser tomber la réunion aux conséquences d'ampleur mondiale dans laquelle il était sans doute plongé sur la seule intuition de Peabody. Une intuition qui sonnait juste, certes, mais qui demeurait une intuition.

Ceci dit, Eve aussi ouvrirait l'œil.

La décoration du bureau personnel de Betz s'avéra aussi rococo que le reste de la demeure. Le bureau avait dû être fabriqué spécialement pour lui car on y retrouvait les chérubins dénudés sculptés dans le bois massif. Le plan de travail était composé d'une unique dalle de marbre noir parcouru de mouchetures et de veines argentées. Derrière se dressait un fauteuil en cuir doré de la taille d'un trône. Eve avait mal aux yeux rien qu'en le regardant.

Elle décida que si la décoratrice que Connors avait engagée suggérait quelque chose un tant soit peu du même genre, elle mériterait d'être éjectée de la maison *manu militari*. Par la fenêtre.

Feeney était assis sur le trône, dans son costume froissé et chiffonné. Lui semblait tout à fait normal.

— Cet horrible bureau a deux tiroirs qui ferment à clé. Lesquels sont désormais ouverts, lui annonça-t-il.

— Ah oui ?

— Et j'ai comme l'impression que quelqu'un a bien fouillé dans les deux.

Elle traversa la pièce pour le rejoindre. La moquette rouge était si épaisse qu'elle fut presque étonnée que ses bottines n'y soient pas entièrement aspirées. Les deux tiroirs du bas étaient équipés de serrures à clavier numérique. Feeney avait ouvert les deux.

— Des papiers personnels ?

— On dirait qu'il classait les trucs personnels et liés à la maison dans le premier et ce qui concernait le travail dans l'autre. Comptes bancaires, assurances, réparations, ce genre de choses. Beaucoup de gens ne font pas confiance au numérique et gardent des archives sur papier. Tu en fais partie, d'ailleurs.

— Exact.

Elle examina du bout des doigts le contenu du tiroir.

— Soit il est désorganisé, soit quelqu'un a fouillé dans ses documents, au moins superficiellement. Mais en quête de quoi ?

— Je ne pourrais pas te le dire. Mais l'ordinateur de bureau a également été fouillé. Scan intégral et recherche effectués à 19 h 12.

— Il s'est changé à peu près une heure avant – c'est l'ordinateur du dressing qui le dit – pour se préparer à son rendez-vous. Le rendez-vous arrive, avec une amie. Parce que nos suspectes sont deux, voire même trois. Elle lui envoie une décharge paralysante, le malmène peut-être un peu. Nous n'avons rien vu de ce genre chez Wymann mais je vais retourner voir. Que cherchaient-elles ici ?

Elle fit le tour du bureau aux couleurs sombres et de l'espace à la décoration chargée.

— Il n'y avait rien à trouver dans la maison sur Spring Street et elles ne peuvent pas accéder à l'appartement surprotégé des Mira.

— Elles ont torturé Mira.

Eve se retourna avec un hochement de tête.

— Oui, et il leur a peut-être livré quelque chose à propos de Betz. Betz a ceci ou cela. Peut-être, comme tu le suggérais, une liste de membres ou un règlement pour leur petite confrérie secrète. Mais quelle différence si elles comptent les tuer de toute façon ? Ce n'est pas comme si elles cherchaient des preuves. Elles ont déjà jugé et condamné tous ces hommes.

Elle regarda derrière une toile représentant d'étranges chiens aux corps allongés et des chevaux cabrés.

Ne trouvant rien nulle part, elle reporta son attention sur Feeney qui vérifiait la liste des transmissions par communicateur.

— Disons que tu as trompé ta femme.

— Pas si je veux pouvoir vivre au-delà de mardi prochain, répondit-il sans s'arrêter de travailler.

— Réfléchis comme un infidèle. Tu te retrouves à épouser l'une de celles avec qui tu trompais ton épouse. Et tu continues à être infidèle, c'est ta façon de faire. Est-ce que tu conserverais quoi que ce soit ayant un rapport avec tes maîtresses voire, pire, quelque chose capable de donner des envies de meurtres à une femme, là où ton épouse actuelle serait en mesure de le trouver ?

— Moi ? J'aurais un compte séparé dont elle ne saurait rien, et peut-être aussi un coffre privé à la banque. Et si j'étais riche comme ce mec, je disposerais sans doute d'un lieu rien qu'à moi. Si j'en avais un à l'époque où je trompais ma femme avec elle, je l'aurais forcément laissé tomber, revendu au moment de la tromper, elle. Tout ce que j'aurais pu faire lors de mes infidélités avec elle serait désormais exclu.

— Un lieu. Un endroit discret, murmura Eve. Comme Edward Mira et sa suite à l'hôtel. Sa femme était au courant de son infidélité, donc il n'avait pas à s'en inquiéter. Wymann n'était pas marié. J'attends toujours que Connors me dise s'il s'est servi de l'hôtel. Nous ferons de même avec Betz. Mais, oui, un endroit spécifique. Réservé au sexe. Ici, ce n'est faisable que quand ta femme est en déplacement, or tu veux pouvoir la tromper à loisir...

» Il aurait eu besoin d'une clé, d'une carte magnétique, de codes d'accès. Quelque chose dans ce genre. Et il ne l'aurait pas rangé dans un tiroir de bureau, même fermé à clé, là où sa femme pourrait mettre la main dessus.

Elle ouvrit la porte donnant sur des toilettes rouge et argent puis pivota sur elle-même pour examiner le bar dans le coin du bureau.

— Je parie que je sais là où elle ne va pas.

Eve quitta la pièce et descendit l'escalier à petites foulées pour retourner à la suite parentale.

Elle y trouva Peabody et McNab debout près du lit (rouge, évidemment) recouvert d'une avalanche de coussins. Elle capta une lueur dans leur regard mais par chance aucun d'eux n'avait la main sur les fesses de l'autre.

— Je doute que quiconque soit entré par effraction via une fenêtre du premier étage, dit Eve.

— Personne n'est entré par effraction tout court, lui répondit McNab. Il y a deux autres portes au rez-de-chaussée et aucune n'a été utilisée durant les dernières vingt-six heures. Ça fait des semaines que les fenêtres n'ont pas été ouvertes. Je me suis dit que le mieux serait de monter récupérer les communicateurs et les ordinateurs de l'étage.

— C'est ce que vous vous êtes dit ?

— Absolument. Et que j'en profiterais pour faire coucou à Peabody au passage.

Sans rien dire, Eve s'avança pour scruter l'intérieur de la salle de bains de la femme de Betz.

Comme elle s'y attendait, celle-ci était un vrai festival de fanfreluches qui auraient vomi du rose partout.

L'équipe de ménage avait commencé par là : des serviettes propres roses, et d'autres blanches aux bordures roses, étaient empilées sur un banc laqué ou suspendues sur un haut porte-serviettes. Toutes les surfaces – en rose et blanc, toujours – luisaient de propreté et un parfum légèrement citronné flottait dans l'air. Des flacons de divers produits cosmétiques s'alignaient sur le long plan de travail entre deux vasques roses. Les robinets avaient la forme de sirènes en argent, un motif qui se répétait dans la douche aux parois de verre triple épaisseur.

En plus du divan rayé rose et blanc, on trouvait une coiffeuse tout en rondeur aux tiroirs pleins de crèmes, de lotions, de maquillage, un placard garni de peignoirs et de chaussons, un mini-autochef et un réfrigérateur encastré.

Le siège des toilettes avait droit à sa propre petite pièce, avec des statuettes de sirènes et un écran mural.

Eve ressortit.

— Vous êtes entrée là-dedans ?

— Ouais. N'importe quelle femme tuerait pour avoir une salle de bains de cette taille rien que pour elle. Mais l'épouse Betz apporte la preuve qu'il est possible de gâcher même un espace aussi génial.

— C'est son côté à elle. Sa salle de bains, son armoire, son dressing, son petit salon, son côté du lit, sa coiffeuse, celle avec toutes les petites bouteilles roses. C'est bien ça.

— Ouais. Et là, son côté à lui, ajouta Peabody avec un geste du pouce. On sait qu'ils ont un bébé mais il n'y a pas un seul truc d'enfant ici. Même pas un ours en peluche qui se serait perdu en chemin. C'est un peu triste.

— Quand même la nounou a une nounou, c'est que vous ne passez pas beaucoup de temps avec l'enfant. Et cette chambre est strictement réservée aux adultes. Avec une ligne de démarcation très claire. Bref, vous êtes la maîtresse de maison.

— Je règne en maîtresse chez moi, confirma Peabody, ce qui lui valut un clin d'œil de McNab.

— Je parle de cette maison, Peabody. Suivez un peu. Vous avez toute une équipe et des domestiques, et trois étages à décorer du goût le plus immonde qui soit. Quelle est la seule et unique pièce où vous ne mettez pas les pieds ?

— La salle des poupées. D'accord, ça n'est que mon avis. Elle doit aimer les poupées. Bon, en me basant sur ma courte conversation avec elle, je rayerais aussi la blanchisserie. C'est le terrain des domestiques. Et elle ne doit pas passer beaucoup de temps à la cuisine non plus.

— Disons les choses autrement : quel est l'unique endroit où lui va et où vous n'allez pas ?

— Je… Sa salle de bains ! s'exclama Peabody, les deux index brandis au ciel. La sienne est pleine de rose et de clinquant alors que lui se la joue virile. Et quelle femme voudrait passer aux toilettes après un mec ?

— On s'en sort pas mal sur ce point, commenta McNab.

— C'est vrai.

Mais à peine avait-il tourné le dos que Peabody leva les yeux au ciel à l'intention d'Eve.

— Vous pensez à une cachette potentielle, dit-elle.

— Allons vérifier.

Si la salle d'eau de madame était une explosion de rose et de fanfreluches, la version du mari évoquait une étude en masculinité désespérée. Le sol et les murs étaient couverts de carreaux noirs striés de rouge. Un bar – rouge et décoré de chérubins sculptés – ajoutait sa présence saugrenue sous le portrait d'une femme plantureuse penchée en arrière pour dévorer une prune mauve et rebondie. Le plan de travail accueillait un grand lavabo rouge surmonté d'une gueule de loup n'attendant que d'y cracher de l'eau.

Les étagères accueillaient une variété de bouteilles, flacons et bols de crèmes et lotions enveloppés dans des atours virils de cuir rouge ou noir.

Le reste de la meute de loups occupait la douche, prêts à vomir de l'eau depuis le pommeau et les jets muraux.

La cabine de séchage contenait un banc capitonné, au cas où son occupant se fatiguerait et aurait besoin de repos durant les deux minutes nécessaires pour sécher à peu près n'importe quel être humain.

Betz disposait lui aussi d'une coiffeuse, celle-ci conçue pour ressembler à un bureau. C'est là que Peabody entama les recherches.

— Je me demande si ce n'est pas encore plus moche que la salle d'eau de sa femme. En tout cas, ils sont au coude-à-coude, commenta-t-elle. Waouh, il a autant de cosmétiques pour le visage et le corps qu'elle. Ou presque. Gros amateur d'autobronzants, de crèmes pour le teint et de produits pour les cheveux. Cette coiffeuse fait mal aux yeux, Dallas, mais elle a été fabriquée avec soin. Je ne vois rien de bizarre dans les proportions, pas de traces de compartiment secret.

— Et le bar ? demanda Eve en en faisant le tour. Vous avez l'œil pour repérer ce genre de cache.

C'était de cette façon que Peabody s'était fait remarquer d'Eve la première fois. Simple agent en uniforme, elle avait découvert une cachette dans l'appartement d'un meurtrier.

— Là aussi, du bon boulot gâché par la laideur du truc.

Peabody pivota sur le tabouret de la coiffeuse et scruta le bar depuis cette perspective.

— Tous ces trucs sculptés. Bien sûr, ça correspond à ce qu'ils ont dans le reste de la maison, mais c'est aussi le genre de choses qui peut dissimuler un mécanisme. Et un artisan aussi doué a pu en cacher un très discret. De son temps, mon père a conçu des cachettes complètement démentes.

Elle inclina la tête sur le côté tandis qu'Eve faisait courir ses mains sur les chérubins.

— Des microlunettes seraient peut-être utiles... en admettant qu'il y ait quelque chose à voir, proposa Peabody.

— Allez en chercher dans les kits de terrain.

Eve s'accroupit en tâchant de ne pas trop songer qu'elle passait et repassait les doigts sur les fesses nues et rebondis des angelots. Le mécanisme ne se trouverait pas en façade, estima-t-elle. Sinon quelqu'un aurait pu déclencher involontairement l'ouverture de la cache, s'il y en avait une.

Elle se redressa et passa derrière le meuble.

Miroirs, mixeur et bouteilles disposées sur les étagères. Ainsi qu'un unique placard à la façade sculptée. Elle l'ouvrit pour examiner la machine à glaçons et la cave à vin réfrigérée. Elle referma la porte. La rouvrit.

— J'ai les lunettes.

— Pourquoi une porte devant le truc à glaçons et la cave à vin ? On est obligé de l'ouvrir chaque fois qu'on veut de la glace. Tout le reste est sur les étagères, à portée de main.

— Le meuble est peut-être conçu comme ça. Ou bien il ne voulait pas qu'on voie les appareils.

— Possible. Mais quelle est leur profondeur ? Ils ne sont pas aussi profonds que le bar, si ?

Peabody s'accroupit à son tour.

— Papa et Zeke ont fabriqué de chouettes bars, sur mesure et entièrement équipés. Pour un meuble de cette taille... Je dirais que la machine à glace n'a pas besoin d'une telle profondeur.

Eve referma de nouveau la porte et agita les doigts pour réclamer les lunettes. Celles-ci chaussées sur le nez, elle examina attentivement chaque centimètre de la paroi.

— Celui-ci.

Les yeux agrandis par ses lunettes, Peabody saisit le derrière d'un chérubin entre ses doigts. Il pivota très légèrement.

— Pourquoi ça tourne sans rien ouvrir ?

— Un code, ou une combinaison de mouvements précis, maugréa Peabody. Une sorte d'énigme. Ouais, ouais, j'ai déjà vu ce genre de trucs. Il faut trouver lesquels actionner et dans quel ordre. C'est franchement malin. Du super boulot.

— Je vais chercher un marteau.

— Non !

Sincèrement consternée, Peabody se rapprocha du meuble.

— Je peux trouver la solution, affirma-t-elle. Faites-moi un peu de place. Vous ne pouvez pas démolir un tel boulot à coups de marteau.

— C'est d'une laideur sans nom.

— Ça reste de l'art. Regardez ! En voilà un deuxième. Je parie qu'il y en a trois. Une combinaison des trois. On va trouver.

Eve aurait préféré le marteau mais, puisqu'elle n'en avait pas sous la main, elle laissa Peabody tapoter, pincer et frotter les chérubins.

McNab apparut sur le seuil.

— Hé, Dallas ? J'ai une transmission de la part de Marshall Easterday, à laquelle personne n'a répondu. L'appel est arrivé aujourd'hui à 8 h 52.

— Juste après notre discussion avec lui, constata Eve. À peu près au moment où il est remonté à l'étage « pour se reposer ».

— Sa voix n'est pas celle de quelqu'un qui se repose. Il affirme qu'il faut qu'ils se parlent d'urgence, qu'il a déjà essayé de joindre Betz sur son communicateur perso et à son bureau. Ce type est mort de trouille, lieutenant.

— À raison.

Eve s'apprêtait à se lever pour écouter l'enregistrement quand un cliquetis se fit entendre, suivi d'un « wouh ! » victorieux de Peabody. Quand celle-ci ouvrit la porte, les étagères qui accueillaient la machine à glaçons et les bouteilles de vins coulissèrent lentement.

— Trop cool, commenta McNab en s'approchant pour s'accroupir à côté d'elles.

Si proche de lui, Eve capta son parfum et se prit à penser à un bouquet de sucettes à la cerise.

Une petite boîte argentée était rangée dans le compartiment secret. Eve la sortit, se redressa et la posa sur le sommet du bar.

— C'est un objet ancien, dit Peabody. Genre, une antiquité. Je sais qu'elle est fermée à clé, Dallas, mais vous ne pouvez pas vous contenter de l'écrabouiller.

— McNab, allez me chercher mon kit de terrain, vous voulez bien ?

— Aucun problème.

Il se leva, pivota sur lui-même et sourit à Feeney qui venait d'arriver.

— Hé, capitaine, ma copine vient de trouver un compartiment secret dans le bar des toilettes et on a mis la main sur une espèce de boîte ancienne.

— Qu'est-ce que c'est que cette maison de fous ? demanda Feeney en balayant les lieux du regard.

Curieux, il appuya du bout du doigt sur un panneau mural. Les carreaux noirs scintillèrent pour se changer en miroirs.

— Houlà, surtout pas ! s'exclama-t-il avant de les désactiver promptement. J'ai trouvé un e-mail de la part de Marshall Easterday sur l'ordinateur du bureau, dit-il.

— Datant de ce matin, dit Eve.

— Oui. Marqué urgent. Avec copie à un certain Ethan MacNamee. « Faites attention à vous, mes frères. Contactez-moi immédiatement. Mettez-vous en sécurité. Rentrez à la maison. »

— Rentrez à la maison… murmura Eve.

— J'ai votre kit, annonça McNab en le déposant à côté de la boîte. On pourrait scanner ce truc et travailler à l'ouvrir dans nos bureaux du Central.

— Donnez-moi une minute.

Eve sortit de son kit un petit portefeuille en cuir – cadeau de Connors – qu'elle ouvrit pour y prélever des outils de crochetage.

— Ça, c'est tip-top, commenta McNab.

— Ça reste à voir, répondit-elle.

Elle se mit au travail et, suivant les préceptes de Connors, se servit de ses oreilles et de son intuition autant que de son sens du toucher.

— Reculez-vous, s'agaça-t-elle en roulant des épaules. Vous m'étouffez. Je sens votre souffle sur ma nuque.

Connors aurait sans doute ouvert la boîte en claquant des doigts mais elle n'en ressentit pas moins une immense satisfaction quand la serrure céda au bout de trois minutes tendues.

— Vous avez appris de nouveaux trucs, commenta Peabody.

— Je me suis entraînée.

Eve souleva le couvercle pour laisser apparaître deux grandes clés d'apparence ancienne et deux cartes magnétiques du XXIe siècle posées sur du velours bleu foncé.

— La petite cachette contient les clés de la grande. Des portes anciennes, supposa-t-elle. Celles-ci sont trop grandes pour ouvrir autre chose qu'une porte. À mon avis. Et des portes récentes.

Elle se servit d'une pince à épiler pour soulever l'une des cartes magnétiques et la retourner.

— Ni logo, ni nom, ni code. Il y a sans doute des infos cachées à l'intérieur. Tu pourrais nous extraire ça, Feeney ?

— Dans le cas contraire, je n'aurai plus qu'à rendre mes galons.

McNab sortit un scanner de l'une des innombrables poches de son pantalon baggy orange et le tendit à Feeney.

— Jetons un coup d'œil.

Feeney actionna le scanner et fronça les sourcils.

— Il y a un bouclier, mais ça se contourne. Vu le genre de code et de protection, c'est sans doute un coffre de banque ou la clé d'un bâtiment sécurisé. Le type travaille dans la chimie, c'est ça ? Alors il s'agit peut-être d'un accès protégé dans un labo. Voyons un peu l'autre.

Il répéta le processus.

— Bouclier aussi, mais plus mince. On n'est pas dans la haute sécurité.

Il modifia quelque chose sur le scanner de McNab qui se mit à siffler, puis saisit et enfila les microlunettes d'Eve. Il repassa la première carte au scanner.

— Code de sécurité pour le lecteur. Et... Je distingue à peine. LNB. FKB. Euh... 842.

— FKB, c'est Frederick Kyle Betz. LNB... Ça n'est pas le nom de son entreprise. Une banque, peut-être ?

Feeney opina du chef.

— Très probable. Le truc est trop simple pour une zone de haute sécurité. Donc j'opte pour le coffre de banque. Liberty National Bank, sans doute. Ils ont des succursales partout.

— Et le nombre correspondrait au numéro du coffre, renchérit Eve. On va avoir besoin d'un autre mandat. Peabody, appelez Reo. Il faut que la banque nous dise si Betz possède ou non un coffre auprès des branches que nous allons contacter. Et l'autorisation d'examiner le contenu dudit coffre une fois qu'on l'aura localisé. Et l'autre ? demanda-t-elle à Feeney.

— D'abord une suggestion. Si on le rapporte dans nos bureaux, on pourra peut-être identifier la branche exacte. L'inscription est un peu trop en profondeur pour un scanner manuel. Ça t'éviterait de devoir passer un million d'appels.

— Faisons ça, dit Eve.

— Quand à celui-ci...

Il fit une nouvelle passe.

— Je vois aussi ses initiales. Et des chiffres : 5206.

— C'est tout ? Pas d'autre code bancaire ?

— Ça n'a pas l'air d'être lié à une banque. Peut-être une boîte postale ou un casier. Ou une adresse. Les gens perdent parfois leurs cartes, la font annuler et en obtiennent une nouvelle. Dans ces cas-là, on n'a pas envie que les données sur la carte permettent à quelqu'un de se rendre sur place pour s'en servir avant qu'elle soit annulée. On la portera chez nous pour voir ce qu'on peut en tirer.

Il reporta son attention sur les clés dans la boîte, qu'il examina de ses yeux de basset. Puis il se frotta le menton, dubitatif.

— Celles-là, c'est une tout autre histoire. Le labo pourra peut-être te dire à quel genre de serrures on a affaire et l'âge des clés. Mais pour ce qui est de l'endroit, ce sera à toi de le découvrir.

— Oui. J'ai déjà quelques idées.

Elle demanda à Baxter et Trueheart de les rejoindre, puis poursuivit la fouille de la maison en les attendant. Mais son instinct lui soufflait qu'ils avaient déjà mis au jour le filon principal.

Elle alla ouvrir en personne aux deux inspecteurs.

— Dites-moi ce que vous avez trouvé.

— Pas grand-chose. Beaucoup de surprise et quelques larmes au bureau de Wymann. On a eu le mandat et Callender est passée chercher les appareils électroniques avec un autre geek. L'assistante croit savoir que la biographe a approché directement Wymann, peut-être lors d'un cocktail. Il a pris rendez-vous avec elle lui-même et demandé à l'assistante de l'ajouter à son agenda. Elle-même n'a ni vu ni parlé à la soi-disant biographe. La chose semble s'être faite sur un coup de tête.

— Des indications qu'il mêlait plaisir et travail ?

— Rien. Mais Trueheart a su jouer de son minois de jeune détective honnête pour soutirer deux noms à l'assistante. Aucun qui apparaisse sur la liste de votre première victime. On s'est entretenus avec les deux ; leurs alibis tiennent la route.

Il prit le temps d'observer le décor.

— C'est un bassin de koï ? Qui peut bien installer un bassin de carpes koï à quelques pas de sa porte d'entrée ? D'un autre côté, quand on décore sa porte avec une orgie de bébés potelés…

— Vous n'avez encore rien vu. Voilà où nous en sommes...

Elle lui résuma leurs récentes découvertes.

— Il faut absolument que je voie ces toilettes.

— Vous aurez le temps. Je voudrais que vous surveilliez tous les deux cette maison au cas où les tueuses décideraient de le ramener pour le pendre au-dessus du bassin aux carpes. Je dois retourner sur le terrain pour explorer deux ou trois pistes. Il y a plus de chances qu'elles reviennent après la tombée de la nuit mais vous allez rester ici et je vous enverrai des renforts pour le cas où elles débarqueraient avant mon retour.

Elle leur fit signe de patienter en entendant la sonnerie de son communicateur.

— Ici Dallas, répondit-elle en s'éloignant de quelques pas.

Elle revint rapidement et cria :

— Peabody !

— Je ne comprends pas les gens qui veulent des poissons dans leur maison, souffla Baxter, les yeux baissés vers les carpes koï. C'est contre nature.

— Quand j'étais jeune, je gagnais tous les étés un poisson rouge à la foire locale. Au lancer d'anneau, raconta Trueheart. Ils n'ont jamais survécu au-delà de l'automne.

— C'est bien ce que je disais. Contre nature.

— Vous voulez savoir ce qui est contre nature ? intervint Eve. Ils ont une pièce entière remplie de poupées au premier étage.

— Ils ont une petite fille, non ? s'enquit Trueheart.

— Si une enfant entrait dans cette pièce, ses hurlements terrifiés s'entendraient jusque dans le Queens et elle serait traumatisée à vie. Je vous parle de centaines de poupées. Des poupées au regard fixe braqué sur la porte. Qui attendent quelque chose.

— Bon sang, Dallas... maugréa Baxter sans pouvoir réprimer un frisson.

— Elles sont là. Quant à nous, nous partons, annonça-t-elle en voyant Peabody descendre l'escalier. L'inspecteur Bennet nous a obtenu une entrée auprès de l'assistante sociale.

— Mike Bennet ? demanda Baxter. Un mec bien.

— Surveillez cette maison. Et profitez-en peut-être pour nourrir ces poissons. Tous les occupants sont partis depuis hier. Ils risquent de s'entre-dévorer.

— Poupées maléfiques et poissons cannibales. Qu'est-ce que c'est que cet endroit ?

— Restez sur place et ouvrez l'œil. Évitons d'ajouter un mort suspendu au-dessus des poissons cannibales à ce tableau.

— Elle a donné des noms à Mike ? demanda Peabody en enroulant sa longue écharpe autour de son cou, en chemin vers la voiture.

— Non, et il doute qu'elle le fasse. Mais elle pourrait nous répondre par oui ou par non quand nous lui montrerons les photos.

— La différence est subtile.

— Ce que j'en comprends, c'est qu'elle l'apprécie. Ce doit être son côté mec bien. Et elle respecte profondément la future belle-mère de Bennett. On lui dira que ces femmes se sont servies du nom d'Anson pour kidnapper Betz et que, si nous ne les arrêtons pas, son nom sera associé au meurtre de Betz. On insistera bien là-dessus. De quoi l'inciter à hocher la tête si on lui montre le bon visage.

À peine entrée dans la voiture, Peabody alluma le siège chauffant.

— Reo vous passe le bonjour. Elle dit que le mandat sera disponible au moment où on saura d'où viennent les cartes électroniques. Vous ne m'avez pas dit quelles étaient vos idées à propos des clés en métal.

— De vieilles clés pour de vieilles portes. Tous ces hommes se sont connus dans le bon vieux temps. Dans une maison qu'ils partageaient. Ils la possèdent peut-être encore. Celle-là ou une autre. Un endroit qui leur appartient, en tant que frères.

— Si c'est le cas, et vu le mal que Betz s'est donné pour cacher les clés, on peut logiquement en conclure que c'est là qu'ils se rendent, entre frères, pour faire des trucs qu'il ne veut pas que sa femme sache.

— Si le sénateur avait des clés, il ne se serait pas donné la peine de les dissimuler. On va se procurer un autre mandat pour pouvoir fouiller son appartement, vu qu'on peut parier sans risque que sa femme ne coopérera pas. Si Wymann avait des clés, nous n'avons pas regardé au bon endroit ni avec le bon œil. Il faut aussi envoyer quelqu'un chercher cet Ethan MacNamee et organiser un entretien holographique ou via communicateur.

— Et le sénateur Fordham ?

— Il ne fait pas partie du groupe, mais on maintient nos hommes sur place pour le garder à l'œil, au cas où il les aurait rejoints sur le tard. Récupérons aussi le dossier sur le suicidé : William Stevenson.

Elle répondit à un appel sur la console de bord en voyant qu'il s'agissait de Connors.

— Salut.

— J'ai pensé que tu voudrais savoir que l'équipe de l'hôtel a fait les vérifications demandées. Wymann n'a jamais été enregistré en tant que client et il n'apparaît sur aucune vidéo de l'année écoulée.

— D'accord. Et Frederick Betz ?

Connors la regarda fixement pendant une longue seconde.

— Pourquoi ne contactes-tu pas directement Lloyd Kowalski sur place pour lui demander tout ce que tu voudras ? dit-il. Ton intermédiaire sur cette question est un peu occupé aujourd'hui.

— D'accord. Merci. J'en profite pour te dire que je n'ai pas fait appel à toi pendant que nous cherchions un compartiment secret dans une maison ni quand nous sommes tombées sur une boîte fermée à clé. Peabody a trouvé la cachette, j'ai crocheté la serrure de la boîte.

— Je suis très fier de vous deux. Évite de sauter encore le déjeuner. Et si tu as besoin de moi, je serai beaucoup plus disponible après 15 heures.

— Compris. J'aurai peut-être besoin d'un hélico et d'un pilote.

— Voilà qui s'annonce bien plus amusant que de discuter avec Kowalski. Tiens-moi au courant. À plus tard, ajouta-t-il avant de raccrocher.

— Un hélico ? Un pilote ?

— La maison commune, répondit Eve. Si elle est toujours debout, je veux y jeter un coup d'œil une fois qu'on l'aura retrouvée. Ces clés correspondent peut-être à une porte là-bas, ou peut-être pas. Dans un cas comme dans l'autre, j'aimerais examiner les lieux. Dès qu'ils auront été localisés.

— Je peux chercher. Ça va prendre du temps, à moins que l'un d'eux en ait été ou en soit propriétaire. Et M. Mira le sait peut-être.

Eve laissa échapper un sourire puis se remit en quête d'un emplacement où se garer.

— Oui, dit-elle. Il le saura peut-être. Nous lui poserons la question avant de creuser.

Suzanne Lipski disposait d'un petit bureau exigu dans l'immeuble décrépit du centre d'accueil des victimes de viol. Le centre faisait de son mieux, supposa Eve, avec le peu de fonds qu'il parvenait à rassembler, pour proposer aux victimes écoute, informations, assistance médicale et soutien émotionnel. Les murs des locaux – plus petits que ceux d'Eve au Central – étaient décorés de posters aux visuels apaisants ou inspirants. Lacs paisibles, forêts brumeuses, plages ensoleillées. Elle avisa aussi un panneau d'affichage plein de numéros d'urgence et d'informations sur l'accès à l'aide psychologique et aux groupes de soutien.

Les yeux d'Eve s'arrêtèrent sur un prospectus, l'image d'une charmante prairie sous le ciel bleu de l'été, vantant les services de La Paix Intérieure.

— Bingo, murmura-t-elle.

Lipski était installée sur une chaise grinçante derrière un bureau métallique défoncé et surchargé. Elle n'avait pas de fenêtre mais une plante en pot poussait sous une lampe de croissance, à l'intérieur d'un antique classeur à tiroirs.

C'était une femme d'une soixantaine d'années, au corps squelettique, à la tête surmontée d'une tignasse de boucles gris ardoise. Elle avait un visage long, étroit et couleur noix de cajou. Dans son regard sombre, Eve lut que cette femme avait déjà tout vu et s'attendait à connaître de nouveau le pire avant de quitter le métier.

— Merci de nous recevoir, lui dit-elle.

— Mike est persuasif. Vous faites votre métier, et je ne peux pas vous en vouloir pour ça. Au contraire, je vous remercie pour votre travail, sincèrement. Mais je me dois de faire le mien. Les femmes qui viennent ici, au sein des groupes de soutien que j'anime ou dans les refuges que j'accompagne, constituent ma priorité et ma responsabilité. Elles ont été violées, battues, maltraitées, ont été privées de leur sentiment de sécurité. Et trop souvent, la loi et la société les mettent plus à nu encore.

Eve n'allait pas chercher à la contredire ; c'était malheureusement trop souvent vrai.

— Les femmes que je recherche ont battu, torturé, sodomisé et assassiné deux hommes. Je pense qu'elles en tiennent un troisième et qu'elles le tueront ce soir. Quoi qu'il ait pu leur arriver, cela ne justifie pas leurs actes.

— Vous ignorez ce qu'elles ont pu subir.

Eve posa les photographies des deux victimes sur le bureau.

— Ceci n'a rien à voir avec un acte de justice.

Lipski se radossa sur son siège avec un soupir.

— Ces hommes. Puissants, influents, riches. Ça ne compte pas pour vous de savoir ce qu'ils ont pu faire pour déclencher une telle fureur ?

— Si. Et s'ils avaient violé leurs meurtrières, j'aurais fait tout ce qu'il est possible de faire dans le cadre de la loi pour les traduire en justice.

— Dans le cadre de la loi.

Lipski dressa un long doigt décharné.

— Je crois en la justice, lieutenant, inspecteur. Je ne serais pas assise ici si ce n'était pas le cas. Mais il y a des occasions, bien trop nombreuses, où je constate que la justice est froide, dure et aveugle. Quoi qu'il en soit, si je savais qui avait commis ces meurtres, je tenterais de les convaincre d'arrêter et de se rendre.

— La première chose que je vais vous demander… Regardez-moi, ordonna Eve. Regardez-moi et écoutez bien ce que je vous dis. Si vous savez déjà ou si vous venez à découvrir qui a fait ceci, ne les contactez *pas*, ne les approchez *pas*. Elles sont sous l'effet d'une rage telle qu'elles pourraient se retourner contre vous. J'estime qu'il y a trois cibles supplémentaires et qu'elles ne s'arrêteront pas avant d'avoir terminé. Elles ne s'arrêteront pas même si vous tentez de les raisonner ou compatissez avec elles.

Mâchoires serrées, Lipski releva les yeux vers Eve.

— Et qu'en est-il de ces hommes ? Si vous les arrêtez, si vous les mettez derrière les barreaux pour ce qu'elles ont fait, qu'arrivera-t-il aux hommes qu'elles visaient ?

— Si ces hommes ont violé les femmes que j'ai mises sous les verrous ? S'ils les ont violentées et violées, peu importe qu'ils soient puissants, influents ou riches comme Crésus, je les ferai tomber.

Eve posa les mains sur la surface usée du bureau et se pencha en avant.

— Mais ces femmes s'apprêtent à tuer de nouveau, à plusieurs reprises. Maintenant qu'elles ont pris goût à infliger leur châtiment, qu'est-ce qui les empêchera de viser d'autres hommes ? Celui-ci a violé, celui-ci a frappé sa petite amie, celui-ci a *peut-être* commis un viol. C'est ce que vous préconisez ici ? Quand vous êtes violée, retrouvez le violeur et tuez-le ?

— Non, ce n'est pas ce que nous préconisons ici. Mais je crois en la violence.

— Hé. Moi aussi.

Pour la première fois, un léger sourire apparut sur le visage émacié et sévère de l'assistante sociale.

— Malgré ce que nous faisons, vous et moi, et ce que nous voyons, ce à quoi nous avons affaire, en côtoyant la violence au quotidien, nous croyons en son bon usage pour protéger et défendre.

— Ceci n'est pas une histoire de protection. Ceci n'est pas une histoire de défense, répondit Eve en montrant les photos.

— Si ces hommes ont violé celles qui les ont tués, leur mort protège les femmes qu'ils auraient violées par la suite.

— Condamnons-nous les gens pour des crimes pas encore commis ? Je ne suis pas venue débattre avec vous des conséquences du viol sur le corps, l'esprit et l'âme. Je suis ici parce que des meurtres ont été commis. Charity Downing, Lydia Su, Carlee MacKensie, Allyson Byson, Asha Coppola, Lauren Canford. Connaissez-vous certaines de ces femmes ?

Lipski redressa le menton, les bras croisés sur sa poitrine osseuse.

— Je ne peux pas et me refuse à révéler toute information confidentielle à propos des femmes passées par ce centre.

— Parlons des groupes de soutien. Cecily Anson et Anne Vine sont bénévoles au sein des groupes auprès desquels vous travaillez. Le nom de Mme Anson a été utilisé pour piéger cet homme, dit Eve en plantant son doigt sur la photo du corps de Wymann. Son temps, sa compassion et sa générosité ont été dévoyés pour en faire l'outil de vengeance de quelqu'un d'autre.

— Et j'en suis consternée, répondit Lipski.

Elle avait les lèvres pincées et une lueur de colère sincère s'était allumée dans son regard.

— Si je vous reçois aujourd'hui, c'est parce que je suis ulcérée qu'on ait pu se servir ainsi de Cece et Annie. Ce sont deux des personnes les plus adorables que je connaisse. Quoi qu'il en soit, si une ou plusieurs de ces femmes ont participé à l'un de leurs groupes, elles n'ont aucune obligation de donner leur nom, et même lorsque c'est le cas, nous n'employons que les prénoms. L'anonymat est un élément essentiel de notre action, lieutenant. J'ajoute que je ne rencontre de toute façon pas tous les participants aux groupes. Je n'aurais pas assez d'heures dans une journée pour m'occuper de chacun.

Eve lança un coup d'œil à Peabody.

— Vous reconnaîtrez peut-être un visage, dit celle-ci en sortant les photos. Euh... Je suis partisane du Free Age, ajouta-t-elle.

Lipski haussa les sourcils et son sourire s'élargit.

— Flic et adepte du Free Age. C'est rare.

— Je dois apprendre à ménager la chèvre et le chou. Mais il y a une chose que j'ai apprise à la fois grâce à mon éducation et par mon métier : la vengeance de sang-froid ne guérit rien, madame Lipski. Elle ne fait que creuser la plaie. Les femmes qui font ceci ne trouveront pas la paix. Elles n'effaceront pas les souffrances qu'elles ont connues en ôtant des vies. Si on ne les arrête pas, elles ne pourront jamais dépasser ce qu'on leur a fait subir. Alors...

Elle présenta le portrait de Lauren Canford, puis celui d'Asha Coppola.

Eve vit une sorte de soulagement se répandre sur les traits de Lipski, qui demeura en place quand Peabody lui montra Allyson Byson.

— Je ne crois pas avoir jamais vu ces femmes.

— J'en ai quelques autres.

Peabody présenta la photo d'identité de Lydia Su.

Eve supposait que Lipski était sans doute douée pour le bluff. Mais pas au point de pouvoir masquer un bref éclair dans son regard. Eve attendit et capta quelque chose de similaire face à Charity Downing.

Elle s'apprêtait à parler quand elle vit autre chose au moment où Peabody passa à Carlee MacKensie. Un bref instant de perplexité puis ce qu'Eve identifia comme une profonde tristesse.

— Vous avez reconnu les trois dernières, dit-elle.

— Je ne pourrai rien vous dire là-dessus. Même si vous revenez avec un mandat, répondit Lipski.

Mais l'expression de ses yeux n'avait pas changé.

— Je ne vais pas aller chercher de mandat. Je pourrais vous menacer de vous arrêter pour entrave à la justice ou de vous inculper de complicité postérieure aux faits si vous prenez contact avec elles. Mais je ne le ferai pas non plus. Cependant, je vais vous répéter que si vous les contactez, elles tueront immédiatement l'homme qu'elles détiennent et prendront très probablement la fuite. Vous devrez vivre avec cette mort sur la conscience. Mes intentions sont de les arrêter, de les empêcher de tuer de nouveau et d'écouter leur récit.

— Je n'approuve pas et n'approuverai jamais le meurtre, dit Lipski en baissant les yeux vers les deux victimes. Pas plus que je n'approuve et n'approuverai jamais ce genre de vengeance. Les crimes commis seront suivis d'une punition aussi dure que longue. Des victimes de leurs propres actes. Oui, leurs propres actes. Mais aussi punies par la justice.

— La justice est parfois dure et froide, et je peux l'être également. Elle est peut-être aveugle, mais pas moi. Je dois écouter ce qu'elles ont à dire. Vous savez, tout comme moi, que mon équipière a raison. Ce qu'elles font ne fera qu'agrandir la blessure jusqu'à ce qu'il n'y ait plus qu'elle. Laissez-moi faire mon travail.

— Je n'appellerai personne, vous avez ma parole. Parce que j'ai conscience de ce qui est juste ou non. Ces actes ne le sont pas. Mais si vous arrêtez quelqu'un, je voudrais que vous me contactiez. Je voudrais être là pour elles, faire ce que je peux pour elles.

— Vous avez ma parole.

Eve marchait d'un pas rapide. Elle dégaina son communicateur tout en zigzaguant à travers l'espace bondé afin de rejoindre le hall, puis de descendre l'escalier, Peabody dans son sillage.

— Baxter, j'ai trois noms confirmés. Downing, MacKensie, Su. Ouvrez l'œil au cas où l'une d'elles, ou les trois, se présenterait.

— Elles sont trois ?

— On dirait bien. Nous allons à présent chez MacKensie pour la ramener au Central. C'est la plus proche. Je vous informerai dès qu'on aura appréhendé les trois. Restez vigilants.

— Vous voulez qu'on lance des avis de recherche ? demanda Peabody qui trottait pour suivre l'allure soutenue d'Eve.

— Pas encore. Je voudrais les ramener en salle d'interrogatoire, commencer à leur mettre la pression. L'une d'entre elles cédera. Envoyez des agents chercher Su, deux à son domicile et deux à son bureau, par sécurité. On devrait pouvoir récupérer MacKensie puis filer chercher Downing avant qu'aucune d'elles ne sache qu'on arrive.

Eve démarra, tous gyrophares dehors, pendant que Peabody contactait les agents par radio. Elle coupa les sirènes à une rue de chez MacKensie. Plutôt que de chercher une place, elle alluma son panneau EN SERVICE et se gara en double file.

Elle descendit et rejoignit le trottoir sans se soucier le moins du monde du ressentiment violent des autres conducteurs et l'avalanche d'infractions aux lois sur la pollution sonore qui s'ensuivirent.

— Les agents en uniforme sont en route pour les deux sites, indiqua Peabody. Même si Lipski ne respecte pas sa parole – ce qui m'étonnerait – elle n'aura pas le temps de les avertir toutes les trois avant qu'on passe à l'action.

— Ce n'est pas ce qui m'inquiète, dit Eve.

Elle se servit de son passe-partout et grimpa les marches au pas de charge.

— Pantalon flottant, pantalon trop grand, entenditelle Peabody haleter.

— Arrêtez de penser à vos fesses.

Arrivée à l'étage de MacKensie, Eve ralentit l'allure. Elle actionna la sonnette, patienta un instant, puis tambourina du poing sur la porte.

— Voilà ce qui m'inquiétait, dit-elle.

Elle pivota sur elle-même et alla sonner à l'appartement d'en face.

— Je t'ai dit que je te retrouverai dans le...

La femme qui venait d'ouvrir la porte s'interrompit brusquement.

— Qui êtes-vous ?

— NYPSD, annonça Eve en présentant son insigne. Où se trouve Carlee MacKensie ? De l'appartement d'en face.

— Comment voulez-vous que je le sache ?

La femme plissa le front sous son épais bonnet noir et duveteux.

— Écoutez, je suis à la bourre, dit-elle. J'étais sur le point de sortir, précisa-t-elle en terminant de boutonner son manteau comme pour prouver ses dires. De toute façon, je crois qu'elle est partie pour un moment.

— Partie où ?

— Comment je le saurais ? Ce matin, je suis sortie de chez moi en même temps qu'elle. On a pris l'ascenseur ensemble. Elle avait une valise alors j'ai demandé – en bonne voisine, quoi – si elle partait en voyage. J'ai dit que ça devait être sympa de quitter la ville et ce froid de canard. Elle m'a répondu « ouais », et c'est tout. Je dois y aller. J'étais censée finir ma journée de boulot chez moi mais ils nous rappellent sur place. Faut que j'y aille.

Eve se décala pour bloquer le chemin de la femme.

— Une minute, dit-elle. Quel genre de valise ?

— Euh… Qu'est-ce que j'en sais ? Une normale, avec des roulettes. Elle partait en vacances d'hiver, elle s'était arrangée pour le voyage.

— Arrangée, c'est-à-dire ?

— Maquillée et bien coiffée, ce qu'elle fait rarement. Elle portait une belle paire de bottes. Et du parfum. J'ai même dit que j'aimais bien son parfum. Si vous pensez qu'elle a fait quelque chose, vous vous gourez de fille. Elle quitte rarement son appartement et n'a jamais de visite, d'après ce que j'ai pu voir. Elle reste seule, elle ne fait pas de bruit. Peut-être qu'elle est snob ou timide. Je mets pas mon nez dans les affaires des autres de toute façon.

— Quelle heure était-il ce matin ?

— Oh, c'est pas vrai ! s'agaça la femme en lorgnant ostensiblement sur sa montre. À peu près 8 h 30, vu que je partais travailler.

— Vous avez pris l'ascenseur ensemble, donc vous êtes sorties de l'immeuble ensemble. A-t-elle pris un taxi ?

— Merde, vous croyez que je m'amuse à regarder ça ? Non, maintenant que j'y pense, une voiture s'est garée devant et elle est montée dedans.

— Une voiture.

— Une camionnette, en fait. La portière latérale s'est ouverte et elle est entrée avec sa valise à roulettes. Je l'ai remarqué parce qu'il faisait froid et que j'aurais bien aimé qu'on vienne me chercher en voiture plutôt que devoir prendre le métro pour assister à cette fichue réunion du matin.

— Décrivez-moi la camionnette.

— Bon, déjà…

La sonnerie de son communicateur, un bruit de Klaxon, lui fit plonger la main dans son sac.

— Ne m'emmerde pas, Georgie ! Je suis à la porte, mais les flics sont là à propos de miss Marmonna de l'appart d'en face… Non, je sais pas pourquoi. Attends-moi, c'est tout.

Elle rangea son communicateur.

— Maintenant, on sera en retard toutes les deux, Georgie et moi.

— La camionnette, insista Eve.

— Comment vous voulez que je le sache ? Elle était peut-être blanche. Peut-être. Pas noire, en tout cas. Elle m'a paru neuve. Il fallait que je file vers le métro, je me suis pas arrêtée pour prendre des notes.

— Vous avez vu le conducteur, un autre passager ?

La femme laissa échapper un soupir.

— Je sais pas. Possible. Il me semble que les vitres étaient teintées mais je crois avoir aperçu une femme au volant quand la portière s'est ouverte. Toute menue, je me suis dit qu'elle était toute petite pour conduire une aussi grosse camionnette. Cheveux très bruns, en queue-de-cheval, et lunettes de soleil. J'en sais pas plus. Écoutez, maintenant, soit vous m'arrêtez, soit vous me laissez partir.

— Ne me tentez pas. Les photos, Peabody. Avez-vous déjà vu une ou plusieurs de ces femmes ? Plus vous protesterez et plus longtemps ça nous prendra.

— Comment se fait-il qu'on ne trouve jamais un flic quand on en a besoin mais qu'ils débarquent chez vous quand c'est vraiment pas le moment ?

Elle prit néanmoins les photos pour les regarder.

— Non. Non. Non. Non... Attendez...

Elle remit la photo de Charity Downing sur le dessus de la pile.

— Peut-être. Ouais. Peut-être. Je crois l'avoir vue il y a à peu près deux semaines. Elle est entrée au moment où je sortais de l'immeuble. Elle ne regardait pas où elle allait et m'a heurté l'épaule assez fort. J'ai commencé à l'engueuler mais elle s'est arrêtée et s'est excusée. Elle avait l'air d'avoir pleuré et semblait sur le point de recommencer. Il était à peu près 22 heures. Je devais retrouver des amis et j'étais en retard. J'ai pensé qu'elle avait eu une dispute avec son copain, un truc que je connais bien. Bref, je suis presque sûre que c'était cette fille. C'est la seule fois où je me souviens de l'avoir vue. J'ai une vie, moi, contrairement à miss Marmonna.

— Pourquoi l'appelez-vous ainsi ?

— C'est ce qu'elle fait. Quand je la croise dans le hall d'entrée ou autre – et ça n'arrive pas souvent – et que je la salue en bonne voisine, elle répond en marmonnant. Elle ne vous regarde pas non plus dans les yeux. Elle garda la tête baissée. Ce doit être une tueuse à la hache, hein ?

« Pas loin », songea Eve.

— Si vous vous remémorez quoi que ce soit d'autre, contactez-nous, dit-elle. Si vous revoyez Mlle MacKensie, contactez-nous. Et n'allez pas lui parler. Peabody, donnez à Mme...

— Lacey. Deena Lacey.

— Donnez une carte de visite à Mme Lacey. Merci pour votre aide.

— Je montrerai cette carte à mon patron quand il menacera de faire une retenue sur ma paie et celle de Georgie à cause de notre retard. Il vous appellera peut-être.

— Aucun problème.

Eve attendit que la femme referme la porte de son appartement et se précipite vers l'ascenseur tout en sortant son communicateur de sa poche.

— Je descends, Georgie. Tu ne vas pas le croire !

— Voyez où en sont nos agents, ordonna Eve à Peabody.

Elle dégaina son propre communicateur pour passer un appel.

— Reo, dit-elle sans préambule, il me faut un mandat.

Elle se mit à faire les cent pas tout en fournissant les détails dont l'assistante du procureur avait besoin, puis continua à aller et venir pendant que Reo se démenait pour accélérer l'obtention du mandat qui permettrait d'entrer au domicile de MacKensie et de le fouiller.

— Downing ne répond pas à la porte et elle n'est pas à son travail. Elle ne bossait pas non plus hier. Les agents interrogent les voisins, raconta Peabody. Su ne s'est pas présentée à son bureau et elle ne répond ni sur son communicateur ni à son domicile. On dirait bien qu'elles ont détalé.

Eve secoua la tête.

— Regardez la chronologie. MacKensie a fait sa valise et a été prise en charge par une femme au volant d'une camionnette environ une heure après que nous avons cuisiné Su. Et pourtant elle aurait pris le temps de se faire belle ? Elles ne sont pas en fuite, pas encore, parce qu'elles tiennent Betz et qu'elles veulent mettre la main sur Easterday. Elles se sont terrées quelque part.

— Vous pensez qu'on leur a mis la puce à l'oreille ?

— Je pense qu'elles avaient déjà tout prévu, étape par étape, mais que c'est parti en vrille dès le début, quand M. Mira a débarqué alors qu'elles s'en prenaient à son cousin.

Eve se remit à faire les cent pas, comme pour accélérer l'arrivée du mandat.

— Et voilà que les flics remontent leur piste bien plus rapidement qu'elles ne l'imaginaient. Su savait qu'on viendrait l'interroger pour son rôle d'alibi. Mais nous avons été insistantes, nous l'avons questionnée sur ses liens non seulement avec Downing mais aussi avec MacKensie. Ces femmes sont loin d'être idiotes.

— Donc elles ont paniqué.

— Paniqué ? J'en doute. MacKensie s'est apprêtée et maquillée, si l'on en croit la voisine. Pas le genre de choses qu'on fait quand on panique. Ça ressemble plutôt à un plan B. Si la police se rapproche, on file se cacher. Son apparence soignée signifie peut-être qu'elle va constituer l'appât pour attirer Easterday.

— Il faudrait qu'elles soient folles pour essayer de s'en prendre à lui maintenant.

— Elles ont déjà rouvert leur blessure en grand, Peabody. Il n'y a plus que ça qui compte. Et elles disposent d'un endroit que nous ne connaissons pas, un endroit où elles conçoivent leurs plans, où elles emmènent ces hommes et les torturent, où elles les font payer. Commencez tout de suite les recherches : toute propriété appartenant à n'importe quelle variante de leurs noms, ou au nom de leurs mères.

Elle décrocha vivement son communicateur qui sonnait.

— Reo ?

— La transmission est en cours, lui indiqua celle-ci.

— Il va m'en falloir deux autres. Lydia Su, qui s'épelle S-U, et Charity Downing, répondit Eve avant d'énoncer les adresses des deux suspectes.

— Dallas…

— Ces trois-là travaillent ensemble, Reo. Elles ont tué deux hommes et en détiennent un troisième. Il n'a que quelques heures devant lui, au mieux, si on ne les retrouve pas.

— Je vais insister.

— Insistez fort. Le mandat vient d'arriver. Je vous rappelle.

Eve vérifia l'énoncé du mandat ; ce n'était pas le moment de commettre une erreur. Puis elle fit signe à Peabody.

— On peut y aller.

Elle vérifia son enregistreur puis se servit de son passe-partout avant de dégainer son arme.

— Dallas, lieutenant Eve, et Peabody, inspecteur Delia, entrent au domicile de MacKensie, Carlee. Nous avons l'autorité et le mandat adéquats.

Elle cogna une nouvelle fois du poing contre la porte.

— Carlee MacKensie, ici la police. Nous allons entrer dans l'appartement.

Elles passèrent la porte et inspectèrent rapidement les lieux, canons pointés devant elles.

Puis Eve se redressa et baissa son arme.

— Elle est partie et ne reviendra pas, dit-elle.

— Ses meubles sont toujours là.

— Elle a vidé son poste de travail, emporté tous ses appareils électroniques. Vérifions chaque pièce, mais je peux déjà vous dire qu'elle n'est pas là.

Le lit était soigneusement fait, la salle de bains et la cuisine impeccables. Qu'on ne puisse pas dire que Carlee MacKensie ne nettoyait pas derrière elle.

— À la manière dont ils sont rangés, on peut voir qu'il manque certains vêtements, constata Peabody. Mais elle a abandonné beaucoup d'affaires.

— Ça n'avait pas d'importance à ses yeux. Ce qui compte, c'est sa mission. Elle a pris ce qu'elle voulait, et n'a laissé aucun appareil. Rien que l'on puisse exploiter pour retrouver sa trace, rien qui ait pu servir dans ses communications avec les autres.

Eve fit le tour du petit séjour sans éclat.

— Elles disposent sans doute toutes d'un communicateur jetable qu'elles n'utilisent qu'entre elles. Si elles emploient un ordinateur, elles doivent coder leurs échanges. Mais elle n'a voulu prendre aucun risque, elle n'a rien laissé derrière elle. S'est-elle néanmoins souvenue de tout ? Du moindre petit truc ? Passons cet appartement au peigne fin pour le découvrir.

— Elles n'ont pas trouvé les clés. Chez Betz, dit Peabody tandis qu'elles se mettaient au travail.

— Pas les siennes. Mais peut-être que Wymann avaient les mêmes. Ou le sénateur. Nous avons affaire à une confrérie, donc à mon avis ils avaient tous les clés. Et l'on pourrait dire qu'en face nous avons affaire à une sororité : objectifs partagés, loyauté, singularité.

Eve se tut, referma un tiroir et regarda autour d'elle.

— Rien qui indique qu'elle ait eu une vie sexuelle dans cet appartement. Ni sex-toys, ni gadgets, ni lingerie.

— Elle aurait pu emporter tout ça avec elle.

— Pourquoi ? Ça n'a rien à voir avec sa mission. Elle a laissé ses vêtements, des bijoux, des photos, des livres, tous les petits objets de la vie. Mais elle a emporté ses appareils high-tech, tous les disques vierges, les mémo-cubes et tous les documents imprimés qu'elle pouvait avoir. Il y a de la nourriture dans la cuisine et l'autochef. La voisine prétend ne pas se mêler des affaires des autres, mais elle n'est ni sourde ni aveugle.

Eve fit quelques pas au hasard, pour se faire une idée de cet endroit et mieux cerner sa locataire. Elle en déduisit que cet appartement était un lieu de solitude. Elle le sentait. L'ambiance ne lui était pas inconnue ; elle-même avait habité un endroit de ce genre autrefois.

L'appartement. Celui que Connors avait reconstitué pour elle.

Son lieu de solitude, parce qu'elle n'avait alors pratiquement rien eu d'autre que sa mission – son métier – dans sa vie.

Elle comprenait MacKensie. Elle la comprenait profondément.

— La voisine… Je parie qu'elle s'en serait souvenue si MacKensie avait eu un amant ou une amante venant régulièrement. Il n'y a pas d'amour dans cet endroit, seulement le travail et le repos. La voisine s'est rappelé Downing parce qu'elles se sont cognées et que Downing pleurait. Ça l'a marquée. Si elle l'avait déjà vue auparavant, je pense qu'elle s'en rappellerait, donc soit c'était sa première visite, soit cela n'arrivait que rarement et elles cultivaient la discrétion.

— Vous pensez que Downing et MacKensie sont amantes ?

— Non. Je ne pense pas qu'elle avait qui que ce soit pour ça. Pas pour ça. Elles sont comme des sœurs. C'est ce qui compte ici. Une expérience commune, que Su partage, elle aussi. Et un objectif commun.

— Que faites-vous quand une sœur éplorée vient vous voir ?

— Euh… On écoute, on compatit.

— On lui propose de l'alcool et de la nourriture réconfortante. Allons voir la cuisine.

Elles trouvèrent une bouteille de vin blanc presque vide, ainsi qu'une petite bouteille de bourbon.

— Faisons ça dans les règles de l'art : faites venir la police scientifique.

Eve s'avança jusqu'à l'autochef pour examiner sa programmation.

— Il est plutôt bien garni. Beaucoup d'aliments sains.

— Elle a de la glace – avec du vrai lait – dans son congélo. Parfum « Coma Chocolat », délicieux. Le pot n'est pas ouvert, Dallas.

— Je parie qu'elle l'a acheté pour remplacer celui qu'elle avait donné à Downing. Downing vient la voir, en pleurs. Que dites-vous de ça : Downing est celle désignée pour s'occuper du sénateur. Elle assume le rôle de maîtresse. Et elle n'en peut plus, elle se demande comment faire durer la mascarade. Su n'a pas l'air du genre à sortir l'alcool et les boules de glace, donc Downing vient jusqu'ici en quête de réconfort. Elle vient parce que MacKensie a joué le même rôle qu'elle auparavant. MacKensie comprenait ce qu'elle vivait, pouvait compatir. Et, peut-être parce que Downing est à bout, elles décident de lancer la mission.

— L'une d'entre elles se fait passer pour l'agent immobilier, reprit Peabody. Comme elles l'ont fait pour la biographe… Que dites-vous de ça : MacKensie aurait pu emmener Edward Mira chez Eclectia, pour pouvoir le refiler à Downing ?

— Tout à fait. Elles se sont relayées auprès de lui, pour obtenir ce qu'elles cherchaient.

— Donc notre agent immobilier jeune et sexy – qui en réalité ne travaille pas du tout dans l'immobilier – se prétend prête à aider le sénateur à contourner la promesse faite à son grand-père sur son lit de mort.

— C'est le plus logique. À moins qu'elles soient quatre.

— Merde…

— Ou plus.

18

Elles se rendirent ensuite au domicile de Downing, où la voisine s'avéra beaucoup plus disposée à discuter. Laurel Esty habitait l'appartement mitoyen de celui de Downing et avait déjà invité les agents en uniforme à entrer pour leur offrir du café et des biscuits.

— Elle affirme ne pas avoir vu Downing depuis deux ou trois jours, mais que ce n'est pas inhabituel puisqu'elle travaille de nuit. Son colocataire, par contre, a mentionné avoir vu Downing sortir de l'immeuble avec deux valises ce matin.

— Où est le colocataire ?

— Sur son lieu de travail, lieutenant. Nous avons pris son nom et ses coordonnées.

— Donnez-les à mon équipière… et essuyez-moi les miettes de biscuits sur votre uniforme. Un peu de tenue.

Eve dépassa l'agent pour s'approcher de la jolie petite blonde assise sur un canapé bleu au milieu d'un séjour désordonné mais accueillant. En voyant Eve entrer, la femme se redressa d'un bond, comme montée sur ressorts, et faillit renverser le soda qu'elle tenait à la main.

— Waouh ! Je viens d'appeler mon coloc. L'agent Tanker a dit que je pouvais. J'ai dit à Reb – mon coloc – que j'avais entendu l'agent Tanker dire à l'agent

Messing que le lieutenant Dallas était en route. Et Reb m'a répondu : « Impossible, Laurie, arrête tes conneries. » Et moi j'ai dit : « Mais si, c'est possible. » Il ne voulait pas me croire. Et pourtant vous voilà... On a vu le film. Julian est tellement cool et Reb a dit, quand on l'a regardé, qu'il vous sauterait dessus sans hésiter, et je... Mince, c'est pas bien de dire ça. Pardon. Je peux le rappeler et lui montrer que vous êtes là ?

— Non. Vous connaissez Charity Downing ?

— Oui, bien sûr, elle habite à côté. Je la vois pas souvent parce que je bosse la nuit au *Silverado*, un bar pour cow-boys urbains, mais on voit parfois de vrais cow-boys et ils...

— Quand avez-vous vu ou parlé à Mlle Downing pour la dernière fois ?

— Oh, euh, je sais pas trop... Il y a quelques jours, je dirais. Je rentre généralement chez moi vers 3 heures et elle part vers 9 ou 10 heures. Le plus souvent, je dors à poings fermés à ce moment-là. Mais on discute un peu quand on se croise, durant nos jours de congé ou à la laverie. Elle est très sympa. Reb pense qu'elle est lesbienne, mais c'est un mec et quand une fille ne succombe pas à son... « charme », dit-elle en mimant les guillemets, elle est forcément lesbienne. Je ne compte pas parce qu'on est potes depuis une éternité et qu'on ne fait rien ensemble même quand on a personne d'autre dans notre vie. C'est un pacte entre nous.

— Tant mieux pour vous. Peabody, les photos.

— Je suis vraiment désolée que vous soyez morte, dit Laurel à Peabody. L'actrice qui jouait votre rôle dans le film, je veux dire. Elle vous ressemblait beaucoup. Ça fait bizarre ?

— Un peu. Reconnaissez-vous une ou plusieurs de ces femmes ?

— Oh.

Comme si elle venait de se rappeler qu'elle le tenait à la main, Laurel posa son verre de soda sur une table.

— Vous devriez vous asseoir, proposa-t-elle. Je peux vous servir un soda, un café ou autre.

— Ça ira. Regardez les photos.

Laurel s'assit, les photos entre les mains, et les examina en se mordillant la lèvre inférieure.

— Non, je ne les connais pas. C'est peut-être parce que je bosse la nuit et que j'étais pas là pendant leurs visites. Mais j'ai déjà vu ces deux-là, ajouta-t-elle en brandissant les photos de Su et MacKensie.

— Où ça ? demanda Eve.

— Chez Charity.

— Vous venez de dire que vous ne les avez jamais vues ici.

— Pas en personne. Mais je les ai vues sur le tableau. Une toile accrochée au mur chez Charity. Elle les a représentées en peinture, ainsi qu'elle-même, et deux autres femmes, je crois. Elles semblaient toutes très tristes mais très fortes. C'est ce que j'ai dit à Charity.

— Peabody, allez voir. Les autres femmes sur ces photos n'apparaissent pas sur le tableau ?

— Non. Il y en a une vieille... Plus âgée, je veux dire. Genre, la cinquantaine, je dirais. Et l'autre a l'air très jeune, très triste. Très jolie aussi. Elles étaient toutes très jolies. Bref... Oh !

Elle claqua brusquement des mains, comme si elle s'applaudissait.

— C'était la dernière fois. Je me souviens maintenant. Je me suis levée pour aller bosser et Reb n'avait pas rechargé l'autochef. Plus de café. En tout cas plus assez. La situation désespérée, quoi. Alors je suis allée chez Charity voir si elle pouvait me dépanner. Et elle m'a dit « bien sûr, je vais vous en donner ». Puis j'ai dû aller aux toilettes. Je suis du genre à boire mon café dès le lever, avant même d'aller aux toilettes. Alors elle m'a dit que je pouvais utiliser ses toilettes. Elle a deux chambres, comme nous, mais en a transformé une en une sorte de studio. Pour peindre. C'est là que j'ai vu le tableau avec les femmes et l'autre. Le flippant.

— Flippant ?

— Elle l'avait recouvert d'un drap mais il s'était décroché et j'ai vu la toile. Bien flippante, avec des hommes tous en train de hurler et de tomber dans une sorte de fosse pleine de flammes devant une grande maison de film d'horreur. La maison aussi brûlait. Un genre d'enfer, quoi. Ils portaient des espèces de masques de diables, et rien d'autre. On avait l'impression que c'étaient des démons, mais je n'ai vu la toile qu'une ou deux secondes avant que Charity arrive avec le café et ferme la porte.

Laurel rentra la tête dans les épaules en rougissant.

— Je voulais pas être indiscrète, je vous jure ! La porte était ouverte et j'ai regardé par curiosité, c'est tout. C'est pas vraiment de l'indiscrétion. Je me suis excusée en disant que j'avais juste jeté un coup d'œil. Elle n'a pas eu l'air fâché mais j'ai senti qu'elle préférait que je ne dise rien, alors j'ai rien dit. Je l'ai remerciée pour le café, en lui disant qu'elle me sauvait la vie, et je suis partie. C'était il y a quelques jours. Pas hier ni avant-hier, mais il y a moins d'une semaine. Reb s'en souviendra peut-être parce que je lui en ai parlé. Je lui ai vite envoyé un texto parce que, bon, le tableau m'avait vraiment fichu les jetons.

— Seriez-vous en mesure de décrire les deux toiles, avec plus de détails ? Les visages des femmes, celles qui ne sont pas sur ces photos ? Auprès d'un portraitiste de la police.

La lèvre inférieure de Laurel subit un nouveau mâchonnement.

— Euh… Je sais pas trop…

Peabody, de retour, sourit et posa une main sur son cœur.

— Bosser avec l'inspecteur Yancy, quelle chance…

— Vraiment ? demanda Laurel en battant des cils, un éclat d'intérêt dans le regard. Eh bien, peut-être. D'accord.

— Parfait. Nous allons organiser votre transfert au Central pour travailler avec l'inspecteur Yancy. Merci pour votre aide, ajouta Eve.

— Je peux appeler Reb ? Je sais qu'il sera prêt à sécher le boulot pour ça. Et, sérieusement, je me sentirais mieux s'il venait avec moi ou me retrouvait là-bas. C'est un peu comme ma famille, vous voyez ? Comme un frère.

— D'accord. Pas de souci.

— OK. Il faut que je m'habille. L'agent Tanker m'a réveillée. Lieutenant Dallas ? J'imagine mal Charity faisant quelque chose de mal, sauf que…

— Sauf que quoi ?

— Ce tableau. Celui avec les hommes-démons ? Je ne l'ai aperçu qu'une ou deux secondes mais il m'a filé des cauchemars.

Eve suivit Peabody jusqu'à l'appartement mitoyen.

— Pas de tableau représentant des femmes. Ni d'hommes-démons. C'est quoi, cette histoire ? demanda celle-ci.

— Des hommes à tête de diable hurlant en chutant vers les enfers, avec une maison en feu en toile de fond.

— Dérangeant, effectivement. On dirait qu'elle exorcisait ses démons par la peinture.

Elles entrèrent. Comme celui de MacKensie, l'appartement fit à Eve l'effet d'un endroit abandonné. Les meubles étaient toujours là, des plantes s'exposaient au soleil au bord d'une fenêtre, mais il n'y avait aucun appareil électronique. Quelques pinceaux, tubes de peinture et toiles vierges avaient été laissés sur place. Mais rien qui corresponde à la description faite par Laurel. Aucune trace de croquis qui auraient permis d'identifier les femmes concernées.

— Dessous sexy, commenta Eve en ramassant un string fendu au niveau du sexe. Beaucoup, même. Elle ne les a pas emportés parce qu'elle n'en a plus l'usage.

— Elle a pris la plupart des affaires de toilette mais a laissé certains vieux trucs. Et je parie qu'elle a oublié ceci, annonça Peabody en ressortant, un petit flacon à la main. Perdu au milieu de crèmes pour la peau. Ce sont des somnifères ; le genre extra fort, qui vous mettent K-O jusqu'au matin.

— Je ne doute pas qu'en vérifiant le contenu de son autochef on découvrira un usage régulier de cocktails relaxants et de tranquillisants en vente libre. C'est elle qui s'est retrouvée au corps-à-corps, si l'on peut dire, avec le sénateur Mira. Elle était à bout. Somnifères et tableaux effrayants. Lorsqu'on les retrouvera, c'est elle qui craquera la première.

Elles répétèrent la procédure au domicile de Su. Pas de voisine impatiente ou bavarde, cette fois, mais toutes les indications que Su était partie se terrer quelque part avec tout ce qui comptait à ses yeux.

— Contactez la sécurité de l'immeuble, ordonna Eve à Peabody. Récupérez les disques vidéo des deux derniers jours. Nous suivrons ses allées et venues et nous verrons ce qu'elle a emporté en partant. La camionnette est certainement la sienne, donc entamons les recherches là-dessus.

— Il n'y a aucun véhicule enregistré à son nom. J'ai déjà vérifié.

— Elle en a pourtant un. On regardera avec les noms de ses parents. Si ça ne donne rien, j'insisterai auprès de notre consultant civil préféré pour découvrir si elle a des noms d'emprunt. Elle dispose d'un véhicule, c'est certain. Et l'une d'entre elles possède ou loue une maison, un immeuble, un endroit quelque part.

Pendant que Peabody partait en quête des responsables de la sécurité, Eve poursuivit l'examen de l'appartement. Su vivait bien, constata-t-elle. Un bel espace dans un bel immeuble et un mobilier qui semblait choisi avec soin. Elle laissait derrière elle beaucoup de vêtements de qualité – car Eve en était certaine : elle n'avait aucune intention de revenir.

Elle venait d'une famille stable. Du moins à première vue. Elle avait suivi une scolarité brillante et s'était engagée dans une carrière pleine de défis.

Une carrière qui l'avait menée dans un laboratoire, songea Eve, où elle travaillait sans doute seule la plupart du temps. Rien qui indique l'existence de relations sentimentales.

« Quelque chose s'est passé à Yale, se dit-elle à nouveau. Quelque chose qui l'a poussée sur le chemin d'une terrible vengeance. »

C'était sur ce chemin qu'elle avait rencontré Downing et MacKensie, et deux autres femmes encore non identifiées si la toile peinte par Downing avait la signification qu'Eve lui attribuait. Sans doute s'étaient-elles connues dans un groupe ou au centre d'accueil.

Tout cela la ramenait à l'idée de viol. D'un groupe d'hommes pratiquant le viol.

Elle fit un nouveau passage dans l'appartement, cette fois à la recherche de tiroirs dissimulés ou de caches secrètes.

Quand Peabody revint, Eve était allongée à l'intérieur du placard de la chambre à coucher.

— J'espérais trouver une cachette, mais j'ai fait chou blanc.

— J'ai les disques.

— Visionnons-les sur l'écran mural.

Eve se releva et ressortit du placard. La chambre, impeccablement tenue, était dotée d'un lit simple et élégant : haute tête de lit gris foncé, couette gris clair et quelques coussins de différentes nuances de bleu.

Eve céda à l'envie de tirer sur la tête de lit pour regarder derrière.

— Même si elle avait une cachette, elle a forcément emporté son contenu, souffla-t-elle autant pour elle-même que pour Peabody.

Avec un hochement de tête, celle-ci inséra les disques dans l'écran mural et lança la vidéo.

— Les quarante-huit heures complètes ?

— Commençons par le moment où nous sommes venues la voir. On visionnera le reste au Central.

Peabody fit défiler les images en accéléré puis ralentit.

Eve regarda sa collègue et elle-même entrer dans le champ de la caméra de la porte et s'adresser à l'ordinateur à l'entrée. Elles passèrent ensuite sous les caméras du hall de l'immeuble, puis celles de l'ascenseur, avant de remonter le couloir en direction de l'appartement de Su.

— Accélérez un peu. Affichez à la fois la caméra de l'entrée et celle de son étage.

Eve les regarda repartir.

— Mon manteau magique rose m'affine de manière quasi magique, non ? s'enthousiasma Peabody.

— Taisez-vous, Peabody.

Eve observa l'arrivée devant l'immeuble d'un livreur porteur d'un grand vase de fleurs rouges et bleues puis le passage d'une femme en manteau vert émeraude et écharpe à carreaux sortant son chien blanc. Vint ensuite un homme qui émergea de l'immeuble, une mallette à la main, l'air à la fois pressé et stressé. Puis…

— Faites pause. Regardez celle-ci. Elle fait en sorte qu'on ne voie pas son visage.

— C'est possible, admit Peabody avec une petite moue. Mais il faisait super froid. La plupart des gens s'emmitouflent.

— Il n'y a pas une seule mèche de son bonnet qui dépasse et elle garde la tête penchée en avant.

Son écharpe est remontée de manière à ce qu'on ne voie pas le bas de son visage quoi qu'il arrive. Gants, manteau long. Relancez la vidéo à vitesse normale. Vous voyez ? Elle n'habite pas là. Elle s'est servie de l'interphone et on lui a ouvert. Mais elle sait où se trouvent les caméras. Ça se passe, quoi, vingt minutes après notre départ ?

— Euh… Vingt-trois.

— Elle garde les yeux baissés dans le hall… et tourne la tête dans l'ascenseur. Elle me paraît trop grande pour qu'il s'agisse de MacKensie. Et sa gestuelle n'est pas celle de Downing. Peut-être qu'il s'agit de l'une des autres. Peut-être… Elle sort à l'étage de Su, va jusqu'à sa porte. Et elle entre. Su a contacté quelqu'un après notre visite. On l'a ébranlée et elle a demandé de l'aide à l'une de ses partenaires. Gardez les deux images à l'écran au cas où elle aurait fait venir les autres. Vous pouvez accélérer la caméra dans le corridor ?

— McNab pourrait. Je vais essayer…

Eve se mit à faire les cent pas pendant que Peabody se débattait avec la technologie.

— Elle savait que nous étions en train de faire le lien entre elles. Voilà pourquoi elles ont décidé de se cacher. Ces deux-là sont en train d'en parler, d'organiser les choses, de prévenir les autres. Vous pouvez être sûre que Su est déjà en train de faire ses bagages.

— C'est bon ! Waouh, j'assure en informatique. Regardez, Dallas, elles ressortent. Après quarante-six minutes passées à l'intérieur.

— Su a sa valise, un gros fourre-tout et son amie tire une deuxième valise. Et elle a toujours suffisamment de sang-froid pour se souvenir de ne pas montrer son visage aux caméras. Ce n'est pas MacKensie et je doute que ce soit Downing. L'une des autres. On va demander à la DDE d'exercer leurs talents sur ces images. Peut-être qu'ils pourront nous trouver de quoi l'identifier.

— Peut-être, si Yancy arrive à raviver les souvenirs d'Esty à propos du tableau, dit Peabody.

— Regardez comment Su s'est habillée. Des bottes plus pratiques qu'élégantes, un pantalon décontracté. Un grand sac fourre-tout en plus de sa valise. Faites pause. Regardez son visage : elle regarde droit vers la caméra. Non, pas vers la caméra, se corrigea Eve. Vers nous. Elle sait qu'on tombera tôt ou tard sur ces images. Regardez son visage.

— En colère mais... satisfaite de son coup.

— Oui, c'est tout à fait ça.

— Elle est en chemin pour retrouver les autres, commenta Peabody à mi-voix. En chemin pour aller les chercher.

— Et pour se remettre à l'œuvre sur Betz. Elles se relaient auprès de lui. Il faut bien qu'elles continuent à gagner leur vie, après tout. Alors elles font des tours de garde. Mais elles poursuivent leur action conformément à leur plan. Il leur reste encore à essayer de capturer Easterday. Et vu sa tenue, ce n'est pas elle qui jouera le rôle d'appât. Ce sera le boulot de MacKensie cette fois.

— Son véhicule, comme vous le disiez.

— Oui, très probablement. Revenez en arrière. Revenez à hier, à partir de 15 heures.

Elles virent Su sortir de chez elle à 15 h 10, entièrement vêtue de noir et portant un grand fourre-tout noir. Elle avait ramené ses cheveux en arrière et dissimulait ses yeux derrière des lunettes de soleil. Elle enfila des gants dans l'ascenseur et serra les poings.

— Faites défiler, murmura Eve. Voyons quand elle est revenue.

Elles observèrent la vie de l'immeuble. Des gens qui sortaient pour la soirée, à l'occasion d'une fête, d'un dîner ou d'un travail de nuit. Des gens qui revenaient d'une journée de travail tardive au bureau, d'avoir fait les magasins ou d'avoir pris un verre avec des amis.

Un couple rentra chez lui en affichant un air faussement impassible. On devinait à leur langage corporel qu'ils s'étaient disputés. Un autre couple, dont les gestes indiquaient clairement qu'il n'y avait pas eu dispute mais que l'alcool avait coulé à flots, traversa le hall en titubant et en riant aux éclats.

Les uns allaient beaucoup s'amuser, les autres non.

— La voilà. Il est un peu plus de 4 heures. Elle n'a pas l'air si fier cette fois, poursuivit Eve comme elles regardaient Su remonter jusqu'à chez elle.

— Non, elle a l'air vraiment crevé. Non pas que je compatisse, surtout qu'on est presque certaines qu'elle vient de finir de tuer Wymann et qu'elle a sans doute passé du temps à torturer Betz. Mais elle paraît plus qu'épuisée, Dallas.

« Elle retient ses larmes », se dit Eve.

Quand Su adressa un regard de défi à la caméra tout en se débattant maladroitement avec sa carte magnétique pour ouvrir la porte, Eve constata que ses yeux étaient humides de larmes.

— Elle est retournée, peut-être même un peu nauséeuse, parce que ce meurtre, cette deuxième mise à mort, ne lui a pas apporté ce dont elle a besoin, ce qu'elle désire plus que tout.

— Qu'est-ce qu'elle désire ?

— La paix. Elle voudrait trouver cette fichue paix intérieure, dit Eve.

« C'est tout ce qu'on espère quand débarquent les cauchemars, songea-t-elle. Et c'est la seule chose qu'on ne peut pas obtenir. »

— Cette histoire de justice qu'elles mettent en avant sur le corps des victimes, ce n'est qu'un truc mineur pour elle. Elle voudrait pouvoir dormir la nuit. Que tout soit terminé. Plus que tout, elle voudrait que ce ne soit jamais arrivé. Mais ces meurtres ne lui apporteront rien de tout ça. Elle l'ignorait jusque-là, elle commence à le comprendre. En constatant que, malgré des lavages répétés, elle continue à sentir le sang qu'elle a sur les mains.

— Mais elles tiennent encore Betz.

— Oui. Savoir tout ça ne la fera pas s'arrêter. Ni aucune d'entre elles. Elle se dit que peut-être, peut-être, une fois qu'elles auront terminé, elle obtiendra ce qu'elle espère. Que peut-être elle pourra enfin dormir. Mais ce ne sera pas le cas.

— Je dirais qu'elle avait l'air résigné en plus d'être fatiguée.

— Résignée, déterminée, ça se ressemble beaucoup. Elles iront jusqu'au bout. En tout cas elles essaieront. Impossible de revenir en arrière à présent, pour aucune d'elles. Après notre visite dans la matinée, elle sortira prendre la camionnette, où qu'elle l'ait cachée, et ira chercher les autres. Et elles se rassembleront toutes là où elles détiennent Betz. Elles ne le ramèneront pas chez lui. Elles sont forcément assez malignes pour savoir que nous surveillons la maison.

Soudain épuisée, Eve s'assit au bord du lit.

— On va libérer Baxter et Trueheart, mais on laissera une autre équipe à leur place. Ce serait dommage de m'être trompée sur ce point. Les clés, les clés de Betz. Elles constituent peut-être une piste. Allons embêter un peu la DDE.

— Il faut que je vous dise un truc.

Eve repoussa ses cheveux en arrière et se leva.

— Quoi donc ?

— Cette affaire, et ce que nous estimons être le mobile derrière, ça doit forcément vous affecter. Ça doit vous rappeler ce qui vous est arrivé. Mais ce n'est pas pareil, Dallas. Ce n'est pas la même chose.

— Oui, ça me rappelle des choses. Mais je l'ai tué en légitime défense. C'était lui ou moi, et j'étais une enfant. Ce n'est pas la même chose. Il me violait, et mon bras...

Elle leva la main et sentit presque l'os se briser de nouveau.

— Quand l'os s'est fracturé, quand il m'a cassé le bras... Ce choc, cette douleur, c'était *vivant*. Le tuer était le seul moyen de faire en sorte que ça s'arrête, de l'arrêter, lui, de survivre. C'est différent de ce qui se passe ici.

Elle vida ses poumons mais elle avait toujours l'estomac noué.

— Mais le reste ? reprit-elle. La peur, la douleur, l'intimité violée, ce mal qui s'enracine en vous et ne vous quitte jamais vraiment ? C'est la même chose. Raison pour laquelle je sais qu'elles ne trouveront pas la paix ni la justice qu'elles cherchent dans le sang. Ça n'a pas été le cas pour moi non plus, c'est clair.

— Comment avez-vous fait ? Pour trouver la paix ?

— Je vous le dirai quand ce sera fait.

Voyant Peabody hocher la tête et se pencher pour ramasser son kit de terrain, Eve fourra les mains au fond de ses poches.

— C'est injuste de dire ça comme ça, admit-elle. Et ce n'est pas complètement vrai non plus.

— Vous n'êtes pas obligée d'en parler. Je ne voulais pas vous inciter à m'en dire plus, je voulais simplement exprimer ce que je ressentais.

Merde à son estomac noué, décida Eve, et à cette douleur lancinante qui palpitait à l'arrière de son crâne. Elle ne les laisserait pas gagner.

— Mon expérience me sert dans cette affaire. Et je pense que c'est en partie grâce à cette expérience que nous avons remonté leur piste plus vite qu'elles ne l'imaginaient. Vous êtes ma coéquipière et... Vous êtes ma coéquipière, répéta-t-elle comme si cela voulait tout dire. Il y a eu des médecins, des psys, des conseillers, des flics. Les gens des services sociaux. Ils pouvaient s'occuper des blessures physiques, des viols, des os brisés, des contusions. Mais le reste ?

Je l'avais repoussé si loin que cela en devenait inaccessible même pour moi. C'était une question de survie, comme planter ce petit couteau dans le corps de Richard Troy.

Debout, immobile, elle referma les doigts autour de son insigne. Une forme tangible au creux de sa main.

— J'ai surmonté l'obstacle, reprit-elle. J'ai eu des flashs, bien sûr, et des cauchemars. Mais eux aussi, je les ai enfermés au plus profond de moi. Si je ne pouvais pas les atteindre, personne d'autre ne le pourrait. Personne ne pourrait plus jamais me faire de mal avec tout ça. Et puis je me suis trouvé un but. D'aussi loin que je m'en souvienne, depuis l'instant où je me suis réveillée dans cet hôpital à Dallas, j'ai su que je devais devenir flic. Ça m'a permis de tenir face à la suite des événements, bons ou mauvais. Et quand j'ai reçu mon insigne, je me suis sentie... forte, investie. C'était mon but, tout comme le leur est d'annihiler ces hommes. L'insigne, le métier, protéger et servir, agir au nom de la victime. Je le devais. Question de survie. Et puis il y a eu Mavis et Feeney et, grâce à eux et au boulot, j'ai connu ce qui ressemblait à une famille, même si je n'en avais pas conscience. Et vous savez ce que je ressentais chaque jour, sans exception, en accrochant mon insigne ?

Elle le sortit de sa poche pour le contempler.

— Chaque jour, j'avais une raison d'être. J'avais battu toutes ces choses enfermées en moi. Je représentais quelque chose. Les victimes comptaient, Peabody, qui qu'elles puissent être et quoi qu'elles aient pu faire. Et il me revenait de me battre en leur nom.

— Je sais. C'est ce que vous m'avez appris.

— Vous pensez peut-être que je ne sais pas ce que vous avez ressenti le jour où vous avez reçu votre insigne doré, ou ce que Trueheart a éprouvé l'autre jour. Mais si. Je me souviens exactement de toutes mes émotions du moment. Inspecteur Dallas. Oh oui, je me souviens de l'excitation et de la peur qui se mêlaient à la fierté. Et quand je suis passée lieutenant… Bon sang, de nouveau l'avalanche d'excitation, de peur et de fierté. Ce sens donné à ma vie. Les victimes comptaient, ainsi que les policiers sous mes ordres. Je me devais d'être la meilleure possible, pour les victimes et pour les flics.

Elle soupesa l'insigne au creux de sa paume puis le remit dans sa poche.

— Et j'ai décidé de viser les galons. Capitaine Dallas, voilà qui sonne bien. J'allais réduire ces choses au fond de moi à néant. Ces flashs qui me rendaient malade, qui me terrifiaient, ces cauchemars qui me prenaient à la gorge durant la nuit, je comptais bien les éradiquer. J'avais ma raison d'être, après tout, et jamais je n'allais redevenir une victime. Mais…

» Allons-y, lança-t-elle abruptement. Nous perdons du temps en restant ici.

Sans rien dire, Peabody ramassa son manteau et l'enfila rapidement tandis qu'Eve se dirigeait vers la sortie. Elle maintint un silence respectueux – et légèrement inquiet – pendant tout le trajet jusqu'au hall d'entrée.

— Envoyons une équipe de quatre hommes au domicile des Betz, ordonna Eve. Avec l'agent Carmichael à sa tête, donc trouvez-en trois autres. Deux de notre service, puis voyez si l'agent Shelby est disponible.

— Shelby ?

— Elle est du cinq-deux. Première agent sur les lieux du meurtre de Catiana Dubois.

— Ah ouais, je m'en souviens.

— Elle m'intéresse. Si elle tient la route comme je le pense, et si elle en a envie, je voudrais qu'elle intègre la Criminelle. Il nous faut un nouvel agent.

Tout en marchant, Eve sortit son communicateur pour appeler Baxter et l'informer des changements.

— Dès que vos remplaçants seront arrivés, retournez au Central. Une fois que la DDE aura identifié les cartes magnétiques, on se rendra sur place. Et peut-être qu'on aura droit à un petit miracle de la part du labo sur les vieilles clés. Pendant ce temps, on continue à creuser le plus profondément possible sur les trois femmes identifiées. Trueheart et vous vous occuperez de MacKensie. Je veux savoir à quel âge elle a commencé à parler, ce que sa mère mange au petit-déjeuner, où elle fait ses courses, quelle est sa banque et où elle sort pour s'amuser. Et tous les endroits qu'elle a habités avant même sa naissance.

— Compris, lieutenant. On s'y mettra dès qu'on aura fini le briefing des remplaçants.

Eve se contenta d'un grognement avant de raccrocher.

Au moment de remonter en voiture, elles eurent droit à une nouvelle salve d'avertisseurs vengeurs de la part des autres conducteurs. Eve leur fit mentalement un doigt d'honneur avant d'éteindre le panneau EN SERVICE et de démarrer.

— Mais ça n'allait pas suffire, reprit Eve comme s'il n'y avait pas eu de pause dans la conversation. Je me persuadais du contraire mais ça n'aurait pas suffi à me permettre de tenir bon. Mira s'en est aperçue et, franchement, je lui en ai terriblement voulu à l'époque, parce qu'elle voyait ce que je ne voulais pas qu'elle voie. Ce que je ne voulais pas voir. « Tout va bien, arrêtez d'essayer d'entrer dans ma tête ! »

» Il y a eu un incident. Un salopard camé au Zeus et un gamin, un bébé. Et je n'ai pas pu arriver à temps. Peut-être que j'avais atteint un seuil, peut-être que c'était – comment on dit, déjà ? – la goutte d'eau qui fait déborder le vase, mais ça m'a fichu un coup. Et c'est à ce moment-là que l'affaire DeBlass m'est tombée dessus. « Tout va bien, je peux gérer. » Gérer la vision de ce bébé découpé en morceaux, gérer les rapports internes parce que j'avais été contrainte d'abattre le salopard qui l'avait découpé et gérer l'affaire DeBlass avec son Code cinq.

Elle profita de l'arrêt à un feu rouge pour se passer les mains sur le visage en se prenant à souhaiter pouvoir, d'un simple effort de volonté, chasser la fatigue et le feu dans ses tripes.

— Et puis il y a eu Connors. Je me souviens encore de ma première enquête sur lui, du moment où son visage s'est affiché à l'écran. Et d'avoir pensé : « Regardez-le. Un homme riche, ridiculement riche. Si mystérieux qu'il n'a même pas de prénom. Mais un visage à te couper le souffle. » Je n'aurais pas dû me rapprocher de lui. Et pourtant je n'ai pas pu m'en empêcher. C'était là depuis la toute première seconde et je n'ai pas pu résister. Ce n'était même pas quelque chose de physique.

Elle se mit à rire et redémarra au vert.

— Enfin si, il y avait quelque chose de physique. Mais je veux dire que ce n'était pas que ça.

— Je comprends. Je vois très bien ce que vous voulez dire.

— C'était comme si une force, quelque part, avait dit : « Allez, lâchons un peu ces deux-là. Il est temps qu'ils se rencontrent. » Et c'est là que la cassure s'est produite, les premières fissures sur ce que j'avais enfermé en moi. Je pouvais commencer à y faire face parce que je savais qu'il serait là pour me soutenir. Tout en lui faisant confiance pour me laisser me défendre seule. Impossible d'écarter ce que je ressentais pour lui. Je ne pouvais pas y mettre fin ni revenir en arrière. Et à un moment j'ai arrêté d'en avoir envie. Sans ça, j'ai l'impression que je me serais égarée. Tôt ou tard, les victimes auraient cessé d'avoir tant d'importance, le métier n'aurait plus été que ça : un métier. J'aurais peut-être décroché mes galons d'abord, qui sait, mais j'aurais cessé d'être le genre de flic que je devais être.

Ce qui, elle en avait l'absolue certitude, aurait signé son arrêt de mort.

— Je n'aurais pas survécu sans ce que j'ai laissé entrer en moi, grâce à lui. Ce que j'ai laissé entrer alors m'a permis de m'ouvrir à beaucoup de choses par ailleurs. Sans ça, j'aurais pu vous recruter à la Criminelle, comme je vais peut-être le faire avec Shelby, mais nous ne serions pas équipières. Je n'aurais pas su m'y prendre.

Elle s'engagea sur la voie d'accès au parking du Central.

— Donc j'ai trouvé une forme de paix. Des affaires comme celles-ci peuvent l'ébranler. Parfois, elle m'échappe comme de l'eau qui s'écoulerait entre mes doigts. Mas je sais où la retrouver, et auprès de qui. Vous en faites partie. À la fois du « où » et du « qui ».

Elle se gara sur sa place réservée et tourna la tête vers Peabody.

— Arrêtez ça ! ordonna-t-elle face aux larmes qui roulaient sur les joues de Peabody. Pas de pleurnicheries. Nous sommes dans le parking d'un commissariat. On ne pleurniche pas au commissariat… Pas quand on est flic.

— Je ne pleurniche pas, protesta Peabody.

Mais elle laissa échapper de nouvelles larmes tout en fouillant ses poches à la recherche d'un mouchoir.

— Et je ne vais pas non plus vous serrer très fort dans mes bras, même si j'en ai très envie. Je voudrais juste vous dire que chaque fois que cette paix sera ébranlée, vous pourrez compter sur moi. Vous pourrez compter sur moi, répéta-t-elle avant de sortir précipitamment en se mouchant.

Eve resta assise quelques instants derrière le volant.

— Je sais, murmura-t-elle.

Puis elle sortit de la voiture. Elle avait un travail à faire.

19

Eve se rendit directement à la DDE, avec l'espoir que les geeks lui donneraient du solide. De fait, ils avaient envahi le labo.

McNab, dont les anneaux d'oreilles scintillaient au rythme de ses déhanchements dans son pantalon couleur néon, se tenait devant une station de travail, l'œil rivé à une sorte de microscope. Feeney, revêtu de son habituel costume marron froissé, était assis face à deux écrans sur lesquels il pianotait des deux mains, ses cheveux dressés sur la tête comme s'il venait de se faire électrocuter.

La très plantureuse Callender semblait danser entre deux postes de travail en agitant les épaules, ce qui ne manquait pas de faire rebondir sa lourde poitrine sous son pull rouge pailleté, en travers duquel, pour une raison inconnue, s'étalait l'image d'un singe monté sur un monocycle.

Un autre geek qu'Eve reconnaissait vaguement se dandinait sur son tabouret, les entrailles d'un ordinateur répandues sur son plan de travail. Il avait des cheveux d'un rouge digne du pull de Callender, rassemblés en longues dreads aux extrémités aussi jaunes et lumineuses qu'une supernova. Couleur d'ailleurs reprise par son baggy extra-large.

Au moment de franchir le seuil, Eve se prit vaguement à souhaiter avoir emporté une paire de lunettes de soleil.

En les voyant, McNab agita les sourcils en direction de Peabody.

— Hé, capitaine ! Voilà l'escouade de la mort !

— On a du concluant et du néant, annonça Feeney à Eve.

— Commençons par le concluant.

— On a pu scanner l'une des cartes magnétiques et récupérer le code et l'identificateur. La banque est mentionnée : la Liberty National Bank de New York. On a fait un petit tour de passe-passe pour vous trouver la branche exacte. Quoi qu'il ait pu cacher là-bas, c'est dans le Bronx. J'étais sur le point de t'envoyer l'adresse.

— Fais donc. J'irai voir, merci beaucoup. Et le néant ?

— C'est l'autre carte. On a eu le code, pas de souci. Mais il n'y a aucun identificateur, contrairement au coffre de la banque. On continue à bosser dessus mais à vue de nez, il s'agit d'un bâtiment résidentiel. Ça n'a pas l'air d'un truc professionnel ou d'entreprise. Ça pourrait quand même être ça, mais on penche plutôt vers le résidentiel.

— C'est déjà plus que ce que j'avais en arrivant. Et les ordinateurs des victimes ?

— J'ai lancé un nouvel examen de ce que nous avons récupéré à l'institut Mira mais je n'y ai trouvé que des histoires d'affaires et de politique. Callender s'occupe de Wymann. Juju est chargé de Betz.

— Juju ?

— T'inquiète, je gère, lança en souriant l'homme aux dreads rouges.

Il donnait l'impression que son visage blanc et rond avait été éclaboussé de minuscules points de peinture rouge en guise de taches de rousseur.

— J'me mate le Betz, poursuivit-il en faisant claquer le bout des aéroboots bleu électrique qui lui remontaient jusqu'aux genoux. Richard, le mec. Le serait encore plus s'il misait pas sur des canassons qui se traînent. Deux piaules visibles à son nom, la première dans la Grosse Pomme, l'autre côté rhum et cigares. Aspire un max mais déstocke pas des masses. Assure carrément avec les poulettes pour un grincheux. Il note les blases et fait tourner. Comme les tires, l'en a trois et un max de tapes pour de la fonce.

— Je… Stop, lança Eve en levant la main.

Elle sentait déjà un début de migraine.

— Ce type sait parler normalement ? demanda-t-elle à Feeney.

— Bilingue, lança Juju avec un autre grand sourire. Américain et geek. Préfère le geek.

Il orienta son sourire vers Callender.

— Fluide ?

— Sûr. Bulles-moi la cerise.

— Pigé. Peste noire capitaine ?

— Non, du sucré. Doublé Callender.

— Yo. McNab ?

— Triplé.

Juju se redressa, révélant qu'il faisait bien plus d'un mètre quatre-vingts. Presque un mètre quatre-vingt-quinze, estima Eve, sans doute avec l'assistance des épaisses semelles de ses aéroboots au bleu parsemé d'étoiles argentées.

— Vous ? lui demanda-t-il.

— Pas sûre de savoir de quoi vous parlez, mais c'est non.

— Carré, merci, lui dit Peabody lorsqu'il pointa un doigt vers elle.

— C'est parti, répondit Juju avant de s'éloigner.

— J'en ai mal au crâne, dit Eve.

Callender lui adressa un petit haussement d'épaules accompagné d'un sourire.

— Il abuse parfois du sabir des geeks mais il a vraiment le juju[1]. Il a dit que Betz a de l'argent, beaucoup même, mais qu'il en perd régulièrement au champ de courses. Il parie sur des chevaux qui ne gagnent pas. Il a deux propriétés officiellement à son nom, une ici à New York et une autre à Cuba.

— Il me faut ces infos. On ira voir à Cuba.

— Vous les aurez. Il a également dit que Betz est un coureur de jupons. Qu'il sort avec beaucoup de femmes pour un homme de son âge. Et qu'il garde une liste de ses conquêtes afin d'avoir leur nom à portée de main et de pouvoir passer de l'une à l'autre quand l'envie lui en prend.

— Seigneur. Ces données aussi, il me les faut.

— On vous les donnera. Votre type a trois véhicules et un paquet de contraventions pour excès de vitesse.

— Faites-les-moi passer également. Voyons si on peut découvrir où il est si pressé de se rendre. C'est un bon point de départ.

— Grâce à Juju, dit Callender. Moi, je bosse sur les appareils de l'économiste. On peut dire que lui n'est – ou plutôt n'était – pas amateur de jeux d'argent. En tout cas ça ne se voit pas sur ses bécanes. À l'inverse de Betz, dont Juju disait que financièrement il encaisse beaucoup grâce aux entreprises familiales sans avoir à faire grand-chose, votre économiste était bosseur. Il y passait du temps et travaillait sérieusement. Il se payait aussi du bon temps. Vacances, voyages. Il a un paquet de photos sur ses ordis et je suis en train d'identifier les membres de sa famille. Il a un petit-fils à propos duquel il a collectionné beaucoup d'articles et de critiques sur des pièces de théâtre. Pas mal de correspondance entre eux, avec les amis, la famille.

---

1. Terme associé au vaudou africain qui désigne une aura, une énergie, positive ou négative, qui se dégage d'une personne, d'un lieu ou d'un objet. *(N.d.T.)*

Un peu de travail aussi. Il n'avait pas de listes de « copines » mais j'ai trouvé un paquet de noms féminins avec les coordonnées associées. Propriétaire de plusieurs endroits, certains uniquement comme investissements, mais aussi un appartement à Londres et une maison du côté de East Hampton.

— D'accord. Si elles ont mis les mains sur les clés, elles pourraient se servir de cet endroit dans les Hamptons ou une autre des résidences secondaires des victimes. Mais...

« Trop simple. Trop évident. »

— Non, dit-elle, elles disposent forcément d'un endroit à elles. Elles n'ont pas pu improviser tout ça. Mais on vérifiera les résidences secondaires, même celles qui sont là uniquement pour rapporter. Il faut éliminer le maximum de possibilités.

Elle consulta sa montre. La journée passait à toute vitesse et les heures de Betz étaient comptées.

— Envoyez-moi tout ça, et le reste de ce que vous pourriez trouver. Je vais passer voir Yancy à propos d'une identification possible, puis je serai dans mon bureau jusqu'à nouvel ordre. J'ai besoin de réfléchir.

Elle sortit alors que Juju revenait avec plusieurs sodas disposés sur un plateau. Il adressa un sourire on ne peut plus joyeux à Peabody.

— Hop-hop, dit-il en lui tendant l'une des boissons.

— Merci.

La voyant porter la main à sa poche pour récupérer des pièces, il agita un doigt dans les airs.

— Cadeau.

Les deux se saluèrent en entrechoquant leurs poings puis Juju repartit de sa démarche dansante.

— Il est sympa, commenta Peabody en prenant une gorgée de soda. On a fait quelques soirées ensemble.

— Si Feeney lui fait confiance, ça me suffit. Au boulot, commencez à creuser sur Downing. En profondeur.

— Saluez Yancy pour moi.

Chacune d'elles repartit dans une direction différente.

Eve prit le chemin du service de Yancy, qu'elle trouva à son bureau, l'œil rivé à l'écran, sourcils froncés. Il releva la tête et la gratifia d'un regard distrait.

— Salut.

— Salut. Et Peabody vous passe le bonjour. Vous avez pu contacter Laurel Esty ?

— Elle vient de partir, avec son ami Reb. « Contacter », oui, on peut dire ça. J'ai rendez-vous avec elle après le boulot.

— Avec Esty ?

— Ça s'est fait comme ça, dit-il avec un rire étonné qui accompagnait à merveille son regard distrait. Elle m'a dit que je pourrais peut-être l'emmener prendre un verre et j'ai répondu un truc du genre « pourquoi pas ». Alors elle a dit « super, vers 19 heures ». Et voilà.

Eve haussa les sourcils.

Apparemment, le sous-entendu de Peabody à propos de la beauté de Yancy avait porté ses fruits auprès de la jeune femme. Et sa coéquipière n'avait pas menti. Les épaisses boucles brunes du dessinateur de la police encadraient un visage qui surfait sur une frontière intéressante entre joli et sexy.

— Et voilà, répéta Eve. J'imagine qu'elle n'était pas nerveuse à l'idée de venir.

— Elle n'en avait pas l'air. Comme beaucoup de gens, elle ne pensait pas se rappeler ni avoir vu grand-chose. À tort. Ce n'est qu'une question de guidage en douceur de ma part. Euh… Elle est strictement témoin, n'est-ce pas ? Même pas, d'ailleurs, puisqu'elle n'a pas assisté à un crime. Elle a simplement aperçu un tableau en lien avec l'affaire.

— Exact.

Puisqu'elle était là, Eve appuya sa hanche contre le coin de son bureau.

— Vous ne franchirez aucune frontière éthique en lui payant un verre, si c'est ce que vous vous demandez. Que nous a-t-elle livré grâce à votre guidage tout en douceur ?

— À part son numéro de communicateur et l'assurance qu'elle n'est pas en couple ? répondit-il avec un sourire. Je pense avoir redessiné la toile, aussi fidèlement que possible sans l'avoir vue moi-même. Je me suis servi d'un carnet de croquis classique. J'étais sur le point de le transférer sur l'ordinateur pour l'envoyer.

— Faites ça. Mais jetons-y tout de suite un coup d'œil.

Il ouvrit le carnet et tourna une page.

— J'ai commencé par le tableau entièrement visible. Voici comment elle l'a vu. Les cinq femmes ensemble.

Eve scruta le portrait de ces femmes debout côte à côte.

— Elles ont l'air très uni, non ? Voilà Downing. Le témoin la connaissait. Et ces croquis sont plutôt fidèles à MacKensie et Su, alors qu'elle ne les connaissait pas. Ça me laisse penser qu'on a une chance d'obtenir une reconnaissance faciale sur les autres.

— En gardant à l'esprit qu'il s'agit d'une approximation, d'une interprétation de dessinateur. Parmi les deux non identifiées, celle-ci est jeune. Vingt, vingt-cinq ans tout au plus selon moi. Et l'autre plus âgée. Le milieu de la quarantaine, ou un peu plus.

— La plus jeune, au centre. On… On dirait qu'elles la soutiennent.

— Possible.

Il fronça les sourcils en observant son propre travail.

— Possible, répéta-t-il, vu la manière dont elle est centrée. J'ai fait des portraits individuels pour les visages mais c'est sur Downing que Laurie avait la vision la plus claire. Comme vous le disiez, elle la connaissait, l'apercevait de temps en temps, échangeait quelques mots avec elle. Je pourrais lancer la reconnaissance faciale à partir des dessins.

Eve s'apprêtait à dire qu'elle s'en chargerait elle-même mais changea d'avis. Plus elle aurait de bras à son service, plus l'enquête avancerait vite.

— Ce serait bien, merci.

— Pas de souci. Vous voulez voir l'autre peinture ?

Il fit défiler les croquis des visages et s'arrêta sur une étude de six silhouettes masculines aux visages maléfiques et torturés qui chutaient vers une mer de feu. Des flammes s'élevaient également de la maison en arrière-plan.

— Une œuvre particulièrement sombre, commenta Yancy.

Eve prit le cahier pour l'examiner de près. Il avait réussi à soutirer de nombreux détails à Esty. La maison avait deux étages et couvrait une vaste superficie. Les flammes qui jaillissaient des fenêtres éclairaient ce qui ressemblait à de la brique. Aux yeux d'Eve, l'endroit n'évoquait pas une bâtisse contemporaine. Malgré l'incendie, il paraissait ancien, respectable. Une demeure cossue.

Une demeure qu'elle pensait pouvoir reconnaître quand elle la verrait.

Tout comme elle reconnaissait les hommes derrière leurs masques démoniaques.

— Edward Mira, Jonas Wymann, William Stevenson. Tous morts, même si dans le cas de Stevenson cela remonte à un bon moment. À l'époque, on a considéré que son décès était un suicide, mais on ira vérifier. Frederick Betz, actuellement disparu. Marshall Easterday, qui se terre chez lui en tremblant, et Ethan MacNamee, en vie et en bonne santé quelque part à Glasgow, sous la surveillance de la police locale. Beau travail, Yancy.

— On fait de notre mieux. Laurie a dit que j'avais su retranscrire sa vision et ça n'avait pas l'air d'être juste pour me draguer.

Eve revint en arrière dans le cahier pour scruter les portraits individuels des cinq femmes. Elle estima qu'elles avaient de bonnes chances de pouvoir les identifier. Plus d'une chance sur deux.

— Envoyez-moi le tout. Si l'ordinateur fournit une identification possible, je veux le savoir dans la seconde.

— Compris.

Eve retourna à la Criminelle, à temps pour voir Baxter tancer Jenkinson sur son choix de cravate.

— Comment peux-tu porter du violet et du doré avec cette nuance de costume marron ?

— La cravate annonce la couleur.

— Elle annonce surtout que t'as laissé ton bon goût à la maison. Tu pourrais au moins penser en termes de familles de couleur et de contrastes corrects.

— Faut parfois prendre des risques en matière de mode, rétorqua Jenkinson. Hé, Trueheart, j'ai un super vendeur pour mes cravates. Il te fera un bon prix si jamais tu décides d'améliorer un peu ta garde-robe d'inspecteur.

— Merci, Jenkinson, mais j'ai déjà celle que ta femme m'a offerte hier soir pour me remercier.

— À peine promu, ça croit déjà pouvoir faire le malin ! Oh, salut, patron. Qu'est-ce que vous pensez de ma cravate ? demanda Jenkinson à Eve.

— Jenkinson, dans la mesure du possible j'essaie de ne pas penser à votre récent fétichisme vestimentaire.

— J'ajoute un peu de couleur dans un monde bien sombre, voilà tout. Montre tes chaussettes au lieutenant, Reineke.

— Je ne veux pas voir…

Elle ne termina pas sa phrase ; Reineke avait sorti les pieds de sous son bureau pour exposer des chaussettes rouges décorées d'éclairs bleus.

Eve eut droit à un affreux flash-back des aéroboots de Juju.

— S'il y a un Dieu, il n'est vraiment pas miséricordieux, grommela-t-elle.

— Bien obligé d'être à la hauteur ! prétendit Reineke. J'avais envie de travailler le côté pédestre. Mais les chaussures coûtent trop cher pour ce genre de délire.

« Les meilleurs flics que je connaisse », se rappela Eve.

Son service accueillait les meilleurs flics qu'elle avait jamais rencontrés. Mais parfois...

Elle rappela Reo pour obtenir un nouveau mandat afin de pouvoir examiner le contenu du coffre privé de Betz à la banque.

Elle prit un café, mit à jour ses notes et son tableau. Puis elle fit ce qu'elle avait envie de faire depuis plusieurs heures : elle posa les pieds sur son bureau et laissa son cerveau faire le boulot.

Cinq femmes avec un secret partagé et un objectif commun. Ce n'était pas par hasard que Downing détenait ces deux toiles dans le studio de son appartement.

Elle avait peint ses problèmes. Exorcisé ses émotions sur la toile.

Amour et haine ? Oui, on pouvait le voir ainsi.

Cinq femmes, se répéta-t-elle.

Il avait fallu une loyauté et une détermination profondes pour garder le secret.

Leur âge, si les portraits disaient vrai, s'étalait du début de la vingtaine au milieu de la quarantaine. Un écart de plus de vingt ans. Un écart qui plaçait la plus âgée de ces femmes en dehors de la tranche habituellement visée par les hommes à la morgue.

Six hommes. Dont la moitié étaient morts, ni par accident ni de causes naturelles. Six hommes ayant partagé la même maison à l'université... et sans doute beaucoup plus, elle en était convaincue. Des hommes puissants, riches. Dont les deux morts d'Eve, connus pour leur infidélité et leur goût pour la chair fraîche.

Quelque chose les avait réunis à l'université, estima-t-elle. Six jeunes gens issus de familles privilégiées. Des étudiants typiques des grandes universités privées.

Autour de quoi s'étaient-ils réunis ?

Les jeunes femmes. Leur désir pour elles, leur envie de les conquérir.

Dans une université comme Yale, il fallait travailler, étudier, produire des résultats. Sans quoi, riche ou non, on se faisait éjecter. Beaucoup de stress, surtout à l'époque où la guerre se préparait. Une période agitée par la colère et le ressentiment contre tous les privilégiés.

Plus de restrictions, songea-t-elle, pour des questions de sécurité.

En plus des femmes, qu'est-ce que ces jeunes pouvaient attendre de l'université ? D'être libérés du joug de leurs parents. Aucun parent pour vérifier leurs horaires, suivre leurs activités. Mais voilà que ces restrictions s'imposaient, limitant leurs libertés.

Sexe, drogues, alcool. N'était-ce pas l'un des moyens de célébrer la fin du joug parental ? De faire un doigt d'honneur aux règles ? De prouver que l'on était un homme, un adulte ?

Mais avec des rebelles aux portes de l'université qui montrent les poings et jettent des pierres, lesdites portes sont fermées. Que fait-on alors ?

Aucun de leurs dossiers ne mentionnait de problèmes d'alcoolisation ou d'usage de substances prohibées. Cela avait peut-être été passé à la trappe – à cause de la guerre ou par l'entremise d'un pot-de-vin – mais dans un cas comme dans l'autre, il restait le sexe.

Et le sexe était la clé.

Six jeunes gens. Tout avait-il commencé à ce moment-là ?

D'antiques clés cachées dans un tiroir secret. Une vieille bâtisse cossue en proie à des flammes symboliques... ou bien réelles.

Et six hommes âgés en route vers l'enfer.

Elle reporta son attention sur l'ordinateur en entendant le signal d'arrivée d'un message… et ramena ses jambes sous la table en constatant qu'il provenait de Morse.

Tatouages des deux victimes analysés. Rapport scientifique détaillé à suivre. Pour résumer simplement, les tatouages datent d'entre quarante et cinquante ans, sans doute plus proches de cinquante. J'ai envoyé des échantillons au labo pour analyse et vérifications plus précises, mais les indices suggèrent que vos victimes avaient la vingtaine au moment de se faire tatouer.

« Six jeunes gens, pensa de nouveau Eve. Formant une confrérie. »

Et cinq femmes liées entre elles par l'épreuve.

Elle lut le message suivant. Les travaux de Yancy.

— Ordinateur, lance une recherche pour toute propriété dans un rayon de quarante kilomètres autour de l'université de Yale correspondant à au moins quatre-vingts pour cent à la maison représentée sur ce croquis et datant au minimum de cinquante ans en arrière. Identification valable que la maison existe encore ou non. Envoie une copie de tous les résultats de la recherche au terminal de mon domicile.

— *Paramètres de recherche reçus. Travail en cours…*

— C'est ça, au boulot. Et moi aussi.

Elle se massa la nuque en entendant sonner son communicateur.

— Eve, dit Mira, j'aimerais avoir plus d'informations pour vous…

— La Paix Intérieure ?

— Une paix soigneusement protégée. Même entre professionnels de santé, les lois sur la confidentialité sont très strictes et très claires. Mais confirmer que je savais que Su et MacKensie étaient passées par chez eux m'a un peu simplifié les choses. Même si ni leurs thérapeutes individuels ni les animateurs de groupes n'ont pu me révéler de détails, la notion d'entraide professionnelle existe encore. Disons qu'ils ont sous-entendu certaines informations et n'ont pas contredit mes conclusions. Les deux jeunes femmes cherchaient à échapper à des cauchemars récurrents. Des cauchemars violents. Et les deux ont mené une thérapie pour libérer des souvenirs refoulés. Des détails corroborés par les études sur l'insomnie auxquelles Su et Downing ont participé.

— D'accord. Chaque détail aide à mieux appréhender le tout.

— Je peux vous dire une chose : les deux ont opté pour des sections et des séances strictement réservées aux femmes. Mes recherches indiquent qu'il s'agit de zones principalement consacrées aux victimes de violence sexuelles ou physiques. Il y est certes question de construction de l'estime de soi, et de recherche spirituelle. Mais dans cette partie du centre l'accent est mis sur les victimes de violence. De viol.

— Elles sont parties se planquer.

— Pardon ?

— Toutes les trois, et au moins une de plus. Planquées quelque part.

— Une de plus.

— Elles sont cinq. Su, MacKensie et Downing ont fait leurs bagages et quitté leurs domiciles ce matin. Une autre femme – encore non identifiée pour le moment – apparaît sur les vidéos de surveillance de l'immeuble de Su. Et je dispose de cinq portraits établis à partir d'un tableau vu dans l'appartement de Downing. Leur âge va de la quarantaine passée à la petite vingtaine.

Mira resta quelques instants silencieuse.

— Ma conclusion, sur les bases des preuves disponibles, est que ces meurtres constituent une vengeance à la suite d'abus sexuels, de viols, d'agressions qui ont duré pendant de nombreuses années et impliqué de nombreuses victimes.

— Nous sommes d'accord. Je dois m'y remettre. Si vous déterrez de nouvelles infos, je reste preneuse.

— Cinq femmes, Eve. Aux âges très variés. Il n'est pas difficile de deviner ce qui s'est sans doute passé.

— Oui. Cela concerne bien plus que ces cinq femmes. On reste en contact, dit Eve avant de couper la communication.

Elle se leva, récupéra son manteau et se dirigea vers la sortie.

— Baxter, Trueheart, envoyez une copie de tout ce que vous trouverez sur mon terminal et à mon domicile. Je ne repasserai peut-être pas. Peabody, même chose.

— Mais...

— Je vais dans le Bronx – c'est là qu'est le coffre à la banque de Betz – et, sauf nécessité, je ne reviendrai pas au Central. Yancy s'occupe de la reconnaissance faciale des inconnues sur le tableau peint par Downing et j'ai lancé l'identification de la maison sur la seconde toile. Si les résultats tombent, je vous ferai venir, au besoin. Sinon, je veux que vous récoltiez chaque octet de données qu'il y a à récolter. Les destins de ces cinq femmes se sont croisés quelque part, et nous n'en connaissons que trois sur cinq avec certitude. Je veux connaître le « où » et le « quand » exacts pour chacune d'elles.

Elle se dirigea vers l'escalier roulant ; elle n'avait pas la force d'affronter l'ascenseur jusqu'au parking en sous-sol à cette heure. En chemin, elle répondit à la sonnerie de son communicateur.

— Ici Dallas. Dites-moi que vous avez le mandat.

— Je l'aurai avec moi quand vous passerez me prendre, dit Reo.

— Quoi ? Pourquoi ?

— Parce que les banques sont notoirement pointilleuses. La présence d'une avocate vous sera utile.

Par ailleurs, après avoir fait émettre autant de mandats en une seule journée, j'ai mérité une petite balade sur le terrain.

— Je vous rappelle que c'est dans le Bronx !

Impatiente, Eve se faufila au milieu des gens qui se laissaient tranquillement porter par l'escalier roulant.

— Venez me chercher au tribunal, répondit Reo. Je serai sur les marches.

Et elle raccrocha avant qu'Eve puisse la contredire.

Elle poursuivit sa route en maugréant au milieu de la foule. Elle avait eu l'intention d'employer la durée du trajet en voiture pour réfléchir et faire le point avec tous ceux qui œuvraient pour elles. Le labo, la DDE, Yancy. Sans parler de la possibilité d'appeler Connors pour lui demander de l'aide.

Le temps d'arriver au parking, elle s'était résignée à transporter une passagère. Et il fallait bien admettre qu'une bonne avocate avait parfois son utilité.

Celle-ci avait aussi la qualité d'être fidèle à sa parole. Elle se tenait dehors, sur les marches, avec un audacieux béret rouge incliné par-dessus ses mèches blondes. Son manteau, rouge également, lui descendait jusqu'aux mollets, laissant paraître une paire de bottes noires à hauts talons.

— Comment marche-t-on dans des bottes pareilles ? demanda Eve quand l'assistante du procureur Cher Reo s'installa à côté d'elle.

— Avec beaucoup de grâce et un soupçon de sex-appeal.

Reo déposa au sol sa fine mallette et son énorme sac à main puis, comme Peabody, actionna le chauffage de son siège.

— Les hivers new-yorkais, soupira-t-elle. Je me demande si je m'y habituerai un jour.

— Ils reviennent tous les ans.

— Ça vous agace que je vous accompagne. On en est à combien de mandats aujourd'hui ?

— C'est bon, c'est bon.

— Nous sommes dans le même camp, Dallas. J'imagine que Frederick Betz est toujours porté disparu.

— À moins qu'elles aient décidé de terminer en vitesse et de s'enfuir – et j'en doute – il est toujours vivant. Mais il est sans doute plongé dans un univers de souffrances et il ne restera plus en vie très longtemps.

— Toujours aussi optimiste.

Le communicateur de Reo sonna. Elle le sortit vivement de sa poche, lut ce qu'indiquait l'écran et refusa l'appel.

— Vous ne décrochez pas ?

— Non. Je suis toute à vous, répondit Reo avec entrain. J'ai déjà certains détails mais dites-moi tout ce que j'ignore encore sur l'affaire…

Eve lui récapitula les faits. Dérouler l'enchaînement des événements n'était jamais une mauvaise idée, pour elle-même autant que pour Reo.

— Vous pensez que ces hommes, vos deux victimes et les trois autres – non, quatre avec le suicidé – ont violé ces femmes.

— Oui. Et puisque l'une d'elles a environ vingt ans de plus que les proies habituelles, je pense qu'ils commettent ces viols depuis au moins deux décennies. Peut-être même beaucoup plus.

— À cause des tatouages.

Une bonne chose avec Reo : il n'était pas nécessaire d'expliquer chaque détail.

— Si la femme qui dirige le centre d'accueil a, comme vous le pensez, reconnu trois d'entre elles, c'est peut-être là que les cinq se sont connues.

— J'ai du mal à imaginer que cinq victimes du même groupe d'hommes se retrouvent par hasard au sein d'un même centre d'accueil. Et aucune d'elles n'a porté plainte pour viol. Il n'y en a aucune trace.

— Dans un groupe de soutien, alors, ou chez un thérapeute ? Autre chose qui les lie les unes aux autres ?

— Même dans ce cas, chacune d'elles, indépendamment ? C'est un peu tiré par les cheveux. Mais c'est ma seule piste pour le moment. Easterday est secoué. Si je ne retrouve pas Betz, je convoquerai Easterday pour l'interroger. En espérant qu'il se mettra à table sous l'effet de la peur.

Elle coula un regard vers Reo. Celle-ci était menue, jolie. Et redoutable derrière cette charmante façade.

— Une alliée me serait utile, ajouta-t-elle.

— C'est un avocat, donc il disposera d'une armée de collègues pour l'enjoindre à exercer son droit au silence.

— Si je le convaincs que sa vie est en jeu, il craquera. Et elle est effectivement en jeu. L'autre truc pour lequel j'aurais besoin d'un coup de main, c'est pour jeter un œil au domicile d'Edward Mira et fouiller dans ses affaires, sans le consentement de sa femme. Elle me barrera la route de toutes les manières possibles.

— Vous voyez qu'une avocate peut se montrer utile ! Quand voulez-vous y aller ?

— Idéalement aujourd'hui, demain au plus tard, répondit Eve.

Elle se passa les mains sur le visage.

— Avec tout le pain qu'on a sur la planche, ce sera sans doute demain. Matin. Tôt. Le fils et la fille de Mira coopéreraient. Ils iront peut-être même jusqu'à nous aider. Je m'appuierai là-dessus si vous m'obtenez le mandat. Je voudrais confisquer ses appareils électroniques. Il me faut l'autorisation de les saisir et d'en extraire le contenu.

Reo sortit son mini-ordinateur pour prendre des notes.

— Vous pensez qu'elle savait ? S'il s'agit bien de ce que vous imaginez, et qu'il était impliqué, pensez-vous qu'elle était au courant ?

— Je pense que c'est le genre de femme capable de savoir et de se convaincre qu'elle ne sait rien. Le genre à dire, si cela s'apprenait, que les victimes en avaient toutes envie, qu'elles étaient toutes consentantes.

— Je vois le genre. Nous en croisons sans doute autant que vous. Et l'épouse d'Easterday ?

— Elle n'est au courant de rien. Elle ne donne pas l'impression d'être du style à porter des œillères ou à s'en moquer tant que cela n'empiète pas sur ses activités en société. Et c'est l'un des leviers que je compte exploiter quand j'aurai Easterday en salle d'interrogatoire. Quelle que soit la manière dont je l'y amènerai.

— Vous conduisez toujours de cette façon ?

— De quelle façon ?

— Comme s'il fallait échapper à un tremblement de terre.

— Le temps presse. D'ailleurs…

Elle enclencha la sirène, fit décoller la voiture et mit le pied au plancher.

— Voilà comme on échappe à un tremblement de terre.

Elle rejoignit le Bronx depuis Manhattan en un temps record et accorda un point à Reo pour n'avoir laissé échapper qu'un seul petit cri. Ce fichu Rapid Taxi aurait dû tenir compte de la sirène…

Eve se faufila jusqu'à une zone interdite au stationnement et alluma son panneau EN SERVICE.

Reo abaissa le miroir du pare-soleil pour se regarder.

— Je veux juste m'assurer que je n'ai pas les yeux qui sortent des orbites.

Elle alla piocher un rouge à lèvres rouge vif dans son sac.

— Question de pouvoir, dit-elle à Eve. Vous avez votre insigne et votre attitude de dure à cuire. J'ai le poids du droit et mon rouge à lèvres Rock'n'Rouge.

Une fois le bâton remisé dans son sac, ses lèvres Rock'n'Rouge dessinèrent un sourire de fauve.

— Ils n'ont aucune chance, dit-elle.

Un agent de sécurité en uniforme les arrêta à la porte.

— Madame, vous êtes placée sous surveillance. Merci de me remettre immédiatement votre arme.

— Lieutenant. NYPSD. Insigne, répondit-elle en le sortant avec deux doigts, d'un geste lent.

Il scanna l'insigne puis la fusilla du regard.

— Le règlement de la banque requiert que vous placiez votre arme en lieu sûr avant toute affaire auprès de nos services.

— L'affaire qui m'amène est policière et mon arme est en lieu sûr. Sur moi. Reo ?

— Avec plaisir. Je suis l'assistante du procureur Cher Reo, lança celle-ci en souriant.

Elle ouvrit sa mallette pour en sortir un document.

— Le mandat, dit-elle. Nous avons l'autorisation légale d'accéder à vos locaux. Et comme il s'agit d'une enquête policière le lieutenant n'a aucune obligation de se séparer de son arme. Par ailleurs, l'accès à un coffre-fort personnel précis est clairement mentionné dans le mandat.

— Je vais vous demander d'attendre ici la directrice. Règlement de la banque.

— Bien que ce mandat l'emporte sur le règlement de votre banque, nous acceptons volontiers d'attendre pendant exactement une minute. Qui commence immédiatement, ajouta-t-elle après avoir consulté sa montre.

Il lui décocha un regard noir mais s'éloigna d'un pas rapide.

— Bien joué, le coup de la minute, dit Eve. Ça fonctionne ?

— Tant qu'on est prête à causer un scandale.

Un silence d'église régnait à l'intérieur de l'établissement, lequel semblait se prendre pour un musée avec de fausses colonnes en marbre faisant mine de soutenir le plafond de verre ouvert sur le ciel. Assis sur leurs tabourets derrière des vitres blindées, les employés conversaient à voix basse avec les clients.

Eve se dit que faire un petit scandale ne la dérangerait pas.

Une femme en escarpins noirs traversa le vaste hall à grandes enjambées. Elle arborait un impeccable carré de cheveux bruns et une expression sévère.

— Il y a un problème, madame l'agent ?

— Lieutenant, répondit Eve en tapotant son insigne. Il n'y aura pas de problème tant que vous vous plierez au mandat que l'assistante du procureur Reo va vous montrer et que vous nous conduirez au coffre personnel indiqué dans ledit mandat.

— Le respect de la vie privée de nos clients, mentionné à la fois dans le règlement de la banque et les lois fédérales...

— Ne peut être opposé à un mandat dûment délivré, l'interrompit Reo. Chose dont vous avez parfaitement conscience si vous êtes la directrice de cet établissement. Si vous choisissez d'essayer d'empêcher l'exécution de ce mandat, le lieutenant Dallas vous arrêtera pour entrave à la justice.

— En tant que directrice de cette succursale, je suis obligée de contacter M. Betz pour l'informer de la situation.

— Bonne chance, dit Eve.

Elle roula des épaules avant de poursuivre :

— Vous n'aurez qu'à faire ça... après nous avoir conduites jusqu'au coffre et l'avoir ouvert. Notre unité de mesure est la minute, n'est-ce pas Reo ? Vous avez une minute pour décider de la manière dont vous voulez la jouer. Le décompte commence tout de suite.

— Il me faudra plus d'une minute pour contacter et informer M. Betz.

— Et la fin de ladite minute, vous vous retrouverez menottée et le seul appel que vous voudrez passer sera à destination de votre avocat. Je dis « minute » mais je devrais parler de quarante-cinq secondes.

— Je dénoncerai vos agissements à vos supérieurs respectifs ! s'exclama la directrice.

Elle tourna néanmoins les talons pour traverser le hall dans l'autre sens, Eve et Reo dans son sillage. La directrice passa une carte magnétique devant un scanner de sécurité puis composa un code.

Les deux panneaux d'une porte en acier s'écartèrent et s'ouvrirent pour leur donner accès à un petit labyrinthe de pièces où s'alignaient des boîtes métalliques.

— Vous devez présenter vos pièces d'identité et signer le registre. Toutes les deux, annonça la banquière.

Tandis qu'elles s'exécutaient, elle saisit le mandat dont elle parut examiner chaque mot de son regard contrarié.

— Vous ne m'avez pas laissé le choix, mais je m'exécute en protestant officiellement. Le respect de la vie privée de nos clients…

— Oui. Vous l'avez déjà dit.

Eve lui passa devant et balaya des yeux les chiffres inscrits sur les parois jusqu'à identifier le coffre appartenant à Betz.

— Laissez-nous, ordonna-t-elle.

La femme renifla avec ostentation avant de s'éloigner en tirant une porte en acier plus petite derrière elle.

Eve sortit la carte magnétique de son sac en plastique. Avant de s'en servir, elle actionna son enregistreur et lut les données à voix haute.

Le coffre était détachable ; Eve le tira hors de son emplacement et le déposa sur une table. Puis elle souleva le couvercle.

— Eh ben ! murmura Reo. Ça fait beaucoup d'argent liquide.

— De l'argent liquide qui n'a sans doute jamais été déclaré aux services fiscaux.

— Combien ça représente à votre avis ?

— Un demi-million, à la louche.

— Une bien belle louche. Il va nous falloir un sac.

— On en trouvera un.

Eve souleva plusieurs piles de billets de cent pour laisser apparaître une collection de petits sachets soigneusement fermés.

— Ce sont… ? Oui, des mèches de cheveux.

— Exact, souffla Eve, l'estomac noué. Des trophées. Leur ADN correspondra à celui des femmes qu'il a violées. Lui et sans doute les autres.

— Seigneur, Dallas, il y en a des dizaines. Avec des noms.

Eve effectua un rapide décompte.

— Quarante-neuf. Quarante-neuf trophées. Beaucoup de ces salopards ne peuvent résister à l'idée de garder un souvenir. En voici un marqué Charity. Je vois deux Lydia, mais une seule Charity, une unique Carlee avec l'orthographe spécifique de MacKensie. Il n'y a que les prénoms, mais ça nous sera utile.

Avec un froncement de sourcils, elle mit au jour un grand disque dans un boîtier en plastique translucide.

— Regardez-moi la taille de ce truc. Je n'en avais jamais vu d'aussi grands.

Eve le fit pivoter sous la lumière.

— Il a l'air ancien. Il pourrait bien avoir quarante-neuf ans. Le titre est écrit à la main.

Elle le tendit à Red pour qu'elle puisse lire.

— « La Confrérie : première année ».

— Allez me chercher ce sac, vous voulez bien, Reo ?

— D'accord.

L'assistante du procureur sortit et referma la porte derrière elle. Une fois seule, Eve appela Connors.

— Je suis désolée, je sais que tu as beaucoup à faire, dit-elle.

— De moins en moins au fur et à mesure que la journée avance. De quoi as-tu besoin ?

— D'un peu d'aide. Tu vois ça ?

Elle leva le disque devant la caméra du communicateur.

— Ah, une antiquité.

— Oui. Sortie de la boîte de Betz dans une banque du Bronx.

— Belle allitération en B, commenta Connors.

Mais il ne sourit pas et garda le regard rivé sur elle.

« Est-ce que ça se voit ? » se demanda-t-elle.

L'immense malaise qu'elle ressentait se lisait-il sur son visage ? Oui, aux yeux de Connors, supposa-t-elle. Il le verrait.

— Écoute, je...

— Tu as besoin que je vienne ?

— Non, non. Je... Est-ce que tu peux bidouiller une installation permettant de consulter le contenu de ce disque ?

— Oui, bien sûr. Tu rentres à la maison ?

— J'ai deux arrêts à faire en chemin mais ensuite oui. Je pense savoir ce qu'il y a sur ce disque et... je préférerais être à la maison au moment de le regarder plutôt que de devoir m'adresser à Feeney.

— Je peux être chez nous dans une heure et demie. Ou plus tôt si besoin.

— Une heure et demie, ce sera très bien. Merci. Je suis avec Reo et j'ai deux, trois trucs à faire. Je te raconterai quand on se verra.

— Prends bien soin de mon flic préféré, de son corps comme de son âme.

— J'essaie. À tout à l'heure.

Elle raccrocha et resta là, immobile, à contempler les petits sachets de mèches de cheveux. Et à tâcher de maîtriser les vagues de révulsion qui menaçaient de la submerger.

20

— Je ne vais pas retourner en centre-ville, annonça Eve à Reo.

— Emmenez-moi simplement au plus près par rapport à votre destination, puis je prendrai un taxi.

Reo griffonna quelques notes rapides pendant qu'elles s'éloignaient de la banque à vive allure.

— Quarante-neuf, Dallas. Est-ce qu'ils ont tous ce genre de trophées ?

— Je ne sais pas. Pas encore.

— J'aurai besoin de voir ce qui se trouve sur ce vieux disque.

— Je vous ferai parvenir le contenu dès que je l'aurai fait transférer. Je l'emporte chez moi, ainsi que l'argent. Je procéderai au décompte avec mon enregistreur activé, puis je mettrai le tout sous scellés en tant que preuve officielle. Mais je ne le déposerai officiellement au Central que demain. Sans doute demain matin.

Sa prise de notes terminée, Reo rangea son mini-ordinateur.

— Dallas, non seulement je ne m'inquiète pas de votre capacité à respecter la procédure de collecte des preuves, mais la forteresse dans laquelle vous habitez est au moins aussi sûre que le Central.

— Parfait. Je voudrais aussi vous demander de porter les cheveux au labo. Pour Harvo. La procédure d'identification de ces femmes doit commencer sans attendre.

— C'est faisable. Je m'en occupe. Tout va bien ? demanda Reo.

— Quarante-neuf… On pense toujours qu'on ne pourra plus être surprise par ce que certains êtres humains font subir à d'autres. Et pourtant…

— S'ils ont commencé il y a si longtemps, la première victime a la soixantaine, elle approche sans doute même des soixante-dix ans. Ça fait presque cinquante ans. Avec le délai de prescription… C'est derrière elle, maintenant. En tout cas je l'espère.

« Oui, c'est probablement derrière elle », se dit Eve.

Mais c'était *toujours* derrière vous. Dans un coin sombre. Tapi là, dans l'obscurité, à ricaner entre ses dents.

— J'essaierai Easterday en premier. Ce que nous venons de trouver m'aidera peut-être à le faire parler.

Eve serra les dents.

— Je me servirai de sa femme s'il le faut. Puis j'irai m'entretenir avec M. Mira avant de rentrer travailler sur tout ça.

— Je pourrai prendre un taxi là-bas. Vous voulez que je vous accompagne, que je fasse mon petit numéro de procureur avant de déposer les échantillons de cheveux chez Harvo ?

Eve réfléchit un instant.

— Oui, pourquoi pas.

Elle se gara de nouveau en double file – à ce stade, elle s'en fichait complètement – et se dirigea droit vers la porte d'entrée. Elles furent accueillies par la même femme que la première fois.

— Vous êtes le lieutenant… Dallas, c'est bien ça ?

— Exact. Et voici l'assistante du procureur Reo. Nous devons parler à M. Easterday.

— Entrez, je vous prie. Je vais aller chercher Mme Easterday. Elle est dans le petit salon. M. Easterday se repose à l'étage. Puis-je vous offrir un thé ou un café ? proposa-t-elle en les escortant vers le grand salon.

— Non merci.

— Belle maison, commenta Reo une fois la femme partie. À la fois élégante et accueillante, je dirais. C'est agréable d'avoir une cheminée par une journée comme celle-ci. Alors, dites-moi…

Elle retira ses gants.

— On la joue mine sombre ou pleine d'empathie ?

— La mine sombre ira très bien. Toute cette histoire est très sombre, répondit Eve.

Elle pivota sur elle-même en entendant arriver Petra Easterday.

— Lieutenant ? Vous avez des nouvelles ? Vous avez trouvé la personne qui a tué Edward et Jonas ?

— Nous explorons de nouvelles pistes. Je vous présente l'assistante du procureur Reo.

— Bienvenue. Asseyez-vous, je vous en prie. Que puis-je faire pour vous ?

— Nous devons nous entretenir avec votre mari.

— Je sais que c'est important mais… Il est tellement perturbé, comme vous pouvez l'imaginer.

« Oh oui, se dit Eve, j'imagine très bien. »

— J'ai fait acte d'autorité en refusant qu'il aille aider Mandy à préparer les funérailles d'Edward et il m'en veut. Mais j'ai pris votre avertissement à cœur.

— Il devrait vous en remercier. Nous devons néanmoins lui parler. Tout de suite.

— D'accord. D'accord. Je vais monter le prévenir. Donnez-moi quelques minutes, vous voulez bien ? Comme je vous le disais, il m'en veut et j'ai préféré le laisser seul pour qu'il se repose.

Elle sortit d'un pas rapide. Eve la regarda monter le grand escalier d'une démarche empreinte d'inquiétude.

— Quand vous affirmiez que vous ne pensiez pas qu'elle était au courant, je n'y ai pas cru, dit Reo en s'asseyant. Maintenant, si. Elle n'est ni effrayée ni amère. Elle s'inquiète pour lui.

— Elle l'aime et elle a confiance en lui. Quand elle découvrira à quoi il a pris part, elle sera anéantie. C'est une autre victime. La cinquantième.

Saisie par un besoin impérieux de bouger, Eve se mit à faire les cent pas en lançant des coups d'œil appuyés vers l'escalier. Elle était sur le point de monter elle-même les marches quand Petra redescendit en courant.

— Il a disparu ! Il n'est plus là-haut. J'ai essayé de joindre Mandy mais elle ne répond pas. Il m'a laissé un mot.

D'une main tremblante, elle tendit la feuille de papier. Seuls deux mots y étaient inscrits :

Pardonne-moi

— Je ne comprends pas, reprit-elle. Qu'est-ce qui lui a pris ? Pouvez-vous partir à sa recherche ? Si un fou a assassiné ses amis…

Easterday avait échappé à la vigilance de l'équipe qu'elle avait postée devant la demeure, comprit Eve, furieuse contre elle-même. Elle aurait dû les installer dans la maison, près de l'entrée et de la porte de derrière.

— Je voudrais examiner l'étage, dit-elle.

— Je… Vous ne me croyez pas ?

— Je vous crois, madame Easterday. Je voudrais aller voir à l'étage, en votre compagnie. Que vous examiniez les lieux pour me dire s'il a emporté quelque chose.

— D'accord, si ça peut vous être utile. Mais faisons vite, je vous en prie. J'ai demandé à l'ordinateur domestique où il se trouvait et il m'a répondu qu'il n'était pas sur place, qu'il était parti il y a plus de deux heures. Je sais qu'il voulait aider ses amis, poursuivit-elle tandis qu'elles gravissaient les marches. Mais sa place est ici, en sécurité. Pour se reposer.

Elle passa à toute vitesse devant plusieurs autres pièces : chambre d'amis et salon supplémentaire, pour entrer dans une vaste suite.

La couette d'une belle nuance crème était froissée, et le jeté de lit chocolat étalé en travers, comme si quelqu'un avait tenté de faire une sieste à cet endroit. Un feu brûlait discrètement dans l'âtre.

— J'aurais dû rester auprès de lui. M'assurer que tout allait bien.

— Vous voulez bien vérifier à présent s'il a emporté quoi que ce soit ?

— Pourquoi aurait-il fait ça ?

— Vous voulez bien ? répéta Eve.

Un soupçon d'agacement se mêlait à l'inquiétude mais Petra s'avança vers le dressing pour ouvrir en grand la double porte. Eve se plaça derrière elle et la regarda faire coulisser un panneau sur le mur du fond.

— Il n'aurait aucune raison de...

— C'est ici que vous rangez vos bagages, dit Eve.

Elle s'avança un peu plus à l'intérieur du dressing.

— Qu'a-t-il emporté ? demanda-t-elle.

— Son... Sa valise roulante. Je ne comprends pas.

Désormais dans tous ses états, Petra ouvrit l'un des tiroirs d'un meuble de rangement.

— Mon Dieu... Le pull que sa petite-fille lui a offert pour Noël. Elle l'a tricoté elle-même. Il l'adore. Et... Seigneur, je ne sais pas trop. Plusieurs chemises, on dirait. Et des pantalons. Il a préparé une valise avant de partir. Je ne comprends pas.

— A-t-il des réserves d'argent liquide ?

— Quoi ? Oui, oui, nous en avons tous les deux. Il y a un coffre...

Elle enclencha un mécanisme qui escamota la coiffeuse, laissant apparaître le coffre mural dissimulé derrière... et entrouvert. Petra l'ouvrit en grand.

— Vide ! Je… Je sais qu'il y conservait des fonds, comme je le fais dans le mien. Les bijoux sont dans un autre endroit.

— Avez-vous la combinaison de son coffre ? En connaissiez-vous le contenu ?

— Non. C'est à lui. J'ai le mien. Nous respectons mutuellement le… Mon Dieu, il s'est enfui parce qu'il avait peur qu'ils puissent venir ici, s'en prendre à *moi*.

Le visage blême d'angoisse, elle serra les poings tout contre sa poitrine.

— Je vous en supplie, retrouvez-le.

— Il a son propre cabinet de travail ?

— Oui, oui, par ici. S'il vous plaît, pourriez-vous alerter vos collègues ? Un appel à toutes les brigades, ou je ne sais pas comment vous appelez ça ? Est-ce qu'il faut que je fasse un signalement, une demande ?

— Nous allons nous mettre à sa recherche, lui assura Eve. J'aimerais avoir votre autorisation pour faire venir une équipe chargée d'examiner les lieux et pour faire saisir les appareils personnels de votre mari afin que notre Division de détection électronique en étudie le contenu.

— Tout ce que vous voudrez tant que cela vous aide à le retrouver. Je suis femme d'avocat et je sais que je ne devrais pas, mais je ferai tout ce que vous voudrez si ça permet qu'il revienne ici sain et sauf. Je vais essayer de joindre la famille de Jonas. Peut-être…

Elle repartit en courant, laissant Eve et Reo dans le bureau.

— Il est en fuite.

— Disons qu'il va tenter de fuir.

Eve sortit son communicateur.

— Central, ici Dallas, Lieutenant Eve. Lancez un avis de recherche général pour Easterday, Marshall… commença-t-elle.

Il lui fallut presque une heure pour mettre en place l'équipe de recherche à l'intérieur de la maison et réprimander les hommes postés à l'extérieur. Elle organisa le transfert des appareils électroniques auprès de la DDE puis questionna Petra et les employés de maison.

Sur les images prises par les caméras de sécurité, elle put voir Easterday se faufiler par la porte de derrière, sa valise à la main, une expression de peur et de culpabilité sur le visage.

Il avait été trop malin pour prendre un taxi ; Eve avait déjà vérifié. Peut-être en avait-il emprunté un à quelques rues de là, ou commandé un chauffeur privé. Pas le conducteur habituel, ceci dit, car elle avait également vérifié. Ou peut-être avait-il marché aussi loin qu'il le pouvait pour se perdre dans les rues de la ville.

— Il n'a pas tant d'avance que ça, commenta Reo en attendant son taxi. Vous avez alerté les gares et les aéroports, qu'ils soient publics ou privés.

— À sa place, je réserverais une voiture avec chauffeur dans le New Jersey pour qu'elle m'emmène hors de la ville, peut-être en direction du New Jersey, justement, ou plus au nord de l'État, voire en Pennsylvanie. Puis j'en réserverais une autre pour m'acheminer vers une nouvelle destination. Histoire de m'éloigner loin d'ici. Puis, à l'aide du passeport que j'aurais pris soin d'emporter, je prendrais un vol pour n'importe quel pays n'ayant pas d'accord d'extradition avec les États-Unis. Après quoi je changerais de nom, de coupe de cheveux, de visage. Et « pouf ! ». Disparue.

— Vous êtes flic et vous y arriveriez sans doute. Lui ne réfléchit pas aussi clairement que vous… Mon taxi arrive. Si vous avez besoin de moi, n'hésitez pas à m'appeler.

Eve remonta dans sa propre voiture et, le cœur lourd, prit la direction du domicile des Mira pour réinterroger M. Mira.

Elle fut surprise lorsqu'il lui ouvrit la porte en personne. Elle s'était à moitié attendue à ce qu'il soit encore à l'université, ce qui lui aurait évité d'accomplir son pénible devoir. Mais il était là, en face d'elle, avec son cardigan boutonné de travers et ses yeux verts si doux qui semblaient lui sourire.

— Quelle bonne surprise ! Gilly vient de sortir pour passer du temps avec ses amis, et voilà que j'ai soudain de la compagnie. Entrez, ne restez pas dans le froid.

— Navrée de vous déranger, monsieur Mira.

— Vous ne me dérangez pas. Je n'avais que des cours du matin aujourd'hui et mes pensées commençaient à tourner en rond sur des sujets difficiles.

Il lui prit son manteau avant qu'elle puisse l'en empêcher, puis se tint là, le vêtement à la main, comme s'il avait oublié ce qu'il avait l'intention d'en faire.

— Je ne serai pas longue, dit Eve. Peut-être pouvez-vous le poser simplement sur une chaise ?

— Bien sûr. Bonne idée. Dites-moi, que puis-je vous offrir à boire ?

— Rien, merci. Monsieur Mira, je suis désolée, mais je vais devoir ramener votre esprit à ces sujets difficiles.

— Bien sûr, dit-il sans hésiter.

Il la guida gentiment vers un siège.

— Mieux vaut entrer directement dans le vif du sujet. Vous avez appris quelque chose, c'est ça ?

— Vous connaissez Frederick Betz ?

— Il est mort ?

— Je ne crois pas. Pas encore. Mais elles le tiennent, j'en suis certaine. Et au cours de l'enquête, nous... J'ai trouvé des clés. Deux vieilles clés à l'ancienne et deux cartes magnétiques. L'une de celles-ci menait à un coffre privé dans une banque. Elle contenait une grosse somme d'argent.

— Oui, ça ne m'étonne pas de Fred. Le genre à faire des réserves.

— J'ai également trouvé quarante-neuf petits sachets hermétiques.

Cette fois, il écarquilla les yeux.

— De la drogue... Je n'aurais jamais imaginé ça. Et en tant que chimiste, il n'avait qu'à... eh bien, combiner à sa guise tous les produits qu'il voulait, n'est-ce pas ?

— Il ne s'agit pas de drogues. À l'intérieur de chaque sachet se trouvait une mèche de cheveux, et chaque sachet était étiqueté d'un nom différent. Un prénom féminin.

Quelque chose s'affaissa dans le for intérieur de Dennis Mira. Elle le vit. Et sentit son cœur se fêler.

— Vous doutez qu'elles proviennent de femmes les ayant données de leur propre gré, souffla-t-il.

— Monsieur Mira, j'ai la conviction que Betz, Wymann, votre cousin, Marshall Easterday, Ethan MacNamee et William Stevenson ont formé une sorte de club. Ce qu'ils qualifiaient de confrérie. Et j'ai la conviction que, dès l'époque de l'université, ils sélectionnaient des femmes et les violaient.

— Edward... murmura-t-il, le regard perdu dans les flammes. Je connaissais tous ces hommes dont vous parlez. Pas bien. Pas très bien. Et même pas du tout, j'ai l'impression. William Stevenson... Willy ? Ils l'appelaient Willy ?

— Billy.

— Oui, c'est ça. Billy. Il est mort, n'est-ce pas ? Il y a un bon moment. Je n'arrive pas à me souvenir.

— Oui.

— Et Ethan. C'était lui que je préférais à l'époque, il y a toutes ces années. On jouait au football. On jouait dans le club de Yale, donc je le connaissais un peu mieux que les autres. Il habite en Europe, je crois.

Il reporta sur elle son regard hanté par le chagrin.

— Vous souhaitez savoir si j'étais au courant ?

— Non. Je sais que vous ne l'étiez pas.

— N'aurais-je pas dû ? Je savais qu'ils avaient leurs secrets, et je me suis dit… À vrai dire, je ne me souviens pas vraiment de ce que j'ai pensé, si ce n'est que je me sentais exclu. Au départ, j'ai mal vécu cette façon qu'avait Edward de m'écarter. Il n'avait pas le temps pour moi. Je ne le voyais que rarement.

— Ils disposaient d'une maison, d'un lieu privé.

— Oui, ils habitaient ensemble, une sorte de communauté créée de leur propre chef. Ah… murmura-t-il d'une voix lugubre. Leur confrérie…

— Savez-vous où elle était ? Cette maison, savez-vous où elle se trouvait ?

— J'ai bien peur que non. Edward… Il m'a clairement signifié que je ne faisais pas partie de ce pan de sa vie. J'ai cru deviner qu'ils organisaient souvent des fêtes et des réunions diverses, mais je n'étais pas invité. Le campus était si vaste, même à l'époque, avec des mesures de sécurité très strictes du fait des Urbaines, mais je ne lui ai jamais rendu visite sur place.

Il détourna le regard vers le feu de cheminée.

— Vous pensez que c'est là qu'ils ont commencé. Dans cette maison... Je vois. Je comprends maintenant pourquoi il se montrait si cruel à ce sujet. Pourquoi il m'a bien fait comprendre que je ne faisais pas partie de cette… communauté. Cette confrérie. J'aimerais pouvoir me convaincre qu'il cherchait à me protéger, mais il ne protégeait que lui-même. Je l'aimais mais je ne l'aurais pas laissé faire. J'aurais trouvé un moyen de l'arrêter.

— Il le savait.

— Combien avez-vous dit ? Combien de noms ?

— Quarante-neuf.

Elle hésita.

— Certaines mèches sont clairement très anciennes, d'autres... non.

Il la regarda de nouveau, visiblement horrifié.

— Vous pensez qu'ils continuaient... Qu'ils ont poursuivi leurs exactions pendant tout ce temps ?

— Pourquoi s'arrêter alors qu'ils n'ont jamais été pris ?

— Pas parce qu'ils étaient ivres, drogués ou qu'ils auraient perdu le contrôle de la situation. Je ne dis pas que ça aurait été une excuse, notez bien, mais là, c'est terriblement... calculé. Ce dont vous me parlez. Planifié et accompli en... en meute. Comme des animaux sauvages. Non, non, non. Pas comme des animaux.

Il appuya les doigts sur ses paupières pendant quelques secondes avant de laisser retomber les bras. Son expression accablée serra le cœur d'Eve.

— Comme des hommes qui estimaient que c'était leur droit. Ce qui est pire, bien pire, que des animaux.

L'instant d'après, la colère l'emporta sur l'accablement.

— Edward avait une fille ! Comment a-t-il pu faire ça sans songer à ce qu'il ressentirait si quelqu'un faisait la même chose à sa propre enfant ? Et sa fille elle-même a une fille. Dieu tout-puissant ! Et il est mort à cause de ça, à cause de sa propre brutalité, de sa propre arrogance.

— Je suis navrée, monsieur Mira. Je ne vais pas pouvoir sauver M. Betz. Je vous jure que j'ai tout essayé mais je doute que nous le retrouvions à temps. Easterday est en fuite. Je vais tout faire pour mettre la main sur lui. Pas seulement pour qu'il réponde de sa participation à ces crimes, mais parce que si elles le trouvent avant moi, il mourra. Ce n'est pas rendre justice que de les tuer. Ce que votre cousin a subi n'était pas juste. Je comprendrais que vous imaginiez que je pense le contraire à cause de ce qui m'est arrivé, mais...

Elle vit son regard changer. La sagesse et la colère laissèrent place à la stupeur, puis à la peine et à une compassion telle qu'Eve la ressentit au plus profond de ses entrailles.

— Je... Je pensais que le Dr Mira vous en avait parlé, dit-elle.

— Non. Oh non. Charlotte n'aurait jamais trahi une confidence de cet ordre. Ma chère Eve, dit-il d'une voix réconfortante, je suis tellement désolé. Ce que vous faites, chaque jour, est si courageux, et si dangereux.

— Ça ne s'est pas produit dans le cadre de mon métier, répondit-elle.

Elle aurait voulu se relever d'un bond et sortir de là, s'éloigner de cette compassion silencieuse. Mais ses jambes semblaient devenues liquides.

— Cela remonte à mon enfance, s'entendit-elle expliquer. C'était mon père.

Le geste vint de lui. Il se leva, s'approcha d'elle et prit ses mains froides entre les siennes. Sans un mot, il l'incita simplement à se lever et l'attira dans ses bras, une étreinte si douce qu'elle crut que son barrage intérieur allait se rompre.

— Ça va. Je vais bien, parvint-elle à articuler alors même que son corps se mettait à trembler.

— Allons... Allons... Vous êtes en sécurité ici. Vous ne risquez plus rien.

— C'était il y a très longtemps. Je...

— Le temps ne guérit rien, quoi qu'on en dise. C'est ce que l'on en fait qui peut nous soigner.

Il lui caressa gentiment le dos, comme Connors le faisait souvent. Elle sentit des larmes brûlantes remonter dans son gosier.

— Asseyez-vous, dit-il. Asseyez-vous là et attendez un instant. Je n'en ai que pour une minute.

— Je dois partir, dit-elle.

Avec des gestes doux et lents, il la fit pourtant se rasseoir et lui effleura la joue du bout des doigts.

— Restez assise là.

Elle fit ce qu'il lui disait, luttant intérieurement pour retrouver son équilibre tandis qu'il quittait la pièce. Elle avait réellement pensé que Mira lui aurait raconté. Elle comprenait l'importance de la confidentialité, mais ces deux-là étaient mariés depuis une éternité. Est-ce que ça n'avait pas plus de poids que... ? Non, bien sûr que non.

Elle ferma les yeux, s'efforçant de respirer lentement.

Et les deux Mira le comprendraient et le respecteraient.

Elle venait de se décharger d'un fardeau supplémentaire sur un homme déjà endeuillé. Elle allait devoir remettre les choses sur les rails et reprendre le fil de l'enquête.

Dennis Mira revint – avec son pull toujours mal boutonné et une paire de chaussons aux pieds – porteur de deux délicates tasses sur leurs délicates soucoupes. Eve sentit les larmes lui monter aux yeux rien qu'en le voyant.

— Nous allons boire de ce très bon thé, avec une petite dose de brandy. Ça fait du bien.

Eve n'avait pas le cœur de lui dire qu'elle n'aimait ni le thé ni le brandy. Elle accepta la tasse qu'il lui tendait.

— Buvez, dit-il.

Elle obéit et découvrit que le breuvage qu'il avait versé dans cette tasse faisait l'effet d'une caresse à l'âme. Elle but une seconde gorgée.

— Je suis désolée, monsieur Mira. Je ne suis pas venue vous parler de moi. Je voulais simplement vous assurer que je ferai tout mon possible pour appréhender les femmes qui ont tué votre cousin.

— Je n'en ai jamais douté. Vous n'avez pas à vous expliquer ni à me raconter quoi que ce soit qui vous mette mal à l'aise. J'aimerais vous demander, si vous acceptez de répondre : où était votre mère ?

— Elle était aussi toxique que lui. Peut-être pire. Elle me haïssait. Elle est partie. Elle est morte. Je ne l'ai pas tuée. Lui, je l'ai tué. Mais elle, non… Seigneur, souffla-t-elle, les yeux fermés.

— Vous croyez que je vous juge ? Chère et courageuse Eve, il me semble que vous vous jugez bien trop durement.

— Non… Je… J'ai fait ce que j'avais à faire. Je le sais bien.

— Mais cette enquête vous y ramène. Et pourtant, vous n'avez pas refusé de la prendre en charge. Vous auriez pu.

— Si je faisais ça, ce serait une victoire pour lui. Si j'agissais ainsi, je ne mériterais pas mon insigne.

— Bien trop durement, répéta Dennis à mi-voix. Me direz-vous quel âge vous aviez ?

— Ils ont dit que j'avais huit ans. Quand ils m'ont trouvée, après, ils ont dit que j'avais huit ans. Ils ne savaient pas qui m'avait violée et cassé le bras, ils ne savaient pas que je l'avais tué. Enfin, la Sécurité intérieure était au courant – c'est une histoire compliquée – mais la police, les médecins, ils ne savaient rien. Et je ne me… Impossible de me rappeler. J'avais tout refoulé.

Les yeux si doux de Dennis Mira demeuraient braqués sur son visage.

— Une réaction saine, à mon avis, dit-il. Vous n'étiez qu'une enfant. Une enfant ne devrait jamais avoir à se défendre contre son père. Un père ne devrait jamais prendre pour cible sa propre enfant. La biologie, c'est simplement de la science, n'est-ce pas ? Mais le monde est plus vaste que la science et le cœur humain contient bien plus que de l'ADN et des gènes.

Il n'a jamais été votre père au véritable sens du terme. J'espère que vous le comprenez.

Le cœur tout simple d'une situation complexe, songea Eve. Évidemment, il allait tout de suite au cœur de la chose.

— J'y travaille depuis un moment.

« Finissons-en, se dit-elle, que tu puisses te remettre au boulot. »

— Il me gardait enfermée la plupart du temps. Ils ne m'avaient pas donné de nom. J'étais une chose. Il m'enfermait dès qu'il sortait. Je ne me souviens pas de la première fois où il m'a violée. C'est arrivé si souvent que tout se mélange. Sauf la dernière fois. Il est rentré à la maison... Nous étions à Dallas, c'est à partir de ça que les services sociaux m'ont baptisée. Il était soûl, mais pas suffisamment. Il m'a frappée, m'a jetée à terre. Je me suis débattue et la situation a empiré. Il m'a cassé le bras. J'ai vu la douleur, une espèce de flash blanc aveuglant. J'avais laissé tomber un petit couteau ; j'essayais de trouver quelque chose à manger en son absence. J'avais tellement faim. Mes doigts se sont refermés sur le manche du couteau. Je m'en suis servi et je n'ai cessé qu'une fois recouverte de son sang. Jusqu'à ce qu'il soit mort. Ce n'était qu'un petit couteau. J'imagine que j'ai eu de la chance, que j'ai touché une artère...

» Bref, dit-elle avant de reprendre son souffle et un peu de thé, ils m'ont retrouvée dans une ruelle. J'étais sortie de la maison et j'avais fui à travers les rues. Sans en garder aucun souvenir.

— Mais aujourd'hui, vous vous souvenez ?

— Ça m'est revenu avec le temps. J'avais des flashs, des cauchemars, des réminiscences... Mais j'arrivais à les faire taire. Et puis il y a quelques années, tout est revenu d'un coup. Le Dr Mira... m'a beaucoup aidée. Même quand je ne voulais pas de son aide.

— Bien sûr. Elle est belle, brillante et tient beaucoup à vous. Et Connors ? Vous lui en avez parlé ?

— Je crois qu'il a été le déclencheur, ou le doigt posé sur le déclencheur. Oui, je lui ai tout raconté.

— Bien, c'est bien. C'est un jeune homme remarquable et il vous aime d'un amour inconditionnel. Trouver sa moitié, sa véritable moitié, est quelque chose de rare et précieux.

Et le cœur du cœur, se dit Eve. Oui, ça aussi, il l'avait trouvé.

— Je ne saurais pas dire comment on en est arrivés là mais même quand il m'énerve, je suis chaque jour reconnaissante de l'avoir rencontré.

— La meilleure description possible d'un bon mariage.

— Je n'avais pas du tout l'intention de vous parler de tout ceci en arrivant ici. Je voulais seulement... Vous êtes important pour moi, monsieur Mira. Je comprends que, quoi que votre cousin ait pu faire, vous avez perdu un membre de votre famille d'une manière affreuse. Je ferai tout pour identifier, retrouver et arrêter celles qui lui ont ôté la vie. Je vous le promets.

— Vous avez prêté serment en devenant officier de police. À combien de temps cela remonte-t-il ? Je ne m'en souviens plus.

— À peu près douze ans maintenant.

— Et vous êtes si jeune.

Cette fois, il lui sourit, de ce sourire très doux, un peu rêveur, qui la faisait fondre.

— Vous aviez prêté serment bien avant cela et, de tout ce que je sais de vous, tout ce que j'ai pu voir, vous avez tenu vos engagements. Regardez la femme que vous êtes devenue à la force du poignet. Le lieutenant Eve Dallas, forte, intelligente et courageuse. Vous me pardonnerez si, à cet instant, j'ai le sentiment qu'Edward ne mérite pas d'être défendu par vous. Si, au fond de mon cœur, je n'arrive pas à penser qu'il vous mérite. Mais ses enfants, si. Et, pour leur bien, je vous suis reconnaissant de respecter votre serment.

— La mission de la police est de protéger et servir. Et tout le monde le mérite. Mais je ne crois pas qu'il méritait un cousin tel que vous. Je dois me remettre au travail.

Il se leva en même temps qu'elle, refit un pas vers elle et l'enveloppa de nouveau de ses bras.

— Je suis fier de vous.

— Monsieur Mira...

Les larmes lui remontèrent dans la gorge, dans les yeux. À cet instant, elle avait l'impression que tout son être n'était plus que sanglots.

— Ça va aller... dit-il.

Il la lâcha pour tâter les poches de son pull et de son pantalon.

— Mes mouchoirs ne sont jamais là où je crois les avoir mis.

— C'est pas grave.

Elle essuya ses larmes sur le dos de sa main.

— Merci, dit-elle. Merci beaucoup. Pour tout.

Elle saisit son manteau, craignant de s'effondrer avant d'avoir pu ressortir.

— Ça va aller ? lui demanda-t-elle.

— Oui. Charlie ne va pas tarder à rentrer. Ne vous en faites pas pour moi.

Mais lorsqu'elle sortit, il s'assit près du feu pour pleurer la mort – de toutes les manières dont il était possible de mourir – d'un homme qu'il avait cru connaître. Et il pleura pour la petite fille qu'il n'avait jamais connue, et que personne n'avait protégée.

En guise de mouchoir, Eve se servit de papier buvard destiné aux scènes de crimes récupéré dans son kit de terrain. Elle trouva une paire de lunettes de soleil dans la boîte à gants. Elles ne tromperaient pas

Connors s'il était rentré avant elle, mais l'aideraient peut-être à esquiver Summerset.

Elle avait envie de rentrer chez elle, de plonger son visage dans un bol de glaçons puis de se remettre au travail.

Elle était sincère en disant à Dennis Mira que les chances de sauver Frederick Betz étaient proches de zéro. À moins qu'elle n'ait mal jugé ces « sœurs » par l'épreuve à défaut de l'être par le sang, elles ne l'achèveraient pas à son propre domicile. Pas cette fois. Pas alors qu'elles savaient qu'Eve était sur leur piste.

Il fallait qu'elle identifie la maison représentée sur le tableau, qu'elle confirme son intuition que cet endroit était, ou avait été, réel. Il fallait qu'elle trouve le lieu auquel la carte magnétique de Betz donnait accès.

Et il fallait qu'elle regarde l'enregistrement. Une idée qu'elle mit volontairement de côté en attendant de rentrer chez elle. Tout en conduisant, elle tourna ses pensées vers Easterday. Il devait être paniqué, désespéré, en quête d'un moyen de s'échapper et de survivre.

Pardonne-moi

Son dernier message à sa femme révélait à Eve qu'il avait conscience que ce qu'il avait fait, ce qu'ils avaient tous fait, allait être étalé au grand jour.

Où tenterait-il de fuir ?

Reo avait raison : il n'avait pas une grande avance sur elle. À moins d'avoir immédiatement foncé vers un autre État, il aurait du mal à quitter New York et n'emporterait avec lui que l'argent liquide prélevé dans le coffre. Il ne pourrait pas se servir d'une carte bancaire sans déclencher une alerte.

Et il n'avait pas utilisé de carte pour réserver une place dans une navette, un train, une voiture ou n'importe quel autre moyen de transport.

Il n'avait pas l'air d'être le genre à se réfugier dans un trou miteux. Un hôtel, peut-être, mais cela ne lui assurerait pas l'anonymat. Eve faisait surveiller toutes les propriétés enregistrées aux noms de ces hommes. S'il avait été propriétaire d'un endroit dont Eve ne savait rien, elle était certaine que Petra le lui aurait dit.

Cette femme était terrifiée et n'espérait qu'une chose : le retour sain et sauf de son mari.

Pardonnerait-elle en découvrant ce qu'il avait fait ?

« Ce n'est pas ton problème », se rappela-t-elle.

Elle faillit laisser éclater des sanglots de soulagement en franchissant le portail de sa maison.

Elle parvint à se reprendre. Elle allait devoir passer devant Summerset pour monter à l'étage. Et elle refusait de s'effondrer devant Connors.

Elle n'avait pas le luxe de craquer de nouveau.

Elle sortit de la voiture et prit le sac de la banque avec elle. Elle se demanda de nouveau si elle aurait dû aller elle-même en centre-ville pour remettre les cheveux au labo plutôt que de confier cette tâche à Reo.

C'était plus rapide comme ça. Et le mieux était d'agir vite.

Elle s'avança à grandes enjambées jusqu'à la porte en se disant qu'elle n'avait qu'à continuer à marcher.

Le soulagement qu'elle ressentit en découvrant que Summerset n'était pas dans l'entrée assécha les larmes qui menaçaient de revenir. Elle grimpa les marches quatre à quatre et fonça doit vers son bureau.

Mais elle ralentit l'allure et s'immobilisa en entendant la voix de Summerset.

— Cela fait au moins trente ans que je n'en avais pas vu de ce genre, disait-il.

— J'en ai piqué un comme ça quand j'étais gamin, avant toi. Même à l'époque, il était vieux, mais on ne sait jamais ce qui peut rapporter quelques billets. Alors je l'ai piqué, en même temps qu'une pile de disques. Il s'est avéré que c'était de très anciens disques pornos, ce qui s'est révélé très instructif pour les gars et moi. J'ai fini par le troquer contre autre chose avec Mick... Non, non, je me trompe, c'était Brian, des années plus tard. Il l'a peut-être encore, pour ce que j'en sais.

— J'imagine que celui-ci était fourni sans pornographie.

— Malheureusement.

— Comment as-tu mis la main dessus ?

— L'un de mes employés en recyclage et récupération est connu pour garder tout et n'importe quoi, répondit Connors. Il m'a juré qu'il fonctionnait encore, comme s'il sortait du carton. Mais le problème, comme tu peux le voir, c'est la connexion.

— Tu vas bricoler une liaison avec l'ordinateur qui te fera une conversion pour l'afficher à l'écran.

— C'est l'idée. Merde ! Passe-moi la petite clé anglaise, là. Ce n'est pas la bonne fiche mais je pense pouvoir la remplacer par une autre.

Eve envisagea de revenir sur ses pas pour aller plonger son visage dans l'eau glacée. Non, elle avait déjà pris trop de temps pour elle-même.

Elle redressa les épaules et franchit directement le seuil. Connors était installé au bureau d'Eve, penché sur son ordinateur et une espèce de boîtier noir tandis que Summerset regardait par-dessus son épaule.

— Te voilà, lança Connors sans relever les yeux vers elle. Je travaille justement à relier cette antiquité à notre matériel moderne. J'y suis presque.

— Super.

Au moment où Summerset lui décocha un coup d'œil, elle prit conscience que les lunettes noires ne tromperaient personne. Elle le vit poser une main sur l'épaule de Connors et resserrer légèrement sa prise tout en se redressant.

— Je vous laisse, dit-il.

Connors leva la tête pour regarder Eve. Celle-ci songea qu'elle était sans doute redevable à Summerset d'avoir quitté la pièce plutôt que d'en profiter pour l'embarrasser.

— Qu'est-ce qui s'est passé ? demanda Connors.

— Beaucoup de choses.

— Tu as pleuré.

— Un petit craquage, semble-t-il. Écoute, ce que tu es en train de faire est très important. Je te raconterai tout, y compris ma petite crise, mais j'ai besoin que tu termines d'abord les branchements. Je vais nous chercher du café.

— C'est de repos que tu as besoin.

— Possible, mais je n'y aurai pas droit. Le sol est encore un peu instable sous mes pieds. Laisse-moi une chance de retrouver mon équilibre.

— D'accord.

Il échangea sa clé contre un autre outil tandis qu'elle se dirigeait vers la cuisine pour leur programmer une bonne réserve de café noir.

21

Elle lui raconta tout, depuis le moment où ils s'étaient séparés le matin jusqu'à sa visite chez Dennis Mira.

— J'étais convaincue que Mira lui avait raconté mon histoire. Après – quoi ? – trois décennies, je pensais que les règles du mariage avaient eu raison de tout le reste. Je n'aurais pas cru que…

Elle secoua la tête.

— À vrai dire, je voulais surtout le rassurer et lui promettre que, quelle que soit la situation, je ferais mon travail. Et j'ai fini par lui parler de moi. Une version abrégée, certes, mais avec l'essentiel.

— Je doute qu'il y ait une épaule plus douce sur laquelle s'appuyer, dit-il.

— Je n'étais pas là pour m'appuyer sur lui. Mais c'est ce que j'ai fait.

Les larmes lui piquaient de nouveau les yeux.

— Et il s'est montré très gentil. Je n'ai fait que lui déverser de la peine sur ses épaules, mais il est resté adorable. Je vais encore lui causer du chagrin, car tout ce que je fais nous rapproche du moment où je révélerai toute l'histoire au grand jour. Et son nom de famille y est associé.

— Un homme n'est pas un nom. Je suis bien placé pour le savoir. C'est sa personne qui fait son identité.

Je ne m'inquiète pas pour Dennis Mira sur ce plan. Et tu ne devrais pas t'inquiéter non plus.

— Tu as raison.

À ces mots, une vague d'apaisement parcourut son être.

— Tu as raison, répéta-t-elle, en lui prenant le visage entre ses mains. Tu as un jeune homme remarquable et tu m'aimes d'un amour inconditionnel.

— On peut interpréter le mot « remarquable » de différentes manières et j'espère qu'une ou deux d'entre elles s'appliquent à moi. La seconde partie de ta phrase, par contre, est cent pour cent vraie.

— Tu es un jeune homme remarquable, répéta Eve. Je le tiens de source sûre. Alors... Tu crois que ça va fonctionner ?

Connors lança un coup d'œil vers le vieux lecteur de disques et le câble bricolé.

— Je pense.

Elle sortit du sac de la banque le disque dans son boîtier transparent.

— Lançons-le.

Un petit tiroir coulissa depuis le lecteur avec un grincement de mauvais augure. Connors y plaça le disque. Il pianota ensuite sur l'ordinateur d'Eve, et jura dans sa barbe.

— Il faut juste que...

Il s'assit, entra une nouvelle commande, vérifia les connexions, tapota encore un peu sur le clavier, jusqu'à obtenir une série de bips.

— Ça y est.

— Ah oui ?

— Oui, oui. Donne-lui un petit instant.

Elle contempla l'écran, sourcils froncés. Le froncement s'accentua lorsque l'image devint intégralement bleue.

— C'est normal. ?

— Ça vient, affirma Connors.

Il eut un hochement de tête satisfait quand le mot « play » apparut dans le coin supérieur droit.

— Tu vois, ça y est.

Il appuya simultanément sur deux touches du bout de son pouce et de son petit doigt.

Ils apparurent à l'écran, six jeunes gens debout en cercle dans une pièce éclairée par des dizaines de bougies. La lumière jouait sur les reliefs de leurs corps nus et crispés.

L'un d'entre eux – sans doute William Stevenson, estima Eve – laissa échapper des gloussements alcoolisés.

— Arrête Billy, ça suffit.

C'était Ethan MacNamee. Il tentait de paraître sévère sans pouvoir retenir un sourire incontrôlé.

— Pardon, mais personne d'autre trouve ça bizarre ? De se retrouver là, tout nus. Et puis elle est inconsciente, mec, ajouta-t-il en lançant un coup d'œil derrière lui. Canon, mais inconsciente.

L'éclat dans le regard du jeune Edward Mira ne provenait pas seulement de ce qu'ils avaient ingéré.

— Elle se réveillera, dit-il. Et elle nous suppliera de lui en donner toujours plus.

— On va vraiment le faire ? demanda MacNamee en s'essuyant la bouche du revers de la main. Nous tous ? Devant la caméra ?

— La Confrérie, lui répondit Betz en lui plantant un doigt au milieu du torse. C'est comme ça qu'on scelle les liens de notre fraternité, aujourd'hui et à jamais. On était déjà tous d'accord, et on a tout organisé. On a la fille.

Easterday regarda à son tour hors champ.

— Alors commençons ! dit-il. Hé, elle se frottait carrément contre moi pendant la fête, non ? On va lui donner ce qu'elle veut. La caméra est allumée ?

— Tu m'as vu l'installer, non ?

Betz tourna la tête pour regarder droit dans l'objectif.

— Elle est allumée. Alors arrêtons les conneries et allons-y.

— On va faire ça bien ! lança Wymann.

Il sortit du champ. Peu après, de la musique retentit, un son sourd et tribal.

— Nous sommes la Confrérie... Allez, les gars, faisons ça bien. Il s'agit de la première célébration annuelle de la Confrérie. Le douze avril 2011.

Il hocha la tête et tous entonnèrent à l'unisson :

— Nous sommes la Confrérie. Nous prenons ce que nous voulons. Nous prenons qui nous voulons. À partir de ce jour, nous sommes liés, nous ne faisons qu'un. Ce dont un frère a besoin, ses frères le lui donneront. Ce qu'un frère désire, tous les frères le désirent. Tous les hommes jalousent ce que nous sommes, ce que nous avons, ce que nous faisons. Et nul autre que nous, les six, ne le saura. Briser le vœu de silence sera mourir. Ce soir, nous scellons notre unité, notre serment, en partageant l'élue. Elle est à nous, pour en faire ce qui nous plaira. La femme est le réceptacle des besoins de la Confrérie.

— Sommes-nous unis dans ce serment ? demanda Edward Mira.

— Unis ! répondirent les autres, même si Stevenson laissa échapper un gloussement.

— Il est drogué, dit Eve. Regarde ses yeux. Les autres aussi sont sous l'effet d'une substance mais lui en a pris plus. Ou il est plus sensible aux effets.

— Ce qui n'excuse en rien ce qu'ils s'apprêtent visiblement à faire.

— Non, mais ils avaient besoin de ce courage factice. Cette fois-là, en tout cas.

— Nous avons tiré au sort, annonça le futur sénateur. Je serai le premier à profiter du réceptacle.

— Attendez ! Laissez-moi réorienter la caméra, lança Betz en se précipitant vers celle-ci.

— Fais vite.

L'image s'inclina en tremblant et Eve aperçut d'autres parties de la pièce. C'était une large salle, équipée de sofas, de fauteuils, de plusieurs tables de jeu et d'un bar.

— On dirait une salle de jeu ou de détente. Je ne vois pas de fenêtre. En sous-sol ? Une cave réaménagée, peut-être ? De bonne taille.

Puis l'écran afficha l'image d'une femme, très jeune, peut-être dix-huit ou dix-neuf ans. Elle avait de longs cheveux blonds, un joli visage au menton arrondi et des yeux très écartés. Ses paupières étaient closes.

Elle aussi était nue. Et ligotée, en croix, sur un matelas.

— Un canapé dépliable ? Ou un lit gigogne. Des lanières de cuir pour lui tenir les jambes. Les ongles des doigts et des orteils sont vernis. Du rose, un côté très *girly*. Elle porte des boucles d'oreilles qui brillent. Son maquillage a légèrement bavé. Caucasienne d'environ dix-huit ans, d'à peu près un mètre soixante-cinq et cinquante-cinq kilos.

Puis Edward Mira s'approcha et se pencha au-dessus de la jeune fille. Il la gifla. On entendit l'un des hommes, hors champ, s'exclamer :

— Hé, Ed, arrête !

Mais Mira n'en tint pas compte et la gifla de nouveau.

Il avait de grandes mains. Eve savait ce que cela faisait d'être réveillée par des mains semblables à des battoirs.

— Réveille-toi, salope !

Elle cligna les paupières. Des yeux bleus, nota Eve. Vitreux et emplis de confusion.

— Quoi ?

Elle gémit et tourna la tête.

— Je me sens pas bien. Que... ?

Les prémices de la peur apparurent dans son regard quand elle tenta de bouger et que ses liens l'en empêchèrent. Puis la peur explosa lorsqu'elle vit ce qui se trouvait devant elle.

Les six hommes, songea Eve. Et celui qui se tenait debout devant elle.

— Non, arrêtez ! S'il vous plaît. C'est quoi, cet endroit ?

— La Confrérie, répondit Mira.

Il s'installa à califourchon sur la jeune fille, qui se mit à pleurer et à supplier.

— Laisse-moi lui donner le produit, Edward. Dès qu'il fera effet, elle aura super envie.

— Je me moque de savoir si elle a envie ou pas. Je prends ce que je veux.

— S'il vous plaît... Je vous en supplie !

Elle sanglota tandis que Betz, maniant maladroitement une seringue, lui enfonçait l'aiguille dans le biceps.

— Ça prendra deux ou trois minutes, dit-il.

Sans se préoccuper de Betz, Mira s'enfonça brusquement à l'intérieur de la jeune fille. Elle hurla.

Lorsqu'il eut terminé, elle détourna le visage.

— Je vous en prie...

Elle ne fit que répéter ces mots, « je vous en prie », comme une litanie.

— Au tour de Freddy.

— Il était temps, lança Betz en se caressant. J'ai une sacrée trique. Voyons si la mixture magique fait effet.

Il s'installa à son tour entre ses cuisses et lui pinça le mamelon.

— Salut, chérie.

— Chaud... J'ai si chaud.

— Ouais, c'est la mixture magique. Ça va devenir encore plus chaud.

Elle se débattit contre ses liens, tenta de se redresser. Mais la stupeur et la peur avaient déserté son regard, désormais à la fois sauvage et vitreux.

— Il doit s'agir d'une forme primitive de Whore ou de Rabbit. Betz étudiait la chimie, spécialité de sa famille, dit Eve.

Connors ne dit rien mais glissa la main dans sa poche pour refermer les doigts autour du petit bouton gris qu'il avait toujours sur lui.

Pendant que Betz violait la jeune femme, Eve entendit des voix, des rires, le tintement de verres. Ils s'enivraient encore un peu plus. Excités par la scène, les autres hommes attendaient impatiemment leur tour. Ils allèrent jusqu'à applaudir quand Betz éjacula dans un rugissement de triomphe.

— Putain ! s'exclama-t-il. La meilleure baise de ma vie.

— Pousse tes fesses, Fred, dit Wymann en l'écartant de son chemin. C'est à moi !

— Ça suffit, déclara Connors en se tournant vers l'appareil.

— Non. Il faut aller au bout, répondit Eve.

Elle transpirait et se sentait mal, mais elle regarda l'intégralité de la vidéo. Elle les regarda repartir pour un tour, l'un après l'autre, puis recommencer, même après que la victime se fut évanouie. La jeune fille gisait à présent sur le ventre, flasque et immobile.

— Elle a fait son temps, les mecs, déclara Easterday, allongé à côté d'elle. C'est pas marrant quand elle bouge plus, on dirait un cadavre.

— Maintenant on la nettoie. C'est qu'elle s'en est mis partout, la cochonne, lança Betz en ricanant de sa propre plaisanterie.

— Elle ne se souviendra de rien ? demanda Edward Mira.

— Rappelle-toi à qui tu parles, répondit Betz avec un reniflement arrogant. Elle se souviendra de la fête, vaguement, mais rien après la première dose qu'on lui a fait boire. Et là, on va la récurer à fond pour qu'il reste aucun ADN. On l'habille et on la largue quelque part sur le campus. Comme prévu. Elle criera peut-être au viol, la garce, vu qu'elle va avoir mal partout en se réveillant. Mais ils ne pourront pas nous mettre ça sur le dos. On se sert mutuellement d'alibis.

— La Confrérie, dit Wymann.

— Tu l'as dit, mon pote.

Betz se tourna vers la caméra avec un grand sourire.

— Et voici qui conclut le premier marathon sexuel annuel de la Confrérie. Merci à tous et bonne nuit !

L'écran passa au noir, puis au bleu.

Après un long silence, Connors éjecta le disque et le remit dans son boîtier.

— C'est pour ces hommes que tu es prête à travailler jusqu'à l'épuisement ? Ces dégénérés malades, violents et pourris gâtés ? Ce sont eux que tu défends ?

— Ce n'est pas moi qui choisis, répondit-elle.

Sa voix tremblait. Elle s'efforça d'en retrouver la maîtrise.

— Ce n'est pas moi qui choisis, répéta-t-elle. Je dois faire… Bon sang, je vais vomir…

Elle se précipita vers les toilettes les plus proches et se laissa tomber à genoux. Son estomac recracha l'infect et l'amertume, jusqu'à ce qu'il ne reste plus que la douleur à vif.

— Chut, ça va aller…

Connors lui déposa doucement un gant de toilette frais sur la nuque puis essuya son visage pâle et fiévreux à l'aide d'un autre.

— Je suis désolé pour ça. Je suis désolé, ma chérie.

Mais elle secoua la tête.

— Non. Ce sont des dégénérés et je travaillerai jusqu'à l'épuisement pour que ceux qui sont encore en vie soient mis en cage. Et si je le pouvais, j'enterrerais ces cages si profondément qu'ils ne pourraient jamais plus voir la lumière du soleil… Ça te fait du mal de voir quelqu'un traité de cette façon, et d'autant plus que ça te fait penser à moi. À ce qui m'est arrivé.

Il ne dit rien mais tendit la main vers le verre qu'il avait posé près du lavabo en entrant.

— Bois quelques gorgées.

— Je ne peux pas.

— Fais-moi confiance. Juste une ou deux gorgées. Ça va t'aider à te calmer.

— Les rouer de coups, voilà ce qui m'aiderait à me calmer !

Avec un geste aussi doux que celui de Dennis Mira, Connors lui tint la joue au creux de sa paume.

— Je retrouve mon Eve préférée. Juste une gorgée.

Elle but.

— Et tu sais que je ne peux pas, dit-elle. Je ne peux pas faire ça.

— Et voilà mon flic préféré. Je les adore toutes les deux. Encore une gorgée, s'il te plaît.

Comme le brandy dans le thé de Dennis Mira, le liquide que Connors avait versé dans le verre l'apaisa, la recentra. L'essentiel de l'effet venait peut-être de l'amour avec lequel le breuvage était offert.

— Ça te fait du mal, répéta Eve.

Il soupira et posa ses lèvres sur le front d'Eve. Moins fiévreuse, estima-t-il, même si ses joues n'avaient repris aucune couleur.

— C'est vrai, admit-il. Et, oui, ça me fait penser à toi.

— Ça te fait du mal, dit-elle pour la troisième fois, et pourtant tu continueras à m'aider.

— *A ghrá*. Je suis avec toi, dit-il en la poussant à prendre une troisième gorgée.

Elle blottit son visage contre l'épaule de Connors et laissa couler quelques larmes tandis qu'il l'attirait vers elle.

— Chaque jour, murmura-t-elle. Quel que soit le nom qu'on donne à ce que nous vivons, quelles que soient les folles raisons qui font que tu es avec moi, je m'en réjouis. Chaque jour.

Elle se redressa et lui embrassa la joue du bout des lèvres.

— Je suis désolée que nous devions faire tout ça, dit-elle.

— Pas de « désolée », pas pour ça, pas entre nous. Retrouvons-en au moins un encore en vie, afin d'avoir la satisfaction de le flanquer en cage.

Eve chassa ses larmes avec la paume des deux mains et se redressa.

— D'accord, dit-elle. Faisons ça.

Il lui passa le bras sur la taille en la raccompagnant vers son bureau.

— Tu devrais manger un petit quelque chose. Une petite soupe.

— Je doute que mon estomac puisse garder quoi que ce soit. Plus tard, si tu veux bien ?

— Comme tu voudras. Tu comptes regarder de nouveau cette horreur ?

— Oui, j'y suis obligée. Mais pas tout de suite.

Elle s'arrêta pour examiner le tableau. Elle allait le mettre à jour, ainsi que son dossier et ses notes. Il fallait aussi qu'elle examine ses messages. Peut-être Harvo, la reine des cheveux et des fibres, avait-elle trouvé quelque chose. Ou peut-être Yancy était-il tombé sur une nouvelle suspecte.

— J'ai trois noms. Il y a cinq femmes en tout, dont deux non identifiées. Si l'une des trois que nous connaissons dispose d'une autre propriété – je pencherais pour une maison isolée, un vieil immeuble, un entrepôt – un endroit où elles peuvent… faire ce genre de choses, il faut que je le trouve. Et je dois découvrir l'autre propriété appartenant à Betz. Je n'ai que ce que j'estime être le numéro de la rue. Et l'hypothèse qu'il faut chercher du côté du Bronx.

— Il avait un compte et un coffre là-bas, dit Connors avec un hochement de tête approbateur. Il ne serait pas allé si loin pour ça s'il n'y avait pas un lien.

Je peux travailler sur les deux pistes mais ce genre de recherche élargie sera plus rapide sur mon matériel non enregistré. On peut prendre plus de raccourcis quand on n'a pas à se soucier des mesures de surveillance de CompuGuard.

En acceptant qu'il fasse usage du matériel non enregistré, Eve sortirait son enquête du cadre strictement légal. Elle repensa à la jeune fille victime de viol en réunion dans ce sous-sol et aux quarante-neuf autres qui avaient suivi.

« Parfois, songea-t-elle, il faut savoir prendre les bons raccourcis. »

— D'accord. Si tu veux commencer là-dessus, j'ai plusieurs trucs à faire. Puis je te rejoindrai pour y travailler avec toi.

— Ça me va.

Il passa le doigt au creux de la fossette d'Eve.

— Et pas de café, dit-il.

— Quoi ?

Elle n'avait pas imaginé que cette journée puisse lui réserver un motif de consternation supplémentaire.

— Tu as perdu la tête entre ici et la salle de bains ? demanda-t-elle.

— Tu viens de recracher ton déjeuner, ou du moins ce qui t'en a tenu lieu, lui rappela-t-il. Si tu as besoin de caféine, prends un Pepsi. Un soda au gingembre serait sans doute préférable, mais je doute que tu t'en contentes.

— Mon cerveau ne tourne pas au gingembre. Je ne sais même pas ce que c'est !

— Dans ce cas, Pepsi… comme si tu savais ce qu'il y a dedans comme ingrédients. Et un peu de soupe quand tu te sentiras prête à avaler quelque chose.

— Oui, maman.

Il lui embrassa le front d'une manière on ne peut plus maternelle.

— Sois une gentille fille et tu auras peut-être droit à un bonbon plus tard... Allez, je m'y mets.

— Je peux te copier un disque avec toutes les données utiles.

Il lui lança une œillade dégoulinante de pitié.

— Allons, comme si je ne pouvais pas les pirater depuis ton ordi en moins de temps qu'il ne t'en faudra pour préparer le disque.

Alors qu'il s'éloignait, elle dut admettre qu'il avait sans doute raison. Elle porta ensuite une main à son ventre. Son cerveau réclamait « un café s'il vous plaît ». Mais, ô frustration, Connors avait également raison sur ce point, son système digestif lui disait : « Fais ça et tu verras ce que tu verras. »

Elle alla donc se chercher un tube de Pepsi qu'elle ouvrit tout en s'asseyant pour vérifier ses messages.

Elle siffla en voyant combien il y en avait, puis afficha d'abord celui de Yancy.

Dallas, nous avons deux identifications à taux de probabilité élevé sur le plus jeune des sujets. Je vous envoie les deux mais je voudrais vous inciter à pencher du côté de la numéro deux. Elsi Lee Adderman, vingt ans... au moment de son décès. S'est suicidée le 9 septembre de l'année dernière. Les détails sont dans l'article en pièce jointe. Le responsable de l'enquête était votre inspecteur Reineke, secondé par Jenkinson. Vous pourrez donc vous procurer leur rapport et leur demander leur avis. Elle est allée à Yale. Pas l'autre jeune femme identifiée.

Je travaille toujours sur l'autre sujet. Je vais emporter mon carnet au rendez-vous de ce soir, pour voir s'il y a moyen d'obtenir des détails supplémentaires et d'affiner la recherche.

Yancy

— Bon boulot. Très bon boulot.

Elle ordonna à l'ordinateur d'afficher la photo d'identité associée à l'écran.

Jeune, songea-t-elle, et très, très jolie, avec de grands yeux verts et de longs cheveux bruns ondulés.

Elle examina rapidement les données. Née à Crawford en Ohio, deux parents toujours en vie et toujours mariés l'un à l'autre. Un frère et une sœur plus jeunes. Étudiante exemplaire, entrée à Yale à l'aide d'une bourse partielle. En route vers des études de médecine, avec toutes les compétences académiques et les activités annexes appropriées. Un parcours impeccable pendant sa première année et presque jusqu'au bout de la seconde.

Des performances plus que bonnes jusqu'au printemps suivant, où ses notes avaient plongé.

— Comme MacKensie, murmura Eve.

Elle avait abandonné ses études, déménagé à Manhattan et travaillé en tant qu'aide-soignante dans un hôpital new-yorkais.

— Elle n'a jamais porté plainte pour viol mais…

Eve sortit son communicateur pour appeler Reineke.

— Salut, lieutenant.

— En septembre dernier, vous avez écopé d'une affaire de suicide. Elsi Lee Adderman. Petite vingtaine, métisse, yeux verts et cheveux bruns. Au croisement de la Quatrième et de Lexington.

— Euh, attendez une seconde… Ouais, ouais, je m'en souviens. La baignoire mortuaire. Elle s'était tranché les veines. A fait trempette pendant presque vingt-quatre heures, si je me souviens bien, avant qu'une collègue de l'hôpital où elle bossait insiste auprès du gardien pour qu'il ouvre la porte. La petite avait raté deux journées de travail, ne répondait plus à son communicateur ni à la porte. On y est allés. Rien de louche dans l'affaire, lieutenant. Un authentique suicide.

— Elle a laissé un mot ?

— Oui. Ça disait qu'elle n'était plus capable d'affronter ses démons – elle ne parlait pas de drogues, elle n'en avait aucune dans son organisme et on n'a rien trouvé à son domicile – et qu'elle était désolée. Le légiste a immédiatement conclu au suicide, donc on n'a pas eu grand-chose de plus à faire.

— J'ai besoin du dossier, de toutes les infos dont vous disposez.

— Merde. Qu'est-ce qu'on a loupé ?

— Rien. Je crois qu'elle était liée à mon affaire actuelle. Vous pouvez me trouver ce rapport ?

— Bien sûr. Je prenais juste une petite bière avec mon équipier et quelques collègues. Je vais repasser au Central et vous l'envoyer.

— Merci.

Elle continua son examen de l'article... ou plutôt de la nécrologie, à vrai dire. Une cérémonie avait été organisée le 21 septembre dans la ville natale de la victime.

— Ordinateur, à la date du 21 septembre 2060, recherche les éventuels déplacements des noms suivants.

Après avoir récité la liste des suspectes à voix haute, elle se leva – elle avait une envie de café – et se mit à faire les cent pas en buvant son Pepsi.

Ils avaient fait subir à Elsi Lee Adderman le même sort qu'à la femme sur le disque. Quelque part entre le viol en réunion en avril, comme une sorte de sinistre anniversaire, et septembre 2060, elle avait recouvré suffisamment de ses souvenirs. Elle avait rencontré l'autre femme.

Un groupe de soutien. C'était forcément ça.

Elsi n'avait pas réussi à vivre avec, à faire face à son vécu. Elle avait préféré jeter l'éponge.

Et quelque part entre septembre et aujourd'hui, le reste d'entre elles avaient concocté une vengeance totale.

L'hypothèse épousait le réel comme les gants bordés de fourrure que Connors s'obstinait à lui acheter.

Mais cela ne l'aidait en rien pour retrouver Betz ou Easterday.

— *Tâche terminée. Le 20 septembre 2060, Carlee MacKensie, Lydia Su et Charity Downing ont pris un vol depuis le centre de transport de Laguardia jusqu'à Columbus en Ohio, avec un vol de retour le 21 septembre 2060.*

— À quelle distance se trouve la ville de Crawford par rapport à Columbus ?

— *Travail en cours… Crawford se trouve à 15,44 kilomètres de Columbus et constitue une ville-dortoir florissante.*

— Ordinateur, trouve-moi la liste des passagers de la navette concernée. Donne-moi les noms des passagères entre quarante et cinquante ans, en commençant par celles disposant d'un siège derrière, devant ou à côté des trois sujets précédents. À l'aller et au retour.

— *Travail en cours…*

« Solidarité féminine », songea Eve.

Elles s'étaient rendues à la cérémonie commémorative. Un voyage pour témoigner de leur respect à l'une des leurs et la pleurer, et pour cimenter leur décision de la venger. Elles avaient *toutes* fait le voyage.

— *Requête initiale effectuée.*

— À l'écran, une par une, avec nom et photo d'identité. Vas-y.

— *Affichage… Marcia Baumberg, quarante-deux ans.*

— Non, dit Eve en voyant s'afficher le portrait. Suivante.

— *Grace Carter Blake, quarante-quatre ans.*

— Stop. Là. On l'a. Constitue un dossier sur ce sujet, la totale. Bon sang… Bon sang…

Le tableau, et/ou le portrait réalisé par Yancy à partir du souvenir de son témoin, n'était pas loin de la réalité. Le visage était un peu plus fin, la bouche peut-être légèrement plus large. Mais il s'agissait bien de la cinquième femme.

— Ordinateur, suspends la recherche. Dis-moi quand le sujet à l'écran a étudié à Yale.

Car il était hautement probable qu'elle soit passée par Yale. Ou qu'elle ait un lien avec l'université.

— *Grace Carter Blake a étudié à Yale entre septembre 2035 et mai 2043, date où elle a terminé son troisième cycle. Elle est sortie diplômée avec mention de la faculté de droit de Yale.*

— Quand t'ont-ils emmenée dans cette pièce, Grace ? Dans ce sous-sol ?

— *Données insuffisantes.*

— Oui, pour le moment. Reprends le travail.

Elle retourna à son écran et afficha le message en provenance de Harvo.

Salut, Dallas ! Quarante-neuf échantillons. De quoi bien m'amuser. Je vais faire quelques heures sup au labo pour bien en profiter. J'ai déjà trois identifications ADN positives pour vous, vite fait bien fait. Les données et les photos d'identité sont en pièces jointes. Je vous enverrai la suite dès qu'il y aura du neuf. Harvo, RdCedF.

Eve s'empressa d'ouvrir le rapport joint. De nouveaux noms : trois femmes ayant aujourd'hui cinquante-deux, trente-quatre et vingt-trois ans.

Elle appela Harvo sur son communicateur.

L'écran se remplit de ce qui ressemblait à un lac de lave en mouvement. Puis Harvo pivota en direction de l'écran et Eve comprit qu'au lieu d'un désastre naturel inattendu elle avait sous les yeux la chevelure de Harvo.

— Salut, Dallas ! Pile-poil au bon moment. Je viens d'en identifier une autre. Je les fais dans l'ordre alphabétique et je pensais vous les envoyer par petits groupes.

— Harvo, vous êtes ma nouvelle meilleure amie.

— Génial ! Allons nous soûler et taquiner quelques armoires à glace.

— Plus tard. Vous en avez une qui porte le nom de Grace ?

— Voyons voir… Oui, j'ai même deux Grace. Une brune dont ça semble être la vraie couleur et une rousse pour qui ça ne l'est pas.

— J'en cherche une qui se situerait entre 2035 et 2043. Mais si vous voulez bien tester les deux dès maintenant et me rappeler dès que vous aurez les résultats. J'ai un nom : Grace Carter Blake, et je veux m'assurer que c'est la bonne piste. Merci beaucoup.

— Aucun problème.

Le minuscule anneau vert au centre de l'œil gauche de Harvo clignota comme elle tournait la tête pour porter son attention sur un appareil bizarre.

— Et si vous voulez bien vérifier celle étiquetée Elsi… Je cherche une Elsi Lee Adderman.

— Je ne vais pas refuser ça à ma meilleure amie.

— Faites ces deux-là ce soir, si possible. Et une dernière : ça peut attendre demain, mais pourriez-vous analyser l'échantillon le plus ancien ?

— Ça m'obligera à arrêter certains des tests ADN, mais c'est faisable. Ou je peux essayer de faire ça à l'œil nu. Ce n'est pas aussi détaillé mais vu que je suis la reine des cheveux et des fibres, je peux toujours braquer mon œil sur, disons, les cinq ou six échantillons les plus anciens et faire une analyse.

— Faites ce que vous jugez le plus efficace. Avertissez-moi dès que vous aurez un nom en lien avec le plus vieil échantillon. Vous avez besoin de moi pour valider les heures supplémentaires requises ?

— Allons, Dallas !

Harvo fit tournoyer son doigt en l'air avant de l'appuyer sur sa poitrine.

— Vous parlez à la reine. Dickhead ne remet jamais la reine en doute. Euh… Hé, je comprends qu'il s'agit de victimes de viol, je ne veux pas avoir l'air de prendre ça à la légère. Mais j'évite de trop y réfléchir, ça pourrait ficher mon boulot en l'air.

— Faites les choses à votre manière, Harvo. Ce qui compte, ce sont les résultats.

— Je vous les envoie dès que je les ai.

— Merci. Comment appelez-vous ces cheveux… Votre chevelure ?

— Ma couronne de gloire, répondit Harvo avec un sourire.

— Oui, oui. Je voulais dire la couleur.

— « Coulée de lave ». Cool, non ?

— Indéniablement. On reste en contact.

Les mises à jour pouvaient attendre, estima-t-elle. Elle emporta ce qui restait de son tube de soda pour rendre visite à Connors.

Il lui avait montré son bureau privé et l'équipement non enregistré qu'il contenait dès les débuts de leur relation. Une démonstration de confiance, estimait-elle. Et il l'avait ajoutée à la très courte liste de ceux ayant le droit d'y accéder.

Elle appuya sa paume sur le capteur près de la porte.

Le panneau coulissa pour laisser apparaître Connors. Il s'était débarrassé de sa veste et avait retroussé ses manches et attaché ses cheveux en arrière pour travailler. Il se tenait derrière le grand U noir de son centre de contrôle, avec ses innombrables boutons brillants.

New York aussi brillait derrière les grandes vitres teintées de la pièce. Un rappel pour Eve qu'au dehors la nuit était tombée.

Connors travaillait avec un écran tactile dans une main et un clavier dans l'autre. Il marqua une pause pour regarder dans sa direction.

— Tu as repris quelques couleurs, dit-il. Et l'éclat de ton regard me laisse penser que tu as été plus chanceuse que je ne le suis jusqu'à maintenant.

— J'ai des noms. Les deux autres femmes sur le tableau. Je les ai toutes les deux. La plus jeune s'est suicidée à l'automne dernier. Et en creusant un peu j'ai découvert que les quatre autres ont toutes voyagé jusqu'à la banlieue de Columbus pour une commémoration en son honneur. Harvo travaille en ce moment même à confirmer qu'elles comptent parmi les trophées de Betz.

— Bonne pêche. Donne-moi les noms de celle qui est encore en vie, je verrai ce que je peux dégoter.

— Grace Carter Blake. Elle est avocate, sortie de la fac de droit de Yale. Il y a environ six ans, elle a quitté un poste bien payé dans son cabinet de conseil en droit des affaires, alors même qu'elle était bien partie pour devenir associée. Et maintenant ? Elle dirige son propre petit cabinet spécialisé dans la représentation de victimes de viol, de femmes battues. Et elle est juriste pour trois centres d'accueil dans le même domaine.

— Eh bien, tu n'as pas chômé !

— Ça m'est plus ou moins tombé tout cuit dans le bec... et ça ne m'aide pas à mettre la main sur Betz ou Easterday ni sur les femmes qui veulent leur mort. J'ai leurs noms et leurs adresses. Je vais envoyer quelqu'un au domicile et au bureau de Blake, mais elle n'y sera pas. Elle a gagné confortablement sa vie pendant une longue période, Connors. Peut-être suffisamment pour mettre de côté de quoi acquérir le genre d'endroit où l'on peut torturer quelqu'un sans s'inquiéter des voisins ou d'une intervention de la police.

— Je vais chercher de ce côté-là, mais toi, il faut que tu manges quelque chose.

— Oui, je le sens. Mon estomac monte dans les tours pour se plaindre qu'il est vide. Mais je n'ai absolument pas envie de soupe. Il me faut quelque chose que je puisse manger en bossant.

— Ce ne sera pas de la pizza.

— C'est injuste ! On est où, là ? En prison ? Ni café ni pizza.

— Ragoût au poulet et boulettes de pâte, proposa-t-il.

Elle eut envie de protester mais n'en avait pas le temps. Et puis...

— J'aime bien le ragoût de poulet aux boulettes.

— Je sais, et on en a sous la main. Et si tu nous en préparais une portion chacun pendant que je démarre cette nouvelle recherche ?

— Il faudrait que je transfère ma boîte de réception ici. J'ai des messages en attente.

Connors pivota sur son siège et manipula quelques-uns des boutons aux éclats de pierres précieuses.

— C'est fait, dit-il. Tu pourras faire tout ce que tu voudras – y compris manger – sur la console auxiliaire.

Elle programma le repas pour deux et sélectionna une bouteille de vin. Elle estimait que Connors l'avait bien mérité même si elle-même préférait, pour l'heure, s'en tenir à de l'eau et un peu de caféine froide. Le voyant plongé dans son travail, elle posa un bol et un verre de vin à côté de lui puis s'installa devant sa propre machine qui lui signala l'arrivée d'un nouvel e-mail.

Il s'agissait du rapport de Reineke, dont elle entama immédiatement la lecture.

Ses hommes avaient fait les choses à fond, constata-t-elle, même s'il s'agissait de toute évidence d'un suicide. Elle lut les retranscriptions des déclarations des voisins, des collègues, de la famille. Et du médecin qui avait prescrit le somnifère.

Elsi souffrait d'insomnie. Elle avait consulté un thérapeute à cause de rêves perturbants et rejoint un groupe de soutien car ces rêves avaient éveillé en elle une peur des hommes, du sexe, et la crainte d'être violée par des démons.

Elle s'était également impliquée dans une paroisse.

Eve lut le texte de la lettre d'adieu :

Je suis navrée de la souffrance que je cause. Je ne suis pas assez forte. Pas assez courageuse. Je n'arrive plus à affronter les démons, à me battre contre ce qu'ils ont fait à mon esprit, à mon corps, à mon âme. Je dois faire en sorte que cela cesse, et ceci est le seul moyen que j'ai trouvé. Pardonnez-moi, s'il vous plaît, de choisir une voie aussi lâche. J'aime ma famille et je sais que cela leur fera du mal. J'ai beaucoup de reconnaissance envers mes amies, mes sœurs d'âme, pour leur soutien, pour leur compréhension, pour la clarté de vision qu'elles m'ont aidée à trouver. Mais cette vision est simplement trop dure, trop sombre, et j'ai besoin de fermer les yeux, enfin, de fermer les yeux et d'accéder au repos. Savoir cela m'apporte la paix. Je serai en paix. Ne me pleurez ni trop fort ni trop longtemps, car je vous quitte vraiment pour un monde meilleur. Puisse cette idée vous réconforter comme elle me réconforte.

Elsi

La jeune femme n'était pas prête à se souvenir, se dit Eve, et donc pas prête à survivre.

La réalité était que ces six hommes l'avaient tuée la nuit où ils l'avaient violée. Et ceux sur lesquels Eve mettrait la main le paieraient. Elle en ferait l'objectif prioritaire de sa vie, si nécessaire.

Elle envoya à Yancy le nom de la dernière femme et lui confirma au passage qu'il avait réalisé un portrait très juste de la plus jeune. Elle envoya ensuite des agents en uniforme au domicile et au bureau de Blake, puis appela de nouveau Reo pour obtenir les mandats nécessaires afin de fouiller ces deux endroits.

Elle mangea tout en travaillant, sans que son estomac se rebelle. La crise était passée. La prochaine fois qu'elle regarderait cet enregistrement obscène, elle tiendrait bon.

Elle coula un regard vers Connors en songeant à la chance qu'elle avait eue de ne pas se souvenir avant d'être prête, la chance qu'elle avait eue qu'il soit là, auprès d'elle, une fois qu'elle avait été prête. Elle n'aurait pas choisi la baignoire mortuaire. Pas son style. Mais il y avait d'autres moyens de mettre un terme aux choses. Elle aurait pu en choisir un sans avoir pleinement conscience de l'avoir fait.

Alors elle défendrait la cause d'Elsi Lee Adderman, tout comme celle de ses violeurs assassinés.

Elle accueillit un nouveau message, l'un de ces rapports étrangement plein d'entrain typiques de Harvo, et eut la confirmation que Grace Carter Blake et Elsi faisaient partie des victimes de viol.

Elle se leva pour aller chercher de l'eau. Encore un point pour Connors : il avait dit vrai. Elle obtiendrait de meilleurs résultats si elle se contentait d'eau pour le moment.

— Te voilà, enfoiré ! lança-t-il avec une telle satisfaction qu'elle s'arrêta.

— Quel enfoiré ?

— Je m'étais constitué une liste réduite de propriétés dans le Bronx et j'ai rassemblé toutes sortes de données sur cet enfoiré. Betz. Il faut admettre qu'il est plutôt malin, mais je le suis plus encore. J'ai l'adresse d'une propriété au nom d'Elis Frater.

— Où es-tu allé pêcher ce nom ? Même la sonorité n'a rien à voir avec le sien.

— Elis est un sobriquet pour Yale, un diminutif du nom de son fondateur, semble-t-il. Frater veut dire frère en latin. J'ai lancé une recherche élargie sur les noms contenant « frère » ou « confrérie », dans n'importe quelle langue.

— T'es sérieux ?

Elle se dit qu'elle y aurait sans doute pensé aussi… un jour.

— Je sais que tu ne vas pas apprécier l'insulte, champion, mais t'es un sacré flic.

— Pas dans cette vie. Il dispose aussi d'un compte offshore à ce nom, avec un joli pécule de trois millions quatre… et quelques.

— Il faut que j'aille voir sur place. Il y aura peut-être autre chose. D'autres enregistrements, qui sait ?

— Alors on ira.

— J'ai besoin des données dont tu remontais la piste.

— La recherche moulinera en mon absence. On pourra faire l'aller-retour assez rapidement si on prend l'hélico.

— L'hélico…

Connors sourit.

— Tu m'as dit un peu plus tôt que tu en aurais peut-être besoin.

— Effectivement, j'ai dit ça.

Seigneur, comme elle détestait voler !

— Oui, faisons ça, dit-elle. Mais il faudrait que tous mes messages entrants soient transmis à mon communicateur de poche.

Il soupira en se levant.

— Je fais apparaître l'insaisissable Elis Frater sur nos écrans radars et tu me demandes si je peux transférer tes e-mails sur ton communicateur ?

Effectivement, il méritait mieux.

22

Elle détestait *vraiment* voler. Et la façon dont l'hélico virevoltait entre les gratte-ciel ou esquivait les lourds tramways volants ne faisait rien pour l'aider à digérer sereinement son ragoût de poulet aux boulettes.

« Le trajet jusqu'au Bronx n'est pas bien long », se répéta-t-elle.

Elle en passa l'essentiel penchée sur son communicateur.

Peabody lui en voudrait sans doute un peu. Peabody *adorait* voler. Allez comprendre. Et Eve devait alerter la police locale de son arrivée.

— Reo a fait du bon boulot, dit-elle. On a le mandat et il n'y a pour l'instant aucune activité dans la résidence de Betz. L'autre, je veux dire. Les flics de Glasgow ont appréhendé Ethan MacNamee et le détiennent actuellement dans leur service.

— Au moins il restera en vie. Tu comptes le faire extrader jusqu'ici ?

— Absolument. J'enverrai une copie de cette infâme vidéo en Écosse, une fois que j'aurai fait le point avec le commandant.

Sentant l'hélicoptère vibrer, elle commit l'erreur de jeter un coup d'œil par la vitre. Les longues lignes mouvantes de véhicules aux feux allumés lui donnèrent le tournis.

Bon, c'était mieux que d'avoir l'estomac retourné, se dit-elle, tout en déglutissant avec difficulté.

— Si nous identifions la demeure représentée sur le tableau – et j'y travaille en cherchant dans d'anciennes archives l'adresse d'au moins l'un de ces salauds à l'époque de l'université – on devra peut-être refaire appel à ce fichu hélico.

— Un vol au clair de lune au-dessus du Connecticut. Comme c'est romantique ! s'enthousiasma Connors.

Il entama la descente et Eve laissa échapper un sifflement stressé.

— Où comptes-tu faire atterrir ce truc ? Pourquoi je n'y ai pas pensé avant ? Pourquoi ça tremble à ce point ? Bon sang, je déteste ça ! Où tu vas atterrir ?

— On ne risque absolument rien, affirma-t-il tout en luttant contre une violente bourrasque.

— Je suis sûr que les passagers de navettes qui s'écrasent pensent exactement la même chose une minute avant la fin. Où comptes-tu poser ce machin-chose volant ?

— Sur le toit de l'immeuble où l'on va, bien sûr.

Si ce vent violent ne les envoyait pas d'abord s'écraser contre le bâtiment.

— Difficile de faire plus près, ajouta-t-il.

Certes, mais dans l'immédiat les parois des bâtiments alentour étaient beaucoup trop proches au goût d'Eve.

Connors se posa sur le toit accessible, quoique étroit, de ce qu'Eve supposa être un hangar destiné à la maintenance. Mais elle ne se remit à respirer normalement qu'après qu'il eut coupé le contact et que le ronronnement du moteur se fut tu.

— Pas trop tôt.

Elle défit son harnais de sécurité pour sauter sur le sol de béton rassurant, immédiatement fouettée par les vents.

— Accès par le toit ! cria-t-elle en désignant du menton une porte en acier. On entre en considérant que les suspectes se trouvent peut-être sur place. On procède étage par étage. Tu es armé, je n'en doute pas.

— Bien sûr. Tu veux que je crochète les serrures ?

Elle sortit son passe-partout puis actionna son enregistreur.

— Dallas, lieutenant Eve et Connors, consultant civil, pénètrent sur le lieu de résidence de Frederick Betz, dans le cadre d'un mandat dûment obtenu.

Elle fit usage de son passe puis hocha le menton à l'intention de Connors. Ils entrèrent très rapidement, leurs armes tendues devant eux.

— NYPSD ! lança Eve. Nous entrons et nous sommes armés.

Ils descendirent un petit escalier donnant sur une autre porte, répétèrent la procédure et l'avertissement.

Eve sortit sa lampe de poche et la braqua sur les alentours en même temps que son arme.

— L'endroit a l'air désert, dit-elle, mais on procède méthodiquement.

Elle lui désigna une direction et prit l'autre.

Plusieurs des pièces contenaient des meubles, mais elles évoquaient plutôt des débarras que des lieux habitables. Eve passa devant une salle de bains d'une propreté immaculée pour atteindre un escalier descendant.

— La voie est libre, cria-t-elle.

— Ici aussi, mais tu devrais venir voir ça.

Elle avait envie de descendre pour faire le tour de l'étage inférieur mais elle suivit d'abord la voix de Connors... jusqu'à un petit laboratoire bien équipé.

— Je devine qu'en cherchant un peu je trouverai un ou deux autres comptes dissimulés, dit Connors. On dirait que Betz dirigeait sa propre unité de production de substances illégales. Et je te parie qu'il concocte des drogues du viol durant son temps libre.

Elle se dirigea vers la porte transparente d'une armoire réfrigérée et scruta les fioles soigneusement disposées à l'intérieur.

— Il profite de la fortune familiale et de l'argent de leur firme, même si mes infos indiquent qu'il ne fait pas grand-chose. Il est friand de paris hippiques. Donc il synthétise des drogues en douce pour financer ses habitudes et alimenter ses réserves. Voilà à quoi il passe son temps libre, dit Eve.

Elle pivota vers la sortie.

— Occupons-nous du reste de la maison, dit-elle.

Arrivés à l'étage du dessous, ils se séparèrent de nouveau.

Cette fois, ce fut elle qui appela Connors pour qu'il la rejoigne.

— Une valise. C'est une chambre d'amis. Le dessus-de-lit est froissé, comme si quelqu'un s'était allongé là. Il y a une bouteille de spiritueux, un verre.

Elle avait parlé à mi-voix tout en soulevant lentement la valise.

Au sommet d'une pile de vêtements – dont un pull tricoté à la main qui lui rappela ceux que réalisait Peabody – se trouvait une photo encadrée de Petra Easterday.

— Easterday, dit-elle à Connors. Il est venu ici pour se cacher. Les membres de la confrérie ont accès aux logements de leurs frères, on dirait.

— Il n'a pas défait sa valise, ou alors il l'a refaite en vitesse.

— Je pense qu'il ne l'a pas défaite. Il a monté sa valise, est allé se chercher une bouteille, s'est allongé et s'est mis à boire.

— En s'apitoyant sur son sort, en conclut Connors.

— Oui, le pauvre petit violeur en série a eu une mauvaise journée. Descendons. Si on le prend en tenaille, il essaiera de s'enfuir. Il tentera peut-être de se débattre mais ne sera pas difficile à neutraliser.

Ils quittèrent la pièce en direction de l'escalier... et s'arrêtèrent à mi-chemin en découvrant Betz.

Le rez-de-chaussée et son hall d'entrée étaient plongés dans une obscurité que seule venait troubler la lampe d'Eve. Lampe dont le rayon s'était braqué sur l'homme pendu au lustre de l'entrée.

Eve avait su qu'elle n'aurait que peu de chances de le retrouver vivant pour le mettre en cellule et le travailler au corps jusqu'à ce qu'il craque. Mais elle avait gardé espoir. Elle avait profondément espéré, après avoir vu cet enregistrement, avoir l'occasion de le faire parler.

— Nous voilà à quatre sur six, dit-elle. Elles n'ont pas attendu pour lui régler son compte. Elles ont sauté sur l'occasion de le coincer ici et l'ont achevé bien plus tôt qu'à leur habitude.

— Terminons d'abord l'exploration des lieux. Elles ne sont pas là, mais Easterday l'est peut-être.

Elle découvrit une table renversée et des bris de verre sur le sol menant à l'arrière de la maison.

Puis du sang. Des éclaboussures et des traces au sol qu'elle contourna. Continuant son inspection, elle repéra des marques indiquant qu'on avait tiré quelqu'un à terre.

— La maison est vide, dit-elle à Connors. Et Easterday est entre leurs mains. Les indices laissent penser qu'il était ici, sans doute un peu soûl, quand elles sont arrivées. Il a peut-être cru au retour de son frère Betz. Mais il les voit et essaie de s'enfuir. Elles le poursuivent et lui balancent une décharge paralysante. Il tombe, emporte cette table avec lui et se cogne la tête. Elles le tirent en arrière. Je parie qu'elles voulaient qu'il regarde. Comme il avait regardé Betz les violer. Sauf que cette fois, l'exécution de Betz constituait le spectacle.

Elle rengaina son arme et ordonna à l'ordinateur domestique d'allumer la lumière.

— Il faut que j'avertisse le commissariat local, mais ça reste notre affaire. Je vais demander à Peabody de nous rejoindre, finalement.

— Attention de ne pas suggérer que je retourne à la maison, ça me mettrait en rogne.

— Je devrais te le proposer, mais je vais m'abstenir. Et je n'en ai pas envie, admit-elle. Je peux faire face. Je vais faire face. Mais j'ai besoin de ta présence. Ça m'aide de t'avoir auprès de moi.

— Je serai toujours là.

— Ça aussi, ça m'aide. Il me semble qu'à moins d'être idiotes – et jusque-là elles en sont loin – elles savent qu'elles n'ont quasiment aucune chance d'atteindre le dernier, MacNamee. Elles prendront peut-être plus leur temps avec Easterday. Parce que c'est le dernier qu'elles tiendront entre leurs griffes. Dans le cas contraire, il est déjà mort et elles sont en fuite.

Connors, qui la connaissait bien, lui passa doucement la main dans les cheveux.

— Si c'était moi, dit-il, et que j'étais arrivé jusque-là, en faisant preuve d'une telle détermination, j'opterais pour la première option. Je voudrais… rendre justice au dernier.

Eve hocha la tête puis sortit son communicateur pour contacter le commissariat du quartier.

— Ici Dallas, Lieutenant Eve, NYPSD. J'ai un corps à signaler.

Elle prévint ensuite Whitney afin qu'il gère d'éventuelles tractations politiques avec les hauts gradés du Bronx, puis demanda l'assistance de ses propres techniciens de la police scientifique avant de s'entretenir avec les deux inspecteurs qui ne tardèrent pas à se présenter.

Le temps que débarquent Peabody et McNab – transportés par une voiture de patrouille toutes sirènes hurlantes –, elle put faire abaisser le corps de la dernière victime et établir l'heure de sa mort.

— 20 h 15. On les a ratées de même pas une heure. Elles auront sans doute obtenu cette adresse en faisant parler Betz, ou l'un des autres. Elles se sont déchaînées sur lui. Moins de temps, plus de coups.

— C'est lui qui les droguait, fit remarquer Connors.

— Il les droguait ?

Eve releva la tête vers Peabody.

— C'est sur l'enregistrement caché dans le coffre à la banque. On les voit tous les six. Viol en réunion, chacun son tour, comme une compétition sportive. Celui-ci a injecté à la victime – leur première, selon toute vraisemblance – quelque chose qui l'a fait cesser de se débattre et de les supplier d'arrêter pour au contraire les supplier de continuer.

Sous l'ourlet de son bonnet de marin aux couleurs vives, les yeux verts de McNab s'étaient durcis.

— Ils lui ont injecté une drogue ? Une variante de Whore ?

— Quelque chose du genre, oui, concocté par notre homme. Il dispose à l'étage d'un laboratoire où il continuait à produire diverses substances.

Voyant l'expression du visage de McNab, elle s'empressa d'ajouter d'un ton tranchant :

— Tous nos propos sont enregistrés, inspecteur.

Il se contenta de se détourner pour aller examiner la porte d'entrée.

— Comme les précédentes, poursuivit Eve, notre victime porte un tatouage symbolique au niveau de l'aine. Le médecin légiste devra déterminer si la victime a reçu une décharge dans cette zone, car les dommages à cet endroit sont très sérieux. Très probablement des coups de matraque plombée. Cependant, les autres blessures sont des brûlures qui ont pu être causées par l'instrument chauffé au rouge également employé pour sodomiser la victime. On distingue aussi des brûlures et des hématomes sur le torse, ce qui n'était pas le cas chez les deux précédentes victimes dans cette affaire. Les contusions au visage sont également très sévères. Les entailles au niveau du cou et de la gorge ont sans doute été causées par la victime elle-même, dans une tentative pour se libérer du nœud coulant qui l'étranglait. On distingue des morceaux de peau et du sang sous les ongles des deux mains.

Elle se massa le front pour chasser le début de migraine qui menaçait, puis se redressa.

— Vous pouvez emporter la dépouille. Morris est déjà averti. McNab ?

Il se retourna, le visage toujours sombre.

— Lieutenant ?

— Nous aurons besoin de toute la high-tech. Notre consultant a d'ores et déjà établi que les enregistrements des caméras de sécurité ont été effacés, comme au cours des autres incidents. Elles ont emporté le disque dur. Mais je veux que vous passiez tous les ordinateurs au peigne fin, ainsi que tous les appareils de communication que vous trouverez. Faites venir des renforts.

Elle se retourna et laissa échapper un soupir.

— Nos techniciens vont s'occuper de la scène de crime et la police locale sécurisera les lieux. Peabody, vous venez avec moi pour examiner les affaires d'Easterday à l'étage. Voyons si on peut trouver une piste qui conduise à l'endroit où elles l'ont emmené.

Pendant qu'elle montait les marches, Connors s'approcha de McNab.

— N'allez pas croire qu'elle ne ressent rien, qu'elle ne bout pas intérieurement de la même rage que vous.

— Je sais. C'est que j'ai...

Il retira son bonnet et le fourra dans l'une de ses poches.

— J'ai vu beaucoup de trucs très moches quand je bossais aux Mœurs. Le viol est déjà assez affreux, mais le viol en réunion, c'est l'horreur. Et en plus ils lui ont injecté du Whore ? Comme si ça ne suffisait pas de la violer, il fallait qu'ils la fassent participer ? Et ça peut avoir d'autres conséquences à long terme pour la victime, vous savez ? Si l'injection a été mal dosée ou trop puissante, elle peut avoir des flash-back où elle voudra être prise sur-le-champ, par n'importe qui. J'ai souvent vu ça. Beaucoup trop souvent.

— Elle aussi, répondit Connors en serrant gentiment l'épaule de McNab.

Le jeune policier demeura immobile quelques instants, comme s'il rassemblait ses esprits, la lanière rayée de son bonnet dépassant de la poche de son manteau vert vif. Une série d'anneaux brillants formait un croissant de lune sur le lobe de son oreille. Le portrait d'un Elvis depuis longtemps disparu ornait son pull. Sertis dans un visage juvénile et charmant, ses yeux d'un vert profond étaient ceux d'un flic.

— Je ne dis pas que ce qu'elles lui ont fait était juste. Ça n'est pas juste. Mais il est difficile de considérer que c'est mal. Il est plus facile de dire que ce n'est pas juste que d'affirmer que c'est mal.

— N'est-ce pas ? Je n'y crois peut-être pas autant qu'Eve, que vous ou que Peabody, mais je vois la valeur de cette conviction que vous partagez : vous préféreriez qu'il soit en vie, afin qu'il souffre de l'humiliation et de la perte de sa liberté jusqu'à la fin de ses jours, plutôt qu'étalé mort par terre de cette façon. Quelles que soient les souffrances qu'il ait pu endurer d'abord.

— Il y a des fois où c'est plus difficile d'y croire que d'autres mais, ouais, j'y crois. Merci de me l'avoir rappelé.

— À chaque jour suffit sa peine. Je vais vous filer un coup de main jusqu'à ce que vos renforts arrivent, ou que le lieutenant ait besoin de moi ailleurs.

Connors travailla sur les appareils informatiques en attendant qu'Eve l'appelle. S'inquiéter de l'état d'esprit d'Eve était vain, il en avait bien conscience, mais il ne pouvait s'en empêcher.

Elle ne laisserait rien l'arrêter, il le savait, quoi qu'il puisse lui en coûter.

Lorsqu'elle redescendit, avec des yeux aussi durs que ceux de McNab soulignés par des cernes qui ne faisaient qu'accentuer sa pâleur, il fit taire son envie d'exiger qu'elle fasse une pause et prenne un peu de repos. Ils observèrent ensemble l'enlèvement du corps par l'équipe de la morgue.

— Si Easterday avait apporté quelque chose de potentiellement utile à l'affaire, c'est elles qui l'ont. Et la réserve d'argent qu'il avait avec lui a disparu. Son passeport se trouve dans la valise, donc il s'apprêtait à disparaître lui aussi.

Elle se décala de quelques pas pour laisser travailler les membres de la police scientifique.

— Il paraît clair qu'il avait décidé de tout quitter : sa vie, sa femme. Plutôt ça que d'affronter ce qui s'annonçait.

— Parce qu'il est et a toujours été avant tout un lâche, dit Connors.

— Oui. Un lâche avant tout. Je l'ai suffisamment titillé pour qu'il comprenne ce qui l'attendait. Il est venu ici en pensant qu'il y serait en sécurité le temps de s'organiser pour quitter le pays. Sans doute s'est-il offert un moment d'apitoiement arrosé à l'alcool, comme tu le disais. « Pauvre de moi ! » Peut-être est-il descendu au bout d'un moment, en quête d'une autre bouteille ou de quoi manger.

Elle retourna près des traces de sang, de la table renversée et du verre brisé.

— Lorsqu'elles arrivent, il n'est pas préparé et peut-être même un peu ivre. Elles ont Betz avec elles et le tirent à l'intérieur. Ce qui doit occuper au moins deux d'entre elles. Mais elles sont quatre. Plus jeunes, plus rapides et très déterminées. Il ne leur est pas très difficile de neutraliser un type proche des soixante-dix ans, d'autant plus qu'il a bu. Il tente de s'enfuir mais elles se liguent contre lui. Un prêté pour un rendu, c'est ça ? Quoi que ça puisse bien vouloir dire... Bagarre. La table se renverse et le vase en verre posé dessus se brise. Easterday fait une chute violente. On a probablement affaire à une blessure à la tête, et peut-être quelques plaies liées aux bris de verre. Il est sonné, voire inconscient, et elles s'emparent de lui.

Elle regarda en arrière vers l'endroit où les techniciens examinaient le lustre et la corde.

— Le ligoter n'est pas difficile. En attendant qu'il reprenne ses esprits, elles en profitent pour nouer la corde autour du cou de Betz. Elles tiennent à présent deux d'entre eux et elles forcent Easterday à regarder pendant qu'elles relèvent le lustre, que la corde se tend et que Betz se griffe désespérément la gorge et convulse, les pieds dans le vide.

Elle inspira à fond.

— Elles se disent : « Tu as regardé pendant que tes frères nous violaient. Ils t'ont regardé nous violer. Et maintenant tu vas regarder ton frère mourir tout en sachant que nous te ferons subir la même chose. »

— Elles auraient pu en finir ici même, dit Peabody qui avait rentré la tête dans les épaules au fur et à mesure que se précisait dans son esprit la scène décrite par Eve. Les tuer ici tous les deux et s'évaporer ensuite.

— Ce n'est pas ce qu'elles veulent. Easterday doit d'abord souffrir. Elles ont des choses à lui dire, à lui faire. Il faut qu'il les supplie comme elles ont supplié. Il doit savoir, comme elles l'ont su alors, que les supplications n'empêcheront pas l'inéluctable... Une seconde.

Elle s'approcha de l'agent Carmichael qui venait de franchir le seuil.

— Désolée de vous obliger à revenir, dit-elle.

— C'est comme ça que ça marche, lieutenant.

— Et voici comment je voudrais que ça marche pour la suite : je vous confie l'organisation de l'interrogatoire des gens du quartier. Je veux qu'on réveille tout le pâté de maisons, Carmichael, en quête de la moindre bribe d'information. Les suspectes disposaient d'un moyen de transport, sans doute une camionnette, de couleur sombre, plutôt neuve. Assurez-vous que tous les agents disposent d'une copie des portraits-robots faits par Yancy. Vous devrez aussi vous coordonner et collaborer avec le commissariat local.

— Aucun problème. J'ai une cousine qui y bosse. Je l'ai déjà appelée pour la prévenir. Elle nous aidera à éviter les frictions en cas de besoin.

— Bien. Laissez les hommes du coin sécuriser les lieux. Mais gardez un œil sur eux ; je ne les connais pas.

Elle retourna auprès de Connors, Peabody et McNab.

— On a fait une première passe sur la high-tech, lui annonça celui-ci. Rien de notable à ce stade. J'ai fait venir une équipe de la DDE pour emporter tout le matos. Vous voulez que j'examine ça de plus près ?

— Non. Nous allons nous rendre au domicile et au bureau de Blake. Peabody et vous vous chargerez du bureau, et le consultant et moi du domicile. De cette façon, chacune de nous sera accompagnée d'un expert informatique. Il y a un endroit pour faire atterrir ce fichu hélico près du bureau de Blake ?

Sachant qu'elle aurait mal réagi, peut-être même physiquement, à une tape sur les fesses, Connors se contenta de lui tapoter l'épaule.

— Il y a toujours un endroit, dit-il.

— Alors vous montez avec nous, dit-elle à McNab et Peabody. On vous rapprochera jusqu'à l'endroit en question.

— Un vol en hélico ! Youhou !

Peabody haussa les épaules devant le regard désapprobateur d'Eve.

— Vous saviez bien comment j'allais réagir.

— Reo s'occupe d'obtenir le mandat pour le matériel électronique. C'est toujours plus délicat dès qu'il s'agit d'un cabinet juridique mais nous avons plus d'indices qu'il n'en faut pour l'obtenir. D'ici là, fouillez tout le bureau mais ne touchez à aucun appareil ni aucun fichier.

— Compris.

— On en a terminé ici pour le moment, déclara Eve après un dernier coup d'œil au hall d'entrée. En route !

Durant le court trajet jusqu'à Manhattan, Eve maintint le contact par textos avec Reo et lut ce qu'elle pouvait du rapport de Baxter et Trueheart ainsi que des recherches de Peabody sur MacKensie et Downing.

— On voit mieux ce qui s'est passé maintenant qu'on sait où regarder. Elles ont toutes pris la même navette pour la commémoration d'Elsi Adderman, à l'aller comme au retour. Elles ont toutes versé une contribution à un centre d'accueil de victimes de viol. Ce ne sont pas les mêmes montants ni le même établissement, mais chacune d'elles a dépensé de l'argent pour la cause. Aucune d'elles n'a de relation sentimentale. Elles sont toutes passées par Yale, à l'exception de Downing. Et nous trouverons ce qui la relie à l'université. Toutes sauf Blake ont soit abandonné soit nettement dérapé durant leurs années d'études. Son dérapage à elle s'est produit plus tard, c'est comme ça que je le vois.

— Au centre d'accueil, Lipski a reconnu Su, Downing et MacKensie, ajouta Peabody.

— Et nous savons à présent que Blake a travaillé là-bas en tant que juriste. Si nous montrions le portrait d'Adderman à Lipski, elle la reconnaîtrait aussi.

C'est là qu'elles se sont trouvées, ou par le biais d'un groupe de soutien, avant ou après que les souvenirs ont commencé à leur revenir.

Elle se retourna comme Connors posait l'appareil sur le toit.

— Nous sommes à une ou deux rues du bureau, et deux rues de plus de l'appartement, annonça-t-il.

— Ça ira.

Eve émergea de l'appareil en se répétant qu'elle n'aurait plus qu'un trajet à faire ensuite, pour rentrer.

Fouettée par les bourrasques, elle se tourna vers Peabody et McNab tandis que Connors piratait le boîtier de la porte d'accès au toit.

— Attendez le mandat pour toucher aux appareils ! leur rappela-t-elle. On fait tout dans les règles. Quels que soient les sentiments qu'elles vous inspirent, ces femmes sont des tueuses en série et la dernière victime qu'elles peuvent espérer atteindre est d'ores et déjà entre leurs mains.

— Désolé pour tout à l'heure, dit McNab.

— Tout à l'heure quoi ? demanda Eve, ce qui le fit sourire comme ils s'engageaient à la queue leu leu dans l'escalier.

— S'il y a quelque chose à trouver, nous le trouverons, reprit-elle. Envoyez immédiatement un signal le cas échéant.

Une fois le groupe séparé en deux, elle se tassa sur elle-même pour se protéger du vent et frotta ses yeux fatigués.

— Je n'arrive pas à déterminer si elles vont le tuer rapidement ou faire durer les choses. Elles ne s'attendaient pas à tomber sur lui de cette façon. Pour elles, c'est un bonus. Vont-elles l'achever rapidement ou prendre le temps de savourer la chose ? Si elles agissent trop vite, nous n'aurons pas le temps de les arrêter.

— Si leur but était d'aller vite, vous auriez retrouvé son corps en même temps que celui de Betz.

— Oui, je me suis fait la même réflexion. Mais je m'interroge... À leur place, je me mettrais à calculer le temps dont je dispose, le risque associé. Si elles ne veulent pas être appréhendées, il faut qu'elles fassent vite et qu'elles dégagent.

— As-tu envisagé qu'elles se fichent de s'enfuir ?

— Oui. J'y ai pensé. Et ça pose un plus gros problème encore.

Elle contempla l'immeuble vers lequel ils se dirigeaient. Rien de très remarquable, mais du solide. Pas de portier mais un système de sécurité très correct selon son estimation. L'entrée qui donnait sur la rue se situait entre un restaurant thaï et un magasin de chaussures à bas prix.

Eve s'approcha de la porte et laissa Connors crocheter les serrures. Elle actionna ensuite son enregistreur.

— Jusqu'à ce que le mandat révisé nous parvienne, il s'agit simplement d'examiner les lieux. À moins, bien sûr, qu'elle soit sur place en train de manger des chips au soja devant la télé.

Elle ne s'arrêta pas devant l'étroite cabine d'ascenseur et opta pour les escaliers.

— Elle est au troisième.

— Je sais.

— C'est elle qui dispose de cet autre lieu, la chambre de torture. Pas ici, l'endroit n'est pas adapté à ça, mais elle a une autre propriété. Il va falloir creuser plus profondément. Aucune des autres n'a les moyens d'acheter ou de louer une seconde propriété. Je n'ai rien trouvé qui indique qu'elles aient pu hériter d'un lieu ni qu'elles possèdent assez d'argent pour en acheter ou en louer un.

La cage d'escalier était propre et bien éclairée, constata Eve. Et l'immeuble plutôt silencieux. Pas entièrement insonorisé toutefois, elle capta de vagues bruits de conversations depuis un appartement du premier étage. Puis les basses d'une fête en cours lorsqu'ils arrivèrent au deuxième.

Au troisième, elle frappa vivement à la porte de chez Blake. Elle patienta quelques instants puis frappa de nouveau en ajoutant :

— Grace Carter Blake, police !

À ces mots, la porte de l'autre côté du couloir s'entrouvrit.

— Elle n'est pas chez elle.

Eve pivota sur elle-même pour scruter la moitié d'un visage à la peau sombre et à l'œil suspicieux visible dans l'interstice. Elle présenta son insigne.

— Savez-vous où elle est ?

— Non, mais elle n'est pas rentrée de la journée. Je crois pas qu'elle était là hier soir non plus. Elle est peut-être partie en voyage.

— En voyage ?

— Elle avait des valises hier, et je l'ai vue emporter des trucs il y a deux ou trois jours. Plutôt trois. Elle a fermé son cabinet, d'après ce que m'a dit Mme Kolo. C'est la dame du premier qui m'a dit que le cabinet était fermé hier. Aujourd'hui aussi. Elle a des ennuis ?

— Je dois lui parler.

— En fait, elle n'était pas beaucoup dans les parages ces deux dernières semaines.

Eve sortit les portraits de Yancy.

— Avez-vous vu certaines de ces femmes ?

L'œil sombre s'étrécit et la porte s'ouvrit un peu plus.

— Je l'ai vue avec celle-ci, dit la voisine en tendant un doigt osseux vers Su.

— Ici ?

— Non, à l'épicerie. *Ginaro*, un peu plus bas dans la rue.

— Quand était-ce ?

— Je sais pas, la semaine dernière peut-être. Sûrement, même, parce que je faisais mes courses et que je dois y retourner demain. Elles achetaient un paquet de produits frais. Mais elles les ont pas rapportés ici parce que je les ai vues descendre la rue avec leurs sacs et tourner au coin.

— Elles ont marché vers le sud jusqu'au coin et ont tourné… vers l'ouest ?

— C'est ça. Si elle a des ennuis, elle n'en parle pas. Très discrète. Pas le genre à faire la fête comme ceux d'en-dessous. Je les entends rire et crier à travers mon plancher.

— Madame… ?

— Jackson.

— Madame Jackson, j'ai un mandat pour fouiller le domicile de Mme Blake. Nous allons à présent y entrer. Si vous le souhaitez, vous pouvez vous assurer que c'est légitime en appelant le standard du Central.

— Vous avez l'insigne, répondit-elle. Moi aussi, je sais me montrer discrète.

Sur ces mots, la porte se referma.

Eve se servit de son passe-partout pour désactiver les verrous, un modèle de base et deux autres du genre que la police recommandait aux citoyens soucieux de se protéger.

— Elle avait besoin de se sentir en sécurité à son domicile, murmura Eve. Police ! répéta-t-elle d'une voix forte. Nous entrons !

Comme c'était la règle, elle dégaina son arme et la brandit devant elle tandis que Connors ordonnait aux lumières de s'allumer.

« Un endroit modeste », songea immédiatement Eve.

Plutôt dépouillé, avec quelques beaux meubles dont un sofa en cuir que Blake avait très probablement acheté à l'époque où elle travaillait pour un grand cabinet.

Et en effet, elle avait emporté un certain nombre d'objets.

— Elle a décroché le tableau qui se trouvait sur ce mur : on voit que la peinture est légèrement décolorée et le crochet est toujours en place. Cinq contre un que c'était une toile de Downing. Il devrait y avoir une petite table ici, non ? Pourquoi y mettre un fauteuil sans table ? Rien pour poser son verre et aucune lampe à portée de main.

— Plus facile pour une femme d'emporter une petite table qu'un fauteuil.

— Exactement. Pas de photos, un bel écran mural, pas de désordre. On vérifie toutes les pièces.

Ils se séparèrent et progressèrent en parallèle, passant chaque lieu en revue : chambre à coucher et salle de bains attenante, kitchenette, petite chambre transformée en bureau… et à présent dénuée d'ordinateur ou de communicateur.

— Elle a emporté des vêtements, dit Eve en rengainant son arme. Ça se voit aux espaces vides dans son armoire. Et la salle de bains a été plus ou moins vidée. Aucun article de toilette ou de maquillage.

Elle ouvrit machinalement le tiroir d'une table de nuit.

— Vide.

Connors fit de même de l'autre côté du grand lit recouvert d'une simple couette blanche.

— Idem. Et c'est pareil pour l'autochef dans la cuisine. Même pas un bagel qui traîne.

— Elle a eu le temps de planifier son départ. Et elle disposait d'un endroit où emporter ce qu'elle voulait au fil du temps. Donc au moment de partir, elle a simplement emporté le reste de ce qui lui convenait encore. Ce sera la même chose dans son bureau. Elle aura emporté tous les appareils électroniques. Pour être sûre de ne prendre aucun risque. On vérifiera malgré tout mais ça me donne l'impression qu'elle a pris son temps, qu'elle s'est soigneusement préparée. Le genre de situation où l'on ne commet pas d'erreur.

— Si elle possède une autre résidence, on la trouvera.

Eve hocha la tête puis entama la fouille des lieux.

Le mandat pour l'examen de la high-tech leur parvint, même s'il ne se révéla guère utile. En quittant les lieux, ils marchèrent vers le sud puis tournèrent au coin de la rue, vers l'ouest.

— Le parking se trouve là-bas. Et ce n'est pas le genre à conserver ses vidéos de surveillance pendant une semaine. Allons quand même jeter un coup d'œil.

« Impasse après impasse », songea sombrement Eve.

Elle appela Peabody pour avoir des nouvelles du bureau. Aucun appareil sur place ni aucun dossier.

— Rentrez chez vous, ordonna Eve. Dormez un peu. Demandez à McNab de lancer une recherche sur le véhicule de Su. Incluez des variations des noms des cinq suspectes. Et des variations de tous leurs noms de famille. Demandez à l'ordinateur de vous réveiller en cas de résultat positif et appelez-moi s'il y en a un.

— Je ne veux pas jouer les mères poules, dit Connors en la serrant contre lui sur le chemin du retour, mais c'est du simple bon sens de dire que tu as besoin de repos.

— Ce qu'il me faut, c'est du café et un début de piste qui me permette de sortir de ces impasses. Nos recherches ont peut-être donné quelque chose pendant qu'on était sur le terrain.

— J'ai vérifié. Rien pour l'instant. Certaines prennent plus de temps que d'autres.

Mais Eve n'avait pas beaucoup de temps devant elle. Et Easterday, encore moins.

Une fois dans l'hélico, elle ferma les yeux. Si seulement elle pouvait chasser les idées parasites, peut-être qu'une nouvelle donnée lui apparaîtrait, quelque chose qu'elle avait raté ou mal évalué…

Elle refit surface quand Connors se pencha vers elle pour défaire son harnais de sécurité.

— Mon esprit s'est tiré pendant une minute, dit-elle.

— Parce que même si tu tiens à continuer, ton organisme a besoin de sommeil. Et le leur aussi, lui rappela-t-elle en lui passant un bras autour de la taille.

— Elles peuvent se relayer. Mais oui, d'accord, elles ont besoin de dormir, de manger, de parler entre elles.

Elle eut l'impression de marcher sous l'eau pour arriver jusqu'à la porte d'entrée et la chaleur accueillante de la maison.

— Elles ne le tueront pas ce soir. J'aurais dû m'en rendre compte. Tu avais raison. Si elles voulaient faire vite, elles l'auraient tué et auraient laissé sa dépouille sur place. Elles le détiennent à présent dans l'endroit prévu et elles ont besoin de dormir, de converser et de le faire payer. Le tuer, c'est la partie la plus facile. Le faire payer prendra du temps.

Connors la conduisit vers l'ascenseur plutôt que l'escalier, puis opta directement pour la chambre.

— Tu prendrais un cocktail relaxant pour apaiser mes soucis ?

— Ça fait des heures que je n'ai pas bu de café. Je suis assez relaxée comme ça. J'ai compris qu'il fallait que je dorme, sans quoi je devrais prendre un excitant, et je n'y tiens pas. Je vais rester au lit jusqu'à 5 heures. Où est le chat ?

— Avec Summerset, j'imagine, puisque nous étions absents. Tu veux qu'il dorme avec nous ?

Oui, bêtement, elle en avait envie. Mais pas au point d'envoyer Connors le chercher.

— Je me demandais où il était, c'est tout.

Elle se déshabilla, toujours avec cette impression d'évoluer sous l'eau. Depuis combien de temps étaitelle debout ? Elle n'aurait pas su le dire. Peu importait : elle allait se coucher pour quelques heures et s'y remettre avant l'aube. C'était le mieux qu'elle puisse faire.

Elle se glissa sous la couette, prête et désireuse de s'endormir, mais à l'instant où elle ferma les paupières – même avec le bras de Connors passé autour d'elle – son cerveau lui rejoua la vidéo du viol.

— Stevenson... Billy... Il n'a pas pu vivre avec la culpabilité et il s'est suicidé.

— Chut... Mets ça de côté pour l'instant.

— Je revois sans cesse le regard de la jeune fille, la terreur dans ses yeux.

Elle se retourna pour appuyer son visage contre l'épaule de Connors.

— Et ce moment où la terreur devient trop grande et qu'on n'a d'autre choix que de fuir. Rentrer en soi, se cacher ailleurs. Je sais ce que ça fait quand l'insupportable est atteint. Quand la douleur, la peur et la certitude que l'on ne peut rien empêcher deviennent insupportables. Et eux ont... savouré cette terreur. C'était ce qu'ils voulaient. Et c'est pour ça qu'ils ont continué, qu'ils se sont trouvé d'autres victimes, pour pouvoir revivre la gloire de leur foutue jeunesse. C'est ça, non ? Comme se rendre à une réunion d'anciens élèves et se remémorer l'époque où on était un cador sur le terrain de sport ou une vedette sur le campus.

— Il n'y a ni logique ni raison derrière leurs actions, Eve chérie. Ni la moindre humanité.

Il était si chaud, si solide, avec sa main qui lui caressait le dos comme pour apaiser et chasser ses sombres pensées. Eve se sentit néanmoins trembler intérieurement et des larmes qui ne résoudraient rien lui piquèrent les yeux.

Seigneur. Non. Elle n'allait pas de nouveau se laisser aller...

Elle releva la tête vers lui.

— Montre-moi, tu veux ? Rappelle-moi à quoi ressemble une véritable étreinte. Comment cela devrait toujours se passer.

— Tu es si fatiguée, murmura-t-il.

Elle releva de nouveau le menton et posa ses lèvres sur les siennes.

— Sois mon cocktail relaxant, dit-elle. Et je serai le tien.

23

Ils s'appartenaient mutuellement et le miracle de cette alliance conservait sa capacité à faire naître la lumière au cœur de l'obscurité.

Eve savait ce que cet acte physique pouvait signifier lorsqu'il était alimenté par la violence, par une quête de pouvoir, par le besoin, par la passion, par le désir. Et elle savait désormais, grâce à lui, ce qu'il signifiait lorsqu'il était issu de l'amour.

Cela l'avait sauvée.

Il se montra doux avec elle et elle douce avec lui, conscients que cette douceur leur était nécessaire à l'un comme à l'autre. De longs baisers silencieux, comme un baume sur une plaie, un remède pour leurs âmes battues jusqu'au sang.

La fatigue pesante laissa place à une sorte de délice cotonneux. Il s'offrait, elle s'offrait et ensemble ils trouveraient le réconfort.

Eve sentit des mains patientes courir sur sa peau pour la réchauffer à des endroits où le froid était si profondément ancré qu'elle n'aurait jamais pu l'atteindre seule. Les lèvres de Connors lui disaient, sans prononcer une parole, qu'elle était aimée. Sa bien-aimée.

Puis vinrent les mots, ces murmures en irlandais, telle une caresse sur l'indicible douleur.

Elle les lui rendit, fit courir ses doigts dans ses cheveux soyeux, puis le long de ses puissantes épaules. Elle voulait toucher, simplement toucher, ce miracle présent dans sa vie.

Ainsi tenue contre lui, bien au chaud dans le noir, elle sentit le délice cotonneux se changer graduellement en excitation rêveuse.

Elle lâcha prise… et Connors le perçut immédiatement, à l'instant même où toutes ses pensées obscures la quittèrent. Dans l'esprit d'Eve, dans son cœur, il n'y avait plus qu'eux deux.

En la sentant aussi enroulée autour de lui, à la fois dans l'offrande et la demande, lui aussi put lâcher prise. Seulement avec elle, seulement de cette manière. Seulement dans l'amour.

Seulement dans l'amour, avec le cœur d'Eve battant avec force sous ses lèvres, avec les ondulations de son corps athlétique et élancé. Et ses mains, si fortes et si pleines d'assurance, glissant contre les siennes.

Elle était une guerrière et le resterait toujours. Mais même une guerrière avait besoin que l'on prenne soin d'elle.

Il se glissa en elle, toujours avec douceur, et l'emplit en lui murmurant les mots qui battaient dans son propre cœur. Ils se balancèrent avec lenteur, chevauchant de longues et délicieuses vagues.

Et quand ces vagues se brisèrent enfin, elles se brisèrent dans un élan de beauté et de dévotion que ni elle ni lui n'avaient connu avec quelqu'un d'autre.

— Tu te sens prête à dormir maintenant ? demanda-t-il.

Elle laissa échapper un profond soupir.

— Je crois. Mais… restons encore un peu l'un contre l'autre, d'accord ?

— On va rester l'un contre l'autre, tous les deux.

Il la sentit de nouveau lâcher prise, pour s'abandonner au sommeil cette fois. Il resta allongé en silence pendant un petit moment, pour s'assurer qu'elle dormait sans être pourchassée par les ténèbres. Puis il s'autorisa à la suivre, en la gardant dans ses bras.

Elle s'éveilla dans l'obscurité, le cœur battant. Quelqu'un hurlait et elle avait peur que ce soit elle.

Connors la serra contre lui en lançant un chapelet de jurons.

— Tout va bien… Tout va bien, ce n'est que l'alarme.

— C'est… Quoi ? Il est 5 heures ?

— Non, il n'est même pas encore 4 heures. C'est le signal d'alarme en cas d'identification positive durant les recherches. Donne-moi juste une minute, je vais aller voir quel bazar a déclenché ça.

— T'as trouvé un truc. Lumière à vingt pour cent. T'as trouvé une piste !

— Laisse-moi aller voir, tu veux ?

Le tendre amant de la nuit passée avait disparu, remplacé par un homme très irrité et très fatigué. Il saisit le mini-ordinateur qu'il avait posé sur la table de nuit et le fusilla du regard.

— Prépare du café, grogna-t-il. Pour nous deux. Je ne vais pas me plonger là-dedans sans prendre d'abord un bon café. Et, oui, on a trouvé quelque chose. Laisse-moi voir de quoi il s'agit sur ce foutu terminal pour être sûr que ça mérite d'être tiré du lit comme ça.

Eve ne chercha pas à le contredire. Elle aurait bien aimé, mais son envie de café était plus forte encore. Et il était si rare de voir Connors fatigué et mal luné qu'elle pouvait bien lui accorder la minute qu'il demandait avant de revenir à la charge.

— La voilà. On la tient. Oh, c'est une petite maligne, celle-là, et je parie qu'elle s'est fait aider pour ça. Mais on la tient.

— Quoi ? Dis-moi ce que c'est ou je vide le café dans l'évier !

— Une adresse. File-moi ce satané café.

Il s'empara de la tasse encore brûlante et en vida la moitié d'un trait.

— Une adresse qui, si je ne me trompe pas, se trouve à deux rues à peine du Central, précisa-t-il. Je vais avoir besoin d'un café et d'une douche, et pas à l'eau bouillante. L'hélico est toujours dehors et on peut y être en quelques minutes.

— Il faut d'abord que je coordonne l'action.

— Fais ce que tu as à faire, moi, je vais prendre une douche. Assez fraîche pour me remettre les idées en place.

— Donne-moi ça, dit-elle en lui prenant le mini-ordinateur des mains. Et va !

Elle lut l'adresse. Il avait raison. Assez proche du Central pour qu'un flic ayant fait un peu de base-ball puisse y lancer un caillou depuis la fenêtre de son bureau.

Elle appela Peabody puis se souvint qu'elle était nue et coupa la vidéo.

— Ici Peabody… répondit une voix traînante et étouffée.

— Nous avons une adresse. Rendez-vous au Central. J'y serai dans le quart d'heure qui vient. Appelez Baxter. Je veux qu'il soit là, ainsi que Trueheart. Et l'agent Carmichael. C'est noté ?

— Oui. Compris. C'est noté.

— Amenez McNab s'il veut en être. Et que Carmichael réquisitionne trois agents supplémentaires. On se bouge, Peabody !

— Je suis levée. Je me bouge, je vais passer les appels.

Eve raccrocha. Elle s'occuperait du reste pendant le trajet. Pour l'heure, elle fonça vers la salle de bains et, prenant son courage à deux mains, entra dans la cabine de douche.

Cette fois, le cri qu'elle entendit provenait bien de sa gorge.

— Bordel, mais c'est gelé !

— Je l'ai réglé sur exactement trente-deux degrés.

Parce que Connors paraissait avoir retrouvé ses esprits, et s'amusait de la situation, elle lui lança un sourire carnassier.

— Sors de là parce que ça va remonter jusqu'à trente-huit. J'en ai pour deux minutes.

Il la laissa face au jet d'eau pour aller prendre une serviette et entendit son gémissement soulagé après avoir remonté le thermostat sur trente-huit degrés.

Deux minutes plus tard, elle revint dans la chambre, séchée mais toujours nue, et plongea dans son dressing.

Lorsqu'elle ressortit, un pantalon à la main, Connors avait déjà enfilé le sien, ainsi qu'un pull noir. Il glissa un petit pistolet de secours dans l'étui sanglé à sa cheville.

— Je ne veux pas voir cette arme sauf si quelqu'un en pointe une sur toi, lui dit-elle.

Elle enfila un pull noir pris au hasard puis endossa son harnais réglementaire. Elle se munit elle aussi d'un pistolet de secours puis chaussa ses bottes.

— Je vais avoir besoin des plans architecturaux de l'immeuble pour mettre l'opération en place. Il faut aller vite.

— Je peux soit y accéder, soit piloter l'hélico. Qu'est-ce que tu préfères ?

— Merde. Explique-moi comment accéder aux plans, la manière la plus rapide.

Elle saisit son manteau et lui lança le sien.

— Manteaux magiques, mon gars. Elles seront armées et notre intrusion ne va pas leur plaire.

Pour gagner du temps, elle se tourna vers l'ascenseur.

— Quels effectifs tu as prévus ? lui demanda-t-il.

— Peabody, McNab, Baxter, Trueheart, l'agent Carmichael et trois autres de son choix. Je pourrais rassembler plus de monde mais il faut déjà que je voie le bâtiment, que je m'en fasse une idée. On va y placer des yeux et des oreilles. Tu pourras nous aider pour ça. Je n'ai pas envie de tirer Feeney du lit.

— Tu peux être sûre que lui voudrait que tu le fasses, et qu'il sera en rogne si tu ne le fais pas.

— Mince...

Au moment de quitter la maison, elle décida d'appeler son ancien coéquipier. Pas par communicateur, par radio. C'était plus officiel. Si Feeney dormait pendant la diffusion de l'appel, elle ne serait pas en faute.

Elle fit au plus vite, enregistra un bref message vocal qu'elle termina tout en s'attachant sur le siège de l'hélicoptère.

— À cette heure, ce serait presque aussi rapide par la route.

— L'hélico est là et prêt à décoller.

Il s'éleva à une vitesse telle qu'Eve eut l'impression que son pauvre estomac était resté cloué au sol. Mais elle serra les dents et contacta le policier de garde pour le prévenir qu'elle arrivait par les airs, dans un appareil civil. Sa radio émit un bip avant qu'elle ait terminé son appel.

Feeney avait laissé son propre message.

Je suis en route.

— Comment on fait pour accéder aux plans ?

Tout en survolant les immeubles, Connors la guida pas à pas en employant le vocabulaire le plus simple possible.

— Ça n'a pas l'air tout à fait légal.

— Disons qu'on est dans une zone de flou.

Elle émit un grognement mais suivit ses instructions jusqu'à avoir sous les yeux le plan détaillé d'un immeuble doté d'un étage et d'un grand sous-sol.

— C'est là qu'elles le séquestrent, marmonna-t-elle.

Elle scruta attentivement la disposition des lieux, les portes d'accès et de sortie, pour poser les bases de l'intervention à venir.

Connors atterrit, avec quelques cahots, sur l'hélipad. Eve sauta à terre au milieu des bourrasques glacées. Elle leur ouvrit la porte d'accès au toit et s'engouffra en hâte dans l'ascenseur.

— C'est un immeuble en coin de rue. Grosse valeur immobilière. Des portes en façade, à l'arrière, sur le flanc. Il y a un sous-sol et je te parie ce que tu voudras que c'est là qu'elles ont installé leur chambre de torture. Impossible d'accéder au sous-sol depuis l'extérieur, donc il faudra passer par le rez-de-chaussée.

— Elles vous entendront arriver.

— Possible, mais si ma maison était équipée d'une chambre de torture... Rassure-moi : ce n'est pas le cas ?

— Non. Peut-être que Charmaine pourra nous en concevoir une.

— Ha, ha. Bref, si j'avais une salle de torture, elle serait entièrement insonorisée.

À peine arrivée à son étage, elle bondit hors de l'ascenseur.

— Je vais réquisitionner une salle de réunion. T'as envie d'être un héros ?

— Ton héros, Eve chérie ? Chaque jour.

— Ha ! Aide-moi à transférer le tableau depuis mon bureau. Et programme-moi une bassine de vrai café. Il faut que je puisse projeter ces plans d'architecte sur l'écran pour les examiner en détail. Peabody devrait arriver vite, mais pas suffisamment.

— Votre salle de réunion n'est pas équipée d'un tableau numérique ?

Eve laissa échapper un sifflement agacé.

— Je déteste ces trucs... Mais t'as raison, ça ira plus vite.

— Ah, toi et la technologie !

Cette fois, il s'autorisa une tape sur les fesses d'Eve.

— Tu n'as qu'à programmer le café, je m'occuperai de transférer tes données. Tu pourras ensuite les afficher là où tu voudras. Dans quelle salle ?

Elle ouvrit une porte à la volée et vit que la pièce était vide.

— Celle-ci, dit-elle.

Une fois dans son bureau, elle fonça vers l'autochef pendant que Connors s'installait à son bureau. Ne disposant pas d'une authentique bassine, elle fit quelques calculs et programma trois grandes cafetières. Cela devrait leur permettre de tenir le coup.

— Tableau numérique ou pas, maugréa-t-elle en glissant les portraits de Yancy dans une chemise. Je vais commencer à tout installer, annonça-t-elle. Tu pourras peut-être apporter le reste du café.

Elle sortit à grands pas sans attendre de réponse.

Arrivée dans la salle de réunion, elle lança un regard mauvais à l'ordinateur.

— Activation du tableau numérique.

— *Vous n'avez pas réservé l'usage de cette salle ou l'équipement associé pour cet horaire.*

— Va te faire voir. Dallas, lieutenant Eve. Réserve-moi ça tout de suite, merde !

— *L'usage de grossièretés n'est pas...*

— Je vais te défoncer à coups de marteau et piétiner tes morceaux jusqu'à les réduire en poussière. Puis j'y ficherai le feu. Réserve cette salle et son équipement pour cet horaire au nom de Dallas, lieutenant Eve !

Elle plaqua son insigne sur le scanner.

— Scanne-moi ça. Tout de suite, ou je te jure que tu seras au fond du recycleur dans moins de deux minutes.

— *Pièce d'identité scannée et confirmée. Cette salle et l'équipement associé sont enregistrés au nom de Dallas, lieutenant Eve.*

— Il était temps ! Active-moi ce foutu tableau numérique.

— *Le tableau est désormais activé. Les grossièretés sont contraires aux règles et doivent être signalées.*

— Va te faire voir, j'ai dit. Affiche-moi toutes les données actuellement transférées depuis mon terminal de bureau.

Les images apparurent. Sans plus prêter attention à la voix monocorde de l'ordinateur qui l'informait des règles d'utilisation et de ses infractions en la matière, elle tâcha de réorganiser les choses selon ses besoins.

— Active l'écran mural.

Sourcils froncés, elle contempla son mini-ordinateur, l'ordinateur, l'écran puis entama la procédure complexe – pour elle – du transfert alors même que Connors entrait, deux grands thermos de café entre les mains.

— Épargne la carte mère de ce pauvre ordinateur et transfère les plans de l'immeuble sur l'écran mural. Je m'occupe de ton café.

Elle eut à peine le temps de saisir le thermos que les données s'affichèrent. Elle repoussa le café vers Connors.

— Je dois me concentrer là-dessus, dit-elle.

Pendant qu'il remplissait leurs mugs, Eve s'approcha de l'écran, les mains dans les poches du manteau qu'elle n'avait toujours pas retiré, inhabituellement silencieuse.

« Comme un général contemplant le champ de bataille », se dit Connors.

Il ne dit rien et se contenta de lui tendre son mug. Il patienta jusqu'à ce qu'elle hoche enfin la tête.

— OK, dit-elle.

Elle se retourna en entendant le claquement des bottes de Peabody et le pas sautillant de McNab.

Tous deux avaient l'air un peu hagard mais ils humaient l'air tels des chiens de chasse sur la piste d'une proie.

— C'est du vrai café que je sens ? demanda Peabody.

— Servez-vous. Voici l'immeuble. Il est à deux rues d'ici.

McNab pencha sur le côté sa tête couverte d'un autre bonnet rayé vert et bleu.

— Ben ça ! Comment vous lui avez mis le grappin dessus ?

— Factures, répondit Connors. L'immeuble lui-même ? Sa vraie propriétaire se cachait derrière deux sociétés écrans, le tout enregistré au nom de l'arrière-grand-mère de Grace Blake. Sous son nom de jeune fille, en plus. L'acte de propriété est en fidéicommis vu qu'elle est décédée. Le fidéicommis lui-même étant...

— On parlera de tout ça plus tard, ordonna Eve.

— Bref, elle a fait preuve de beaucoup de ruse et ça méritera d'en discuter, mais elle a été trahie par le paiement de la facture de chauffage et autres charges. Toujours pas à son nom, bien sûr, sans quoi je l'aurais trouvée avant, mais à celui de l'arrière-grand-mère, Elizabeth Haversham, née Pawter. Les factures étaient établies au nom de Beth Pawter, donc le lien n'était pas évident à faire.

Il lança un coup d'œil à Eve qui avait reporté son attention sur l'écran.

— Elle dispose d'un compte à ce nom, si ça t'intéresse, auprès d'une maison de courtage dans l'Iowa, là où vivait Elizabeth Pawter Haversham. Bien garni, le compte, même avec le coût de la propriété et les dépenses associées. Jusqu'à l'année dernière, la location du lieu a rapporté un bon revenu régulier à feu Mme Pawter.

— Parce qu'elle a commencé à planifier l'usage qu'elle en ferait, dit Eve sans détourner les yeux de l'écran. Elle a rencontré au moins l'une des autres, découvert les similitudes dans leur passé, et c'est là que ça a commencé.

L'agent Carmichael arriva ensuite, accompagné de trois autres hommes en uniforme. Baxter et Trueheart débarquèrent peu après.

Feeney fit son entrée juste avant qu'ils aient bu tout le café.

— Vous avez intérêt à m'en avoir laissé un peu, grommela-t-il.

Il piqua le mug que McNab venait juste de remplir pour être sûr d'avoir sa dose.

— C'est la cible ? demanda-t-il ensuite.

— C'est bien elle. Et voici comment on va procéder.

Le plan fonctionnerait, se dit Eve en détaillant le minutage de l'opération et les précautions à prendre en cas d'imprévu. En s'attaquant à la cible avant l'aube, ils prendraient les tueuses par surprise... et sans doute au dépourvu.

Elle fronça les sourcils en voyant Connors quitter la pièce alors qu'elle discutait des positions de chacun avec Baxter et Trueheart. Lorsqu'elle lança un nouveau coup d'œil vers la porte, ce fut pour le voir revenir, les bras chargés de plusieurs boîtes de viennoiseries.

Tous les flics dans la pièce captèrent les effluves de levure et de sucre.

Elle aurait dû s'en douter.

— Les donuts tiennent peut-être du cliché, mais ils font bien leur boulot, non ? demanda Connors en posant les boîtes sur la table. Exactement comme vous tous.

Il décocha un sourire fugace à Eve tandis que les mains se tendaient pour s'emparer des beignets et donuts fourrés à la confiture ou glacés au miel.

— Mangez-moi ça vite fait et mettez-vous en tenue, ordonna-t-elle. Feeney, le roi des donuts te prêtera main-forte. Peabody, Baxter, Trueheart, avec moi. Carmichael, emmenez vos hommes jusqu'à la zone de pré-opération. On y va dans la discrétion.

Elle gratifia Connors d'un long regard inexpressif quand il lui offrit un donut.

— Bavarois avec des vermicelles, dit-il. Réjouis-toi que le porridge soit trop long à préparer et ne puisse pas se manger en chemin.

Il marquait un point. Elle prit le donut puis, suivant ses propres instructions, le dévora en quelques bouchées et se mit en tenue.

New York ne dormait jamais mais, à 5 heures du matin passées de quelques minutes, la ville connaissait une brève accalmie. Les travailleurs de nuit avaient encore un peu de temps à tirer et ceux qui œuvraient de jour avaient encore la tête dans l'oreiller. Les CL des rues avaient fermé boutique et ceux et celles qui se trouvaient plus haut dans la chaîne alimentaire dormaient dans leur propre lit ou celui de leurs clients, en fonction de l'accord de paiement passé avec eux.

Les magasins étaient éteints et même ceux qui restaient ouverts vingt-quatre heures sur vingt-quatre fonctionnaient au ralenti.

Barricader le pâté de maisons autour d'un immeuble spécifique pouvait se faire de manière rapide et discrète, en ne causant que quelques brefs remous dans l'air glacé.

L'immeuble concerné demeura plongé dans le noir.

Eve avait soigneusement préparé les différentes étapes, le positionnement de chacun et le choix des divers partenaires. À présent, toute l'équipe se mouvait dans l'obscurité, aussi silencieuse qu'une ombre.

Baxter et Trueheart se tenaient près de la porte latérale, McNab et Peabody à l'avant. Eve elle-même avait opté pour la porte de derrière – la plus proche de l'accès au sous-sol et celle vers laquelle son instinct la dirigeait – en compagnie de Connors.

La voix de Feeney résonna dans son écouteur.

— Feu vert pour les yeux et les oreilles.

À côté d'elle, Connors se mit au travail sur son portable et McNab leur indiqua qu'il faisait de même.

Elle ne prêta pas attention au jargon technique des échanges radio entre les trois hommes. Elle n'avait qu'une idée en tête :

« Montrez-moi où elles sont. C'est tout ce que je demande. »

— Détection de sources de chaleur.

Eve étrécit les yeux ; elle était presque certaine que Feeney mâchait un donut tout en coordonnant leur action.

— Deux au premier étage, trois au sous-sol. Vous les avez ?

— Oui, répondit Connors.

— Affirmatif, dit McNab.

Connors fit passer un fil fin comme un cheveu sous la porte puis pianota sur son portable.

— Tout est calme de notre côté.

— Ici aussi, répondit McNab. Je capte des mouvements au sous-sol.

— Reçu, dit Feeney. Un sujet debout en face d'un autre. Le troisième se déplace vers l'est. Il vient de s'arrêter.

— Elles se relaient, constata Eve avec un hochement de tête. Deux en haut qui se reposent. Deux en bas pour travailler Easterday au corps. Il est toujours vivant. Peabody, McNab, à mon signal, prenez l'escalier vers l'étage. Baxter et Trueheart, action rapide et efficace, comme prévu. Carmichael ?

— En position, lieutenant.

Elle fit un signe de tête à Connors. Avec des gestes vifs et efficaces, il s'attaqua aux serrures et à l'alarme à laquelle celles-ci étaient reliées. Les autres équipes se serviraient de béliers : rapides et bruyants.

— La voie est libre, lui dit-il.

— Nous allons entrer. Restez en position.

Comme Connors ouvrait silencieusement la porte, elle entra en position accroupie et balaya l'air de son arme et de sa lampe torche.

Une grande cuisine. Déserte et plongée dans l'obscurité. La porte donnant sur le sous-sol se trouvait pile en face d'elle. Fermée.

— Nous sommes à l'intérieur. Feeney.

— Aucun mouvement à l'étage. Les trois se sont regroupés au sous-sol, au centre de la pièce principale. Vous êtes juste au-dessus d'eux.

Elle s'approcha de la porte et tourna lentement la poignée. Une fois la porte ouverte, des cris, des sanglots et des éclats de voix leur parvinrent.

— À toutes les équipes. Lancez l'assaut. Lancez l'assaut.

Elle descendit les marches, le canon pointé devant elle, accompagnée par les hurlements aigus d'Easterday. Il avait les bras attachés à un système de poulies et de crochets installé au plafond. Son corps était couvert de contusions, de brûlures, de sueur et de sang. Charity Downing, seulement vêtue d'un débardeur et d'un short de sport, brandissait une matraque plombée. Lydia Su, grimaçante, criait :

— Plus fort ! Qu'il le sente bien passer.

— Police ! Mains en l'air. Maintenant. Maintenant !

Alors qu'Eve lançait cet ordre, le fracas des portes enfoncées et de l'alarme qui se déclenchait retentit. Contrairement à l'escalier, la salle du sous-sol était brillamment éclairée. Su pivota dans la lumière en se servant du corps d'Easterday comme d'un bouclier.

— On n'a pas fini ! On n'a pas fini !

Eve esquiva le tir imprécis du pistolet paralysant et, sautant au bas des dernières marches, riposta en balayant la pièce d'une décharge de faible intensité.

— C'est fini. Vous êtes encerclées. C'est terminé.

— Non ! s'écria Su en pointant son pistolet paralysant sur Easterday.

Eve n'avait pas le choix : elle abattit Su alors même que Downing laissait sa matraque retomber au sol, les mains en l'air.

— Je vous en prie, non. Je vous en prie. Ne lui faites pas de mal. Lydia ! Lydia !

Downing s'agenouilla et prit Su dans ses bras.

— Arrête. Arrête. Souviens-toi de ce que Grace nous a dit.

Sonnée par la décharge paralysante, Lydia fut prise de tremblements.

— Pas fini…

— Il nous faut un médecin, une ambulance ! Baxter, menottez ces deux-là.

Baxter dévala le reste de l'escalier.

— Je m'en occupe, lieutenant.

— Peabody !

— On a Blake et MacKensie. L'étage est sécurisé.

Eve se tourna vers Easterday, dont le corps était secoué de sanglots.

— À l'aide. Aidez-moi !

— Je parie que c'est ce qu'elles disaient, murmura Eve.

Elle rengaina néanmoins son arme.

— Connors, aide-moi à le descendre.

— Elles m'ont fait du mal…

— Vous êtes en vie, répondit-elle sur un ton dénué de toute compassion.

Il était vivant, se dit-elle alors qu'ils l'abaissaient jusqu'au sol. Elle avait accompli sa mission.

— Placez les femmes en détention, dit-elle à Baxter. Veillez bien à les séparer.

Su, toujours sous l'effet de la décharge, lui lança un regard de haine embrumé de larmes.

— Il mérite de mourir… Ils méritaient tous la mort.

— Ce n'est pas à vous d'en décider. Emmenez-les, Baxter.

Elle baissa les yeux vers Easterday qui gisait au sol en gémissant.

— Les secours médicaux arrivent.

— Elles ont tué Fred. Elles m'ont forcé à regarder.

Elle ne dit rien quand Connors s'empara d'une couverture sur un sofa pour en recouvrir l'homme nu et tremblant. Mais elle pensa : « Ça te plaît de regarder. »

Elle s'accroupit et plongea son regard dans ses yeux aux paupières violacées et enflées.

— Je recevrai votre déclaration détaillée une fois que vous aurez reçu des soins médicaux mais pour le moment, Marshall Easterday, vous êtes en état d'arrestation pour de multiples chefs d'accusation de séquestration, viol, agression sexuelle et complot en vue de commettre un viol.

— Vous ne pouvez pas... Vous ne...

— Et pourtant si.

Elle s'écarta pour laisser passer l'équipe médicale, mais en retint un par le bras.

— Cet homme est en état d'arrestation. Il devra être menotté durant le transport, et le rester. Un agent en civil l'escortera sur toute la durée du trajet en ambulance et demeurera auprès de lui en permanence. Compris ?

— Reçu. D'ici là, mieux vaudrait nous laisser faire pour qu'il soit suffisamment stable pour être transporté. Il a l'air mal en point.

— Soignez-le bien, leur dit Eve.

Ils se mirent immédiatement au travail pendant qu'elle récitait le code Miranda révisé à Easterday.

— Nos deux suspectes sont en route pour leur cellule, annonça Baxter en revenant auprès d'Eve. Les deux autres sont sur le point d'être transférées. Elles n'ont pas causé de soucis à nos hommes. Et lui ?

— Je l'ai informé de ses droits. Je vais demander à Carmichael de sélectionner un agent chargé de le suivre comme son ombre.

Elle tendit ses menottes à Baxter.

— Attachez-le au brancard quand ils l'y installeront. Je dois aller parler au reste de l'équipe.

— Je m'en occupe. Quel endroit... ajouta-t-il alors qu'elle se retournait.

— Comme vous dites.

C'était une réplique de la salle visible sur l'enregistrement. Certains éléments avaient été modernisés, d'autres ajoutés, mais la Confrérie avait sans doute fait de même. Elles avaient transporté ces hommes au cœur même du cauchemar et retourné celui-ci contre eux.

Ces femmes, se dit-elle, avaient apporté leur passé avec elles.

Elle monta à l'étage et vit Peabody au côté de MacKensie et d'une femme qu'elle reconnut comme étant Grace Carter Blake.

— Vous ne savez pas ce qu'ils nous ont fait, lâcha MacKensie d'une voix tremblante. Vous ne savez pas ce qu'ils ont fait de nous...

— C'est bon, ça va aller, lui dit Blake pour la consoler.

Vêtue du manteau qu'elle portait sur la vidéo de la caméra de sécurité de chez Su par-dessus un simple pyjama blanc, elle restait debout, les épaules bien droites malgré l'épuisement qui se lisait dans son regard.

— Il faut qu'elle sache. Ils nous ont détruites. Ils nous ont volé nos vies !

— Vous aurez l'occasion de tout me raconter, assura Eve. Peabody, vous les avez informées de leurs droits ?

— C'est fait. Je peux les escorter jusqu'au Central.

— Non, je vais avoir besoin de vous ailleurs. Faites-les transférer. Nous nous parlerons plus tard, dit-elle aux deux femmes.

— Nous demanderons à être assistées d'un avocat, dit Blake.

— Si c'est votre souhait.

— Vous ne comprenez pas… reprit MacKensie, mais Blake l'interrompit.

— Pas maintenant, Carlee. Pas sans avocat.

Elle planta son regard dans celui d'Eve.

— Nous ne dirons rien sans la présence d'un avocat. Et comme j'en suis une, j'assumerai ce rôle jusqu'à ce que nous soyons en mesure d'en contacter un autre.

— Non, vous ne ferez pas ça. Si vous êtes avocate et pas complètement idiote, vous avez conscience d'être en état d'arrestation pour tentative d'assassinat, entre autres chefs d'accusation, tous en lien avec les autres suspects. Un conflit d'intérêts qui vous interdit de jouer le rôle d'avocate, excepté pour vous-même. Faites-les transférer, Peabody.

Elle se frotta les yeux puis sortit son communicateur.

Blottie sous sa couette mais visible à l'image, Reo garda les paupières closes.

— Laissez-moi deviner… Un autre mandat ?

— Je viens de mettre fin aux agissements du groupe de meurtrières, ainsi que de la confrérie des violeurs, au travers de cinq arrestations.

Reo ouvrit grand les yeux.

— Je pense que vous aurez envie de prévenir votre patron, lui dit Eve. Et de me retrouver à l'hôpital Saint-Albon où je vais interroger Marshall Easterday.

Elle raccrocha et, pivotant sur elle-même, faillit se cogner contre Connors.

— Ne t'embête pas à me demander, dit-elle en anticipant ce qu'il s'apprêtait à dire. Je vais bien. Il faut que je termine tout ça et ça va prendre un bout de temps. Ceci dit, ta présence et ton fichu hélicoptère me seront sûrement utiles plus tard. Ce ne sera pas terminé avant que j'aie vu la maison de la Confrérie. On ne devrait plus avoir trop de mal à la trouver maintenant.

— Aucun mal, même. On a reçu une identification positive pendant l'assaut sur l'immeuble. Et la recherche de McNab sur la camionnette a également abouti.

— Ça tombe bien. Alors… je peux t'appeler pour faire le trajet par la suite ?

— Bien sûr. Je me libérerai, dès que tu seras prête.

— Ne me serre pas dans tes bras…

Ça aussi, elle l'avait anticipé.

— Tu n'auras qu'à faire comme si tu l'avais fait, et je ferai pareil. J'aurais sans doute grand plaisir à me blottir vraiment contre toi une fois que tout ceci sera terminé.

Il se contenta de passer le doigt sur la fossette du menton d'Eve.

— Je me libérerai pour ça aussi… Je vous laisse travailler, lieutenant.

— Merci pour ton aide.

Elle renonça à une attitude strictement professionnelle le temps de lui prendre la main.

— J'apprécie vraiment, ajouta-t-elle.

Une fois Connors parti, elle prit quelques instants pour rassembler ses esprits, puis se remit au travail.

Moins d'une heure plus tard, elle se retrouva en compagnie de Peabody et Reo dans la suite hospitalière d'Easterday. Aux yeux d'Eve, celui-ci semblait en meilleure forme qu'il ne méritait de l'être.

— Comment pouvez-vous me faire ça ? se plaignit-il en levant son bras menotté au montant du lit. Ces femmes ont assassiné mes amis, les ont torturés, m'ont torturé. Elles… Elles m'ont obligé à regarder pendant qu'elles… ce qu'elles ont fait à Freddy.

— Elles devront faire face aux conséquences de leurs actes. Mais nous sommes ici pour parler de vous, et de votre confrérie. Nous sommes ici pour parler de ce que vous et vos *frères* avez commencé il y a quarante-neuf ans.

— Je ne sais pas de quoi vous parlez. Ces femmes…

— Nous avons la vidéo du premier viol. Elle s'appelle Tara Daniels.

Bénis soient les talents de Harvo.

— Vous vous rappelez d'elle ? demanda Eve.

— Je n'ai aucune idée de ce dont vous parlez. Je ne connais personne de ce nom.

— Et on prétend qu'on se souvient toujours de sa première fois, siffla Eve d'une voix chargée de dégoût. Betz a tout enregistré et conservé le vieux disque d'origine, ainsi que des trophées prélevés par la suite sur chacune des victimes, dans un coffre de sa banque dans le Bronx.

En voyant l'éclair de surprise passer dans les yeux d'Easterday, Eve comprit qu'il ignorait l'existence de ce coffre.

— À l'heure où nous parlons, nous sommes en train d'identifier l'ensemble des victimes grâce à leur ADN. Vous êtes encore en vie, Easterday, parce que nous vous avons retrouvé à temps, alors même que vous avez préféré fuir plutôt que répondre de vos actes.

— Vous vous trompez ! Vous vous trompez complètement. Je veux…

Eve se pencha tout près de son visage contusionné.

— J'ai les preuves, souffla-t-elle. J'ai visionné la vidéo. Je vous ai vu violer Tara Daniels, puis regarder, en buvant et en riant, tandis que vos amis la violaient à leur tour. J'ai vu Frederick Betz lui planter une seringue dans le bras pour que vous puissiez tous faire comme si elle vous désirait.

» Vous voulez voir ? Je peux faire en sorte de la faire diffuser ici même, sur l'écran de la chambre.

— Non. Non. Je… Vous ne comprenez pas.

— Éclairez-moi.

— Nous étions... On était jeunes, et sous le coup d'une telle pression... Il fallait trouver un moyen de se défouler. Nous n'avions pas le droit de sortir de la zone sécurisée sans autorisation. Et elle... elle... elle jouait à nous provoquer, à nous allumer. Elle était soûle et elle avait déjà couché avec Edward. Et puis elle m'avait aguiché.

— Donc elle l'avait cherché ?

— Il disait... C'était une autre époque.

— Une autre époque où il était acceptable d'attacher une femme, de la gifler, de la violer à plusieurs et de lui injecter de la drogue sans son consentement ? Et puis... Comment disiez-vous ça ? Oui, une fois votre affaire terminée, après avoir tous abusé plusieurs fois d'elle de toutes les manières possibles, il était acceptable de « nettoyer la cochonne » avant de l'abandonner quelque part sur le campus ?

— Nous avions trop bu, avança-t-il en guise de justification. On subissait une telle pression. Elle ne se souviendrait de rien. Quel mal ça a pu faire, finalement ?

Cette fois, ce fut Peabody qui se rapprocha.

— Mais elles se sont souvenues ! dit-elle. Elsi Lee Adderman s'est souvenue et c'était une telle torture qu'elle s'est suicidée.

— Qui ? Je ne sais pas de qui vous parlez.

— Oh, rien que l'une de vos quarante-neuf victimes, répondit Eve. Espèce de raclure indigne du nom d'être humain. De quel droit avez-vous pu faire ça ?

— C'était une tradition ! Une inoffensive petite nuit par an. Nous ne leur avons jamais fait de mal. Ce n'était que du sexe. Une sorte de coutume, vous comprenez ? Quelque chose que nous partagions.

— J'imagine que Billy a dû cesser de voir les choses ainsi. Comme Elsi, il n'a pas été capable de vivre avec.

— Je... Cela nous liait les uns aux autres. Ça nous portait chance. Nous avons tous connu le succès.

Nous avons tous laissé notre empreinte sur le monde. Nous avons survécu à cette époque terrible et marqué notre temps. Ce n'était qu'une nuit par an.

— Vous avez violé quarante-neuf femmes.

— Ce n'était pas du viol ! Seulement du sexe, une tradition. C'était...

— Vous les avez droguées ?

— C'était seulement...

— Les avez-vous droguées, oui ou non ?

— Oui, oui, mais seulement parce que ça facilitait les choses. Pour elles. Pour elles ! s'empressa-t-il d'ajouter.

— Les avez-vous attachées ?

— Oui, mais... Comme une manière de rendre les choses plus excitantes. Pour elles, ça aussi.

— Ces femmes vous ont-elles dit d'arrêter ? Ont-elles dit non ?

— Seulement au début du... C'était comme un rituel. Et nous les choisissions avec soin. Être sélectionnée était un honneur.

Elle lut la panique dans son regard à l'écoute de ses propres mots.

— Se faire violer est un honneur ?

— C'était du sexe, pas du viol.

— Continuez à vous raconter ça si ça vous chante. Vous les avez droguées, vous les avez attachées, vous les avez prises de force alors qu'elles vous suppliaient d'arrêter. Vous pourriez bien vous retrouver dans la même situation une fois en prison pour le restant de vos jours. Et nous verrons si vous estimez que ce n'est « que du sexe ».

— Vous ne pouvez pas m'envoyer en prison. Savez-vous bien qui je suis ?

— Je sais exactement qui vous êtes.

Furieux, il tenta de se redresser brusquement, ce qui fit tinter les menottes.

— Vous travaillez pour moi ! s'emporta-t-il. Pour des hommes tels que moi.

— Je travaille pour la ville de New York, et je mets des gens tels que vous derrière les barreaux. En temps normal j'aime mon travail, mais à cet instant précis je l'adore.

— Ces femmes sont des criminelles ! Des meurtrières. Elles sont folles. Elles m'ont roué de coups et brûlé sur tout le corps !

— Oh, nous veillerons à ce que le personnel médical vous soigne avant de vous envoyer en prison. Vous et le dernier de vos frères, Ethan MacNamee, qui est en cours d'extradition à cette heure, aurez bientôt tout le temps nécessaire pour réfléchir à vos traditions. Vous avez tout ce qu'il vous faut, Reo ?

— Et même plus. Monsieur Easterday, vous venez d'avouer, de manière officielle et après avoir été informé de vos droits, avoir commis plusieurs viols.

— Non ! Ce n'était pas du viol. Je ne faisais que vous expliquer.

Des larmes coulaient à présent sur les joues d'Easterday.

— Je ne veux plus vous parler. J'ai été blessé. Je n'ai rien de plus à dire.

— C'est votre droit, répondit Reo d'une voix tranquille. Cependant, M. MacNamee a beaucoup à raconter, lui. Et s'il continue, une fois qu'il pourra s'adresser directement au lieutenant Dallas, c'est lui qui bénéficiera de l'accord que j'étais sur le point de vous proposer.

— Quel accord ? demanda Eve, en feignant l'indignation.

— Je ne fais que mon travail, lieutenant. Et une partie de celui-ci consiste à faire économiser à cette ville le temps et les dépenses associés à un procès qui pourrait se révéler long et éprouvant. Mais puisque M. Easterday a choisi d'exercer son droit au silence…

— Je veux connaître les termes, dit-il.

Reo reporta son attention sur lui et hocha la tête.

— Très bien. Lieutenant, inspecteur, si vous voulez bien nous excuser.

— C'est scandaleux !

Mais Eve obtempéra néanmoins et sortit à grands pas, avant de ralentir l'allure une fois dans le couloir.

— C'est quoi, cet accord ? s'enquit Peabody. Je savais que vous et Reo aviez préparé quelque chose.

— Prison à vie, sans possibilité de libération anticipée, mais sur Terre. C'est sans doute ce qu'il récolterait de toute façon. Mais elle lui fera suffisamment peur pour le pousser à signer. Il est cuit. Et MacNamee aussi. Il s'est déjà largement livré aux enquêteurs écossais et nous lui ferons avouer le reste.

Elle se passa une main dans les cheveux, consciente qu'elle était loin d'avoir fini.

— Allons parler à ces femmes, dit-elle.

24

À la demande de Blake, Eve s'adressa à elle en premier. Elle s'installa en face d'elle dans la salle d'interrogatoire. Blake portait à présent l'uniforme orange des prisonniers.

— Vous avez renoncé à votre droit d'être représentée par un avocat ?

— Pour le moment, oui. Comme vous me l'avez rappelé, je peux me représenter moi-même. Et même si je conseillerais théoriquement à ma cliente de ne pas dire un mot, ma cliente ressent le besoin émotionnel profond de faire une déclaration. Et elle espère, ce faisant, aider les trois femmes que vous interrogerez ici sous peu. Ce sont toutes des victimes, lieutenant.

— Je vous écoute.

— J'étais étudiante à l'université de Yale. J'avais travaillé dur pour y être acceptée et pour y briller. Mon ambition était de faire du droit, du droit des affaires. Je voulais un poste important, j'avais prévu de devenir associée d'un cabinet avant mes quarante ans. J'avais envie d'un immense appartement, très classe, avec des amis qui le seraient tout autant. J'ai obtenu tout cela, j'ai réussi à avoir la vie que je désirais. Je me suis dit que j'avais tout pour être heureuse, que mes cauchemars récurrents étaient provoqués par le stress. Qu'ils n'avaient aucun lien avec le réel…

» Des cauchemars où j'étais attachée sur un lit dans une pièce aux éclairages colorés. Des lumières tourbillonnantes, de la musique forte. Des rires masculins. Où je pleurais et enrageais. Où je revivais le choc, la douleur, l'humiliation. Des hommes sans visage qui me prenaient de force. Qui me forçaient à boire quelque chose qui, après que chacun d'eux m'eut prise, me transformait en chienne en chaleur qui les suppliait de recommencer. Après quoi ils me détachaient du lit et me suspendaient par les poignets au milieu de cette pièce pleine de lumières tournoyantes pour me prendre deux par deux.

Elle marqua un temps d'arrêt et but un peu de l'eau que Peabody avait posée sur la table. Sa main demeura ferme mais elle laissa échapper un soupir tremblant avant de poursuivre.

— Dans mes ambitions, je m'étais imaginé des hommes qui me correspondraient, des hommes passionnants. Parmi eux, je me choisirais un compagnon pour construire une belle vie de couple. Mais dans la réalité, après l'arrivée de ces cauchemars, je me suis retrouvée prise de panique. Un malaise terrible s'emparait de moi chaque fois que je me retrouvais dans une situation intime avec un homme. J'ai pensé que j'avais peut-être un problème et j'ai commencé à voir une thérapeute…

Elle fit une nouvelle pause, le temps de se reprendre un peu.

— J'ai imaginé que je préférais peut-être les femmes, mais peu importait la douceur de l'amante que je choisissais, cette même panique s'emparait de moi. Pendant un temps, j'ai accepté l'idée que je ne pouvais être avec personne, que l'intimité m'était impossible. Que je devais me concentrer sur mon travail, ma carrière. Mais les cauchemars ne cessaient pas. Mon travail a commencé à en pâtir tandis que les cauchemars redoublaient dans ma tête, aussi enragés que les hommes qui les habitaient.

» J'ai ensuite commencé à me remémorer plus de détails, à distinguer plus de choses. Dont leurs visages. Une partie de moi refusait de croire que cela s'était réellement produit. Comment quelque chose d'aussi terrible aurait-il pu m'arriver ? Comment pouvais-je vivre et travailler, jour après jour, après un tel calvaire ? Mais cela s'était bel et bien produit. J'ai fini par le comprendre. Je me suis retrouvée incapable de travailler, de dormir, de me nourrir. J'ai envisagé le suicide, de simplement mettre un terme à tout cela. J'ai pris les médicaments prescrits par ma thérapeute mais ça n'a rien changé. Un jour, je me suis rendue auprès d'un groupe de soutien pour victimes de viol. J'y ai rencontré Cece Anson, la femme la plus adorable que j'aie jamais connue, et, par son entremise, Lydia Su.

— Su qui faisait les mêmes cauchemars, partageait les mêmes souvenirs.

— Oui. Nous sommes devenues amies et je me suis dit qu'avec elle... Mais même avec elle, je ne supportais pas d'être touchée. Et j'ai tout déballé, le contenu de mes souvenirs et de mes rêves. Elle m'a avoué qu'elle faisait les mêmes. Nous étions assises là, dans le noir, en nous raccrochant l'une à l'autre, tandis que ces souvenirs se déversaient hors de nous. Les similitudes nous ont d'abord paru impossibles. Mais ensuite...

— Il y avait trop de détails pour que ce soit impossible.

— Oui. J'ai quitté mon poste au cabinet, revendu mon appartement de luxe. J'ai acheté l'endroit où vous nous avez trouvées en songeant qu'un jour j'en ferais peut-être un lieu d'accueil ou une école, ou... Je ne savais pas trop. J'ai proposé mes services juridiques au groupe, au centre d'accueil. J'ai continué à participer aux réunions de groupe. C'était comme une planche de salut pour moi. J'ai aussi commencé à travailler bénévolement pour La Paix Intérieure parce qu'ils avaient aidé Lydia.

— C'est comme ça que vous avez connu Carlee MacKensie.

— Oui.

— Et vous avez découvert qu'elle avait vécu la même expérience.

— Cela a pris des semaines, des mois, mais nous sommes devenues ce que nous appellerons des amies de blessure. Nous allions prendre un café après les réunions, pour discuter. Après quoi, oui, nous avons fini par constater que nous avions toutes les trois les mêmes cauchemars et que ce qui nous était inexplicablement arrivé à toutes était trop similaire pour que ce soit une coïncidence.

Grace se pencha vers Eve.

— Vous croyez au destin ? demanda-t-elle.

— Que vient faire le destin dans cette histoire ?

— Nous nous sommes rencontrées, Lydia et moi, puis j'ai connu Carlee, et nous étions trois. Un jour, on m'a appelée pour assister une autre femme avec un problème légal. Charity. Elle avait participé à un autre groupe et avait complètement craqué durant une séance. Elle s'en était prise à une autre femme, sexuellement. Cece m'avait contactée pour que je l'aide sur le plan juridique. Charity m'a raconté que, au moment où son tour était venu dans le cercle de parole, elle avait connu une sorte de flash-back, une soudaine montée de désir brûlant. Que cela lui était déjà arrivé une ou deux fois auparavant. Elle s'est effondrée dans mon bureau et m'a raconté ses cauchemars récurrents.

— Vous étiez désormais quatre victimes.

— Oui. D'où notre certitude que ces exactions étaient récurrentes. J'ai commencé à fouiller dans les dossiers. Je sais que c'est un délit mais nous avions désespérément besoin de savoir s'il y avait d'autres victimes. Je suis tombée sur Elsi… Tous les détails. Je vous donnerai tout. La chronologie, les lieux et les dates concernés, mais j'aimerais commencer par vous livrer les éléments clés.

— Allez-y.

— Elsi était si jeune et ses blessures… plus fraîches et plus intenses, dirons-nous. Peut-être avaient-ils modifié la dose. Peut-être avaient-ils expérimenté une nouvelle drogue. Je ne pourrais pas vous dire. Mais elle avait des espèces de flashs, après quoi elle se réveillait auprès d'inconnus. Ses cauchemars étaient tellement violents qu'elle se blessait en dormant. Elle… Elle avait commencé à s'automutiler.

Blake s'interrompit pour reprendre un peu d'eau.

— Cela venait de se produire, au printemps précédent seulement, si bien qu'elle voyait clairement leurs visages. Tels qu'ils étaient à présent.

— Et vous avez demandé à Charity de les dessiner.

— Oui. J'ai reconnu Edward Mira, et cela nous a conduites aux autres. Et, comme nous l'avions déjà compris, à Yale. Seule Charity n'avait jamais étudié là-bas, mais elle avait fréquenté un étudiant de Yale et parfois participé à des fêtes ou des événements sur place. Des conférences, notamment. Après l'une de ces visites, elle s'est retrouvée en train d'errer sur le campus peu avant l'aube, sans aucun souvenir de ce qui lui était arrivé. Au départ, elle a cru avoir abusé de l'alcool et perdu la mémoire, ou qu'on l'avait droguée pour la violer. Mais elle ne se souvenait de rien. Aucune de nous ne se souvenait de rien… jusqu'à ce que nos souvenirs remontent.

— Alors vous avez planifié les meurtres.

— Pas au départ. Nous nous retrouvions là-bas, dans ce lieu où vous nous avez arrêtées, qui était devenu notre quartier général, une sorte de foyer d'accueil, de refuge. Nous évoquions les moyens de prouver les faits, nous demandions si la police nous croirait… Pourrais-je avoir encore un peu d'eau ?

Peabody se leva pour aller en chercher.

— Nous étions cinq femmes anéanties, réduites en morceaux. Nous voulions trouver des preuves. Nous avions besoin que justice soit faite.

— C'est le travail de la police de trouver les preuves. Et ce sont les tribunaux qui décident de la justice.

— Nous devions *faire* quelque chose après Elsi… Je n'en ai pas parlé. C'est douloureux…

Elle se tut de nouveau comme Peabody revenait avec un verre d'eau.

— Merci. Je me suis penchée sur la loi. J'étais spécialisée dans le droit des affaires mais j'ai étendu mon savoir au droit pénal. Il y avait prescription pour nous toutes, à l'exception d'Elsi et de Charity. Nous n'avions jamais porté plainte pour ce crime puisque nous n'avions pas conscience d'en avoir été victimes… jusqu'à ce qu'il soit trop tard pour réclamer justice. Pour Charity aussi, la fenêtre était en train de se refermer.

Elle pinça les lèvres.

— Je vois désormais - et j'aurais dû le voir à l'époque - que nous avons mis trop de pression sur les épaules d'Elsi. Charity et elle étaient les deux seules à pouvoir porter plainte. Une fois la plainte déposée, nous voulions toutes y ajouter nos récits. De quoi prouver indéniablement qu'ils étaient bien coupables de viol. De nombreux viols. Cela ne pouvait pas concerner que nous cinq. D'autres femmes étaient forcément impliquées et se souviendraient lorsque l'affaire éclaterait, mais…

— Elsi n'a pas supporté.

— Elle était si fragile. Elle a craqué...

Les larmes lui montèrent aux yeux et lui strièrent les joues.

— Quelque chose en elle s'est brisé en mille morceaux et nous devrons toutes vivre avec cette culpabilité. Ils l'ont violée, l'ont détruite, mais nous l'avons brisée en tentant de nous reconstruire toutes. C'est alors que nous avons commencé à réfléchir au moyen d'obtenir justice en son nom, en notre nom à toutes. Au départ, nous espérions encore trouver des preuves. Mais cela s'est soldé par un échec. Carlee et Charity ont sacrifié plus que je ne pourrais l'exprimer et nous n'avons rien trouvé.

— Vous avez envoyé Carlee coucher avec Edward Mira.

— Elle était forte et prête pour ça. Nous espérions qu'elle mettrait la main sur quelque chose à même de l'impliquer. D'autres victimes, des victimes plus récentes comme notre chère Elsi. Mais il était très prudent. Et puis Charity a pris la place de Carlee. Celle-ci n'en pouvait plus, donc Charity a pris le relais. Mais ça n'a rien donné. Alors, oui, nous avons décidé de nous faire justice nous-mêmes. Pour Elsi. Pour nous toutes.

Blake reposa son verre et essuya ses larmes.

— Je me suis fait passer pour un agent immobilier et je lui ai donné rendez-vous dans la maison qu'il souhaitait vendre. Charity est venue avec moi. Nous l'avons paralysé, nous l'avons frappé. Nous voulions qu'il sache qui nous étions et ce qui l'attendait. Puis un autre homme a débarqué. Dans un instant de panique, nous l'avons assommé. Je l'ai assommé. Ce n'était pas l'un d'entre eux et nous n'avions aucune raison ni aucune envie de lui faire du mal. Nous avons forcé Edward à monter dans la camionnette de Lydia et l'avons conduit jusqu'au sous-sol.

— Un sous-sol aménagé comme une réplique de l'endroit où vous aviez été violées.

— Oui. Nous avons commis des actes contraires à la loi ; nous en paierons le prix. Dieu sait que nous avons déjà payé un prix bien plus grand. Mais ce que nous avons fait était mérité, c'était juste, car la loi les protégeait.

— Vous vous trompez. Rien ne vous autorise à torturer ou exécuter quiconque. Ce n'est pas à vous de décider du châtiment. Et la loi ne les aurait pas protégés.

— Il y avait prescription.

— Il y avait association de malfaiteurs, et cela change tout, maître. Vous auriez dû vous en tenir au droit des affaires. Une association en vue de droguer, de neutraliser, de kidnapper et de séquestrer des individus puis de violer et causer des dégâts corporels, mentaux et émotionnels à ces mêmes individus. Je les aurais tous fait enfermer, si vous m'en aviez laissé l'occasion. De la même manière que je vais faire enfermer Marshall Easterday et Ethan MacNamee.

— Ce sont des hommes riches et puissants. La loi est fuyante, pleine de failles juridiques. Ils se seraient…

— Regardez-moi ! ordonna Eve en frappant du poing sur la table. Je les aurais envoyés en prison et ils auraient payé leurs crimes pendant des années. Mettez-vous ça en tête. Ils auraient payé pendant des années, pas seulement une nuit ! Vous avez décidé d'endosser les rôles de juge, jury et bourreau. Et maintenant vous aussi allez payer. Je vous aurais défendues, la loi vous aurait défendues. Maintenant je dois défendre les hommes qui vous ont violées. Les hommes que vous avez tués.

— Nous n'en pouvions plus, répondit Blake, les yeux brillants de larmes. Après Elsi, c'était devenu insupportable. Ce sont des monstres. Des monstres ! Imaginez un monstre vous pénétrant de force. Imaginez revivre cette horreur nuit après nuit dans vos rêves. Nous n'en pouvions plus !

Elle frotta ses joues humides du dos de la main.

— Chacune d'entre nous vous dira la même chose. Mais elles ne vous parleront qu'en présence d'un avocat. C'est tout ce que j'ai à dire jusqu'à ce que je bénéficie, moi aussi, de la présence d'un avocat.

Eve hocha la tête et se leva.

— Le sujet fait appel à son droit à un avocat. Fin de l'interrogatoire. Peabody, merci de ramener Mme Blake en détention afin qu'elle exerce son droit de contacter le représentant juridique de son choix.

— Bien, lieutenant. Madame Blake...

Blake se leva.

— Chacune de nous était engagée sur le chemin d'une vie, d'une carrière, peut-être de l'amour et d'une famille. D'enfants. Qui sait ? Chacune de nous a été tirée de force hors de ce chemin et jetée dans un lieu de ténèbres où règnent les cauchemars. Ils ont tué celles que nous étions, lieutenant. Celles que nous aurions pu être. Comment la loi punit-elle un tel crime ?

— Les deux qui restent ne ressortiront jamais de leur cage. À leur tour d'être des proies. Vous avez et aviez un choix, celui de devenir ce qu'il vous était possible d'être, et vous avez fait ce choix.

— Elsi était vierge. Le viol a été son unique expérience sexuelle. Ils ne lui ont pas laissé la moindre chance.

Comme Peabody escortait Blake à l'extérieur, Eve pressa les poings contre ses paupières closes. Elle avait la gorge sèche, brûlante, comme à vif. Un mal de tête violent pulsait contre ses tempes.

Elle laissa retomber ses mains en entendant Mira entrer.

— Alors ? demanda Eve avec un haussement d'épaules. Capacité de jugement diminuée ? Malgré la préméditation ?

— Il est possible qu'elles passent le reste de leurs jours en institution, accompagnées par un traitement, une thérapie. Mais elles se sont associées en vue de commettre plusieurs assassinats et ont réussi par trois fois.

— On me dit que la loi est fuyante et pleine de failles juridiques.

— C'est vrai. Mais vous avez accompli votre travail, et même plus. Vous avez aussi défendu la cause de ces femmes, Eve, et vous le ferez pour toutes les autres, une fois identifiées.

— Harvo a envoyé plusieurs nouveaux noms. Faut-il que je les contacte ? Et si elles mènent tranquillement leur vie sans se rappeler quoi que ce soit ? Quel bien cela pourrait-il leur faire ?

Mira posa les mains sur les épaules d'Eve et massa ses muscles crispés tout en cherchant le regard d'Eve dans le grand miroir.

— Vous-même avez eu besoin de vous souvenir, sans quoi vous n'auriez pas pu vivre pleinement. Il n'y aurait cependant pas de honte à laisser à quelqu'un d'autre le soin de les avertir.

— Moi, j'en aurais honte, dit Eve.

Mira la força à pivoter vers elle et lui prit le visage entre ses mains.

— Parce que vous avez choisi de vous appuyer sur des événements terribles pour devenir celle que vous êtes. L'une comme l'autre, nous avons de la compassion pour Grace Blake, pour elles toutes. Mais ce que vous lui avez dit était vrai. C'était la vérité, Eve. Je vous aiderai pour informer ces autres femmes. Je proposerai une aide psychologique à chacune d'entre elles, si elles le souhaitent.

— Vous vous méritez l'un l'autre.

— Pardon ?

— M. Mira et vous. Vous êtes vraiment à la hauteur l'un de l'autre. C'est une chance quand ça arrive. Vous lui direz que c'est fait ?

— Comptez sur moi.

— J'imagine qu'il vous a dit que je lui avais dit parce que je pensais que vous lui aviez dit.

Mira hocha la tête ; elle avait parfaitement compris.

— Oui, nous en avons parlé. Il sera votre plus grand soutien. C'est un héros discret, Eve, mais il est loyal et sincère. Il ne trahira jamais votre confiance et sera toujours là pour vous.

Cette fois, quand Eve appuya les doigts sur ses paupières, elle les sentit gonflées de larmes.

— Bon. Il faut que je termine... Je voudrais pouvoir rentrer chez moi et dormir pendant deux jours entiers.

— Rentrez chez vous. Dormez un peu.

— Non, je dois interroger les autres.

— Dans ce cas, je reste pour observer.

— Après quoi il faudra que je me rende sur place. À l'endroit où tout s'est passé. Il faut que je voie les lieux, que je prenne des notes, que je sécurise l'endroit. Il y aura forcément d'autres enregistrements vidéo. Leur fameuse « tradition ».

— Voulez-vous que je vous accompagne ?

— Non. Non. Vous devriez rentrer. On dirait que vous n'avez pas dormi depuis une semaine. Sans vouloir vous vexer.

— Je ne me vexe pas : j'ai un miroir. Vous voulez bien faire quelque chose pour moi ?

— Si je le peux, oui, bien sûr.

— Quand tout ceci sera terminé, et que nous aurons toutes les deux pris du repos, viendrez-vous dîner à la maison ? Connors et vous. Venez dîner. Dennis préparera son célèbre diplomate au chocolat. Personne n'a vraiment vécu avant d'y avoir goûté.

— Je ne suis pas sûre de savoir ce que c'est.

— Formidable.

Elle embrassa Eve sur la joue puis, peut-être parce qu'elle en avait autant besoin qu'elle, garda sa joue appuyée sur la sienne pendant une longue seconde.

— Je préparerai un beau repas pour Connors et vous, suivi du merveilleux diplomate de Dennis. Et nous parlerons de tout sauf de cette affaire. Vous voulez bien ? demanda-t-elle en reculant d'un pas.

— Oui. Oui, avec plaisir.

— Maintenant, allez y mettre un point final, puisqu'il le faut.

Eve rejoignit Peabody qui l'attendait en silence dans le couloir.

— Faisons passer Downing en suivant, dès que son avocat sera là. C'est elle la plus susceptible de craquer.

— Je vais la faire monter. Elle a contacté l'avocat, elle peut attendre dans la salle. Elles auraient dû nous faire confiance. Faire confiance à des flics comme nous pour trouver les preuves, pour œuvrer pour la justice.

— Oui. Mais elles ne l'ont pas fait.

Plusieurs heures plus tard – des heures qui avaient semblé aussi longues que des jours – elle se retrouva assise dans le cockpit de l'hélicoptère, volant en direction du Connecticut.

— Elles ont toutes raconté en gros la même histoire, mais pas au point que leur discours paraisse répété. Je pense qu'elles en avaient déjà discuté auparavant. « Si on se fait prendre, il faudra dire ci et ça. » Mais elles ne mentent pas.

— Easterday ?

— Il a accepté l'accord. Et il a appelé sa femme. D'après ce qu'on m'a dit, elle est venue le voir et est repartie moins de trente minutes plus tard, sans s'arrêter ni se retourner.

— Et le dernier ?

— MacNamee. Il a dit oui à la proposition de Reo. Ils sont tous les deux assez malins pour savoir qu'ils se feraient mettre en pièces durant un procès. Les enregistrements vidéo – dont nous savons maintenant qu'il y en a quarante-huit de plus dans un coffre-fort au sous-sol de la maison – réduiraient à néant n'importe quelle défense. Ils ne veulent pas d'une humiliation publique. Ils ne savent rien de la véritable humiliation, seulement comment l'infliger aux autres, conclut Eve.

Connors posa une main sur la sienne.

— Et toi ?

— Je tiens bon. J'ai dû aller parler au fils et à la fille d'Edward Mira. Et eux aussi ont été anéantis. Impossible de faire autrement. Même chose pour la famille de Wymann.

Elle ferma les yeux.

— Et Harvo a identifié plus de la moitié des femmes. J'ai regardé leurs dossiers. Deux d'entre elles sont mortes, par suicide. Une autre à la suite d'un accident. Deux sont des CL de rue. Une autre est une junkie en prison pour agression. Deux autres ont fait plusieurs allers-retours en centre de désintoxication. Mais quelques-unes semblent mener une existence relativement stable. Mira affirme qu'elles doivent savoir.

— Une partie d'elles-mêmes sait déjà, tout comme une partie de toi a toujours su. Mettre cela au jour pourrait les aider d'une manière que tu n'imagines pas.

— Peut-être. Je l'espère. Vraiment. Tu vois la route, en bas ? C'est là que Betz a accumulé les contraventions pour excès de vitesse. Je me demande à combien d'occasions il est venu ici pour regarder les vidéos. C'est le campus ?

Elle contempla l'université en contrebas, pleine de dignité avec ses élégantes flèches enneigées.

— Les monstres peuvent s'installer n'importe où, dit-il. Nous sommes tous les deux bien placés pour le savoir. Ce n'était pas une question de lieu ou d'époque. C'était une question d'hommes.

— Dennis Mira a étudié ici, à la même époque, au même endroit. Ça suffit à me rassurer.

Tandis que Connors se posait au milieu des tourbillons de neige soulevés par les pales, elle étudia la maison du regard.

Grande, ancienne, aristocratique et soigneusement entretenue. Même en cette période de l'année, les chemins d'accès bordés d'arbres couvert de flocons scintillants étaient dégagés.

Elle repéra le symbole celtique de la Confrérie gravé au milieu de la porte principale. Cette vision la rendit malade.

— Su m'a dit qu'elles avaient trouvé la maison. Comme elles n'ont pas réussi à triompher des mesures de sécurité, elles avaient envisagé d'y mettre le feu. Mais elles avaient renoncé, de peur de détruire les preuves que l'endroit pourrait contenir.

— Elles ne savaient pas qu'elles étaient filmées.

— Non. À l'époque où elles ont été violées, les salauds étaient passés du caméscope tenu à la main ou posé sur un trépied à un système de caméras multiples installées dans la salle. C'est ce que m'a expliqué MacNamee.

— Tu es prête ?

L'était-elle ? Elle resta assise quelques instants en quête de la réponse. Qu'elle finit par trouver.

— Oui. Je ne pourrais y entrer sans toi. Ce serait comme cette pièce à Dallas. Je me forcerais à y aller, mais je ne pourrais pas faire ce que je dois y faire, et le faire bien, sans ton aide.

Elle sentit de nouveau cette onde de chaleur enfler en elle.

— Il faut que ça sorte, que ça sorte avant d'y aller.

Il se tourna vers elle et lui prit les mains.

— Quoi donc ?

— Je comprends ce qui a poussé ces femmes à agir ainsi, je comprends comment elles ont pu faire ça, tout ça. Quoi que j'aie pu dire en salle d'interrogatoire et sur les enregistrements officiels, je comprends.

— Comment pourrait-il en être autrement ? N'importe quel être humain devrait pouvoir le comprendre. Quelles que soient les lois, quelles que soient les règles, Eve, comment pourrais-tu ne pas ressentir de compassion envers elles ?

— J'aurais aimé les arrêter avant Edward Mira. Avant qu'elles fassent ce choix qui va les priver de leur liberté. Mais... elles recevront de l'aide. Elles seront privées de liberté mais la loi, les règles pourraient leur sauver la vie. Je leur ai parlé, Connors, à chacune d'elles. Et Elsi Adderman n'aurait peut-être pas été la seule du groupe à mettre fin à ses jours pour en finir. Je pense que cette loi qu'elles n'ont pas respectée, cette loi à laquelle elles ne croyaient pas, les sauvera. C'est ce qui m'aidera à dormir la nuit.

— Elles n'ont pas besoin de savoir les efforts que tu as déployés pour les sauver. Parce que toi, tu le sais. Tu le sais parfaitement... Mon flic préféré, dit-il en lui embrassant les mains.

— Ton flic préféré doit pénétrer dans cette maison, faire face à ce qui s'y trouve. Après quoi elle aimerait vraiment rentrer chez elle. Avec toi.

— Alors c'est ce que nous ferons. Terminons-en avec cette longue journée et réservons-nous la nuit rien que tous les deux.

Elle était prête pour ça, songea Eve en mettant pied à terre, avec la neige qui lui montait à la cheville. Elle était prête à tourner la page de cette journée et de toute la tristesse dont elle était empreinte. Bientôt. Et à savourer la nuit, et un peu de paix retrouvée, avec Connors.

Elle se sentait capable, comprit-elle, de lâcher prise sur le passé. Sur son vieux bureau, sur son vieux fauteuil. Des vestiges d'une ancienne vie.

Elle en avait à présent une nouvelle. Elle prit la main de Connors dans la sienne et la serra fermement. Elle avait une nouvelle vie, bien réelle, qu'ils construisaient ensemble.

— On va se débarrasser de ce bureau, dit-elle.

Il haussa un sourcil tandis qu'ils se rapprochaient de la porte d'une maison où la violence avait par trop longtemps régné.

— Vraiment ?

— Oui. Tu sais pourquoi ?

— J'aimerais beaucoup le savoir.

— Parce qu'on se mérite l'un l'autre.

Avec un rire, Connors leva la main d'Eve à ses lèvres pour l'embrasser.

— Je n'aurais pas dit mieux.

Du même auteur aux Éditions J'ai lu

Les illusionnistes (n° 3608)
Un secret trop précieux (n° 3932)
Ennemies (n° 4080)
L'impossible mensonge (n° 4275)
Meurtres au Montana (n° 4374)
Question de choix (n° 5053)
La rivale (n° 5438)
Ce soir et à jamais (n° 5532)
Comme une ombre dans la nuit (n° 6224)
La villa (n° 6449)
Par une nuit sans mémoire (n° 6640)
La fortune des Sullivan (n° 6664)
Bayou (n° 7394)
Un dangereux secret (n° 7808)
Les diamants du passé (n° 8058)
Les lumières du Nord (n° 8162)
Coup de cœur (n° 8332)
Douce revanche (n° 8638)
Les feux de la vengeance (n° 8822)
Le refuge de l'ange (n° 9067)
Si tu m'abandonnes (n° 9136)
La maison aux souvenirs (n° 9497)
Les collines de la chance (n° 9595)
Si je te retrouvais (n° 9966)
Un cœur en flammes (n° 10363)
Une femme dans la tourmente (n° 10381)
Maléfice (n° 10399)
L'ultime refuge (n° 10464)
Et vos péchés seront pardonnés (n° 10579)
Une femme sous la menace (n° 10745)
Le cercle brisé (n° 10856)
L'emprise du vice (n° 10978)
Un cœur naufragé (n° 11126)
Le collectionneur (n° 11500)
Le menteur (n° 11823)
Féeries (n° 11840)

Lieutenant Eve Dallas
Lieutenant Eve Dallas (n° 4428)
Crimes pour l'exemple (n° 4454)
Au bénéfice du crime (n° 4481)
Crimes en cascade (n° 4711)
Cérémonie du crime (n° 4756)
Au cœur du crime (n° 4918)
Les bijoux du crime (n° 5981)
Conspiration du crime (n° 6027)
Candidat au crime (n° 6855)
Témoin du crime (n° 7323)
La loi du crime (n° 7334)
Au nom du crime (n° 7393)
Fascination du crime (n° 7575)
Réunion du crime (n° 7606)
Pureté du crime (n° 7797)
Portrait du crime (n° 7953)
Imitation du crime (n° 8024)
Division du crime (n° 8128)
Visions du crime (n° 8172)
Sauvée du crime (n° 8259)
Aux sources du crime (n° 8441)
Souvenir du crime (n° 8471)
Naissance du crime (n° 8583)
Candeur du crime (n° 8685)
L'art du crime (n° 8871)
Scandale du crime (n° 9037)
L'autel du crime (n° 9183)
Promesses du crime (n° 9370)
Filiation du crime (n° 9496)
Fantaisie du crime (n° 9703)
Addiction au crime (n° 9853)
Perfidie du crime (n° 10096)
Crimes de New York à Dallas (n° 10271)
Célébrité du crime (n° 10489)
Démence du crime (n° 10687)
Préméditation du crime (n° 10838)
Insolence du crime (n° 11041)
De crime en crime (n° 11217)
Crime en fête (n° 11429)
Obsession du crime (n° 11546)
Crimes par trois (n° 11614)

Crimes sans fin (n° 11615)
Pour l'amour du crime (n° 11672)

Crime de minuit (numérique)
Interlude du crime (numérique)
Hanté par le crime (numérique)
L'éternité du crime (numérique)
Crime rituel (numérique)
Mémoire du crime (numérique)
L'ombre du crime (numérique)

Les trois sœurs
Maggie la rebelle (n° 4102)
Douce Brianna (n° 4147)
Shannon apprivoisée (n° 4371)

Trois rêves
Orgueilleuse Margo (n° 4560)
Kate l'indomptable (n° 4584)
La blessure de Laura (n° 4585)

Les frères Quinn
Dans l'océan de tes yeux (n° 5106)
Sables mouvants (n° 5215)
À l'abri des tempêtes (n° 5306)
Les rivages de l'amour (n° 6444)

Magie irlandaise
Les joyaux du soleil (n° 6144)
Les larmes de la lune (n° 6232)
Le cœur de la mer (n° 6357)

L'île des trois sœurs
Nell (n° 6533)
Ripley (n° 6654)
Mia (n° 8693)

Les trois clés
La quête de Malory (n° 7535)
La quête de Dana (n° 7617)
La quête de Zoé (n° 7855)

Le secret des fleurs
Le dahlia bleu (n° 8388)
La rose noire (n° 8389)
Le lys pourpre (n° 8390)

Le cercle blanc
La croix de Morrigan (n° 8905)
La danse des dieux (n° 8980)
La vallée du silence (n° 9014)

Le cycle des sept
Le serment (n° 9211)
Le rituel (n° 9270)
La Pierre Païenne (n° 9317)

Quatre saisons de fiançailles
Rêves en blanc (n° 10095)
Rêves en bleu (n° 10173)
Rêves en rose (n° 10211)
Rêves dorés (n° 10296)

L'hôtel des souvenirs
Un parfum de chèvrefeuille (n° 10958)
Comme par magie (n° 11051)
Sous le charme (n° 11209)

Les héritiers de Sorcha
À l'aube du grand amour (n° 11109)
À l'heure où les cœurs s'éveillent (n° 11406)
Au crépuscule des amants (n° 11562)

Les étoiles de la fortune
Sasha (n° 11738)

En grand format

Les étoiles de la fortune
Sasha
Annika
Riley

Intégrales
Affaires de cœurs
L'île des trois sœurs
Le cercle blanc
Le cycle des sept
Le secret des fleurs
Les frères Quinn
Les trois sœurs
Magie irlandaise
Trois rêves
Quatre saisons de fiançailles

11888

Composition
FACOMPO

Achevé d'imprimer en Espagne
par CPI *(Barcelone)*
le 10 avril 2018

Dépôt légal : septembre 2017
EAN 9782290146460
OTP L21EPLN002133C002

ÉDITIONS J'AI LU
87, quai Panhard-et-Levassor, 75013 Paris

Diffusion France et étranger : Flammarion

Inspirational stories, devotions, and more from award winning writers at FaithWriters.com

FaithWriters.com

FaithWriters

Hidden in the Hymns

Pleasant Word

Pleasant Word (a division of WinePress Publishing, PO Box 428, Enumclaw, WA 98022) functions only as book publisher. As such, the ultimate design, content, editorial accuracy, and views expressed or implied in this work are those of the author.

ISBN 13: 978-1-4141-1069-1
ISBN 10: 1-4141-1069-3
Library of Congress Catalog Card Number: 2007905511

If you are interested in the work of any writer in this book or would like to contact a writer, please visit our website at www.faithwriters.com. Please email us the name of the writer you are interested in and we will facilitate the contact.

TABLE OF CONTENTS

Introduction

There's no question that our favorite hymns have the power to inspire us and draw us closer to the heart of God. Who of us can sing *How Great Thou Art* without their spirit stirring and their soul lifting in praise? The words of that glorious song spring immediately to mind every time I see a magnificent sunset over the mountains, or ocean waves crashing against a rocky shoreline.

The masters who wrote these beloved songs of worship and praise carefully selected every word so as to create an offering worthy of the Lord and to encourage every singer on their journey of faith; every word harmonizing together to create something truly inspirational. But what if we were to take just one word from each of those hymns? How inspiring would that be?

Well, you are holding the answer to that question in your hands right now, in this very special FaithWriters' anthology—*Hidden in the Hymns.*

Selecting ten dearly loved hymns, such as *It is Well with My Soul, In the Garden,* and *Shall We Gather at the River,* we then chose one key word from the title of each as the topic for our weekly Writing Challenge.

Once again, we received almost 2,000 entries over the course of the ten weeks of the Challenge, and the standard, overall, was outstanding. This anthology contains the cream of that crop.

FaithWriters—Hidden in the Hymns is a collection of 100 award winning stories, poems and articles by over 50 of the very best authors from FaithWriters.com. As always, the range of styles is so wide that there is truly something for every reader to enjoy.

With topics such as Work, Vision, Valley, River, and The Cross, this is a collection that rejoices on the mountain tops, comforts in the dark times, and encourages in the day to day experiences of life.

So be blessed and uplifted by FaithWriters' eleventh anthology, *Hidden in the Hymns*. Even if you are tone-deaf and can't carry a tune in a bucket, this collection will leave your heart singing!

Deborah Porter
FaithWriters' Writing Challenge Coordinator

CHAPTER ONE

HOW GREAT THOU ART

UNSEARCHABLE
By Kenn Allan

Last night while searching for a hint,
When Jesus would arrive,
I flipped my Bible, quite by chance,
To Psalms 145.

"Great is the LORD," the verse proclaimed,
"And greatly to be praised;
His greatness is unsearchable…"
I shook my head, amazed.

"Unsearchable?" I spoke aloud,
"Why would this be concealed?
The info on How Great Thou Art,
Should surely be revealed."

Deep in thought, I loosed my grip,
And watched the blur of ink,
As pages flipped from left to right,
To Job 5:9, I think.

Again, the word "unsearchable,"
Leapt boldly from the verse,
Referring to the works of God,
Both countless and diverse.

"Why can't I search for all these things?"
I prefaced with a moan,
"This is the Information Age,
Where *everything* is known."

A spark of hope sprang in my soul—
"I'll use the internet!
I'll find the greatness of our LORD,
In record time, I bet."

I grabbed my laptop from the shelf,
And propped it in my lap;
I couldn't wait to start my quest,
And give those keys a tap.

But Google somehow missed the point,
Said Jeeves, "Don't ask again,"
I had no luck with AOL,
And less with MSN.

I scaled the Alta Vista peaks,
And yodeled a "Yahoo!"
But only echoes of my voice,
Returned to fill my queue.

HotBot responded cold and hard,
Excite seemed quite subdued,
LookSmart came off a little dense,
And Lycos, downright rude.

Just then, the keyboard in my lap,
Became too hot to touch;
The search for greatness of our LORD,
Had proved to be too much.

I closed the smoking laptop lid,
And traded for my Book;
The internet had let me down—
Where else was I to look?

With fingers drumming on His Word,
I gazed at cluttered walls,
And realized how great it is,
To walk these hallowed halls.

I heard the stirrings of my wife,
Asleep in peaceful bliss,
How great it is to share her love,
And magic of her kiss.

Our children smiled from gilded frames,
Placed on my desk with care,
How great to watch them grow in faith—
A joy beyond compare!

God's greatness dwells within my life,
Not in technology,
And if I search to find His grace,
I should begin with me.

LOVE LETTERS
By Lori Othouse

He was my first love. I was young, and he was my whole world. He wrote me often…passionate, poetic prose declaring his never-ending love for me. Letters written straight to my heart from his. I read them often, basking in the contentment of being wholly known and still wholly loved.

> *"How precious also are your thoughts to me, O God! How great is the sum of them!."*
>
> —Psalm 119:17

Our relationship grew and flourished. My love took care of me in every way, fulfilled my every need. He spoke of great plans for our future together. He was always there. Perhaps that's why I began to take him for granted. I forgot what life was like before him, never dreaming I would go back there again.

> *"For I am persuaded that neither death nor life…nor any other created thing, shall be able to separate us from the love of God which is in Christ Jesus our Lord."*
>
> —Romans 8:38-39

Nothing could separate him from me…except me.

As I grew, other lovers caught my eye. They had much to offer, so it seemed, and I was more than willing to receive. Then, as it always goes, it was my turn to reciprocate. Most took far more than they gave. They gave me fun; I gave up my faith. They gave me their time; I gave them my trust. They gave me intimacy for a moment; I gave them my innocence forever. I gave all that I was until there was nothing left. No love, no letters, no life.

It was a bright, sunny Sunday when I forced myself to face myself. Another morning after. The harsh sunlight hurt my eyes and cruelly exposed the ugliness that I had become. This was supposed to be a day of rest, but I found none. Hollow eyes stared back at me in the mirror, then blurred as they filled with tears. I blindly reached for pills to deaden me further, but found what I thought I'd lost…his letters.

> *"For I know the thoughts that I think toward you, says the Lord, thoughts of peace and not of evil, to give you a future and a hope."*
>
> —Jeremiah 29:11

How could it be? My love surely hated even the thought of me by now. He gave me everything he had, and I left him for smooth words and empty promises. Even if he would mercifully take me back, I had nothing to offer him anymore. I was empty, broken, dirty and used up. Who would want someone like that?

He would.

> *"When my father and my mother forsake me, then the Lord will take care of me."*
>
> —Psalm 27:10

Hesitantly, I read his words again. Slower this time, and further, deeper. His promises were all still there, but I now realized they were conditional. I had a part to play in this relationship. It was time to grow up. And even though I had been unfaithful, he was not. He reached out to me, beyond all the filth that covered my soul. Like a king taking a prostitute as a bride and loving her like the most precious jewel on earth.

> *"Through the Lord's mercies we are not consumed, because His compassions fail not. They are new every morning; Great is Your faithfulness."*
>
> —Lamentations 3:22-23

Great, indeed.

I was back in His arms again. Gone was the crippling burden of guilt and shame that had tormented me and held me prisoner for so long. I was clean and whole, able to love freely again, without question or reservation.

> *"There is therefore now no condemnation to those who are in Christ Jesus, who do not walk according to the flesh, but according to the Spirit."*
>
> —Romans 8:1

Only My Love could do such a thing. But now, He was not only the Lover of my soul, but the Lord of my salvation…and forever would be.

All Scripture taken from the New King James Version

Simple Simon
By Bonnie Derksen

As far back as he could remember he'd been called Simple Simon. His mama always told him, "Don't let their words hurt you, Simon. You're smart enough where it counts. Just 'cause you don't read or write, don't mean you're lesser."

Simon's mama knew about stuff like greater and lesser, so he tried hard to remember. It made it easier to smile at the teasers.

Simon sat in church between his daddy and mama and listened to all the good stories about Jesus. He loved Jesus and told anyone who talked to him. "Mama told me that Jesus loved me long before I ever started loving him. And everyone that Jesus loves is special." Mama's words always made Simon feel better.

Since he was now too old to go to school himself, Simon helped his daddy at the elementary school down the street. He worked hard getting scuffmarks off the floor, picking up garbage and shining the windows in classrooms. Mama often told him, "You can feel real good about your hard work, Simon. Your cleaning blesses the people who walk those halls, even if they don't act like it or ever tell you."

Simon understood blessings. His daddy and mama were two of his.

The last day of Simon's life on his mama's side of heaven started like any other. As the students filed into school before classes, Simon stood at the top of the stairs in case someone needed help or didn't know the way to the bathrooms or office. The night before, his mama had reminded him "Jesus wants to love those kids through you, Simon. He'll stand with you and help you smile."

Everyone passed by as if he was invisible, but then he heard his name.

"Simple Simon, aren't you supposed to be cleaning?" a young student mocked. Simon felt Jesus' hand on his shoulder, His breath in his hair, and he just smiled.

When the kids came out for recess, Simon was in the schoolyard picking garbage. He started singing, "Jesus Loves Me" under his breath. This was when the teasing was the worst. His daddy had told him to stay inside and clean windows during recess, but Simon knew someone might need him if they were alone or feeling sad, so he endured the name-calling.

Recess was almost over when he saw a soccer game move into the parking lot, closer to the street. He walked over and said, "You kids go back on the field. You're breaking rules."

One boy gestured rudely at Simon just as the ball flew over a car. Simon and another boy ran to get it.

"Simple Simon, I've got it!" the boy yelled. But before he went any further, Simon pushed him to the ground and out of the way of an oncoming truck. No one else had noticed it as it sped through the school zone.

Tires screeched. Someone screamed. Simon was struck and thrown to the pavement with a thud.

"Call 911! Somebody call 911!"

A crowd gathered around the lifeless body of the handicapped man, named Simple Simon.

Unseen to their eyes, a man knelt beside Simon and stirred him. Simon opened his eyes, stood to his feet and smiled at the heavenly messenger. He looked towards the school, knowing intuitively that his father would be looking for him. There was a moment of sadness and longing, then nothing but joy and certainty as he was drawn to his new home.

"If only Mama could see this table." Food, beyond Simon's wildest dreams, was spread out in preparation for his welcome-home banquet. Familiar faces were gathered around the table, but a few chairs were still open. Simon took a lower place, his mama's words running through his mind. Even though his thoughts had never been clearer, he could not describe how he felt.

A hush came over the guests. Simon sensed a presence behind him. Turning, he looked into the eyes of love as his own welled with tears that spilled down his cheeks.

Jesus' nail-scarred hands extended in invitation as His words wrapped around Simon, speaking value and worth into the fiber of his being.

"Friend, move up to a better place. Today you are to be honored in the presence of all your fellow guests. Greater love has no one than to lay down his life for his friends."

SPIT AND POLISH?

By Lissa M. Lee

I was so stinking n-e-r-v-o-u-s! Between stomach butterflies, percussion knees and aromatic fumes emanating from my soggy shirt sleeves it was a wonder I survived the elevator ride. The dream job I had meticulously pursued for five years had become a reality. I had nabbed the spot as the summer intern for the associate youth pastor at our denomination's mega church.

This was a plum job and a major notch on my ministerial resume! It was the first rung on my ambitious ladder toward prestigious church leadership.

And I was pumped!

Their summer agenda was chalked full of world-renown pastors, evangelists, teachers, leaders, motivational speakers and Christian musicians. There would be no limit to the networking possibilities I would be able to manipulate. It was going to be great!

The reality of the moment left me terrified. Panic was strangling me, or was it that perfect Windsor knot pushed up just a tad too high on my impeccable, knock-off Giorgio Armani? Whatever the cause, unless I gained my composure I would blow any chance at a positive first impression.

The electric elevator door sighed open.

"Will you be getting out here?" asked a kindly older gentleman.

"Yes, sir," my screechy voice croaked.

"I'm Pastor Smith," he beamed taking my hand his firm grip. "And you are?"

"Bob," I sputtered, "Bob Green."

"Ah, our new intern!" he smiled, "Let me show you around."

Obediently, I followed the senior pastor as he wove his way through a honeycomb of office cubicles until we reached the youth wing. I could not believe the number of people who worked here. My home church would break out in revival if the same 150 people showed up for two consecutive Sundays!

New fear leered back at me. Had I over sold myself? Was I about to drown in my own puddle of cold sweat?

"Hey, Bob…this is…"

Introductions blurred into days of running infinite errands, answering phones, cleaning toilets, stuffing envelops, packing boxes, setting up sound equipment, carrying ice chests, washing staff cars, cutting, laminating, hammering, gluing and setting up more folding chairs than I ever knew existed. By late Thursday night I was ready to quit. Was God punishing me for my over zealous ambitions? I knew the road to greatness was paved with humility, but this was not the type of blacktop I envisioned on my success interstate.

Friday morning I dragged into work. Stepping out of the elevator, I was greeted by Pastor Smith.

"Hey, Bob, before you head off to work, would you give me your shoes?" he asked.

Puzzled, I reluctantly took off my rather foul smelling Doc Martins and handed them over.

"Thanks."

Feeling the plush carpet between the toes of my bare feet I headed toward the youth annex. To the side of the elevator I noticed a rather large pile of shoes. 'Must be some kind of Friday ritual,' I thought. 'Maybe they have a foot washing to prepare for the weekend services,' I mused. But I did not ponder the matter for long. The second I opened the door, the frenzied activity sucked me in.

One o'clock sharp all activity ceased. Robotically, everyone filed out of their offices to the church fellowship hall. Lined up along the hallway were pairs of sparkling, freshly polished shoes. I found mine.

Shoving my feet into the familiar leather, I maneuvered my way to an empty seat at the back of the room. The senior pastor stood, everyone else stood, and then he asked me to pray.

I do not remember if I was coherent enough to bless the meal, but I heard myself mutter an "amen" and the joyful sounds of food, fellowship and fun followed. As plates emptied, the hyper activity slowly deflated to serenity. The senior pastor stood, took prayer requests, led us in intercession and concluded the meeting with the weekend itinerary.

Every Friday was the same. On my last Friday, instead of taking my shoes, Pastor Smith asked me to join him. As he polished shoes, I spread mayonnaise on white bread, set up more folding chairs and listened.

"Bob," he concluded, "the key to greatness is humility. Jesus washed feet. I polish shoes. Get it?"

That was it. Now, twenty years later, I change the oil of the single moms' cars and mow the grass of the shut-ins.

...if you desire to be great...

Great Expectations
By Linda Germain

The wedding was the stuff of fairy tales, and Ginger Jones was the beautiful princess. She stood at the back of the chapel with a determined expression on her elegant face, one hand on her father's arm, and the other clutching a huge bouquet of tiny roses and ribbons.

"Dad," she cooed softly, "you look so handsome in your tuxedo."

Camden Jones gazed at the vision of loveliness swathed in white satin and pearls. It seemed like only yesterday she was stomping her little foot and demanding her way. He expected great things out of her choice in a husband.

The processional progressed to the place of the bride's grand entrance. All the guests stood and turned, as if rehearsed. The music swelled in anticipation of the event. Someone straightened the impressive train on Ginger's obscenely expensive dress, and the long walk began.

"Left, right, left, right," her father whispered to get them started.

The nervous groom stood at attention like an obedient soldier awaiting orders, yet hardly breathing. It seemed so long since Joe had proposed to Ginger. Planning a wedding was big business and had taken a whole year. He was rarely consulted about any of the details. Most of his pals had jokingly insisted he only had one job: to show up and look wedding-correct.

His eyes scanned the crowd for one brief and fuzzy moment. He almost blurted, "Who ARE all these people?"

The place seemed stuffy; in fact, suffocating. He had to concentrate on not fainting. Ginger would never forgive him for that. He took several deep breaths and shifted his weight from one foot to the other.

'Oh Lord, please give me strength to stay on track here. I can't do this by myself.'

The six bridesmaids were carbon copies of each other—from the cliché dresses, to the dyed shoes, to the baby's breath stuck in upswept hair. He wasn't even sure he knew all of their names. His best man was his older brother. The other men were escorts for the females—boyfriends or husbands he supposed. He shuddered.

A still, small voice was picking a strange time to keep nagging. *Sure she looks terrific, but buddy, this is NO fairytale and you are most certainly NOT the prince. She grew up rich. You want to be a missionary. She wants you to go into business with her father.*

Joe shook his head but the voice seemed to shout to the very depths of his being. *What are you DOING, man?*

The compromised groom was not aware of slumping to the floor, nor the gasp from several hundred fancy strangers seated mostly on the "bride's side" of the aisle, nor the hysterical wails of his intended as her thin facade cracked to expose a venomous anger that accused his unconscious body of messing up her wedding.

He awoke in a dim room shrouded in unfamiliar beeps and clicks and flavored with antiseptic odors. For a few seconds, he could not figure out why he would be in a hospital. He wasn't sure if he was still single. His parents were sitting in two chairs pulled close together, holding hands and praying. His stirring alerted them to a change, and they both jumped at the same time. His mother's tear-stained face swam into view.

"Son, we're right here. The doctor says you had some kind of glycemic crisis, but a few days of medication and fluids and you'll be as good as new."

The pale young man managed a weak smile. "I expect my dramatic exit stopped the big to-do, huh?"

His father, a good man with wisdom and discernment, could not suppress his wit in the face of this resolution to what he knew was an uneven yoking.

"Joe, my boy," he chuckled, "No one *expected* you to keel over. No one *expected* Miss Ginger to reveal her true personality. No one *expected* this was a marriage made in heaven; but, I can tell you this: after much intercession and faith, my GREAT expectation has been realized."

The almost-groom noticed his still ring-less finger and knew exactly what his father meant, especially the next morning when he awoke to find a letter from the Missions Board in reply to his inquiry.

The invitation to apply ended with, "We have prayed for God to send us the right workers. We have great expectations you will be one."

Joe sighed contentedly; or maybe it was that still, small voice exhaling.

A TIME TO SHINE

By Lynda Schab

There had been a few great moments in Ted's life but none that topped this one. He'd worked his tail off for this day and it was finally here. All of his hard labor and butt-kissing had paid off. And the best part was he'd done it on his own, with no help from anyone. The only person he had to thank for his achieved greatness was himself.

Ted loved the attention. Microphones thrust in his face, screaming fans shoving paper, diaries, even underwear, at him on which to sign his name. Items they'd likely be offered huge amounts of money for in online auctions.

It felt great to be famous.

Ted had become a household name almost overnight. His very first film had been a blockbuster, and now he was about to step out in front of thousands of people for an entertainment press conference. His co-star, Angelica, was currently fielding questions that the public demanded to know. Questions like, "What was it like working with Ted Bradley, America's hottest male star?"

Someone informed him he had five minutes. He hurried to the bathroom for one last mirror check. He quickly relieved himself, washed his hands and glanced at his reflection. Leaning in close to the mirror, he focused on his face, inspecting skin for blemishes, teeth for food, nose for mucus, hair for stray fuzzies or—*gasp*—dandruff.

Perfect, as usual.

Ted returned side stage where he waited for Angelica to finish up her interview. He had a good glimpse of the crowd and caught sight of his girlfriend, Cammi, sitting in the front row. Her red mini skirt showed off her gorgeous, tanned legs, and once again, Ted felt a swell of pride. Dating beautiful women came along with celebrity status. In Ted's opinion, it couldn't get much better.

He caught Cammi's eye and watched her blue eyes light up. She smiled seductively, and Ted knew she felt important simply because she was dating a movie star. He stood a little taller and puffed out his newly chiseled chest.

"One more minute," someone said from behind.

His gaze turned back toward Cammi. She was giving him a strange look, her eyes wide, as though trying to send him a message. He kissed the air and winked, assuming she needed reassurance that his eyes were only on her in this crowd filled with attractive women.

Cammi shook her head vigorously, a horrified look on her face.

What on earth was wrong with that woman? She was stressing him out.

Angelica was now walking off the opposite end of the stage. The crowd applauded enthusiastically.

"Okay, Ted. You're on." He felt a light shove from behind as he heard his name announced. He stepped from behind the curtain to blinding camera flashes and screaming girls held back by security. He maintained an easy smile as he stepped center stage.

He noticed Cammi making weird gestures with her hands, her eyebrows wildly raised. He deliberately looked away, avoiding eye contact. This was his time to shine and she was ruining his moment!

Ted scanned the crowd. Everyone was smiling, which didn't surprise him. He smiled too when he looked at himself. But, as Ted looked around, it seemed as though people were chuckling.

Were they laughing at him?

Cammi was now slouched down in her seat, staring at the ground.

Ted was confused. He'd expected the questions to be flying by now but the only sound he could hear were camera's clicking and people snickering. He felt his face grow hot.

What was going on?

"Ted! I have a question for you!" someone hollered from the back.

Finally! Ted smiled, puffed out his chest some more and grinned. "Go ahead," he said smoothly, trying to appear unfazed by the crowd's strange behavior.

"Boxers or briefs?"

Ted utilized his acting skills by breathing a fake laugh and plastering the smile on his face. Famous movie stars never revealed their discomfort. "What's that?"

"I'm guessing boxers!" the man called. The crowd broke out in laughter.

This time, Ted couldn't disguise his confusion. He looked helplessly at Cammi, who was now slowly shaking her head in obvious disdain.

"X-Y-Z-P-D-Q!" some woman shouted. The people roared.

The childhood phrase came back to him.

Examine your zipper pretty darn quick.

Ted looked down to his red and white striped boxers peeping through his open zipper. Horrified, he yanked it up and bolted off the stage toward the bathroom.

He didn't feel so great.

> "But when he had become powerful, he also became proud, which led to his downfall…"
>
> —2 Chronicles 26:16a NLT

The Boy Inside the Man

By Tim George

Our phone rang at exactly 3:55 A.M.. It rang with one of those "Dad, something bad has happened" rings I hadn't heard in the ten years since our youngest son said goodbye to teenage angst and hello to twenty-something aimlessness. Thankfully, the aimlessness finally eased as he joined the Army, found a wife and fathered the most perfect grandchild in the world.

The second ring snatched me from the world of dead sleep to the waking world of a worried parent whose youngest son fought a distant war in the burning sands of Iraq.

"Hey, Dad, did I wake you up? Sorry about that."

"It's OK, son; always good to hear your voice. You all right?"

Months of periodic phone conversations, punctuated by silence, had conditioned his mother and me not to ask too many questions. Not to force him to say, "I can't tell you that." Or, "We're not allowed to say." Through that time we had developed our own unofficial code of non-questions, followed by non-answers that told us little except the most important thing. He was alive and well for another day.

Silence on the other end of the satellite phone from half a world away. Silence that filled in more blanks than I wanted filled. He was calling, and that was good. That meant he was alive and healthy enough to speak. But his brief answer spoke volumes.

"Great, Dad. I'm doing great. Just wanted to hear your voice. I don't want Mom to worry, so tell her everything is fine. I've just been through a hard few days and wanted to hear you guys' voices."

Before I could delve deeper into his definition of great, he said he had to go, and there my wife and I were. Lying in our comfortable bed, in our cool house, at 4:00 A.M., while our son stared at a silent sat phone in the 130 degree heat of 1:00 P.M. Iraq.

"Great." I played through my mind all the things that word could mean. Let's see: large, huge, noble, distinguished, superior. No. Or perhaps he meant like when he used to roll his eyes at us as a teenager and mutter under his breath, "Oh great."

Three hours later I stared at the morning news over my bowl of cereal, partly wanting to hear the latest word on the war and mostly not wanting to at all.

"A convoy was hit last night in southern Baghdad leaving two reporters dead."

My parental ears perked up. Just as our ears always caught the sound of every siren when our boys started driving, I couldn't help but wonder if our son was leading that convoy. That was his job, after all—convoy mission commander.

My wife glanced over at me, not wanting to ask. Knowing I would shake my head and remind her there are over one hundred thousand soldiers in Iraq and our son was probably nowhere near the bad news we had just heard. I glanced back and said nothing. I couldn't. All I could hear in my mind was, "Great, Dad. I'm doing just great…" And then, like all good parents, I knew.

Back on base, he called to tell me more. Not much more but enough. That convoy had been his. The men killed had been his. The danger and terror had been his. The IED-destroyed vehicle had been his. He had spent terrifying hours cut off from his convoy, back to back with a young lieutenant, waiting for help that took far too long coming. He had prepared to die but graciously been spared.

Three weeks later I stood in an airport watching our youngest son. The boy we thought would never make it out of teenage-hood alive. The man who had left family and home to defend what he fiercely believed in. There he stood, hugging his wife and little girl. Still in his desert camo.

He turned from his family and looked at me. I walked over, and we embraced.

"How you doing, son? How does it feel to be home again?"

For just a moment, Staff Sgt. Jason L. Whitmore softened. Mission Commander, and soon to receive the bronze star, Sgt. Whitmore was just Jason, our youngest son. He locked eyes with me and breathed deeply as he pondered my question.

He flashed a familiar grin, the boy still inside the man. "Great, Dad. It feels really great!"

Author's Note: The name has been changed, for obvious reasons.

A SIMPLE PRAYER?

By Sue Dent

Jerry. His name was Jerry, and he was homeless. At least, he was homeless by our standards.

He'd come to the church with the group of homeless people we brought over every Sunday. Yet he was somehow different from all the others. He seemed to have a purpose in life, even though he held no real job. Not one that paid him monetarily. He did some drywall work here and there for those who couldn't afford to pay; painted for the same reason. He was presently staying on a cot at the Red Cross shelter.

We liked Jerry, and so we took him to our house for lunch.

Heads bowed for the blessing, I began. "God is Great—"

"And the LORD said to Moses," Jerry enlightened, head still bowed, eyes still closed, "I have heard the murmurings of the people of Israel; say to them, 'At twilight you shall eat flesh, and in the morning you shall be filled with bread; then you shall know that I am the LORD your God.' In the evening quails came up and covered the camp; and in the morning dew lay round about the camp. And when the dew had gone up, there was on the face of the wilderness a fine, flake-like thing, fine as hoarfrost on the ground. When the people of Israel saw it, they said to one another, 'What is it?'"

My eight-year-old son peeked with one eye when Jerry grew quiet.

I continued. "God is good!"

"I have compassion on the multitude," Jerry emphasized, "because they continue with me now three days, and have nothing to eat: and I will not send them away fasting, lest they faint in the way. And he took the seven loaves and the fishes, and gave thanks, and brake them, and gave to his disciples, and the disciples to the multitude. And they did all eat, and were filled: and they took up of the broken meat that was left seven baskets full."

More peeking about—except for Jerry, who remained poised and ready.

"Let us thank Him for our food," I said, tentative yet curious. What would Jerry have to add to this?

"As soon then as they were come to land, they saw a fire of coals there, and fish laid thereon, and bread. Jesus saith unto them, Bring of the fish which ye have now caught. Simon Peter went up, and drew the net to land full of great fishes, an hundred and fifty and three: and for all there were so many, yet was not the net broken. Jesus saith unto them, Come and dine."

"By his hands, we are fed…" I actually paused here, making sure Jerry noticed, if he were in fact paying attention, which I do not think he was.

"Therefore take no thought, saying, What shall we eat? or, What shall we drink? or, Wherewithal shall we be clothed? For your heavenly Father knoweth that ye have need of all these things."

On the home stretch now, I bravely said, "Thank you for our daily bread."

"I am the living bread which came down from heaven: if any man eat of this bread, he shall live for ever: and the bread that I will give is my flesh, which I will give for the life of the world."

I was barely able to get out the word, "Amen!" And I can honestly say I've never enjoyed a meal more!

A simple prayer? Not anymore.

Scripture Taken from:

- Exodus 16:10-15 RSV
- Matthew 15:32, 36-37 KJV
- John 20:9-12 KJV
- Matthew 6:31 KJV
- John 6:51 KJV

GREAT BELIEF

By Beth Muehlhausen

"Who is the greatest…?"
"…whoever humbles himself like this child is the greatest…"
—Matthew 18:1b and 4a NIV

Nathan's pleading, blue eyes searched his mother's face. "Mommy, why can't I have a baby sister—like Tony's baby, Maria? She's so cute!" He hung his head and stared at his bare toes as they idly scuffed the linoleum floor.

"I don't know why, honey…but the doctor says Daddy and I can't have any more babies. We thought we weren't going to have you, but I guess we got lucky." Susan swooped Nathan into her lap and enveloped him in a big bear hug, then pushed aside what remained of her morning cup of coffee and nuzzled his blonde head.

"Well…I REALLY…want…a baby…but 'specially a baby sister." Nathan mumbled the words into Susan's bathrobe with muffled defiance, and then snuggled into her embrace.

"I love you, Nathan."

Nathan was conceived only after years of fertility treatments, and was considered a "miracle baby." As Susan continued to try for a second child, the doctor shared his professional conviction. "It's not going to happen again, Susan. Love little Nathan and be happy with one child because you're not going to conceive again. I will continue to monitor your health because of your abnormalities. But don't expect another baby."

Susan and her husband, Steve, accepted the doctor's prognosis. They knew several childless couples and were grateful to God to have been blessed with precious little Nathan. They could and would choose to be content.

However, as Nathan observed friends who enjoyed the company of younger siblings, he cultivated a different vision. Finally, one evening before bed, he announced his plan. "Mommy, let's pray and ask God for a baby sister. C'mon Mommy…I wanna pray."

Susan gazed into the innocent, trusting face of her child and knew that his request was heartfelt, but her expectation did not match his. After all, she had already prayed countless times for another baby—and yet the doctor said another pregnancy was physiologically out of the question. Why continue to pray for the impossible?

Nathan, however, did not know the meaning of doubt. His four-year-old heart believed God was in charge of new babies. He also believed God answered prayer and could perform miracles.

"Okay honey, let's kneel by your bed and you can pray." Susan felt a lump of long-neglected hope lodge in her throat as Nathan clasped his hands, closed his eyes, and sighed deeply.

"God, You know I want a baby sister real bad. I'd love her, God, real good. I can be a great big brother God, better than Tony even! Can you please send me a baby sister? Right away? Thank you. Amen."

Two weeks later Susan reported a discrepancy in her monthly cycle to the doctor, but also secretly performed a home pregnancy test. Within the month the news was confirmed: Susan was pregnant!

Of course Nathan had no doubt from the beginning that the baby would be a girl. "But what if you have a baby brother, Nathan? We don't know the baby will be a girl," Susan cautioned.

"Mommy, I prayed for a baby sister," Nathan declared with an air of juvenile certainty. And then he added, with a quizzical look on his face, "If I asked for a sister, why would God give me a brother?"

Susan cherished Nathan's simplistic optimism, but anxiety continued to clutter her heart. *What if I lose the baby to a miscarriage? What if it is born prematurely, or with defects?* Susan's twenty-week ultrasound revealed the truth: she was carrying a healthy girl.

A beautiful baby named Katie arrived almost exactly nine months after Nathan's simple but earnest prayer. Today, thirteen-month-old Katie—a classic beauty with curly auburn hair, big brown eyes, and a rosebud mouth—thrives as the little sister of a loving big brother who believed God for the gift of her life.

"Who is the greatest?" the disciples once asked Jesus.

"You must change and become like little children," He said to his followers.

Nathan's parents know who is great in Jesus' eyes: people who know what it means to be dependent, hopeful, trusting, and confident believers—just like Nathan.

Author's Note: This story is based on fact. Five-year-old Nathan is my hero.

Crimson Tears
By J. C. Moran

The needle shook in her trembling hand. She could feel the prick against her arm. Her heart raced; even her mouth started salivating just at the thought. Her whole body knew what was coming next. It wanted it. Bad.

She had tried to make it through another day, she really had. But the pain had become unbearable. The old couple walking hand in hand near the gardens, a young father in the park pushing his daughter on the swing, two young teens entangled in each other on the corner; scenes that cut open the scars imprinted on her soul. Broken pieces of her childhood that still haunted her. Reminders of the shallow, emptiness of her life. A void so deep her soul cried crimson tears.

She just wanted to escape the pain. Just for the night. Just for a moment. One moment of not feeling the holes in her soul. Of not feeling them bleed.

Her thumb pressed against the syringe, but she hesitated. Her mind screamed: *Just do it. Just press it in. It'll stop the pain. It always does.*

Her voice was barely a whisper. "Greater is He that is in me than he that is in the world."

She repeated the verse over and over again. Her hand faltered. She gripped the needle in a clenched fist. Tears built up in her eyes, but she refused to let them fall. "I don't want this pain. I don't want it! Can't You hear me?"

She rocked back and forth hugging her knees to her chest, pressing her forehead into them until it hurt. Yet still she refused the tears.

"Greater is He that is in me than he that is in the world. Greater is He that is in me than he that is in the world."

She hoped the words would give her comfort, maybe even strength, but all she felt was the angry frustration at being denied relief. She hurled the needle across the room and let out a muffled scream.

Walking across the room, she felt numb, defeated. Squirting the heroin into the toilet bowl, she watched her only chance of alleviating the pain flush down the pipes.

She wanted to yell out to Him—"There! Are you happy?"—but she refrained. As she retreated under the covers her body shivered from the emotional battle, yet she muttered a half-hearted "Thank you."

She felt a cool wetness where her cheek met the pillow. She could no longer hold back the tears. "Please," she whispered into the darkness. "Please take the pain away. Someday. Please."

CHAPTER TWO

IT IS WELL WITH MY SOUL

THE FORGOTTEN

By Kenn Allan

The marble headstone guides my path,
Through freshly-shoveled earth,
A grim reminder of my name,
And days allowed since birth.

I rise above the icy stone,
In phantom shades of white;
Encircled by unearthly mists,
I cry into the night…

"Who forgot to call my name?
Please make your presence known;
I do not wish to linger here,
Afraid and all alone."

The thunder rumbles east to west,
In lieu of a reply,
And clouds blot out my final hope,
Held captive in the sky.

Straining upward through the storm,
With dark unblinking gaze,
I shake my fist against the gale,
And lightning's brilliant blaze…

"Who forgot to take my hand,
And walk me through the rain?
Because I thought nobody cared,
I sheathed my heart with pain."

The tempest howling through the trees,
Bequeaths a mournful song,
Composed of grief and broken dreams,
And prayers which don't belong.

Rebuking stones and monuments,
Of those who share my fate,
I turn to flee but cannot move,
Beyond the rusted gate…

"Who forgot to speak the truth,
When God incurred my wrath?
By drinking deep of bitter tears,
I wove a twisted path."

The muffled crunch of grinding rock,
Reverberates below,
As earth reveals a gaping wound,
With hellish fires aglow.

Unholy legions swarm my grave,
And strip me of my choice,
Their horrid screaming fills my ears,
And drowns my pleading voice…

"Who forgot to save my soul,
Before my time to die?
Without my cloak of sinful flesh,
The chance has passed me by."

Hands of darkness drag me down,
For sins I can't atone;
Resisting more than in my life,
I clutch at polished stone.

Before me stands the marble slab,
Which bears my graven name,
A grim reminder who forgot,
And who deserves the blame…

Exhausted, I release my grip,
And slip into the flame.

THE MAIN EVENT

By Lori Othouse

"Ladies and gentlemen…welcome to tonight's main event! In this corner, weighing in at heavyweight status carrying the mind, the will and wearing his emotions on his sleeve, we have…the Soul!"

Thunderous cheers erupted throughout the crowded coliseum. This was the obvious favorite in tonight's match. The announcer continued.

"And in this corner…a heavyweight of a different category, carrying only the Word and wearing truth at his loins, righteousness at his chest, and salvation covering his head…it's the Spirit!"

A great cloud of witnesses cheered from a distance, but was soon drowned out by the taunting, jeering crowd immediately surrounding the ring. This was the fight of all fights: the born-again spirit of man battling his willful, intellectual, emotional soul. Who would be the winner in the battle for eternity?

The announcer called the two to center ring. Soul challenged Spirit confidently.

"You want some of me?"

"I want all of you," Spirit replied.

With that, the fight was on. Soul came out swinging, doing his best to dominate, but armed with the Word, Spirit blocked every move. Soul threw a jab of sickness. Spirit easily blocked it with James 5:15, "And the prayer of faith will save the sick, and the Lord will raise him up…"

Coming back, Soul struck with a left hook of the cares of the world. Unshaken, Spirit quickly counterpunched with John 16:33, "These things I have spoken to you, that in Me you may have peace. In the world you will have tribulation; but be of good cheer, I have overcome the world."

Next came a combination hit of pride and unforgiveness. Even a double shot like this was no match for Spirit, who came back strongly with 2 Chronicles 7:14, "If my people who are called by My name will humble themselves and pray and seek my face, and turn from their wicked ways, then I will hear from heaven, and will forgive their sin and heal their land."

On and on they fought, endlessly, it seemed. Soul was tenacious in his attack, hurling every kind of damaging hindrance he could produce: hatred, disappointment, lust, jealousy, logic, reason, bitterness...but Spirit blocked every one.

Round after round Spirit was victorious, but the constant battle was weakening him. Soul knew what he had to do. After waiting for just the right moment of vulnerability, he lunged with his most powerful, deadly move. The crippling uppercut of doubt landed Spirit flat on his back.

Stunned and confused, Spirit lay exhausted on the mat. He tried to retaliate, but to no avail. It didn't matter what Scripture he tried to come back with, doubt seemed to nullify them all. He felt himself fading. Soul danced around the ring victoriously, hands in the air. Could this be the end?

Suddenly, Spirit caught a glimpse of something he hadn't noticed before. Slowly he turned his pounding head to see what, or rather Who, it was. There was a Third Man in the ring. He kneeled down beside Spirit and looked deeply into his eyes.

"Greater is He that is in you. You know the truth; stand on it. Don't go down for the count."

The realization of His words began to ignite inside Spirit. He wasn't alone! The One who conquered death was in the ring with him. How could he lose? His eyes started to focus. Leaning on one arm, he raised his head and addressed his opponent.

"Soul!"

Still soaking up applause from the audience, Soul whirled around in shock.

"We are hard-pressed on every side, yet not crushed..."

Soul's cocky grin began to fade. Spirit pulled himself up further.

"...we are perplexed, but not in despair; persecuted, but not forsaken..."

Soul's hands fell to his side. Spirit balanced on one knee.

"...struck down, but...not...destroyed!"[1]

Spirit jumped to his feet as Soul crumbled to his knees. The astonished crowd sat dumbfounded as the cloud of witnesses in the distance cheered jubilantly. As the final bell sounded, the Referee raised Spirit's hand in victory.

Although he didn't realize it, this would be an eternal triumph for Soul as well. He raised his hands, no longer in arrogant praise to himself, but in humble submission to a spirit victoriously empowered by the Third Man in the ring.

All Scripture taken from the NKJV of the Bible

[1] 2 Corinthians 4:8-9

VULTURES OF GUILT
By Stephanie Bullard

Darkness. Pressing in around me. A blackness that transcends any mortal ideas of such a color, or lack thereof. It is deeper. Darker. Stronger. It clasps me with icy fingers of nothingness; clawing into me with fleshless bones, searching for a heart that is missing. A void deep within me. A void all around.

A hot wind swirls around me, scouring me with a heat that sears the lungs, melts flesh from bone. I scream in agony, but no sound comes from lungs exploding with fire, lips peeled back like blistering paint in an inferno. I burn, but still exist. My body licked with flames that will not consume. A living burning bush, though life seems far away. A distant memory.

I stumble through the living void, tendrils of death reaching for me, curling around my limbs, pulling me into the despair that makes up the depth of their nonexistence.

The putrid smell of rot clogs my nostrils. I choke on the acrid reek of decomposition as I trip over the decaying corpse of unrecognized dreams. They're dead. Neglected. Forgotten.

Vultures of guilt and despondency circle, drawn by the odor of my sullied honor. Their sharp beaks tear into the rancid carcass of my hopes and visions, spilled out and laid bare to the world. I am nothing; the world cannot see me, only the shell of an empty being.

A hiss fills my mind and floods my veins. A gurgle of twisted pleasure. A brilliant Angel of Light, beautifully horrible, his dark light casting garish shadows across the void. The nothingness pales in comparison.

He is king here.

This is his domain.

Welcome to Hell.

Welcome to my soul.

I raise a feeble hand in resistance as he moves with deliberate slowness to consume me. I am his, possessed by his evils and lies, owned by his lust for humanity. He has claimed me, by my own choice. My will has crumbled, collapsed into desolate submission to the one who would lay claim to every wretched creature. I am the most wretched.

"You are precious to me."

A new Voice. Unknown, yet so familiar it shakes me to my core.

"No," I whisper.

"I love you."

I move closer to the Evil one.

"You cannot."

A shaft of clean, pure light floods the darkness, illuminating every corner of my most abject person. I fall to my knees in humiliation. I cannot bear to look at Him. My horrors spilled out before His wounded feet.

"I am not worthy."

"That is why I am here. I will free you from yourself. All you need do is ask."

I tremble with fear and desire. I long for His embrace, for His life to bring new meaning to my own living death.

"Yes," I whisper. Then shout it with tears streaming down my vagabond face.

He holds His hands out, blood pouring over me, cooling the flames that rack my body. The screams have changed now. They are no longer mine. They are the Evil one's; he has lost his hold on another soul and must slink back to the rank depths where he will steep in his rot until another wretch crosses his path.

My gaze is fixed on the One who has transformed the darkness that was my being into a new vessel, pure and ready to contain the fresh life He has offered.

This is His kingdom now.

Welcome to my soul.

The Alley Prayer

By Debora Dyess

He opened his eyes.

Darkness all around him and lights far away. He let his eyelids fall shut again, curtaining the world.

He could smell, though. Decomposing trash, rain on pavement, old oil, still older booze.

He opened his eyes again, squinting and shifting his eyes, not daring to move his head.

Far away he saw streetlights and their reflections in puddles on a distant road. Cars passed in a fury; busy people rushing through their lives…past him.

What was he doing here…in this alley? He'd been in a hurry to get home, to show something to his mom. Something important, he remembered, but what? Grades—that was it. But not just any grade…a history project they'd worked on together. So he'd cut through this alley, taken the forbidden shortcut.

And found out why it had been forbidden.

He could feel the wound in his back—the stinging, burning sensation that got worse when he moved. They'd shoved him, taunting him, laughing at his fear, and finally, for no reason at all, one of them had shoved a knife into his back. For no reason at all.

When was a person dead, he wondered? When their heart stopped? He held his breath, feeling his heart working, pushing blood. He took a shallow breath and concentrated on the air in his lungs. He was alive.

But sometimes…sometimes, he remembered, that didn't mean much. He remembered when his grandmother died, how she seemed to be gone long before her body knew to stop. "Too stubborn to let go," the doctor told his family, shaking his head.

So what then? He opened his eyes again, looking at the lights. You die when…what?

When your soul leaves—you die when your soul leaves. He'd heard that before, somewhere. Maybe he'd heard it on a church service on TV, or maybe from one of his grandparents. He certainly hadn't heard it from his mom or his brothers.

He'd asked his mom once about his soul. He'd spent the night at Pete York's. At bedtime Mrs. York knelt beside the bed with her son. He knelt with them, but he didn't know why. "…I pray the Lord my soul to keep…" they'd said. But when he asked his mom about it, she shrugged.

"I don't know…" she'd faltered, slowing as she washed a plate. "It isn't anything the scientists can measure, not anything the doctors can find. It might be real, or it might just be like the boogieman…just something made up to keep little boys in line." She'd patted him on top of the head, depositing a puff of dish soap bubbles on his curls. "Kind of like God, I guess. Nobody can say for sure."

He lay there, feeling the sting in his back, breathing, aware of his heartbeat and the lights in the distance.

And a presence, someone near him. He looked around, this time being so daring as to turn his head against the roughness of the asphalt beneath him. A man stepped toward him and knelt at his side.

"Help is coming," a gentle voice assured him. "They're almost here."

He breathed a sigh of relief.

"Would you like me to pray with you?" the man asked.

He nodded.

"Great Father," the smooth voice said, "let this child feel You here. Let him feel Your peace. Touch his soul, even as You touch his body. Let him know Your love and truth. Bring him into Your family."

He heard footfalls, frantic voices. "He won't be here," his mother insisted to someone. "He knows not to come through here. I've told him!"

"Mom—" His older brother's voice.

He felt his mother's hands, heard his brother dial 9-1-1 on his cell phone and direct help to the alley.

"Baby," his mother cried. He could feel her tears, hot on his face. "Baby, we're here! Help's on the way."

"I know," he whispered. "The man told me."

His mother jerked up, looking around. “Where?” Her voice sounded fearful, alert. “Who, honey?”

“The man praying for me…when you came.”

“What?”

“He prayed for me…for my soul, even.” He pictured the man in his mind; he could remember the feel of his presence, feel the calmness that seemed to envelop him at the man’s words. But he couldn’t remember anything about his face—nothing at all.

“Baby, there was no one here when we got here. You were alone.”

But he hadn’t been. And he knew he’d never be alone again.

DEATH OF A TENT

By Janet Rubin

I don't know how many more nights this tent will hold up. Lying here in the dark, I see stars peeking through the rips in the canvas, too tattered now to repair like I have in the past. I've gotten my money's worth out of this old thing; have camped in it more days than I can count. Pleasurable days and starlit nights of pure camping fun, and miserable times I've spent caught in storms just praying the lightning wouldn't choose my tent pole as a target.

I've lugged this tent up mountains and down into valleys. Have slogged along muddy paths in the rain and trembled beneath the weight of it on hot, dry days in the desert. No matter how difficult the day, it's always been a shelter at night; a place to lie down and sleep.

Solitude is nice—the walking and camping alone—but mostly I've camped with others. Family and friends. I've found camping with strangers to be one of the most interesting experiences. After all, there's something about gathering around a campfire, everyone staring into the same orange glow and feeling its warmth that makes people not strangers anymore. Once you've shared a meal roasted over that flame you're more like family.

The past few nights have been calm, so I've done all right. But tonight, I hear a rumble. The air seems pregnant with storm. I scrunch over to the less holey side and hope for the best.

No one has tents like this one anymore. This is the real deal—the kind old boy scouts remember fondly. The kind that leaks like crazy if you touch the sides when they're wet. The other campers—owners of shiny campers and pop-ups—looked at my tent with pity today. One gentleman came over with a roll of duct tape. A woman offered me her sewing kit. I could see in their eyes, though, that they knew as I well as I that this tent is done for. It's just too old (not I-could-get-a-lot-of-money-for-it-on-eBay old, but time-to-burn-it-in-the-campfire-along-with-the-logs-and-paper-plates old.)

It's a good tent, though, and the only one I have.

The mosquitoes that have been darting freely in and out have suddenly disappeared. The campground is eerily quiet. It's hot, yet I shiver in my sleeping bag.

CRACK! The lightning's flash and the resounding boom are simultaneous, and when I open my eyes, I can't believe I'm still alive. The rain comes on all at once, not warming up with a drizzle and working its way up, but pouring heavily like the water I pour from a bucket on the smoldering coals before bed.

Water streams in through the holes, just like it must have into the Titanic as it sank. The wind shakes the tent, lifting it clear off the ground on one side. Fastened down by only a few tent pegs, the few I haven't lost or broken, it can't hold its ground. I spread myself into an X to try and weigh it down, but the wind is too strong. The sound of ripping fabric cuts through the storm as the biggest hole expands, leaving a gaping door through which the storm gladly enters.

I feel as if I'm caught up in a tornado. The poles flail about. My shelter is no longer a refuge. Leaving my sleeping bag, compass and clothes, I struggle through the sagging and shuddering tent, blinded by the darkness. Groping, I find the hole on the tent's side.

And then I am out. Naked and utterly exposed to the storm. Homeless.

I see a glow, hear the crackle of burning wood, and see rising smoke.

In the rain.

Forgetting my tent and my nudity, I move towards this oddity until I can see clearly. A man sitting by the fire, motions me closer.

Tears, as well as rain, streak my face. "My tent is gone."

He reaches out and pulls me closer. It isn't raining here. All around, but not here. There is a cloth in His hand and He uses it to wipe my face clean of water and tears. I look down and notice that I am not sweaty or wet or naked. I'm wearing a white robe.

"I made your tent," He says. "It wasn't meant to last forever. Just until now."

I nod, not missing my tent at all, just happy to be here with this man.

"I've made you a new place," He says. "Would you like to see?"

A Soul's Last Breath
By William Price

Winston Walter Raymond killed a father of three teenagers in cold blood. He'll have my respect forever.

I first met him fifteen years ago. His name and famous "soulless" picture had been in the media for a year. The day before I first saw him in person, the headlines read:

Killer Sentenced to Death: Still Silent.

The State Attorney who prosecuted the case said, "The man has no soul. The death sentence for him will be like a welcome home party."

Winston's eyes were the emptiest I'd ever seen. They resembled windows on a deserted shack that hadn't seen electricity in years. He reportedly never spoke a public word since the day of his arrest. The only, confirmed, communication came in a note to his Public Defender:

I'm guilty. Let me die.

The stocky, balding drifter was convicted of shooting a deacon outside a small church. The victim, a widower of one year, was walking to his car with his children one Sunday following services. He was approached by a man in tattered clothes brandishing a handgun. The startled father offered all the money he had to spare their lives. The killer reportedly pulled the hammer back on the pistol and aimed at the eldest son.

At the trial, the teen testified in a whispered hush that his father confessed to the gunman he didn't even know if his children were saved. Between heavy sobs, the sixteen-year-old painfully recounted how the Defendant pointed the gun at each of them before taking his father's life. The grieving son couldn't speak another word. Deputies had to help him out of the courtroom.

During Winston's time on the Launching Pad, our nickname for Death Row, dozens of pastors came to try and save his soul. Each visit was greeted with an empty stare. Most would pray for him and leave shaking their heads.

The 45-year-old's final day started with oatmeal and a copy of the morning paper. The front page featured photos and a story of the three children left behind following the murder. The writer noted the eldest son, now 31, had not spoken much at all since the trial. Winston read the article until it was time to prepare for his final walk.

I was stationed next to Winston in front of the "chair" when he was offered a chance to make a final statement. The victim's sons were sitting in the front row on the other side of the bulletproof glass.

"I would like to say a few words." Winston's voice was raspy.

The youngest of the three sons jumped up.

"You don't have the right. You had your chance."

The eldest brother put his hand on his sibling's shoulder and sat him down.

Winston fixed his gaze on the front row.

"I can't tell you why I did it. I'm not speaking to put some meaning to something I still can't figure. I did what I did, and my punishment stands behind me. I wasn't going to kill your father."

The condemned man pointed at the eldest.

"I was going to shoot you."

Tears ran down the young man's face as he nodded.

"I haven't had much religion. I froze when your dad said he didn't know if you were saved. I knew salvation was a good thing to have when you're dying."

He paused to wipe his own eyes.

"I read today that you haven't been to church since. I've had enough preaching at me these last years to know that isn't good. I can't undo what I did."

His voice began to tremble.

"But, I can ask you if you would let me pray for your salvation."

Everyone gasped.

"I got it memorized, I heard it enough. Don't worry, I ain't praying for me."

The eldest son stood up and walked towards the glass. A guard was going to stop him, but the Warden nodded to let him continue. The young man placed his palm up on the glass.

"I will if you will."

All three of us prayed, though mine was silent. The young man stared at Winston through tear-drenched eyes, then up at the clock, and slowly sat back down. As I was putting the hood over Winston's head I saw his eyes. The inner light came on just as his world here went dark.

Winston Walter Raymond didn't earn my eternal respect for what he did fifteen years ago, but what he did with the last breaths of his soul.

SOUL PAWN SHOP #316

By Sandra Fischer

The bell on the door of Soul Pawn Shop #316 jingled, alerting Mara to the arrival of her customer. She pushed back a wisp of hair, checked her smile in the mirror and turned around.

"Good day, sir," she chortled as she brushed past him to lock the door.

"Shalom." His voice was soft, melodious. "I appreciate your agreeing to meet me before regular hours."

"No problem, sir." Her eyes studied his face, while her mind made a quick assessment of his clothing, posture and demeanor—all clues to possibilities. Mara had learned this skill well from her master. She took pride in her perception of knowing just what her customers wanted without asking. This one—with his well-trimmed beard, impeccable suit, and shiny patent leathers—yes, this one, although he had not said so when he made the appointment, was surely a buyer.

The man stroked his beard as he scanned the wall-to-wall categories.

"You have a wide selection."

"Indeed," Mara smiled. "My master is the foremost dealer of souls in the world. We buy, sell or trade both directly and online. Soul Pawn Shop #316 is one of his top franchises. We deal at all levels, regardless of gender, race, religion, or..." she hesitated, giving him a sidelong glance, "status."

"Ah," he smiled, looking deeply into her dark, brown eyes. "Then, I suspect, you would not turn anyone away."

Emboldened, she asked, "Which are you, sir? Buyer, seller or trader?"

"I'm interested in redemption. Let's start with these categories: Honesty, Integrity, Fidelity, Purity, Humility, Compassion, Forgiveness, Reverence for God..."

"Please, sir!" Mara interjected. "I see you are a discriminating man—interested in the finer goods that men and women have placed here in exchange for, shall we say, more worldly advantages?

I'll need to get an update. Just this morning I've had over three thousand trade their integrity to gain political status in the U.S. alone. Of course, I'm sure you know it's an election year. The Fidelity numbers are never stable—always climbing. Why, I surmise tens of thousands have pawned their fidelity for a few sensuous moments just while we've been talking."

Mara's voice rose in her excitement. She couldn't wait to show him the large stockpile of soul exchanges Pawn Shop #316 had available.

"Of course, we make inventory adjustments each Monday to account for some redemptions—mostly fundamental churchgoers—but by the weekend, we're up again. Reverence for God stats always go up by Saturday and the Humility numbers have been over the top lately! If you'll wait, I'll get an update."

"I have all the time in the world."

Mara hurried behind the counter to download the information. Her hand was shaking as she clicked the mouse and watched the files appear—Purity, Respect, Reverence, Trustworthiness, Unselfishness…so many categories, so many souls scrolling across the screen. She was lightheaded, almost giddy. This could be her biggest sale ever. Soul Pawn Shop #316 could top the other 665 shops in sales for the week…maybe even the whole year! The master would be pleased.

The man leaned over the counter, placing his hand on hers. Her eyes widened as she noticed a deep scar on the back of his wrist, but what he said was more shocking.

"I've also come to redeem you, too, Mara. I know the only reason you work here is because you made a trade."

Mara's heartbeat quickened, pounding in her temples. "How did you…?" She pulled her hand away, gasping for air.

"Would you like to be redeemed, Mara?"

"But, who…why? Are you really the Savior—the Christ?" Could the stories she had heard about the redemptions be true?

"I love you, Mara. I know your sin, just as I know those of all who have traded here and at the other shops. My Father sent me to buy you back by making the greatest exchange ever—His grace for your soul through one payment for all your sins, for all time. You can be free, Mara."

"But, I have nothing to give in return," Mara sobbed.

"It is a gift, dear one. All you have to do is believe in me and the One who sent me and you will have eternal life."

"Oh, forgive me, Lord. I do believe!" Mara fell to her knees.

Above her, a message flashed across the monitor: "Soul Pawn Shop #316 file update—another soul redeemed forever."

The Soul Playing Sole from Seoul

By Philip Barnes

The lights were dim. They always were on the ocean floor. The Angler's light was flickering on and off. He had worked a fourteen-hour shift. It was hard to keep lit after a day like that. I wasn't surprised. Nearly every fish in this dive was out of luck. I see it on their faces every night. It's the look you get when you don't have any hope.

I've lived the high life. Yeah, I've been to the reefs. I even spent three years in an aquarium. Not a little Mom and Pop joint. No, it was the real deal. It was downtown Seoul, South Korea.

But that was another life. I got run out of the tank in Seoul. They never asked who started the fighting. They just rounded us up and dumped us twenty miles out into the ocean. You get the name "aquarium fish" and soon no one wants to be near you.

I did some things on the reef I'm not proud of. You'll do almost anything to survive out there. I got on the wrong side of an unholy mackerel one evening and I've been here ever since. I play my saxophone for barnacles. I'm just like every other chub in here. I'm just sticking it to The Fish.

I was between sets when the bell over the door rang.

"Hello, Angelfish." The squid cleaning the tables had said a mouthful. We're used to drifters floating in, but this was no drifter. This angelfish was classy. I wasn't the only fish in the joint straightening out his tail fin. Behind her came a large sturgeon.

"Figures. Classy dame like that's got to have a guy already." The squid shined up the table closest to the stage, and the two sat down and ordered a couple of waters.

"You know the water around here can really clog your gills. You ought to get something a little stronger; something with a little algae in it, if you know what I mean."

I could tell the two had no idea what I meant.

"Do you play?"

"Down here, sweetie, it's only soul. I'd like to know what you're playing at. You two didn't just drift down the current."

"We're traveling against the current." The angelfish brushed back her flowing fins.

"You're a regular salmon."

"No, we just have a purpose. My name's Charles Haddon Sturgeon, this is Angel."

"If you're looking for a porpoise you won't find any around here. Only fish in this place. No mammals allowed."

"No," the sturgeon continued. "I came to ask you if you have given much thought to the condition of your soul."

I wasn't the best fish on the bottom of the sea. Sure I had a few tattoos, a couple of hooks in my lip and one in my eyebrow, and I was getting a little out of shape, but that was life on the 20,000 leagues under. "If you're looking for a sole, I've already got a gig."

The angelfish giggled. I wasn't sure I actually liked it much. Charles continued without noticing Angel. "I'm not looking for a fish. My purpose is to get people to consider the condition of their eternal soul."

I honestly hadn't given it much thought. Sure, I had heard a few catfish spin a yarn or two about God, but that wasn't for me. I was my own fish. I didn't swim in a school. What did God have to offer me?

"Are you happy?" Angel was talking.

"As happy as ever."

"Not too happy then, huh?"

It was like she could read my mind. But I had been in this dive too long to think that she had anything for me.

"I bet you think that you're a pretty bad fish. What if I told you I knew someone who could clean up the dirtiest soul?"

"I'd say you hadn't been around, sister. I've seen some pretty slimy fish in my day." I met a gang once that had come down from the Valdez spill. Honestly, I don't think they were as messed up as me.

Sturgeon began to talk again. "It's time you know the truth. No matter how toxic the water, Jesus can help."

That night, Sturgeon shared with me a wonderful truth and, at a dirty table in the back corner of an old dive, this soul playing sole from Seoul had his soul changed forever. I'm no longer solo, now I travel up current. I swim against the flow.

HUSHPUPPIES FOR ANNIE

By Teri Wilson

LuAnn perched on the edge of the front pew and watched the vein in her father's temple pulse and swell. Sometimes, when he preached, she thought it might burst right out of his head. The women around her waved their fans back and forth, trying to stir up some wind in the still, Alabama morning. When LuAnn felt the sweat pool behind her knees, she began to dream of the pitcher of sweet tea she knew Ma would have waiting for them after church.

Pa's words rose up from somewhere beneath the swishing fans. LuAnn heard him talking about how man was made in God's image. Then she thought he said man was the only living creature with a soul. She wondered about that, but quickly became distracted by the tickling of perspiration crawling down her neck.

At Sunday supper, LuAnn finally got her sweet tea. She drank half a glass of the sugary concoction before she noticed the big basket of hushpuppies in the center of the table.

"Yum, hushpuppies!" LuAnn's dog, Annie, watched the basket closely as it made its way around the table.

"Pa, can I give Annie a hushpuppy?" Annie heard her name and licked her chops with anticipation.

"Sure. Have I ever told you how hushpuppies got their name?"

"No." LuAnn popped one of the yummy treats into the Golden Retriever's mouth.

"Well, southern fishermen carried hushpuppies in their pockets when they went out fishing with their dogs. If the dogs became noisy, the fishermen gave them these treats to keep their barking from scaring the fish away. That's why they're called hushpuppies."

Annie let out a pitiful whine. "Hush, puppy!" LuAnn said and gave her another. The golden dog happily gobbled it up.

"See, it works!" Pa laughed.

"Pa, at church you said man was the only creature with a soul. What about Annie? Does she have one?"

"No, she's an animal."

"Then how will she get to heaven when she dies?"

"Well, honey, she won't. Only people go to heaven."

LuAnn decided she did not like Pa's answer at all. "I think you're wrong."

For a brief moment she saw the vein throbbing in her father's temple again.

"Don't worry your pretty head about it. Nine-year-olds have much more important things to worry about, like grassy fields and tire swings. Now git."

LuAnn knew this meant the discussion was over, so she ran outside with Annie following closely behind. They headed toward the pond at the far corner of the field behind the house.

"Let's catch some fish, Annie." The Golden cocked her head to one side, and LuAnn plunked her fishing line in the murky water.

"Don't scare the fish. Hush, puppy," she whispered and pulled a leftover hushpuppy from her pocket. Annie grabbed the treat eagerly.

LuAnn waded into the pond up to her shins. The cool water was a welcome relief from the heat. She was wiggling her toes on the bottom of the fishpond when a growl started from deep inside Annie's chest.

"Hush, puppy!" LuAnn offered her another treat. But Annie refused to even look at the hushpuppy. Her growl grew into a ferocious snarl.

"Annie, what's wrong?" LuAnn followed the Retriever's gaze into the water and suddenly began to shake from head to toe. A water moccasin slithered in the water around her legs. LuAnn was so frightened she couldn't move. So she screamed instead.

"Help me, *heeeelp!*" At the sound of the scream, the serpent lunged at the little girl with deadly fangs bared.

The Bible dropped from Pa's lap onto the porch with a thud as he jumped in response to the scream. He heard loud barks and terrible shrieks as he ran faster and faster toward the pond. When he reached the water's edge, an eerie hush had fallen over the field.

There sat his daughter, rocking back and forth, cradling her beloved dog's head in her lap. Then the preacher saw the mangled body of the water moccasin floating in the pond.

"She saved me, Pa." LuAnn's face was streaked with tears.

The preacher put his hand on Annie's head and looked into her eyes. He watched the life slip away from the sweet dog's face.

"'Greater love has no one than this, that he lay down his life for his friend,'" Pa whispered. Then he made the sign of the cross on Annie's golden head.

"Pa, she'll go to heaven won't she?"

"Yes, honey. I do believe she will."

The Collector

By Larry Elliott

The stranger shivered slightly in the afternoon breeze as he sidled up to the large, carved, oak door. He opted for the round, ebony, doorbell button surrounded by an ornate, steel plate instead of the intercom call switch beside it.

A handsome, middle-aged man opened the door to face the wiry, older gentleman. "May I help you?"

"Good morning, Mr. Harthgood. My name is John Stewart. We spoke on the phone last week. I am here to discuss this." The elder opened his extended hand revealing a polished, gold coin. "Recognize it?"

"Come in Mr. Stewart." The younger man tried arduously to mask his excitement as he stepped aside, allowing his guest to enter. "This way."

Mr. Stewart followed as they strolled down an expansive hallway adorned with invaluable works of art. He was told Mr. Harthgood had netted a fortune in the import/export business. Now retired, apparently ahead of most successful entrepreneurs, he invested his time and fortune collecting whatever struck his fancy.

"Nice suit." Mr. Stewart attempted small talk. "You seem younger than I imagined."

"Do not let my appearance fool you. I am older than dirt."

Both chuckled briefly, relenting to their respective formal composures.

They entered a large office that doubled as a small museum.

"I see you collect items other than coin." Mr. Stewart observed as he scanned the numerous artifacts hanging from walls, perched on stands and displayed behind glass.

"Impressive is it?"

"Yes, as far as man-made objects go, I guess."

"What do you mean?"

"Nothing, I was just thinking out loud; a faulty habit in my occupation." He promptly changed the subject, flashing a brief half-grin. "As I recall, imbursement was never mentioned."

"You recall correctly. What is your price?" The host stated without requesting to view the coin again.

Mr. Stewart considered this odd, but immediately dismissed the thought.

"As I explained on the phone, I am merely representing the actual owner. I believe I failed to mention my employer is a collector, also."

"Is that a fact? And what might be his treasure of pleasure?"

"Souls, Mr. Harthgood." Mr. Stewart watched intently for a sign of astonishment or disbelief. None came.

"Really? So am I to believe that you are here to trade my soul for this…trinket?"

"Believe me, my master's collection includes a myriad exchanged for less—a lot less."

"I suppose I should be honest with you. I am not Mr. Harthgood. I am also merely a servant. My charge is upstairs on his knees, as we speak, beside his ailing wife, praying to his creator for forgiveness."

"What?" The older man's face wrinkled with surprise, then rage as he realized the meaning of the other man's words. His eyes narrowed. "Deceiver, my appointment was with Harthgood himself. Bring him to me immediately—I demand it," he bellowed shaking a fist in the air. Spittle flew as his voice intensified.

"You have no liberty to accuse or demand anything. I never made claim to my identity, but I know well of you, Morlak. I am Gillion." He grinned as he observed the other in his true form. Purist hatred from its bulging, yellow eyes bore into Gillion's own transparent blue.

Gillion turned his back to the repulsive imp and unleashed a bounteous laugh. The Armani rumpled to the floor giving yield to an impressive muscular form that suddenly brandished imposing, feathered wings. These he stretched high and wide with an "Ahh" of relief. Heaving an enormous sword from its sheath with a reverberating 'ching' he spun on his heels. The golden rapier separated the demon from its ugly head, leaving only a wisp of oily, black fog where it had stood.

The archangel watched in triumph as the last of the demon to dissolve was the hand holding the coin.

Footsteps came from the nearby stairway.

Gillion sheathed his weapon and rocketed upward with a half-turn, dissipating through the ceiling, the roof, and into the cloudless sky.

The master of the house entered the room just as the golden coin rolled, unnoticed, beneath the large, oak desk.

CHAPTER THREE

JUST A CLOSER WALK WITH THEE

BABY STEPS

By Kenn Allan

Within my cage of nylon mesh,
I squint between the weave;
My morning nap has left me fresh,
To ponder and conceive.

Again my aspirations flow,
Beyond the playroom door,
Just like they did two days ago
(But not the day before).

I noticed how my Daddy walked,
From room to room with ease,
While all about the house I stalked,
Upon my hands and knees.

I'm quite adept in many things,
Like how to sing and clap,
And how to hide zucchini strings,
Unseen upon my lap.

I've learned to play the jingling keys,
And splash while in the bath,
Yet I would trade my expertise,
To walk my Daddy's path.

But how can I escape these walls
Which loom above my chin?
It's true they cushion me from falls,
But also fence me in.

No time to muddle in despair;
This setback I can thwart,
By climbing up my teddy bear
(If he will lend support).

High above the floor I flip,
Where angels fear to tread,
Careful not to lose my grip,
And bump my punkin' head.

Finally, I reach the ground—
There's nowhere left to hide;
Determination still abound,
To match my Daddy's stride.

But since I've never walked before,
With no one at my side,
Will I be able to explore,
On legs I've never tried?

The muscles in my chubby thighs,
Firm up like Cream of Wheat;
To my delight (and some surprise),
I stand on my two feet!

All my remaining doubts dissolve;
I scan the wide expanse,
Adorned in nothing but resolve,
And pair of soggy pants.

Though I tend to pitch and roll,
It's better than a crawl,
So off I swagger toward my goal,
While feeling three feet tall.

My Daddy's laughter fills the air,
Back where my trip began;
Quite suddenly I am aware,
There's been a change of plan.

I turn and look into His face,
Which wears a loving smile;
Approval flows from His embrace,
Which made my trek worthwhile.

Deep inside I think I knew,
He'd been there all along,
Watching, rather than pursue,
In hopes I'll grow up strong.

And even if I ate a beet,
Or any fruit you choose,
I'll prob'ly never grow the feet,
To fill my Daddy's shoes.

Umuhoza's Walk
By Helen Paynter

She sets out before dawn, the earth cool beneath her feet. She walks with slender poise, her burdened head erect, her steady pace measuring the miles, step by step.

She is fourteen years old.

After a mile, the sun rises. For an instant the naked thorn bushes form skeletal silhouettes before the white horizon. Then the dazzling face of the sun appears and begins its climb, its heat an instant body-blow. She continues to walk evenly, placing each foot with tender precision: heel, sole, toe; heel, sole, toe. She begins breathing a little more heavily.

After two miles, she stops and breaks her fast. Reaching the stippled shade of an acacia tree, she opens the bundle at her hip and pulls out chapatti and water. A snake glides away at her approach.

Her stomach filled, she takes up her load and continues with her unhurried stride. A couple of gaunt cattle shamble past, their skins pulled tight like canvas over the frame of their ribs.

At three miles she starts to sing. It is a traditional song her mother taught her.

Man, he walks in the light of the sun
Woman, she dances by the moon.

Her regular tread marks the rhythm of the words. Her arms swing a little and she dreams secret dreams.

At four miles she is alone in an empty world.

A rising flock of birds first warns of danger. But before she has time to respond, it is upon her—two trucks of rebel soldiers. They are armed, idle and drunk.

She stands like a cornered animal. They drive around her in tight formation. She trembles at the brandished machine guns and quails at the cat-calls.

Finally, one soldier vaults over the tail-gate and saunters towards her.

'Been thinking I'm gonna get me a wife.' He looks her up and down.

She keeps her eyes lowered, her arms slack by her sides.

He pulls a pistol from his belt and pushes her chin up with the barrel. 'Look at me, girl.'

She raises clouded eyes. She cannot speak. Her lungs are flat, collapsed. Little gulping noises keep escaping from her throat.

A hiss and a crackle. The jeep radio is on. Shouted orders, and they are off, bouncing along the track like children on a joyride. At her last sight of them, they are making obscene gestures and laughing, 'We'll be back.'

She falls to her hands and knees and spills her fear onto the ground with deep retches. The greedy earth soaks up the moisture and is as dry as before.

Presently, she takes up her burden and starts walking, the same steady tread, her feet curling off the baking ground at each step.

At five miles, her path takes her across a dried-up river bed. She clambers down into the trench, heedless of the scattered animal bones. In the rainy season, God willing, the river will once more burgeon with life and cleanse itself of its forgotten dead.

At six miles she halts. Her destination is close, but danger is closer. Step on it, and it will bite.

She shuffles forwards with timid movements. Her eyes flick back and forth across the ground.

There! A tiny flash of metal.

She inches up to it. Grasping a stick with trembling hands, she draws a wide circle around it before planting the stick as a flag of danger. The plain is festooned with such sticks, each a monument to hatred.

For three hundred yards she proceeds with infinitesimal steps, finding and marking another two mines. Only when is she sure she is through does she lengthen her stride once more to her accustomed pace.

At seven miles she arrives. The lake stretches before her, blinding her with its ripples. She approaches with caution. Flamingos watch with idle curiosity. A family of zebras are knee deep in the water nearby.

She seizes a rock and throws in into the water. The splash subsides. Nothing stirs.

She lowers the pot from her head. Wading into the water, she dips it rapidly and hurries back to the safety of the shore. The life-giving, death-dealing lake smoothes itself over and forgets her.

She hoists her pot to her head and begins to retrace her steps. There is no need to linger. She'll be back again tomorrow.

Author's Note: In Africa, landmines kill, injure and disable over 12,000 people per year.

300 million Africans have no access to safe drinking water.

Children as young as eight years old are kidnapped, tortured, raped, virtually enslaved and sometimes killed by the Lord's Resistance Army (LRA) in northern Uganda.

TUCKER: LIVING IN DIVINE ORDER

By Lynda Schultz

In the summer of nineteen forty-two I learned to fly. Well, I tried.

"Davey Tucker, you get off that roof right this minute! You're gonna kill yourself!"

My father was winning the war flying Spitfires over the English Channel. So was I, but I flew over the barnyard on our farm in Minidoka County, Idaho. His enemies were the Luftwaffe's Messerschmitt 109 and Focke-Wulf 190; mine were chickens and ducks. They flew too, though unfortunately for me, better than I did.

Dad told me that in the early years, the Spits couldn't go into steep dives quite as well as the ME 109's. The negative 'g' forces starved the motor of fuel and the Spitfire could up and die on you real quick if you weren't careful. We heard later that Dad learned that lesson the hard way. So did I. I dislocated my shoulder launching myself off the roof of the barn that summer. I always blamed it on not having enough time to pull myself out of the dive before I hit the haymow. Dad didn't hurt anything but his pride. After he was forced to bail out of the plane, he had to walk back to the aerodrome, something pilots only do under the most dire of circumstances. Walking is generally considered beneath them.

While my father flew, I did too. I tried sheets taped to my arms and planks strapped to an apple box, and launched off the baler. After we heard that Dad had "lost" his Spit, I briefly limited myself to the ground, pretending that I was crawling through enemy lines to safety. But like Dad said, pilots don't walk, so I went back to flying. Besides, Mom wasn't too pleased to have me trampling the potato plants during my bolt for freedom.

In the summer of nineteen fifty-six, I learned how to run. It was no less hazardous than my flying had been, but certainly more pleasurable.

At the time, I was entering my last year at Seminary and as usual, I was running late—literally. I rounded the corner of the library on my way to a Hebrew class, and ran down the cutest little girl that I've ever had the satisfaction of meeting. I married her later that year. Marie claims that she caught me on the run and that I spent the next fifty years trying to get away! She invested every last one of them trotting alongside of me, keeping the house, the kids, and my life in order through the fat, and the lean years, of ministry.

Marie always said that the only time that Dave Tucker wasn't running off somewhere to do something for somebody was when he was "walking the line" for her. The year we were married, Johnny Cash released a song that I'd swear to this day Marie made me repeat as part of my wedding vows. I can still hear it:

"I keep a close watch on this heart of mine,
I keep my eyes wide open all the time,
I keep the ends out for the ties that bind,
Because you're mine, I walk the line."[1]

It was no hardship watching my heart for her.

Now, in the summer of two thousand and six, I am learning how to walk. I doubt that it will be anywhere near as difficult as soaring and running were.

I stand before my congregation, the fourth that I have served over fifty years of ministry. This will be my last sermon as pastor of this church. After today, I will be just plain David Tucker, retired.

It's time to slow down and let life catch up to me. Something tells me that while it's going to require some adjustments, things are going to be okay.

"Please turn with me in your Bibles to Isaiah Chapter Forty, verse thirty-one. Our text for today reads this way: 'Those who hope in the Lord will renew their strength. They will soar on wings like eagles; they will run and not grow weary, they will walk and not be faint.' Have

[1] I Walk the Line by John R. Cash. Recorded 4/2/56

you ever wondered why Isaiah, inspired by God's Spirit, wrote: 'soar,' 'run,' and 'walk,' rather than 'walk,' 'run,' and 'soar?' Well, soaring is a young man's game. When I was boy growing up in Idaho, I rather took to flying..."

I look down at Marie and smile. Yes, walking's going to be good.

I Heard a Walk
By Rachel Burkum

I sat in the back pew of the church, unable to distinguish my surroundings. I had been brought by a friend, but she had gone to speak with someone else, leaving me alone.

Voices and laughter echoed through what I imagined to be a room with a high ceiling, and I sank back in my seat, automatically beginning to search for specific sounds. It had started out as a child's game, to keep myself entertained at social functions. But it had become more of a retreat—somewhere I could go in my mind to ease the discomfort I felt when in crowds.

Analyzing the cluttered sounds, I found the first one I wanted. The hardwood floor made it easy. My hearing pinpointed the footsteps walking quickly past my pew. They were heavy—a man, I thought. The sound was sharp, indicating dress shoes, and the walker strode with a purpose. Perhaps it was the minister.

I found a lighter step of a woman close by. Her shoes made an uncomfortable tapping, and I knew they must be high heels. The footsteps paced back and forth in rhythm with a nasal voice, and I wondered if she was the church gossip.

A quieter sound caught my attention, and I struggled to concentrate. A child was passing by. The clicking of tiny shoes was almost overpowered by a much stronger step close behind. I imagined a man holding the fingers of his child as the youngster awkwardly went forward, not yet having coordination to walk with confidence.

The hurried footsteps of my friend approached, and I felt her sit down next to me. "They're going to show a video clip," she whispered as the room quieted. "Do you want me to tell you what's going on?"

I shrugged, not caring. I hadn't wanted to come in the first place, knowing I would be bored. Now I didn't even have footsteps to keep myself occupied.

I was wrong.

I could hear music playing, and suddenly, the sound of soldiers marching overtook the scene in my mind. I listened to them shout and hurl insults at someone. I tried to sort through the noise and understand. Someone was in pain. They were walking—no, trudging. Their agonized groans mixed in with the sounds of spitting and jeering. The labored footsteps were constantly interrupted by a stumble or fall. I pictured a man with a great weight on his shoulders, being forced uphill. The images created in my mind were gruesome. I wanted to close my ears, but a desire to understand won out. "What's happening?" I whispered to my friend.

"They're showing a movie about Jesus," she replied. Her voice was strained, etched with emotion.

"Jesus?" was my hoarse response. Jesus has always been described to me in the same sentence as peace, love and happiness. This was not a happy scene at all! I was confused. "Why is He letting that man suffer?" I asked.

It took a moment for my friend to answer. "No…that man is Jesus."

I was stunned. Suddenly I heard the sound of nails and I realized what was going on. The crowd chanted, "Crucify him!"

I was too shocked to cry as the scene continued until a voice quietly, yet boldly proclaimed, "It is finished."

The room became deathly quiet, but I wanted to jump up and ask why Jesus had suffered so much. I had heard He was sinless. Why had He been nailed to a cross? My ears listened with new intrigue as finally the minister answered my questions. But all the sermon did was evoke a gut-wrenching feeling that I should have been the one to take that walk. It should have been me trudging up that dreaded hill.

I finally realized the need for a Savior.

I had listened to footsteps all my life. It had been a game for when I became bored, and my theories about the walkers were faded and lost. But today…today I had heard a walk that I would never forget.

SIX YEARS—THIRTY STEPS—ONE HEART
By Jan Ackerson

I grip my father's arm and wait for the doors to open. He knows, I think, that my extra squeeze on his tuxedo jacket means both *I love you* and *don't let me fall*. The church smells of roses and wax, and I know that Rob is waiting for me, only thirty steps away. I know because I've practiced this walk and counted the steps, noting that I'll plant my cane on the floor twice for each ribbon-bedecked pew. Some of Rob's family and friends have traveled many miles for this day, and they have not yet had an opportunity to meet me, his unsteady fiancée. Will they whisper as I walk slowly toward their golden boy?

I close my eyes for just a moment. *'Thank You, my Father, for this man who sees me. Just me. Only me.'*

The music swells, the church doors swing open, and I am gliding, floating—pulled gently toward Rob by the cord of love that binds us together. For the first time since the accident, I am not conscious of the careful placement of each foot, each step.

To my left, I see the doctor who has known me now for six years…

"Jessica, you've got a long road ahead of you. I'll be perfectly honest—I don't know if you'll ever walk again. Your injury is severe, and life-altering. You're going to have to work harder than you've ever worked before. Do you think you can do that?"

A few steps more—Angela is smiling at me with glistening eyes. Angela, the physical therapist who I hated as much as I loved…

"I know you despise this orthotic device, Jessica. It's bulky and uncomfortable, and you can't wear cute clothes with it. Deal with it, darlin'. Now let's try that again—I think today's the day you'll push yourself up to a standing position. Work those canes, Biceps Girl!"

Near the middle of the church now, and I seek out Kerri, my college roommate. There she is, leaning into her husband and winking at me. She's wearing the same shade of blue that she wore to the homecoming dance…

"Don't be ridiculous, Jessica, of course you're going to go. I'll put your wheelchair in my car, and you can use that if you want to, or I can prop you up against the wall. But you're not moping in the dorm room all night, when there are cute guys out there just waiting to meet…me! And I won't go without you, Miss Pity Pants…"

I count off three more paces. Rob is just a few steps away from me now, his face pale but full of joy. He shifts on his feet, ready to move into place and transfer my hand to his own strong arm. But first, I glance over at Roy and Patsy, worship leaders for my tiny congregation…

"Will you sing with the praise team, Jessica? Please say yes…no one cares about the braces and canes. If it takes you a bit longer to walk up the platform, well, we have a few more moments to prepare our hearts for worship. Use your gift, Jessie."

I reach the front of the church, and there is one more memory I must confront before I leave my parents and cling to this man. I remember my mother before the accident…

"Dance with me, Sunshine!" We link arms and perform silly swing dances in the kitchen, a chubby mom and a gawky high school student. Performing this occasional little ritual dissipates our tiffs and celebrates my teenage triumphs.

As she leans in for her hug, I hum a few notes of "In the Mood" into her ear, and waggle my behind ever so slightly. She is holding me up in her embrace, so I raise my index finger in a jazzy, circular motion in time to the melody. We are dancing again, my mother and I, and when she releases me I turn to see that Rob is holding back laughter. He gives me a thumbs-up sign, and I take my father's arm for the remaining two steps that will bring me to Rob's side.

For the rest of the ceremony, my spirit skips, leaps, dances. Rob and I run together into the presence of the Father…

"Whether you turn to the right or to the left, your ears will hear a voice behind you saying, 'This is the way; walk in it.'"

Passage of Scripture from Isaiah 30:21, NIV

The Lonely Road

By Melanie Kerr

I aided and abetted in
The killing of a man.
I was hopelessly entangled
In an evil, ugly plan.

Just merely a spectator
Pulled from the crowd around,
They pushed me t'ward a beaten man
Just lying on the ground

"Pick up his cross and carry it!"
A Roman soldier screamed.
I then became a player
In an act I'd never dreamed.

His cross was placed upon me,
No light and easy yoke,
I felt His blood upon it
Into my shoulder soak.

Small sharp splinters pierced my skin,
I saw my own blood shed.
Side by side I walked with Him,
This man soon to be dead.

The pace was slow and anguished,
He stumbled on the path,
A vicious whip descended
To show the soldier's wrath.

I could not stop from crying out,
I felt such shame and hurt
That no one would show mercy
And lift Him from the dirt.

Each step such bitter torture,
My arms began to throb,
We walked a lonely road that day
Jeered by an angry mob.

The place of crucifixion
Was high upon a hill.
The crowd had gathered round us,
The air was cold and chill.

The cross I then surrendered,
My part came to a close,
I watched them nail Him to it
With heavy brutal blows.

It seemed I could not walk away
And leave this savage scene,
That I would want to see the end
Of someone's life? Obscene.

I touched His blood upon my cheek,
I felt its awesome power,
And somehow knew His sacrifice
Was destined for this hour.

Yes, standing 'neath His wretched cross
I came at last to see,
What precious gift to walk beside
A man so great as He!

Walk in the Dark

By Allen Scovil

John strolled along the familiar street, on his way home from the Sunday night praise service at the church. The preacher had given an inspiring talk about faith, and John figured he had his faith pumped right up there.

Darkness.

He stopped, unable to see the sidewalk ahead of him. He thought it must be a power failure.

"Will you walk with me, John?"

John jumped and looked around, but was unable to see anyone. "Who's there?"

"God."

"Yeah, right."

"No, really. Would you like to walk with me?"

John thought quite hard, wondering if somebody was trying to pull something over on him. "I don't know," he said finally. "I can't see where I'm going."

"I can see where you're going, and, if you want, I'll warn you when there's an obstacle, all right?"

"Um...there isn't a stick around here I could use, is there?"

"Nope. I'm all you've got."

"Oh. Right then." He decided to humor this stranger. "Am I still going in the right direction to get home?"

"Yes."

John took a short, sliding step, then another.

"It'll take you a long time to get there at this rate," said the voice.

John stopped. "I told you I can't see."

"And I said I'd tell you if there was something in front of you. Take one step sideways toward my voice."

John took a deep breath and steeled himself. "Okay, I'll trust you that far." He stepped as directed, then started walking a bit faster.

"Thank you."

John slowed his pace again. "If you're God, like you say, why are you talking to me here?"

"You expressed an interest in working with me, and I thought I should clear up some things for you. Watch it. There's a curb just ahead."

John became more alert, and, when he got to it, he stepped into the street. His eyes were dazzled by the headlights of an approaching car, and, as he turned his eyes away, he glimpsed the other curb. He paced over to it while he could remember how far it was.

"There you go; you've got to be doing it yourself."

"What's wrong with that? I had an opportunity, and I took it."

"Naturally, and that's the problem. Remember what the preacher said tonight? He talked about acting supernaturally. Acting naturally may get you safely across the street most of the time, but it can't help you when you're battling against evil in the world. For that you need to become a hardened spiritual warrior, a person who will walk only when and where I tell them, even when they can see where they're going."

"Oh." John could feel his face flushing. "I guess I blew it then."

"Yes, but you can change. If you're willing to learn, to struggle in the face of what is natural in you, like a trainee soldier in boot camp, you'll get there. So think about what I said. And thanks for chatting. Now, so that you'll know I really am who I say I am…"

The street lights came on.

John looked around and saw that he was standing alone in front of his own house, five blocks from where he had been when the lights went out. He started to tremble, and sank down onto his knees.

"All right," he muttered as he clenched his fists. "You've got my attention. Teach me what I need to know, and I promise I'll listen."

The Long Walk

By Stephen Paynter

"Now I want you to consider seriously what I have been telling you because it is the most important and urgent of subjects."

Mike rubbed his temples. He had a headache coming on, and quite honestly, he could have done without the evangelist working himself into a frenzy. Why had he let James and Anna talk him into coming to this stadium? Of course, he'd made them sweat for it—only agreeing to come if they did a month of Karate lessons with him first, so he could laugh at their out-of-condition efforts. Just at this moment, however, it didn't seem like he'd got the best of the deal after all.

"In a minute, I'm going to invite those of you who want to know more of this Jesus to get up out of your seats and to make your way down to the front. When you get here, I'll lead you in a prayer of surrender—a prayer of turning away from your life of rebellion, and turning to a life of trust in the Lord Jesus."

Mike groaned inwardly. This was such blatant manipulation. Or rather, it should have been. But if he was honest—and he prided himself on how he faced unpleasant truths—there wasn't any emotionalism, just a dull, middle-aged man commending Christianity to them.

"I'm not commending Christianity to you, you know. It's not about organized religion, nor even, given I'm a Baptist, disorganized religion. No, I'm not interested in that. I'm commending a person...the Son of the Living God. Come to this Jesus, for he invites you to come. Start on a path that will transform your life. It's a path that each of you must begin yourself, but you travel it in community with the rest of God's people. It's one that's guaranteed to end in ultimate acceptance."

Mike shook himself. He kind of got what the preacher was saying. After that spooky way the evangelist had picked up on his thoughts, it was difficult not to pay attention to him. Maybe...just maybe...there was something in what he was going on about.

"So, now is the time. I want you to start that long walk down here. Come down and find life."

Hundreds of people across the stadium clattered to their feet.

Mike could feel himself blushing. He was very conscious that James and Anna were sitting beside him. What would they think if he suddenly stood up? They were too nice to mock, but that sort of made it worse.

"So…are you going to miss out because you aren't prepared to face a little ridicule? Well…you know what…don't bother coming down here then. The Jesus I preach is looking for those who will be all out for him, who won't baulk at a little embarrassment. He demands your all, not exempting your pride and dignity. It's all or nothing."

Mike stood up. He knew his face was burning, but so what? He joined the people moving forward.

"You know…I thank my God so many of you are responding this evening. You may think it was your decision to come forward…and in many ways it was. But in other ways, the story goes way back. Back before you were invited here tonight. Back even before those who invited you had started praying for you and telling you about Jesus."

James and Anna flashed into Mike's head. Had they really prayed for him? What a humbling thought.

"It goes back before various saints you've encountered commended Jesus to you through their godly and compassionate lives."

An image of his old Sunday school teacher sprang to mind this time. He'd always messed about in her class, but he still remembered her fondly. That was one of the reasons that he'd given James a hearing when he'd started going on about Jesus.

"Indeed, it goes back before you were born. Back even before the Son of God hung on a cross for you. Back before time itself began. I tell you…in eternity past, your God set his love on you, and wanted you for his own. It has been a long path to this moment—but God has traveled it, managing heaven and earth to bring you here tonight, ready to do business with him. Hallelujah!"

Mike pushed his way to the front, and was the first to bow his head. God had brought him home.

JACOB'S WALK
By Bonnie Derksen

"Why does Gramps walk so funny?" Five-year-old Cole was curious.

Seven-year-old Nathan answered. "Cause Gramps and Jesus were fighting."

Jacob, following just behind, could imagine the expression on his youngest grandson's face.

"Fighting?"

"Well, Gramps says Jesus was talking, and he wasn't listening. He was disobeying."

"So Gramps walks crooked 'cause he got a spankin'? Did he say sorry?"

Nathan nodded as he concentrated on holding his rod and walking the winding path down to their favorite fishing spot.

"Did Jesus 'cept his 'pology?"

"Yup. And now they're best friends."

"Jesus loves Gramps even though he disobeyed?" Cole asked with surprise.

Another nod from Nathan, and Jacob heard Cole say, "He's just like Mommy."

The boys ran ahead as Jacob did his best to keep up. His ankle was hurting more than usual. "Must be some rain coming," he thought.

As they made their way down to the river, Jacob's mind drifted back to the days before his accident. He'd been a heap of trouble as a teenager, driven by two things: basketball and the cry of the crowd. Parties after games; parties because there was no game. It was all about hanging out, having a good time, living for the moment with little thought of the consequences, secure in his full-ride scholarship to a university in the States.

Jacob could still see the concern in his mother's eyes as he headed out that night, all those years ago, to party with friends. He didn't see the drunk driver broadside him, and two weeks later he came out of a coma to discover the surgeons considering the amputation of his lower left leg. In the end, they relented and prescribed endless months of physiotherapy. The career he'd dreamed of since childhood evaporated.

Jacob remembered wrestling God over the sudden turn of events. Through clenched teeth, in anguish of soul, he had challenged His Maker. "There is NO hope for my future."

Those words, spoken in despair, echoed in the halls of Jacob's memory. They had been countered by the words of his mother the next morning, when she had quoted, by memory, Genesis 32:12: "But you have said, 'I will surely make you prosper and will make your descendants like the sand of the sea, which cannot be counted." She called it her "Jacob's promise."

And, miraculously, the healing process began. First in his heart, then his leg. It took months to break the selfish habits and attitudes in his life. But a moment came when he finally gave up in exhaustion and despair, and started his complete recovery. He acknowledged his weakness and gained the right to tap into the greatest source of strength he could ever imagine.

Purpose, hope, and determination began to build over the weeks of rehab. He also found the blessing of friendship—first with Jesus, and then with his beautiful bride, Mara; a godly woman who taught him to walk again, physically and spiritually.

Over the years, as teacher and coach, he saw the fulfillment of "Jacob's promise." He introduced many to his friend, Jesus, often through conversations begun by people's curiosity over his awkward gait.

"Gramps, does your leg hurt?" Cole broke through Jacob's reminiscing.

"Oh, it hurts all right, but that's part of the blessing. Makes me lean hard on Jesus and walk beside Him, instead of running ahead like us men are prone to do."

Satisfied, Cole ran to catch up to Nathan so they could walk the last bit together.

"Cole, what's up with your leg? Why are you walking so funny?"

"Just 'memberin' to lean, Nathan. I don't want to run in front of Jesus!"

Exiled—At the End of the Walk
By Glenn A. Hascall

Brad and Gina took a step from their car and wondered what life would be like at the end of this walk.

Gina took a deep breath as their daughters ventured west on the ribbon of concrete. Dozens of faces showed a variety of emotion as the couple made their way to the small group.

Mr. Brown had been the one to first realize the potential of helping Brad and Gina by agreeing to a walk that would effectively kick them out the United States for many years.

The local radio station had caught wind of the plans and insisted that the event be covered, so reports were aired as the group began their walk. One by one the men and women, intent on the extradition of Brad and Gina, encouraged the couple to move along. The sooner this was over the sooner they could leave the country.

The thirty men and women joked about what it would be like without Brad, Gina and their girls. Brad and Gina tried to be polite, but the whole thing seemed a bit disconcerting. Sure, they had agreed to go, but these people seemed intent on pushing them away from all that was familiar.

The radio station received calls from people willing to provide money if it meant that the family would leave sooner. A few lamented the effort because they had come to love Brad and Gina and didn't want to see them leave.

Yet, even Brad and Gina had agreed that it was probably best if they left, but they had always thought they would have more time. It was clear their time was short.

What would they do without all the things they had come to love about America? What would they do without the friends and the convenience of shopping with friends in department stores?

The country of Peru had so little to offer, yet this was the place of their exile—at the end of the walk.

Eight miles passed, and Mr. Brown stopped the group and said to Brad and Gina, "It looks like it's time for you to leave."

"Yes, I suppose it does," Brad said, as Gina shed some tears for the loss of what had been and the unknown path ahead.

"This moment has been a long time coming," Mr. Brown said with a grin.

"So it's official then?" Brad asked.

"Yes. We raised the last bit of funds needed to send you to Peru for your mission's assignment," Mr. Brown said, as the others clapped and wept.

Brad and Gina Shaw have been medical missionaries in Peru for nearly 10 years. When they sought the last bit of support they needed to make the move it all came down to a Mission's Walk, developed by a former co-laborer of mine, Dale Brown.

He encouraged radio listeners to join him for a walk in support of the Shaw's. If enough money was raised it would allow the family to move to Peru to begin their mission work.

What started ten years ago has resulted in an annual Mission's Walk in Western Nebraska that has resulted in more than $80,000 being raised to provide funds to a variety of missionaries and mission projects.

Today, Brad and Gina have garnered support to continue their work in Peru and they have worked with the radio station that helped send them to Peru to develop a network of low power Christian radio stations in the mountainous terrain of that country.

Jesus gave us an example to follow. We should, 1) see people saved, 2) see saved people grow in their faith, and 3) see the Gospel spread to the ends of the earth.

Sometimes it all begins with a walk. Great things can happen when someone takes that first step.

CHAPTER FOUR

WORK, FOR THE NIGHT IS COMING

EXECUTIVE DECISION

By Kenn Allan

In the skyscraper castle
Of Friske & McMold,
Where mommies are bartered
And daddies are sold,
Worked a man quite devoted
To home and career…
The sign on his desk
Proclaimed "Henry J. Fleer."

Now Henry was timid—
A nice family man
With a kid still in diapers
And wife named Joanne.
Each lunchtime he'd loosen
The necktie he wore
And read verse from a Bible
Kept tucked in a drawer.

One noon as he settled
To study and ponder,
His boss through the hallways
Just happened to wander.
He paused to watch Henry
A moment or two,
Then off to the penthouse
In anger he flew.

When lunchtime was over
Not two minutes passed
Before Henry was summoned
By intercom blast.
"I have a few words
For that Henry J. Fleer!
Find him at once
And send him up here!"

That bellowing magnate
was Cyrus McMold,
Who lived five floors up
In an office of gold.
His own elevator
Slid open its door
To whisk anxious Henry
Up to the top floor!

With mild trepidation
Poor Henry approached,
While he thought to determine
Whose turf he'd encroached.
He couldn't imagine
What perchance might unfold
Once he entered the office
Of Cyrus McMold.

"Come in," rumbled Cyrus
When Henry arrived.
He offered his hand
And a smile quite contrived.
"I'd like to discuss
Your activities here
And how they may damage
Your budding career.

"I noticed today
As I peeked in your door
That you study a Bible
You keep in a drawer.
I'll put this directly
So you'll understand—
Cease and desist…
And THAT'S a command!"

Henry was dumbstruck
A moment or two,
So he carefully studied
The tip of one shoe.
He fumbled three buttons
And straightened his tie
Before daring to stammer
A single word: "W-Why?"

"Come now, good fellow,"
Blurt Cyrus, aghast,
"If the Bible was followed
How long could we last?
Business is business
And must be conducted
With methods quite different
Than those God constructed.

"Think of your colleagues—
They'd all lose their jobs!
Without their fat paychecks
They'd soon live like slobs!
Reflect on your future
And set yourself free…
Throw down that Bible
And think more like me!"

Henry considered
What Cyrus had said
With a lump in his heart
And an ache in his head,
When he noticed a girl
In an old tarnished frame.
"Oh, you have a daughter?
Please, tell me her name."

"Drucilla," sighed Cyrus,
"Drucilla McMold,
That picture was taken
At seven years old.
It's rather outdated,
She's older, of course,
But we haven't kept touch
Since my messy divorce.

"Her mom turned religious
Clear out of the blue,
She studied her Bible
And prayed, just like you.
We soon tore asunder
For reasons, I'm told—
Because God was not welcome
At Friske & McMold."

"I'm sorry to hear
Of your loss," Henry said,
"In the same situation
I'd sooner be dead
Because this may sound harsh
And a teensy bit cold,
But you traded your family
For Friske & McMold."

Cyrus most clearly
Was taken aback—
His eyes opened wide
And his jawbone went slack
As he studied the man
Growing strong at his door.
"Come sit down," he invited,
"And do tell me more."

As Henry sank deep
In a leatherish chair
He asked God for His guidance
In silence of prayer.
The words next delivered
Must grab and take hold
Of the faith buried deeply
In Cyrus McMold.

"Of course it's important
For us to provide—
Our work is fulfillment
I'd never deride.
But heartbreak begins
When priorities roam
And ambition replaces
Our real life at home.

"When God is gold-plated
Our wives become spouses,
Our kids mere deductions,
Our homes only houses,
Our natural passion
For family grows cold...
Chilled in the hallways
Of Friske & McMold."

When Henry was done
Cyrus started to cry.
He took out a hankie
And dabbed at his eye
Saying, "With those few words
You have summed up my life—
I blamed God for the loss
Of my daughter and wife,
But alas, it was me
Who chased all three away..."
Then he whispered to Henry,
"Is it too late to pray?"

And from that day forward,
The story's been told
Of the day God was welcomed
To Friske & McMold.

A FISHERMAN'S PRAYER

By Sandra Petersen

Across vast waters, the November wind shrieked a warning. Waves scrambled halfway up tall cliffs, only to collapse back onto themselves. Foam spattered the shore.

Nils Mekelson squinted out over the boiling waters and sucked at his pipe. He exhaled, and the smoke fled before the gale. *'Pity the poor sailors out there tonight,'* the aged fisherman meditated. He appraised the swaying fishing boat secured to the pier and returned to his shack.

"'Tis a wicked time to be out on the waters," he stated, shutting the door against the screaming tempest.

"Aye," agreed one of the two young men seated at the rough-hewn table. "Come, Da', and have some supper."

Nils sat and extended calloused hands to each of his sons. The three men clasped hands and bowed their heads.

"Heavenly Father," Nils prayed. "We thank Thee tonight for blessing us with safe passage back to shore. Lord, ye see the boats still out on the water and know the souls they hold. Grant them safety. In Jesus' Name, Amen."

"Amen," his sons echoed.

Nils cradled a thick slice of dark rye bread in one hand and broke open his baked potato onto his plate. Einar, the oldest son, speared another potato from the hearthstone. Sparks from the cooking fire crackled. The candle flame that illuminated the fishermen's supper danced in drafts that crept in around the two tiny windows.

They ate in silence, glancing occasionally at the window or ceiling when a stronger gust rattled loose boards.

Jan, the youngest son, finished his meal and rose, yawning. He wandered to one of the windows and peered out toward the shore.

"Da'! I see lights!"

Joining him, Nils muttered, "She'll founder on the rocks if she doesn't pull away!"

As if overhearing his words, half of the ship's lights winked twice and were extinguished by darkness.

Father and sons donned oilskin slickers and left the shack. They had worked as rescuers before in similar circumstances.

Nils strained to listen above the cacophony of the storm. Faint cries for help drifted across the waves, yards from shore

Einar and Jan tugged the small dory down to the water. Sleet ripped at their unprotected faces.

"Lash the end of this rope to that tree by the shack!" Nils shouted to Jan. Einar knotted the other end to the stern of the boat and pushed the dory into the waves.

"We'll let the rope out slowly until you reach the wreck. Get as many in as you can, then tug on the rope and we'll pull you in!"

Einar nodded. As the dory bobbed wildly and disappeared into the darkness, Nils muttered prayers for protection. "Lord, help him! Help them!"

Twice Einar left the shore with an empty boat and returned with shivering passengers. When the boat returned the third time, he was missing.

"He swam out to the forward section where the rest of our crew are," the cook said through chattering teeth.

"Get them inside and build up the fire. If they don't get warm, they'll die." As Jan obeyed his command, Nils sank to his knees. The frigid waters could kill a man in minutes. *'Heavenly Father, keep them in Thy care. Return my son to me.'*

A light flickered and waved back and forth as if to answer the fisherman's prayer. Nils saw and wept.

Throughout the night, he kept vigil at the window of the shack, praying for the survivors both on shore and on the wreck. As the wind demons howled, he grated his teeth and sought his Lord's face with renewed vigor. *'Lord, my sons know Thee, but what of these others? Ye said that Ye would that none should perish. Save them that they might know Thee.'*

The winds stilled as the first rays of dawn reflected from calm waters. Nils and Jan readied their fishing boat to survey the damaged ship. Boards and cargo from the craft had washed ashore, but not one body was among the wreckage.

Nils maneuvered his boat through the rocks, praying that someone might still be alive on the stricken vessel. At their approach, he heard "Halloo! All well, Da'!" A familiar figure waved both arms in welcome.

'Thank you, Father, for this miracle!' Nils wept.

Years later, Einar would become the first keeper at a lighthouse built on the cliff above the perilous rocks of Mekelson's Cove. Mariners would see the light and retell the stories of a father's prayers and a miraculous answer.

SPURGEON NEVER TOLD ME THERE'D BE SPIT-UP
By Kenny Blade

I struggled to muster a smile as I read the list posted on the bulletin board. There it was in black and white. The thing I dreaded more than shaving by candlelight with a rusty sheetrock knife had made its way back into my life:

I have Children's Church this month!

I'll give you a minute. Go ahead and gasp. You might even throw in a few heartfelt pleas for my useless soul while you are at it. I just want you to know that I'm really not a bad guy. It's not like I hate the kids or anything. I have several of my own, many of whom I really like.

Why then, you may be asking, did I volunteer to work in Children's Church? If you have been a part of church more frequently than Easter services and the occasional church social that allows you to flaunt your considerable casserole skills, you are aware that working Children's Church really only requires one qualification: You must have kids of your own.

That's right. You don't have to be "called." You don't have to be "gifted." You don't even have to be a good parent. You just have to have enough of a conscience to feel that twinge of guilt when you pick up your kids after services and see some poor adult curled up in the fetal position under a pile of colorful blocks reciting the Lord's Prayer in Latin.

Before you go crossing me off the list of those you might bump into when you stroll those streets of gold someday, remember that you fall into one of two categories: Those who have never worked in Children's Church, or those who know exactly what I am talking about.

Jesus said, "Suffer the little children." He understood. Yes, I know I am taking it out of context. Maybe He was warning us in code. I don't know. I just know that as much as I love children, I am lousy at leading a service designed with five-year-olds in mind. There are many reasons I know this to be true, but I'll cite just a few to bolster my position.

I can't make Mother's Day cards out of elbow macaroni, soup can labels and purple glitter.

I have injured myself doing the body motions to "Father Abraham" severely enough that therapy was required.

Vanilla Wafers and red Kool-Aid make me gag. (Additional note: Red Kool-Aid permanently stains air.)

No matter how hard you try to convince me, two thread spools, a metal washer, four pipe cleaners and a handful of mini marshmallows do NOT look like John the Baptist.

My pastor says that when seeking our place in the family of God, we should gravitate toward the things that energize us. I think that is true. There are lots of things that I participate in at my church that truly bring me joy. I have always felt that when you work for God it really shouldn't feel like work. Not in the traditional sense anyway.

That philosophy, however, doesn't line up with my duties in Children's Church. I guess sometimes you can't pick and choose your responsibilities when you are working in the Kingdom. If you could, I'm sure Paul would have stayed in more hotels and fewer jails.

So this Sunday I'll put on my best (Scotchguarded) suit and I'll head to Children's Church. I'll sing the songs. I'll act out the part of the paralyzed guy at the pool. I'll let the Johnsey's kid, the one with the perpetually runny nose, sit in my lap. I'll put a band-aid on Stacy Corley's teddy bear with the eye missing that looks as if it were attacked and severely beaten by the seamier Muppets on Sesame Street. I'll sacrifice another dress shirt on the altar of cherry Kool-Aid.

Who knows? Somewhere between getting Elmer's glue out of the twins' hair and getting the Portson's kid to blow hard enough to get the bead dislodged from his nostril, I might be able to teach them a thing or two about how much Jesus loves them.

With any luck, they'll remind me of the wonder of being tall enough to see a gumball come out of the machine at eye level. Maybe then they can teach me a thing or two about how Jesus loves me too.

CONFESSIONS OF THE ANTI-MARTHA

By Jan Ackerson

Jimmy knew when he proposed to me that he wouldn't be getting a typical pastor's wife. No piano playing, for example, and there's nothing—except the audible voice of God—that would induce me to teach Sunday School. The thought of hosting a Ladies' Tea makes me break out in hives.

"I don't care about any of that, Nicky." Jimmy reassured me often during the first years of our marriage. "I just need you to support me, and pray for my ministry, and love the church people."

Well, it's been a pleasure to do those things for Jimmy—and for God. If the Women's Missionary Guild gasped when I attended meetings in hot pink capris and a tee-shirt that read "Some Day My Prince Will Come," they soon adjusted. I like to think I won them over with my charm.

Still, there's a certain amount of work that *must* be done, and I've tried to be a good pastor's wife—practicing hospitality, for example, when I'd rather be writing another chapter of the Next Great Christian Novel. I've developed some shortcuts over the years; just call me the anti-Martha.

Here are some ways that I've survived parsonage life:

Housecleaning: Closets are my friends. Happily, I have one in every room. When Mrs. Postlethwaite calls to say that she'll be by in ten minutes with six boxes of quilt squares for Africa, I open the closet doors and start tossing. (When my children were little, they were very enthusiastic about having visitors if it involved what I called The Closet Game.)

Also, my living room has several small, portable pieces of furniture. I move them often, to cover any new splotches or stains. Jimmy occasionally trips over a newly repositioned end table. He just chuckles. "Did you have company today, dear?"

Ironing: When Jimmy needs a wrinkle-free shirt for the Trustees meeting and his dress shirts have been sitting in the dryer since Tuesday, I don't panic. I simply run the shirt under the basement faucet until it's slightly less wet than the sacrifices of the prophets of Baal. Then I run it through the dryer again for twenty minutes.

Sure, I could iron it in five minutes. But that's five minutes better spent with a cup of coffee and Max Lucado.

Gardening: Isn't it lovely to have your own fresh produce to can and freeze and preserve?

In short—no. Here are two of my favorite words. Grocery. Store. Yes, I could plant tender young tomato seedlings, and weed them, and pick off those horrid, fat, green, tomato worms. I could spend several afternoons in a sweltering kitchen with a pressure cooker and five dozen Mason jars. Or…I can buy a can of delicious tomatoes for $.79, without all that perspiration.

Furthermore—it happens every year—every family in the church experiences an abundance of garden-grown tomatoes and peppers and, God help me, zucchini. Jimmy likes to say that they try to pay his salary in vegetables every September. Eventually, we have to beg people to stop being so charitable.

Baking: This hasn't come up often; the Mother-Daughter Banquet Committee knows that Dottie Stouffer makes the best cakes. But the year that Dottie had surgery, the task fell to me, and my creation was a big hit.

I went to the kitchen supply store and bought a platter big enough for two turkeys. Next stop—the supermarket, for an assortment of small snack cakes. Little Debbie, bless her soul, has several varieties of hexagonal cakes with various icing designs. I spent a few minutes artfully arranging the desserts, making lovely patterns with the icing. The resulting cake was as intricate as a parquet floor.

The ladies are still buzzing about that cake.

I could go on and on: hints for gift-wrapping (paper bags), centerpieces (dandelions in a jelly jar), clothing repair (masking tape, safety pins, buy new).

Last night, Jimmy sat beside me on the couch and handed me a bowl of fresh, sliced peaches. I was suddenly aware of the cluttered living room (no Mrs. Postlethwaite that day). "I'm sorry, hon. I guess I didn't do much work today."

Jimmy rubbed my neck. "Did you do any kingdom work?"

I thought about the devotional I'd written for the bulletin, and the coffee I'd shared with my lonely neighbor, June, and the dozens of prayers I'd launched God-ward.

"Well, yes, Jimmy. I sure did." We finished the peaches in happy silence.

THE TALE OF ASPEN'S WORK

By Lisa Cox

It was the beginning of the first day, and his hands were sore from carving, yet he continued out of sheer delight for what his work was creating. His name was Aspen, after a sweet but strong tree with heart-shaped leaves that trembled in the slightest breeze. This was a very fitting name, for not only did Aspen have a huge heart and a talent with timber, he was also the oldest living soul around. However, he was all alone in the wood, and he longed for company; someone with whom he could walk and tell stories to. And it was for this purpose that his hands worked so diligently.

He had been working for a solid week, shaping and molding the little lumps of sugar wood into tiny beings. They were the mirror image of their creator, and Aspen had high hopes for the life they would soon all share together.

Finally, on the seventh day, Aspen put down his knife and gazed at his newly finished creatures all lined up, yet still lifeless. 'Sweetgums…that's what I'll call them,' he thought as he leaned close to them and whispered, "Today, little children, you shall become my companions."

With that said, he gently let his breath fall on them, and as though someone had lit a match to paper, color began to lick up their little, wooden bodies, and they soon were awash with life and laughter.

They seemed quite happy to see one another and raised quite a ruckus greeting with hugs and pats on the back. They were so happy at the sight of themselves that they hadn't yet noticed Aspen, who was perched back grinning broadly at them. He thought to himself, "My work is good and I am pleased."

Aspen spent every day with his children, showing them the woods and telling them every tale he could remember. He built them little houses to live in and showed them how to till a proper garden. And when the time was right, he taught them about love because, you see, they didn't know about hate. Not until that terrible day.

One cloudy morning as Aspen entered the wood, he noticed how unusually quiet it all was. Not a single bird could be heard singing, nor the rush of water, or happy giggles from the small houses. "Where are my children?" he called out, but there was no reply.

"Something is terribly wrong," thought Aspen. "Come out, and find your Aspen. What has happened that you must hide from me?"

Slowly, upon that invitation, the Sweetgums came out of hiding and stood in Aspen's presence.

"What has happened children?"

Sebastian proceeded to tell Aspen of a bitter argument that broke out during the night between two children. "And they became so angry, Aspen, until Lucas struck Aiden down…his body…"

Before Sebastian could finish, Morgan interrupted him. "Aiden deserved it; he stole from Lucas!"

Chloe, Aiden's sister, burst through, pushing Morgan to the ground. "He did not! I tell you, he didn't."

Aspen watched in horror, as the companions he worked so diligently to create began to turn on one another in hate. "This is not the love I taught you! Where has my son, Aiden's, body been laid?"

But as Aspen uttered these words, the Sweetgums turned on him as well, hurling the same insults and stones upon him they had assaulted each other with.

Aspen cried bitterly knowing he had only one choice. Raising his hand with compassion, he struck a single match and let it fall among the Sweetgums. The hands that had worked so joyfully to create, now worked in despair to destroy. The flames engulfed everything in its path, quickly and completely, until all that was left was the charred remains of Aspen's work.

Aspen locked himself in his small house and grieved over his children. With pain deep in his heart he thought, 'Their every inclination turned to evil, and I am sad that I have worked to create them.'

But lying in the corner of his worktable was a little lump of the exact wood the Sweetgums had come from.

Every day, in his loneliness, Aspen would glance at the small lump of sugar wood, and then look away, until one day he carefully picked up his knife and the wood and began to work again. As his knife slipped gently in, a beautiful rainbow pierced the sky, and on that day hope was born.

The Work of His Heart

By Ann Grover

"Papa?"

"Yes, my son."

"Can we go for a walk?"

"No, I must work."

Antonio sat in the doorway of the workshop and watched his father as he chiseled at the marble statue. His father frowned as he stood back to take a critical look, and then he picked up a different chisel. His eyebrows and curly, black hair were rimed with a layer of fine, white dust.

Antonio picked up a stone. There were many more like it on the floor and heaped into the corners, drifted like the snow on the faraway Alps to the north. Antonio rolled the sharp pebble from one hand to the other, and then dropped it to land in anonymity among the others.

"Papa?"

"Yes, my son."

"Can we go fishing?"

"No, I must work."

"You must always work."

For answer, Papa hit the chisel against the marble with the wooden mallet. The steady clink, clink of the tool against rock drowned out Antonio's choked sob as he ran out of the workshop. His tears felt as hard as the shards of stone, as dry as the fine dust.

Day after day, it was the same. How many times had he asked his father to go fishing, to go walking, to go swimming, and always he received the same answer: his father must work. Antonio kicked at a tuft of grass.

"Antonio? Where are you? I need you."

"Coming, Mama." Antonio smeared at the tears on his cheeks.

"Take the scraps to the chickens, please." Mama handed Antonio the wooden bucket.

"Mama, why does Papa have to work all the time?"

"Because small boys like you must eat all the time. Now, feed the chickens. Then go play."

Antonio was already halfway to the hen house, again blinded by hot tears. He dumped the scraps, then threw the bucket as hard as he could. Feathers flew in the air as the chickens flapped their wings and squawked. Careening around them, Antonio propelled himself down the hillside toward the creek. He ran until he was breathing raggedly, and then dropped to the ground.

There, he gave full vent to his fury, pulling up chunks of sod, roots and all. Finally, his ire spent, he slept. When he awoke, he was hot and hungry. He sat on the creek bank and let his feet dangle in the cool water like the trailing branches of the nearby weeping willow. A few leftover tears slid into the silent stream.

'It's not fair. Papa should be able to play, not just work all day, every day. I want my Papa.'

As if on cue, there was Papa.

"Antonio, I brought you something to eat." Papa took some bread and cheese out of a basket. "Aren't you going to say anything?"

Antonio could only stare.

"I thought I could do with some fresh air and a picnic." Papa handed Antonio a chunk of bread and some cheese.

Birds warbled in the trees overhead, bees hovered in the grasses nearby, and father and son sat in companionable silence, unwilling to break the wonder of the moment. Antonio stole furtive glances at his father, not quite believing Papa was really there, and Papa looked with sadness at the grimy tear streaks on his son's face.

"Done?"

"Yes, Papa."

They leaned over the creek and washed their hands, and in a moment of playfulness, Papa flicked water at Antonio. Antonio gasped in surprise.

"Go ahead, Antonio. You know you want to."

Antonio cupped a handful of water and flung it at his father. Water sprayed over Papa and beaded on his dusty hair. Their laughter rang out, harmonizing with the birds and the breeze.

"Let's go. I've something to show you."

Hand in hand, they walked back to the workshop. Papa led Antonio to the sculpture he had been working on for the last months, the object of Antonio's frustration and anger.

"I must work, Antonio, because it is our provision. It takes a long time because I must do my best. Do you understand?"

Antonio nodded.

"I work from my heart, Antonio. But to labor from the heart is not merely work. It seeks the gifts of God, refines them, and returns them to Him."

Tears coursed down Papa's dusty cheeks.

"And this is my finest work. Can you see? It has been borne from the love in my heart."

It was a statue of a boy.

It was a statue of Antonio.

The Canary Keeper's Wife
By Teri Wilson

June woke every morning to the sound of exquisite, soulful singing. As she lingered in that misty world between slumber and awareness, sometimes she forgot the voices belonged to the canaries and, instead, imagined her bedroom was filled with angels lifting their voices to the heavens. Then she would feel her husband stir beside her and his dry, miner's cough would remind her that there were no angels watching over them. The fragile birds with their powerful voices were the only protection for her family.

Hugh studied the large pen full of flutter and carefully selected the day's rescuer. June watched him as he cradled the bird in his sturdy hand and placed it in the tiny cage he took with him into the mine. It bothered him when he lost a canary, but it was either that or lose his own life. The mine demanded its sacrifices and the canaries were the miners' offerings.

"Hugh, how do you pick which one to take?" June had asked him this question before but had never come to understand his selection process.

"Well, I just look at each bird and try to find the one whose time has come. When it's your time, it's your time." He gave her a tender kiss and headed for the door.

"Be safe," June whispered. She fumbled with her apron while she watched his truck disappear down the dusty road.

June kept busy every day until Hugh came back down that same road. There was always a task at hand to keep her mind from conjuring up the image of Hugh deep inside the earth. And, of course, there were the canaries. Their poignant melodies accompanied her every move.

On this day, June cleaned the windows and made a pie. As she rolled out the dough, a fledgling canary slipped through the bars of the cage and flopped onto the floor. June carefully scooped up the baby bird and placed it back in the pen. She checked on the hatchlings nestled in the straw cup on the side of the cage and noticed one of them stood apart. While all the other canaries in the pen were the color of orange sherbet, this hatchling's spiky feathers were coming in a brilliant yellow tint.

"One of the hatchlings is yellow," June told her husband over dinner.

"Is that so?"

"Yes. Maybe we should keep him."

"June, those birds are not pets. They're part of my work. Don't get attached."

She knew Hugh was right, but as time passed, June watched the hatchling's development with keen interest. His downy, baby fuzz was soon replaced with smooth feathers the color of sunshine. He learned to sing and took his place on the perch harmonizing with his brother and sister birds. June even took to calling him "Wolley."

None of this escaped her husband's notice. Still, the day came when Hugh selected Wolley to accompany him down into the mine. He shut the door on the tiny, portable cage with a squeak and looked up to see his wife's eyes brimming with tears.

"It's okay," she managed to murmur. "I guess it's just his time."

Hugh couldn't stand to see his wife cry. Against his better judgment, he removed the little, yellow canary from the cage and replaced it with one of the peach-colored birds.

"Be safe," his wife whispered with the most beautiful smile he had ever seen.

June was busy pruning roses when she heard Hugh's truck come up the road that evening. She looked up to greet her husband, but it wasn't him after all. Hugh's boss was standing in her garden with a grim look on his face.

"There was an accident…Hugh's gone. I'm sorry."

It seemed as though June had been expecting this moment her entire marriage. She opened her mouth to cry, like she always thought she would, but nothing came out. Hugh's boss stood staring as she calmly turned around and went inside the house.

June came back out to the garden clutching something in her hands. She looked up to heaven, opened her arms and released a bright yellow bird up into the sky. Then, she went back inside and returned with the large canary pen. June handed the pen to Hugh's boss and, standing in her garden surrounded by the flurry of tiny wings, succumbed to her tears. The air was thick with the angelic voice of the yellow canary singing over her with sweet hymns of comfort and peace.

CAN YOU DO IT NOW?

By Lissa M. Lee

"To the work, to the work..."

"We'll work; we'll work 'til Jesus comes..."

"Let us labor for the Master from the dawn 'til setting sun..."

As a child, I remember our congregation rocking the rafters with these songs, imploring the faithful to fulfill their duty to the Great Commission. Fired up with evangelical zeal and a healthy dose of condemnation, the troops rallied. We would storm our neighborhoods with tracts alerting the lost of their perilous final destination.

It usually worked. For the following month there would be a sharp incline in church attendance, but gradually the blazing fire simmered down to a few glowing embers. A year would pass. A new evangelist would stoke the coals, and once again the people of God would charge the gates of hell's prisons, freeing the lost from Satan's clutches. It was our work!

When I was a teenager, our church, in harmony with the pop psychology of the day, began to focus on a new type of work. It was the work of the inner man. No longer were we to intrude into the personal spiritual condition of others. We were to concentrate our efforts on working out our own salvation. Not just with fear and trembling, but with Jung and Freud, and discover that if I'm okay, gosh darn it, you must be too!

The result of this blending of secular and spiritual semantics was a decline in church attendance. Why get up on Sunday morning? Sleep in! I could get the same advice on an analyst's couch for a hefty fee. And people say the church is just after your money! Ever thought tithing might be cheaper?

But I digress.

Adulthood brought me full circle. When I had to make the traditional choices for my own children, I found myself drawn back to my roots. Working faithfully in the Lord's harvest seemed to be the answer. Balancing the exterior labor to recruit the lost, with deep introspection into my character, felt like the right thing.

Slowly I began to burn out. A nagging feeling of defeat loomed over my soul. No matter how hard I worked, there was no joy in the labor. It was never enough. There was always more that needed to be done.

Finally, exhausted from the effort, I took a sabbatical. God obviously knew what He was doing when He created the Sabbath!

Alone, searching the Scriptures, I tripped over a verse I had probably skimmed hundreds of times. There in black and red it said, "Jesus answered, 'The work of God is this: to believe in the one he has sent.'" (John 6:29 NIV.)

I read it again...the work of God. This was an entirely new perspective. God saw the "act of believing" as work. *'How silly,'* I thought. *'How can believing be work?'* Then I began to think back over my spiritual journey. It had been extremely hard work to believe God at times, and in Hebrews I had read that without faith it was impossible to please God.

The two most important things I had been combating to achieve—faithful service and personal integrity—were tied up in a concept I had never entertained. Knocked off my spiritual feet, flat on my butt, I pondered the implications.

I was obsessed. I discussed the ideas with others I respected. Read spiritual giants' thoughts on the subject. I prayed intensely for understanding.

One morning, in the shower, as God so often does, He intruded. A glorious moment of revelation came! I think it has something to do with the steam parting and being clean all at the same time.

It wasn't that one view of work was wrong; I just had the cart before the horse.

Duh!

To dare to step out in faith and share my faith with another is work. To courageously accept that God is dealing with my imperfects is work—a HUGE work!

It is all intertwined. How could I have missed it? But I did. Oh well...at least now I can relax in the Lotus position and chant...

"We are His workmanship..."

"I sing for joy at the works of Your hands..."
"He, Who began a good work in you..."
Well, I don't want to become too culturally irrelevant!

God's Work
By Tim Chezum

Eleven huddled 'hind locked doors
in a forsaken room.
Their spirits crushed in disbelief,
an atmosphere of doom.
Consumed by overwhelming grief
for what the crowd had done,

The evil man had done.

The images besieged their minds,
events of recent days.
The mob that led Him off to die,
while whipped into a craze.
And never giving reasons why,
they crucified God's son.

They killed God's only son

So as He hung upon the cross
He knew the end drew near.
He uttered one last mournful plea
and everyone could hear,
"God, why have you forsaken me?"
Then darkness blocked the sun.

The blackness choked the sun.

"It is finished," was His cry.
He set His spirit free.
The temple curtain had been torn
fulfilling prophecy.
His followers began to mourn,
they thought he was the one.

He was the chosen one.

Then He appeared before the men.
"Why do you not believe?
They found no body in the cave
and all you do is grieve.
Though I have risen from the grave
the work has just begun.

God's work must now be done."

Based on Mark 15-16 and John 19:30

JUST A CARROT?
By Helen Paynter

The expression on the novice's face could have curdled cream. He heaved a sack onto the kitchen table and slit it open with an aggressive swipe of his knife. Muddy carrots spilled onto the table and floor.

The elderly monk gave a brief glance at the damage. Without comment he selected a carrot and silently began to peel it. The novice hacked at one with impatient jabs.

Five despoiled carrots later, he could contain his frustration no longer. "I can't believe they've got us wasting our time doing this!"

"Wasting our time?" The monk looked up in mild surprise. "I'm sorry you feel that way. But this is no waste of my time. This is my vocation, mon frère."

"No, your vocation is following God. How can you do that when you're stuck here peeling vegetables while everyone else is at Compline?" The novice scowled at his elder.

The monk shook his head, his eyes gentle. "No, mon frère, you've missed the point. If I serve God as I work, the work itself becomes an act of worship. I am missing out on nothing."

The novice pointed with his knife in emphasis. "How can peeling a carrot be worship? It's just a carrot, for heaven's sake!"

The elderly monk took a carrot in his hands and appraised it reverently. Grasping his knife, he began to pare it neatly. Finally, he took the fresh, glistening vegetable and sniffed it, his eyes closed.

"Just a carrot? I am on a journey with God every time I peel one. Minute by minute He shows me His goodness. Hour by hour I bless Him for His provision."

The novice examined a carrot for a minute, turning it in his hands as if seeking some secret it concealed. Finally, he tossed it back onto the pile in disgust. "No, monsieur, you're wrong. If I had to work here all the time, I'd be bored beyond words. But you—you must have been here for months!"

A wry smile came over the monk's face. "Bored? Perhaps you would. I thought so, too, when I started in this kitchen twenty-three years ago. But this I have learned: my faith is meaningless if it cannot find its expression in the mundane." He sliced off the ferny heads of four carrots with a neat stroke. "The simplicity of the task is a blessing. It allows me to see God with uncluttered eyes."

The novice opened his mouth to reply, but bit his tongue. There followed a respectful silence, broken only by the gentle whittling of two knives.

Finally, the younger man's impatience took the upper hand. "Yes, I would be bored—and miserable. As I am now." He threw down his knife and rubbed his sleeve across his eyes.

The elderly monk hobbled round the table and laid a chapped hand on the other's arm. "What makes you think you know more about happiness than God does, mon ami?" He spoke softly. "You have found what is important while you are still young. Me, I wasted many years searching for happiness and finding only emptiness. See, you are ahead of me already."

He took a carrot and placed it into the novice's hands, guiding his knife until a perfect strip of skin coiled away and spun to the floor. Still holding the young man's hands, he looked earnestly into his eyes.

"Make no mistake, mon frère, this is not just a kitchen—it is a sanctuary. You said this was just a carrot. No, mon ami, it is much more than that. It is a sacrament. It mediates the presence of God to me. And I am content."

Author's Note: This was based on the true story of Brother Lawrence, who spent 40 years "practicing the presence of God" in the kitchen of a Carmelite monastery.

CHAPTER FIVE

Be Thou My VISION

A Vision and a Vow

By Lynda Schab

Rose had never thought of herself as beautiful, but today she smiled at the image in the mirror. She knew she would never win a beauty pageant; her skin was far from flawless, her nose was slightly too large, her hair lacked luster. And although not necessarily overweight, she could stand some firming up.

But today, she felt like a princess.

Today she would become Mrs. John Williams.

She smoothed her gown and turned this way and that, observing herself at each angle. What would John think as she walked down the aisle? Would his eyes light up? Would he smile? Faint? Throw up? Rose chuckled at the thought. Now *that* would be a wedding to remember!

She reached for a brush and pulled it through her hair. Her thoughts turned toward her husband-to-be. She giggled. Oh, how she loved the sound of that! Never in her life had she dreamed she would snag herself such a thoughtful, handsome, distinguished man. She smiled as she recalled her parents' pleased reaction when she had shared the news.

"My little Rosie—a preacher's wife! Who would have thought?" her mother had exclaimed.

Although John hadn't proposed in any remarkable way, the words he'd spoken to her while he was down on his knee truly captured her heart. With enthusiasm twinkling in his eyes as he slid the ring on her finger, John said, "I have such big plans for us, Darlin'. May I share three significant visions I have for our future?"

Rose nodded, eager to hear what he had to say.

"How does eight children sound to you?"

Eight children! She was taken aback. Rose definitely wanted a large family but she had to admit that eight sort of exceeded her idea of "large." At that moment, however, she wanted more than anything to please him, and his excitement was contagious. She found herself readily agreeing.

"On to number two…one day I will be a renowned preacher and spread the Good News of Jesus Christ to the world. And you, Darlin'," he continued playfully, "will be the most gorgeous famous preacher's wife in the world."

Rose beamed. She wasn't so sure about the gorgeous part but had no doubt he would achieve his dream.

"And one more thing, Rosie." John's tone grew serious. "I vow, at this moment, that on our sixtieth wedding anniversary, when we're eighty-five years old and our heads are completely gray and our skin has more wrinkles than a cotton shirt left in a heap all night, whether we're both in wheelchairs or even bedridden, if we have to be spoon fed or helped to the bathroom, no matter what…I will still love you. In fact," he proclaimed, "I'll marry you all over again."

A soft tap sounded on the door. Rose turned, her tears glistening in the light. Catherine stood, smiling at her, tears forming in her eyes as well. "Are you ready, Mama?"

Rose swiped at her weathered cheeks. "I've been ready for the past fifty-nine years, sweetheart," she said. She glanced once more at her reflection and reached for her walker. Slowly, persistently, she inched her way down the hall and out the door.

Once outside, her gaze rested on the groom, eighty-five-year-old John Williams, world-renowned preacher. She barely noticed his gray hair, or his wrinkled skin, or the wheelchair in which he sat. He was still as handsome as he had been the first time she'd walked down the aisle.

As Rose made her way down the white runner lain over the freshly mowed lawn of her own backyard and approached her husband of sixty years, she couldn't help but notice the twinkle in his eye, still as bright as ever.

"My eyesight may be going, Rosie, but you're still a vision," he said.

She sank into the empty wheelchair waiting for her and grasped the gnarled hand of the only lover she'd ever known. Rose took a moment and looked at each of their eight children, seventeen grandchildren and four great-grandbabies. She marveled at how, although they'd gone through their share of hard times and heartaches, John's vision for them had never wavered. They'd ended up exactly where he knew they would.

And for the second time in sixty well-worn, glorious years, Rose became Mrs. John Williams.

The True Story of the Three Blind Mice

By Jan Ackerson

You've heard that despicable children's song—I know you have. *Three blind mice; see how they run*...I'm here to set the record straight; there's not a word of truth in that odious tune. (I suppose you think a mouse once befriended a lion, too. A lion! Lies, I tell you. All lies.)

So—let me start with that first line. *Three blind mice*...Yes, there were three of us, but we were hardly blind. Granted, Maximilian squints a bit; it runs in his family. But Alexander and me—our eyesight is just fine, thank you very much. No, it's not lack of sight that got us into trouble, but lack of foresight, of vision. Everything that happened to us was a result of rash action. My mother always used to say, "Bartholomew, never go into a hole too small for your whiskers." But we rushed into our grand scheme without thinking of the consequences.

What can I say? We're mice. Our brains are the size of a morsel of cheese, a crumb of bread.

Pardon me while I sniff out a snack.

Where was I? Oh yes, our grand scheme. *See how they run*. Well, naturally we were going to run. We knew the time of day when the cat (that vile creature) was most likely to be taking a long nap. I'll admit that we forgot another famous mouseish proverb: *A cat sleeps with its eyes closed and its ears open.* The plan was to run quickly past her on our journey into...The Promised Land.

There were rumors, you see—rumors of pies, of treacle tarts, of chewy bread with enough crustiness to trim an old mouse's incisors. There were rumors of muffins, of peanuts, of cakes. And did I mention cheese? Oh, there were rumors of veritable mountains of cheese in The Promised Land, so Maximilian and Alexander and I ran toward it...

...but the cat woke up.

With an unholy noise, she bounded after us. Luckily, we three scampered in separate directions, confounding the horrid beast. Cats are stupid and distractible; we were fortunate that Tabby lost sight of us when she stopped to lick a paw.

They all ran after the farmer's wife...I take umbrage at this. Tiny brains or not, no self-respecting mouse would chase a human being. We ran to escape that giant hairball; is it our fault that the only escape route took us into the room where the farmer's wife was sewing? We regrouped in a shadowy corner, our hearts fluttering madly. There was a certain amount of anxious squeaking on Alexander's part.

Of course she screamed. Why do humans screech so? She was in no danger from us. She'd be wiser, I think, to scream when Tabby enters the room; I've seen the way that cat unsheathes her horrible claws while gazing malevolently in the woman's direction.

But I digress. Pardon me—there's a crumb under the table that I must investigate. If it's edible, I need to claim it before Alexander spies it. Alexander cannot be trusted.

Back to the farmer's wife...There we were, Maximilian, Alexander and I, paralyzed with fear at the woman's shrieks. Tabby was lurking nearby, and we were nowhere close to The Promised Land. And just at that moment, the farmer entered the room to investigate the cause of his wife's terror.

We were trapped.

She cut off their tails with a carving knife. Again, this is not strictly true. The poor, terrified woman flung her scissors at us as we cowered in the corner, and by virtue of an unlucky bounce, they nipped off a bit of Max's tail. It was a piece no larger than the tip of his nose—but these stories grow with each retelling. Max is fine, save for the injury to his dignity; a mouse's tail is his pride. "Guard your tail, boy," my father always said. "Without it, you're nothing but a hamster."

Did you ever see such a sight in your life as three blind mice? Of course you didn't. As I said earlier, it was vision, not sight, that we lacked. We still hope one day to achieve The Promised Land, and I'm devising a new scheme to get there. I've seen the dog walking freely there and back, and I've decided that we should befriend him. I think he can be useful to us. After all, we have a common enemy.

I don't see how this plan can possibly fail.

THE SMELL OF GRACE
By Teri Wilson

"Get away, you filthy mongrel!"

I hear shouting and run for my life.

The heavy footsteps of a man follow me as I dash away with the stolen fish clutched tightly in my jaws. *'Run faster, run faster,'* I tell myself. The pads of my feet make thumping noises on the dirt path, and I hear my breath growing heavier and heavier. I can smell the man behind me, sweaty with anger. Just a little bit longer until I reach the safety of the olive grove. The olive trees will cradle me in their lush, green branches and keep me from harm.

Too late.

The rough hands of the man yank me up by the scruff of my neck. In a state of panic, I open my mouth and drop my treasure. The dead fish falls on the ground with a thud.

"This is the last time you steal from me, mutt." Something hard strikes me on the side of my head, and I land in a heap at the man's feet. My ear is throbbing with pain, and I feel the man spit on me in disgust when he leaves me lying in the dirt path alone. Discarded and despised.

Life wasn't always like this for me, you know. There was once a time when I didn't need to steal or beg for food.

I was born on a farm on the banks of the Jordan River. As a young pup I grew big and strong drinking the milk from my mother's body. I romped and played with my littermates and slept nestled in the safety of our pen at night. During the day, the farmer's children would feed us snacks from their grubby hands and play games with us.

One day, after a vigorous game of chase, the farmer's youngest daughter scooped me up and held me close to her chest.

"Daddy," I heard Ruth say, "I think there's something wrong with this one."

"What do you mean, dear?" The farmer stepped closer to us.

"Look at his eyes. They're cloudy and pale."

The farmer shook his head in disappointment. "He's going blind. We'll have to put him down."

"No!" Ruth shrieked. I could feel her heart hammering in her chest next to my trembling form. I knew something was terribly wrong.

"He can't be a sheepdog if he can't see. I'll take him down to the river first thing in the morning."

I was confused and frightened. Ruth held me for a very long time and I licked the tears that fell from her eyes. Late that night, she snuck outside and plucked me from my pen. She walked far from her home until we reached the olive grove.

"Stay. Don't come back to the farm. It's not safe. Goodbye little doggie."

I looked at Ruth through my blurry eyes. Her sweet childish face is the last thing I ever saw. I had been plunged into a world of darkness.

It has been many years now since Ruth left me in the olive grove. My muzzle is now gray with age, and my ribs stick out from hunger. It is the gnawing in my belly that led me to the fish market earlier this morning.

I wake up in the road when I feel the rumble of the earth beneath me. Hooves. Someone must be driving cattle. I need to move before I am trampled. I drag my weary, bruised body up from the dirt and hide in the grass beside the road.

I hear many voices along with the hooves and realize it must be a caravan of travelers. Crouching low in the grass, I try to disappear. But suddenly I feel the presence of a person in front of me. My brain screams *'Run,'* but I am too worn from my beating to move.

I feel a small hand gently caress my head and stroke my ears. It has been so long since I have been touched with any kind of tenderness. My body begins to shiver and tingle all over. Then slowly, miraculously, my dark world shimmers with the brightest of light. I can see.

Once again, I find myself looking into the face of a child. He winks at me and gives me another pat on the head. I can hear voices calling to him.

"Come along, Jesus. We need to get to Jerusalem before nightfall."

The little boy scampers back to his parents, and I never take my eyes off him.

The Turpentine Vision

By Sue Goodreau

Most grandmothers smell of homemade cookies.

Mine smelled of paint and turpentine.

Grandma loved to paint. She called it her third love. I was captivated from the minute I understood that the swirls of color created a picture. When I started school, I developed the habit of stopping at her house on my way home. As I listened to the whisper of her brushstrokes, I wondered if the sound was really God speaking, telling her what to paint.

It was always a special day when a painting was finished and framed. Together, we would decide where to hang it.

"Here or at The Center?" she'd ask. Since her wall space was rapidly filling, we usually took the painting across the street to The Center.

When Grandma wasn't painting, she was volunteering at The Center, her second love. Sponsored by churches, donation, and an occasional grant, The Center was a potpourri of programs ranging from after-school activities, counseling, AA, clothing closet, and a food pantry. The paintings hanging on the walls usually focused on Jesus, emanating hope and compassion. Grandma loved to paint Jesus.

Because Jesus was her first love.

Several years later, Grandma shared her most glorious secret with me.

"Sarah, One day while I was cleaning brushes, God gave me a vision."

Her blue eyes bored into mine.

"A vision is when God shows you something He plans to do. God showed me a vision of The Center, with a gym in the basement, and fulltime counselors to help unwed mothers, troubled teenagers—anyone who needs it. It'll have a bigger food pantry, prayer groups, and even a place for people to stay if they need it. God's hope and peace would hang in the air, breathed in by everyone seeking His grace."

Grandma pointed her brush at me. "He showed me. I'm telling you so we can watch it happen together."

Although I was still young, I understood enough about the vision to get excited, too. Just like the paintings, I was enamored with the vision God had given Grandma. I wanted to hear about it all the time. Soon, her vision became mine, too.

As the years passed, I continued visiting Grandma. Although her health was deteriorating, she still painted and volunteered at The Center. And she still talked about the vision—her vision. It wasn't mine anymore. To me, it was the fantasy of a woman who had breathed in too much turpentine.

After my final year in college, Grandma developed pneumonia. I visited her right before she died. She grabbed my hand, surprising me with her strength.

"I'm going home to Jesus soon. I know that you doubt the vision, but I still have faith. Just because I die doesn't mean the vision dies. Watch for it, Sarah." Grandma laid her head back, and I left her asleep. Then she was gone.

In her will, Grandma left me her house and her paintings. I knew she wanted to leave me her vision, but I didn't have enough faith in her or God to believe the vision was real. Grandma had been wrong. The vision was in the grave with her.

I moved into her house, and watched The Center struggle as the country slipped into a recession. I wasn't surprised to see a "For Sale" sign on the lawn a few months later. The Center was closing.

Several weeks later, I answered a knock on the door.

"Sarah Mills?" a man inquired.

"Yes?"

"I'm Michael Hoffman. I own an art gallery. A friend told me about the paintings in the building for sale."

"My grandmother's," I said.

"They're extraordinary. If you have a moment, I'd like to talk to you about exhibiting them in my gallery."

A gentle breeze blew. The Hand of God was moving.

"Come in," I said, stepping aside.

I awoke to the sound of hammering. Usually I'd be irritated by this rude wake-up call. Today, however, I smiled, thinking about the new addition to The Center and replaying the events of the last six months—the showing of Grandma's paintings, the intense interest, the booming sales.

I sighed, wishing Grandma could see how God had used her paintings to buy and expand The Center. As I drank my morning coffee, I recalled the comment of a teary-eyed volunteer. "It's a dream come true," she had said.

But I knew better. It wasn't a dream. Or turpentine fumes.

It was a vision.

THE UNWANTED

By Amy Michelle Wiley

It was the stench that first drew Annalisa. The eleven-year-old American lost a piece of her childhood on that foreign jungle trail, staring at the decayed body of an infant. The horror she felt in that moment stayed with her all her life.

Her mother pulled her away and hugged her tight, but comfort was not to be found. There is no easy way to explain to a child that babies can be left for a slow death simply because they are unwanted.

The family's safari vacation was the beginning of a vision for Annalisa. She vowed then, in her young heart, that she would fight against this practice. She would do all in her power to save these abandoned babies.

"*Mba!* No!" Uloma's hands reached, still bloody from the child that had been wrenched from her. The pain of her heart drowned out the throb in her still-heaving womb. "*Umu aka mü!* My babies!"

Her scream dropped to a whimper as her husband stepped into the room. His voice was hardly a hiss. "What have you done? You have been cursed." He spat on the two naked infants squalling on the dirt of the floor.

Uloma could not bear to watch as he snatched those of her own flesh. Guilt welled up in her at the feelings of love she felt toward the twins. How had evil violated her in such a way? She looked toward the god of fertility in the corner.

"Forgive me. Protect me from the Evil One." She buried her face in her hands and rocked. "What have I done? Oh, what have I done to deserve this?"

Bem slunk against the wall. Even his hands pressed against his ears could not drown out his father's drunken shouts. The child's belly protruded, swelling painfully within his paper-thin skin. He did not dare ask for food, though it had been two days since he had eaten more than a mouthful of yams.

As though his thoughts had been heard, his father turned upon him. "What are you staring at? Do I have food? Do I have clothes for your back? Get out! Get out and do not come back!"

Bem ran, scrambling for the door. He pushed away his thoughts, his feelings, and concentrated on the pounding of his feet upon the packed dirt.

"*Nne Liza!* Ms. Lisa!" Two pairs of dark eyes gleamed at Annalisa from the crack of her door. "A woman just had twins. We followed to where they were left, just like you told us."

"*Da alü*. You have done well, girls." Annalisa opened the door, her heart beating fast. "Soon it will be dark and we may go to them. Hurry, help me prepare."

Time dragged as the three waited for darkness to fall. Finally they slipped out of the mission. The flashlight barely illuminated the tangled path, and every shadow seemed to be a snake tensing to strike. "Pray, girls."

A faint cry reached Annalisa's ears, and in a moment she was kneeling beside the twins. One of the infant's eyes were wide with panic, yet even her scream was only a whimper. The other's eyes were glazed over, and the child lay still. Annalisa stifled her tears as the light caught a grotesque bulge in the child's arm. "Be careful of her arm. We will set it when we get her back to the mission."

The path back home seemed to take even longer. Annalisa kept her ears trained to catch the sound of approaching footsteps. Just as the little procession neared their door, a muffled sound startled her. *'Lord, please, protect these little ones!'*

Yet the form the light caught was no angry soothsayer, intent on ripping the babes away. No, it was a boy, not much more than a babe himself, crouched against the wall. His grimy hands covered his mouth in an attempt to stop his sobs.

Annalisa smiled gently. "Are you hungry? Come in and have some *ofe*. Don't be afraid."

She led them into the safety of the mission—this threesome that had become six. As she lifted the weaker twin to her heart, pulling her close to comfort her cries, she knew her vow had been realized. The ever-present memory of that first dead baby faded and became a vision of the future. A vision of a house, filled with plump children, singing the praises of a God who wants the unwanted.

Author's Note: Though this story is fiction, the abandonment of unwanted children and babies, especially twins (who are viewed as cursed), is very much a reality. May we lift in prayer those like Annalisa, who have been called to reach out to "the least of these."

Underlined and Highlighted

By Venice Kichura

"And...wait...there's something else God's showing me...I see a circle of children...and you're in the middle, Cindy...yes, yes—thank you, Jesus!" Pam shouted, describing her latest prophetic vision from God.

"Hallelujah! Glory!" The other prayer warriors joined in, jumping up and down, as Cindy stood trembling in the middle, tears streaming down her cheeks.

Only they weren't tears of joy, but tears of grief, and now she wondered if anyone *really* saw visions. If anyone needed a vision it was her. After losing a baby, she needed to know that God spoke directly to her and not just through others.

'About all I can do is underline and highlight Bible verses. And, yeah, I do host a weekly prayer group,' she thought, wishing she heard from God more and flowed in the gifts of the Holy Spirit.

Confused, she buried her face in her hands, wanting to believe Pam's vision for her life, but remembering how someone else had also had a vision that her unborn child would be used mightily by God.

The prayer meeting ended as hugs were exchanged. "See you next week...praying for you, Cindy." Her friends reassured her of their support as they left.

Although she was hurting, it was still good to have them come. It had been the first prayer meeting held there since little Joshua had been born stillborn two months ago. And, somehow, she still believed in miracles—other peoples' miracles.

Still angry at God, she hadn't spent time alone with Him since then, or even gone back to church. Her prayer group was her only connection with the body of Christ.

She searched for her Women's Devotional Bible but couldn't find it. Instead, she grabbed another one she found lying in a corner, probably left by someone in the prayer group, but it was unmarked—no underlined or highlighted verses. What's more, she couldn't read it, anyway, as fresh, falling tears blurred the print.

Tossing it across her bed, she got up, closed the blinds, locked the door, and took the telephone off the hook, crying, "God, you've got to show me a vision! I can't even read Your Book now."

She fell back into bed, staring at the bottle of sleeping pills on her nightstand and thinking, *'I can't go on another day.'* Then her gaze shifted to family photos of her husband and parents.

A sudden knock on the door interrupted her troubled thoughts. When the knocking didn't stop, she finally dragged herself out of bed and opened the door. She stared into the face of a young woman who looked vaguely familiar…

"Hi, Cindy. Remember me?"

"You're…?"

"I'm Julia. We shared a room at the hospital…I tried calling several times, but got a busy signal. Seems we're neighbors, too. I live on the next block."

She paused, then continued, stammering, "Listen…I can't stay long, as a friend's watching my baby…but I just wanted you to know how sorry I am about your baby. I didn't rush over here at first because I didn't know what to say…"

"How did you get my address and number?" Cindy interrupted her, puzzled.

"I found them in your Bible," Julia said, pulling it out of her bag. "That's also why I'm here…seems I accidentally picked it up. A friend had given me a Woman's Devotional Bible to read in the hospital, so you probably have mine. I started reading it after I got home. The underlined and highlighted verses spoke to my heart. You see, I'm a single mother who almost had an abortion…I'm sorry I'm just now returning it, but I couldn't put it down. I read it every time I put my baby down for a nap."

"Look," Julia continued, flipping to the book of Romans, "You've underlined and highlighted 'For we know that in all things God works together for good'[1]

"My life was a mess, but the scriptures you've underlined and highlighted have given me renewed strength and hope. See, here's

[1] Romans 8:28 (NIV)

another one: 'Trust in the Lord with all your heart and lean not on your own understanding.'"[2]

"You can keep the Bible," Cindy said, softly brushing Julia's shoulder. "We'll just trade. I think God wants to give me some new scriptures to underline and highlight. The ones in my old Bible are still in my heart," she added. "Guess I just stopped believing they were for me. Thanks for reminding me."

'And thank You, Lord, for sending me a vision.'

[2] Proverbs 3:5 (NIV)

Me-Centered? Me Think Not

By Joanne Malley

Oooooooh...

GIMME...I want that!

It's brand new. Pretty. Shiny.

It has fun gadgets, goes faster than mine and is so much better. It's more expensive and it's BIGGER.

How come he's got one and I don't? People will want to play with him and not me. People will notice him and overlook me!

I want it...and I want it NOW!

Sound familiar?

It's a five-year-old having a tantrum over a toy he wants, right? Well, yes...and no.

It's your neighbor and he's not five, he's forty-five. But, since he's so mature, he wouldn't dare be seen in public with the smoke of jealousy coming out of his ears and a face so red it borders on explosive. Instead, he silently and privately wants to be the neighbor who's getting all the attention over a hunk of $45,000 metal. He wants to be noticed. He wants to shine like that sleek paint job. He wants all eyes on him.

C'mon. Give him some credit. He's smart enough to hide his self-centeredness and greed. He wouldn't dare let you see it. He's also smart enough to hide his vision...the one that's in front of us all. It often leads our way and it fuels us. It's a vision we shouldn't follow.

It's ourselves.

We're more often than not just a short step ahead of ourselves wherever we go. We like it that way since that's where we like our focus to be. We love following ourselves. We enjoy looking at ourselves and we love being in the forefront receiving the glory. After all, don't the books tell us we have the power? We can do it all? We can make it happen? We're the most important?

As we lead as well as follow, we often march to the song our voice sings, "It's all about me." Sadly, we trust in the wrong leader and we follow nothing but a clueless guide.

Although we don't want to admit it, we know too well what the heat of the smoke feels like and that the burn of the red flesh stings. In our quest for attention, we're blinded to what we should want. Unfortunately, we often don't want what we really need.

What do we do to switch the focus? What should we see? Where should we look?

It's simple, and so is its design.

A crossbeam and a vertical plank is all we need to bring it all into focus. Stare at it. Dare to touch it and your focus will surely change.

So will your life.

You see...it's not about us...it's all about Him. He came so we can see without distortion. He came so we can see who we are and who He is.

The question is...are we willing to divert our eyes for good or just pretend to do so once in a while for appearances sake?

To correct our vision, we need the Doctor, or else we can don a pair of glasses for a quick fix. But, guess what? Another human, who's a sinner, crafted those glasses, and even though we think he's trying to help, he can make our vision worse. Why would we go to another sinner to help us see if he's totally blind as well? Why would we depend on ourselves?

If we trust in the right Doctor and His spiritual corrective surgery, we can focus on selflessness instead of selfishness. We can see love instead of hate; we can have peace instead of turmoil, and know forgiveness instead of sin.

We can now look at the crossbeam and horizontal plank and see more than wood. We can see a man with a clear vision who chose to drag himself up a hill despite the droplets of blood that trickled into his eyes and the pain that scorched his every step. We can see a man who came to give us sight. We can see a man who wasn't only human—he's our God. Most importantly, we can see our God who can save us from ourselves.

Let's step down from the stage. We don't belong there.

Now, look front and center stage with your corrected vision. Suddenly, it's not you. It never should have been. It's God in all His glory—the glory that we tried to steal from Him…yet He forgave us for it anyway.

Me-centered? Distorted vision, self-centeredness, selfishness, greed, sin?

Me think not.

He-centered?

You bet.

THE VISION QUEST

By Melanie Kerr

How I came to be sitting in an Indian sweat lodge, butt naked, with a bunch of strangers makes for an interesting tale!

I didn't mind the darkness, or the claustrophobic nature of the tent. I wasn't particularly apprehensive about encountering a "spirit guide." My deepest concern about the ceremony was the naked part of it! Granted it was dark in there and we didn't need to disrobe until the door was covered. In the inky blackness, no one would be able to see the arrangement of spare tires that neatly folded over my lap.

I met Avril through Weight Watchers. I joined after our pastor spoke passionately about friendship evangelism and encouraged us to join something, meet new people and share our faith.

We clicked and often met for coffee. I was finally on the brink of fulfilling the pastor's mandate! Somewhere in a conversation, when the time was right, I would introduce Avril to Jesus. It turned out that she had her own agenda. One afternoon Avril confessed to being a North American Indian shaman and invited me to attend her vision quest.

"Avril...I am a Christian. I am not sure that I..."

"Oh, you're one of them! Mind made up, eyes shut tight, everyone else is wrong and you're the only one that has got it right." She glared at me, daring me to contradict her diagnosis.

"I will make a deal with you." I hated being labeled. I walked out on eggshells, hoping that God was not listening. "I will come to your vision quest, if you come to my church."

My husband and I joined a select group of people gathered in Avril's back garden a few weeks later. Avril asked to be called Swiftdeer. Apparently we each had an Indian name which the spirits would reveal. She was taken aback when my husband named himself Brightwing, and introduced me as Heart Song. Choosing your own Indian name was obviously against the rules judging from the dance her eyebrows were performing.

The ritual was similar to sitting in a sauna. The sweat lodge was made up of a frame woven from branches of willow, over which a number of animal skins were stretched. A small entrance led into a dark void.

Our first task was to find a speaking stone! I took my best guess on a small grey stone that flickered with glints of red crystal in the evening sunset. The stone was reverently lifted and carefully placed on a fire in the centre of the lodge.

My husband, "Brightwing," sat on one side of me, and Avril, sorry, Swiftdeer, sat on the other. Once the entrance had been covered over, we descended into pitch black. I reluctantly shed the towel and felt my thigh touch Avril's.

Someone started a low chant, and I resisted the urge to giggle. Water was tossed onto the hot stones, spitting and hissing and filling the darkness with a moist. hot cloud of vapor. I hoped that it was just water and nothing hallucinogenic.

I wasn't aware that I had begun to sing. The melody was haunting, and the words slipped off my tongue, singing of my soul's deepest desire to see God. I was thinking about Moses' humble request to see God's glory. I could picture myself, not in a dark tent, but high on a rocky ledge. The tempo of the song changed and became a song of rejoicing. My search for God had brought me before His throne. There was another change in the tempo and I began to sing of repentance and sorrow as I knelt before His throne. I sang of his forgiveness and his cleansing and felt his breath upon my face.

I stopped singing. I was conscious of being in the wrong place, but it seemed that the meeting was over anyway. I gratefully crawled out of the door, remembering just in time about my towel.

I found Avril staring at me curiously and felt bound to try to apologize, sure that I had sabotaged her vision quest, albeit unintentionally.

"Swiftdeer…" I began.

"Avril," she corrected.

"I should not have come tonight," I confessed.

"Oh, but you should. You were rightly named Heart Song. I felt something tonight that I have never felt before. I caught a glimpse of God through your song and…all of this," she waved her hand over the sweat lodge, "it's coming down tomorrow. I will see you in church on Sunday."

Victory Over Short-Bed Pick-Up Trucks With Big Tires

By William Price

"Let's see if I understand, Kenny. You want me to surgically remove your eyes?"

Dr. Benjamin F. Randolph eased his thick, black glasses down his larger than average size nose as he studied his new patient.

The boyish looking man sitting in front of him nodded his head.

Dr. Randolph thought he had heard everything in nearly forty-years of medical practice, but this was a first.

"I have to ask, Kenny, why have this done? Do you want to donate them for some reason?"

"Doc Randolph..." The young man's voice was soft and innocent. "...I wouldn't want anyone to have my eyes."

The white-haired physician was beyond curious and had to continue the conversation.

"Why is that?"

"My eyes are bad, Doc." The young man's voice began to crack. "They look at things they shouldn't and for longer than they should."

Dr. Randolph exhaled loudly as he leaned back in his chair. Gazing up at the ceiling he considered the sanity of his patient. As he focused his attention back down to the desk, he spied his Bible and smiled.

"By any chance, are you a Christian?'

"Yes, sir." Kenny shifted his look to the floor.

"It's OK to look at me. I've been a Christian for a long time. I think I've been where you're at. Are you familiar with Mark 9:45, where Jesus says, if your eye causes you to sin, pluck it out?"

Kenny's attention perked up.

"That's why I'm here. I don't think I can do it myself."

"That's pretty wise, son. So, you think your eyes are the problem?"

"Yes, sir."

The doctor paused as he stroked his chin.

"Well, um, what are you having problems looking at?"

Kenny blushed deep red.

"Uh, you know, Doc."

"Hmm, is it pick-up trucks, Kenny?"

The patient crinkled his forehead.

Doctor Randolph raised his eyebrows.

"You know, to make it easier to talk about."

Finally, the light bulb came on in Kenny's mind.

"Yes, that's it, pick-up trucks, but the short-bed kind with big tires."

The doctor tried his best not to smile.

"All right then, trucks with big tires. I think I understand."

Kenny finally came alive.

"I see 'em everywhere, Doc. I have to repent all the time. That's all I do, check out, ah, pick-up trucks and repent."

"Well, we do live in a society that is inundated with trucks and big tires. I get the picture now. Let me ask you, do your eyes look at what they want to on their own, or does some part of you tell them what to do?"

"I guess my brain, or something tells them what to look at."

"Then let me ask, do you have a Bible?"

"Yes, sir."

"Do you read it?"

"At night before I go to bed."

"If you lose your vision, how are you going to read?"

"I'll listen on tape, sir."

"Of course, tape. Do you agree you have a choice whether or not to look at big tires?"

The young man nodded in agreement.

"Kenny, if you are having problems choosing the right thing to look at, how do you know you won't have the same difficulty deciding what to listen to, or think about for that matter?"

Frustrated, the young man shrugged his shoulders.

"The problem is not your eyes, Kenny. It's the vision of your heart. You don't want your heart removed, do you?"

"What'll I do then, Doc?"

"Are you a new Christian, Kenny?'

"Yes sir, I got saved watching television two weeks ago. The preacher was talking about lust."

"OK, are you going to church yet?"

"No, sir."

"Why don't you consider this, Kenny? Instead of eye surgery, let me tell you how to get to my church. My son is an associate-pastor there for young adults. He's pretty good at helping people get over the 'big tires' thing. Would you be interested?"

Kenny smiled as a few tears formed in his newly pardoned eyes.

"What you have to do now is learn how to live by the Holy Spirit and not your flesh. God will take you through a process where He will renew your heart so it desires only good things to look at."

"I think I understand, sir. I have one problem though. I drive a Chevy 454 SS with big mud tires."

Doc's eyebrows furrowed.

"Kenny, we were really talking about women, weren't we?"

"Just kidding, Doc. See you at church."

THE WORLD DOESN'T DEPEND ON ME

By Suzanne Rowe

It had been hot enough to cook an egg on the asphalt that day. Inside the office, the air conditioner was struggling to cope. I wasn't doing much better.

It was late afternoon. Everybody else had knocked off except me. It was always me. The responsible one. The one who wouldn't let anyone down. The goody-two-shoes who would go the extra mile. But a localized summer storm was brewing. I was near breaking point.

Yanking open the metallic drawer of the filing cabinet at last, I shoved into place the tattered manila folder. An exhausted moan escaped my lips, intended for my colleagues' ears. Of course, my appeal for sympathy was wasted. They were down the road sipping cool drinks. Why was I always the one to stay back?

I wiped my sweaty forehead with the back of my arm and got a good whiff of my own sweaty armpit as I did so. Looking up to the dirty white ceiling, I groaned a prayer. "Why, God, is it always me that has to do everything?"

Where did that breeze come from? Upstairs?

Heading to the top floor, with its rows upon rows of boxes of files, I was surprised to see something new. A circular, metal stand surrounding what looked like a fireman's pole stood there. The stand was made of sparkling, grated steel with a latched gate in the wire safety railing. An open trapdoor in the ceiling was letting the air through. Curiosity got the better of me, and even in my cranky, self-centered state of mind, I lifted up the latch and stepped onto the platform, fastening the gate firmly behind me.

My knees went weak…what had happened? The stand around the fireman's pole was being pushed up the pole as if by a hydraulic lift. Through the open trap door in the ceiling I went, and out into the hot, afternoon sunshine.

I threw my hands in the air. Why me? Why do these things always happen to the conscientious one? I stay back at work to do what needs to be done, and what happens? I find myself stuck in some stupid piece of building apparatus.

That's what I thought for a brief second, anyhow. Then reality hit and I dropped to the grated metal floor of the stand, body totally below the wire enclosure, clinging on with white knuckles.

Higher and higher I went. It was quite fascinating really. Soon I had a clear view of our street block. Some people lazily wandered down the street, while others hurried about like the world depended on them. Those poor men in business suits must have been stifling hot. There was a riverside café, and indeed, there were several of my colleagues sitting under the umbrellas sipping iced drinks.

Higher and higher I went. The people looked like ants now, making their way about their business. The bigger roads looked like ribbons of black, and the cars which puttered along them may well have come from a child's toy box. The town looked like something from a picture book. 'Spot the crane.' 'Can you see five red cars?' 'How many churches can you see?' 'Where is the sports ground?'

Beyond the edge of town, the land was divided into colored patches. Thousands of heads of sunflowers merged into a solid, yellow quadrangle. Shining fields of grains contributed to this work of art. Paddocks of sheep looked like sheets of dusty green flecked with white. A river snaked through the scene, flanked by trees. Farm houses dotted the landscape. In the middle of this patchwork quilt was that grey mass of humanity, the town.

I shivered. It was cold so high up. I seemed to have stopped rising, but gazed further into the infinite nothingness above.

"Good God, this is how You see the world, isn't it? How high up will You take me? Will I see continents and weather patterns?"

In my heart, I felt rather than heard the loving murmur of my Father. "Dear child, you can't handle the complete view that I enjoy. I love you. But know this. My creation is bigger than you. I care about all that has life down there. You are just one part."

Life. It isn't all about me.

I want to make a difference in my world. With God's help, I will. But when I get back to terra firma, it will be with a different perspective.

The world doesn't depend on me. It never has.

CHAPTER SIX

The Lily of the Valley

Crazy Annie's Uncanny Valley

By William Price

My Christian smile used to be an illusion of what I wanted, or needed to be. I changed that though, thanks to a strange little lady called Crazy Annie and an understanding of a deep and disturbing valley.

When I first came to town a month ago to pastor my first church, a deacon warned me about an eccentric, old woman who goes out of her way to call most Christians fake.

"And she's not bashful about it. She's crazy. She even takes ads out in the newspaper." His eyes were wide and frantic. He said she ran the last pastor off.

I grinned and told him not to worry.

I met her a week later while shopping. I was in the feminine hygiene aisle trying to remember what my wife asked me to get. I had lost my store list, was perplexed, embarrassed and a little irritated. I had just wanted to sweep down the aisle, throw the package in the cart, and move on. But I had to stand there, trying to recollect if it was maxi, mini, with wings, or what. At the height of my frustration I noticed this smartly dressed, silver-haired, very short, elderly woman, walk up to me.

"You must be the new pastor in town. I'm Annie Stewart."

I couldn't believe she found me buying unmentionables.

"Don't see many men on this row. You're probably buying those for your wife. My guess is, though, you don't know the difference between a feminine napkin and a box of Kleenex."

That's when it happened. I smiled. Maybe it was out of habit, or just years of training, but I turned my confused frown into my Sunday morning "meet and greet" look, as my wife calls it.

Annie's expression saddened.

"Ah, shucks. You had my attention at first and got my hopes up. You looked so real, then wham-switcho-bam; you pasted that big, toothy smile on your face. I was praying you'd be different." She spun around and walked away.

I just floated there, adrift in the rippled wake of her rebuke, with my toothy smile still in place. I had just met Crazy Annie.

A few weeks later, my brother was visiting. He's a robotic engineer. I told him about my encounter at the store.

"I don't like that smile either."

"Ouch!"

"I mean, I don't ever remember seeing that much of your teeth."

I just grinned with my mouth closed.

"Have you ever heard of the Uncanny Valley?"

"No."

"It's a term in robotics we use when plotting a person's psychological reaction to something they see as less-than-human. The more comfortable they are with what they see, the higher it plots on the curve. The more eerie, or disquieted they feel, the deeper the plotted line drops below the acceptable comfort level. The dip in the graph is called the Uncanny Valley. Are you following me?"

"Not really."

"It's like this, when we design prosthetic arms and legs, we don't want people looking at our patients like they're Frankenstein. The more real we can make them look, the higher it rates on the Uncanny Valley curve."

"What would rate at the bottom of the valley?"

"The way someone would respond to a moving corpse."

"Great."

"Hey, this isn't about your smile. Not-So-Crazy Annie views some Christians as less than human, or robotic. All believers have to deal with that chasm between where they are in the Lord and where they know they should be. She probably feels too many believers create shortcuts to bridge that gap. You know, using the big smile, or saying whatever the popular God-speak phrases are. I think she might have something there. I feel the same way sometimes."

Later that night I prepared my next sermon, "The Church of the Uncanny Valley." The following morning I had my secretary invite Annie to the service.

Just before I was ready to preach that Sunday, I heard a collective "gasp" from the congregation. In walked Crazy Annie who sat next to my wife on the front pew. I smiled at her. She winked and gave thumbs up. Her eyes were glistening as she whispered something to my better-half. Afterwards, my wife told me Annie said she had been praying for me, and that she hoped I had bought her the right feminine napkins.

I might have fallen into my wife's doghouse, but at least I started climbing out of the Uncanny Valley.

VALLEY OF NEW LIFE
By Thomas Kappel

Jesse Birdsong stripped and stepped into the frigid, mountain stream running through the center of the lush, green valley. He scrubbed his body with fine, stream sand, climbed out, and dressed in the old Apache way.

He was young, with long, black hair that touched his broad shoulders. He had a smooth, hard stomach, strong arms and legs, and the frame of an athlete.

Finished dressing, he reached down and lifted up a large back-pack made of skins and wood. It was filled with food; the jerky of deer, bear, rabbit, and cow—all dried, prepared, prayed over, and sent to keep the Ancient One alive through another winter.

Jesse struggled into the straps and started off across the ancient El Malpais lava flow covering one corner of the valley. There was no trail through the sharp-edged lava rocks, but Jesse had crossed once before as a small boy walking with his medicine man father on the sacred delivery.

He arrived finally at a cave opening hidden in the valley wall. Carefully, he slid the pack off and stepped through the opening, holding it as an offering.

Inside, the cave opened into a huge, domed room. In the exact center, sitting cross-legged, was the Ancient One. Next to him, jutting from a round kiva hole in the floor, was a wooden ladder, dark with age.

"Grandfather," Jesse began, "I've brought the offering."

"Sit," a voice commanded.

Jesse started across and stopped, eyes wide, his mouth falling open in awe. The walls glowed with paintings. Their radiance filled the dark cavern with light and story. Jesse read the history of his people in one wall of pictures.

"Sit," the Ancient One said again softly.

Jesse set the pack down and sat on the sand across from the old man.

For as long as stories have been handed down it had been the responsibility of a medicine man to visit and feed the Ancient One. He was the keeper of the records; the storyteller who would record the unbroken story of his people.

"You tell now!" The honored one said.

Jesse began telling the story of the events that happened to his people in the past year. The old one sat with his eyes closed listening, recording.

When he finished, the Ancient One appeared asleep. Jesse stood to examine more of the glowing pictures. He stopped, stunned, in front a series of twelve paintings that appeared nearly alive.

"Honored one," Jesse began softly. "These are not the story of our tribe. These are—"

The Ancient One held up his hand. "You are wrong, my son. Those pictures, the story they tell, are for all mankind, all tribes, everyone.

"Now, I also need to tell you that I must go. You are my chosen replacement." He pointed to the walls. "There is the book of life. You are now the record keeper." He hurried over to the ladder and started down.

"It's a new age, my son." the Ancient One said. pausing. "Our people, the Indian nations, will be gone one day—absorbed and blended together in all mankind. There will be no separate races. All colors will become one in blood. The time and need for the separation is past. You can see signs of that now. We will become one tribe and accountable for each other. It is the way. Study the pictures. They speak of the dying and being born again. Three days of death and the spirit world opens again to you. You will see. You must die the second death and be born again. Then you will know."

"Wait! Please!" Jesse begged. "I'm afraid to be alone."

"You will never be alone. The tribe will provide you earthly nourishment and He will always be with you. Goodbye, my son."

"Father," Jesse pleaded. "Who is He?"

His final words whispered to the new Keeper of the Records. "Study the pictures. You will know who He is."

Jesse turned to the pictures.

A man was nailed to a cross. Clouds boiled in a dark sky and bright red blood flowed down the black wood and puddled on the earth below. Silver lightning tore the sky apart and silhouetted a small, white dove high in the heavens above.

THE DAY DAISY WALKS

By Amy Michelle Wiley

The Model T jerked to a stop so abruptly I nearly fell off.

"See thet?" Pa's finger jabbed toward a tree by the side of the road. Bark was ripped away in a jagged gash. "Ya look at thet and tell me 'bout yer new God. Ya tell me how a God kin let my lil' girl lie in bed, hardly able ta breathe on her own, while a drunk driver walked away fine an' dandy."

We drove on in silence.

Soon we reached the lane that dipped down into our valley. The farmhouse was nestled at the bottom, the banks covered with the little, white blossoms that were my sister's namesake. Daisy's Valley looked just as it had when I left for college so many months before. I wished things were as peaceful as they looked.

The auto spluttered to a stop. Pa paused as he reached for my trunk, looking me in the eye. "The day thet Daisy walks be the day I'll listen 'bout yer God."

I followed him into the house, my emotions tangled. We went straight to Daisy's room. She lay still. Here was the child who only months before had been so full of life that she could hardly sit still. And now…now her life seemed to drain away a little more with each breath she took.

Daisy's eyes flew open. "Louise! Ya came!"

Her eyes lit up in delight as I hugged her, and for a moment she was her old self. Then she struggled to sit up and pain flashed across her face.

Pa kissed her. "I'm going out ta water the crops." He paused in the doorway. "I'm glad ya come, Louise. Twill make me heart rest easier ta know thet someone's near iffen she should need somethin'." He strode out.

I glanced at Daisy. "Water the crops?"

"It ain't rained in ages." She looked away, then patted the bed. "Tell me 'bout yer school."

Over the next few days we fell into a new routine, talking and giggling like the sisters we were. In the evenings Pa would join us, listening to my tales of college, and joining in as Daisy told me of the goings on while I had been gone. Our little family was together. We tried to ignore that Daisy became weaker each day.

When Pa was gone, Daisy would ply me with questions. "Tell me more 'bout Jesus, Louise."

One day Daisy prayed, and became my sister in Christ, as well as in blood. The sparkle in her eyes grew even brighter.

I told her what Pa had said, and how I was praying for her to walk again.

Her question surprised me. "Does God always heal, Lou?"

"Jesus healed. And the Bible tells us to pray for healing."

"But there musta been hundreds o' people what didn't git healed." Daisy propped her chin in her hand.

I had no answer.

"I'm gonna pray fer rain." Daisy announced.

She settled back, her face at perfect peace. I, on the other hand, was experiencing my first struggle as a new Christian. I could see my sister dying right before my eyes. And with her, faded my faith that God would answer my prayers for both her and Pa. Despite that, I added rain to my prayer list.

Two mornings later, I was awakened by Daisy's screeches.

"Clouds!" Daisy cried, pointing to the window. "God's sendin' rain."

Pa did not chastise her for giving God credit. "Come jest in time. Much longer an' it woulda been too late."

That night as I was cooking dinner, Pa came from Daisy's room and sat heavily on a kitchen chair. "I saw her." His voice had a tremble to it. "I saw Daisy walk."

The spoon I was holding clattered to the floor.

"I saw her walk through thet valley they talk 'bout. Thet valley o' death." His voice was strangely calm.

A sob caught in my throat.

"I saw me littlest girl walk agin, Louise. An' she didn't jest walk. She ran." It was the first time I had seen my father cry. "She was runnin' toward Someone." His eyes sought mine. "I knowed Who it was, Lou. An' I be thinkin'," his voice broke. "I be thinkin' it be time fer me ta git to know thet Someone, too."

It might not have been the answer I was praying for. I learned that God does things His own way. One thing I knew for sure.

God answers prayer.

VALLEY OF THE SHADOW

By Larry Elliott

Something was wrong.

Martha sniffed the breeze off the freshly turned fields. The spent earth seemed to smell different somehow after the harvest.

A cold wind sweeping off the mountains into the valley drove what little warmth she owned closer to her bones as it tried to steal the wrap from her shoulders.

Another chilly gust—she leaned into it.

"You gotta' do better'n that ol' man winter." She lightheartedly addressed the dark-roofed sky and drew the shawl tighter. "Quit pesterin' me and go find my boys. Put your frosty fingers to their behinds and hurry 'em on home."

Luke and Matthew were known to stop at the creek after school for some fishing, or the Mitchell's ranch to ogle the prize quarter horses. The one time they were this late, Matthew broke his leg falling from one of Carson's apple trees. Luke—twelve at the time—carried his younger brother—almost his size—the entire two miles.

"OK, Lord. I'm gettin' a mite worried now." This no sooner said, she heard distant creaking of leather and groaning of wood in motion, followed by a "Hyeah, giddup" and the snap of harness to horseflesh.

Shortly, an unfamiliar buckboard came into view. Two figures sat on the seat and one knelt behind.

"Whoa boy, settle down."

The appaloosa pranced to a halt and snorted.

"Howdy, ma'am. I suppose these cubs belong to you." The driver stepped down and both boys ran to their mother.

"Sure do. You two can explain later. Right now, get cleaned up for supper. Thanks for returning my boys. I hope they ain't in no trouble."

"No ma'am. I was just passin' through and offered 'em a ride about a mile or two back."

"How about somethin' to eat, mister...?"

"Mason." He offered his hand after wiping it on his shirt. "I'd be mighty grateful."

After the meal, Martha sent Matthew up to bed and told Luke to get their guest's buggy.

"Yeah, boy. Do as you're told, and don't come back 'til you're called for." Mason's tone had changed. He watched as the boy closed the door, then backed Martha against the wall.

Her heart jumped. This could not be happening. He seemed so nice.

He was now close enough that the smell of tobacco and whisky—and lack of dental hygiene—made her nauseous.

"I deserve somethin' special for my trouble—havin' to listen to those two brats for an hour. Don't you agree, ma'am?" He blocked her escape with massive arms. "The boys done told me your man's gone to sell his crop and won't be back for a couple of days yet."

She sought desperately for something to defend herself, but there was nothing in reach.

As he leant in toward her face, there was the sound of a metallic click—a sound all too familiar. He froze.

"Git away from my maw."

He turned slowly to find Luke with a rifle. "You gonna' shoot me, boy?" he sneered.

"If I haf'ta. You jes' git in your buggy and go mister."

"So this is the thanks I get? Wonder, does your little brother feel the same?" He nodded toward the loft ladder.

Luke glanced to see no one. In an instant the man wrenched the gun from his hands and backhanded the boy, landing him unconscious against the far wall.

Martha screamed and started toward her son. Mason grabbed her.

"Now, where were we?"

Martha watched his shadow, animated by the fire, dance on the opposite wall, looming over her son like Satan himself over an unwilling sacrifice.

She closed her eyes. "Though I walk through the valley of death you are with me. Whom shall I fear? The shadow…of evil…" She spoke words as they came to mind, tossing her head side-to-side to postpone the inevitable.

As he grabbed her chin, Mason felt a tap on his shoulder.

"Boy, you must be stup—"

He never finished. A fist like a locomotive laid his nose over with his ear.

"Tom!" Martha squealed with relief.

Tom lifted his wife and they kissed hard.

"Maw?" Luke was coming around.

"What's hap'nin'?" Matthew rubbed his eyes.

"Get a rope, son, and two lanterns." Tom turned to Martha. "I sure am glad that cold wind kept me a movin'. I kept thinkin' about you and a warm fire. See to Luke while I take this guy to town."

As Martha tended Luke's wound she repeated, "Thank you Lord. Whom shall I fear? No one, Lord."

The wind agreed through the cracks in the floor.

He Shouts!

By Venice Kichura

'Twas more than twenty years ago
That Mom and Dad retired
And moved into their mountain home,
A haven much desired.

Through grateful tears, Dad said to Mom,
"Please pinch me. Is this real?
How could we ever be so blessed?
Our life is now ideal."

Mom just smiled and took his hand,
And said, "My dear, it's true
That up here on these mountaintops,
God whispers, 'I love you.'"

Whenever they would go to town
They'd drive down from the mount,
Say, "Aren't we blessed we live up high—
This valley's just a route."

They settled down and joined a church,
Played golf and went abroad,
But they were glad to fly back home.
By mountains they were awed.

Although at first their life was charmed
It wasn't very long
That trials began to come their way—
They wondered, "What went wrong?"

Dad's hands began to twitch and shake
As well as his poor knees.
The doctor gave the grim report
Of Parkinson's disease.

Through several strokes Dad lost his sight
As blindness settled in,
And Mom lost weight, was worried sick.
She grew extremely thin.

Then Dad fell on the floor one day
And couldn't walk at all.
Mom placed him in a nursing home—
Eleven months she bawled.

One winter's day in '94
The angels came for Dad.
Our mom was now left all alone
She carried on, though sad.

As years went by we beckoned Mom
To leave the mountaintops
And live near family so she'd be
More safe and near her shops.

She stomped her cane, and firmly said,
"I'm fine here by myself!
Big deal, I flunked my driver's test.
Just take care of yourself."

Concerned, we prayed for her to see
She couldn't drive her car.
She crashed into a roadside ditch;
Her driving was bizarre.

"Okay," she said through stubborn tears,
"I live out way too far.
Just settle me in close to you,
Now drive me—here's my car."

She sighed and thought of how she'd miss
Her lovely mountain view
And how she smiles when God imparts,
"My child, I do I love you."

I'd like to say her life improved
When she moved close to kin,
But she came down with shooting pain
As shingles settled in.

Then followed other grueling trials
That challenge older folks.
But through it all she kept her smile
And even cracked some jokes.

We asked her one day as she sang,
"Do you still hear from God?
For now you're in a valley low
On drab brown Texas sod."

She took our hands and sweetly said,
"No reason to complain.
He whispered on those mountaintops,
But shouts down in my pain."

Author's Note: This poem is based on the true story of my 84-year-old Mom.

HUMILITY

By Kenn Allan

Step wise, O Horseman of my heart,
Lest wrongly you decide
Which barren road is best to flee
The Valley of My Pride.

I sense your soulful progress deep
Through forests grown from fears,
Avoiding husks of empty deeds
And shadows made of mirrors.

You dare not halt or slow your step
Lest twilight overtakes
And finds you bogged in bitter mire
Left by my past mistakes.

I pray no sin or hellish snare
Dissuades your sturdy stride
While seeking pathways to escape
The Valley of My Pride.

Behold! A distant gleam ahead
Beyond Disgruntled Creek;
You brave its leeches and ignore
Their egocentric shriek.

With blade of truth and polished shield
You spurn ghouls of deceit
Who strive to drag you from your mount
Entwined in vile conceit.

Godspeed, O Horseman of my heart
Upon your valiant ride
To blaze a trail for me across
The Valley of My Pride.

Love Like a Kick in the Head
By Teri Wilson

It wasn't love at first sight for Red and Will. In fact, Red's first instinct upon meeting Will was to kick him in the head. Fortunately, Will ducked out of the way just in time. Otherwise, their relationship might have been doomed from the start.

At the time, some may have considered them an unlikely pair. But even today their bond lives on in legend and lore. That fateful day when Will met Big Red, could he have possibly known he was looking into the eyes of the greatest racehorse of all time? After all, as a yearling Red hardly had the appearance of a champion. He was much too tall and gangly, with ribs that poked out of his skinny frame. As a black man in 1930's America, Will knew something about being different. Perhaps that truth formed the foundation for their remarkable friendship.

Upon their pairing, Will spent many hours meticulously caring for Red. Despite his fiery temperament, the stallion stood patiently while Will ran the curry comb over his chestnut coat for hours. Will spoke kindly to Red as he worked, all the while running his hands over the horse's smooth body. When he was finished, Red's coat always gleamed and glistened in the morning sun. Then, Will started on his hooves. He whistled as he carefully picked away the dirt and pebbles from under Red's feet. He shined the great horse's hooves until he could see his own face smiling back at himself. Lastly, Will gently combed Red's tail and mane until every hair hung in unison.

Red was grateful for the attention Will lavished upon him. He was a new horse on a strange farm, with an unknown future. Other people came to see him, and some even rode on his back. But no one treated him the way Will did. He grew strong and muscular under his groom's watchful eye. When his friend was with him, caring for him and whispering in his ear, Red felt like a champion.

Soon, Red began running like a champion. No one had ever seen anything like it. Always the biggest horse in the race, often with the heaviest rider, Red's carefully polished hooves thundered down the track. Sometimes he finished so far ahead that the other horses wondered where he had gone. Afterward, people swarmed all around the big red horse. They snapped his picture and patted his rump with giddy delight.

But, in the stillness of the night air, it was always Will who remained with him in his stall.

Gently massaging Red's sore muscles, Will told him, "Red, you are da mostest hoss."

Eventually the day came when Red lost a race. The loss ushered in dark days for Red, who suffered from terrifying dreams for weeks. He thrashed around violently in his stall and no one dared approach him. Except for Will.

"Don't you worry now, Red. You are still da mostest hoss. It was a lie. No one could beat my Red." Then the groom made a bed for himself alongside his friend and slept with him among the clean pine shavings.

Red was rejuvenated and never lost another race. He fathered many other champions, as well. He was loved and admired the world over. When he retired, over a million people came to visit him. He was always alongside his closest companion, Will, who greeted every visitor with the same phrase. "Here is just the mostest hoss that ever was."

Will and Red were inseparable. They were a team. Will's face was the last thing Red saw at night and the first thing when he woke every morning. Until one cool October day when Red awoke to see a stranger in his stall. Red snorted and craned his neck in an effort to find his friend. But he was gone.

Many familiar people came and cared for Red. When he refused to eat they said to him, "It's okay, Red. We're still here. We'll always take care of you."

But it made no difference to Red. He just stood and hung his head. What they didn't understand was that Will was special because he had been his friend not only during the peaks, but in the valleys as well.

No one could say for certain what caused Red's death so soon after Will's passing. Some said it was colic, and some said a heart attack. But the simple truth was that the mostest hoss that ever was died of a broken heart.

Author's Note: This story was inspired by the great racehorse Man o' War (affectionately known as "Big Red") and the special bond he shared with his groom, Will Harbut. Will Harbut suffered a heart attack and died suddenly in October, 1947, and less than a month later, Man o' War followed.

THE VALLEY AND THE MOUNTAINTOP

By Sandra Petersen

The valley and the mountaintop
Were talking one fine day.
Sizing up the other's worth,
They both had much to say.

"Valley, you are lowly,"
The mountaintop did boom,
"And people tend to struggle
Through the shadows of your gloom.

"It's true you offer shade and rest
To travelers who wander
Through your forests and by your streams
Where lovers love to saunter.

"But up here on my mountaintop
The godly seek their Lord.
They bask in all His glory
And their spirits are restored.

"How can your worth compare with mine?"
The mountaintop did say.
"For here God's children meet with Him
To worship, sing, and pray."

What could the valley brag about
When God gave special grace
To those who met Him way up there
Upon that mountain face?

His voice was humble as he spoke,
"They travel far and wide
To have their souls and faith restored
And know He's by their side.

"But if they never journeyed through
The valley of despair,
They'd not ascend the heights of joy
Or see how much He cares.

"They need my gloom to see His light.
They have to climb the slope
That leads up from my forest lands
To everlasting hope.

"The Master made us both, you see.
Our differences were planned.
The ones up on the mountaintop
Eventually descend.

"On their travels through my glades,
They witness to the lost
The sweetness of the love they've known
And how great was its cost.

"Those same lost souls will venture forth
To reach up for His grace.
Then they, too, will climb the slopes
To see the Master's face."

DEATH—THE DARKEST VALLEY

By Karen Treharne

For the third time in an hour, Patrick closed his eyes to pray.

"God? Are you listening? Do you see me lying here with open bed sores on my body? Can you feel the heat from my leg that is swollen with another blood clot?"

He paused as he ran his hand through his 33-year-old graying hair.

"Why must I suffer with a fever every day and be in constant pain?"

There was a moment of silence as Pat's mind drifted toward sleep. All the medication made him drowsy and forgetful. Sometimes he even thought he was losing his mind.

"I'm so sick of taking pills and seeing doctors and nurses every week. Yes, they're trying to help, but you and I both know they can't stop the cancer. It's already in my liver, and only you know where else it might be."

Pat's face grimaced as he rolled onto his back. "Are you there, Father?"

His mind wandered again, this time into a drug-induced nightmare of dread. He felt like he wasn't himself; darkness surrounded him and a foul smell assaulted his nostrils. His feet stumbled on a rock, and he instinctively knew that he was in the valley of death.

When he woke up, he looked around the once familiar room that had become a place of strangeness. Instead of 'home sweet home,' it felt like a jail cell and smelled like a hospital. His friends no longer came around, and one by one they quit calling as well.

He dozed again, until he heard the phone ring.

"Hello."

"Who?"

"Right. Of course it is."

He was putting the phone down...but then, even though he didn't recognize the voice, there was something familiar about it, and he continued to listen. His breathing came in gulps and his lips felt dry.

"God, is it really you? Are you going to heal me? Is it finally over?"

"Yes, Father. Of course I trust you. I know your way is best."

Before he could say another word, Pat heard the phone ring again, and he responded with a jerk. He scoured the table for his cell, but it wasn't there. It rang again and he saw that it was in his hand...

"Hello?"

"Hi, Pat. It's me, Julie. I forgot to tell you I'd be late in the morning. I can't come until 10. Will you be all right?"

"Oh, sure. I'll be fine...uh, did you call earlier?"

"Yes, I did, but the phone was busy. I was kind of surprised actually, but then I figured you might be talking with one of the other nurses. Is everything okay?"

After a thoughtful pause, Pat answered. "Yes. Yes, everything's good. See you in the morning."

Pat looked at the cell and tried to understand what had just happened. "God said it was almost over. He said He has been with me every minute. He said, 'My love is sufficient.'"

Pat's head fell against the pillow, unable to hold it upright any longer. "Okay, Father. Your will be done."

His eyes closed once more. This time a comforting peace descended on him. The pain in his leg subsided, and the darkness surrounding him was slowly replaced with light.

He breathed a sigh of relief and reached up from the valley to the outstretched hand of God.

ON THE ROAD TO SPARKLING VALLEY

By Tim Chezum

"Daaaad!" Jimmy's persistent whining droned throughout the house. "C'mon." He waved his arms in aggravation. "The bus'll leave."

Dave grabbed his keys. "Let's go kiddo."

They loaded the boy's suitcase and sleeping bag into the back of the pick-up.

"Hurry up!" Jimmy jumped into the cab and buckled his seatbelt.

"Sparkling Valley Camp, you excited?" He ruffled his son's hair. "I went there when I was your age. Just one quick stop, then we'll get you to the bus."

"We don't have time. They'll go without me." Tears welled in the child's eyes.

"You'll get there. Calm down."

Jimmy squirmed with frustration. "How much longer?"

"Relax. The bus is at the park just around the corner."

The sun glistened off the jungle-gym amidst a sea of green; the bustle of joggers and children swarmed the area. Jimmy searched for signs of his fellow campers. His eyes followed the road; the distant silhouette of a bus on the horizon caught his eye.

"Daaaad! I missed it!" He hit the dash panel. "Why couldn't we come straight here?"

"That's enough." He pulled to the curb. "I'll call. I'm sure there's a mistake."

Dave walked off, phone in hand. "It just left. Can't you send it back? Why not?" Frustration etched his face, he opened his door. "I'm sorry son."

"I didn't need to go to camp anyway." The youngster's voice quivered. His dampened eyelashes fluttered.

"Stay here." The boy's father walked up the sidewalk dialing his cell.

Minutes passed. Jimmy struggled to listen but could not hear his father.

Dave jogged to the truck. “Thanks Bud. I sure will.” He opened the door and flipped his phone closed. “We’re going to Sparkling Valley.”

Jimmy sat in stunned silence.

“I haven’t seen the ol’ valley in decades. Just need to drop this off and we’ll be on our way.”

Jimmy stared at the passing scenery.

“What’s wrong?” Dave nudged his son.

No response.

“Jimbo, we’ve got three hours on the road together. It’s gonna get awful lonely if we don’t talk to each other.” He turned the radio on. “Maybe some music will help.”

“You never think of me.” The boy turned toward his father. “It’s always your job. That’s all that’s important to you.”

“I’m driving you, aren’t I?”

“But I could be having fun with my friends.”

“This is a KLAM traffic report. I’m John Sandberg,” the radio interjected. *“Bad news if you’re on I-295. We’re getting reports of a derailed train where the tracks cross the highway. Everyone is being rerouted down highway 174.”*

“Great! Now I’ll never get there,” Jimmy huffed.

“You’ll get there. Be patient.”

“My friends are having fun right now.” The boy sank into his seat. “I wish I was there.”

Red and blue lights strobed in the distance; traffic slowed to a crawl. Jimmy’s smoldering impatience flared once again. “Why does everything happen to me? I’ll never…” He stretched his upper body trying to see beyond the line of traffic. “Oh wow! You can see the train…on its side!”

“We’ll be driving right by it,” Dave said.

“I’ve gotta take some pictures.” The boy took his camera out of its case.

They drew closer to the accident. The organized commotion mesmerized the youngster. He raised his camera. “Look at this.”

“This is John Sandberg in the KLAM news room.”

"All the fire trucks and stuff." Jimmy began snapping photos as they turned onto the detour.

"We have an update on the I-295 incident."

Pieces of debris littered the roadway. A traffic officer directed everyone to the alternate route; flares kept people away from the turmoil.

"It's worse than we initially reported. The train apparently struck a vehicle."

Jimmy lowered the camera; the reality of the scene became apparent.

"Details are sketchy."

The boy's mind swam with disbelief at the sight of the twisted wreckage.

"It may have been a bus."

"Please, no." Tears swamped Jimmy's eyes. "Dad…the bus…my friends." He tried to catch his breath. "I would've…been on the bus."

"Don't look Jimbo." Dave's voice cracked. "Everything happens for a reason."

"No. I should've been—"

"You weren't!" He pulled the truck off the road. "There's a purpose. You just don't see it." He embraced his son.

"What will…I do…now?" the boy sobbed. "How can…I live…"

"Shhhh, I'm here for you. I promise." Dave brushed a tear from his cheek. "I understand how much I have now."

CHAPTER SEVEN

ROOM AT THE CROSS FOR YOU

WHAT, LITTLE TREE, WILL YOU BE?

By Melanie Kerr

Little tree, little tree
What will you be
When you grow tall
No longer small?
What, little tree, will you be?

I'll be a crib
For the Savior child
The holy babe
So meek and mild
I'll rock Him gently
Through the night
Beneath the moon
While stars shine bright
That's what this little tree
Will be!

Little tree, little tree
What will you be
When you grow tall
No longer small?
What, little tree, will you be?

With billowing sails
I'll be a great ship
On a flurry of waves
I will rise and dip
And the Savior
Will sleep
As I bear him along
Sturdy and strong
Upon the ocean deep
When winds start to toss
And clouds march across
The blue sky
Will I shake him
And wake him?
Others will, not I.
He will raise up his arm
And the storm will calm
At his powerful word
In awe men will quiver
And demons will shiver
At what they have seen and heard
That's what this little tree
Will be!

Little tree, little tree
What will you be
When you grow tall
No longer small?
What, little tree, will you be?

There'll come a day
So dark and grey
I'll lift him up high
As they watch him die
Mankind so cruel
To fashion a tool
Like this cross
As they hammer a nail
Through flesh soft and frail
They feel no loss
No regret and no shame
Not caring, or knowing
His crimson blood flowing
He's bearing their shame
They witness his cry
"Abandoned am I!"
And darkness steals over the sky
God's face turns away
On that evil day
Then He hears his Son say
"It is finished"
Then falls his Son's head
The Savior is dead
And sin, the foul curse, melts away
That's what this little tree
Will be!

Little tree, little tree
Do not weep or mourn
On the day the Son rises
All creation's reborn
Now hold we our breath
And eagerly wait
For His glorious victory
So awesome and great.

THE MYSTERY OF THE ARTIST

By Samuel Connelly

He knew me in a way that most men could not. He was, after all, a carpenter. He was a man; tough, calloused hands, muscular arms and triceps. He was no stranger to hard work. I knew at the very moment that He took me upon his shoulder—the way he touched me, maneuvered me, and appreciated me—that he was an artist.

I knew that this moment was what I was fashioned for—I was created for him. I could sense that he also felt that His destiny was in me. He was my purpose, and I was his.

Then we came together in a marriage of blood.

Is there irony in the fact that I was created with his hands, and now he will die, nailed to mine? The Artist's executioner is his own creation. No, it was something far deeper.

There was something about this man who bled streams of blood and water on me that made my dried roots strain to drink again; something about this great artist that made me want to cry "I am alive!"

Though I don't speak their tongue, I could see what was happening. Some spoke violently, others murmur sarcastically, but he spoke to them with passion and sincerity.

They could not kill him; he gave his life up. Who can do this?

As he breathed his last breath I unexpectedly felt indescribable emotion surge within me. Suddenly Earth and Wind shouted in anger and brokenness; splitting the ground with an earth-shaking howl. Moon and Sun came together at midday and embraced each other in sorrow, turning the day into night, and joy into dread.

Men and women ran around in confusion; frightened children screamed, and families hurried into their homes hiding themselves. Then it began to rain.

It rained heavily. There was nothing ordinary about this salt-bitter rain; it was the tears of a billion heavenly creatures crying, miserably. A tangible darkness covered the whole earth.

Soldiers came and pulled him away from me. I couldn't stop them; I didn't want to be separated from this man. He meant something to me. He was the only one that had known me, loved me, and then he died upon my chest. And they stripped him from me.

I was covered in his blood. Not even the drowning rain could wash me clean of it. But the crimson blood that stained me made me unique. I was no longer an indistinguishable brown piece of Pine. Now I was clothed, by him, with Royal red. I felt life. He had changed me in some amazing way.

His body was taken away from me, but I still felt him near. I watched them carry him down the long, muddy path until they disappeared over a hill.

I was left there with a great mystery. Who was the artist? What had he done to deserve our horrible union?

He was an artist, of that I was sure. But what did he create that was so evil that could possibly cause him to be found worthy of death? What had his hands created that was so forbidden, unwanted, and defiled that would place him upon me for judgment? Had he given life to a monster? No. Not this man. He was the Artist of artists. There was no way that any other could ever come close to him. He had life in him, and he must have breathed it into his artwork.

Was that the problem? Was his living art offensive to them? Were they jealous of what he had created with blood, sweat, and tears? Had he created a masterpiece in his own image which caused everyone to burn with envy?

Was his art misunderstood? Did they mistakenly think that his artwork was something, no doubt, incredibly brilliant and beautiful, to be hideously dangerous?

I am left here with only questions and no means by which to find the answers.

Who was he?

What did he create?

What good could come from killing such a man?

As I wait here, lying in a pile of wood, drying out so that I can be thrown into the fire, all I can think about is the one thing that holds all the answers.

The center piece of this great mystery is beyond my reach…

What did He create?

A Wretch Like Me
By April Bailey

Abercrombie Murdock was in the habit of branding his slaves, to ensure no one mistook his property for their own. I had, at one time, looked upon Mr. Murdock as a man of high standing; the model of genteel society and pillar of our faith-centered community. It seemed no matter of concern to any of us, I'm ashamed to say, that he could so fervently praise God at church and then return home to sell child from mother or stripe the back of a reclaimed runaway.

"They aren't like us. More animal than human," he'd often say about the slaves.

I stand without excuse for holding Murdock in such high regard, except to say I'd similarly been stricken with the diseases of arrogance and ignorance, remedy for which came in the guise of a slave—a man—named Tobias. One of Murdock's largest males, Tobias worked the cotton fields with nary a word to the embodied, for he spent his days in searing heat, singing whispered worship to the heavens.

Murdock's daughter, Clara, often walked among the slaves picking crop, sounds of praise propelling the rhythm of work. "Coloreds can't worship the Lord, can they, Papa?"

"No, Clara, they haven't the capacity; their hymns are mere mimicry. Coloreds know nothing of the cross of Christ." Murdock spoke these words in my presence, and I believed them. Until…

The heat of summer scorched man and land alike, leaving both brittle and parched. It was no surprise when the stables went up in a blaze that spread without mercy. Shouts from witnesses set us all running, and I glimpsed the back of Tobias as he raced inside among the flames. Frantic horses emerged and I found myself rushing in to help free the last of them.

Navigating a maze of fire, I joined Tobias at a stall where a magnificent stallion reared and kicked. Tobias slid in around the horse, and I followed on the opposite side, guiding the beast from behind. We yelled above the roaring inferno and pushed until the animal ran for the door, his flailing and hungry flames felling beams that blocked our escape. Standing together in the stall, heat and smoke closing in, we circled, looking for a way out. Three sides offered no hope of liberation; the fourth, a substantial exterior wall upon which we pounded uselessly. Splintering wood cracked and snapped, sending fiery chunks raining down upon us, tearing clothing, scorching skin. We were trapped.

With the realization of imminent mortality setting in, I pulled a kerchief to cover my mouth and nose. Tobias, reciting the Lord's Prayer, lowered himself through growing haze and sat, patting out patches of burning hay around him.

"What are you doing, boy?" I coughed. "We've got to find a way out!"

Tobias laid a large fist to the wall, proving once again its superior construction. As my panic grew, I heard words of Amazing Grace from Tobias.

Anger flashed in me. "Stop singing! I shall not die with your mockery in my ears!"

His voiced pierced the growing darkness. "What we got now 'sides praise?"

"And what do you know of God, slave?!!"

Tobias' shadowy figure rose. "I am crucified with Christ: nevertheless I live; yet not I, but Christ liveth in me: and the life which I now live in the flesh I live by the faith of the Son of God, who loved me and gave himself for me."

In the presence of perceived blasphemy, I shoved the big man and he stumbled backward, his foot splitting a piece of board low on the wall. We exchanged a quick look and dropped to our backs, kicking wildly until a small section opened. Without words, Tobias rose and pushed me through into night air.

Gulping to flush my burning lungs of soot, I turned and continued pounding from outside, but it was too late. Rescuers dragged me from the crumbling structure, smoke billowing from the hole, sealing Tobias' fate.

Once retrieved, Tobias' body was placed on the ground, laying bare his marked area. Murdock branded his human property in the hind quarters, like the rest of his cattle.

Conflicted about the hulking heap that gave his life to save mine, I surveyed Tobias' smattering of burns, including one that clearly covered Murdock's mark. The cross of Christ appeared on slave flesh—the mark of Jesus concealing the brand of man, and leaving no question in my mind…Tobias belonged to God.

Scripture taken from Galations 2:20 KJV

Do Not Linger Here

By Jan Ackerson

It is not beautiful.
Standing stark on a
rugged Judean hill,
it mocks the blue
skies. Even framed
in azure, there is no
loveliness here, but
splinters and stains.
The surrounding air
is thick with smells:
vinegar, blood, salt.
With a cry, a raucous crow flaps and lands, pecks at one
darkened spot. Just yesterday,
its beams groaned with the mighty weight of suffering.
It is silent now, but if it could
speak, it would surely mention misery—it would surely speak
of sorrow. A tattered scrap
of cloth clings to the tree, as if held captive by the power of
passion. On the ground, a
piece of wood proclaims: King of the Jews. This is not a
proper banner post for a king.
It is not beautiful.
No rose will spring
from this tear-soaked
ground. The echoes
lingering in the air
are shouts and jeers,
not angels' songs.
But look again! In
this place Love was
sacrificed by Love,
in order that Love

might live. Shadows
of innumerable sins
are fading now into
the weathered wood.
Do not linger here
at the foot of these
besmirched beams.
Look away—away.
Your savior is not
here. Turn around
and follow the path
to a stone-sealed
tomb. Wait. Wait.
Wait. Soon you will
see the end of death,
the birth of Grace.
Now—grasp Grace.

IT SHOULD HAVE BEEN...

By Lynda Schab

It should have been him.

One day he was preparing to die, the next he was a free man. But, strangely, freedom did not feel as...freeing...as he thought it would.

Barabbas did not know how long he had been running when he finally collapsed in the dirt. He lay there for what seemed like hours, catching his breath...thinking.

He had to go back. If he did not, he knew he would regret it for the rest of his life. He needed to witness it for himself, to somehow pay respects to the man who had taken his place on death row. Barabbas picked himself up off the ground and headed back toward the city. When he reached Golgotha, he found a tree, hid behind it and waited.

Eventually, he saw the mass of people in the distance. The man, Jesus, staggered along the pathway and stumbled several times, only to be yanked back up and pushed down again. It was evident that Jesus was too weak even to hold his own cross, as another man walked beside him, bent over, carrying the tree for him. Slowly, agonizingly, the mob made its way to the top of the hill. And Barabbas watched in horror as long, thick, nails were hammered into the hands and feet of an innocent man.

A week ago he did not believe in Jesus' innocence, and no way did he trust his claim to be the Son of God. But that was before. Before he had looked into the eyes of the one willing to die for him.

He would never forget the moment, as long as he lived. The shouts of the people still reverberated in his head, "*Maqqabah ushsharna! Maqqaba ushsharna!*" Defiant fists pumped into the air, and spit flew past him and onto Jesus' bloody and battered skin. And from somewhere deep inside arose the unfamiliar yet overpowering emotion of sympathy. Barabbas could not resist turning his head toward the poor, pathetic Jew barely able to stand on his own. The man beaten and swollen so badly his own mother probably did not recognize him.

Barabbas had taken his share of eye daggers. He had been on the receiving end of more than a few glares overflowing with hate and contempt. He had expected the same from Jesus. He prepared himself for eyes consumed with rage. But when he looked into Jesus' eyes, he saw no anger there. Only sadness...weariness...compassion...love. Barabbas felt the gaze pierce his soul, and right then he knew that Jesus was the Son of God. He knew Jesus could have saved himself; that Jesus of Nazareth had a choice between life and death. And he had chosen death.

For him.

Barabbas had not been able to look away—his eyes were held in place by some invisible force, broken only when he was physically wrenched away by a guard instructed to unlock his chains. When the guard gave him a hard shove, Barabbas fled as fast and as far away from there as possible.

But the look haunted him, which was the reason he had come back. As much as he did not want to be there, as tempted as he was to turn his head, he could not look away. And now, as the cross was raised, and he saw Jesus hanging there, in his place, Barabbas wept.

Barabbas was guilty of many things, but he had been given a second chance. He now had a choice to make: how would he use the gift of freedom handed to him? Would he keep quiet? Would he be ashamed to admit that a simple Jewish carpenter had saved him from impending death? Would he reveal what he now knew to be true—that Jesus was, indeed, who he said he was? Would he dare speak of the moment he looked into Jesus' eyes and his heart was changed? The moment he had looked into the eyes of God?

One thing Barabbas knew: that the life he was spared would never be the same. And one thing he would never—ever—forget:

It should have been him.

> "For the wages of sin is death, but the free gift of God is eternal life through Christ Jesus our Lord."
>
> —Romans 6:23 (NLT)

RED CARPET TREATMENT

By Elaine Taylor

"Hi, everybody! This is BeBe Rodreigez, coming at you live from GLAMA-DRAMA 2007! What a spectacular, star-studded spectacle this is, ladies and gentlemen. I am soooooo excited to be here this evening and am looking forward to nabbing red carpet worthies and finding out all their fashion secrets. As all you viewers well know, it's not just the part: it's how you dress for the part! OOOOO! First one on my list is the ever dazzling Betty Harley! Hey, Betty! Over here, girlfriend! You're looking hot as always. Dolce and Gabbana?"

"BeBe, dahling! Of course it's Dolce and Gabbana—I just looooove what those two boys do!"

"That is a beautiful cross you're wearing. Harry Winston?"

"You do know your jewelry, Be! Yes, this is my lucky charm. I wear it to all the award shows. Maybe I will win this evening."

"Well, the best of luck to you Betty! Who is this coming up the red carpet? It's that constantly morphing diva we all love to hate—LaDonna! Her latest album is number one across the nation and around the world. Not only can she sing, but boy, can she dress! She is stunning in a washed velvet dress of deep lavender by Calvin Klein. Gorgeous, gorgeous, gorgeous! LaDonna! So good to see you here at GLAMA-DRAMA 2007."

"Thank you. It's always a real treat for me as well. I enjoy touring but sometimes it's nice to sit down once in a while."

"I can't help but notice that you are wearing a crucifix. Don't you practice Kabbalahism?"

"Yes, Kabbalahism is the essence of true spirituality. I just wear this because I think it's sexy. Come on, it has a naked man on it! Gotta go!"

"Wow! I just love her! She is so cool with her deep understanding of spiritual things. What do I spy with my little eye? Or should I say who? She's a rising star in Hollywood but she may be the star this evening wearing a periwinkle blue, floor length Vera Wang. Intensely private, will she stop and shoot the breeze? Dreama! Dreama Jones! Gotta minute?"

"Hi! How are you? Isn't this crazy? I can't believe how many people are here this evening."

"Dreama, you look simply divine in that Vera Wang. This is your first time at GLAMA-DRAMA and I put my vote in right now that you will top Mr. Blackwell's list!"

"Thank you! That is so sweet of you to say!"

"I can't help noticing that, like so many other celebrities, you are wearing a cross as part of your jewelry this evening. What does it mean to you?"

"What does it mean to me? Well, I would have to say that it reminds me of who I am and Who I belong to."

"Who you belong to?"

"Yes. See, I was a sinner in need of a Savior, and Jesus died on a cross for my sins so that I could have a right relationship with God."

"Oh...right. Well, um...so you don't wear it for luck or for fun...you wear it..."

"Because it reminds me of who I am..."

"Er...hmm...well it looks like it's time for a commercial break. Thanks for stopping by Dreama! Enjoy the rest of the evening. To all my viewers out there, I'll be right back with more interviews with your favorite stars as GLAMA-DRAMA 2007 continues. Don't touch that remote!!!"

CRUX

By Folakemi Emem-Akpan

My eyes involuntarily travel to the painting. This is what I do every morning as I clean our humble living room: gaze at the painting of Jesus dying on the cross. The painting is from another time in our lives. An era so far away I sometimes wonder if I've made things up; allowed the all-too-real reality to warp the edges of my mind.

But the painting is there; a constant reminder.

At a silly, immature point in our lives, we'd gotten snared by religion. Gotten ourselves sucked into church. Into God.

But where had He gotten us? Where was He as we journeyed through multiple fibroids, multiple operations, multiple hopes, a single conception, a single delivery…and a single death? They'd placed her three-day-old body in my hands and murmured all the right words of consolation.

We picked ourselves up and tried so much to believe again. Then Umoh's leukemia. A fractured hip, chemotherapy, wheel chair…the stench of death, the fear of widowhood.

Where is He now?

I look at the painting again. Perhaps it would be the next thing to go. The artist's made himself quite a name, and his paintings now go for ridiculously high prices—and we do need the money.

Sitting with a little unease, I begin to recount all the ventures our fortune had been drained into. Fertility treatments, chemotherapy, physiotherapy.

Where is God?

"Hi there."

I whirl around at the sound of Umoh's approach. He has learned to walk again; shuffling like an unsteady toddler, he holds on to walls for support when he thinks I'm not watching. If it were only the baby God had taken, it would have been okay. Did He have to take my husband's vitality, his pride…?

"Up already?" I force a smile. "I didn't want to wake you yesterday when I came back from work. I checked the kitchen and saw you'd eaten, so I just crawled into bed beside you."

"I heard you." He shuffles some more and sits beside me. It's early in the morning, but he's sweating. From exertion…from worry?

"You didn't stir."

"I heard you…" He twists his fingers with his other hand. There's tension in his body. I can feel it…and it's not from his little walk.

"Are you okay?"

"Ben came around while you were out."

"Yesterday?"

"Yes."

We've tried without success to put Ben where he belongs; in the past when we had religion, but he's one stubborn man. He pops in at the oddest times, peddling Jesus, trying to save our souls.

Umoh sighs and lifts his head. I follow his gaze. He's staring at the painting…at Jesus…at the cross. "He said something to me…for us…"

"What?" My palms are sweating, and I think of getting them around Ben's neck. How dare he come to upset Umoh?

"He asked me what the essence of the crucifixion was. I didn't know and told him so…"

"He had no right to bother you." I push hair away from my face; panic away from my heart.

"He said that's why we've believed God has abandoned us." He wrings his fingers some more.

"What?"

His next words come out choked, as if he's trying to fight off tears. "Surrender. He said the essence of the cross is surrender. Letting God be God during the good times. During the bad times."

My tongue gets stuck in my throat. The room seems to be closing in on me. The painting on the wall suddenly seems larger. Brighter. I try to speak, but no words would form.

Umoh is a strong man, not given to emotions, but he is weeping with abandon.

"Maybe…maybe if we learned to surrender…"

My heart feels like it's been shredded into crimson pieces. But I'd surrendered when he took my baby? I'd surrendered, hadn't I?

"I promised him we'd be in church tomorrow."

I still can't speak, but turn away from the glare of the painting; turn to Umoh.

"It's okay if you don't want to go…" he bites his lips, "but I want to go."

After a while, I find my lost voice. "But you can't drive?"

"Ben will come for me." There's a finality to his tone.

I turn back to the painting. Jesus' life is ebbing away. He's giving His life for the world…in total surrender.

The tears arrive, one drop at a time until my face is a glistening river. Umoh is standing to his feet, shuffling…shuffling towards Jesus…towards the painting…towards the cross.

THE BEARABLE LIGHTNESS OF THE CROSS

By Ann Grover

"Give it back!"

"No!"

Hannah poked her head out of the blankets in time to see an airborne doll thud against the wall by her bed. Her younger brother grabbed it victoriously before racing out of the bedroom, pursued by a shrieking, indignant sister. Hannah hid her head, but not before breathing in the acrid odor of burning toast and eggs.

"Get up, Hannah!" Hannah's mother yanked on the coverlet, exposing Hannah's head again. "You need to get milk. We're out."

Hannah sat up, pushing the blankets aside. She rummaged in the clothing on the floor and found a pair of jeans and a rumpled orange T-shirt. Scrounging under the bed, she came up with a couple of mismatched socks with holes in the heels.

She tugged a brush through her thick hair, but gave up trying to tame the snarled mess, so she rammed the lot into a rubber band. It hung lopsided, stray hairs clinging stringily to her neck.

Hannah's mom was counting change on the sticky table, but then, grabbing a knife, she uttered an expletive as smoke roiled from the toaster. Charred bits of blackened bread bounced into the sink.

"Ask your dad for more money, Hannah. Take what's on the table."

A cigarette drooped from her dad's slack jaw, and a belch rumbled as he foraged in his pocket for loose change.

"How much you need?"

Hannah looked in her hand. "I have twenty-seven cents."

Coins were dropped into her palm, and her dad settled back into his chair without once shifting his eyes from the television to Hannah.

"Git, will ya."

Hannah left the bickering and the blue haze and breathed deeply of the clear Sunday morning air. The neighbor's lilacs were blooming, the lavender blossoms perfuming the air with sweetness. In the distance, a lawnmower droned, and Hannah thought what a happy, busy sound it was; a cheerful sound. The gladness stirred Hannah's heart, and she took a skip or two, but it was beyond her shy nature. Although the street was deserted, she reddened in embarrassment.

Hannah came to the little confectionery and purchased the milk, carefully counting out the money. She gazed with longing at the licorice babies and jawbreakers, but knew better than to buy even one penny candy. She clutched the paper bag containing the milk.

At the cross, at the cross,
Where I first saw the light,
And the burden of my heart rolled away,
It was there by faith I received my sight,
And now I am happy all the day…! [1]

The lovely melody of a hymn lilted through the trees, and Hannah decided she wouldn't be missed if she walked a different route home and enjoyed the music for a moment or two.

It was a beautiful church, stone-built, with stained-glass windows. Majestically, the steeple rose high above her, and she tilted her head back to see the peak, the sun dazzling her eyes. A cross adorned the pinnacle.

Oaken doors stood open, allowing the music to flow out in rapturous harmony, and Hannah approached reverently, the sound resonating within her. She closed her eyes to listen.

"May I help you?"

Hannah's eyes snapped open. An usher stood imperiously before her. He surveyed her tangled pony tail, stained canvas shoes, and torn jeans.

"I, I…"

"Are you looking for someone?"

"No, I…"

[1] At the Cross. Refrain written by Ralph E. Hudson, 1885. Added to hymn by Isaac Watts, 1707.

"Do you need anything?"

Hannah looked beyond the usher to the people in the church. Several girls had turned around and were staring at her. Hannah saw their shiny patent leather shoes, knitted sweater sets, and pleated skirts. They giggled behind white gloves; Hannah glanced at her own grime-rimmed fingernails and clasped them tighter around the milk.

The usher cleared his throat. He peered down his pinched nose; the sharp scent of burnt food still clung to Hannah. Hannah backed away from his frown.

"Perhaps, you should run along now."

Fighting confused tears, Hannah stepped into the churchyard. Before her lay the church's dense shade, and she walked through it, until she came to the long shadow of the steeple and the cross. She set the carton of milk in the grass.

Hannah raised her arms. Humbly, she surrendered every part of her shadow to the shadow of the cross, until nothing of Hannah extended beyond the edges of cross's velvety umbra. It rested lightly upon her, and Hannah was overcome with wonder.

There was no burden within its gentle embrace.

CONVERSATION WITH A CROW

By Teri Wilson

Crow was restless. There was something in the air, but he wasn't sure what. The breeze stood very still, as if holding its breath. The crickets and grasshoppers refused to chirp, and Crow's ears heard nothing but silence. He had not been able to find any breakfast because all the worms remained safely tucked inside the earth. Even the sun hung low in the sky, spreading its warmth reluctantly over the land. It was as if nature were in mourning for some impending tragedy.

Crow spread his black, shiny feathers and took flight. He found himself flapping his wings more earnestly than usual, probably due to the stillness of the heavens. He longed to soar higher and higher, among the clouds. But he stayed low, just in case hawks were out hunting. He didn't see any signs of his predators but tried to camouflage himself among the tree canopy anyway. On an eerie day like today, he knew he needed to be extra careful.

Soon Crow grew weary and began searching for a place to rest. His keen, black eyes scanned the landscape below for a suitable spot to perch. He noticed a commotion around the Place of the Skull and swooped down for a closer look. Three men hung on large, wooden crosses. Although brutal, it was not an uncommon sight for Crow. He had noticed that humans frequently turned on one another, and the result was usually a gory display like the one below.

Crow glided to a stop and gently landed on the beam of one of the wooden crosses. He pecked at the beam with his long, black beak and swiveled his glossy head around to look at the man hanging beside him. The man had been badly beaten and, at first, Crow was unsure whether he was dead or alive. Then Crow heard him gasping for breath. Crow looked at his face and noticed he was a young man. A circle of thorns pierced his flesh and a sign hung above his head with writing in human language. Crow wondered what it said.

"King of the Jews." Crow struggled to hear the young man's voice. He had to lean so close to the man's face that his whisper ruffled the sleek feathers on Crow's back. "It says 'King of the Jews.'"

Crow was astonished. The young man could hear his thoughts. Such a thing had never happened to Crow before.

'Are you their King?' Crow thought.

"I am their Savior."

Crow looked around at all the angry people shouting cruel words to the young man. They did indeed look like people who needed a Savior.

'Then why do they torture you?'

"They do not recognize me."

Crow found this very strange. The avian world was neat and orderly. Birds were always aware of their special place in the pecking order. They would never torment a leader in this manner.

'Why don't you tell them who you are?'

"It wouldn't matter. I've known this day was coming for a long time. My death is necessary to save them from their sins." The young Savior's voice was becoming even weaker. Crow could barely make out his words.

Although he didn't understand everything the man was saying, Crow saw the horrific spectacle around him and knew the people needed to be saved from their evil ways. But he thought it terribly sad that this kind, young man, who could hear his thoughts and would take the time to talk with him, was going to die. After all, he was only a crow.

Suddenly, the young man groaned in a loud voice, "It is finished."

The cry startled Crow and he rose up off the cross with flapping wings. When he looked down he saw the young man's body, but Crow knew his spirit had left him. He looked up and cawed in agony at the sight of the blood-red sky, while the earth itself trembled below.

Humans did not stop hanging men on crosses after that day, but Crow and all feathered creatures of flight were forever changed. Even now, especially when the fall air turns crisp, birds will sometimes see a wooden cross with a human form hanging limply in the breeze. From their place in the clouds, they avoid the plaid shirt and worn denim hanging among the corn fields. They refuse to perch on the cross out of reverence and respect for the young man who had a conversation with Crow so many years ago.

TAKING WORRY TO THE CROSS
By Bonnie Derksen

She carried a heavy load. A sense of ownership had caused her to pick it up in the beginning. It was her right as a mother, after all. But over time it became a cumbersome burden, holding her captive and draining her of energy and vitality.

As a daughter of the King, she went to Him for help.

"Father, I have such concern for my son's future. He is walking a dangerous path. Through the night I mull the whole situation over. When I wake, the worry is there to greet me, so I pick it up, checking on it through the day. I shift its weight in my arms to make it an easier load but I am weary. If you change my son's ways I will be able to lay this burden down."

The Spirit of the Living God spoke. *"Daughter, you are carrying tomorrow's load with today's strength. It is an unnecessary burden for you. Take it to the cross."*

Desiring to be obedient, the daughter, who was also a mother, prayerfully laid the bundle of worry down.

But then Trouble paid the mother's son another visit, setting off a new reaction of fear and panic. Without thinking, she bent down and picked the heavy load up again. As she balanced it in her arms, she studied and pondered the consequences of recent developments, coming up with several unpleasant possibilities. The burden became all consuming again, taking her eyes off her King.

"Daughter, what is that in your arms?" The voice of the Father interrupted her musings.

"Worry and concern for my son, Lord."

"Did I ask you to carry it for me?"

"No, Father," she responded sheepishly.

"My child, there is provision for your burden in the shadow of the cross. Lay it down there and, this time, release it."

The mother, who was also a child, desperately wanted to be rid of her load. But the circumstances that had initiated the burden carrying had not changed; they seemed to be getting worse. She knew the King could protect and keep her son, but her faith, in each moment, was weak; she walked by sight.

The Father knew His daughter was like a flower in the field, steady one moment, shaky the next. He knew that her mother-heart was troubled by all she saw. But still He delighted in her and longed for her freedom from the heavy load of worry and fear. In the midst of the circumstances, He surrounded her with songs of deliverance. But while she carried worry she would not, could not, hear the music of freedom.

The Father, who was also the King, heard His daughter's fresh cries and was moved to compassion. He knelt before her; hands cupped under her chin, collecting the tears that poured down her face from her broken and fear-filled heart.

Weary from the battle, recognizing that she was helpless to carry worry any longer, the child, who was also the mother, opened her heart completely, surrendering her son's future into the hands of his Creator. Spiritual awareness flooded over her, sight exchanged for blindness. On her knees before a rugged cross, she sobbed with conviction regarding her lack of faith in the Faithful One. With great determination and fresh understanding, she fully laid fear-for-her-son's-future at the base. She sobbed with relief.

Standing now, she took a step back as heavy drops of blood began to fall on the load of worry and concern, causing it to sizzle and hiss, as in a chemical reaction. Right before her eyes, it began to shrink in size. Smoke rose as the ground shifted, pulling the mother's burden down below the surface and out of sight.

The daughter, who was also the mother, turned her eyes heavenward and raised her arms to the sky. Out of the well of freedom now found in her heart, she sang of the Father's deliverance:

Joy's replaced the worry,
Love has covered fear.
A freedom song surrounds me,
Its sound, this day, I hear.

Having found rest and renewal in the shadow of the cross of Christ, the mother began her descent back to the valley of her life. Her arms empty, the cross having established a fresh anchor of hope for her future and that of her son's, she could now attend to the business of her Father, the King.

CHAPTER EIGHT

IN MY HEART THERE RINGS A MELODY

IF NOT FOR THE BLACKBIRD

By Ann Grover

Are we there yet, Mommy?" inquired Alex as he swung the berry buckets at the fireweed in our path.

I shifted Marc to my other hip. "Not yet. Just a little further."

Our little trio continued to hike through the forest, beyond the stand of stately blue spruce, and past the pond ringed with bulrushes. Finally, we reached the treasure we sought: a thicket of saskatoon bushes, heavy laden with berries, dusted with the blue bloom of ripeness.

I pulled a light blanket from my backpack, spread it on the ground, and set Marc down. I surrounded him with a few playthings, shaking the ones that chimed and rattled as I did so. Marc gave me a toothy grin and reached for the orange frog.

"Mom! Look at all the 'toons!" Alex hollered as he dangled a grape-like cluster for me to see.

"We better get picking while Marc is happy."

He handed me a bucket and dived into the nearest bush with his own. I knew it wouldn't be long before five-year-old Alex grew tired, but for now, his enthusiasm for filling our freezer and pantry was high, and that was important. Plunk, plunk. The first berries hit the bottom of his pail.

The August afternoon was brilliant. A clear heaven shone over trembling aspen trees; already, golden leaves were interspersed among the green. Fluffy fireweed tapers swayed in the gentle breeze. From a nearby treetop, a blackbird trilled her chorus, obviously enjoying the sunshine as much as we were. I thought how generous God was with His provisions. Food, and a sweet melody to gather it by.

"Look, Mommy." Alex showed me his bucket. There was a layer covering the bottom.

"Good job, sweetie."

Alex picked out an especially plump berry and popped it into Marc's mouth. Marc gummed it rapturously, and purple drool ran down his chin. Alex flashed me an indigo smile.

"Is my tongue purple?" He stuck it out for my inspection.

"Back to work, Purple Boy." I chided jokingly.

The blackbird sang on, and soon, Marc slumped over, soothed to sleep by the whispering leaves and the soft plopping of berries. As predicted, when Alex's bucket was half full—which I thought was a valiant effort—he came and curled up on the corner of Marc's blanket. I rummaged through the backpack and found some small trucks for him.

I wandered deeper into the thicket, keeping watch as Marc slept and Alex played. My buckets were filling quickly; I had filled mine, as well as topped up Alex's, and had started another.

Abruptly, the blackbird stopped her cheery refrain. A hush descended. Something was wrong.

I felt, rather than heard, the warning call as the bird rocketed from her lofty perch.

A black bear rose onto its haunches, not six feet away from me.

"Huff." It grunted reeking breath into my face.

Paralyzed, I dropped the berry bucket and saskatoons cascaded across my feet. At the same time, the blackbird swooped at the bear, shrieking her fury. He swiped at her with a mighty paw, but the little bird flew swiftly away. She dived at the bear again, dipping and darting fiercely, while the bear swiped and swung in vexation. By then, I had gathered my wits and retreated.

Alex was staring, wide-eyed. I scooped up the slumbering Marc, grabbed Alex's hand, and abandoned the backpack, berries, and toys. The fruit would distract the bear long enough for our escape, once he got past the attacking blackbird.

We raced through the woods, Marc oblivious in my arms, Alex speechless, half running, half being dragged. Amazingly, our blackbird joined us again, flying from treetop to treetop, giving joy and comfort, even accompanying us beyond her home by the pond. We slowed to a walk and breathed again.

I realized, then, what a miracle it had been, to be saved by the silencing of a song. And it had been a miracle out of season; our blackbird had no nestlings to protect. It could only have been the nudging of God within her breast to adopt and protect us as she would her own.

As she warbled at the top of the spruce tree, waiting for us to catch up, I thought how fitting it was that the blackbird's caring eye was upon us, we, who are of more worth to God than the tiniest bird.

Song For Her Savior
By Sandra Petersen

An anguished scream pierced the brick walls and damp gloom of her cell. Another followed, more intense than the first, then wrenching sobs and garbled pleas.

Mi Shan stirred in her restless sleep. The nightly sounds that emanated from the Chamber of the Tortured failed to rouse her completely. Few noises in this prison horrified her.

She would awaken when they came for her. If they came for her.

She slept, and her dreams swirled in her head. Memories of laughter and family shifted into scenes of fear and beatings.

How long before they came for her again?

Unintelligible shouts increased in volume and climaxed with the sudden crack of a gunshot.

Mi bolted upright on the cot. Her eyes widened, then squeezed shut against the sharp back pains that gripped her. She winced.

Gunshots were uncommon in the prison and meant one thing. The interrogation for one poor fellow Christian had mercifully ended. The interrogation of another would begin shortly.

"Father, forgive them for they know not what they do," she whispered. "Receive Your servant into Your Presence."

She kept her eyes shut against the imagined horror of footsteps clomping down the cement corridor. She would never know if the martyr who had just died was a family member or a close friend. It didn't matter. Wouldn't they all be murdered for accepting and proclaiming their Lord?

How long before they came?

Mi did the only thing that kept her from insanity during her months in this cell. The melody and words rose up from within. Humming softly, rocking back and forth on her cot, thinking the words, Mi waited.

Was she next?

Jesus loves me! This I know,
For the Bible tells me so;
Little ones to Him belong;
They are weak, but He is strong.

Her song was interrupted by the footsteps of the guards. She shuddered. Closer they came, their boots crunching the grit of the floor underneath their feet.

Were they coming for her?

She drew her knees up and hugged them to her chest. The comforting words repeated in her mind. With a bang, the cell door opened. She drew in a harsh breath and moaned.

Her time had come.

The guard dragged her to her feet.

Her legs would not obey her commands to be steady. Her knees buckled.

Impatient, the guard wrapped his arm around her waist and lifted her twelve-year-old frame. To struggle, she knew, would provoke the guards to even more intense anger.

"I will walk."

'Is that my voice? I sound so confident.'

The guard grunted and put her down. Between her two captors, Mi trod the concrete hallway to the Chamber of the Tortured. The melody and words repeated in her mind.

Jesus loves me! He who died,
Heaven's gate to open wide;
He will wash away my sin.
Let His little child come in.

They shoved her into the room and forced her arms up over her head. One guard lifted while the other shackled her wrists with chains that hung from a light fixture.

The interrogator sat in a corner at a desk, smoking a cigarette and waiting. He scraped the chair back and in four steps stood in front of her dangling body, pistol in his hand.

"All of this could be so easily avoided," he murmured.

The melody bubbled up and spilled from her lips. She hung from the chains and hummed, peace washing over her as she remembered the words. Perhaps she would live.

"If you renounce that one who you even now sing about, you may live."

She would not answer.

"Renounce him!" the interrogator screamed, his face reddening in fury. He aimed the gun directly at her face. She wondered if she would feel much pain.

Jesus loves me! He will stay
Close beside me all the way;
If I love Him, when I die
He will take me home on high.

"Renounce him!"

She stared into the gun barrel, then into his furious eyes.

"How can I renounce the one who gave me life? How can I forsake His holy name? Though you may kill me..."

The man's eyes narrowed. He pulled the trigger back.

"I can never deny Him. I will live with Him forever."

The explosion came while her eyes were shut tightly. She felt nothing.

Had the pistol misfired? Her eyes opened. A man strangely familiar to her stood before her, and she fell to her knees in reverence and love.

"Sing for me, Daughter," Jesus said.

Jesus Loves Me, lyrics by Anna B. Warner, 1860 (Public Domain)

MONSIGNOR THOMAS NEEDS A MIRACLE

By Teri Wilson

The sign on his office door read "Monsignor Thomas," but it could have said Investigator of Miracles. The clergyman's official duties included examining miraculous happenings and verifying their authenticity. In other words, if you had a weeping Virgin Mary statue or a potato chip with Jesus' face on it, Monsignor Thomas was your man.

You may think being privy to such things would strengthen the faith of a leader of the Church. But, not so. In fact, in the twenty-five years of his career, the Monsignor hadn't verified the existence of a single miracle. At first, he eagerly probed every instance of supposed stigmata and divine healing. Now, after a quarter of a century, Monsignor Thomas was just going through the motions. Sometimes he wondered if he would even recognize a miracle if he actually saw one.

Monsignor Thomas watched his dog turn in circles before settling down on the flannel dog bed in the corner of his office. The old Lab breathed a heavy sigh and rested his graying muzzle on his paws.

"Be patient, Rufus. Only one more appointment, and then we can go for our walk."

Rufus's tail wagged at the mention of their daily stroll.

Phyllis, the Monsignor's secretary, materialized in the doorway. "A young woman named Caroline is here for your 4:00 appointment."

The clergyman let out a sigh heavy enough to rival that of Rufus. "Send her in."

The woman, obviously a street person, meekly walked into the office. Her clothing was filthy, and it looked as though she hadn't had a proper bath in quite a while.

Monsignor Thomas noticed she carried a well-worn Bible in her hands. "Please, sit down. What can I do for you?"

Caroline carefully sat in one of the heavy, ornate chairs facing the Monsignor's desk.

"Um. It's this Bible. It's…special." The young lady reverently placed the Book on the desk and pushed it toward Monsignor Thomas.

"The Word of God is indeed a special Book."

"No. I mean it's like a miracle."

The Monsignor looked at the ordinary looking Bible sitting innocently on his desk. "In what way, Caroline?"

"Well, it sings."

"Is that so?"

"Open it and you'll see."

Monsignor Thomas opened the black Book. Nothing happened. He glanced up at Caroline whose eyes were closed. She had a look of pure bliss on her face and swayed gently in the chair to an unheard melody. Clearly the young woman was mentally ill.

"Caroline, dear. I don't hear anything."

"You can't hear the music? It sounds like angels."

"No, I can't hear a thing." What was it going to take to get through to this girl?

"My mother always said you had to have faith to hear the Bible sing. Maybe that's what's wrong."

Now Monsignor Thomas started to get angry. "I'm a leader in God's Church, young lady. Are you questioning my faith?"

Rufus's eyes anxiously darted back and forth between his master and the young woman.

"I'm sorry, sir."

"I think you should be getting along now." Monsignor Thomas pushed the closed Bible back toward the girl.

Caroline took a deep breath, "You keep it. I think you need it more than I do."

The Monsignor's face grew a deep scarlet as the young lady walked out of his office. He had become accustomed to bearing witness to phony miracles, but not to being treated with disrespect.

"Let's go, Rufus. Time for our walk." The big, black dog ambled over to his master and gave him a friendly lick on the hand.

As Monsignor Thomas collected Rufus' leash, his eyes landed again on the Bible. He opened it to the middle of the Gospels.

Then Jesus said, "Did I not tell you that if you believed, you would see the glory of God?"

As he read the familiar words, he heard Rufus whining softly as his side. Monsignor Thomas looked and saw Rufus staring intently at the Bible, his ears perky and alert. His head was cocked to one side.

The Monsignor slammed the Bible shut. Rufus relaxed. A chill started to run up and down Monsignor Thomas's spine. He opened the Bible again.

Woof! Rufus's ears sprung forward again and he pranced around the Bible.

Monsignor Thomas frantically ran out into the foyer. "Phyllis, have you seen the young woman who was here a few minutes ago?"

"No, she left. What was that beautiful music coming from your office? It was lovely."

Monsignor Thomas just dropped his head in his hands and wept.

The Maestro's Opus

By PF Davids

William J. Danforth pulled the sleeves of his tuxedo taut and held himself erect, nodding his readiness to the stage manager. The house lights dropped, a single white spotlight playing over to where he would make his entrance. This would be a night to remember.

Stepping from behind the curtain, William walked across the stage to the sound of enthusiastic applause. Until he, and his spotlight, reached the ornate grand piano at center stage, nothing else could be seen in the entire auditorium. It was just the way he liked it. Danforth was a showman, but also the best pianist in the world, precisely why the Maestro selected him to perform his Opus.

Taking a seat at the piano and turning over the music sheet, William paused, allowing the audience's anticipation to grow. At just the right moment, his nimble fingers began their graceful dance across the keys.

Quickly, though, Danforth found himself struggling. The piece displayed technical competence, but lacked the special quality present in all great works of music. The Opus was flawed.

Still, being a professional, he finished the performance. After accepting the audience's tepid applause, William stormed off the stage in embarrassment, snapping at the stage manager, "The old man is slipping!"

Walking toward his dressing room, William felt his cell-phone vibrating. Answering it, he heard the Maestro's voice. "Please come. I'd like to speak with you."

"Fine," he replied tersely, snapping his phone off.

Making his way to the back of the music hall, Danforth stomped up a little-used set of stairs toward a small office. A small window let in the last of the day's light, shining directly onto a red nameplate beside the door. Two words, etched in white, stood in stark relief against the red background: "The Maestro."

The door opened before William could knock. The Maestro greeted him warmly, even slipping a friendly arm across his shoulders. The pianist's anger drained away.

"I hear you're not fond of my Opus, William."

"It looks good on paper, Maestro, but I can't make it come alive."

The composer nodded his understanding, but suggested, "Maybe you shouldn't try."

"I'm sorry, it just needs improvement."

Smiling, the old man said, "Have you not known me a long time?"

"Yes, Maestro, of course."

"And have I ever let you down?"

"No. Never."

"Then why do you think I would start now?" With piercing eyes, the Maestro looked deeply at William, staring right into his soul. "I need your commitment. Can you trust in me? In my Opus?"

The pianist hesitated, but only briefly. "Yes."

"Then let's go back to the music hall."

Making their way down the stairs, the Maestro led him down a long, well lit corridor along the back wall. Reaching the end, the Maestro opened a pair of double doors and ushered William inside. The pianist could hear the sound of an orchestra tuning up as he stepped across the threshold, finding himself beside the concert hall's front row. The crowd remained in their seats, awaiting the concert's final act.

Seeing the Maestro enter, the musicians on stage fell silent, reverently awaiting his direction. Every seat was filled save one, the bench before William's grand piano. Instead of center stage, though, the piano was pushed to the far left, almost out of sight.

Walking over to the podium, the Maestro nodded to the musicians. Grasping the baton in experienced hands, he tapped it three times then crisply began conducting the orchestra.

William stood there, stunned, as the breathtaking sound washed over his body. He'd never heard anything so beautiful in all his life. Every note was precisely played, each musician following the Maestro's direction perfectly. The resulting melody could only be described as rapturous.

Deftly moving the baton without missing a beat, the Maestro motioned William closer. "What do you think?" he whispered.

"Indescribably wonderful."

The Maestro beamed. "You're beginning to see now. The song you played didn't sound right by itself because, when I'm composing it, I see the role you play as part of the entire orchestra."

William nodded, tears welling as he recognized his foolishness for doubting the Maestro.

The Master Musician placed his hand on William's shoulder and nodded toward the empty piano bench. The pianist's body tingled with the Maestro's next words. "The orchestra isn't complete without you; take your place in my Opus."

Understanding his role for the first time in his life, William J. Danforth walked unnoticed across the stage.

He couldn't have been happier.

Silent Melodies

By Allison Egley

"I'm sorry to inform you that Candice is profoundly deaf."

The doctor went on to explain more, but the word "deaf" kept ringing in Sandy's ear. Deaf? How could Candice be deaf? How could her perfect child be deaf? How could the daughter of two gifted musicians be deaf? She would never hear her parents' music; never be able to make music on her own.

Years had passed since Candice's original diagnosis, and Sandy was still struggling with its implications. Candice had recently had surgery to implant a Cochlear Implant. It helped some, but not as much as everyone had hoped.

Candice did well, all things considered. She made decent grades, and had friends. She could communicate, with hearing and deaf classmates, through a combination of signs and lip-reading. Her closest hearing friends had really made an effort to learn basic sign language so they could communicate with her, and Sandy was grateful for that. Candice's siblings protected their baby sister and made sure no one picked on her. They defended her when their friends talked too loudly to her, thinking that would help, or when they deliberately talked slowly.

Candice even found her own way to make music. Sandy's fears of her never hearing music proved to be unfounded. She didn't hear in the traditional sense, but on an even deeper level. Sandy was amazed every time she watched Candice respond to the music she, her husband, and the rest of their children played. God blessed Candice with the ability to create melodies with her hands. Through her signing, she could take anyone who cared to listen to a different world, a world in which hearing comes from the heart, not the head. Even though she had never physically heard the music to any of her family's compositions, she could write the lyrics. She sensed the melody, and her signing along with the music created a seamless picture of words, harmony, rhythm, and movement.

Candice often sat beside her father as he played the piano, staring intently at his hands. For her, the music was in the movement and in the vibrations. One day, as Candice was watching her father's hands, she signed for him to stop playing the melody. Keith kept playing the left hand accompaniment while Candice reached over and began weaving a melodious sonnet of sound. Quickly, Keith encouraged Candice to keep playing while he recorded the notes.

"How did you do that, when you can't hear what I'm playing?" Keith asked.

"I felt it." Candice signed. "I can't explain it, but I watched your hands. They painted an image for me, and I completed it in my head. It's my silent melody."

"Do you have words for this?" Keith asked.

Candice immediately nodded. Keith sat down at the piano, integrating his accompaniment with her melody, and watched as his daughter stood before him, integrating her words with the sound, and creating a masterpiece.

Melodies don't come from the head; they come from the heart. And silent melodies can speak the loudest.

Praise the Lord!
Sing to the Lord a new song,
And His praise in the congregation of the godly ones.
Let Israel be glad in his Maker;
Let the sons of Zion rejoice in their King.
Let them praise His name with dancing;
Let them sing praises to Him with timbrel and lyre.
For the Lord takes pleasure in His people;
He will beautify the afflicted ones with salvation.
—Psalm 149:1-4 (NASB)

GOD DOESN'T WEAR EARPLUGS (BUT SOMETIMES I DO)

By Lynda Schab

My husband's arms were full, and I didn't know whether to help him or just stand there and laugh.

A stuffed-to-overflowing diaper bag hung over Ben's left shoulder and two fuzzy bunny blankets were draped over his right. He held a six-month-old twin in each arm—one laughing hysterically and one screaming bloody murder. As he walked—or should I say, shuffled, pushing two infant car seats along with his feet—miscellaneous baby items dropped to the floor, leaving a trail of two diapers, a tiger rattle, and a yellow-stained burp cloth. In his mouth was the back end of a pacifier, and through clenched teeth he was singing an unfamiliar tune.

But that was nothing new. Any melody my husband chose to belt out was unrecognizable. Despite his uncanny ability to carry a zillion things at one time, the one thing he couldn't carry to save his life was a tune.

The ironic thing is that we'd actually met at choir rehearsal. I had recently joined the church and was anxious to get involved in the music ministry. Singing was—and is—a huge part of my life. It was my first rehearsal, and I was running late. In a rush, I rounded the hallway corner and smacked right into Ben.

Startled, we both quickly apologized. Then we laughed like two long-lost friends. Besides our compatible sense of humor, I couldn't help noticing that Ben had the nicest smile and the bluest eyes I had ever seen.

BAM! Instant attraction.

"I'm just on my way to choir rehearsal," I said, feeling a sudden need to describe my schedule.

"Oh. I'm just *leaving* choir rehearsal."

I frowned and checked my watch. "Did I miss it?"

Ben grinned. "No. It's just starting. But I kind of got fired."

I was confused. "I thought this was a volunteer choir."

He cleared his throat. "Yeah, well...."

The light bulb above my head flickered: he couldn't sing.

And I discovered that statement to be every bit true the following week as we sat in church together and Ben belted out a praise hymn with wild abandon and not a note in key. Noticing a couple of glances from nearby pew-sitters, I subtly sneaked a peek myself. With his eyes closed and hands raised, Ben obviously didn't give a hoot about who might be distracted by his tone-deaf-saturated worship.

It wasn't for anyone else's benefit anyway; his song was strictly meant for the Lord, who I somehow knew was basking in the sound. (However, I shamefully admit to brain-filing a reminder to myself to bring earplugs next time.)

Back to the present scene, I watched my hubby struggle with his load, still singing his way around the pacifier protruding from his lips.

"Need some help?" I asked, picking up the trail of baby accessories in his wake.

"I don't think Carrie likes my singing," he commented out of the side of his mouth with a furrowed brow of mock unbelief. I laughed and retrieved The Screamer from Ben's arms and the pacifier from his mouth.

"But Melody seems to enjoy it," I remarked, raising my eyebrows. She squealed with delight and patted her daddy on the cheek, probably thrilled to now have him to herself.

Ben looked at Melody and squinched up his nose. "You *love* it when Daddy sings to you, don't you?" he said in his best daddy-ese voice.

At this, Melody let out a belly laugh, spraying Ben's face with spit-bubbles.

I wiped his face with the burp cloth I'd picked up from the floor.

"What do you think she meant by that?" he asked.

"I think our little Mel has a great sense of humor."

Ben gave me a strange look, as if contemplating what I'd meant by that.

It doesn't take a rocket scientist to figure out that melodies come in all shapes and forms; Ben's form just happens to be a bit lumpy. I'm sure it won't be long before Carrie learns to appreciate that fact and stop crying every time her daddy sings her a bedtime "lullaby."

For now, we have our very own small-shaped Melody to serve as Ben's captive and adoring audience. As soon as she can stand up on her own, I'm confident that she will give her father a standing ovation. And I have no doubt that God will be standing right beside her.

You'll find me there too—I'll be the one with the earplugs.

Author's Note: This piece is totally and completely fictional

Sweet Snippets of Song
By Tabiatha Tallent

"Julie, you've got to snap out of this."

I heard the words, I felt the emotion behind them, but I felt helpless. My husband walked out of the room, leaving me in my bed again. For three days I had lain in my bed crying, reading my Bible and searching for peace.

I just couldn't let her go. Dad had passed just two years prior, and Mom and I had grown so close. We were closer than we'd been in all forty of my years.

I had been thinking of things I would never experience again: her sweet smile, her crazy laugh, her bright eyes, her constant singing and humming, and her pancakes. No one made pancakes like Mama. Her joy was cooking breakfast on Saturday mornings. She made sure everyone was awake, going from room to room singing, "Some golden daybreak, Jesus will come, some golden daybreak, battles all won." Then, she would go to the kitchen and start cooking. She would sing the whole time she cooked. Always hymns; the old ones that have been around forever.

But, now I'd never hear that sweet sound again.

It had been three days since the funeral. The kids were going back to school this morning. They had begged to stay home one more day and to start back on Monday, but why put off the inevitable? Life must go on, or so they say. I just couldn't imagine being able to go on without Mama.

"Mom, are you going to the store today. There's nothing to eat around here." Sarah came in pulling a brush through her hair with one hand and buttoning her shirt with the other. "Do we really have to go to school?"

"Yes. Go get ready."

"Mommy." This time it was Rhett, rubbing his eyes, his cowlick exaggerated from his bed-head 'do.' "Can I have some breffast?"

"Yes, baby. Go get your clothes on and Mommy will go down and fix you a bowl of cereal."

"I don't want cer'al. I want pancakes."

"We don't have pancakes this morning. You can have cereal. Now, go get dressed, and if you need help, Daddy will be there in a minute to help."

"Okay. Mommy, I miss Grammy."

"I know, baby." He came into my arms and let me hold him for just a second. "Grammy's singing with the angels right now, and remember, she's gonna save you a seat beside Jesus."

With that, I saw a little smile and he ran out of the room.

Once I composed myself and brushed my teeth, I made my way to the kitchen to get cereal bowls ready. Halfway down the stairs I heard the sweetest little voice, "Some glorious morning, sorrows will cease."

I paused on the step and caught my breath. Was that my Sarah?

"Some glorious morning all will be peace."

Her voice was so tender, yet strong, just like Mama's. I'd never heard her sing like that before. It brought tears to my eyes. Finally, though, they were not sad tears.

"Heaven will open, Jesus will come. Some golden daybreak Jesus will come"

I had made it into the kitchen and walked over to the refrigerator where I could only see Sarah's backside. She jumped at my footsteps. "Mama, don't sneak up on people like that."

"I'm sorry Sarah. I was trying not to interrupt your song. You have a beautiful voice. Just like Mama's." Her smile covered her face at my observation. "I didn't even know you could sing like that."

"I didn't either, 'til Gramma told me. We used to sing together a lot while you were at work." She looked back in the refrigerator, moving things around. "Can you pick up some Eggo's at the store today? Tomorrow's pancake day."

"Absolutely not. Tomorrow, you shall have your first cooking lesson. I'm gonna teach you to make pancakes."

And so, my healing began. My mama's favorite song brought to life in my daughter's voice. It was my gift from God. The peace I had looked for all week, given in sweet snippets of song.

Lyrics: Some Golden Daybreak by C.A. Blackmore

The Song of the Donkey

By Amy Michelle Wiley

Jemima huddled in the shadows of the stall, doing her best to make no movement. Even shallow breaths caused pain to spike in her bruised ribs, turning to a dull ache that flowed through her young body.

The evening light was fading, and she glanced around, only to find herself staring into the curious eyes of a donkey foal.

For a time, the two youngsters watched each other. Then Jemima spoke. "Hello."

The donkey blew a snuffly breath in response.

"You and I match," the girl whispered. "We're both lowly work servants. But I shall call you *Pazia*, Golden, because you are beautiful no matter your station in life." She stepped toward Pazia with her hand extended in friendship. The donkey shied away and stomped its feet.

Jemima sighed and lay back, resting in the clean hay. She distracted herself from the pain in her ribs, singing softly under her breath. *"T'rahnaynah s'fatai kee atzamrah-lach v'nafsee asher pahdeeta."*

"BREEHAAHHH!"

Jemima gasped and sat up. "What?" She stared at Pazia with her mouth open. "Was that you? You rude donkey," she scolded softly. "I was singing of praising Yahweh, and shouting for joy."

As the last words escaped her lips, the donkey once again brayed. Jemima caught her breath. "You are praising with me, aren't you? You know Who your Creator is!"

They continued the song together. *"Gam-l'shonee kal-ha'yom teh'geh tseedkatehka kee-v'shoo kee-chafroo m'vakshai ra'atee."*

An angry voice from the main house interrupted their music. "Shut up out there, you stupid ass! Jemima? Get in here!"

"Do you suppose those who seek our hurt will be shamed some day, like it says?" She stroked the animal. "It's straight from the Scriptures, you know." She snickered. "I'd like to see that!"

Another coarse yell from the house made her scramble for the door. She kicked a dirty clump of hay as she passed, muttering, "Not like it'll really happen. Yahweh doesn't pay mind to ones like us."

A short time later, when Jemima stepped out of the house to fetch water, she was shocked to see two men stealing Pazia in broad daylight. She screamed, panic clutching at her stomach.

Her master ran from behind her, bellowing. "What do you think you are doing?!"

The two men turned, faces pale. One of them stammered, "The…the Lord, has need of him."

Master snorted. "Right. The Lord wants an unbroken ass." His face grew red, and he was striding toward the thieves when he spotted Jemima watching the men in horror, reaching involuntarily toward Pazia. His face turned in a sneer. He nodded toward him. "Go ahead. Take the ass."

The men exchanged glances, and one of them couldn't hide a grin. They turned the way they had come, the young donkey trailing behind.

Her master's callous laughter gave wings to Jemima's feet, as she stumbled after Pazia. "Please! Pazia is of no use to you. He is not trained. He's only a worthless foal."

The short man turned to her, and she came to her senses, bracing for the blow that was sure to come. But he only smiled, and stroked the foal's neck. "There are none who are worthless in the Lord's eyes. Jesus the Messiah has come to redeem us all."

Jemima stopped short. The men disappeared into the crowd, but she could only stand like a statue. Jesus the Messiah. She had heard of this Healer—everyone had. She'd even seen Him once. But Messiah?

She did not know how long she stood there before a loud commotion jerked her to reality. A few streets over a huge crowd was shouting, and over the din she could hear…oh no! She could hear Pazia braying. Her small body pushed easily through the crowd.

There was Pazia, marching right down the middle of the road. Riding on the back of the shy foal, who would let no one but Jemima touch her, was Jesus Himself.

All around her the crowd was yelling, "Hosanna! Save us! Blessed is the One who comes in the name of Yahweh." They were pulling their own coats off and laying them upon the dirty road. Palm branches waved and lined the path with fresh greenery.

Through it all, Jemima could hear the hoarse braying of a donkey. Yet to Jemima's ears, and perhaps even to Jesus, the noise was a melody. For she knew it was Pazia's praise song—a song of worship to the Redeemer Messiah, Himself.

Based on Mark 11:1-10.

Jemima's song is Ps. 71:23-24, transliterated into Hebrew by Jezreel Cohen.

THE SWEETEST MELODY
By David Morey

She is the melody that plays throughout the journey of my day—the alluring song that steals my heart and mind away to magical, momentary places. Hers are the sweet strains that call me home again and again and again. She is the wife of my youth and I celebrate her.

> *May your fountain be blessed, and may you rejoice in the wife of your youth.*
>
> —Proverbs 5:18 NIV

Youth we really can no longer claim. It fades as the median years continue on. This week, we will celebrate twenty-one years. In September our daughter will celebrate her sweet sixteen. Soon our son, the surprise of our thirties, will step onto a diamond without a tee, and move on to the next years of his baseball career. Youth is fading. However, my sweetheart's melody never fades.

I stand in awe of it all—wedding bells to maternity floors; kindergarten graduations to high school formals; real estate closings and relocations and all the things that compose our journey together. I still do not understand how such a refined young lady would even notice a simple man like me. I still can't believe she said yes to my fumbling proposal and I still can't believe we are building this life together. What an incredible gift from the incredible giver of gifts!

> *Every good and perfect gift is from above, coming down from the Father of the heavenly lights, who does not change like shifting shadows.*
>
> —James 1:17 NIV

And, I truly believe my wife is a gift from the Divine. I believe that in the corridors of eternity God smiled as He spoke her name into His plan. And, I believe that He placed her melody upon my heart so that, when in the fullness of His time we met, I was helpless to resist her song. I remain helpless.

We cannot claim perfection. Our marriage has endured the common trials of those whose journey is composed of many years. I regret to admit there are times when the noises of stress and busyness and even my own selfishness have conspired to overcome the sweet song of my beloved. I regret every moment that I have taken her for granted. But her melody is strong, faithfully strong, and it captures me again and again. It is a marvelous piece, played in the symphonic fullness of love and kindness, sacrifice and tenderness, patience and perseverance. She is the best, and I am greatly blessed.

Far more than I ever imagined is this life we share. Far more worthy of praise is she than I could ever bring to bear. And so, Elizabeth, unto the world, to at least the extent that I might reach, I arise and praise you. I call you blessed. I celebrate you.

> *Her children arise and call her blessed; her husband also, and he praises her.*
>
> —Proverbs 31:28

Yours is the noble, sweet, seductive melody that holds my heart, and I love you completely. And to our great heavenly Composer I offer my deepest thanks and pray that I might somehow be worthy of knowing your song.

Happy Anniversary!

YOUR MELODY OF PRAISE

By Linda Watson Owen

The Melody You gave to me sings in my heart today.
It is the Melody of Love that is Your only Way.
It is a Melody of Peace and Hope in times of fear.
A Melody that thrills my soul and tells me You are near.

Oh Lord, the Song rings in my heart and never leaves me lone.
It sings to me of Joys to come in Your own Heavenly Home.
It teaches me a Melody for this poor needy world
and gives me strength to sing its tune as winds of strife unfurl.

This Melody that is Your own arises in my heart
and urges me to be like You with every day's new start.
When in my weakness I regress and sometimes lose my way,
Your Melody the sweeter grows to call me back to stay.

My greatest Joy is sharing here this Melody Supreme
and watching as it spreads afar in others' Holy Dreams.
So with the very stars above I will Your Music raise
for You created me to be Your Melody of Praise!

CHAPTER NINE

SHALL WE GATHER AT THE RIVER

A SNAPPING TURTLE, A CATFISH, AND A CHICKEN BONE

By Jan Ackerson

Ain't it funny how one little thing'll set a whole lot of other things in motion? Why, today's party wouldn't be happenin' at all if Sister Pauline hadn't finally decided to get baptized.

She should've did it years ago—Sister Pauline knowed Jesus since she was a young'un. But just before her first baptism, wouldn't you know, a little old snapper swum up and nipped her toe. Pauline set to screamin', and run out of the river, and made up her mind that Jesus'd have to let her into heaven without the sloshing.

Well, bless my soul, that was seventy years ago. I still remember sittin' on the riverbank in my blue dress, watchin' some ants, when Pauline run right past me, screamin' to wake the dead.

So I just about dropped my teeth when she stood up in services last July and said, "Brother Henry, I seen the light. I'll be walkin' with Jesus soon, and I need to be washed in the river first."

The next week, we had a picnic, at the same spot where the turtle bit Pauline. She waded into the river to meet Brother Henry, wearin' a choir robe and pearl earrings. I mean Pauline, don't you know, not the reverend. We sung a verse of "Amazing Grace," and

Sister took a deep breath and pinched her nose. Brother Henry lowered her gentle-like into the river, and when she come up we commenced to sing again.

But we didn't get past "amazing"—we was laughin' too hard. You see, Sister Pauline come up out of the water without her wig. I looked downriver, and there it went, swirlin' along on the current all white and fluffy, before it disappeared.

Sister Pauline just said, "Praise Jesus, I'm gettin' a new wig," and we tucked into the fried chicken.

You think my story's over, but it ain't. It don't take long for folk 'round here to learn each other's business. The rest of the story, I heard here and there. 'Tain't gossip, neither. Every word's God's honest truth.

The morning after Sister lost her wig, George Benson was fishin' downstream. He was just about to quit when he felt a powerful tug on the line. He landed that fish and stared in disbelief—floppin' on the riverbank was a catfish covered with white hair. It'd got all tangled up in Sister Pauline's wig, and my lands, it gave George a fright.

First thing he done, once he recovered, was call up his buddy to come take his picture with the hairy catfish. And George brung that picture straight to the Gazette, where MaryLou took one look and said she done found her lead story.

A few days later, the newspaper come out, and there was George on the front page, holdin' up that catfish wearin' Sister Pauline's wig. You never seen nothing like it.

That same day, Marietta Tompkins set down to breakfast with some leftover chicken. She opened the Gazette just as she was chompin' on a chicken wing, and my stars, if that picture didn't make her laugh! Her old maid daughter, Lynette, heard the commotion and come into the kitchen sayin', "Why, Momma, what's got into you?"

Marietta couldn't stop laughin', when all of a sudden she took to chokin'. You know it, there was a bone stuck in her craw, and Lynette knew it, too. She grabbed her momma and run her to the hospital, with them both in their housecoats.

Marietta was breathin' fine, but coughin' around that bone, and her throat hurt plenty. That nice Doctor Watkins at the hospital done what he does, and in just a minute she was right as rain, but plenty embarrassed, let me tell you.

Doctor Watkins sent Marietta home with orders to drink tea and honey and a warning not to eat and read at the same time. But all the while he was lecturin' Marietta, he was lookin' at Lynette in her old housecoat and thinkin', "That's one fine-looking woman." And all the while Lynette was studyin' the linoleum and thinkin', "I wish I'd put on some mascara."

You know what happened next. A few days later, Doctor Watkins called on Marietta to see how her throat was, and Lynette asked him to stay for lemonade. And today, they're gettin' married.

Brother Henry's doin' the ceremony, down by the river. George Benson's standin' up for the doctor, and Sister Pauline's got a new wig. Would you believe it—she's a redhead now!

WHITE WATER SNORKELING

By Brad Paulson

"'Scuse me, dude. Is this camera just like waterproof like for use in the rain, or can you like actually take it under water to like snap some awesome pics of the fishes?"

George looked up from the multicolored boxes of printer ink and said politely, "I'm sorry son, I don't work here."

"No worries dude, I just thought like you looked like a dude that knew his way around photo equipment. A lot of the drug store employees aren't up on the latest technological innovations. You see, some buds and me are teaming up to start publicizing a new extreme sport we started. White water snorkeling, dude! It's awesome! Just imagine yourself like gliding, a hundred miles an hour, staring down at the rocky bottom of a crystal clear mountain stream just a few inches below you. And then *wham!* Freefallin' over a waterfall and then getting pushed down to the bottom of the pool below. Oh dude, it's awesome, like unbelievably awesome!"

George stared at the shaggy-haired young man who was now enthusiastically shaking his head up and down as if answering yes to a question that hadn't been asked. Although George's primary objective was to get his ink and go, it was obvious that the young man wanted to engage in conversation, and George's gut feeling was that walking away would not be enough to prevent that from happening.

"Sounds a little dangerous," said George.

"Oh dude, it is. See this gash on my forehead? That's what happened when I connected head-on with a boulder. We started wearin' helmets after this one. Hey, like you wouldn't know where I could pick up some waterproof shoulder pads would you? I got a gnarly bruise last weekend." The young man replied, resuming his head bobbing.

"My name is George. I don't believe you told me your name."

"Dude, what a trip. My name is George too, but my buds call me Gorge, on account of my extreme white water snorkeling skills. You know, like shooting through a gorge."

"I gathered that. So tell me Gorge, you seem very driven to this sport. What is it that would make you want to risk your life? It seems to me that—" George was interrupted as an elderly woman greeted him.

"Good afternoon Pastor Clemens," the woman said.

"Good afternoon Mrs. Darby," said George.

"No way, dude! Like are you a pastor or something? I was just getting ready to tell you about Jesus Christ! What a trip, like you already know!"

"Uh, well yes, I am a pastor, and actually I was getting ready to tell *you* about Jesus. I thought that since you were engaged in such high risk behavior, perhaps you hadn't heard the good news of the Gospel. That perhaps you were searching for something, for validation or a sense of purpose."

"Oh dude, this is like hilarious. Jesus Christ *is* my validation and purpose, but white water snorkeling is my ministry. I've introduced six guys to Christ so far, and like we've only been doing it for a couple of months. I call it baptism in white water; full immersion, dude! I was afraid you didn't know Christ 'cause like you seemed a little uptight and I didn't sense the joy."

Gorge stopped bobbing his head for the first time since the conversation had begun. "Hey, this is bad. Like shouldn't we be able to sense Christ in each other even before we start talking? I'm feeling some deep concerns here dude."

"I think the positive thing is that, once given the opportunity, we both took the initiative to witness to each other, but I must admit it is a little distressing that you felt the need to witness to me." George replied, a bit embarrassed.

"Dude, I don't think this was a chance meeting. Like I think we can learn from each other. What ya say we hit the river next Saturday with my buds, and then like we hit your church on Sunday? It'll be awesome, dude!" Gorge resumed his head bobbing.

"I'll think about it, Gorge," said George

"Better pray about it dude. It's gonna be gnarly!"

A WRITER RUNS THROUGH IT

By Sandra Fischer

A river once started on Genesis Mountain
Thoughts that began in the heart of a dream
Raindrops of words that fell on the hillside
Quickly became a bright, trickling stream.

Gaining momentum with gravity's phrasing
Spilling forth over the mind's rocky slopes
Cascading forward on creative clauses
It sparkled, driven by inspired hopes.

Slowed by the plateau of wandering meadow
The waters grew still in an indolent mind
Searching for brilliance the stream flooded forward
Grasping and reaching for fresh thoughts to find.

Suddenly—broadened by new motivation—
The river rushed forth with creative speed
Dancing it scampered with newfound expression
Currents impelled by the intellect's feed.

Waves of excitement gathered quite quickly
Courses of content surged all around
Surely this river would realize greatness—
Its message so grand, its depth so profound!

Yet, round one more bend its course would be finished
Its open mouth stunned with a new certainty—
For all it thought great, it had just now discovered
It was only a drop in the Great Writers Sea.

Drink Up and Be Filled

By Joanne Malley

I was nothing but an embarrassed, waterlogged fool.

Allow me to factor in sore legs and sunburn, a painful wedgie and a parched mouth, and you might have guessed I'm referring to my attempt at waterskiing.

I was the lady in the water instead of on top of it; the sideshow freak on the river.

The mouthful of murky, foul water from the Manasquan was not my idea of thirst-quenching refreshment. But when you meet a body of water, face first, at roughly 25 miles an hour, you have no time to request an unsweetened ice tea with lemon for your thirst. You're too busy choking and contemplating permanent facial bruising and readjusting the bottom of your swimsuit to keep the waters family friendly and G-rated.

As bizarre as it sounds, our lives often mimic a hot summer afternoon on water skis. For the most part, we're gliding along thinking we're handling everything just fine. We've got it all under control and…SPLAT, we're down for the count because we got caught in the wake of a huge boat. While we're down, if you're like me, we may be scrounging for a smidgen of athletic ability as well. We're also knocked senseless and thirsty from the heat. Soon enough we're sipping sludge that our bodies weren't meant to digest. We consume whatever's available and often what's not beneficial to us. We're also plucking forms of sea life from our hair that even marine biologists don't recognize.

I should have known I was taking on too big of an aquatic task without consulting my "Waterskiing for Dummies" manual first. I was so sure I didn't need any help; it appeared easy enough. But when the people on the dock kept screaming, "GIVE IT UP ALREADY, LADY," I lost all hope to save face. The last straw was when my husband started selling dockside tickets. What else could I do but go back under the water to fish for my pride?

Life comes with a manual too, but many people think they can bypass its instructions. On the contrary, we need it to hydrate ourselves spiritually to keep ourselves afloat. And, for goodness sake, we shouldn't drink from water that contains the rejected cuisine of seagulls and the digested cuisine of slimy sea critters. There are certainly no pure, thirst-quenching properties to be found there. I sure learned that the hard way.

Think of all those times you're in contact with someone who's just heard some bad news. Or, maybe a person you're with is tear-filled while sharing a heart-crushing story. We don't know why, but we always offer a glass of purifying water to help them feel better, don't we? Our souls are in tune to God, and that's why we do it. He's giving us subliminal, life-affirming directions, but as we're offering the drink, all we see is the glass.

The springs of Christ are there for the drinking. He wants us to do more than settle for the sludge. He wants us to open wide and gulp in a river of clean, spiritual hydration.

The purest, finest, most hydrating water that contains no questionable byproducts or impurities is available to refresh everyone. There is never a chance of dehydration as long as we continue to bring our cup to Him for refills. Better yet, by opening our mouths wide, all the glorious advantages of the Holy Spirit descend on us all.

At this very moment, I've got my tall glass of water right next to my "Waterskiing for Dummies" manual. The water is refilled daily and will remain flowing, but the waterskiing manual will remain closed for good. One day of embarrassment is enough for me, and so is drinking and spewing out particles of who-knows-what.

From now on, when I go through a river of difficulty and a dry spell, I won't be gulping down polluted liquid of any sort. I'll be totally immersed in only the life-affirming river provided by Him.

Besides…no more wedgies for me. I've figured out it's more comfortable to stay on land, sip a cold, unsweetened iced tea with lemon, and watch someone else make an idiot of themselves.

Drink up and be filled.

It's on Him.

"And the angel showed me a pure river with the water of life, clear as crystal, flowing from the throne of God and the Lamb."

—Revelation, 22:1 (NLT)

Rock Paper Scissors

By William Price

Carl Butterwinkers sat on the edge of the Chattahoochee River. With a faded, black patch covering his right eye, he tried to focus on a large boulder on the opposite bank. Without taking his eye off the rock, he reached into his frayed flannel jacket and pulled out a salami sandwich wrapped in a paper towel. The snack was gone after four large bites. He wiped his fingers on his pants, folded the paper towel and put it back in his pocket.

Reaching in another pocket, he retrieved an extra-large pill bottle filled with Kool-Aid. After struggling to get the childproof cap off, he swallowed the drink in one gulp and let out a tiny belch. The short, balding, round man was trying to put the lid back on his makeshift canteen, when someone dressed in a white uniform walked up behind him.

"There you are, Mr. Butterwinkers. I've been looking for you."

Carl turned around with a mischievous smile on his face. The fifty-year-old spoke slowly in a child-like manner.

"Hello, Charley."

"What are you doing, Mr. Butterwinkers?"

"Lookin' at that rock. Isn't it cool?"

"Yes, it's a nice rock. But it's getting late, Mr. Butterwinkers; we need to be getting back."

"I know, but the rock is so neat. I bet it would be fun to dive off of, or fish from, or even eat lunch on with a friend."

"Yes, Mr. Butterwinkers, that's one nifty rock."

"I don't like this river, Charley. If it wasn't here, I could just walk over to the other side."

"I know, but the river is here, and it is deep and wide."

"We need a bridge, Charley, or a boat. You got a boat, Charley?"

"No I don't, Mr. Butterwinkers."

Charley turned around for a moment to talk into his radio. When he looked back, he saw Carl wading into the river.

"Mr. Butterwinkers! What are you doing?"

The orderly jumped into the water and tried to turn the patient around.

"Let me go, Charley. I want to get to that rock. I hate this side of the river. I hate it! I hate it!"

Carl started to cry.

Two more orderlies and a nurse arrived in golf carts. After some coaxing and a shot of Valium, Carl was ready to be taken back to the institution.

"I'm sorry, Charley. I just wanted to get to the other side."

"It'll be okay, Mr. Butterwinkers. I'll see you in a bit."

Charley told the other orderlies he would walk back. Before he started though, he spied a sheet of folded paper towel by the river. He went over, picked it up and put it in his jacket.

'Carl must have taken this out of his pocket.'

Charley then looked across the river at the large boulder. He imagined having lunch on it with his children.

'I hate this river too.'

That night, two angels, one taller than the other, stood on the riverbank across from the boulder.

"So, what is it we're going to do," the shorter angel asked?

"We're going to show him the Bridge."

"The bridge? Oh, *the Bridge*. To which one?"

"To the one sleeping with the paper towel. He'll tell the other about it."

"Which one has it now?"

"The orderly gave it back to Carl before he went home."

"Isn't the paper towel what the visiting chaplain gave Carl to wipe his tears with last week?"

"The same one. He tried to tell him about the Bridge."

"How are we going to get him to understand?"

"With these." The taller angel held up a pair of golden scissors.

"Oh, the scissors. I love seeing people get set free."

"Me too."

"This is pretty awesome, isn't it?"

"Yes, God is good. But, what do you mean?"

"You know, a bridge shaped like a cross, spanning over this hated river to the rock. I mean, very symbolic."

"Yes, it is."

"Would make a good story, wouldn't it?"

"Yes, in fact we have to visit a writer soon to give him a rock."

"You mean, the Rock?"

"No, a rock. We are going to have to hit him in the head so he'll stop listening to himself and start hearing God."

"That's always fun."

"Yes it is. Are you ready?"

"Oh yes. I can't wait to see Mr. Butterwinkers and Charley on the other side of the river."

River Quest

By Crista Darr

Holy men, faces framed by dreadlocked beards, naked bodies smeared in ash, are lashed by the winter winds. White-bearded swamis and their shaven-head disciples walk beside common traders and laborers.

They are a multicolored sea: garments of fuchsia, brilliant yellow, scarlet and emerald splash the horizon, stretching beyond the limits of my eyes. Wave after wave, they roll across this land in a temporary suspension of caste or creed. India has become one heart with one cry: "Ganga!"

Among these pilgrims, I trod, blistered feet covered in cakes of blood and grime. A merchant's cart rumbles behind me, and I stumble from its path. The oxen, grunting under their yokes, brush my shoulder. Their pungent odor lingers with the scent of human waste and unwashed bodies.

The predawn sky begins to bloom, hiding the stars under shades of rose. A cheer echoes from the hillcrest as the worshippers catch their first glimpse of her. With desperation, the masses surge forward. Unable to stand against the press, a small boy falls into the dirt path of three lumbering elephants. A scream escapes the child's mother as she lunges toward him and drags him to safety.

Up the hill I run as if with wings, soaring to lofty heights, where gods and demons spill their immortal nectar into our holy river. I gasp for breath as I watch the morning sun smile down on her, illuminating the golden nectar coursing through her veins.

The drums rumble to life; their throbbing pulse keeps time with our footsteps as the Hindu monks and mystics take up their lead to the river. The sweet soprano of a young girl leads us in the mantra chant. Oboes and flutes complete this euphony of praise.

The banks of the Ganga are a carnival of festivities. The aroma of spices from chaat stands tempts hungry travelers. Graceful girls sway to the rhythm of the odissi dance as boys wrestle on the sands. Jugglers twirl flaming batons while palm readers promise good fortunes for a few rupees.

A vendor rattles his gaudy trinkets before my face; I am uninterested. Karma has left me untouchable to both god and man. My only desire is to dip into this holy river and be cleansed from the curse of my sinful lives.

Stepping into the icy waters, I lower the bundle from atop my head and spill my offering of pink orchid petals into the silver-gray, swirling water. I cup my hands into the river and fling the water heavenward. It returns in glistening droplets, an unaccepted offering that mingles with the tears flowing down my cheeks.

A police whistle signals that my chance at salvation has expired. I wade to shore and drag my heavy heart up the muddy banks. I stand in agony, shivering in the stark cold of hopelessness.

A stranger drapes a blanket across my shoulders. I stare in wonder at this high-caste Brahmin woman who dares to touch me. She smiles, her face radiating a serenity unseen in Hindu monks or priests.

"The river couldn't save me either," she says. "My name is Jeevitha and that is my husband, Suresh." She gestures toward a young man sitting near the campfire. "Please, come warm yourself."

I follow her into camp and stretch my numb fingers toward the flickering flames. Suresh motions for me to sit and opens a small, black book. Its words embrace my soul as the love story unfolds. Suresh reads of a loving God becoming flesh and paying for the sin of man with His own blood. I weep as His presence surrounds us, confirming every word.

"I believe! I believe that Jesus paid for my sin. How can I be forgiven?"

Suresh finds the answer in the holy pages, "Repent, and each of you be baptized in the name of Jesus Christ for the forgiveness of your sins; and you will receive the gift of the Holy Spirit."[1]

Jeevitha holds my hand as we journey back into the river. Her husband stands beside me, "I baptize you in the name of the Father, and His Son Jesus Christ, and the Holy Spirit."

---

[1] Acts 2:38, NASB

The burdens of my sinful heart are forever buried in the mire of Ganga. I am raised a new woman—clean, pure, forgiven. Splashing in the water, I giggle like a child—God's child.

And in the whisper of the Indian wind, I hear my Father's voice, "This is my beloved daughter in whom I am well pleased."

THE FOGGY BOGGY GURU

By Philip Barnes

On the plains that stretch across the United States we don't climb the highest mountain to find a sage monk to discover enlightenment. First, there are no mountains. There are hills and speed bumps, but no mountains. Secondly, there is an extremely short supply of sage monks. Sagebrush, yes. Sage monks, not so much. Finally, enlightenment is over eight letters long, so it is unlikely that any of us would seek after it. We used to have the same problem with barbeques until we shortened it to BBQ, and now we enjoy a good rack of baby back ribs regularly.

Fortunately in Pottawatomie County there is a wise man, a guru of sorts, who sits on the bank of Foggy Boggy Creek. If you can find him, he will share with you words of wisdom, and though the way is tough and the journey hard I, on rare occasions, traveled to this man to seek his guidance.

August 24, 1965

The summer had been hot and rain had been scarce. I was sweating as I approached the bank. The river was empty, the dirt cracked and dry, but for the first time I saw the old man who sat by the bank of the Foggy Boggy Creek.

"I am entering my senior year of high school, and I do not know what to do when I am done."

There was a pause, a pregnant pause.

All right this pregnant pause was having quadruplets.

"Without rain from the heavens and runoff from the mountains the river has no water."

I understood. Water from on high—higher education was the key. So I went to college.

January 27, 1973

It was a particularly cold winter. Ice covered the ground and the trees. The river no longer flowed but was frozen solid, and there on the bank, as always, was the wise man of Pottawatomie County.

"Work has been tough. I haven't been moving up the corporate ladder as quickly as I would like."

"It is so cold you could walk on the river."

I understood. I was wading through my workplace with all of its employees. I should make the climate such that I can walk over them.

May 3, 1984

I snagged a zipper on my parachute pants as I headed to the far bank of the Foggy Boggy Creek. And there was the man, once again, sitting just as he had before. This time the river was flowing quickly, and a large bovine was munching on the green grass.

"I am getting older and having a problem with my relationships."

"In the spring when the water flows everything grows. When everything grows all kinds of birds and animals come to the river bank."

I understood. If I looked successful and had a lot to show for my work then women would simply come to me. So I bought a sports car and a house in a fancy neighborhood.

April 24, 1996

It had been a rainy spring following a terrible winter. The ground was muddy as I followed that old path to the Foggy Boggy Creek. The snow was melting in the mountains, and the rains had been hard. The creek was swelling and had crested the bank. But there on the bank, with water up to his eyebrows, was the man.

"I've married and have a family. I've made it to the top. What is next?"

"Glubb bloo gurgle gurgle glub."

I understood. I took up scuba diving.

September 6, 2006

Today I return to the Foggy Boggy Creek for the first time in ten years. It is a beautiful day in late summer. The sky is blue, and the air is fresh. I am taking my little granddaughter to Pottawatomie

County to meet the man. He is there, as always, much older than I remember. Next to him is a small child.

"Honey, look. This is the wise man who challenged me to go to college, work hard, meet your grandmother, and learn to scuba dive."

The old man turned to the young lad next to him, "Grandson, this is the selfish man I've been telling you about. I followed this path four times to find the wise man of Pottawatomie County and he is the man I saw each time. When I was thirsty he turned and walked away, when I was cold he watched me shiver, when I was threatened by a bull he saved himself, and when I was nearly drowned he simply waved."

KILLING MOTHER
By Suzanne Rowe

Dearest Mother,

Your beauty is unequalled on this vast planet on which you take centre stage. From the snow-capped mountains and foreboding glaciers you begin your leisurely amble to the ocean, supporting life and beauty all the way. Grains, vegetables and fruit flourish. Trees grow tall and strong, marking a meandering lifeline through deserts and plains. Children laugh as they splash in your shallows. Men contemplate life as they bob in boats on your surface, fishing nets spread below, providing for their families. Women chatter as they meet on your banks, scrubbing laundry. Lovers steal away to meet in the moonlight reflecting off your lifeblood.

How many generations have enacted their life dramas around you? Emperors, commoners, soldiers, explorers, young people, mothers, children...You were there when we worshipped the God above all gods. Did you cry when we transitioned to man-made gods, philosophies, then to religions from other lands? According to our current 'wisdom,' we worship nothing...life is without meaning...we are too developed to need such emotional supports.

Mother dear, how you must ache to see your children behave so foolishly.

We love you, Mother, yet we're stealing your life.

Valiantly you struggle against the grasping clutches of your children, bravely attempting to withstand our greed. We are too many, Mother. It's not malicious. We only take from you to meet our needs and wants. For a few short months in the winter you regain a shadow of your former strength and composure. Once again, your waters trickle into the ocean.

Modernization has led to global warming, which results in the glaciers receding. Your waters diminish. We chop down trees in order to plant more crops, but then the soil is washed away. It clogs up your arteries. We build power stations, borrowing your life's blood to cool our equipment, only to return some of it on Tuesdays, a little the worse for wear.

You are broken, battered, pathetic. Does it look like we care? We continue to take and take and take. Your life ebbs away.

We're trying to help, Mother.

We move the weakest off the land so as to leave more natural land near your source. We coop up in cement boxes those relocated, telling them that the modern way is better. We send planes to bomb rain clouds with pellets of carbon monoxide, forcing 'man-made rain' to descend. We've restricted access to water for our poorest, thereby trying to save your life. We are so wise.

We are developed...powerful...modern...populous. We have industry, electricity, flushing toilets and homes up high off the ground. We don't need you there in the mountains and plains. We need you in our factories, cities and apartments. Oh yes—and we need a garbage dump for our waste.

In our cities, we spray the roads several times a day with your lifeblood to settle the dust. It isn't convenient to get our patent leather shoes dirty. We pipe your lifeblood hundreds of kilometers from where you lie. It isn't convenient for the wealthy to move or do without.

Your imminent death isn't convenient for us, you know.

Progress...life...money...What we don't fully comprehend is that as we strangle our mother, we cut off our life source.

Brothers and sisters, prepare to die.

But what is this? A greater river is sweeping over our land. Our beloved mother shows no sign of jealousy. Although strangled groans continue to emanate from what is almost a carcass, there is a note of hope in there too.

This is not a river that our factories, power stations and high-rise homes can utilize. It does nothing to settle the dust. It does not originate in the high mountains to the west. It flows from amongst us...the chosen of this land's children...and from others beyond our vast borders. Its origins are deeper yet. It flows from the source of Life Himself.

Its rushing water pulsates with an ancient rhythm, resonating with the deepest part of our beings…it is a rhythm which beats with life itself. This river is even more ancient than our great mother.

Give us water.

Give us running water, living water. River of life, flow over our great land. Restore us.

Mother, now we understand your anticipation. We wait with you, watching, confident, eager and desperate for our Savior to return and set the world aright.

Come quickly, Lord Jesus.

IMMERSION
By Ann Grover

They say all rivers run to the sea, and on that day, the river ran to a sea of sorrow.

Aunt Connie and I had enjoyed a leisurely afternoon, talking and having lunch. Even with an age difference of almost twenty years, we were like sisters, comfortable together, often sitting in easy silence.

"You want to take a walk?"

"Sure."

"We could check the horses."

It was spring. Faraway hills were blushed with green, tender blades pushed up through moist soil, and the warm air was fragrant with growing things. Heading for the lower pasture, we strolled along the fence, checking for broken strands. I kicked at a heap of dry horse manure, knocking one into Connie's path.

"You rascal!" With a grin, she punted one back at me.

Suddenly, Connie touched my arm. Following her gaze down the gently sloping field, I saw one of the mares, and by her side, a newborn, spindly-legged foal. The foal took off at a rollicking gambol, then its dam cantered in a wide circle around her cavorting offspring.

"Will she let us get close?" I asked.

"Doubt it, but we should be able to see if it's a colt or filly."

The foal hid by the mare's flank, almost as if knowing our intent. Dust-colored and wary-eyed, it finally bolted from its hiding place; it was a filly.

"Well, that's Dove accounted for," said Connie. "I think the foal is a couple of days old."

"Look, there's Dancer! On the riverbank." The bay mare was staring into the steel-hued river, where it oxbowed around the lower edge of the field.

"What's she looking at?"

Dancer galloped along the bank, pawed the ground, and neighed nervously. Connie shook her head. "I don't like this." We broke into a run.

I leaned over the embankment, peering into the muddy eddies, silt spilling from the soft edge. Connie lay down so she could see better.

"Oh, no."

I lay down next to her. The earth was eroded from beneath us; we were actually suspended over the silently surging river. I gasped. In the murky water below, I could see tiny hooves bobbing, then receding under the waves again.

"I'm going to the barn for rope and a lead. Stay here."

I couldn't have moved if I tried. I was mesmerized by the sight of those hooves disappearing and resurfacing. Then, slowly the foal's body turned, glistening and shining, rocking in its liquid cradle, then sliding beneath the soundless waves again. I jumped when Connie put her hand on my back.

"I'm taking Dancer to the corral."

Dancer was easily persuaded by the oats in Connie's hand, but still eyed the river guardedly, sidestepping nervously when Connie snapped the lead to the halter. She paced the rails when we left her in the corral.

"What are we going to do?"

For an answer, Connie took off her boots and rolled up her jeans. I did the same. Further up the shore, where the bank was less steep, Connie waded through the muddy water to the undercut.

"Coming?"

She was already squatting in the dirty surf, knotting the rope around the foal's neck when I got there, my feet numb from the icy water.

"You pull. I'm going to push."

We were no match for the weight of the foal and the spring current of the river. Time and again, we had nearly pulled the glistening ebony body free of the cove, only to have the river tide defeat us.

"I've an idea." Connie splashed across the narrow channel to a slice of land that had slipped away when the undercut was formed. With all her strength, Connie pulled on the rope, and the foal drifted free of the watery crevice.

Together we dragged the foal upstream to where the bank was not so steep and pulled her ashore. We rested, lying on the grassy verge of the river, stroking the satiny coat of the dead foal with tender fingers.

"She was probably playing too close to the edge," I guessed.

"Probably," agreed Connie.

"And the bank gave way."

When we had caught our breath, we released Dancer. With tears streaming down our cheeks, we watched as she gently pawed her baby and nudged her with a velvety muzzle.

For a full day, Dancer stood over her. Every so often, she cast her steady, sorrowful gaze over the slowly undulating grey river.

THE BANKS OF "IF ONLY"

By Bonnie Derksen

I stood on the banks of 'If Only.'
Its waters were murky and grey.
My heart discontent and unstable;
I longed for some peace for my day.

I thought of my life as I saw it,
And wondered just why all the pain.
I looked at the others around me,
Saw only their plenty and gain.

"Oh Lord, please forgive all my musing.
I know my heart should be set free
From the tethers of weighing my life out,
While complaining 'bout all that I see.

"It seems that I'm just like the others,
Striving to follow your will,
But while on the banks of 'If Only'
I feel like I'm walking uphill."

"My life is just not as I planned it,
Though I've asked for your help and your care.
The troubles have followed me closely.
I feel I've had more than my share."

So I stood there and thought "Oh, if only,
I hadn't done this or done that,
Then surely my life would be better;
His blessings laid out like a mat."

While there on the banks of 'If Only'
I needed to hear my Dad's voice,
For comfort and maybe an answer.
"Was all this just because of a choice?"

I waited, it seemed like forever.
My Lord was just not in a rush.
Then He came in the wind, like a whisper.
And all nature around me was hushed.

"My daughter, your musings are normal.
I know that you question and fuss.
Remember I'm strength in your weakness.
Yes, you're right. I am not in a rush.

"I'm God in the midst of 'If Only.'
There's nothing that happens by chance.
I've always been standing beside you.
Both through sweet and through harsh circumstance.

"While you stand on the banks of 'If Only'
Your eyes cannot see all the good.
Even though troubled days follow closely
By my hand, they become what they should.

"Come on over and join me on this side.
It is here that my best can be seen.
For my glory, my purpose for your life,
Will work out and my strength you will glean."

Now I stand on the banks of 'Surrender.'
The waters are brilliant azure.
My heart is now steady and stable
Filled with peace, in His care, I am sure.

As the River of Life moves so swiftly;
As I watch how it all does unfold,
While I stand on the banks of 'Surrender'
The blessings cannot all be told.

So when hardship and crisis now find me,
I will prove that my trust is intact.
Standing firm on the banks of 'Surrender'
I'll look only to Jesus for fact.

CHAPTER TEN

IN THE GARDEN

SPINDLY LITTLE MEN

By Kenn Allan

Last evening near the twilight hour,
Too early to retire,
I pondered on the Holy Book,
Before an endless fire.

But as I closed the Book of Joel,
And added my "Amen,"
Outside the window something moved—
And then it moved again...

...outlined against the moonlit path,
Danced spindly little men.

It is my sole and lonely task,
To tend my LORD's estate,
And keep all blossoms trimmed and safe,
Within the garden gate.

So while convinced I was deceived,
By the uncertain light,
I felt compelled to rub my eyes,
And squint into the night...

...I heard those spindly little men,
All laughing with delight.

My fists were clenched in pious rage;
My eyes embraced the gloom;
I listened as those spindly men,
Discussed the garden's doom.

They scuttled briefly out of sight,
Behind the potter's shed,
Then soon returned astride some snails,
To storm the flower bed...

...I should have stopped their slimy charge,
But watched in awe instead.

They sucked away the baby's breath,
And tore the roots from mums,
They pulled the foxgloves to the ground,
And sliced off all their thumbs.

They sharpened all the rosebush thorns,
To pierce my flesh when squeezed,
And pilfered blooms from marigolds,
To squander as they pleased...

...I knew then these spindly men,
Would never be appeased.

I flung the front door open wide,
And rushed into the night,
Determined if these fiends persist,
I'd give them quite a fight.

A plowshare snatched among my gear,
Then down the path I flew,
To fling it at the mounted snails—
I furrowed quite a few…

…but deep inside my racing heart,
I knew I was not through.

From somewhere high above my head,
There came a fearsome drone—
The dreaded beat of locust wings…
But they were not alone.

Upon their backs were little men,
Each swinging bags of seeds,
Of choking vines and dandelions,
And other noxious weeds…

…they headed for the flowerbeds
To sow unholy deeds.

As the swarm passed overhead,
The largest swooped at me,
And tossed vile wormwood in my eyes,
In hopes I would not see.

My fingers grasped a pruning hook,
Which leaned against the shed,
And thrust it like a sharpened spear,
Until the swarm was shred…

...unable to resist my ire,
The wicked legions fled.

I claimed the garden battlefield,
In triumph for my LORD,
And vowed to keep a watchful eye,
For vermin once ignored.

Although in shadows they conspire,
And will attack again,
I promise to be more aware—
I'm wiser now than then...

...and nevermore shall I be fooled,
By spindly little men.

THUMBS AND THORNS

By Sue Goodreau

I wish I could say my black thumb was the result of a hammer blow. It's a rather morbid thought, I know, considering that it is painful, and a thumbnail is lost. But, alas, I was born with my black thumb.

And only plants can see it.

Fortunately, I didn't realize I had this deformity until my husband and I bought our first home. Aside from a few bushes, the yard was completely devoid of flora.

"This is great!" I exclaimed to my husband. "A tabula rasa, just waiting for me to create a veritable Eden."

And create I did. I tilled, fertilized, and planted with gusto and impatiently waited for my beautiful gardens to grow. After two weeks, I called my green-thumbed friend, Sue, to come for a look-see.

"I'm looking, Mary, but I don't see anything. A few sprouts, but that's it."

"But I planted bulbs and seeds all over!"

"Maybe it's the soil," Sue said thoughtfully. "Or they need more time."

Eventually, some of the flowers did sprout, but only two bloomed.

I decided it had to be the soil, so the next spring I had rich, dark topsoil added to my gardens. Then, I tilled, fertilized, and planted again.

"Nothing is growing!" I whined to Sue three weeks later.

"Why don't you forget seeds? Go to the nursery, get a few flats of flowers, plant them, and they'll grow. Piece of cake."

I did as she suggested. Two weeks later, Sue called.

"Mary, Mary, quite contrary, how does your garden grow?" she quipped.

"With shriveled buds and gnarled duds and dead sticks all in a row," I replied sourly.

She laid it on me gently. "You've got a black thumb—a bad case, I might add. Stay away from my gardens. You're the next best thing to Round Up."

I was stunned. A black thumb? That had to be bad. My thumb looked okay to me, but I guess you had to be a flower to see it. Perhaps, if I hid my hands, my gardens would grow.

The next spring, I planted using thick, leather gloves. Unfortunately, I took one off for a split second to secure a loose hair. I swear I heard a collective gasp, and I quickly put my hands behind my back. But it was too late.

"So, Mary, Mary, this year, how does your garden grow?" Sue asked with a giggle on the phone.

"They died of fright from a black thumb sight and fell prostrate all in a row," I grouched.

I decided to accept my condition and forget gardening, until I received a catalogue from a company that sends you everything to have the perfect garden. What caught my eye was the guarantee that their gardens would grow. I ordered the Bountiful Blessings garden, planted it (gloves intact), and waited.

"My Bountiful Blessings garden should be renamed the Baneful Badlands garden," I complained to the catalogue rep a month later.

"I apologize," he said, clearly puzzled. "I'll send you another garden right away."

I hesitated, but I had to come clean. "It may be my fault," I explained, feeling a bit embarrassed. "You see, I have a black thumb."

"Ma'am," he said politely, "There is no such thing. Let's just go over the instructions to make sure we plant correctly."

The second garden arrived. I planted as instructed, but the flowers that came up were a sickly lot. The rep sounded sick, too, when I called him.

"Ma'am, NO ONE else has had problems with that garden. I'm going to refund your money with this advice: find a hobby where you won't kill anything."

As I hung up, the phone rang again.

"Mary, Mary, quite contrary, how..."

"Sue, put a geranium in it," I yelled and slammed down the receiver.

My husband found me sulking when he came home from work.

"That's it. I've had it. Paul had his thorn, and I've got this thing," I griped, waving my thumb.

"Perhaps," my husband said, "God gave you a black thumb for a reason. Paul didn't like his thorn, but he learned about God's grace because of it. Think about it."

Did my husband have a point? Could God use my black thumb? As usual, I'd pouted instead of prayed. Humbled, I asked my creative, green-thumbed God to use me in more ways than I could ask or imagine. And, while I was waiting on Him, I'd plan my next garden.

A rock garden.

I'M BEING GOOD, MAMA

By Jan Ackerson

I weep nearly all the way home.

Jim tries to comfort me, but it is construction season in Michigan, and the highway demands his full attention. I gather sadness around me like a shawl, remembering the doctor's words.

"It's amazing that you were able to conceive even once, Mrs. Lewis. It's unlikely to happen again, and frankly, it's inadvisable for you to try another high-risk pregnancy. Go home and hug little Maggie, and be thankful for her."

I stifle a cry of anguish. The doctor had tossed out thankful as if discussing a holiday turkey. Of course I am thankful for Maggie; she has been our shining star for six years. Now it appears that she is a miracle as well. Still, we have prayed for years for a second child, and it appears now that Maggie will not have her little brother or sister.

We enter the town limits; I examine my reflection in the sun visor's mirror and apply fresh makeup. My mother has been watching Maggie for three days while Jim and I take this fruitless journey, and she will fret if she sees my reddened eyes.

Once home, I scoop Maggie into my arms and carry on a veiled conversation with Jim and my mother. I do not wish to upset Maggie, and I'm not sure how much she understands. Already she has once overheard Jim and me in a baby-quest conversation—we had stopped when she crawled into Jim's lap and placed her thumb in her mouth.

My mother offers to stay one more day, but I am feeling smothered by sympathy, and I beg her to leave. Her home is only a two hour drive from here, and she can be there well before dark. We hug, and she leaves with her sorrow for me imperfectly masked.

Jim retreats into a book, but I feel the need for sunshine and cool air. I sit on the back porch with a glass of iced tea, while Maggie plays at the borders of the garden. She sings a tuneless melody and touches the squash blossoms one by one, glancing over her shoulder at me as if to say *I'm being good, Mama.* I have often cautioned her to stay out of the garden, and she is eager to prove her obedience. The sunlight creates a halo in Maggie's hair.

A bumblebee hums in the distance. I close my eyes, just for a moment…

…and then there is no bumblebee, no Maggie singing. I look around; the ice has melted in my glass. There is a trail of muddy footprints from the garden to the house. When I stand to find Maggie and chastise her, I catch a glimpse of the garden, and I gasp.

Nearly every plant has been destroyed. Torn leaves and blossoms are strewn everywhere, and immature vegetables, ripped from their stalks, lie trampled in the soil.

This is not like Maggie, this wanton destruction. I follow the muddy prints into her bedroom, where I find her sobbing on the bed, grimy hands clutching her Veggie Tales bedspread.

"Maggie?" I gather her into my lap. "Sweetie pie, what did you do?"

She hiccups once, her head buried in my shoulder. "I was just trying to help."

"Did you want something to eat from the garden? Were you trying to get a snack?" I had dozed through dinner. A twinge of guilt momentarily electrifies my heart.

Another gulp. "Grandma told me about the cabbage leaves so I tried to find one." Maggie's hair smells of leaves and dirt.

"To find what, honey bunny?"

"I heard you and Papa say about getting a new baby and you were sad and Papa was sad so I asked Grandma where to get a new baby and she said under a cabbage leaf." Maggie looks up into my eyes. "I didn't know what was a cabbage so I looked under all the leafs. Are you mad, Mama?"

Surely this is the most precious child ever born. *She is enough. Heavenly Father, she is enough.* "No, sweetie. Mama's not mad."

"But I did finded a baby though." Maggie's eyes are grave as she indicates a shoebox on the floor. I lift the lid, and there I see a tiny green frog and a handful of grass. It blinks at the sudden light, and takes one tentative hop.

Maggie reaches out with a dimpled finger, and touches the frog with the lightest possible touch. “Oh, Mama,” she whispers. “Look.”

ANSWER IN A MAZE
By Ann Grover

"That must be it."

Wreathed in painted ivy, the sign read, "Cloudberry Hill Maze Garden. One Mile."

I had been wanting to wander through a hedged labyrinth for a long time. It hadn't been difficult to convince Dave, but I had been a little shy about suggesting it, maybe because I thought he'd think it was a rather pointless pursuit.

We bought tickets from a liveried attendant and received a glossy brochure. Holding hands, we entered the maze between tall, spiraling topiaries.

"Quite the work of art," Dave observed.

We went to the right, and I remembered reading that a certain percentage of labyrinths spiraled counterclockwise. The yews and boxwoods were luxuriant and dense, and I brushed my hand against the thick foliage. Not a leaf was out of place; every twig was precision cut.

"Imagine the power tools needed to keep this in shape," I exclaimed.

"Look, it says here that mazes provided perfect opportunities for secret dalliances. Let's say we have a little dalliance." Dave winked.

Somewhere in the maze a child's laughter rang out, and Dave leaned over and gave me a warm embrace and a kiss.

"That'll have to keep you. I think it's too crowded for a dalliance."

Round and round, back and forth we went, following the twists and turns of the garden maze. Every time we thought we were near the entrance, the labyrinth took a sharp reversal or terminated in a green wall. It wasn't as though we were trying to extricate ourselves from the convoluted greenery, though, as wandering was the point of our venture. Occasionally, we made room for a family to pass or moved around a couple not so hesitant about having an affectionate moment.

Eventually, we came to a "Y" in the passage.

"What do you think? Right or left?" I asked.

"Both. Let's each take a path. Maybe I'll find my way out. I'm getting a little tired."

I looked into Dave's peaked face. Why hadn't I noticed he was flagging?

"I'll come with you."

"No, you stay and enjoy the maze. Please." Dave's sweet coaxing was adamant. I didn't want to leave him, but I relented to the persistent plea in his eyes. We hugged, and reluctantly, I took the right-hand path while he disappeared down the other trail.

Once again, reality had followed us like a faithful dog. Dave's worsening health issue was an ever-increasing weight in our life, bearing down in cycles of anguish and turmoil, holding us in its tightening grip of uncertainty and bewilderment.

'Rather like this maze,' I mused.

Meandering through the verdant tunnels, I considered the recent windings that our life had taken, the long vigils at hospitals, waiting for results and relief. I came to a switchback in the maze and thought how often there'd been no answers, and we'd had to start Dave's testings all over again.

An amorous couple was seated on a bench, lost in each other, and I remembered our early years, when we thought we were immortal and would love forever. Now the loving and the living were being tried.

The path began to make quarter rounds, back and forth, and then abruptly came to a dead-end. For a moment, ire rose in me, and I wanted to climb the hedge, avoid the labyrinth altogether, find Dave and go home. Denial. Instead, I leaned against the springy wall, felt it take my weight, and wished it would absorb me, let me disappear. Tears of frustration welled up as I began to follow the path back in ever widening circles, this time taking a different turn.

All at once, I was in the very heart of the garden.

A pool reflected the azure sky, and I sat down on the stone rim. I trailed my fingers across the water, causing ripplets to lap softly over the surface.

High above, a bird sang…

My thoughts are higher than your thoughts…

With sudden clarity, I realized that from His point of view, God does not see a puzzlement or a crooked way. In Him, there is neither confusion nor convolution. Tears splashed into the pool.

I journeyed to the exit without walking into any dead-ends, without hitting a switchback or a forked trail. Dave was sitting on a bench in the sun, his eyes closed, gently snoring. I leaned over and gave him a kiss.

"Are you up for a dalliance?"

THE WITNESS OF THE GARDEN

By Melanie Kerr

It happened in a garden
On a warm and sunny day
Life so pure and flawless
Was coldly snatched away.

The enemy so stealthily
With words so soft and light
Poisoned hearts and spirits
With bleak and cutting spite.

Fruit that was forbidden
Was taken from the tree
With the hollow, empty promise
"In tasting, you'll be free."

The garden bore its witness
To mankind's sinful deed
Inside their stubborn hearts was sown
An ugly, hellish seed.

Rebellion like a flower
Flushed with foolish pride
Lured them from the narrow path
And from their Maker's side.

Fear stalked in the shadows,
Darkness clouded day,
Into a frigid, freezing world
God's children made their way.

For years and generations
The seasons came and went,
Man's efforts to draw near to God
Were futile, empty, spent.

But then, another garden,
Gethsemane, the place,
A man who sweated blood
Sought the Maker's face.

"Not my will," he uttered
"I'll drink Your cup of wrath.
I'll bear Your whip of anger.
And walk Your bloody path."

Angels watched in wonder
This long-envisioned scene,
One life, one sacrifice restored
Mankind to where they'd been.

This garden bore its witness
To this man's bended knee,
His whole and full surrender
Would set creation free.

Teachable Moments
By Kimberly Barnes

"Mommy, what will make the plants grow?"

"Why do plants need water?"

"How will we know what each seed will grow into?"

The never ceasing stream of questions flowed freely in the garden that day. Two small boys with dirt-smudged faces and mud up to their elbows grinned and laughed as they dug the holes and placed the tiny seeds in each one carefully. I tried to answer each question with patience, for this was one of my teachable moments. Their hands were busy. Their ears were listening, and the moment would all too soon pass.

"Can we plant watermelons?"

"No, let's plant bananas."

"Bananas don't grow in gardens."

"Yes, they do!"

"No, they don't."

"Mommy, tell him!"

They stopped only long enough to look to me for the answer to yet another unsolvable question. I continued digging as I explained calmly that bananas indeed grew on trees.

"I told you so!"

"You can plant trees in gardens!"

"Can not!"

"Can too!"

I wiped sweat from my brow, pulled the boys apart and wondered why I had ever thought that a family garden was a good idea. Oh yes, teachable moments. A garden should be full of teachable moments.

"Are we growing squash?"

"Do we have to eat it?"

"That's disgusting!"

"Are you sure we can't just grow bananas?"

I leaned my hoe against the fence and looked at them. Frustration was growing, yet I kept saying to myself, "teachable moments." I began to speak in love and wisdom. "You see, guys—"

"He threw dirt in my eye!"

"No, I didn't!"

"Yes, you did! You're gonna get it!"

"Mommy! He's trying to take my shovel!"

"Help!!!"

My face was red with more than a slight sunburn. I felt my temper rising. The teachable moment was gone! "That's it! Put your tools down and go in the house!"

I sat down on my garden bench and stared at the little seeds in my hands. I didn't know why I thought I could do this. I've never been able to grow anything. My mom has a green thumb, and after years of trying to teach me to garden, she just started buying me plastic plants. Maybe this is just not worth the effort. I probably wasn't going to get much to grow anyway.

"Mommy?" A little voice interrupted my thoughts.

"We're sorry. We'll be good."

"I want to make a garden."

"Please!"

I looked at the little seeds again. I wasn't sure if they would ever grow into beans and peas, but I was sure of one thing. In such a small amount of time, these boys would grow into men. I didn't need a green thumb to make that happen. My time was short. They needed patience, guidance, and lots of love. I hugged them both and started over.

"Now, put these seeds in the holes we made."

"Will it take them long to grow?"

"Not as long as you might think."

"Will you take good care of them every day?"

"I promise."

"What will we do when they get big?"

What indeed? I couldn't stop to think about it now. I was in the middle of a teachable moment, and it would all too soon be gone. My garden moment, however, may have been a teachable moment just for me.

Two Plants in a Garden

By David Story

Little Billy jumped into bed and quickly began to 'struggle' with the covers. "Brrr...it's cold, Mommy."

Billy's mother helped. "It sure is." Mission accomplished, as the blanket finally rested comfortably under Billy's chin. "Now don't pull the blanket off during the night, okay?"

Billy smiled and pulled the covers even tighter. "I'll try."

The woman took her hand and ran it through Billy's hair. "So, what's it going to be tonight?"

Billy watched as his mom walked over to the small, white bookcase set against the wall, and began going through his favorite bedtime story books. "Could you tell me the one about the garden?"

She stopped looking through the books and turned to her son. "You sure that's the one you want to hear?"

Billy nodded.

The woman walked back over to Billy and sat down on the side of the bed...

"Once upon a time there was a beautiful garden, with every kind of plant and flower imaginable."

Billy's eyes brightened. "And were there two really tall plants in the garden?"

Mom smiled, and a tear began to trickle down her cheek. "Yes, they were very tall, and very beautiful. People came from everywhere to see the two plants."

"But not everyone liked the garden, did they?"

Her face turned somber. "No, honey, they didn't."

"And so they came to tear down the garden, huh? To knock down the two plants so no one could enjoy them."

"That's right, they did. And I'm afraid it worked, at least for a while. But the people who took care of the garden began to clean it up...they all pitched in together, worked together, and saved as much of the garden as they could."

"And Daddy helped?"

This caused another smile, but inside the tears were beginning to flow freely. "That's right, he did."

"And that's when he went up to heaven?"

The woman closed her eyes and took a deep breath. "Yes, some of the people who helped rescue the garden were hurt...some were even killed."

The boy's face turned long, and he stared down at the covers.

The woman continued. "But they didn't die in vain, oh no. For it was those people who were willing to risk everything for the garden...they're the reason the garden is still here today...stronger and more beautiful than ever."

"Because of people like Daddy."

"Yes, because of people like Daddy, we can sleep tonight, knowing they're protecting the garden...looking out for it."

Billy smiled, his face returning to normal. "I like that story, Mommy. I'm proud of those people...people like Daddy."

"Me too, honey...me, too." She bent down and kissed Billy on the cheek. "You ready to say your prayers?"

Billy nodded and closed his eyes. "Dear Jesus, thank you for Mommy. Thank you for Granny and Papa. Thank you for our dog, Benny. And thank you for Daddy—and all of the people who take care...of the garden."

The woman got up and went to turn off the light. "Sleep well, Billy. I'll see you in the morning."

"Okay. Goodnight, Mommy."

"Goodnight."

The woman turned off Billy's light and quietly shut his door. As she walked down the hall towards her own bedroom, she stopped at a picture frame hanging on the wall. She lifted her hand to her mouth and kissed her first two fingers, then gently placed the fingers on the lips of the person in the picture. She whispered something to the picture and then walked on to her own room, turning off the hallway light as she did so.

The picture, now resting in the darkness of the home, almost in a 'guarding and protecting' sort of way, was of a man in a policeman's uniform, and on his head was a hat, and on the hat were the letters...N.Y.P.D.

Author's Note: My thoughts and prayers go out to the families and friends of the victims of September 11, 2001. May we never forget...

If Corn Had Ears

By Joanne Sher

Two eight-year-old girls, full of dimples and pigtails, glanced out the kitchen window. The sun was shining, the sky was blue, and the flowers and plants were blooming gloriously. What a perfect time for a picnic dinner!

Mary raced outdoors, dragging a red and white checkered blanket behind her. She spread it out hastily a few feet from the flower and vegetable garden she and her mother had planted earlier in the year. She headed back in, only to nearly run into her friend, Sarah, who was carrying a large picnic basket.

"I'll get the lemonade and you set up the rest of the stuff —OK?"

Sarah nodded and started putting out the flowered paper plates, napkins and cups, and the pink plastic forks, knives and spoons. Mary returned and poured out the lemonade. The girls then began unpacking the food—fried chicken, potato chips, string cheese and chocolate chip cookies, just out of the oven.

"You wanna pick some strawberries? We can wash them off with the hose. I planted them all by myself!"

"Ow! Be gentle, kid!!"

"Listen to you! You're always complaining, Straw! Yanno they can't hear you, so why bother?"

"I've heard about enough of you," an ear of corn added. "You think being picked hurts? Try getting shucked!"

"That's nothing—bet none of you has ever had your head cut off!" the lettuce grumbled.

The potatoes rolled their eyes. "Such complainers!"

"When I was young," an iris added, "we had to get our own water—none of this sprinkler and watering can convenience. We sent our roots deep into the ground—uphill, both ways, in scorching heat! You youngsters have it easy!"

"You may be a bearded iris," the bluebells chimed in, "but you're no older than the rest of us, so get off your high horse!"

A serene, calm voice spoke, quieting all the grumbling.

"Now, dear friends, we must appreciate all that the good Lord has given us," the Jack-in-the-pulpit exhorted. "Look at this fine soil, with all the nutrients we could need to grow. And those lovely people who come and water us and give us fertilizer. God has also given us such wonderful diversity and beauty. And, for those of you complaining, remember that our purpose in life, at least in part, is to give pleasure to God's chosen—his humans. Remember that when you are cut or picked or eaten or shucked, God's purpose is being fulfilled."

Hearty "Amens" came from all corners of the garden.

"And also remember, we could be indoor plants, and we would miss the wonderful show our Lord provides for us each day," Jack continued. "So be grateful and praise Him for exactly where we are!"

"Hey," a violet shouted toward the herbs, "Speaking of the show—does anyone have the thyme?"

The corn sighed and put its hands over its ears. "That joke wasn't funny the first time you said it. Cut it out, bud!"

"Don't you even joke about cutting with a flower!"

"Watch it, mister! How do you think Susan got that black eye?"

"Hush, children," Jack whispered. "The show is about to begin."

Mary's mother stuck her head out the back door.

"Girls! Keep your eyes open—looks like the sun is about to set!"

Mary and Sarah, finished with their meals, lay down on the blanket facing west.

As the brilliant reds, oranges, purples and yellows of God's daily performance came into view, two little girls—and several other parts of God's creation—thanked Him for the beauty of His artistry, and His many good gifts.

"You mountains and all hills,
Fruit trees and all cedars,
Wild animals and all cattle.
Small creatures and flying birds,
Kings of the earth and all nations,
You princes and all rulers on earth,
Young men and maidens,
Old men and children.
Let everything that has breath praise the Lord."
—Psalm 148:9-12, 150:6 NIV

Princess Pig Pen

By Val Clark

It was Barnabas' task to stand watch over Princess Debolev. It was not a task he relished. In fact, if he were honest with himself, and he had no choice but to be, he hated the task. He had asked the king several times to be reassigned; after all, the palace was full of his children. Each time the king smiled kindly and said, "Barnabas, you are my best watcher, and only the best will do for Princess Debolev."

This was a covert operation. And when it came to hiding and unobtrusive helping, the king was right, Barnabas was the best. So he stood in the cool of the afternoon; her invisible companion. He wrinkled his nose. Princess Debolev had chosen to spend yet another day in the utility garden surrounded by piles of horse, cow and chicken manure waiting to be piled into the compost heap.

He resisted the impulse to sigh as Princess Levobed, followed closely by her companion, Simon, wandered through the rose garden, touching and smelling and enjoying the abundance of flowers. *'Oh what bliss, to care for such a perfect princess.'*

Barnabas knew the compost heap was vital to the garden. Without proper nutrition the roses wouldn't bloom. The fruit, vegetable and grain crops would fail. Nevertheless, it was no place for a princess or the king. Yet, every evening as the sun set, the king would appear in whatever revolting part of the garden Princess Debolev chose, to spend time with her.

Barnabas bowed as the king approached, feet crunching on the gravel pathway, yet not disturbing its intricate patterns. He grimaced as the princess dug three wriggling, fat worms from the bottom of the compost. *'Don't, please don't.'*

Unhearing, Princess Debolev opened and upended her sandwich, ignoring the slices of smoked salmon that fell to the ground, replacing them with the three worms.

Barnabas grimaced as the king hunkered down in front of the princess. "Debolev, my child, why do you persist in sitting here among the dung heaps eating worms and beetles, when you are free to wander the whole of my garden and partake of whatever you chose?"

Barnabas forced himself to not turn away as Debolev bit into her sandwich. She chewed for a while as if she had not heard the king speak. Barnabas knew how insistent the king could be. He would wait through the night, through many days and nights, asking the same question, planting the same thoughts, until she told the king what he already knew.

She finished her sandwich, licked her fingers and began picking caterpillars off the comfrey that grew around the compost. "I don't belong in this garden. Oh, it's a beautiful place and I'm grateful to you for bringing me here, but I'm not worthy to sit among the roses or gather fruit from your trees."

The king reached over and picked the caterpillars out of her hand. "And who has told you this?"

She watched hungrily as he placed them out of her reach. "Voices on the wind. People in my dreams. My own heart confirms it. It's logical isn't it? What would a great king such as yourself want with someone like me? Why, even my own parents abandoned me. There is no goodness in me whatsoever; why should you be interested?"

Barnabas leant forward eagerly. Discussion between the princess and the king had never evolved to this depth before.

"I know that there was no goodness in you, Debolev, but still I chose you to be my princess before the foundation of the earth. Remember the day I purchased you from the slave markets? Remember when I adopted you and brought you to this garden so that we could get to know each other?"

She nodded, glancing over to the path. Princess Levobed was walking past, carrying a large basket of fragrant blooms.

"I could never be like her."

"Did I say I wanted you to be like her?"

The princess looked down and began digging in the earth with a twig.

"Well?"

Barnabas' heart nearly broke at the compassion and love that was wrapped in that one word.

She shook her head.

He waited.

"No, you never said you wanted me to be like anybody else, ever."

He reached out a hand. "Will you join me as we discover who you really are?"

Debolev looked at her filthy hands.

"I should visit the bath-house first."

"Why?"

"Because..." She showed him her hands and gasped. They were spotless.

DANDELION TEARS

By Judy Burford

Dewdrops, like diamond earrings, clung to each flower and leaf, and glittered in the early morning light. What a fabulous morning for a garden walk! My granddaughter, Preston, a dark-eyed pixie of a girl, not quite two years old, was my walking companion.

Preston's home in Lithuania was surrounded by small gardens and tiny garden houses, each belonging to a different family. In the evening after work, or on weekends and holidays, the garden owners would come to tend their flowers and vegetables. The flowers had been planted, not only for their beauty, but also as a source of revenue when the women would sell them in the open markets or on the street corners. Preston had strict orders not to pick any of the flowers.

Hopping, jumping, and running beside me in her exuberance, Preston sometimes fell on her diaper-padded bottom. I joyfully made a game of picking her up, swinging her around, and setting her back on her feet, eliciting peals of laughter.

The flowers were breathtaking. There were huge dahlias, daisies, fragrant sweet peas, gladiolus, and multitudes of other varieties to look at. They ran the gamut of colors, from pure white, to darkest purple.

One can see so much more of God's creation when eye-to-eye with black-eyed Susans as Preston was. I watched as she extended one cautious pudgy finger, touched a hanging dewdrop jewel and squealed in glee as is hurtled to earth. Tiny bugs, flitting butterflies, a colored stone on the path; all were objects of wonder and delight. To experience the wonders of a garden through the eyes of a child is a blessing indeed.

While flowers were off-limits to us, windfall fruit was not. No one minded if an apple or two were picked up for eating, and I carefully chose a couple of the small green and red globes. Because no pesticides had been used here, I simply wiped them clean on my shirttail, and they were ready to eat. Soon our fingers and mouths were sticky with the delicious fruit.

All was well until we came to some dandelions growing in an untended corner of the garden. I love dandelions—as long as they aren't in my garden. Just looking at the golden flowers, with an occasional head gone to seed, carried me back to my childhood.

Preston watched wide-eyed as I plucked a dandelion seed head. The puffball with its soft white filaments, each attached to a tiny seed, was a marvel to look at. When I offered it to Preston to touch, she did so hesitantly.

Well, what does one do with a dandelion gone to seed? One blows on it, of course, sending its seeds, like minute parachutes into the air. I blew.

As the seeds flew off, and the naked center remained in my hand, Preston burst into tears. What was this all about?

Instantly, I saw my simple act through Preston's eyes. Not only had I picked a forbidden flower, I had destroyed it. In her innocence, she could not discern why one flower could be picked if others could not. All she could see was that we had disobeyed her parents.

I soothed Preston's tears and assured her that what I had done was all right, but she was not convinced.

As I reflect on that day in the garden, I am reminded of the Scripture where Paul admonished his listeners: "Do not cause anyone to stumble..." (I Corinthians 10:32 NIV.) I had caused this precious child to stumble. God used tears over a dandelion to show me how careful I need to be in everything I do.

MEET OUR AUTHORS...

ALLEN SCOVIL has been writing since 2003, struggling to learn to tell the stories God has put on his heart. He lives in southwest Ontario, is self-employed, and has recently become a grandfather for the first time, thanks to his eldest daughter.

ALLISON EGLEY is 24 years old and lives with her parents in the St. Louis, MO area. She graduated from Southeast Missouri State University in Cape Girardeau, MO in May, 2006, with a degree in Elementary Education. Allison started writing for pleasure her senior year of college and hopes to continue writing for as long as God allows.

AMY MICHELLE WILEY is from the Pacific Northwest and is currently training to become a sign language interpreter through an intensive college program. She is an avid member of FaithWriters and the founder and director of Peculiar People—an organization that creates unique Christian fiction through group writing projects. She has been writing since she was young and has had numerous short pieces published. Though she dabbles in most writing genres, Amy primarily writes fiction, believing it can touch people with the truth and love of God in a special way.

ANN GROVER lives in northern British Columbia, Canada, with her husband and homeschooled daughter. Besides writing, she enjoys reading, painting, and playing the flute. Ann received second and third place in the FaithWriters 2006 Best of the Best awards, and third place in the same awards for 2007. She is currently co-authoring a book on spiritual companioning.

APRIL BAILEY began writing stories as a child but laid it aside for a few decades, busy with living life. She took it up again a few years ago and wrote a novel. April has recently started writing short stories and joined a critique group to sharpen her skills. Her passion is to create work that is "impactful." April and her husband run a center for at-risk youth in Chicago's inner city www.starfishchicago.com.

BETH MUEHLHAUSEN fell in love with the written word at the tender age of fifteen. She went on to study English in college in order to pursue her passion for writing. After graduation she immediately married and spent the next thirty-five years raising a family of four children and, for seven of those years, owning and managing her own business. As her nest emptied, Beth eventually returned to her first love as various written works began to spill from an eager hand to find exposure in online and hard-copy publications. She particularly writes with the goal of bringing hope to the human heart through childlike expectation and faith.

BONNIE DERKSEN has been journaling her way to greater intimacy with the Lord for many years. Living in southern British Columbia, Canada, with her husband and three adult children, she has recently started exploring the world of writing.

BRAD PAULSON is a construction superintendent by day and a freelance writer by night. He resides in Spokane, Washington, with his lovely wife, Mardi, and two sons, Will and Rob. His writing has been published in several FaithWriters anthology books, Cross Times Magazine, and on a variety of Christian Websites. He is a regular contributor to FaithWriters.com and is dedicated to glorifying God through his writing.

CRISTA DARR was consumed by two passions after becoming a Christian—writing and evangelism. Her desire is to write with intensity, drawing the reader into the story, and ultimately to the Savior.

DAVID MOREY is the fortunate husband of Elizabeth and blessed Daddy of Katie and Jonathan. A graduate of Mercer University in Macon, GA, he is employed as an engineer and project manager. He is also, currently, a student at Liberty Theological Seminary. David believes that God is the faithful writer of all truly great stories, and he endeavors to simply be a scribe through whom some of God's great stories will be preserved for generations to come.

DAVID STORY has been a FaithWriters member for almost two years, where he has been a consistent entrant in the Writing Challenge and, to date, has had three of his entries place in the top ten. David has published an e-book, titled *Whispers*, which was quickly a favorite with readers. David is currently working on two books: *The Max Chronicles*, and *The Prayer Chain*. He and his family reside in Texas.

DEBORA DYESS lives in central Texas with her husband, four children and granddaughter. She is an avid Bible teacher who enjoys putting the word of God to music in order to teach it to 4th through 6th graders. She also has the special joy of writing music for her church's Children's ministry. These and, of course, FaithWriters, are her favorite writing endeavors.

ELAINE TAYLOR is a housewife living in Columbus, OH, with her wonderful husband, two cats and two dogs. She is also a professional actress in all forms of that media. Elaine has always been a bookworm (the librarians loved her) and has been writing stories since she was in elementary school. She accepted Jesus Christ as her personal Savior when she was 21 and hopes to always use the gifts and talents God has given her to share His love with others. Elaine also enjoys archeology, music, gardening and cooking.

FOLAKEMI EMEM-AKPAN is, first, a Christian woman who is striving towards perfection, then wife to Emem, and mother to baby Jedidiah. Folakemi is a financial journalist but believes she has been called to be a Christian writer. *Touch my Pain* is her first novel.

GLENN HASCALL started writing professionally in 1995 and has contributed material for more than 30 books. His work can be found in books by Bethany House, Integrity, Regal and Thomas Nelson subsidiaries. Oh, and he really likes Toffee Covered Peanuts.

HELEN PAYNTER is a part time doctor and a full time mum. She and her husband live in Bristol, England, with their three girls, and are hoping to adopt a further two from Ethiopia. She is passionate about communicating the truth and justice of God through storytelling, and is currently working on her first novel.

JAN ACKERSON is a Christian who has journeyed through grief, loss, and depression by God's faithfulness and grace. She has been married for over thirty years to her prince, and they have two adult daughters. A terrible accident in her youngest daughter's late teens was the event that sent Jan into depression, as the family dealt with the emotional and physical difficulty of living with a loved one with a spinal cord injury. Thanks be to God—who has graced the entire family with emotional and spiritual healing. She enjoys playing piano, reading, sparring with the cat, and all things chocolate.

JANET RUBIN is a freelance writer whose passions include reading great books and trying to write them, daydreaming and shell-collecting on the beaches of Connecticut, and home schooling her children. She lives with her fireman husband, Dave, three daughters, and two black labs, and attends Calvary Chapel of Southeastern Connecticut. Her works have appeared in Focus on the Family's teen magazine *Brio*, *Evangel*, *The Secret Place*, and various other publications, including several FaithWriters anthologies.

J.C. MORAN has one simple thing to say. "I have but no other reason to live than to fight for my King." This is the attitude behind everything she writes.

JOANNE MALLEY is happily married and lives with her husband and two school-age children. She hopes to inspire and entertain her readers through short stories, poetry and articles. She writes with her heart and soul; her favorite genre being humor. When not writing, you may find her lending a helping hand through local charities, gardening or shopping for antique finds.

JOANNE SHER is a freelance writer and homemaker who was saved out of Judaism in her 30's. She lives in Michigan with her husband and two small children. She is currently working on her first book, a non-fiction work on God's protection, provision and preparation of her and her family for her husband's health problems.

JUDY BURFORD and her husband, Hall, live in Louisiana. Judy began writing at the age of 60. Her first short story was published in *Give Thanks*. Her personal Christian testimony is part of the Adam's Media book, *His Story*. Her latest achievement is a book entitled, *A Special Touch of Grace*. This book, published by Pleasant Word, is a collection of stories from parents of international missionaries, written about their children, compiled and edited by Judy.

KAREN TREHARNE is a published writer of poetry and prose and a member of SCBWI. She aspires to author a children's book. Karen began her writing with FaithWriters as a contributing editor for the FaithWriters' online magazine. She says it was a blessing to work with, and for, a Christian group of such fine writers and to God's glory. Karen lives and works in Tacoma, Washington, in the United States. She lives with her husband, and together they enjoy their family of three and five grandchildren.

KENN ALLAN resides in the Pacific Northwest with Susie, his beloved wife and editor for the past thirty or so years. In addition to answering his call to write, Kenn also serves as webmaster for Christian Writer's Fellowship International.

KENNY BLADE is a husband and father of four. Kenny is the drama director at his local church and is currently working on his first book entitled: *Never Trust Whitey.*

KIMBERLY LAINE BARNES lives in Oklahoma City with her husband, a pastor and avid FaithWriter himself, and their three children. She is a high school English and Creative Writing teacher who loves writing with FaithWriters. Her favorite writing topics are her own children and the lessons she learns from them.

LARRY ELLIOTT lives in central Arkansas with wife, Pam, and Chico, a three pound Chihuahua with a Doberman ego. Larry was born in 1955 to Christian parents who faithfully attended the Church of the Nazarene. Introduced to Science Fiction in Junior High, his early influences include C.S. Lewis, Andre Norton, among others. Recent favorite authors include Dean Koontz, Frank Peretti, and Ted Dekker. Larry stumbled onto FaithWriters in August of 2004 and decided to give writing a try. It was love at first write. His goal now is to hone and use his gift to inspire, uplift, comfort and entertain others. He prefers to leave the reader saying, "Didn't see that coming."

LINDA GERMAIN is a former RN and an English Major. She is currently a freelance writer, editor, and book reviewer for Faith-Writers. Linda is also a Humor Columnist at www.keepinon.net. She resides in south USA.

LINDA WATSON OWEN is a pastor's wife and educator who enjoys living and writing in the beautiful countryside of northeast Mississippi. She delights in the inspiration she finds in her Christian faith, her family, and in the abundant beauty and power of nature. Linda is a freelance columnist with Ezraweb.com where her inspirational poems appear each week.

LISA COX is from Virginia and was a former elementary school teacher in the inner city of Roanoke. She is now a program director for the ministry of Eastern Appalachian Teen Challenge where, together with her husband, she provides a private school and discipleship program for troubled teenage girls. Former Air Force Sergeant and student of children's literature at Hollins College, Lisa hopes to write a children's novel one day that will touch children for Christ.

LISSA LEE grew up seeking to be the perfect Christian. No one tried harder to earn God's love. But when her marriage failed in 1983, she realized she needed to open a chapter of Pharisees Anonymous. As a "Recovering Pharisee," Lissa mocks her own struggles through humor in order to encourage others.

LORI OTHOUSE is a wife and mom living in Florida. She has been writing off and on since high school—mostly drama, short stories and poetry. Lori has written and directed several plays and many short dramas for her church, which she loves. Lori believes in the power of words and is passionate about using them to glorify God and draw others to Him.

LYNDA SCHAB is an avid writer whose work has appeared in print and online. She is diligently working on her first novel, which she hopes to finish within the year. Lynda resides in Michigan with her husband and two children.

LYNDA SCHULTZ serves as a missionary in Caracas, Venezuela, with FEBInternational, the international arm of the Fellowship of Evangelical Baptist Churches in Canada. When not looking after the demands of her two cats, Abby and Lou Lou Belle, she is involved in teaching Bible, discipleship, and outreach, as well as writing studies, devotionals and Christian Education materials for the Venezuelan church.

MELANIE KERR lives in Inverness with her husband, Joseph. She is an RE teacher in a local High School. Melanie has been a Christian for a number of years and is very involved in a small church, leading worship sometimes, preaching sometimes and leading a house group sometimes! She is growing as a writer and has had a number of articles accepted for newsletters and poetry websites.

PF DAVIDS has been print-published in *Skive, Writer's Post Journal,* as well as the *Crossroads* and FaithWriters anthologies, though others are also pending. Currently, he is collaborating with other FaithWriters authors to create a book tracing the fictional history of a box carved by Jesus Christ. PF Davids is also putting the finishing touches on his own novel, *Delayed Justice,* a fast-paced crime novel designed to keep readers turning pages long into the night.

PHILLIP BARNES is a minister who is looking to engage a lost world on their own turf. His goal is to produce popular works with Christian philosophy. Phillip believes that Christians should be the best at whatever they do because when we excel, it allows us to engage the world we inhabit with the faith we hold to.

RACHEL BURKUM was born and raised in New York State, and now resides in Iowa. Though busy with a full-time job, church activities and her horses, she devotes much of her spare time to her passion of creating Christian novels and short stories. Using the talents God has given her, Rachel dedicates both her life and her writings to Him.

SAMUEL CONNELLY is a freelance writer from Northern California. Now he resides in Wichita Kansas with his wife and two kids, doing what he loves—writing. He has spoken at several youth conventions and is author of *C.G.X. Evolution*, a youth discipleship manual. He also spends a lot of time reading at Borders café, where he also works as a supervisor.

SANDRA FISCHER taught high school English in Indiana and owned a bookstore for several years. Most of her writing is devoted to stories from her experiences growing up in the Midwest. She has been published in *Guideposts*, trade journals, and more recently, in *FaithWriters' Magazine*. Sandra is retired and lives with her husband, Craig, in South Carolina, where she continues to write.

SANDRA L. PETERSEN lives in northeastern Minnesota with her husband, two homeschooled daughters, and dog. She plays the clarinet on her church's worship team and is the church librarian. A member of FaithWriters, she has had fourteen articles selected for publication in FaithWrithers anthologies. Her nonfiction articles may be read at Associated Content and Helium Knowledge.

STEPHANIE BULLARD loves to write and has been writing as a hobby since she was 8 years old. Stephanie graduated from Cedarville University with a degree in Early Childhood/Special Education and is now trying to figure out the next step in her life.

STEPHEN PAYNTER, husband of FaithWriters' regular, Helen, is a software engineer, with research interests in developing high-integrity software. Stephen and Helen are the parents of three lively girls, currently aged 4, 6, and 8. He enjoys writing fiction to explore theological issues. His other interests include Jane Austen, theology, and cycling to work, oh—and relaxing with Helen, while watching DVDs after the girls are in bed and their writing is done for the evening.

SUE DENT, published by Journey Stone Creations with her debut novel *Never Ceese*, has been writing for some time but has only recently entered the publishing arena. Her first year out, she has already made impressive strides. She made the Bram Stoker Preliminary Ballot with her Spiritual fantasy for Superior Achievement in a First Novel and was Book Club Choice for the month of

April at the American Christian Fiction Writers Association. Between writing and raising her two children, Sue stays very busy.

SUE GOODREAU lives in Romeo, Michigan, with her husband, Bruce, and three children. She has always loved writing and has bachelor's degrees in communication, arts and literature. For the past seventeen years, Sue has been busy raising her children and writing articles for church, as well as poems and cards for businesses, and song lyrics. Although Sue has Meniere's Disease, an inner ear disorder that affects hearing and balance, she hopes to pursue a career in freelance writing. Her favorite Bible verse is "I can do all things through Christ who strengthens me."

SUZANNE ROWE is an Australian teacher who enjoys writing. She hopes to challenge readers about the importance of cross-cultural work, as well as encourage believers to enjoy a vibrant walk with God.

TABIATHA TALLENT is a Pastor's wife in a small town in Georgia. Her main goal in writing is to touch hearts and encourage them in the Lord.

T.E. GEORGE has been married to his high school love for 32 years; is the father of two fine adult sons; and grandfather to two beautiful girls. His 25 years of service in church ministry and many years of working in the private sector have given him a unique vision of how to communicate timeless truths in a fresh way. He is the author of several published short stories and working on having his first novel published in the near future.

TERI WILSON is the author of *All Creatures of Our God and King: What God's Word Says About Animals* (Eden Publications LLC) and the winner of the 2006 Westminster Kennel Club ANGEL ON A LEASH writing award. Teri enjoys writing stories that glorify God and celebrate the human-animal bond. She can be reached through her website at www.teriwilson.net.

THOMAS KAPPEL is an Arizona-based freelance Christian writer and photographer. His articles and short fiction have appeared in over 20 publications including, *SKS*, *Christian Writing Tip Anthology*, *The Sword Christian Magazine*, *The Redbridge Review*, *Emporium Gazette*, *Albuquerque Monthly*, and many others. In addition, Mr. Kappel has travel writing, book reviews, computer software and hardware reviews, and short stories on numerous websites. He also had a video short script produced.

TIM CHEZUM has been married for over 20 years, and enjoys spending time with his wife and 17-year-old son, as well as the freedom and solitude of riding his bicycle. Tim has been writing for pleasure since he was very young. After a several year hiatus from any writing he came to FaithWriters on the encouragement of family members.

VAL CLARK lives in the lush tropical city of Darwin, Australia, where she and her husband, Martin, attend a Baptist church. She writes because she cannot not write. In her words: "I would burst if I couldn't write." Val has several poems, stories and essays published in local anthologies. Her methodology is to let an idea pick its genre. So far she has written two and a half adult novels, two and a half Young Adult novels and two feature film scripts—none of which have been published or produced...yet. But like an experienced marathon runner, Val keeps on keeping on, through the pain barrier to the finish line with the motto: publication and production or bust!

VENICE CORRELL KICHURA, who grew up in Texas, won a $100 scholarship for a short story she wrote in high school. Unfortunately, she switched her major to education. She wrote freelance feature articles for a small south Florida weekly newspaper thirty years ago and has sold some articles to both regional and national publications. She's now working on some children's picture books. When she isn't writing, Venice is working on her artwork. She and her husband, Ed, live in the beautiful mountain village of Dahlonega, Georgia. They're empty nesters, parents of grown sons and five grandchildren who live in Florida.

WILLIAM PRICE, aka sirwilliam, was born and raised in Beloit, WI, and has lived in the Florida panhandle since 1983. During the day he is a lieutenant with his county's department of corrections; at night he writes for the Lord. His creativity, endearing characters and crisp, intelligent dialogue are what make "sirwilliam" a favorite writer for many who read his work. William has been a Christian since 1984, and loves prayer, Bible study and praise. When he isn't writing, William enjoys fishing, golfing and spending time with his grandchildren.

References

Scripture quotations marked "NKJV" are taken from The New King James Version / Thomas Nelson Publishers, Nashville : Thomas Nelson Publishers., Copyright © 1982. Used by permission. All rights reserved.

Scripture quotations marked "KJV" are taken from the Holy Bible, King James Version, Cambridge, 1769.

Scripture quotations marked "NIV" are taken from HOLY BIBLE, NEW INTERNATIONAL VERSION®. Copyright © 1973, 1978, 1984 by International Bible Society. Used by permission of Zondervan Publishing House."

Scripture quotations marked "NCV" are taken from the Holy Bible, The New Century Version®. Copyright © 1987, 1988, 1991. Used by permission of Word Publishing.

Scripture quotations marked "NLT" are taken from the Holy Bible, New Living Translation, copyright 1996. Used by permission of Tyndale House Publishers, Inc., Wheaton, Illinois 60189. All rights reserved.

Scripture quotations marked "NASB" are taken from the New American Standard Bible®, Copyright © 1960, 1962, 1963, 1971, 1972,

Printed in the United States
98889LV00003BA/224/A

9 781414 110691